LE CADEAU

UN SI GRAND AMOUR

DU MÊME AUTEUR
CHEZ POCKET

. Coups de cœur
. Un si grand amour
. Joyaux
. Naissances
. Disparu
. Le cadeau
. Accident
. Plein ciel
. Cinq jours à Paris
. La foudre
. Malveillance
. La maison des jours
. Heureux
. Au nom du cœur
. Honneur et courage
. Le ranch
. Renaissance
. Le fantôme
. Un rayon de lumière
. Le klone et moi
. Un si long chemin
. Double reflet
. Douce amère
. Forces irrésistibles
. Le mariage
. Mamie Dan
. Voyage
. Le baiser
. Rue de l'espoir
. L'aigle solitaire
. Le cottage
. Courage
. Vœux secrets
. Coucher de soleil
à Saint-Tropez
. Rendez-vous
. À bon port
. L'ange gardien
. Rançon
. Les échos du passé
. Seconde chance
. Impossible
. Éternels célibataires
. La clé du bonheur
. Miracle
. Princesse
. Sœurs et amies
. Le bal
. Villa numero 2

DANIELLE STEEL

LE CADEAU

UN SI GRAND AMOUR

Traduits de l'américain
par Vassoula Galangau

PRESSES DE LA CITÉ

Titres originaux :
THE GIFT
NO GREATER LOVE

Le papier de cet ouvrage est composé de fibres naturelles, renouvelables, recyclables et fabriquées à partir de bois provenant de forêts plantées et cultivées durablement pour la fabrication du papier.

ISBN 978-2-266-20621-1

LE CADEAU

Aux cadeaux que la vie m'a offerts,
John, mon mari, et tous mes enfants.
Et puis aux anges qui ont traversé mon existence
trop vite et à l'immense joie qu'ils m'ont apportée.
Avec tout mon amour,

D.S.

1

Annie Whittaker adorait tout ce qui avait un rapport avec Noël : le temps froid et clair, les arbres illuminés au milieu des pelouses voisines, les pères Noël en carton-pâte sur les toits des maisons, les chants de Noël, l'attente fébrile des cadeaux, le patin à glace l'après-midi, et puis l'onctueux chocolat chaud dégusté dans le salon où trônait le sapin richement décoré. Et si beau !... Sa mère la laissait l'admirer à loisir, avec ses yeux émerveillés de petite fille de cinq ans, à la lueur clignotante des guirlandes.

Elizabeth Whittaker avait eu Annie à l'âge de quarante et un ans. L'arrivée du nouveau-né avait mis toute la famille en émoi, car depuis longtemps Liz et son mari, John, avaient renoncé à la joie de donner la vie et avaient reporté tout leur amour sur leur fils unique. Et puis, Annie était née... Tommy, à l'époque, avait dix ans. « Un brave petit gars », ne cessait de répéter son père, fier comme Artaban des exploits sportifs de son fils ; Tommy jouait au football et au base-ball mais il excellait tout particulièrement au hockey sur glace et était devenu la star de son équipe... D'un caractère doux et obéissant, il était toujours dans les premiers de sa classe. Liz et John s'étaient habitués à l'idée de n'avoir qu'un enfant… Blond comme sa mère, aux yeux du même bleu lumineux que ceux de son père, réfléchi mais ne manquant pas de malice, Tommy possédait un sens de l'humour plutôt rare pour un garçon de son âge. Aussi le premier choc passé, parut-il s'adapter parfaitement à l'arrivée inattendue d'une petite sœur.

Annie faisait penser à un rayon de soleil. C'était une créature minuscule aux cheveux d'or fin, avec un large sourire irrésistible et un rire qui tintait comme une clochette d'argent chaque fois qu'elle se trouvait en compagnie de son grand frère. Tommy était son héros, dont elle attendait chaque jour impatiemment le retour de l'école.

De son côté, Liz avait demandé à bénéficier d'un mi-temps, ce qui lui permettait de profiter au maximum de son bébé. Elle s'en donnait à cœur joie : mère et fille ne se quittaient jamais. Dès que son poussin fut inscrit à la maternelle, Liz sauta sur l'occasion pour y assurer bénévolement les activités manuelles… Toutes deux passaient des heures entières dans la vaste et accueillante cuisine à faire cookies, pains et biscuits, après quoi Liz, munie d'un livre illustré, lisait un conte enchanteur à sa fille. Leur vie se déroulait comme dans un rêve, à l'écart de l'agitation de la ville, loin des dangers qui semblaient menacer les autres gens. Rien ne pouvait entamer leur félicité quand tous les quatre, enfin réunis au salon, éprouvaient un même, un immense sentiment de sécurité… John, qui dirigeait une des plus grosses chaînes de distribution de la région – héritée de son père et de son grand-père – veillait farouchement sur sa petite famille. Ils habitaient une ravissante villa au cœur d'un quartier résidentiel. Sans être riches, ils étaient à l'abri des vents glacés du changement qui touchaient les fermiers et les gens travaillant dans des branches souvent frappées par les bouleversements des modes et des tendances. Tout le monde avait besoin de produits de qualité et John Whittaker, qui approvisionnait les meilleurs restaurants de la ville, n'avait jamais déçu ses clients. Ceux-ci l'estimaient et appréciaient son caractère chaleureux et son exquise politesse. Secrètement, John espérait que Tommy reprendrait un jour à son tour l'affaire familiale. Mais auparavant, il désirait l'envoyer à l'université, de manière qu'il acquière le bagage nécessaire à une carrière d'homme d'affaires… Annie avait décrété qu'elle voulait être professeur, « comme maman », tandis que son père penchait plutôt pour des études de médecine ou de droit… Un rêve audacieux en ce début des années cinquante, où l'éducation des filles se résumait en tout et pour tout en quelques cours d'arts ménagers dans un collège de luxe… Or, John avait toujours cru à la réalisation de ses rêves.

— On peut tout réussir, quand on le veut très fort, avait-il l'habitude de déclarer.

Lui-même travaillait d'arrache-pied. Il avait été heureux de la décision de Liz de ne plus enseigner qu'à mi-temps. Il aimait, en rentrant à la maison le soir, la trouver dans la chambre d'Annie, en train de lui raconter des histoires, ou de jouer à la poupée et contemplait avec amour ce charmant tableau familial. À quarante-neuf ans, John Whittaker se considérait comme un homme comblé par la chance. Il avait une femme sensationnelle et deux gosses formidables.

— Il y a quelqu'un ? cria-t-il cet après-midi-là, en pénétrant dans le paisible vestibule où il secoua la neige de son manteau et de son chapeau, tout en essayant d'échapper aux manifestations affectueuses de la chienne, un grand setter irlandais, qu'ils avaient baptisé Bess, comme l'épouse du président. Au début, ce prénom irrévérencieux à l'égard de Mme Truman avait rebuté Liz, puis elle avait fini par se ranger à l'opinion générale.

— Nous sommes là ! lança Liz d'une voix cristalline.

John passa au salon. Ses traits s'épanouirent à la vue de sa femme et de sa fille en train de décorer le sapin. Elles avaient suspendu un bonhomme de massepain à chaque branche, déployé des guirlandes serpentines qu'Annie avait minutieusement découpées dans du papier doré. Un parfum suave de cookies tout juste enfournés embaumait l'air.

— Bonsoir, papa. Il est beau, notre sapin, n'est-ce pas ?

— Magnifique, ma chérie ! s'exclama-t-il en prenant la fillette dans ses bras comme s'il s'était agi d'une plume.

John était un homme solide, dans la force de l'âge, qui tenait sa bonne mine de ses origines irlandaises. À près d'un an de la cinquantaine, sa chevelure brune ne comptait pas un seul cheveu blanc. Ses prunelles bleu clair, dont avaient hérité ses deux enfants, pétillaient. En dépit de sa blondeur, Liz avait des yeux bruns aux reflets noisette… Annie, quant à elle, arborait des bouclettes blondes comme les blés, presque blanches à la lumière. Elle frotta son petit nez contre la joue de son père qui, tout ému, se dit qu'elle ressemblait à un ange.

— Comment avez-vous passé votre journée ? s'enquit-il en se penchant pour embrasser sa femme.

Vingt-deux ans de mariage n'avaient en rien altéré leur amour. Ils avaient uni leurs destinées deux ans après que Liz eut obtenu son diplôme universitaire. Elle était entrée dans l'enseignement lorsqu'ils avaient songé à avoir des enfants... Il avait fallu près de sept ans pour que Tommy vienne au monde, au moment où ils avaient presque perdu espoir. Le vieux Dr Thomson, qui soignait Liz à l'époque, n'avait jamais pu déceler la cause de ses fausses couches. Elle en avait eu trois, avant que le miracle se produise : Tommy était né. Et, dix ans plus tard, le miracle s'était reproduit avec la naissance d'Annie. Le couple avait reçu avec gratitude ce nouveau don du ciel... À présent, plus rien ne pourrait entacher leur bonheur, ils en avaient l'absolue certitude.

— J'ai reçu une cargaison d'oranges de Floride, dit John en cherchant sa pipe. J'en rapporterai une caisse demain.

La maison sentait bon le pop-corn et le gingembre, Annie tapa dans ses menottes potelées.

— Oh, j'adore les oranges.

Elle couvrit le visage de son père de baisers et Bess posa ses pattes sur les genoux de John, en quête de câlins, elle aussi... Liz offrit à son mari une chope de cidre chaud.

— Mmmm, je ne dis pas non, soupira-t-il, au comble de la félicité.

Ils avaient gagné la cuisine, quand la porte d'entrée claqua, livrant passage à un Tommy frigorifié, au nez rouge cerise, ses patins à glace à la main.

— Mince, ça sent bon ! s'exclama-t-il. Salut, m'man, salut, p'pa, salut petit bouchon ! Mon petit doigt m'a dit que tu as avalé tous les cookies de maman.

En embrassant sa sœur, il fit tomber une iridescente pluie de givre sur ses cheveux soyeux.

— D'abord, c'est moi qui ai fait les cookies, répliqua-t-elle dignement. Je n'en ai pas mangé plus de quatre.

La façon dont elle s'appliquait à articuler correctement chaque mot arracha des rires amusés à son frère et ses parents. Loin de s'en offusquer, la petite fille se laissa gagner par l'hilarité générale. Se sachant aimée, elle voulait à tout prix leur démontrer son amour en retour. Elle aimait leurs fous rires, les jeux dans la neige avec Tommy, les folles escapades en compagnie de Bess… Son regard clair, empreint d'une muette adoration, se fixa sur son frère.

— Irons-nous faire du patin à glace demain, Tommy ?

Le lac avait gelé et les enfants allaient patiner tous les samedis matin.

— Oui, à condition qu'il arrête de neiger. Sinon, tu ne verras pas plus loin que le bout de ton nez, répondit-il en mastiquant un des délicieux cookies que sa mère avait retirés du four.

John regarda sa femme qui ôtait son tablier. Son visage et sa taille fine avaient échappé aux outrages du temps. Dans son chemisier immaculé et son ample jupe de laine gris perle, elle évoquait la gracieuse lycéenne qu'il avait connue à l'école. Elle avait à peine quatorze ans, il en avait dix-sept. Au début, il avait eu du mal à admettre qu'un grand garçon comme lui ait pu tomber éperdument amoureux d'une gamine, une « junior ». Le temps qu'il en convienne, toute l'école était au courant de l'idylle et ses camarades le taquinaient sans merci. Son diplôme d'études secondaires en poche, il avait été embauché par son père. Il avait fallu encore sept ans à Liz pour terminer le lycée, puis l'université, avant de trouver un emploi de professeur… Sept longues années pendant lesquelles John l'avait attendue. Et il n'avait pas eu tort puisque, à présent, ils formaient la famille la plus unie et la plus heureuse de la terre !

— Je joue demain après-midi, signala Tommy, tout en engloutissant deux cookies croustillants.

— La veille du réveillon ? s'étonna sa mère. Oh, Tom, crois-tu que ce soit raisonnable ?

Ils ne rataient jamais un match de football ou de hockey sur glace. Liz s'y rendait pour faire plaisir à son fils. D'instinct, elle se méfiait de ces sports violents où à chaque instant les joueurs risquaient de se blesser, de se fouler une cheville, quand ils ne se cassaient pas une ou deux dents. Jusqu'alors, à part quelques bleus et un œil au beurre noir, Tommy s'en était sorti avec les honneurs.

John s'empressa de plaider la cause de son aîné.

— Liz, on n'enferme pas les garçons dans un cocon.

Au fond, il approuvait sa femme, sachant combien elle chérissait ses enfants.

— C'était ton dernier jour à l'école aujourd'hui ? voulut savoir Annie.

Tommy acquiesça avec un sourire qui en disait long. Il avait des projets mirifiques pour les vacances de Noël. Un surtout, qui avait pour nom Emily… Il ne l'avait pas perdue de vue depuis Thanksgiving. La jeune fille et ses parents avaient emménagé à Grinnel dans l'année. La mère exerçait la profession d'infirmière, le père était médecin. Ils venaient de Chicago et Emily était vraiment mignonne. Assez mignonne en tout cas, pour que Tommy lui fasse l'honneur de l'inviter à ses parties de hockey. Maintenant, il comptait passer à l'étape suivante : l'emmener au cinéma la semaine prochaine, peut-être même oserait-il lui demander de l'accompagner à une surprise-partie pour le Nouvel An. Mais il n'avait pas encore eu le courage de mettre son plan à exécution… Cette petite futée d'Annie avait tout compris au sujet d'Emily. Un jour, alors qu'ils patinaient sur le lac, elle avait remarqué le manège de son grand frère qui ne quittait pas des yeux l'élue de son cœur, et qui, comme par inadvertance, était entré en collision avec Emily… Celle-ci sillonnait la piste entourée d'un groupe d'amis et d'une de ses sœurs… Tommy était fou d'elle, et Annie avait immédiatement compris la situation. Du reste, elle estimait qu'il n'avait pas tort. Emily possédait de longs cheveux noirs et brillants et patinait avec une grâce aérienne. En revanche, c'est à peine si elle avait daigné faire l'aumône d'une parole à Tommy.

— Veux-tu que je te dise ? décréta Annie du haut de ses cinq ans sur le chemin du retour. Elle le fait exprès. Au fond, tu lui plais.

— Ah oui ? Comment es-tu parvenue à cette brillante conclusion ? demanda-t-il d'un ton qu'il aurait voulu décontracté, ce qui était loin d'être le cas.

— Elle n'a pas cessé de te regarder avec des yeux de merlan frit, pendant que tu avais le dos tourné.

— Comment ça, des yeux de merlan frit ?

— Allons, tu sais très bien ce que je veux dire. Elle te faisait les yeux doux… Elle est amoureuse de toi ! Tu n'as pas remarqué comment elle a été gentille avec moi ? Alors qu'elle se fichait pas mal de sa petite sœur ! Tu lui as tapé dans l'œil, j'en suis sûre.

— Eh bien, eh bien, mademoiselle Whittaker, tu m'as l'air très avertie pour ton jeune âge.

— Tu l'aimes, toi aussi, hein ? avança Annie, d'un air taquin.

— Mêle-toi de tes affaires, d'accord ? lâcha le garçon d'un ton sévère dont sa cadette ne tint aucun compte.

— Sa grande sœur est encore plus jolie, à mon avis.

— Doux Jésus ! Une fille de terminale !

— Qu'est-ce qu'elles ont, les filles de terminale ?

— Elles ont dix-sept ans, voilà ce qu'elles ont.

Annie hocha la tête.

— Compris. Trop vieille pour toi. Emily correspond mieux à ton âge, je suppose.

— Je te remercie.

— De rien, répliqua-t-elle d'une voix sérieuse.

Ils étaient arrivés à la maison et s'étaient installés devant la rituelle tasse de chocolat chaud et crémeux, dans la cuisine. Pour rien au monde Annie n'aurait raté un seul de ces moments privilégiés. Elle adorait son frère et savait qu'il éprouvait une profonde affection à son égard. Souvent, il la prenait sur ses genoux pour lui faire la lecture d'un de ses contes préférés. Parfois, cédant à ses prières, il lui relisait de bon cœur la même histoire. Le soir, quand maman emmenait Annie au lit, Tommy restait avec leur père dans le salon et tous deux discutaient politique, un mot qui attisait furieusement la curiosité de la petite fille. Ils évoquaient la récente élection d'Eisenhower, puis énuméraient les changements qui ne manqueraient pas de se produire dans tous les domaines : l'agriculture, l'économie, les affaires…

Une immense fierté submergeait Annie quand elle les entendait échanger leurs points de vue sur le monde. Père et fils accordaient une énorme importance aux valeurs traditionnelles : famille, enfants, liens sacrés du mariage, fidélité, honnêteté, solidarité entre membres d'une même communauté. Aux yeux de ses concitoyens, M. Whittaker passait pour un excellent père de famille doublé d'un employeur juste et éclairé.

Ce soir-là, Tommy sortit avec une bande d'amis. Il faisait si mauvais, qu'il n'osa pas demander à son père la voiture et rentra à pied avec un ami vers vingt-trois heures. Tommy ne donnait guère de fil à retordre à ses parents et son père n'avait jamais eu à le rappeler à l'ordre ; sauf une fois, quand il avait eu quinze ans, et qu'il était rentré éméché, après avoir bu plusieurs verres de bière. Ses parents lui avaient vite pardonné cet écart. Après tout, tous les adolescents commettaient ce genre de bêtises. John avait fait la même chose dans sa jeunesse, surtout à l'époque où Liz suivait encore ses études. Parfois, elle le taquinait à ce sujet, mais il jurait que, depuis, il s'était transformé en parangon de vertu, ce qui, invariablement faisait éclore une moue coquine sur les lèvres de Liz. En général, la scène se terminait par un baiser.

Le lendemain, en regardant par la fenêtre, ils découvrirent un somptueux paysage de carte postale. L'épaisse couche de neige, d'un blanc éclatant, scintillait sous un ciel bleu cobalt… De bon matin, Annie et Tom décidèrent de fabriquer un bonhomme de neige dans la cour. La petite fille avait enfilé la casquette de hockey de son frère. Lorsque celui-ci lui fit remarquer qu'il en aurait besoin pour le match de l'après-midi, elle rétorqua, l'air hautain, qu'elle voulait bien la lui prêter. En riant, il la fit tomber dans la neige avant de s'y écrouler à son tour. Étendus sur le dos, ils se mirent à remuer bras et jambes. Dans le langage d'Annie, ce jeu s'appelait « faire les anges »…

L'après-midi, la famille au complet assista au fameux match. Bien que son équipe perdît la partie, Tommy garda un moral d'acier… Il avait repéré Emily dans les gradins. Comme toujours, elle semblait régner sur une cour de soupirants. Elle était vêtue d'une jupe à carreaux sous une parka, portait des bottes fourrées et avait ramassé ses cheveux noirs en une opulente queue de cheval qui lui dégringolait dans le dos. Tommy alla lui dire bonjour, bien sûr, et peu après, sur le chemin de la maison, Annie déclara que l'idole de Tommy s'était sûrement mis du fond de teint.

Son frère la considéra, interloqué.

— Comment le sais-tu ?

— Parfois, je me sers de celui de maman.

John pouffa, tandis que Tommy ouvrait des yeux éberlués.

— Maman ne se maquille jamais ! s'écria-t-il.

— Mais si, mais si. Un peu de poudre, du fard à joues, du rouge à lèvres, même.

Tommy jeta un regard en biais à sa mère. Il la trouvait ravissante mais jamais l'idée qu'elle puisse user d'un artifice quelconque ne lui avait traversé l'esprit.

— Parfois, elle se met aussi du mascara sur les cils, poursuivit Annie, imperturbable, tandis que Liz s'esclaffait. Je l'ai essayé, mais ça fait pleurer.

— Tu as raison, trésor, sourit Liz. Voilà pourquoi je n'en mets presque jamais.

Le soir, Tommy ressortit avec ses copains. Une baby-sitter vint garder Annie, afin que ses parents puissent se rendre à une réception. Lorsqu'ils revinrent, vers vingt-deux heures, la fillette dormait à poings fermés. Elle était debout aux aurores…

C'était la veille de Noël. Tout excitée, Annie passa mentalement en revue la liste de cadeaux qu'elle avait adressée au père Noël… Elle désirait ardemment une superbe poupée qu'elle avait vue dans une vitrine, mais allait-elle l'obtenir ? Elle n'en était pas sûre… Elle avait également demandé une nouvelle luge et une bicyclette, bien que celle-ci eût mieux convenu à son anniversaire, au printemps.

La journée s'écoula en préparatifs divers. Liz s'activa durant toute la matinée devant ses fourneaux. Des amis devaient leur rendre visite le lendemain, dans l'après-midi, et elle tenait à ce que tout soit parfait pour les recevoir. Annie rêvait déjà à la messe de minuit. Ils y allaient tous les ans et elle avait gardé le souvenir de l'église bondée, saturée d'encens. Elle n'avait pas compris grand-chose à la liturgie mais s'était sentie bercée par un merveilleux sentiment de bien-être, tandis qu'elle écoutait les chants, serrée entre ses parents. Il y avait une jolie crèche avec tous les animaux autour de Joseph et de Marie. Et à minuit, le prêtre avait posé le petit Jésus sur son lit de paille. Annie l'avait longuement contemplé.

— Ils sont comme toi et moi, hein, maman ? avait-elle questionné en enlaçant sa mère.

— Oui, comme nous, avait murmuré Liz en l'embrassant. Je t'aime, Annie.

— Je t'aime aussi, maman.

Elle assista au service religieux avec eux, comme tous les ans. Il faisait chaud dans l'édifice éclairé par les lueurs ambrées des bougies et la petite fille s'assoupit presque aussitôt, blottie entre ses deux parents. Elle ne sortit de sa douce torpeur que pour vérifier que le petit Jésus était de nouveau là, comme les années précédentes, à sa place. Un sourire fleurit sur ses lèvres quand elle aperçut la petite statue polychrome et elle serra la main de sa mère. Liz sentit les larmes lui piquer les yeux. Annie était un véritable don du ciel. Un divin présent qui leur avait été envoyé afin de les combler de joie et de bonheur.

Il était une heure du matin passée quand ils regagnèrent leur domicile. Annie était déjà presque endormie lorsqu'ils la mirent au lit. Quand Tommy alla l'embrasser, elle avait sombré dans un sommeil profond. Il lui effleura le front d'un baiser… Elle était chaude, se dit-il obscurément, puis il n'y pensa plus. Elle semblait si calme, si paisible et si détendue.

Elle se réveilla tard, le matin de Noël. La veille en rentrant de la messe, Liz avait mis en place l'assiette contenant les carottes et le sel pour le renne, ainsi que le gâteau destiné au père Noël. Pas encore bien réveillée, Annie s'empressa pourtant d'aller vérifier que les plats étaient vides, signe que le père Noël était passé. Une vague migraine lui vrillait les tempes et elle s'en plaignit à sa mère qui ne s'en inquiéta pas outre mesure. Sa fille avait dû attraper un rhume en jouant dans la neige avec Tommy, deux jours plus tôt se dit-elle. D'ailleurs, à l'heure du déjeuner, Annie semblait tout à fait remise. La poupée de ses rêves, toutes sortes de jouets ainsi que la nouvelle luge l'attendaient devant la cheminée… Elle ressortit jouer dans la cour en compagnie de Tommy, revint une heure plus tard s'attabler devant une tasse de chocolat fumant, les joues rouges, débordante d'énergie.

— Eh bien, princesse, sourit son père en fumant sa nouvelle pipe de Hollande – cadeau de Liz, tout comme l'étagère sculptée où il avait rangé ses vieux calumets – es-tu contente du père Noël, cette année ?

— Ravie. Ma poupée est si jolie, papa.

Elle lui sourit. Annie ignorait totalement que c'étaient ses parents, et non le père Noël auquel elle croyait dur comme fer, qui lui offraient ses cadeaux. Certaines de ses amies prétendaient que le père Noël n'existait pas mais Annie ne les croyait pas. D'après Liz, le père Noël récompensait les enfants sages… les moins sages aussi, parfois, dans l'espoir qu'ils le deviennent. Pour Annie, bien sûr, le problème ne se posait pas. Sa gentillesse et sa douceur ne faisaient de doute pour personne.

Les amis arrivèrent comme prévu en début d'après-midi. Trois familles du voisinage et deux employés de John avec leurs femmes et leurs enfants. La demeure fut vite emplie d'éclats de rires joyeux. Tommy exhiba sa nouvelle canne à pêche à un groupe d'adolescents de son âge. Il avait hâte que le printemps fût là, rêvant aux poissons qu'il allait attraper.

Ce fut un paisible et chaleureux après-midi. Ils dînèrent tranquillement après le départ des invités : un délicieux potage au potiron, les restes du déjeuner, des desserts variés que leurs visiteurs avaient apportés.

— Je n'avalerai plus rien pendant un mois ! soupira John en s'étirant sur sa chaise.

Liz lui sourit quand, soudain, son regard tomba sur Annie. Son sourire s'effaça. La petite fille était affreusement pâle. Elle avait les yeux brillants, deux plaques incarnat lui coloraient bizarrement les pommettes…

— Annie, as-tu joué avec mon fard à joues ? s'enquit doucement Liz.

— Non… j'ai été dans la neige, puis je…

Elle laissa sa phrase en suspens, ses traits reflétant une confusion singulière.

— Tu ne te sens pas bien, ma chérie ? Tu es malade ?

Liz posa une main tendre et fraîche sur le front d'Annie. Il était brûlant.

— Oui, peut-être.

Soudain, elle semblait si petite, si délicate et fragile, que sa mère la prit dans ses bras. Il ne fallait pas être particulièrement calé en médecine pour se rendre compte que la fillette avait une grosse fièvre. Liz était légèrement alarmée, et elle envisagea d'appeler le médecin.

— Je déteste le déranger une nuit de Noël, murmura-t-elle pensivement.

Un vent glacé venant du nord soufflait au-dehors, signe que le temps n'allait pas s'arranger. Il se remettrait à neiger dru, avant demain matin.

— Elle ira mieux après une bonne nuit de sommeil, dit calmement John. Tout ce remue-ménage l'a fatiguée.

Il était d'une nature moins inquiète que Liz et en pensant à l'excitation de ces derniers jours, celle-ci conclut que son mari avait raison.

— Cela te dit, ma chérie, d'aller au lit sur les épaules de papa ?

La fillette acquiesça avec un sourire, mais quand John voulut la soulever, un cri aigu lui échappa. Elle avait mal au cou, se plaignit-elle.

— Qu'est-ce que ça peut être ? questionna Liz, quand son mari sortit de la chambre d'Annie.

— Elle a pris froid, répondit-il en tapotant gentiment l'épaule de sa femme. (Il ne connaissait que trop bien sa phobie de la poliomyélite et de la tuberculose.) Elle fait un peu de température, voilà tout. Elle ira mieux demain. Je te le promets.

Elle alla embrasser à son tour la petite fille et se sentit plus calme quand elle la vit. Ses yeux brillaient toujours, elle avait chaud, mais elle semblait moins pâle. John avait raison. Les préparatifs des fêtes l'avaient épuisée. Elle avait pris froid. Une grippe, tout au plus.

— Dors bien, ma chérie. N'hésite pas à nous appeler si quelque chose ne va pas… Je t'aime beaucoup, beaucoup, mon trésor. Papa et moi te remercions pour tes jolis cadeaux.

Elle avait peint un tableau pour Liz, façonné un cendrier pour John. Annie ferma les yeux et s'endormit avant que sa mère ne quitte la pièce.

Liz fit la vaisselle avant d'aller jeter un coup d'œil à sa fille pour s'assurer que tout allait bien. Mais la température avait monté et Annie remuait faiblement dans son sommeil. Un léger gémissement lui échappa quand sa mère la toucha, et pourtant elle ne se réveilla pas. Il était dix heures du soir. Liz décida qu'il valait mieux appeler le médecin.

— Annie a de la fièvre, Walt… Elle avait trente-huit et demi, quand elle s'est couchée. Je n'ai pas voulu la réveiller pour lui reprendre sa température.

Elle mentionna la raideur de la nuque, les douleurs dans les os, symptômes habituels de la grippe.

— John dit que toute cette fête de Noël l'a beaucoup excitée et qu'elle a sans doute attrapé froid.

— Si la fièvre ne tombe pas, je viendrai la voir demain matin, Liz. Passez-moi un coup de fil dès qu'elle se réveillera... Il y a eu une demi-douzaine de cas analogues cette semaine. Des sortes de refroidissements accompagnés d'accès de fièvre... Cela ne dure pas longtemps, ne vous inquiétez pas.

— Merci, Walt.

Walter Stone, leur médecin de famille, avant la naissance de Tommy, comptait également parmi leurs meilleurs amis. Liz raccrocha, soulagée. Elle s'était sentie rassurée dès l'instant où elle avait entendu sa voix. Il avait probablement raison. Ce n'était rien. Rien de grave.

Elle resta un long moment au salon avec John, évoquant leurs amis, leur vie, leurs enfants, la chance qu'ils avaient eue de se rencontrer, les années qui s'étaient écoulées presque sans qu'ils s'en aperçoivent.

Liz retourna dans la chambre d'Annie peu après. La fièvre n'avait pas augmenté et la petite fille semblait moins agitée. Elle était étendue, immobile et respirait régulièrement. Bess, la chienne, dormait au pied du petit lit. Ni l'une ni l'autre ne bougèrent quand Liz sortit sur la pointe des pieds pour gagner sa propre chambre.

— Comment va-t-elle ? s'enquit John en se glissant entre les draps.

— Mieux, je crois, sourit-elle. Je sais, je m'inquiète trop. Mais c'est plus fort que moi.

— Voilà pourquoi je t'aime tant. Tu prends soin de nous tous. Je ne cesse pas de me répéter que je suis le type le plus chanceux du monde.

— Seulement malin, dit-elle en riant. Sinon tu n'aurais pas jeté ton dévolu sur moi, alors que je n'avais que quatorze ans.

Il était le seul homme qu'elle avait jamais connu. Au terme de vingt-deux années de vie commune, son amour pour John s'était mué en véritable passion.

— Tu as conservé ton allure de jeune fille, tu sais, murmura-t-il en l'attirant tendrement à lui.

Elle se laissa entraîner dans une douce langueur, tandis qu'il dégrafait les boutons de son corsage, avant de la débarrasser de la jupe de velours qu'elle avait mise pour Noël.

— Je t'aime, Liz, lui chuchota-t-il au creux de l'oreille, tout en promenant ses mains sur ses épaules nues et ses seins accueillants et en cherchant ses lèvres.

Leur étreinte fut longue et ardente. Leur amour était aussi fort qu'au premier jour. La dernière pensée de Liz fut pour lui. Lové contre son dos, il l'enserrait de ses bras, le visage enfoui dans ses longs cheveux blonds. Leurs corps enlacés ne faisaient qu'un et, dans le silence de la nuit, ils s'endormirent, apaisés.

Le premier geste de Liz, en se réveillant, fut d'aller voir Annie. Elle avait enfilé son peignoir dont elle avait serré la ceinture. En entrant dans la chambre de l'enfant, elle marqua un temps d'arrêt... Elle était là, endormie. Calme, trop calme. En s'approchant, Liz étouffa un cri : d'une pâleur de cire, Annie respirait à peine. Le cœur de Liz se serra affreusement et elle se précipita pour toucher l'enfant qui émit un gémissement ténu. Mais sa mère eut beau la secouer, elle n'ouvrit pas les yeux. Elle ne s'éveilla pas non plus quand Liz commença à hurler son nom.

Tommy apparut sur le seuil de la porte, encore en pyjama, les cheveux ébouriffés, les yeux bouffis de sommeil.

— Maman, qu'y a-t-il ?

— Je ne sais pas. Dis à papa d'appeler le Dr Stone. Je n'arrive pas à réveiller Annie.

Des larmes avaient jailli de ses yeux. Liz posa sa joue mouillée contre celle, brûlante, de sa fille. La fièvre avait augmenté de façon considérable et l'enfant, bouillante, gisait sur sa couche, inconsciente. Liz n'osa pas l'abandonner pour aller chercher le thermomètre dans la salle de bains.

— Vite ! cria-t-elle à l'adresse de Tommy, qui était parti en courant.

Elle essaya de soulever Annie, de la faire asseoir : le petit corps fut parcouru d'un frisson, mais les paupières restèrent closes.

— S'il te plaît, mon bébé… Allez, ouvre les yeux… je t'aime… Annie, je t'en supplie.

Elle sanglotait quand John fit irruption dans la chambre, Tommy sur ses talons.

— Walt arrive. Que se passe-t-il ?

Une expression de frayeur altérait ses traits. Tommy s'était mis à pleurer doucement sur l'épaule de son père.

— Je ne sais pas. Elle est consumée par la fièvre. Je n'arrive pas à la réveiller… oh mon Dieu ! John, s'il te plaît.

Secouée de sanglots, Liz s'assit sur le bord du lit et se mit à bercer sa petite fille, mais Annie n'eut aucune réaction ; elle gisait inanimée entre les bras de sa mère, sous le regard épouvanté de son père et de son frère.

— Elle s'en remettra. Les enfants font souvent de grosses fièvres et deux heures plus tard, ils se portent comme des charmes. Tu le sais, dit John, en s'efforçant de surmonter sa propre panique.

— Ne me dis pas ce que je dois savoir ! Tout ce que je sais, c'est qu'elle est très malade ! répondit Liz, furieuse.

— Walt a dit qu'il faudra peut-être l'hospitaliser… Écoute, pourquoi ne vas-tu pas t'habiller ? suggéra John d'une voix douce. Je veillerai sur elle.

— Il est hors de question que je la laisse, répliqua Liz d'un ton farouche.

Elle avait recouché l'enfant et lui caressait les cheveux.

Terrifié, Tommy regarda sa sœur : elle était si blanche qu'on l'aurait dite morte. Il avait du mal à croire qu'elle puisse se réveiller d'un instant à l'autre, et se mettre à bavarder et à rire, mais il le souhaitait de tout son cœur.

— Comment a-t-elle pu tomber malade aussi vite ? Elle avait pourtant l'air d'aller bien hier soir, murmura-t-il.

— Elle était un peu souffrante, mais j'ai cru que c'était un malaise passager, dit Liz, en lançant à John un regard empreint de reproches. J'aurais dû faire venir Walt hier soir. J'aurais dû insister.

Elle avait honte à présent d'avoir fait l'amour, alors que sa petite fille chérie gisait inconsciente dans la chambre d'à côté.

— Tu ne pouvais pas savoir, la rassura John.

Mais elle ne répondit pas.

Le carillon de l'entrée annonça l'arrivée du praticien et John se précipita pour aller l'accueillir. Un froid intense lui fouetta le visage lorsqu'il ouvrit la porte : les flocons de neige tourbillonnaient follement dans l'air glacial.

— Que se passe-t-il ? questionna le docteur, tandis qu'ils gagnaient rapidement la chambre d'Annie.

— La fièvre a beaucoup monté. On n'arrive pas à la réveiller, répondit John alors qu'ils entraient dans la pièce.

Le Dr Stone ne perdit pas de temps en salutations inutiles, et se rendit directement au chevet de l'enfant. Ses mains tâtèrent la nuque de la fillette sans parvenir à lui faire bouger la tête. Il souleva ses paupières pour examiner les pupilles, avant d'ausculter sa poitrine et de vérifier ses réflexes, dans un silence total. Enfin, il se tourna vers la famille avec, sur le visage, une expression peinée.

— Je vais l'emmener à l'hôpital. Il faut lui faire subir un prélèvement du liquide céphalo-rachidien. Je crains qu'elle n'ait une méningite.

— Oh, mon Dieu, murmura Liz. (Elle ignorait les implications exactes de ce diagnostic.) Va-t-elle s'en sortir ?

Elle s'était agrippée au bras de John, tandis que Tommy pleurait doucement, le regard fixé sur sa petite sœur qu'il adorait. L'estomac noué, la gorge sèche, Liz attendait la réponse du médecin. C'était un ami de longue date et pourtant, maintenant, il lui faisait l'effet d'un ennemi, une sorte de mauvais génie qui tiendrait la vie d'Annie entre ses pattes griffues.

— Je n'en sais rien, répondit-il avec franchise. Elle est très gravement malade. Il faut tout de suite l'emmener aux urgences. L'un de vous peut m'accompagner ?

— Nous venons tous les deux ! déclara John d'une voix ferme. Laissez-nous juste une minute pour nous préparer. Tom, reste avec le docteur et Annie, veux-tu ?

— Papa, je… voudrais venir, s'étrangla le jeune garçon. Je tiens à accompagner Annie, moi aussi.

Sur le point d'émettre une objection, John finit par hocher la tête. Il ne comprenait que trop bien les sentiments de Tommy. Il savait ce qu'Annie signifiait pour lui. Pour eux. Il ne s'en remettrait pas si elle disparaissait.

— Alors, cours mettre quelque chose. Nous serons prêts dans une minute, Walt.

Dans leur chambre, Liz s'habillait avec fébrilité, saisissant au hasard ce qui lui tombait sous la main : une vieille jupe, un sweater, une paire de bottes. Comme un automate, elle se passa un peigne dans les cheveux, attrapa son sac et se précipita dans la chambre d'Annie.

— Comment va-t-elle ? souffla-t-elle.

— Il n'y a pas de changement, répondit tranquillement le praticien.

Il n'avait pas cessé de veiller sa petite patiente, elle avait une tension affreusement basse ; un pouls très faible et paraissait s'enfoncer de plus en plus dans le coma… Il fallait la transporter très rapidement à l'hôpital et tenter tout ce qui était possible pour la sauver, même si l'on ne pouvait pas faire grand-chose contre la méningite.

John apparut habillé n'importe comment, suivi de Tommy vêtu de sa tenue de hockey : c'était le premier vêtement qu'il avait trouvé dans son armoire.

— Allons-y ! fit John en sortant Annie de son lit et en l'emmitouflant dans deux lourdes couvertures d'où seule sa petite tête dépassait.

Rapidement, ils montèrent dans la voiture du médecin. John se glissa sur la banquette arrière serrant la petite malade contre son cœur, Liz près de lui. Tommy prit place à côté du conducteur, qui démarra en trombe. La petite fille fut parcourue d'un long frisson, puis elle ne bougea plus. Le trajet s'effectua dans un silence pesant. Liz ne pouvait quitter du regard la petite figure blême et écartait de la main les mèches blondes du front bouillant. Ses lèvres frôlèrent une ou deux fois la joue desséchée et à chaque baiser elle fut transpercée par une horrible sensation de brûlure.

John transporta sa fille dans la salle de réanimation où une infirmière attendait. Walt avait appelé l'hôpital avant qu'ils ne quittent la maison. Liz pressait la main d'Annie entre les siennes alors que l'on pratiquait le prélèvement prescrit par le Dr Stone. On l'avait priée d'attendre à l'extérieur mais elle avait refusé d'un ton féroce, ne voulant pas abandonner sa fille.

Les infirmières avaient échangé un regard, le docteur avait hoché la tête.

Vers la fin de l'après-midi, ils eurent le résultat de l'analyse : méningite. La fièvre culminait à plus de quarante degrés et tout effort pour la faire diminuer s'était révélé vain. Étendue sur son lit d'hôpital, qu'un rideau isolait des autres malades, dans le pavillon des enfants, son frère et ses parents à son chevet, Annie demeurait inerte. De temps à autre, un gémissement lui échappait mais ses yeux restaient fermés. Lorsque le médecin revint l'examiner, sa nuque présentait une raideur complète. Il savait qu'elle ne pourrait vivre encore longtemps, à moins d'une soudaine baisse de température, d'une subite reprise de conscience. Rien ne pouvait la ramener à la vie, ni combattre le mal qui la rongeait. Elle était entre les mains de Dieu… Ils l'avaient reçue, tel un don du ciel, cinq ans et demi auparavant. Et maintenant, ils ne pouvaient rien faire pour ralentir la marche du destin : ils ne pouvaient que prier et espérer ; la supplier de ne pas les quitter. Mais elle n'entendait rien, ne sentait rien, ne réagissait pas aux caresses et aux baisers de sa mère sur sa petite main brûlante. John et Tommy tenaient son autre main à tour de rôle, sortant de temps en temps dans le couloir pour laisser libre cours à leur chagrin. Ils n'avaient jamais éprouvé une telle détresse… Seule Liz restait à son côté, refusant de quitter la pièce, redoutant de perdre l'ultime bataille si elle s'éloignait.

— Nous t'aimons tant, mon bébé… nous t'aimons tous tant… Papa, Tommy, et moi… réveille-toi, ma chérie, tu dois ouvrir les yeux… Fais un petit effort, mon amour, ouvre les yeux… Après, tu guériras… Après, tout ira bien… On ne va pas laisser cette vilaine maladie prendre le dessus, d'accord ? Allez, bébé, s'il te plaît… s'il te plaît… s'il te plaît…

Elle n'avait pas cessé de lui parler, se refusant à la quitter ne serait-ce qu'une seconde. Enfin, elle accepta une chaise sur laquelle elle s'effondra, sans lâcher la main de sa fille. John avait dû sortir, ne pouvant plus supporter cet affreux spectacle, et les infirmières avaient conduit Tommy dans le hall où il put sangloter sans retenue.

Une heure s'était écoulée depuis que Liz était seule dans la petite chambre blanche, quand Annie émit un faible soupir. Ses cils frémirent. L'espace d'une seconde elle parut sur le point d'ouvrir les yeux mais n'en fit rien. Sa menotte serra doucement les doigts de sa mère. Puis, comme si elle se réveillait d'un long sommeil, elle souleva les paupières, et fixa son regard sur le visage de Liz.

— Annie ? fit celle-ci dans un murmure, en faisant signe à John, qui se tenait près de la porte, de se rapprocher. Bonjour, bébé… papa et moi sommes là et nous t'aimons très fort.

Son père se tenait à son chevet et de l'autre côté du lit, sa mère la contemplait avec amour. La petite fille ne parvenait pas à tourner la tête, mais ses yeux se reportèrent de l'un à l'autre, l'air ensommeillé. Un instant, ses paupières s'alourdirent pour se rouvrir presque aussitôt. Puis, elle sourit.

— Je vous aime, dit-elle d'une voix indistincte… Tommy ?

— Il est là, aussi.

Les larmes avaient creusé un sillon brillant sur les joues de Liz, tandis qu'elle embrassait Annie. John pleurait, lui aussi, ouvertement, sans fausse honte. Ils l'aimaient tellement ! Il aurait donné sa vie contre la sienne.

— … aime Tommy… vous aime… chuchota Annie.

De nouveau elle sourit, plus belle que jamais, avec ses grands yeux bleus et le halo étincelant de sa chevelure autour de sa petite figure si éclatante d'amour. Elle leur souriait, comme si elle connaissait un secret qu'ils ignoraient. Tommy entra dans la chambre, et voyant sa sœur lui sourire, il se mit à pleurer de soulagement, persuadé qu'elle allait mieux, qu'elle allait guérir. Alors dans un chuchotement à peine audible, Annie murmura : « Merci. »

Elle se rendormit aussitôt, épuisée comme après un grand effort. Liz, debout à côté de sa fille, demeura silencieuse. Elle avait la sensation que quelque chose n'allait pas. Obscurément, elle devinait que, contrairement aux apparences, l'état d'Annie avait empiré. Elle la sentait presque glisser vers l'autre rive. Le ciel s'apprêtait à reprendre le cadeau qu'il leur avait fait… Elle se laissa à nouveau tomber sur la chaise en étreignant la petite main sèche et brûlante.

John ne tenait plus en place et était sorti dans le couloir rejoindre son fils qui sommeillait dans un fauteuil. Quant à Liz, elle fixait toujours le petit visage livide et il était près de minuit quand Annie les quitta.

Elle n'avait pas rouvert les yeux ; ne s'était plus réveillée. Elle avait simplement énoncé son message avant de s'en aller :

Je vous aime. Puis, *merci*… Merci pour ces cinq ans et demi de bonheur que vous m'avez donnés.

— Je t'aime, murmura Liz pour la centième fois, alors qu'un ultime souffle expirait sur les lèvres blanches de sa petite fille.

C'était fini. L'enfant s'était envolée rejoindre les anges. Leur cadeau leur avait été repris. Annie Whittaker n'était plus qu'un esprit. Pendant ce temps, son frère dormait dans le hall de l'hôpital et rêvait d'elle. Il se rappelait qu'à peine deux jours plus tôt, ils jouaient dans la neige, à être des anges…

2

Les obsèques ne furent qu'une longue agonie, semblable à ces cauchemars qui hantent les nuits de toute mère. Le service funèbre eut lieu deux jours avant le réveillon du Nouvel An. Une foule consternée se tenait dans la petite église : parents, enfants, amis, les associés et employés de John, les institutrices du jardin d'enfants, les collègues de Liz. Walter Stone était là lui aussi, rongé par le remords. Il leur avoua en aparté qu'il se désolait de n'être pas accouru la nuit où Liz lui avait téléphoné. Il avait conclu à un mauvais rhume, une grippe tout au plus, et regrettait amèrement ce diagnostic formulé trop à la légère. Il admit aussi que, même s'il s'était rendu au chevet de l'enfant sur-le-champ, il n'aurait pu être d'une grande utilité. La médecine n'avait pas encore fait assez de progrès en ce qui concernait la méningite. Les chances de guérison chez les enfants en bas âge atteints de cette maladie étaient pratiquement nulles. Liz et John avaient gentiment rassuré le praticien. Personne n'était fautif. Pourtant, Liz ne pouvait s'empêcher de se répéter que si elle avait insisté auprès du médecin pour qu'il se déplace, ce soir horrible où les symptômes avaient fait leur apparition, le drame aurait pu, malgré tout, être évité. De son côté, John s'en voulait d'avoir dit à sa femme que ce n'était probablement rien de grave. Tous deux, d'ailleurs, se blâmaient d'avoir fait l'amour, alors que leur fille sombrait lentement dans le coma. Tommy se sentait coupable, lui aussi… Quand il avait embrassé sa sœur, la veille de Noël, elle lui avait paru étrangement chaude. Mais il n'avait pas su faire la différence…

Dans son oraison, le prêtre rappela qu'Annie représentait un don du ciel, un petit ange que Dieu leur avait envoyé pour un temps, hélas trop bref, afin de leur donner une leçon d'amour. Et elle avait accompli sa mission. Tous les assistants se remémoraient parfaitement son sourire lumineux, ses grands yeux bleus, son petit visage rayonnant qui incitait chacun à l'aimer… Ils l'avaient adorée. Et tous se demandaient comment serait la vie sans sa présence radieuse. Pour tous sans exception, cette mort prenait l'allure d'une punition, qu'on leur avait infligée pour leurs péchés et à chacun, elle rappelait qu'à tout instant, on peut perdre ce que l'on chérit le plus au monde La perte d'un enfant se prolongeait par la perte de l'espérance, de la foi en la vie et en l'avenir… Il n'y avait pas d'êtres plus seuls que Liz, John et Tommy Whittaker, en cette glaciale matinée de décembre. Tous trois se tenaient serrés côte à côte devant la petite fosse dans laquelle reposait le minuscule cercueil fleuri.

— Je ne peux pas, murmura Liz d'une voix étranglée. Je ne peux pas la laisser ici.

John entoura avec tendresse ses épaules secouées de sanglots, et l'entraîna à l'écart.

— Elle n'est pas ici, Liz. Elle est partie. Elle ne souffre plus maintenant… Elle va bien.

— Non, elle ne va pas bien. Elle est à moi. Je la veux. Je veux qu'on me rende mon bébé, hoqueta-t-elle, tandis que leurs amis s'éloignaient discrètement.

Il n'y avait rien à dire. Aucune parole ne pouvait adoucir une peine aussi immense.

Tommy se tenait debout, solitaire, sous les arbres nus du cimetière, grelottant.

— Tu tiens le coup, fiston ? lui demanda son entraîneur de hockey, les yeux embués de larmes.

Le garçon commença par hocher la tête, puis dans un élan de détresse sans pareille, il se blottit dans les bras de l'homme trapu, en versant un torrent de larmes.

— Je sais… je sais ce que tu ressens… murmura ce dernier en lui tapotant le dos. J'ai perdu ma sœur quand j'avais vingt et un ans. Elle en avait quinze… C'est affreux. On n'oublie jamais. Accroche-toi à tes souvenirs, fiston. Là où elle est, elle n'aimerait pas te voir pleurer. Parle-lui de temps en temps. Elle t'entendra… Tu ne la perdras jamais vraiment.

Tommy regarda son entraîneur, interloqué. Il n'avait pas l'habitude de l'entendre parler de cette façon, avec autant de gentillesse, une telle compréhension. Puis il hocha la tête. Son père avait enfin réussi à éloigner sa mère de la tombe. Elle semblait au bord de l'évanouissement. Le visage de John était gris. Ils s'engouffrèrent tous les trois dans la voiture et reprirent le chemin de la maison sans un mot.

Les visites de condoléances se succédèrent tout l'après-midi. Certains se contentèrent de poser une gerbe de fleurs sur les marches du perron avant de s'éloigner rapidement, comme si la tragédie qui avait dévasté la vie des Whittaker pouvait être contagieuse.

Assis au salon, épuisés, Liz et John s'efforçaient d'accueillir leurs relations et amis. Ils furent presque soulagés quand, tard dans la nuit, ils purent fermer leur porte et cesser de répondre au téléphone. Pendant ce temps, Tommy était resté invisible. Calfeutré dans sa chambre, il donnait libre cours à sa douleur. Une ou deux fois, il était sorti dans le couloir, et à chaque fois, la vue de la chambre d'Annie lui arrachait de nouvelles larmes. Enfin, prenant son courage à deux mains, il ferma la porte de la petite pièce où seulement deux jours auparavant, Annie gisait, mortellement pâle, sur son petit lit blanc… Soudain, il se rendit compte qu'il était incapable de se rappeler sa jolie petite frimousse quand elle allait bien… Le masque mortuaire aux narines pincées, aux lèvres bleuâtres, s'était à jamais gravé dans son esprit… Et ces mots, qu'elle avait prononcés juste avant de mourir… Je vous aime… Merci… Bon sang, pourquoi était-elle morte ? Que s'était-il passé ? Pourquoi la mort ne l'avait-elle pas choisi, lui ?

Tommy ne dit à personne ce qu'il ressentait, ne fit pas part des interrogations qui le tourmentaient. Il garda le silence. Exactement comme ses parents qui n'échangèrent pas une parole pendant toute la semaine, ne sortant de leur mutisme que pour répondre au téléphone ou accueillir des amis. Tous trois laissèrent passer le réveillon et le Jour de l'An sans sortir de leur gangue de tristesse, sans même s'embrasser… Deux jours plus tard, Tommy retourna à l'école. En classe, personne ne lui adressa un mot de condoléances. Tous étaient au courant du drame qui avait touché leur camarade, mais gênés, ils firent comme si de rien n'était, préférant aborder des sujets moins pénibles. Son entraîneur le traita avec la même sympathie qu'auparavant, sans plus mentionner sa propre sœur ou Annie. Personne ne parla à Tommy de la mort de sa sœur, et chacun jeta un voile pudique sur son chagrin. Et Tommy se replia sur lui-même, car il n'avait personne avec qui partager sa peine. Emily elle-même, l'Emily qu'il aimait tant, le faisait souffrir, car il avait parlé d'elle avec Annie. Tout lui rappelait ce qu'il avait perdu, d'une façon insupportable. Il détestait cette douleur constante qui l'élançait comme une plaie à vif ; il haïssait la pitié qu'il lisait dans le regard de ses camarades… Dévoré par la douleur, Tommy avait la sensation d'être devenu un étranger pour ceux qui l'entouraient. Il se sentait indésirable. Il avait l'impression que ses camarades de classe le fuyaient, le rejetaient. Et il resta seul dans son coin. Et ses parents firent de même.

Quand le flot de visites se tarit, ils cessèrent de voir leurs amis… Ils cessèrent presque de se voir l'un l'autre. Depuis la disparition d'Annie, Tommy n'avait pris aucun repas avec eux. Il ne supportait plus de s'asseoir à la table de la cuisine où, tant de fois, il avait bu du chocolat fumant et crémeux avec Annie. Retrouver la maison vide sans pouvoir partager avec sa petite sœur leurs chers cookies fut bientôt au-dessus de ses forces… Après les cours, il se réfugiait dans la salle de gymnastique où il s'entraînait jusqu'à l'épuisement. Il se mit à rentrer le plus tard possible, pour avaler rapidement le dîner que sa mère lui avait laissé dans le four. La plupart du temps, il grignotait un morceau debout, sur le bord de la table, avant de jeter les restes du repas à la poubelle. Souvent, il se passait de dîner, se contentant de quelques gâteaux secs qu'il avalait avec un verre de lait, dans sa chambre.

Sa mère semblait ne plus se nourrir du tout ; quant à son père, il sortait de plus en plus tard de son travail. Lui aussi avait perdu l'appétit. Les repas en famille appartenaient désormais au passé. Chacun évitait soigneusement de s'asseoir à table, comme si dîner ensemble pouvait rendre l'absence de la petite Annie encore plus cruelle. Aussi se mirent-ils à se fuir les uns et les autres et à se fuir eux-mêmes.

Chaque chose était encore imprégnée du parfum d'Annie, tout leur rappelait sa présence, éveillant encore et encore la douleur de l'avoir perdue à jamais.

L'entraîneur de Tommy avait commencé à s'inquiéter pour lui et l'un de ses professeurs mentionna le cas Whittaker un peu avant les vacances de printemps. Pour la première fois de sa scolarité, ses notes n'avaient cessé de chuter, mais le garçon s'en moquait éperdument. Rien n'avait d'importance à présent. Sans Annie, plus rien ne comptait.

— Le jeune Whittaker est dans une mauvaise passe, fit remarquer la responsable des travaux pratiques au professeur de mathématiques, alors qu'elles étaient attablées à la cafétéria.

— On le serait à moins, répondit le prof de maths d'une voix emplie de compassion. (Elle avait elle-même des enfants et le deuil qui avait frappé la famille de Tommy l'avait bouleversée). Où en est-il ? En train de rater ses examens, je suppose ?

— Pas encore, mais cela ne saurait tarder. Il était l'un des meilleurs éléments de sa classe. Ses parents sont très pointilleux en matière d'éducation. Son père a même évoqué la possibilité de l'inscrire dans une université prestigieuse, à Harvard ou à Yale, au cas où il continuerait à obtenir des notes élevées… ce qui n'est plus le cas, malheureusement.

— Il a encore le temps de se reprendre. Cela ne fait que trois mois… Donnons à ce gosse une seconde chance… Si à la fin de l'année il ne s'est pas amélioré, nous pourrions convoquer ses parents.

— Je déteste le voir s'enliser dans l'échec.

— Peut-être ne peut-il pas faire autrement. Peut-être est-ce là sa façon de survivre. De se battre. Il y a des choses plus importantes dans la vie qu'un carnet de notes impeccable. Laissons-lui le temps de trouver un second souffle et de recouvrer son équilibre.

— Ça va faire trois mois, rappela l'autre professeur.

Le mois de mars touchait à sa fin. Eisenhower occupait la Maison Blanche depuis deux mois, le vaccin de la polio avait été testé avec succès. Le monde évoluait rapidement, mais pas Tommy Whittaker. Sa vie s'était arrêtée en même temps que celle d'Annie.

— Je crois qu'une existence entière ne me suffirait pas pour oublier, si ç'avait été mon enfant, murmura le prof de maths.

— Je comprends.

Les deux femmes restèrent silencieuses un instant, chacune songeant à sa propre famille. À la fin du repas, elles étaient tombées d'accord sur la marche à suivre. Elles laisseraient Tom Whittaker suivre la mauvaise pente encore un moment sans lui faire de remarques, puis, elles aviseraient. Tout le monde avait remarqué sa nouvelle attitude. Plus rien ne retenait son attention, pas même le sport. Il avait décidé de ne pas participer aux matches de basket-ball et de base-ball, ce printemps, en dépit des injonctions de son entraîneur. Chez lui, sa chambre était devenue un véritable capharnaüm. Et il ne s'entendait plus avec ses parents…

D'après la rumeur, M. et Mme Whittaker étaient à couteaux tirés. De fréquentes disputes éclataient entre eux pour un rien. La moindre petite faute prenait des proportions énormes et chacun en rejetait le blâme sur l'autre. « Tu n'as pas mis d'essence dans la voiture, tu n'as pas sorti la poubelle, tu as oublié de promener le chien. » Chèques, factures, emplettes, courrier, tout était source de bagarre. Son père n'était quasiment plus jamais à la maison. Sa mère avait perdu le sourire. Aucun d'eux ne songeait plus à dire un mot gentil à l'autre. Ils n'avaient même plus l'air tristes… seulement furieux. Furieux l'un contre l'autre, contre le monde entier, la vie, le destin cruel qui leur avait arraché Annie si brutalement. Évidemment, ni l'un ni l'autre ne l'admettaient. Simplement ils passaient leur vie à hurler, se plaignant de tout, jusqu'à leur facture d'électricité trop élevée à leur goût.

Tommy faisait tout pour les éviter : il traînait dans le jardin le plus tard possible, passant une partie de la soirée dans l'arrière-cour. Il s'était mis à fumer. Souvent, assis sur les marches de l'entrée de service, sous une pluie tenace, il buvait de la bière et fumait des Camel… Ces gestes lui donnaient l'illusion d'être adulte… Si Annie le voyait ! Comme elle serait choquée ! Cette pensée faisait éclore un pâle sourire sur ses lèvres. De toute façon, il n'avait pas le choix. Ses parents se souciaient comme d'une guigne de ses faits et gestes. Par ailleurs, il avait seize ans maintenant… Un grand garçon.

— Je me fiche que tu aies seize ans, Maribeth Robertson, hurla son père, une nuit de mars à Onawa, au fin fond de l'Iowa, à quelque deux cent cinquante miles de l'endroit où Tommy sirotait sa énième bière, affalé sur les marches de la maison de ses parents tandis que les rafales de vent dévastaient les parterres de fleurs de sa mère… Il est hors de question que tu mettes le nez dehors dans cette tenue, avec du maquillage plein la figure. Va te débarbouiller et enlève-moi cette robe.

— Mais, papa, je vais au bal, pas à l'église. Toutes les filles seront maquillées et porteront des robes de soirée.

La créature que son frère aîné avait accompagnée au bal de l'école, deux ans plus tôt arborait une tenue bien plus osée, mille fois plus provocante, mais leur père n'avait pas soufflé mot. Évidemment, il s'agissait de la petite amie de Ryan, ce qui changeait tout. Ryan pouvait tout se permettre. C'était un garçon, lui. Alors que Maribeth n'était qu'une fille.

— Si tu tiens à sortir, tu mets une robe convenable. Sinon, tu restes ici à écouter la radio avec ta mère.

Rester à la maison semblait tentant, mais en même temps, le bal de fin d'année n'avait pas lieu tous les jours. Pourtant, Maribeth hésitait à y aller vêtue comme une nonne. Elle avait passé des mois à rêver de cette sortie. Pour la circonstance elle avait emprunté la robe de la grande sœur d'une de ses amies. Un joli modèle en taffetas vert paon, avec des chaussures assorties, qui lui faisaient terriblement mal aux pieds parce qu'elles étaient bien trop petites pour elle, mais l'ensemble en valait la peine. La robe, dépourvue de bretelles, s'agrémentait d'un minuscule boléro. Évidemment, le décolleté en forme de V dévoilait une partie de ses seins épanouis et c'était à cause de ce détail que son père avait opposé son veto.

— Je garderai le boléro, papa, je te le promets.

— Balivernes ! Ou tu t'habilles décemment, ou tu peux dire adieu au bal. Si les autres filles aiment avoir l'air de petites garces, la mienne ne fera pas partie du lot. Tu n'as pas besoin d'exhiber ta poitrine pour attirer le regard des garçons, Maribeth. Autant que tu le saches tout de suite, avant de nous ramener un de ces mirmidons ridicules à la maison, d'accord ? fit-il, d'un ton définitif, alors que Noelle, la sœur cadette de Maribeth levait les yeux au ciel.

Noelle n'avait que treize ans mais sentait déjà gronder en elle le feu de la révolte. Quand elle marchait dans la rue, elle balançait des hanches et battait des cils chaque fois qu'un garçon sifflait à son passage. À seize ans, Maribeth manquait d'audace. Sa timidité maladive l'empêchait de tenir tête à leur père.

Naturellement, elle céda, comme toujours, fit demi-tour et partit se réfugier dans sa chambre où elle s'effondra, en larmes, sur son lit. En entendant sa fille sangloter, la mère de Maribeth vint à son secours. La garde-robe de la jeune fille ne recelait pas de trésors, mais Margaret Robertson dénicha une robe bleu marine à manches longues égayée par un col blanc. Son mari la trouverait certainement conforme à ses goûts. La seule vue du vêtement arracha à Maribeth un gémissement de désespoir.

— Oh, maman, j'aurai l'air de sortir du couvent. Ils vont se moquer de moi…

— Toutes les filles ne porteront pas ce genre de robe, Maribeth, répondit-elle en montrant la tenue empruntée, objet de la colère paternelle.

C'était un joli modèle, elle en convenait, mais en le voyant sur sa fille, elle avait eu un peu peur, elle aussi. Il donnait à Maribeth une allure terriblement féminine… À seize ans, elle avait une superbe poitrine, une taille fine, des hanches étroites, des jambes interminables. Même vêtue sans recherche, elle ne pouvait cacher sa beauté. Elle dépassait de plusieurs centimètres la plupart de ses amies et s'était développée plus vite que les filles de son âge.

Il fallut près d'une heure à Mme Robertson pour convaincre sa fille de porter la robe. Pendant ce temps, confortablement installé au salon, son père faisait subir un interrogatoire en bonne et due forme au garçon qui allait accompagner sa fille au fameux bal. Maribeth le connaissait à peine. La nervosité du jeune homme augmentait un peu plus à chaque question de M. Robertson. Qui étaient ses parents ? Quel métier exercerait-il quand il aurait fini le lycée ? David O'Connor finit par avouer qu'il n'avait encore pris aucune décision à ce sujet et Bert Robertson en profita pour lui assener quelques vérités universelles. Le rude labeur formait le caractère et, par ailleurs, le service militaire exaltait chez un homme les qualités viriles du corps et de l'esprit… Le pauvre David approuvait timidement chaque remarque de M. Robertson quand Maribeth pénétra dans la pièce, vêtue de la robe abhorrée qu'éclairait le rang de perles de sa mère. Des chaussures plates avaient remplacé les souliers à talons de satin vert paon. Même ainsi, elle dépassait David d'une tête. Mais maintenant, plus rien n'avait d'importance. Elle se sentait affreusement laide dans cette tenue sombre qui tranchait étrangement avec sa chevelure d'un roux flamboyant.

Elle salua David.

— Tu es mignonne, la complimenta-t-il sans grande conviction.

Lui-même paraissait flotter dans le costume de son grand frère. Il lui tendit maladroitement le petit bouquet de fleurs que, suivant la coutume, elle devait épingler sur son corsage.

— Amusez-vous bien, dit gentiment sa mère, désolée que sa fille n'ait pu mettre la merveilleuse robe vert paon. Elle était superbe dans cette tenue, et elle avait l'air si adulte… Mais il était inutile de discuter les décisions de son époux. Une fois que Bert s'était forgé une opinion, rien ne pouvait le faire changer d'avis. Il était très strict avec ses filles et ne tolérait pas le moindre écart. Deux de ses sœurs s'étaient trouvées dans l'obligation de régulariser leur situation, des années auparavant, et Bert s'était juré que cela n'arriverait jamais à ses filles… Elles épouseraient de braves garçons en temps et en heure. Pas de flirts, pas de petits amis, pas de sorties nocturnes. Seul Ryan avait le droit de mener sa barque comme il l'entendait. C'était un garçon, après tout. Il avait maintenant dix-huit ans et travaillait depuis un an avec son père. Bert Robertson était le propriétaire du garage le plus prospère d'Onawa. Il réparait des voitures à trois dollars de l'heure, ce qui lui avait rapporté un bon petit pécule dont il était fier.

Ryan aimait travailler avec son père et montrait le même talent pour la mécanique que lui. Tous deux s'entendaient à merveille et il leur arrivait de partir chasser ou pêcher le week-end, laissant les filles à la maison avec leur mère. Celle-ci les emmenait au cinéma ou leur apprenait à coudre. Margaret n'avait jamais eu besoin de travailler, ce qui constituait un autre sujet de fierté aux yeux de Bert… Il ne faisait pas partie des notables de la ville, mais il pouvait marcher la tête haute, et aucune de ses filles ne lui ferait honte en s'exhibant à un bal accoutrée comme une traînée. Maribeth ne manquait pas d'attraits, certes, et c'était une raison de plus pour garder l'œil sur elle. Ce qui était arrivé à ses sœurs lui avait servi de leçon une fois pour toutes.

Il avait épousé une jeune femme simple et sans prétention : avant de le rencontrer, Margaret O'Brien souhaitait entrer dans les ordres. Elle avait été une bonne épouse pendant près de vingt ans. Jamais il ne lui aurait demandé sa main si elle avait eu l'allure sexy de Maribeth, ou la langue pendue de Noelle. Une fille donnait beaucoup de fil à retordre, avait-il conclu quelques années auparavant, bien que Maribeth ne lui ait jamais causé aucun problème… Et pourtant, ces derniers temps, elle s'était mise à avoir de drôles d'idées sur la condition féminine, et sur l'éducation qu'une femme était en droit de recevoir à l'école et même à l'université. Selon Bert, le tort en revenait à ses professeurs, qui la poussaient à continuer ses études. Bert n'avait rien contre l'accès des femmes aux études supérieures à condition que celles-ci sachent s'arrêter et en fassent bon usage. Inutile d'avoir fait une grande école pour changer une couche, se disait-il. Que Maribeth apprenne la comptabilité et l'aide dans son travail, c'était très suffisant ! Or, sa fille avait des ambitions qui le dépassaient totalement : elle parlait de femmes médecins, de femmes ingénieurs, de femmes juristes, et *tutti quanti*. Mais qu'avait-elle donc dans la tête ! Les filles étaient censées se conduire correctement, se marier et avoir des gosses, suivant les désirs et les moyens financiers de leurs maris. Elles étaient supposées prendre soin de leurs époux et de leur progéniture, point final. Il l'avait bien fait comprendre à Ryan.

— Ne va pas tomber amoureux d'une fille de rien et te mettre dans une situation impossible si tu n'as pas envie de l'épouser.

On pouvait parler franchement avec un garçon. Avec les filles, c'était une autre affaire. Elles n'avaient qu'à obéir, et pas à s'afficher dans des tenues indécentes aux bals, quand elles ne vous rendaient pas fou avec leurs idées saugrenues d'émancipation. Par moments, il se demandait si les films que Margaret les emmenait voir n'étaient pas à l'origine de cette rébellion… Oh, Margaret n'y était pour rien, il en était convaincu. C'était une personne douce, respectable, qui ne l'avait pas contredit une seule fois en vingt ans de vie commune. Mais Maribeth… Bah, c'était une gentille petite, bien sûr, mais avec toutes ces théories modernes, elle allait au-devant de graves ennuis.

Quand Maribeth et David arrivèrent au bal – ils avaient près d'une heure de retard – la fête battait son plein. On ne les avait pas attendus pour s'amuser. Bien que le règlement interdise l'alcool, la plupart des garçons des classes terminales étaient pompettes, ainsi que quelques filles, à en juger par leur attitude. En arrivant, Maribeth avait aperçu quelques couples flirtant dans des voitures sur le parking. Gênée à l'idée que David puisse les avoir vus lui aussi, elle avait fait semblant de ne pas les remarquer. Elle ne le connaissait pour ainsi dire pas mais il avait été le seul à l'inviter au bal… Sa curiosité avait été la plus forte et elle avait accepté. Elle en avait assez de rester à l'écart de tout, d'être toujours différente. Des années durant, elle avait été la première de sa classe, et cela ne lui avait pas procuré que des amis, au contraire. La moitié de ses camarades la détestait, l'autre moitié l'ignorait.

Chaque fois que ses parents s'étaient montrés à l'école, Maribeth avait cru mourir de honte. Sa mère aussi craintive qu'une souris, s'effaçait totalement devant son père. Quant à ce dernier, arrogant et bruyant, il était toujours prêt à prodiguer des conseils à tout le monde, en particulier à sa femme… Jamais elle n'avait osé s'élever contre lui, obtempérant à tout ce qu'il disait, se rangeant à ses opinions, même quand elles étaient visiblement fausses. Mais ce que Maribeth détestait par-dessus tout, c'est quand il se mettait à discourir sur les femmes et leur rôle dans la société – une société bâtie bien évidemment par des hommes – et sur l'inutilité de l'éducation. Bert Robertson citait son propre cas en guise d'exemple. Orphelin, il avait grandi dans une institution de Buffalo et avait bon an mal an décroché son certificat d'études, ce qui ne l'avait pas empêché de se faire une bonne situation. Selon lui, on n'avait guère besoin de plus pour réussir. Aussi le fait que son fils se soit donné la peine de finir ses études au lycée tenait à ses yeux du miracle. Ryan incarnait le cancre dans toute sa splendeur, et les plaintes et les renvois étaient toujours demeurés sans effet. Bert trouvait amusante l'attitude de son rejeton…

Ce dernier avait eu de la chance. À l'heure actuelle il aurait dû se battre en Corée dans les Marines, mais ses pieds plats, ainsi qu'un genou irrémédiablement endommagé lors d'un mémorable match de football, lui avaient valu d'être réformé... Maribeth et Ryan n'avaient pas grand-chose à se dire. La jeune fille avait du mal à croire qu'ils venaient de la même famille, et même qu'ils étaient nés sur la même planète.

Grand, beau, insolent, Ryan n'était pas particulièrement brillant.

— Mais enfin, que veux-tu ? Quels sont tes désirs ? lui avait-elle demandé un jour, dans l'espoir de mieux cerner son caractère.

Il l'avait considérée, interloqué.

— Les voitures, les filles, la bière... prendre du bon temps, quoi. Papa ne pense qu'au boulot... Remarque, je préfère réparer des voitures, plutôt que de dépérir dans une banque ou un cabinet d'assurance. J'ai de la chance de travailler pour papa.

Elle lui avait rendu son regard et avait hoché la tête, en essayant de le comprendre et de respecter ses désirs.

— Mais tu n'as pas envie d'autre chose ?

— Comme quoi ?

— N'importe quoi... Aller ailleurs. À Chicago ou à New York. Trouver un travail plus intéressant... ou faire des études...

Elle s'était soudain aperçue qu'elle évoquait ses propres rêves... Des rêves qu'elle ne pouvait partager avec personne pas même avec ses camarades de classe. Les autres filles ne couraient pas après les distinctions et les prix d'excellence. Maribeth était différente. Et cette différence avait créé un vide autour d'elle, si bien qu'elle se voyait obligée d'aller au bal accompagnée d'un garçon comme David.

Mais elle tenait à ses rêves comme à la prunelle de ses yeux. Personne au monde ne l'empêcherait de les réaliser, pas même son père. Maribeth désirait ardemment mener de front vie professionnelle et vie privée.

Elle rêvait d'un mari qu'elle aimerait et respecterait. Elle ne lierait jamais sa destinée à un être qui ne forcerait pas son admiration. Elle avait de la peine à imaginer une existence aussi terne que celle de sa mère, auprès d'un homme qui ne lui témoignerait aucune considération, aucune marque d'estime… Certains de ses professeurs, qui avaient apprécié sa valeur, l'incitaient à s'inscrire plus tard à l'université, brisant à tout jamais la chaîne qui la reliait à sa famille.

— Tu veux un verre de punch ? demanda David.

— Comment ? (Ses pensées étaient à mille lieues de là.) Excuse-moi, je pensais à autre chose. Je suis désolée de ce que mon père t'a fait subir ce soir. Nous nous étions disputés au sujet de ma robe et j'ai dû en changer.

— Celle-ci est très jolie, affirma le garçon d'un ton qui signifiait exactement le contraire.

C'était tout sauf joli, et elle le savait. Elle se sentait affreusement mal à l'aise dans cet uniforme austère et elle avait dû faire appel à tout son courage pour oser sortir avec. L'espace d'une seconde, elle se demanda pourquoi David O'Connor avait tenu à être son chevalier servant… il était bien le seul, d'ailleurs. Maribeth avait fini par s'identifier à l'image que les autres lui renvoyaient. On la trouvait plutôt bizarre, avec sa taille de jeune géante, sa lourde chevelure rousse et sa passion des études. Jusqu'alors, elle n'avait jamais eu de rendez-vous avec un garçon. Personne ne le lui avait demandé… Sauf David. Et pour cause ! C'était un gringalet court sur pattes, bourré de complexes. Qui aurait-il osé inviter, à part Maribeth Robertson ? Il n'avait pas vraiment le choix, à moins de se rabattre sur l'un des laiderons de l'école avec qui aucun garçon ne souhaitait être vu.

En vérité, Maribeth plaisait bien à David. Il n'aurait pas traversé les océans à la nage pour elle, mais il la trouvait plutôt mignonne. Certes, son père l'avait enquiquiné avec ses sermons qui n'en finissaient plus. Il était en train de se demander s'il n'était pas tombé dans un guet-apens, quand enfin elle avait fait irruption dans la pièce, drapée dans sa robe bleu foncé ornée du col blanc... Il lui avait fait compliment sur sa bonne mine avec sincérité. On devinait parfaitement ses formes épanouies sous l'ample tissu sombre. À l'idée de serrer contre lui ce corps de liane en dansant, il se sentit gagné par une excitation incroyable.

— Veux-tu du punch ? répéta-t-il.

Elle hocha la tête... Pourtant elle n'en voulait pas. Elle regrettait d'être venue. Bientôt, il allait l'entraîner sur la piste de danse et elle aurait l'air d'une cloche dans cette satanée robe. Elle aurait mieux fait de rester à la maison à écouter la radio, comme son père le lui avait suggéré.

— Je reviens dans une minute, dit David avant de disparaître en direction du bar.

Maribeth laissa son regard errer sur les couples enlacés, qui se balançaient au rythme langoureux du blues. La plupart des filles portaient des toilettes à la mode : jupes longues à bustier et jaquettes courtes et moulantes, exactement comme la tenue dont elle s'était parée l'espace de cinq minutes.

David reparut avec les punchs, tout sourire. Il lui tendit un gobelet d'un air de conspirateur. Maribeth y trempa ses lèvres. Ça avait un drôle de goût.

— Qu'y a-t-il là-dedans ? s'enquit-elle en reniflant le breuvage.

L'odeur piquante confirma ses soupçons. Elle avait rarement goûté à de l'alcool, mais celui-ci avait été frelaté, elle en eut la conviction.

— Juste un mélange magique, répondit David.

Son sourire s'était élargi, et une lueur coquine s'était allumée dans ses prunelles.

— Je ne veux pas m'enivrer, répliqua-t-elle d'une voix neutre.

Elle se sentait aussi à l'aise qu'un poisson hors de l'eau.

— Allons, Maribeth, ne sois pas idiote. Tu ne seras pas ivre. Seulement un peu plus décontractée.

Elle l'examina plus attentivement, réalisant soudain qu'il ne paraissait pas être dans son état normal.

— Combien de verres as-tu bu ?

— Les copains ont apporté deux bouteilles de rhum et Cunningham nous a offert un flacon de vodka.

— Merveilleux. Génial.

— N'est-ce pas ? ronronna-t-il, au comble de la félicité, sans remarquer le ton glacial de sa voix.

— Je reviens, dit-elle en se redressant.

Il leva sur elle un regard anxieux. Ils n'avaient pas encore dansé.

— Où vas-tu ?

— Aux toilettes des dames.

— J'ai entendu dire qu'ils avaient de l'alcool, là-bas aussi.

— Je t'en rapporterai, fit-elle avant de se fondre dans la foule.

L'orchestre jouait *In the Cool, Cool, Cool, of the Evening* et les adolescents dansaient joue contre joue sur la piste. Maribeth se fraya un passage vers le fond du gymnase aménagé en salle de bal, passant devant un groupe de garçons qui s'escrimaient à cacher une bouteille. Sous l'effet de l'alcool, ils parlaient fort en dodelinant de la tête. D'autres dans un coin vomissaient leurs tripes. Cela lui rappelait désagréablement son frère quand il rentrait de ses surprises-parties…

Maribeth se dirigea vers la sortie. Dehors, elle se laissa tomber sur un banc en s'efforçant de rassembler ses esprits avant d'aller retrouver David. À n'en pas douter, elle le retrouverait totalement saoul. Elle ne risquait pas de s'amuser… Mieux valait rentrer à pied à la maison. Après quelques verres supplémentaires, David ne remarquerait même pas son absence.

Elle resta un long moment sur le banc, dans l'air froid de la nuit. Enfin seule ! Loin de tous ces jeunes insupportables, loin de David, loin de ses parents. Seule, dans la nuit. Pour un peu, elle aurait souhaité rester assise là jusqu'à la fin des temps. Elle avait calé sa nuque contre le dossier de bois, fermé les yeux et allongé les jambes et s'était laissé envahir par une agréable sensation de flottement.

— On a trop bu ?

Une voix douce, à son côté, la fit tressaillir. Elle rouvrit les yeux sur un visage familier. Il était en terminale, passait pour un dieu du stade et ne savait certainement pas à qui il s'adressait. Sans doute l'avait-il prise pour quelqu'un d'autre. Elle redressa le buste en secouant la tête.

— Non. Simplement il y a trop de gens. Trop de bruit. Trop de tout, à mon goût.

— Moi, c'est pareil, fit-il en prenant place sur le banc. (Maribeth ne put s'empêcher de remarquer combien il était séduisant dans le clair de lune.) Je déteste la foule.

— Allons bon ! pouffa-t-elle, surprise de se sentir aussi à l'aise pour une fois. Vous êtes toujours entouré d'un tas de fans.

Il parut intrigué.

— Comment savez-vous qui je suis ? Qui êtes-vous ?

— Cendrillon. Ma Buick vient de se transformer en vieille citrouille et j'ai quitté le bal à la recherche de ma pantoufle de vair… Vous ne l'avez pas vue ?

— Ça se pourrait. Décrivez-la-moi. Qu'est-ce qui me prouve que vous êtes la vraie Cendrillon ?

Elle l'amusait, constata-t-il. Sa robe manquait d'éclat, mais elle avait un joli visage, un corps superbe et un fabuleux sens de l'humour.

— Êtes-vous en terminale ? demanda-t-il.

Toute l'école savait qu'il sortait avec Debbie Flowers depuis qu'ils avaient quinze ans. D'après la rumeur, ils allaient se marier après la remise des diplômes.

— Je suis une « junior », répondit-elle avec un sourire timide, en se disant obscurément que son jeune âge ferait certainement fuir le Prince Charmant.

— C'est pourquoi je ne vous ai jamais remarquée, dit-il franchement. Vous paraissez plus âgée.

— Je suppose que je dois vous remercier, répondit Maribeth en plaisantant.

Elle savait qu'elle aurait dû retourner auprès de David, ou rentrer chez elle à pied. Au lieu de cela, elle ne bougea pas. De sa vie elle ne s'était sentie aussi à l'aise en compagnie d'un garçon.

— Je m'appelle Paul Browne. Quel est le nom de Cendrillon ?

— Maribeth Robertson, dit-elle en se levant.

— Où allez-vous ?

Il s'était redressé, lui aussi. Il était grand, avec des cheveux brun foncé, un sourire éblouissant, et il eut l'air déçu.

— Je rentre chez moi.

— Seule ? Avez-vous besoin d'un chauffeur ?

— Non, merci, ça va aller.

Le canard boiteux dans la voiture de Paul Browne, la vedette masculine du lycée. Qui l'eût cru ? Elle eut un sourire involontaire.

— Laissez-moi au moins vous raccompagner à l'intérieur. N'allez-vous pas mettre votre cavalier au courant de votre départ ?

— Il le faut bien…

Ils se dirigèrent vers l'entrée principale comme de vieux amis. David, on ne peut plus éméché, éclusait allègrement une bouteille de tord-boyaux avec une demi-douzaine de copains, en dépit de la présence de plusieurs surveillants alentour.

— Je ne crois pas qu'il soit nécessaire de lui dire au revoir, déclara Maribeth en se tournant vers Paul.

Il la dominait de toute sa haute stature. Auprès de lui, elle avait l'impression d'être une poupée fragile.

— Merci de m'avoir tenu compagnie. Je vais rentrer maintenant.

La soirée avait été un pur désastre, sa brève rencontre avec Paul Browne mise à part.

— Je refuse de vous laisser partir seule. Acceptez que je vous raccompagne. Que craignez-vous ? Que ma Chevy se transforme en citrouille, elle aussi ?

— Mais non. N'êtes-vous pas le Prince Charmant ?

« Je n'aurais pas dû débiter une ânerie pareille », songea-t-elle au même moment, rougissante.

— Certainement ! fit-il dans un rire, en la pilotant hors du gymnase.

Sa voiture, une Bel Air 1951, aux chromes rutilants, était garée dans le parking. Un moelleux cuir rouge capitonnait les sièges.

— Pas mal, pour une citrouille, le taquina-t-elle.

Il lui ouvrit la portière… Installée à la place du passager, elle lui donna son adresse, mais il suggéra un détour pour aller prendre un milk-shake et des hamburgers.

— Ce sera toujours plus amusant que cette parodie de bal, insista-t-il. Votre petit ami ne semble pas s'être montré à la hauteur… Je parie que vous n'avez même pas dansé… Pourquoi refuser de passer un bon moment avant de vous précipiter chez vous ? Il est encore tôt.

C'était vrai. Ses parents ne l'attendaient pas avant minuit.

— D'accord, lança-t-elle d'une voix légère, ne voulant pas montrer combien cette idée lui plaisait. Vous êtes venu seul ce soir ? questionna-t-elle en se demandant où était passée Debbie.

— Seul, oui. Je suis à nouveau libre.

Rien d'étonnant que Maribeth soit au courant de son idylle. Tout le monde le savait. Mais ils s'étaient séparés deux jours plus tôt, car Debbie avait découvert qu'il l'avait trompée pendant les vacances de Noël. Maribeth n'avait nul besoin de connaître la raison de leur rupture.

— Une chance pour moi, n'est-ce pas ? murmura-t-il en lui dédiant un sourire désarmant.

Il l'emmena chez *Willie's*, la boîte de nuit la plus populaire de la ville. Les lycéens la fréquentaient assidûment jusqu'au matin. Le juke-box jouait à pleine puissance quand ils pénétrèrent dans l'établissement, noir de monde. Soudain, au milieu des grappes d'adolescents surexcités, Maribeth eut une conscience aiguë de l'accoutrement désuet que ses parents l'avaient obligée à porter. Elle se sentit toute petite ; trop jeune, à côté de Paul qui avait presque dix-huit ans. Comme s'il avait deviné son embarras, il la présenta à tous ses amis. Elle vit quelques sourcils se lever, interrogateurs, quelques rires sous cape, mais tous lui réservèrent un accueil chaleureux. Apparemment, le fait d'être l'invitée de Paul la nimbait d'une aura de gloire, car tout le monde voulut lui parler. Bientôt, elle rit de plaisir, en dégustant un cheeseburger et un milk-shake et en bavardant avec lui. Ils dansèrent plusieurs fois au son éraillé du juke-box, y compris quelques slows, ce qui permit à Paul de la serrer dans ses bras et de sentir sa magnifique poitrine contre son torse. Désarçonnée, elle voulut le repousser, mais il resserra son étreinte. Son regard plongea sur elle et un lent sourire se dessina sur ses lèvres.

— Où te cachais-tu donc pendant ces quatre dernières années, petite fille ? susurra-t-il d'une voix enrouée.

— Pas loin. Mais tu étais trop occupé pour me remarquer, rétorqua-t-elle avec une franchise qu'il apprécia.

— Tu as raison. Je suis un idiot. Ce soir, c'est ma nuit de chance.

Il l'attira plus près, lui frôlant les cheveux de ses lèvres. Quelque chose en elle aiguisait son désir, et ce n'était pas seulement son corps bien cambré, ou ses seins. Cela tenait sans doute aussi à la façon dont elle le regardait. À la manière spontanée dont elle répondait à ses avances furtives. On eût dit que rien ne lui faisait peur. Elle n'était encore qu'une enfant… Il aurait intimidé n'importe quelle fille de son âge… Pas elle. Maribeth ne se gênait pas pour dire ce qu'elle pensait et cela lui plaisait. Sa rupture avec Debbie avait froissé son amour-propre. Maribeth représentait le baume dont son cœur blessé avait besoin.

De retour dans la voiture, il la regarda : Il avait aimé danser avec elle. Tout en elle l'excitait au plus haut point.

— Veux-tu faire un tour ? Il est à peine onze heures.

— Je dois rentrer, fit-elle prudemment.

Il démarra mais lança la Chevy en direction du parc au lieu d'emprunter le chemin de sa maison. Cela ne parut pas l'inquiéter. Elle se sentait en sécurité auprès de Paul. Il s'était comporté comme un vrai gentleman, contrairement à David.

— Juste un tour et je te ramène, c'est promis. Je n'ai pas envie que cette nuit se termine. J'ai passé un moment très agréable grâce à toi, Maribeth.

Le cœur de la jeune fille s'était mis à battre si fort qu'elle avait l'impression qu'il allait exploser. Paul Browne ! Était-ce possible ? Et s'il quittait Debbie Flowers pour sortir avec elle ? Elle avait de la peine à y croire.

— Un moment formidable, répéta-t-il d'un ton suggestif.

— Moi aussi. Je me suis amusée mille fois mieux qu'au bal.

Il freina, gara la voiture près du sombre miroir d'un lac, avant de se retourner vers elle, une fois de plus.

— Tu es une fille spéciale, Maribeth... (Il avait extirpé de la boîte à gants une flasque de gin qu'il lui tendit.) Une petite gorgée pour la route ?

— Non merci, je ne bois jamais.

— Pourquoi ? s'étonna-t-il.

— Je n'aime pas le goût de l'alcool.

Il insista et elle accepta d'avaler un peu de liquide clair et liquoreux, qui lui brûla la gorge. L'alcool glissa dans son estomac où il s'épanouit en une réconfortante corolle de chaleur. Un flot incarnat lui embrasa les pommettes. Paul la prit dans ses bras et lui scella les lèvres d'un baiser sauvage.

— Tu préfères cela au gin, n'est-ce pas ? Moi aussi... chuchota-t-il, avant de l'embrasser une nouvelle fois.

Ses doigts s'étaient attaqués aux boutons de son corsage que Maribeth tentait vainement de garder fermé, mais les mains du garçon, plus agiles, plus expertes que les siennes, eurent gain de cause et un instant plus tard, il lui caressait les seins, tout en buvant son souffle en un baiser sans fin.

— Paul... non... je t'en prie... murmura-t-elle faiblement, ne sachant comment l'arrêter.

Insensible à ses protestations, il se pencha vers elle, puis, comme par un tour de baguette magique, le soutien-gorge de Maribeth s'envola, tandis que sa robe sage s'ouvrait, révélant sa somptueuse poitrine. Elle sentit sa bouche sur ses seins, dont il happa chaque pointe raidie et un gémissement lui échappa quand il glissa une main entre ses jambes. Éperdue, elle s'efforça de serrer les cuisses, mais en vain car il avait su trouver immédiatement la partie la plus secrète de son être… Leurs lèvres s'unirent avidement et Maribeth dut déployer un effort surhumain pour résister à l'exquise langueur qui l'enflammait. Finalement, elle parvint à se dégager, hors d'haleine, et elle le contempla d'un regard plein de regret, en secouant la tête.

— Je ne peux pas, Paul. Je suis désolée.

La tête lui tournait.

— Ce n'est pas grave, répondit-il gentiment. Je comprends. Je n'aurais pas dû… Excuse-moi…

Mais à peine avait-il prononcé ces mots que de nouveau il cherchait ses lèvres. Se sentant partir à la dérive, Maribeth essaya de réagir, mais c'était bien plus difficile que la première fois. Effarée, elle sentit qu'il guidait sa main vers le centre de son corps et, fascinée, elle se prêta au jeu, tout en livrant un rude combat intérieur. La chose abjecte, *l'interdit*, le péché contre lequel sa mère n'avait cessé de la mettre en garde, la peur de commettre l'irréparable, tout se mit à se bousculer dans sa tête… Trop tard, car le brasier du désir la consumait tout entière et, comme dotées d'une vie à part, ses mains, ses lèvres, sa langue rendirent à Paul ses caresses avec une ardeur proche de la frénésie.

N'y tenant plus, il la fit glisser sur la banquette et s'allongea sur elle, incapable de se contenir davantage.

— Oh, ma belle… Maribeth… je te veux tellement… oh, ma chérie…

Tout en remontant la robe de la jeune fille, il avait baissé son pantalon, puis il se pressa contre elle, lui faisant sentir le besoin désespéré de la posséder… La même envie impétueuse la ravagea, le même besoin sans limites de lui appartenir… Une cuisante douleur la surprit quand il fut en elle ; le seul fait de la prendre le mit aussitôt au bord de l'extase… Un râle franchit ses lèvres et tout son corps se raidit en proie à une fulgurante volupté.

— Oooh ! non ! gronda-t-il, surpris par le plaisir… oh, mon Dieu…

Ils se regardèrent, sans parvenir encore à croire à ce qu'ils avaient fait. Tendrement, il lui caressa la joue.

— Maribeth, je suis navré. Tu étais vierge. Je n'ai pas pu me contrôler. Tu es si belle, et je te voulais comme un damné. Excuse-moi, bébé.

— Ce n'est rien, s'entendit-elle le rassurer.

Il se rajusta, l'aida à mettre de l'ordre dans ses vêtements, s'accorda une longue rasade de gin avant de lui passer le flacon. Cette fois-ci, elle ne refusa pas. Était-ce cette première gorgée d'alcool qui l'avait poussée à lui céder ? se demanda-t-elle. Ou était-ce parce qu'elle était amoureuse de lui ? Allait-elle être sa petite amie attitrée dorénavant ?

— Tu es mignonne, sourit-il tout en l'attirant dans ses bras pour l'embrasser. Je suis navré que ça se soit passé ici, aussi vite. La prochaine fois, ce sera mieux, je te le promets. Mes parents vont s'absenter pendant deux semaines et tu pourras venir à la maison.

Maribeth lui lança un regard incertain. En quelques minutes, toute sa vie avait basculé dans un univers inconnu.

— Est-ce que toi… et Debbie…

« Question idiote ! » pensa-t-elle, mais il lui adressa un sourire compréhensif.

— Tu es trop jeune, n'est-ce pas ? Quel âge as-tu exactement ?

— J'ai eu seize ans il y a deux semaines.

— Eh bien, tu es une grande fille, maintenant.

Il ôta sa veste et la lui passa autour des épaules, ayant remarqué qu'elle tremblait. Elle était encore sous le choc mais elle sut qu'elle devait poser la question tout de suite.

— Pourrais-je tomber enceinte, après ça ?

Cette seule pensée la terrifiait. Paul eut un hochement de tête rassurant.

— Je ne crois pas… Pas la première fois ! Je veux dire qu'il y a un risque, mais cela m'étonnerait. La prochaine fois, je ferai attention.

Elle ne comprit pas très bien ce que « faire attention » signifiait au juste. Toutefois, s'ils se revoyaient régulièrement, il faudrait sûrement « faire attention », conclut-elle. Un bébé était la dernière chose dont elle avait besoin. L'idée d'une grossesse lui donnait le vertige. Il était hors de question d'être forcée de se marier, comme ses deux tantes. Soudain, toutes les histoires que son père ressassait à longueur de journée lui revinrent en mémoire.

— Comment saurai-je si je suis enceinte ? demanda-t-elle, tandis qu'il démarrait.

Il lui jeta un bref regard, étonné par sa candeur. Vraiment, elle avait l'air plus avertie, tout à l'heure.

— Tu ne sais pas ? Tu n'auras plus tes règles. Mais n'aie crainte. Tout va bien se passer.

Le reste du trajet se déroula dans le silence. Il arrêta la Chevy devant le perron, jeta un coup d'œil alentour avant de l'embrasser.

— Merci, Maribeth. J'ai passé une excellente soirée.

Perdre sa virginité signifiait pour elle beaucoup plus que passer une « excellente soirée », mais pour une fois, Maribeth n'exprima pas le fond de sa pensée. Elle avait eu tort de lui céder aussi vite, il ne lui avait même pas dit qu'il l'aimait.

— J'ai également passé une excellente soirée, répliqua-t-elle poliment. On se reverra à l'école.

Elle lui rendit sa veste, ouvrit la portière, gravit la volée de marches. La porte n'était pas fermée à clé et elle se glissa à l'intérieur. Il était minuit moins deux minutes. Dieu merci, tout le monde était parti se coucher, ce qui lui épargnerait l'interrogatoire de rigueur. Elle passa dans la salle de bains où elle prit rapidement une douche. Ensuite, elle savonna sa robe, et la mit à sécher en s'efforçant de retenir ses larmes. Elle pourrait toujours prétendre que quelqu'un lui avait renversé son verre dessus.

Elle enfila sa chemise de nuit, tremblant de tous ses membres, puis se faufila dans la chambre qu'elle partageait avec Noelle et se glissa silencieusement dans son lit où elle resta étendue, les yeux grands ouverts sur l'obscurité, passant et repassant le film des événements dans son esprit. Peut-être se trouvait-elle à un important tournant de sa vie sentimentale, se disait-elle pour se rassurer. Elle ignorait totalement les sentiments de Paul Browne à son égard. Combien de fois n'avait-elle pas entendu des histoires de jeunes filles séduites et abandonnées ? Sauf que Paul Browne ne l'avait pas à proprement parler « séduite ». Il l'avait simplement prise, et elle avait été parfaitement consentante. Elle était aussi responsable que lui dans cette affaire. Le pire était qu'elle ne regrettait rien. Seulement, elle avait peur de l'avenir… Maribeth resta longtemps éveillée, en priant le ciel pour qu'elle ne soit pas enceinte.

Le lendemain matin, au petit déjeuner, sa mère lui demanda si elle s'était bien amusée. Elle répondit par l'affirmative. Bizarrement, personne ne semblait s'être rendu compte qu'elle était à présent une personne différente. Une adulte. Une femme passionnément amoureuse de l'homme le plus séduisant de la terre.

Ryan était d'une humeur exécrable et Noelle se querellait avec sa mère pour une broutille. Leur père s'était déjà rendu à son garage, bien que ce fût samedi. Leur mère déclara qu'elle avait la migraine… Chacun vaqua à ses occupations sans remarquer que la chrysalide s'était muée en papillon, ni que Cendrillon avait enfin trouvé son Prince Charmant.

Maribeth passa le week-end sur un nuage. L'atterrissage n'en fut que plus brutal, le lundi suivant, lorsqu'elle aperçut Paul bras dessus, bras dessous avec Debbie Flowers, dans la cour de l'école. Vers midi, tous les élèves avaient appris le fin mot de l'histoire. Lui et Debbie s'étaient disputés, à cause d'une infidélité qu'il aurait commise une quinzaine plus tôt. Debbie avait été furieuse. Ils s'étaient quittés, mais leur séparation n'avait pas duré plus d'une semaine. Le dimanche, ils s'étaient réconciliés et avaient repris leurs habitudes.

Maribeth eut l'impression que son cœur éclatait en mille morceaux. Elle évita soigneusement Paul jusqu'au jeudi suivant. Chaque fois qu'il essayait de l'approcher, elle lui tournait le dos… Il réussit à la surprendre dans les vestiaires, alors qu'elle rangeait sa tenue de gymnastique dans son placard. Cela faisait plusieurs jours qu'il guettait l'occasion de lui parler.

— Peut-on aller discuter quelque part ? demanda-t-il à voix basse.

— Non, je regrette. Je ne veux pas me mettre en retard pour le cours de géographie.

Il lui avait saisi le bras.

— Écoute, Maribeth, je suis vraiment désolé de ce qui s'est passé. J'étais sincère avec toi… franchement… Debbie m'a tanné tout le week-end… Il y a si longtemps que nous sommes ensemble… Enfin, je n'ai pas voulu te blesser.

Maribeth serra les dents, afin de retenir un cri de désespoir. Pourquoi fallait-il qu'il soit gentil, en plus ?

— Ne t'inquiète pas. Je vais bien.

— Mais non, fit-il, l'air coupable. Tu ne vas pas bien, cela se voit comme le nez au milieu de la figure.

— Je t'assure, murmura-t-elle, les yeux soudain embués, oublions tout ça.

— Tu sais où me trouver si tu as besoin de moi.

La semaine suivante, elle s'appliqua à l'oublier. Pourtant, le hasard faisait qu'elle le rencontrait partout dans le hall, la cour, le gymnase. Comme si l'éviter relevait de l'impossible. Début mai, six semaines après « l'incident », ainsi que Maribeth avait fini par appeler leur étreinte d'un soir, Paul et Debbie annoncèrent leurs fiançailles. Le mariage serait célébré en juillet, après la remise des diplômes. Le même jour, Maribeth découvrit qu'elle était enceinte.

Elle n'avait que deux semaines de retard mais des nausées lui soulevaient l'estomac à tout bout de champ et tout son corps avait subi des changements. En particulier ses seins : il lui semblait qu'ils avaient enflé et étaient devenus incroyablement sensibles. Il lui était difficile de croire qu'autant de transformations aient pu s'opérer en si peu de temps. Pour le moment, elle était la seule à s'en apercevoir. Un jour, allongée sur le carrelage de la salle d'eau, après avoir vomi, elle sut qu'elle ne pourrait cacher son état bien longtemps.

Mais à qui se confier ? Elle répugnait à annoncer la nouvelle à Paul. Finalement, fin mai, elle rendit visite au médecin de sa mère, le suppliant de ne rien dire à ses parents. Elle avait tellement pleuré qu'il avait accepté à contrecœur de garder son secret. Le diagnostic avait confirmé les soupçons de la jeune fille. Elle était enceinte de deux mois. Paul s'était trompé : on pouvait parfaitement tomber enceinte la première fois. Elle se demanda s'il lui avait menti délibérément, rien que pour la rassurer, ou s'il s'agissait d'une réaction stupide... L'un n'empêchait pas l'autre, se dit-elle, assise sur la table d'examen, le drap ramené sur sa poitrine, les yeux brûlants de larmes, alors que l'obstétricien lui posait les questions d'usage.

— Savez-vous qui est le père de l'enfant ?

— Oui, bien sûr, répondit-elle, sans pouvoir s'empêcher de se sentir humiliée.

— Compte-t-il vous épouser ?

Elle secoua la tête, faisant virevolter la masse flamboyante de ses cheveux, les yeux agrandis, semblables à des océans verts.

— Il est fiancé, murmura-t-elle d'une voix rauque.

Le docteur hocha la tête.

— Il pourrait changer ses plans. Beaucoup d'hommes le font, dans certaines circonstances.

Il lui sourit tristement : il éprouvait de la pitié pour elle. C'était une gentille petite écolière et, visiblement, cet événement allait bouleverser toute sa vie.

— Non, je ne crois pas, répondit-elle doucement.

Après tout, que représentait-elle pour lui ? Une aventure sans lendemain. « Tu sais où me trouver si tu as besoin de moi », avait-il affirmé... Eh bien, elle avait besoin de lui maintenant. Mais pour rien au monde elle ne le forcerait à l'épouser sous prétexte qu'il l'avait mise enceinte.

— Allez-vous mettre vos parents au courant de la situation, Maribeth ?

Yeux fermés, elle tressaillit.

— Je ne sais pas encore.

— Voulez-vous que je leur en parle avec vous ?

C'était gentil de sa part mais elle s'empressa de décliner son offre.

— Et si je m'en débarrassais ? questionna-t-elle courageusement.

D'après sa mère, l'avortement comportait des risques mortels. Margaret Robertson avait souvent raconté à ses filles l'histoire d'une jeune femme du quartier qui avait failli y laisser sa peau. Mais mieux valait affronter la mort que le courroux de son père.

Le médecin fronça les sourcils.

— Cela coûte cher, sans oublier que c'est dangereux et illégal... À votre âge, il y a d'autres solutions possibles. Le plus simple est d'avoir le bébé et de le faire adopter... Il naîtra en décembre. Quand votre état deviendra visible, vous pourriez vous réfugier chez les Sœurs de la Charité.

— Vous voulez dire... donner le bébé...

— Exactement, répondit-il en la regardant avec compassion. Elle était si jeune, si naïve. Une enfant, malgré son allure de femme.

— Vous n'avez pas besoin de vous cacher maintenant. Cela ne se verra pas avant juillet-août, peut-être même plus tard. En ce cas, vous devez avouer la vérité à vos parents.

Maribeth hocha la tête. Avouer la vérité. Laquelle ? Qu'elle avait couché avec un garçon qu'elle connaissait à peine ? Qu'il n'avait pas l'intention de l'épouser ? À la rigueur, sa mère arriverait à comprendre. Mais son père… Elle frissonna tout en se rhabillant et s'en alla non sans avoir extorqué au praticien la promesse de garder le silence.

Elle chercha Paul dans tout le lycée l'après-midi entier. La remise des diplômes devait avoir lieu dans deux semaines et Maribeth était ennuyée à l'idée de lui dire la vérité maintenant, mais elle n'avait pas le choix.

Lorsqu'elle le découvrit, il la conduisit derrière le gymnase et ils prirent place sur le banc où ils avaient fait connaissance la fameuse nuit du bal. Maribeth n'y alla pas par quatre chemins.

— Oh merde ! s'exclama-t-il. Oh, non, tu n'es pas…

Sa phrase se fondit dans un gros soupir à la mesure de son désarroi.

— Si, Paul. J'en suis navrée. Je ne te l'aurais pas dit mais, finalement, j'ai pensé que tu avais le droit de le savoir.

— Je me marie dans six semaines. Debbie me tuera si elle l'apprend. Je lui ai juré que tout ce qu'elle avait entendu à ton sujet n'était qu'un tissu de mensonges.

— Qu'a-t-elle donc entendu ?

— Que j'étais sorti avec toi cette nuit-là. Tout le monde nous a vus ensemble chez *Willie's*. Après tout j'avais rompu avec elle. C'était normal que je m'amuse un peu non ? Je lui ai dit qu'il s'agissait juste d'une amourette. D'un flirt sans conséquence.

Maribeth éprouva un douloureux pincement au cœur… Ainsi, seule Debbie comptait à ses yeux.

— Et était-ce juste ça ? s'enquit-elle d'un ton pointu. Une amourette ?

Elle voulait savoir. Elle avait le droit de connaître ses sentiments. Elle portait son bébé.

— Non, bien sûr, répondit-il après un temps de réflexion. C'était bien plus profond qu'un simple flirt.. Debbie m'a persécuté tout le week-end. Elle a pleuré et prétendant que je la traitais comme une moins que rien et que, après trois ans ensemble, je lui devais bien quelque chose. Alors je lui ai promis de l'épouser après la remise des diplômes.

— Désires-tu réellement te marier, Paul ?

Il détourna les yeux sous le regard vert qui le sondait.

— Je n'en sais rien. Je ne sais plus ce que je veux. Mais je suis sûr d'une chose : je ne veux pas de ce bébé.

— Moi non plus.

Non, elle n'avait pas envie d'un enfant, pas maintenant, surtout pas avec un homme qui, manifestement, ne l'aimait pas. Tout comme elle ne voulait pas ressembler à ses tantes. Elle n'épouserait pas Paul, même s'il le lui demandait, ce dont elle doutait fortement. Depuis toujours, elle avait pensé que l'on faisait des enfants avec un homme dont on était fière… Pas avec quelqu'un qu'il faudrait traîner devant l'autel, le couteau sous la gorge.

— Pourquoi tu ne t'en débarrasses pas ? s'enquit-il.

— Tu veux dire le faire adopter ?

— Non. Avorter. J'ai une amie qui est passée par là. Je me renseignerai. L'intervention coûte assez cher, mais je suis prêt à participer aux frais.

— Non, merci, Paul.

Le médecin l'avait découragée de s'engager dans cette voie. Par ailleurs, le mot avortement avait pour elle un arrière-goût de meurtre et sonnait très désagréablement à son oreille.

— Tu… tu vas le garder ? fit-il dans un chuchotement incrédule.

Bon sang ! Debbie le tuerait.

— Non. J'irai chez les sœurs. Je le mettrai au monde, après quoi elles s'occuperont de la procédure d'adoption… Voudras-tu le voir ?

Il secoua vigoureusement la tête, détournant le regard. Elle posait de ces questions ! Il détestait le fardeau qu'elle venait de lui imposer sans crier gare. À cause d'elle, il se sentait lâche. Cela le rendait furieux… Il n'avait ni l'aplomb ni le courage nécessaires pour l'aider à traverser cette épreuve. Et, par ailleurs, il n'avait pas envie de perdre Debbie.

— Désolé, répéta-t-il, comme si ce mot résumait toute la situation. Tu dois me prendre pour une lavette.

Elle faillit répondre oui, mais y renonça. Elle ouvrit la bouche pour dire « je comprends », puis elle se ravisa. Car, en fait, elle ne comprenait pas. Non, elle ne comprenait pas pourquoi elle allait devoir cacher sa honte chez les bonnes sœurs, alors que lui célébrerait son mariage avec Debbie… Un lourd silence suivit que ni l'un ni l'autre ne sut ou ne voulut rompre. Puis Paul s'en alla. Elle le regarda s'éloigner sachant qu'ils n'avaient plus rien à se dire.

Elle le revit une fois, la veille de la remise des diplômes. Il se contenta de lui jeter un regard sombre avant de lui tourner le dos, et elle traversa le campus seule, en larmes, avec la sensation d'être victime d'une terrible injustice.

Chaque jour, elle se sentait plus malade. Une semaine après que l'école fut finie, le drame éclata. Elle était agenouillée au-dessus de la lunette des toilettes, vomissant tripes et boyaux, quand son frère fit irruption dans la pièce, dont elle avait oublié de verrouiller la porte.

— Pardon… mais que t'arrive-t-il ? Tu es malade ?

Ryan s'était approché, alarmé. Un spasme plus violent que les précédents lui tordit violemment le ventre. Une lueur de compréhension dansa dans les yeux de son frère.

— Nom d'un chien ! Tu es enceinte.

C'était une constatation, pas une question.

Elle demeura un instant prostrée, le front appuyé contre le rebord de porcelaine. Lorsqu'elle parvint à se remettre debout, la physionomie de Ryan s'était muée en un masque de reproches.

— Papa te tuera.

— Qu'est-ce qui te fait penser que je suis enceinte ?

Elle tentait de faire l'innocente, de nier l'évidence, mais Ryan connaissait sa sœur et son opinion était faite.

— Qui est le type ?

— Mêle-toi de ce qui te regarde.

Une nouvelle vague de nausée la plia en deux.

— Tu as intérêt à nous dire son nom, ma belle. Papa l'attrapera par la peau du cou et le forcera à régulariser votre situation. Ah, ça ne va pas traîner.

— Merci pour le conseil.

Doucement, aussi digne que possible, elle sortit de la salle des bains. Maintenant, ses jours étaient comptés… Ryan s'empressa de la dénoncer à leur père l'après-midi même. Bert Robertson rentra à la maison comme une tornade et manqua d'arracher la porte de la chambre de ses filles… Maribeth était allongée sur le lit, Noelle se faisait les ongles en écoutant ses disques favoris. Il empoigna l'aînée, la traîna jusqu'au salon où sa mère attendait… Maribeth avait longuement pesé chaque terme de ses aveux. Elle n'aurait plus à se confesser maintenant, Ryan l'avait devancée.

Sa mère pleurait à chaudes larmes, Ryan exhibait un air buté, comme si elle avait sali son honneur. Son père avait ordonné à Noelle de rester dans la chambre… Débordant de rage et de fureur, il fonça dans le salon et se mit à hurler. Maribeth n'avait rien à envier à ses tantes. Elle s'était comportée comme une traînée, elle les avait déshonorés. Il réclama le nom du « sagouin » qui l'avait mise enceinte… La jeune fille s'était cantonnée dans un silence obstiné. Quoi que son père puisse dire ou faire, elle ne comptait pas desserrer les dents.

Paul Browne lui avait plu, avec son allure de star de cinéma et son charme dévastateur… Hélas, il ne l'aimait pas, puisqu'il s'apprêtait à se marier avec une autre. Maribeth se refusait à ruiner deux autres existences en plus de la sienne. Personne au monde ne parviendrait à lui extorquer son secret.

— Qui est-ce ? Qui est-ce ? vitupérait son père. Tu ne sortiras pas de cette pièce sans m'avoir dit son nom.

— En ce cas, nous resterons tous enfermés ici pendant un bon bout de temps, répliqua-t-elle avec une sérénité dont elle fut la première étonnée.

Le pire était passé. Elle attendait un bébé. Ils le savaient. Et ils n'y pouvaient rien.

— Pourquoi refuses-tu de le nommer ? Qui est-ce ? Un prof ? Un de tes camarades ? Un homme marié ? Un curé ? Un copain de ton frère ? Qui est-ce ?

— Cela n'a guère d'importance, compte tenu qu'il ne m'épousera pas.

Dans l'œil du cyclone, elle affichait une force et un calme dont elle ne se serait pas crue capable.

— Pourquoi pas ? ragea-t-il.

— Parce qu'il ne m'aime pas et que je ne l'aime pas. C'est aussi simple que ça.

— Pas pour moi ! aboya Bert, tandis que sa femme éclatait à nouveau en sanglots en se tordant les mains. Quelle absence de scrupules ! Tu te donnes au premier venu sans même prétexter l'alibi de l'amour. Tu es pire que tes tantes. Elles, au moins, étaient amoureuses des hommes avec lesquels elles avaient couché. Elles les ont épousés. Elles ont mené une vie décente, avec des enfants légitimes… Que vas-tu faire de ce petit morveux ?

— Le faire adopter probablement. À moins que…

— À moins que quoi ? Tu n'as quand même pas le culot d'imaginer qu'on va le garder ici, histoire que la famille Robertson soit la risée de tout le pays ! Il faudra me passer sur le corps, et sur celui de ta mère !

Margaret couvait sa fille d'un regard implorant.

— Rassure-toi, papa, je ne le garderai pas, murmura Maribeth, les yeux embués de larmes. J'ai seize ans et aucun moyen de l'élever. Il mérite une vraie famille.

— Quelle noble pensée ! ricana-t-il. Dommage que tu n'y aies pas songé avant de commettre l'irréparable. Regarde ton frère ! Il a eu un tas de petites amies et pourtant il n'en a mis aucune enceinte. Et regarde-toi. Seize ans et ta vie est déjà fichue.

— Pas forcément… Je peux suivre des cours chez les religieuses et retourner à l'école en décembre, après la naissance du bébé. Je serai de retour après les vacances de Noël. Vous n'avez qu'à faire courir le bruit que j'ai été malade.

— Vraiment ? Elle est charmante, ton idée, mais les colporteurs de potins auront du mal à l'avaler. Toute la ville fera bientôt des gorges chaudes de tes frasques. Tu nous fais honte, Maribeth. Tu as jeté le déshonneur sur notre famille.

Elle le regarda, éplorée.

— Alors que me proposes-tu, papa ? Que dois-je faire, selon toi ? Mourir ? Disparaître ?

Elle sanglotait à présent, mais pas un muscle ne bougea sur le visage glacial de son père.

— Tu iras accoucher chez les sœurs, qui trouveront des parents adoptifs au bébé.

— Veux-tu que j'aille vivre au couvent ? interrogea-t-elle, en priant de toutes ses forces pour qu'il la laisse rester à la maison.

— Il est hors de question que tu restes ici, trancha-t-il d'un ton sec, lui ôtant tout espoir. Tu iras chez les Sœurs de la Charité. Tu renonceras à tes droits sur le petit et tu le leur laisseras. Après seulement tu pourras revenir… Jusque-là, je ne veux plus te voir, ajouta-t-il en lui décochant le coup de grâce. Et j'interdirai à ta mère et à ta sœur de te rendre visite.

L'espace d'une seconde, elle crut que ces déclarations la tueraient.

— Ce que tu as fait est aussi dégradant pour toi que pour nous tous. Tu as traîné notre nom dans la boue, trahi notre confiance. Tu as porté atteinte à notre dignité et à la tienne, Maribeth. N'oublie jamais ça.

— Mais quel crime ai-je donc commis ? Je ne vous ai jamais menti. Jamais trahis, comme tu as l'air de le penser. J'ai été seulement stupide… Une seule fois… Je le paye déjà assez cher, tu ne crois pas ? Je vais devoir renoncer à mon bébé et vivre avec ce remords jusqu'à la fin de mes jours. N'ai-je pas été suffisamment punie ?

— Ceci est une affaire entre Dieu et toi. Dieu t'a punie. Pas moi.

— Tu es mon père. Tu m'envoies loin d'ici en déclarant que tu refuses de me revoir tant que je n'aurais pas abandonné mon enfant… Et tu interdis à ma mère et à ma sœur de me voir.

Jamais sa mère n'oserait transgresser l'ordre du chef de famille. Ils avaient tous fermé la porte sur elle, Paul le premier. Elle se sentait complètement seule, maintenant.

— Ta mère est libre d'agir comme bon lui semble, bougonna-t-il d'un ton incertain.

— À condition que cela te fasse plaisir, rétorqua Maribeth, une pointe de défi dans la voix, ce qui acheva d'exacerber la colère de son père.

— Tout ce que je sais, c'est que tu nous as déshonorés, fulmina-t-il. N'espère pas que, de surcroît, j'accepte ton bâtard dans ma maison. Tu n'as plus rien à attendre de moi, Maribeth. Puisque ce garçon n'a pas l'intention de t'épouser, je ne peux plus rien pour toi.

Il sortit de la pièce et revint cinq minutes plus tard. Maribeth n'avait pas eu la force de repartir dans sa chambre. Son père lui signala qu'il avait passé deux coups de téléphone. Le premier à leur médecin, le second au couvent. Le coût d'un séjour de six mois, jusqu'à l'accouchement, s'élevait à huit cents dollars. La mère supérieure avait assuré M. Robertson que sa fille ne pouvait tomber en de meilleures mains. L'accouchement aurait lieu à l'infirmerie du couvent et serait mené à terme par un obstétricien assisté d'une sage-femme. Le bébé serait confié à une famille adoptive respectable, après quoi, à moins de complications inattendues, sa fille serait libre de rentrer à la maison.

M. Robertson et la supérieure s'étaient déjà mis d'accord pour y expédier Maribeth au plus tôt, et il lui tendit une enveloppe pleine de billets crissants, sans l'ombre d'une émotion sur son visage de marbre. Sa mère s'était retirée en larmes dans sa chambre.

— Tu as fait beaucoup de peine à ta mère, continua-t-il d'un ton lourd de reproches. Inutile d'expliquer à Noelle la cause de ton départ. Tu t'en vas, tu reviens dans six mois, elle n'a pas besoin d'en savoir plus. Je te conduirai au couvent demain matin. Maintenant, va boucler tes bagages.

Le sang de Maribeth s'était glacé dans ses veines. Tout s'était passé si vite ! Évidemment, si Paul avait volé à son secours, s'il avait bien voulu l'épouser à la place de Debbie…, mais non ! C'était trop tard. Son père la chassait de la maison. Demain matin, elle ne serait plus là, telle avait été sa sentence.

— Qu'est-ce que je vais dire à Noelle ? murmura-t-elle péniblement, mortifiée à la pensée de se séparer de sa petite sœur.

— Dis-lui que tu as changé d'école. Raconte-lui n'importe quoi, sauf la vérité. Elle est trop jeune pour comprendre.

Tête basse, anéantie, Maribeth regagna sa chambre. Sous le regard intrigué de sa cadette, elle rassembla quelques effets personnels. Les religieuses lui procureraient plus tard des vêtements de grossesse.

— Qu'est-ce que tu fais ?

Elle lut la panique dans les yeux de Noelle. Celle-ci avait entendu les éclats de voix en provenance du salon sans parvenir à distinguer les propos échangés. Et maintenant, Maribeth lui faisait l'effet d'une morte.

— Je m'en vais quelque temps.

Elle n'en dit pas plus, elle ne le pouvait pas. Noelle s'était dressée d'un bond et la bombardait de questions. Mais où ? pourquoi ? comment ? Elle finit par balbutier une vague réponse au sujet d'un pensionnat, parce que les notes du dernier trimestre n'étaient pas aussi élevées que d'habitude, mais la petite fille s'était cramponnée à son bras en pleurant.

— Je t'en supplie, Maribeth, ne pars pas. Ne le laisse pas t'envoyer loin de nous… quoi que tu aies fait, ça ne mérite pas cette injustice. Moi je te pardonne. Et je t'aime… ne pars pas, ne pars pas, je t'en prie, ne pars pas.

Noelle ne pouvait compter que sur Maribeth, elle le savait. Seule Maribeth prêtait une oreille attentive à ses problèmes. Leur mère, trop faible, trop soumise à leur père, n'était d'aucun secours, et Ryan se prenait pour le nombril du monde… Enlacées, les deux sœurs versèrent un flot de larmes, avant de s'endormir, serrées l'une contre l'autre sur le même lit. Le matin vint trop vite. Il était neuf heures quand Bert Robertson mit la valise de sa fille dans sa camionnette… Maribeth s'approcha de sa mère, qui se tenait devant la maison.

— Je t'aime, maman, chuchota-t-elle d'une voix étranglée.

Margaret la serra dans ses bras.

— Je viendrai te voir, ma chérie. Je te le promets.

Ce fut le tour de Noelle, qui pleurait sans retenue.

— Chut… arrête, murmura Maribeth luttant contre son propre chagrin. Ça ne sera pas long. Je serai de retour aux alentours de Noël.

— Je t'aime, Maribeth, s'écria sa petite sœur, tandis que le véhicule démarrait.

Ryan était sorti un peu plus tôt. Il s'était contenté d'un vague signe de la main, sans même un mot d'adieu.

Les murs du couvent apparurent, tandis que la camionnette remontait l'allée vers l'entrée principale. Son père descendit de voiture, alors que, sa valise à bout de bras, Maribeth gravissait les marches de pierre.

— Prends soin de toi, dit-il.

Elle hocha la tête. Aucun remerciement ne put franchir ses lèvres. Il aurait pu montrer plus de gentillesse, plus d'indulgence. Il aurait pu essayer de comprendre une erreur de jeunesse, si grave fût-elle, mais il n'en était pas capable.

— Je vous écrirai.

— Donne des nouvelles à ta mère. Elle s'inquiète pour toi.

« Et toi, tu t'inquiètes ? » aurait-elle voulu hurler, mais elle savait que c'était inutile, qu'il ne répondrait pas.

— Je t'aime, fit-elle dans un murmure cependant qu'il dégringolait rapidement les marches grises.

Il ne se retourna pas. Une fois dans la camionnette, il agita la main en un vague au revoir, après quoi il démarra en trombe. Maribeth fit sonner la cloche de l'austère édifice.

L'attente fut si longue qu'elle faillit prendre ses jambes à son cou. Mais elle se morigéna. Où irait-elle ? On ne voulait pas d'elle à la maison avant que tout soit terminé… Enfin, une jeune religieuse vint ouvrir. Maribeth lui dit son nom. Avec un hochement de tête, la nonne prit sa valise et s'effaça pour la laisser passer, avant de refermer d'une poussée la lourde porte de fer sur le monde extérieur.

3

Le couvent des Sœurs de la Charité évoquait un vaste et sinistre mausolée où Maribeth découvrit très vite que deux autres pensionnaires attendaient d'expier leur faute. Venues de villes avoisinantes, toutes deux étaient déjà très avancées dans leur grossesse et devaient accoucher dans les jours à venir. En effet, l'une d'elles, une pâle et nerveuse adolescente de dix-sept ans, eut son bébé le lendemain de l'arrivée de Maribeth : une petite fille immédiatement dirigée vers sa famille d'adoption. La jeune mère n'avait même pas été autorisée à jeter un regard à son bébé… Maribeth ne put que détester ces procédés barbares ; on eût dit que leur secret était comme une souillure qu'il convenait de cacher à la face du monde… L'autre fille, âgée de quinze ans, attendait d'un instant à l'autre la délivrance. Elle et Maribeth prenaient leurs repas au réfectoire en même temps que les nonnes, se rendaient régulièrement à la chapelle à l'heure des prières et à vêpres… Le règlement leur défendait de s'adresser la parole, en dehors de quelques rares moments dans la journée. Ce fut lors d'un de ces apartés furtifs que la jeune pensionnaire se confia à Maribeth : le père de son enfant était son propre oncle… L'adolescente était terriblement malheureuse et redoutait par-dessus tout les douleurs de l'enfantement.

La cinquième nuit de son séjour au couvent, Maribeth fut réveillée par des hurlements… Ils se poursuivirent deux jours durant, tandis que les bonnes sœurs couraient dans tous les sens. Finalement, la parturiente fut transportée à l'hôpital le plus proche pour y subir une césarienne. Non, elle ne reviendra pas, fut-il répondu à Maribeth, quand celle-ci s'enquit du sort de son amie. Incidemment, elle apprit qu'elle avait mis au monde un petit garçon.

Elle était seule avec les sœurs, à présent. Dans le silence de la nuit, elle priait pour que d'autres pécheresses viennent bientôt lui tenir compagnie. Pour toute distraction, elle lisait le journal local qu'elle dévorait d'un bout à l'autre chaque fois qu'elle en avait l'occasion. Deux semaines après son arrivée, la rubrique mondaine annonça le mariage de M. Paul Browne et de Mlle Debbie Flowers… La solitude de sa cellule monacale ne lui apparut alors que plus noire, plus terrifiante. Elle resta un long moment à fixer l'article. Les deux tourtereaux convolaient en justes noces, tandis qu'elle se trouvait entre quatre murs, enterrée vivante, seule à payer le prix d'un moment d'égarement sur la banquette d'une Chevy… C'était injuste. Inadmissible. Soudain, elle sut qu'elle ne resterait pas au couvent, pas une minute de plus.

Tant pis si elle n'avait personne pour l'accueillir. Tout lui semblait préférable à cette atmosphère lugubre. Elle avait déjà versé cent dollars aux religieuses, et il lui en restait sept cents. Dans six mois, elle mettrait au monde le petit être qu'elle portait. Six longs mois. Mais elle n'attendrait pas que d'autres prisonnières viennent adoucir sa solitude, ni que le temps passe, jour après jour. Elle avait besoin d'un gîte plus humain, d'une existence moins austère, d'un emploi, d'amis. De l'air frais, des voix, du bruit, du monde. Ici, tout semblait étudié pour mieux vous oppresser. Pour mieux vous écraser sous l'insoutenable fardeau de votre culpabilité. Maribeth passa la nuit à réfléchir. Il y avait sans doute une signification à découvrir, une conclusion à tirer, une joie à partager avec quelqu'un dans ce qui lui arrivait... Elle amorçait un tournant capital de sa vie, il fallait le vivre pleinement, au lieu de s'étioler dans la tristesse et les prières. Le lendemain après-midi, elle demanda une autorisation de sortie à la mère supérieure.

— Pour aller voir une tante, prétexta-t-elle.

Le surlendemain, à l'aube, elle se tenait devant la lourde porte de fer, qui s'était bruyamment refermée derrière elle, un bagage à bout de bras et son argent au fond de son sac ; une inextinguible soif de liberté au cœur... et la volonté d'explorer le monde. Elle n'avait jamais éprouvé auparavant ce goût de l'aventure. Une partie d'elle-même se languissait de sa famille, de sa maison... L'autre partie, plus téméraire, l'incitait à prendre son envol, à chercher du travail et à trouver un logement où elle attendrait la naissance du bébé. Ses pas la conduisirent vers la gare routière. Elle acheta un billet de bus pour Chicago.

En attendant le départ, elle envoya deux cartes postales, à sa mère et sa sœur. Peu après, installée dans l'autocar, elle regarda s'estomper au loin les toits de sa ville natale, et se sentit assaillie par une allégresse incommensurable, proche de la jubilation.

— Vous allez à Chicago, mademoiselle ? s'enquit le chauffeur.

— Peut-être, répondit-elle, le sourire aux lèvres.

Elle était libre. Elle n'avait de comptes à rendre à personne ; elle n'était plus enchaînée qu'au bébé qu'elle sentait grandir en elle. Elle était enceinte de trois mois et demi maintenant. Cela ne se voyait pas encore mais, chaque jour, de nouvelles transformations s'opéraient dans son corps. Quand les gens découvriraient son état, elle aurait certainement une explication à leur fournir, elle avait le temps d'y penser. Le plus urgent, c'était le travail. Elle passa en revue les métiers qu'elle pourrait exercer tout de suite : femme de ménage, vendeuse de librairie, baby-sitter, serveuse… Heureusement, elle disposait de la somme que son père lui avait remise pour le couvent… Le bus fit une halte à Omaha. Une légère brise atténuait la chaleur suffocante. Maribeth avait eu mal au cœur durant l'interminable trajet. Elle se sentit mieux après avoir mangé un sandwich. Certains passagers s'en furent, d'autres montèrent. La plupart descendaient à la ville suivante. Seule Maribeth allait jusqu'au terminus.

Le soir, ils firent une nouvelle halte dans une petite localité pittoresque aux rues propres et nettes, tracées au cordeau. C'était une ville universitaire, à en juger par les groupes de jeunes qui avaient envahi le restaurant où ils s'arrêtèrent pour dîner. « Sympathique », songea Maribeth en s'asseyant à une table. C'était même mieux que ça, décida-t-elle à la fin du repas, conquise par le sourire du jeune portier et la gentillesse de la serveuse… Les rires des clients ajoutaient à la gaieté générale. Maribeth se régala d'un énorme cheeseburger arrosé d'un milk-shake pour un prix modique. C'est presque à contrecœur que la jeune fille traversa ce joyeux relais pour reprendre l'autocar. Et c'est alors qu'elle vit l'écriteau en carton sur la vitre : « Cherche serveuses et garçons de salle »…

Elle fit demi-tour.

La femme qui l'avait servie à table lui demanda si elle avait oublié quelque chose.

— Je me demandais si… je… euh, j'ai vu votre annonce… je veux dire…

— Que vous cherchez du travail ? sourit l'autre. Il n'y a pas de honte à cela. Le salaire est de deux dollars par jour, plus les pourboires. Nous travaillons six jours par semaine à tour de rôle, de manière à pouvoir nous occuper de nos gosses. Êtes-vous mariée ?

— Non… si… c'est-à-dire, je l'ai été. Mon mari est mort en Corée.

— Désolée, murmura son interlocutrice avec un accent de sincérité tout en scrutant le visage de l'arrivante.

Un visage ouvert, honnête et plaisant. Elle devait être très jeune, se dit-elle, émue.

— Merci, marmonna Maribeth. À qui dois-je m'adresser pour la place ?

— À moi. Avez-vous déjà travaillé dans un restaurant ?

Une infime hésitation altéra un instant les traits de Maribeth, qui opta finalement pour la vérité.

— Non. Mais j'ai vraiment besoin de gagner ma vie.

Ses mains s'étaient mises à trembler. « Pourvu qu'elle m'engage ! » pria-t-elle de toutes ses forces, les doigts crispés sur la lanière de son sac. Cet endroit offrait infiniment plus de sécurité qu'une ville aussi tentaculaire que Chicago.

— Où habitez-vous ?

— Nulle part encore. (Son sourire juvénile alla droit au cœur de l'autre femme.) Je suis arrivée par le bus. Si vous voulez de moi, j'irai prendre mon bagage et je chercherai une chambre. Je peux commencer demain.

La serveuse hocha la tête. Elle s'appelait Julie et l'air modeste de Maribeth lui avait plu tout de suite.

— Allez donc chercher votre bagage, dit-elle avec un chaleureux sourire. Je vous offre l'hospitalité pour ce soir. Mon fils est en visite chez ma mère à Duluth. Vous pouvez avoir sa chambre, si vous supportez le désordre. Il a quatorze ans et se complaît dans la crasse… Ma fille a douze ans. Je suis divorcée. Quel âge avez-vous ?

— Dix-huit, mentit Maribeth par-dessus son épaule, tout en courant retirer sa valise du bus.

Elle réapparut quelques minutes plus tard, le souffle court.

— Cela ne vous dérangera pas si je reste chez vous cette nuit ? Vous en êtes sûre ?

— Certaine. (Julie lui lança un tablier.) Allez, au travail. Aidez-moi à débarrasser les tables. Je termine mon service à minuit.

Pendant une heure et demie, Maribeth transporta des plateaux chargés de piles d'assiettes et de lourds pichets à vin. À la fermeture, elle tenait à peine debout. Le personnel se composait de quatre autres serveuses qui avaient entre trente et quarante ans, ainsi que de quelques garçons, lycéens en quête d'argent de poche, qui avaient l'âge de Maribeth. Quant au patron, on le voyait rarement. Il avait eu un infarctus et depuis, il ne venait au restaurant que le matin ainsi que un ou deux après-midi par semaine. Ce qui ne l'empêchait pas, au dire de Julie, de mener son petit monde à la baguette. Son fils exerçait les fonctions de chef cuisinier. Julie était sortie quelques fois avec lui, mais ça n'avait rien donné, confia-t-elle à sa nouvelle amie. Il était surchargé de travail et quant à elle, ses responsabilités de mère de famille ne lui laissaient guère de temps pour le moindre petit flirt. Tout ce qu'elle gagnait, jusqu'au dernier sou, elle le dépensait pour les enfants : chaussures, habits, livres, honoraires de médecin, sans parler de toutes sortes de gadgets dont elle se serait bien passée.

— Élever des gosses, ce n'est pas rien, déclara-t-elle, tandis qu'elle ramenait Maribeth à la maison en voiture. Si j'avais su, je n'aurais peut-être pas divorcé. Les enfants ont besoin de leurs deux parents, croyez-en mon expérience. Si jamais je tombe malade, qui s'occupera d'eux ? Notez, les filles du restaurant sont sympas, elles les ont souvent gardés quand, par hasard, j'avais un rendez-vous. Et le mari de Martha emmène souvent mon garçon à la pêche… Hélas, ça ne suffit pas. Je porte tout sur mes épaules. Parfois, j'ai l'impression que la fatigue me tuera.

Maribeth l'écoutait avec une attention sans faille. À plusieurs reprises, elle eut envie de parler à Julie du bébé, mais elle garda le silence.

— Dommage que votre mari ne vous ait pas laissé un petit en souvenir, continua Julie dans un soupir, oubliant qu'un instant plus tôt elle s'était longuement apitoyée sur son sort de femme seule. Mais vous êtes jeune. Vous referez votre vie. À quel âge vous êtes-vous mariés ?

— À dix-sept ans. Dès que nous avons fini le lycée. Nous sommes restés ensemble un an.

— Quelle malchance, mon pauvre chou, compatit la conductrice, avant de garer sa voiture en bas d'un petit immeuble.

Ses fenêtres donnaient sur la cour. Sa petite fille dormait à poings fermés quand Julie et son invitée entrèrent dans l'appartement.

— Je n'aime pas la laisser seule, murmura la maîtresse de maison. D'habitude son frère est là. Heureusement, il y a les voisins qui prêtent l'oreille. Parfois, elle m'accompagne au restaurant mais le patron n'aime pas trop ça.

Julie vivait seule depuis une dizaine d'années – ses enfants avaient respectivement deux et quatre ans, quand elle avait divorcé.

— J'aime bien cette ville et je crois que vous l'aimerez aussi. Les habitants sont paisibles, leurs gamins bien élevés. *Chez Jimmy* est la cantine des étudiants. Vous allez bien vous entendre avec eux, vous verrez.

Elle montra à Maribeth la salle de bains, puis la chambre de Jeffrey, son aîné. Celui-ci resterait chez sa grand-mère pendant deux semaines et Julie proposa à sa compagne d'occuper les lieux jusqu'à ce qu'elle trouve un logement.

— Si vous n'avez rien d'ici-là, je prendrai Jessica avec moi quand Jeffrey reviendra et vous dormirez dans son lit. Mais je suis sûre que vous trouverez facilement quelque chose. Avec le va-et-vient des étudiants, il y a souvent des chambres qui se libèrent.

Elle avait raison. Dès le lendemain vers midi, Maribeth avait sa propre chambrette : une minuscule pièce ensoleillée, agréablement décorée, tout en rideaux et coussins de chintz. Le loyer était raisonnable et la maison tout près de *Chez Jimmy*. Maribeth poussa un soupir de soulagement quand elle déposa sa valise sur le plancher de sa nouvelle demeure. À peine arrivée, voilà que tout semblait s'arranger avec une facilité déconcertante. Sur le chemin du restaurant, elle posta un mot à ses parents. Elle avait inscrit sa nouvelle adresse derrière l'enveloppe... En glissant la lettre dans la boîte, elle eut une pensée pour Paul et ses yeux s'embuèrent.

Au restaurant, une serveuse lui tendit ce qui serait désormais son uniforme : une robe rose à manches longues et poignets blancs, un tablier immaculé. Cet après-midi-là, son carnet à la main, Maribeth prit ses premières commandes. Les clients lui jetaient des regards admiratifs, tout comme le cuisinier, mais personne n'eut le moindre mot déplacé, et chacun la traita avec respect. Les autres serveuses, qui avaient appris qu'elle était veuve, se montrèrent gentilles et amicales avec elle.

— Comment ça va, petite ? s'enquit Julie plus tard dans la journée.

Maribeth l'avait épatée. Elle avait travaillé sans relâche. Ses manières affables l'avaient rendue sympathique aux yeux des clients. Quelques-uns voulurent connaître son nom. Jimmy eut l'air de l'apprécier également. Il était passé dans l'après-midi et la nouvelle serveuse lui avait fait la meilleure impression. Intelligente, propre et honnête. Jolie, qui plus est, ce qui ne gâchait rien, Jimmy choisissait ses serveuses d'après leur caractère. Il importait avant tout de mettre le client à l'aise. Un sourire, un mot aimable mettaient le client à l'aise. Maribeth correspondait parfaitement à cette image.

Cette nuit-là, elle gagna sa nouvelle chambre, épuisée. Un rapide bilan de la situation avant de s'endormir lui rendit tout son optimisme. Elle avait eu beaucoup de chance. À présent, elle allait prendre son destin en main. Tout en servant au restaurant, elle emprunterait des livres à la bibliothèque de l'université, afin de poursuivre ses études. Elle ne permettrait pas à une erreur de jeunesse de détruire sa vie. Sa décision était prise : ces mois s'annonçaient éprouvants, mais rien ne pourrait la détourner de son but.

Le lendemain, elle travaillait de nuit. Elle était en train de passer l'éponge sur la toile cirée d'une table quand un jeune homme au visage sérieux entra dans le restaurant.

— Il vient souvent dîner ici, commenta Julie. Le pauvre chéri ne doit pas être heureux chez lui. Il est bien élevé mais ne dit pas un mot, ne sourit jamais. Quelque chose a dû lui arriver, peut-être a-t-il perdu sa maman quand il était petit, qui sait ? Il a les yeux les plus tristes du monde… Tenez, allez le servir, vous en apprendrez peut-être plus que moi.

— Bonsoir, avez-vous choisi ? demanda Maribeth.

Il avait à peine jeté un coup d'œil au menu, car il connaissait par cœur tous les plats.

— Le numéro deux, merci. Pain de viande au four et purée de pommes de terre.

Il aimait les cheveux roux de la nouvelle serveuse, bien qu'il s'efforçât de ne pas trop le montrer.

— Salade de maïs ou d'épinards ?

— De maïs, merci.

Il ne l'avait encore jamais vue ici, et Dieu sait s'il venait souvent. Trois ou quatre fois par semaine, parfois même le week-end. La nourriture, simple et pas chère, le satisfaisait pleinement. De toute façon, depuis que sa mère avait déserté la cuisine, il n'avait pas le choix.

— Café ?

— Un verre de lait. Et une tarte aux pommes.

Elle sourit.

— Elles sont vraiment bonnes.

— Je sais, je prends quasiment tous mes repas ici. Vous êtes nouvelle, n'est-ce pas ?

Il devait avoir son âge, calcula-t-elle.

— Oui. Je viens juste d'emménager dans le quartier.

— Quel est votre nom ?

Il avait des manières directes. Une profonde gentillesse émanait de toute sa personne. Mais Julie avait raison, le chagrin obscurcissait ses yeux. On aurait dit deux gouffres pleins de tristesse, ce qui le rendait attachant, presque pathétique.

— Maribeth.

— Je m'appelle Tom. Ravi de vous connaître.

— Merci.

Elle partit en direction de la cuisine où elle subit les taquineries de Julie, qui prétendit ne jamais l'avoir entendu parler à quelqu'un aussi longtemps, et revint vers la table avec le verre de lait.

— D'où venez-vous ? demanda-t-il.

Et lorsqu'elle le lui dit :

— Puis-je vous demander ce qui vous a poussée à vous établir dans cette ville, ou est-ce trop indiscret ?

— Un tas de choses... J'aime bien cet endroit. Les gens sont charmants, le restaurant superbe, et j'ai trouvé une chambre à deux pas. Tout a l'air de me réussir ici, ajouta-t-elle, surprise de se confier aussi facilement à un inconnu.

Lorsqu'elle lui apporta son dîner, il parut plus enclin à discuter qu'à se nourrir. Peu après, il lui avoua sa passion pour la pêche.

— Vous pourriez venir avec moi un jour, jeta-t-il, rougissant jusqu'aux oreilles, comme s'il avait honte d'en avoir dit autant.

Il la suivit du regard, tandis qu'elle s'éloignait en direction d'une autre table. Sapristi, mais qu'est-ce qui lui avait pris ? Dès l'instant où il l'avait vue, il avait été incapable de cesser de la dévisager une seconde.

Il lui laissa un pourboire substantiel.

— Merci pour tout. À bientôt.

Elle le regarda sortir, très grand, mince, bien bâti… Séduisant, aussi, mais sans avoir l'air de s'en rendre compte. Et si jeune… Maribeth avait tendance à le considérer plutôt comme un frère que comme un flirt potentiel. Un petit frère qu'elle aimerait bien revoir.

Il revint le lendemain. Le jour suivant, il découvrit, dépité, que Maribeth avait pris son jour de congé. Il ne revint au restaurant que la semaine suivante.

— Vous m'avez manqué, la dernière fois, dit-il en commandant du poulet frit.

Il semblait doté d'un solide appétit. On eût dit qu'il dépensait tout son pécule en nourriture.

— Vous vivez seul ? lui demanda-t-elle timidement alors qu'elle remplissait de nouveau son verre de lait.

Elle ne l'avait pas noté sur l'addition. Après tout, la maison offrait bien le café à certains clients réguliers. Ce n'est pas un verre de lait qui ruinerait Jimmy, s'était-elle dit.

— Pas vraiment. Je vis avec mes parents. Mais… euh… chacun mène sa propre barque. Maman ne veut plus faire la cuisine. Elle compte recommencer à travailler à la rentrée. Elle est professeur de lycée. Elle avait réduit ses horaires pendant un bon bout de temps. Actuellement elle a envie de reprendre à plein temps.

— Quelles matières enseigne-t-elle ?

— Anglais, histoire, littérature. Elle est très forte, vous savez ! Elle me donne toujours des exercices supplémentaires, ajouta-t-il en faisant la grimace.

— Vous en avez de la chance ! J'ai dû quitter l'école pendant un certain temps et je ne sais pas comment combler mes lacunes.

— Le lycée ou l'université ? s'enquit-il en s'efforçant de deviner son âge.

Elle n'hésita pas plus d'une seconde.

— Le lycée, répondit-elle. Il va falloir que je travaille toute seule, si je veux rattraper mon retard pour Noël, quand j'y retournerai.

Il se demanda pourquoi elle avait interrompu ses études mais n'osa pas le lui demander.

— Je peux vous prêter quelques livres, si vous voulez. Maman vous donnera volontiers du matériel, elle adore ça. Elle pense que tout le monde a le droit, le devoir même, d'accéder aux études supérieures. Vous aimez l'école ?

Elle fit oui de la tête, et une flamme qui ne trompait pas dansa dans ses prunelles. Apprendre était pour elle un besoin vital.

— Et vous ? Quelle est votre matière préférée ? questionna-t-elle en lui servant la tarte aux myrtilles qu'il avait demandée.

— L'anglais, répliqua-t-il. Littérature anglaise, composition anglaise. J'aurais bien voulu devenir écrivain. Maman serait d'accord. Papa préférerait me voir prendre sa suite dans les affaires.

— Quel genre d'affaires ?

Il avait un esprit vif, mais paraissait tellement seul ! Il n'était jamais venu avec des amis et n'avait jamais l'air pressé de rentrer chez lui.

— Il est dans la distribution de produits alimentaires. C'est mon grand-père qui en a eu l'idée. Ils étaient fermiers. Ils ont commencé à vendre leurs propres produits, puis ceux des voisins. Être homme d'affaires est intéressant, certes, mais l'écriture est ma véritable vocation. Ou alors je deviendrai prof, comme maman.

Il eut un petit haussement d'épaules attendrissant, puis s'enquit du prochain jour de congé de Maribeth.

— Vendredi.

Il parut s'abîmer dans un dilemme sans fond, après quoi il murmura :

— Aimeriez-vous qu'on se voie vendredi après-midi ? Le matin, je dois aider papa, mais je suis libre à deux heures. Il me prêtera la camionnette… Nous pourrions aller nager dans la crique ou dans le lac… Ou alors aller à la pêche.

Il attendit la réponse, les yeux pleins d'espoir.

— Oui, c'est une bonne idée.

Elle lui donna son adresse sans l'ombre d'une hésitation. Il faisait partie des personnes qui, d'emblée, suscitent la confiance. Dès le premier jour, elle avait su que Tommy Whittaker était son ami et qu'il ne lui ferait jamais aucun mal.

— Alors, ça y est ? s'exclama Julie, dans la cuisine. Vous avez pris rendez-vous ?

L'une des serveuses avait surpris la fin de leur conversation et la nouvelle avait fait le tour de l'établissement comme une traînée de poudre. Chacune des filles y allait de son commentaire en gloussant. Elles aimaient bien la petite nouvelle…

— Pas du tout ! riposta Maribeth, l'air détaché. Je ne sors pas avec les clients.

Julie lui adressa un clin d'œil complice.

— Pourquoi pas ? Jimmy s'en fiche… Écoutez, mon chou, Tommy est un gentil garçon et vous lui plaisez infiniment.

— C'est un ami et rien de plus. Selon lui, sa mère déteste faire la cuisine, c'est pourquoi il a pris l'habitude de dîner au restaurant.

— Mais il vous a raconté l'histoire de sa vie, ma parole ! pouffa Julie.

— Pour l'amour du ciel ! fit semblant de gronder Maribeth.

Elle s'empara d'un plateau de hamburgers destinés à un groupe d'étudiants et sortit de la cuisine, la tête haute. Et tandis qu'elle se dirigeait vers la tablée bruyante, munie de son fardeau, elle se surprit à sourire en pensant au vendredi suivant.

4

Le vendredi, Tommy se libéra à onze heures du matin. À onze heures et demie, il se garait devant l'immeuble de Maribeth. Celle-ci avait revêtu un vieux blue-jean, une ample chemise flottante ayant appartenu à son père, et chaussé de solides chaussures de marche. Elle avait enroulé les jambes du pantalon jusqu'aux genoux, s'était fait une raie au milieu et avait retenu ses cheveux flamboyants par deux barrettes, ce qui lui donnait l'air d'une gamine de quatorze ans. Les pans de la chemise dissimulaient son ventre arrondi. Il y avait près d'une semaine qu'elle n'arrivait plus à fermer son jean.

— Salut ! J'ai fini plus tôt que prévu. J'ai dit à papa que j'allais à la pêche et il a trouvé l'idée géniale.

Il l'aida à grimper dans la camionnette. Sur le chemin, ils s'arrêtèrent dans un supermarché pour acheter de quoi pique-niquer. Sandwiches au rosbif et au thon, canettes de coca-cola, boîte de cookies.

— Rien d'autre ? demanda Tommy d'une voix vibrante d'excitation.

Maribeth alliait la fraîcheur de la jeunesse à une sorte d'assurance d'adulte. Le fait de vivre seule, loin de sa famille, contribuait sans doute à la rendre plus mûre que les adolescentes de son âge… Elle prit au passage deux pommes et une barre de chocolat. Tommy insista pour régler l'addition. Elle avait bien essayé de payer sa part mais il n'avait rien voulu entendre.

— Comment se fait-il que tu sois partie de chez toi si jeune ? lui demanda-t-il, tandis qu'ils roulaient en direction du lac.

Il n'avait pas eu vent de son scénario de veuve éplorée et s'était imaginé qu'il était arrivé quelque chose avec ses parents, un drame suffisamment sérieux pour l'obliger à prendre la fuite… La plupart des jeunes n'abandonnaient pas leurs études en pleine année scolaire.

— Je… euh… je n'ai pas envie d'en parler, bredouilla-t-elle, les yeux fixés sur le paysage. C'est une longue histoire.

Elle avait haussé les épaules, réprimé un frisson. Des souvenirs d'un passé récent l'envahirent et elle se revit dans la voiture de son père, puis au couvent, sinistre prison qu'elle ne regrettait pas d'avoir quittée. Depuis, elle se sentait enfin revivre… grâce à son travail et maintenant à sa rencontre avec Tommy. Leurs rapports n'avaient cessé d'évoluer vers une sincère amitié et ils se tutoyaient à présent… Elle avait appelé ses parents deux fois, mais sa mère s'était contentée de fondre en larmes et avait refusé de lui passer Noelle. La dernière fois, ç'avait été encore pire.

— Écris-nous mais ne téléphone pas, l'avait suppliée sa mère.

Elle était heureuse d'avoir de ses nouvelles, tout comme Noelle, avait-elle dit, mais son père n'avait pas décoléré. Il ne lui adresserait pas la parole tant que « le problème ne serait pas résolu ». Le problème ! voilà la métaphore qu'utilisaient son père et sa mère pour parler de son bébé.

Maribeth poussa un soupir. Un coup d'œil en biais au conducteur lui dévoila un profil volontaire. Il dégageait cette générosité intrinsèque qui incite aux confidences, mais Maribeth ne se sentait pas encore prête à lui dévoiler la vérité.

— À la suite d'une dispute, mon père m'a mise à la porte, murmura-t-elle, optant pour une version édulcorée des faits. Il aurait préféré que je reste en ville, mais après deux semaines, ça a été au-dessus de mes forces. Alors, je suis venue ici et j'ai trouvé un emploi.

Il manquait à son récit la souffrance, la honte, les larmes, tout ce qu'elle s'efforçait d'oublier.

— Pourtant, tu vas y retourner, fit-il remarquer.

— Oui. Pour reprendre l'école…

La route s'incurvait paresseusement vers le lac.

— Pourquoi ne t'inscris-tu pas au lycée d'ici ?

— Je ne peux pas, répondit-elle simplement, peu désireuse de se lancer dans des explications compliquées. (Puis, changeant brusquement de sujet :) As-tu des frères et sœurs ? s'enquit-elle, réalisant soudain qu'elle ne savait presque rien de sa famille.

Il stoppa la camionnette et ses yeux croisèrent ceux de sa passagère.

— J'avais une sœur, dit-il après un long silence. Annie. Elle avait cinq ans. Elle est morte à Noël.

Sans un mot de plus, il sauta à terre pour chercher sa canne à pêche, sous le regard ému de Maribeth. « Voilà donc la cause de son chagrin », songea-t-elle. Restait l'énigme de ses relations avec ses parents.

À son tour elle mit pied à terre et le suivit vers une plage de sable fin. Tommy retira son jean. Il portait un short de bain en dessous. Elle le regarda déboutonner sa chemise et l'espace d'une seconde, l'image de Paul Browne jaillit dans sa mémoire. Il n'y avait pour ainsi dire aucune ressemblance entre les deux garçons. Paul appartenait à la catégorie sophistiquée des dandys de campus – et de toute façon, c'était un homme marié à présent – tandis que Tommy offrait d'emblée une impression de candeur et de pureté. Le premier s'était placé au centre de l'univers, le second incarnait la générosité… Maribeth se laissa tomber sur le sable blond, tandis qu'il fixait le hameçon au bout de sa ligne.

— Comment était-elle ?

Il leva un instant les yeux dans le soleil, puis cligna des paupières en avisant sa compagne.

— Qui ça, Annie ?

Un blocage l'empêchait d'évoquer ce sujet trop douloureux. Peut-être le surmonterait-il grâce à cette fille… Et pas seulement parce qu'elle avait un joli minois, des jambes superbes et un sourire à faire fondre un glacier. Il voulait devenir son ami. La rendre heureuse peut-être. Mais surtout, l'aider à vaincre la fragilité qu'il devinait sous ses airs insouciants.

— Ma petite sœur était la plus jolie gamine qu'on puisse imaginer. Elle avait de grands yeux bleus, des cheveux blond platine. On aurait dit un petit ange… un chérubin qui, à tout instant, pouvait se muer en petit diable. Elle me suivait partout et me harcelait sans cesse de questions. Nous avons fabriqué un gros bonhomme de neige juste avant… avant qu'elle ne meure.

Des larmes lui brouillaient la vue et il secoua la tête. C'était la première fois depuis la mort d'Annie qu'il parlait d'elle à quelqu'un. La douleur le transperça, intacte comme au premier jour.

— Elle me manque, lâcha-t-il d'une voix cassée par la douleur.

Du bout des doigts, Maribeth lui toucha le bras.

— Il n'y a pas de honte à pleurer. Je me doute qu'elle te manque. A-t-elle été malade longtemps ?

— Deux jours. Au début, nous avons cru à un rhume, une grippe ou quelque chose d'approchant. C'était une méningite. Les médecins n'ont rien pu faire. Elle est partie comme ça. Je n'arrêtais pas de penser : « Pourquoi pas moi ? pourquoi elle ? » Pourquoi la mort est-elle venue faucher une toute petite fille qui n'avait fait de mal à personne ? Au contraire, elle nous avait comblés de bonheur. J'avais dix ans quand elle est née, ma pauvre petite poupée…

Il avait lâché la canne à pêche sur le sable chaud et s'était rapproché de Maribeth, en quête d'un peu de réconfort. Bizarrement, il se sentait plus léger, presque heureux, comme si, en évoquait ses souvenirs, il avait fait revivre Annie l'espace d'un instant. À la maison, on ne prononçait jamais son nom.

— Tes parents ont dû en souffrir terriblement.

— Oh, oui. La terre s'est arrêtée de tourner quand elle est morte. Mes parents ont cessé de se parler. Ils n'ont plus rien à se dire et à moi non plus. Ils ont perdu le sourire, l'envie de faire des projets, de vivre, simplement. Ils ne parlent jamais d'elle. Maman n'entre même plus dans la cuisine, papa reste dehors jusqu'à dix heures du soir. Comme si, sans elle, la maison était vide. Maman a décidé de retravailler à plein temps pour ne plus y penser. Nous avons tous baissé les bras depuis qu'elle n'est plus là… Sa mort a entraîné la nôtre… J'évite de rentrer chez moi. Tout paraît si sombre et déprimant… Je déteste passer devant sa chambre…

Maribeth avait saisi la main de Tom et tous deux s'abîmèrent dans la contemplation du lac.

— Ne sens-tu pas sa présence, quand tu penses à elle ? demanda-t-elle, avec la sensation insolite d'avoir connu Annie.

— Parfois, tard dans la nuit, je me mets à lui parler. Ça peut te paraître fou, mais j'ai souvent l'impression qu'elle m'entend.

Maribeth hocha la tête. Elle avait agi de même après le décès de sa grand-mère et en avait tiré le même soulagement.

— Je suis sûre qu'elle t'entend, Tommy. Qu'elle peut te voir aussi. Peut-être est-elle heureuse, là où elle se trouve. Certaines personnes ont pour mission de traverser nos vies. Elles ne font que passer. Parce qu'elles sont plus avancées que les autres… Elles n'ont pas besoin de traîner cent ans… On dirait… on dirait que ces gens-là arrivent dans nos existences juste pour nous offrir quelque chose. Un don, une bénédiction, une leçon qui nous servira plus tard. Voilà pourquoi ils sont là. Annie t'a sûrement appris quelque chose avant de s'en aller. Elle t'a donné ce précieux présent, après quoi elle était libre de partir. C'était une âme spéciale. Et toi, tu auras toujours l'offrande qu'elle t'a faite.

Il acquiesça en s'efforçant d'assimiler ces paroles. Il les comprenait, bien sûr, mais la compréhension n'avait jamais adouci le chagrin.

— J'aurais aimé qu'elle reste avec nous plus longtemps, soupira-t-il. J'aurais voulu que tu la connaisses.

(Il sourit.) Elle m'aurait immédiatement fait part de ses appréciations : « Cette fille te plaît, non ? » ou « Elle est plus jolie qu'une telle, tu ne trouves pas ? » Elle avait une opinion sur tout. Vraiment, elle me rendait fou.

Maribeth éclata de rire.

— Qu'aurait-elle dit de nous, alors ?

C'était un jeu, bien sûr… elle se plaisait en sa compagnie. Leur amitié reposait sur la confiance, décida-t-elle soudain. Ces derniers mois, elle avait appris à ses dépens que l'on ne devait pas accorder sa confiance à n'importe qui, sous peine d'en payer très cher le prix. Elle s'était juré de se méfier des autres… de tous les autres, sauf de Tom Whittaker. Celui-ci était différent, elle l'avait senti tout de suite.

— Elle aurait décrété que tu me plaisais…

Il sourit, et pour la première fois elle remarqua un semis de fines taches de rousseur sur l'arête de son nez. De minuscules points clairs, presque dorés dans la lumière éclatante.

— Et elle aurait probablement eu raison, reprit-il. D'habitude, elle se trompait. (Mais pas cette-fois-ci, se dit-il. Non, pas cette fois-ci, car elle aurait tout de suite décelé la gentillesse de Maribeth. Et sa beauté radieuse.) Elle t'aurait bien aimée, murmura-t-il en s'allongeant sur le sable, les mains derrière la nuque, et en fixant sur la jeune fille un regard empreint d'admiration. Et toi ? Tu n'as pas un petit ami chez toi ?

L'hésitation s'empara de Maribeth. L'histoire du jeune époux perdu pendant la guerre de Corée tombait à point. Mais non, pas maintenant. Pas après que Tommy se fut montré aussi sincère. Plus tard, peut-être, en cas de nécessité absolue…

— Pas vraiment.

— Ça ne veut pas dire non.

Elle n'hésita plus.

— Je suis sortie une fois avec un garçon. Je croyais qu'il me plaisait. Je me trompais. De toute façon, il vient de se marier.

Il la regarda, intrigué. Un homme plus âgé, alors ?

— As-tu eu de la peine quand il s'est marié ?

— Un peu, sans plus.

Sauf qu'elle portait son enfant. Un bébé qu'elle n'aurait pas les moyens d'élever et dont elle ne voulait pas.

— À propos, quel âge as-tu ?

— Seize ans.

Ils découvrirent que quelques semaines seulement séparaient leurs dates d'anniversaires. Ils avaient exactement le même âge. Et des situations complètement différentes. Lui, au moins, avait encore une famille, une maison, songea-t-elle amèrement. En automne, il retournerait à l'école. Alors qu'elle, dans moins de cinq mois, elle mettrait au monde l'enfant d'un homme qui ne l'avait jamais aimée. La peur refit surface… Heureusement, il avait repris sa canne à pêche. Elle se redressa pour le regarder lancer la ligne vers l'eau frémissante. Au bout d'un moment, il reposa son instrument, puis plongea dans le lac. Elle ne le rejoignit pas.

Après quelques brasses, il revint vers la plage où elle l'attendait et lui demanda pourquoi elle ne l'avait pas suivi. Il faisait chaud, l'eau était fraîche. Elle aurait adoré nager avec lui mais elle ne voulait pas qu'il aperçoive les rondeurs de son ventre. Elle avait gardé la chemise de son père, se bornant à retirer son jean.

— Tu ne sais pas nager ? s'enquit-il.

— Mais si, plaisanta-t-elle, se sentant de plus en plus ridicule. Seulement je me méfie des lacs. On ne sait jamais sur quel poisson on va tomber.

— Pourquoi tu n'y vas pas ? Ne crains rien, s'il y avait le moindre poisson je l'aurais attrapé.

— Peut-être la prochaine fois, dit-elle sourdement en dessinant du bout de l'index une arabesque sur le sable.

Ils se restaurèrent à l'ombre d'un chêne, puis se remirent à parler de leurs familles, de leur enfance. Maribeth évoqua Ryan et Noelle, décrivit les idées rétrogrades de leur père, selon lesquelles les garçons avaient tous les droits, tandis que les filles n'avaient que celui de se marier et de procréer. Elle ajouta qu'un jour elle serait quelqu'un, professeur, avocate ou journaliste. Et elle finit par déclarer qu'elle était contre les mariages hâtifs, dès la sortie du lycée.

— Je crois entendre ma mère, sourit-il. Elle a laissé attendre papa pendant six ans, une fois ses études secondaires terminées. Elle s'est inscrite à l'université où elle a obtenu une maîtrise. Elle a même enseigné pendant deux ans avant de lui accorder sa main. Ils ont mis sept ans à m'avoir et dix de plus pour concevoir Annie. Ils se sont donné beaucoup de mal pour faire des enfants… N'empêche que maman place les études au-dessus de tout le reste.

— Hélas, je ne peux pas en dire autant de la mienne. Elle est totalement soumise à mon père et proclame, comme lui, que les filles n'ont guère besoin d'aller au collège. Évidemment, ils auraient poussé Ryan à faire des études mais il a préféré travailler avec papa au garage. Il aurait fait la guerre de Corée s'il n'avait pas été réformé. D'après papa, c'est un mécanicien hors pair… (Elle se tut un instant, cherchant fébrilement ses mots, puis reprit :) Je me suis toujours sentie différente du reste de ma famille. J'ai toujours eu des passions dont ils n'avaient que faire. Moi, je veux aller à l'école, apprendre le plus de choses possible, aiguiser mon esprit Devenir quelqu'un. Je veux mener une vie intéressante plutôt que d'épouser le premier venu pour me retrouver avec une flopée de bambins accrochés à mes jupes. Mes parents, mon frère, presque tous les gens que je connais, me prennent pour une folle.

Pas Tommy, elle le savait. Tommy avait une famille qui avait les idées de Maribeth. En fait, elle avait vécu avec des personnes qui ne lui ressemblaient en rien, avec lesquelles elle n'avait rien de commun. Comme si on l'avait lâchée sur une planète étrangère.

— Je suppose que ma sœur finira par se plier à leurs exigences, poursuivit-elle. Elle a à peine treize ans et elle ne pense qu'à flirter.

Sauf que Noelle ne s'était pas fait engrosser par Paul Browne sur la banquette d'une voiture.

— Tu devrais rencontrer ma mère, Maribeth. Je crois qu'elle te plairait.

— J'en suis sûre… Mais elle ? D'habitude les mères se tiennent sur leurs gardes quand elles rencontrent les filles qui fréquentent leurs garçons…

Il était hors de question de rencontrer Mme Whittaker. Dans un mois, sa grossesse serait visible et elle ne voudrait même plus voir Tommy. Car que lui diraitelle ? La fable du mari disparu en Corée ? Il méritait mieux que ce mensonge. Pourtant, la vérité risquait de le choquer. Sans doute ne voudrait-il plus la voir. Si on laissait les faits parler d'eux-mêmes Maribeth faisait figure d'écervelée, d'irresponsable, de fille facile…

Qu'à cela ne tienne ! Dans quelques semaines, elle lui annoncerait qu'elle voyait quelqu'un d'autre et leur amitié en resterait là. Ensuite, il reprendrait ses études et ne tarderait pas à l'oublier. Et plus tard, il tomberait amoureux de quelqu'un de son milieu, une jeune fille brillante que ses parents approuveraient.

— Hé, à quoi penses-tu ?

La voix de Tom interrompit le flux morose de ses méditations.

— Maribeth, que se passe-t-il ? Tu sembles si abattue, tout à coup. Qu'est-ce qui te tracasse ?

Il avait deviné, dès le début, que quelque chose la tourmentait. Grâce à elle, il était parvenu à surmonter sa répugnance à parler de la mort d'Annie et il avait hâte de lui rendre le même service.

— Rien… non, rien de spécial.

Juste un bébé qui grandissait dans son ventre.

— Viens, on va faire un tour.

Ils suivirent le chemin qui serpentait autour du lac, au ras de l'onde, à travers des couronnes de rochers. Ils débouchèrent soudain sur une longue plage blanche. Il lui proposa de piquer un sprint. Elle releva le défi et ils s'élancèrent dans une course éperdue. Malgré ses longues jambes fuselées, Maribeth ne tint pas longtemps la distance. Tom la dépassa en riant et peu après, ils s'effondrèrent côte à côte sur le sable iridescent, hors d'haleine.

— Tu es une grande sportive, la félicita-t-il.

— J'aurais gagné si je n'avais pas trébuché sur un rocher, répliqua-t-elle dans un rire.

— Trébuché ! Menteuse ! Tu lambinais des kilomètres en arrière.

— Parce que tu as démarré avant moi. Tu n'es qu'un tricheur !

Elle riait toujours. Leurs visages se touchaient presque.

— Pas du tout ! se défendit-il, dévoré par l'envie de l'embrasser.

— Pas grave. Je te battrai la prochaine fois.

— Tu parles ! Tu ne sais même pas nager !

Il aimait la taquiner, rire et se rouler dans le sable avec elle, être en sa compagnie. Il s'était souvent pris à imaginer ce que l'on éprouvait en faisant l'amour avec une femme. Il avait hâte de le savoir, il rêvait de le découvrir avec elle. Mais elle paraissait à la fois si sensuelle, si jeune et innocente, qu'il n'osait la toucher. Il pivota sur son ventre, afin de lui cacher son désir... Maribeth resta étendue sur le dos, avec une expression singulière sur le visage. Elle avait ressenti un drôle d'élancement, une sorte de caresse, comme si des ailes de papillon avaient frôlé l'intérieur de son corps. La sensation était parfaitement inconnue mais elle sut aussitôt à quoi elle correspondait... les premiers signes de la vie... son bébé.

— Ça va ? demanda-t-il en l'observant.

Son visage avait une expression étrange, une sorte d'étonnement.

— Oui, fit-elle doucement.

La réalité l'avait terrassée. Ce bébé était bien là, et elle ne savait plus comment s'en sortir. Elle ignorait encore si elle voulait le garder ou pas. Elle n'avait pas revu de médecin depuis qu'on lui avait confirmé qu'elle était enceinte. Mais elle n'en connaissait aucun ici et n'avait pas les moyens de s'offrir une telle dépense.

— Tu as l'air d'être dans la lune, dit-il.

Oui, quelque chose la tourmentait, il en était convaincu à présent, mais quoi ? Il souhaitait tout savoir sur elle.

— Parfois je pense à des choses… à mes parents… ou à ma sœur.

— Tu ne les appelles jamais ? demanda-t-il, intrigué par le mystère dont elle s'entourait.

— Je leur écris. Cela fonctionne mieux. Les coups de fil ont le don d'attiser la fureur de mon père.

— Il t'en veut donc à ce point ?

— Oui… C'est une longue histoire. Je te la raconterai une autre fois.

— Quand seras-tu libre à nouveau ?

Ils ne s'étaient pas encore quittés et il s'inquiétait déjà de la revoir. Tout en elle l'enivrait ; l'odeur suave de ses cheveux, la douceur qu'il lisait dans ses yeux, le soyeux de sa peau, quand il lui prenait la main ou lui effleurait par hasard la joue ou le bras.

— J'ai deux heures de repos dimanche après-midi. Après, je ne serai pas libre avant mercredi.

— Si nous allions au cinéma dimanche ? fit-il, et son ton plein d'espoir la fit sourire.

Personne ne l'avait jamais emmenée au cinéma. Les garçons, à l'école, ne s'intéressaient pas à elle, à part des petits crétins comme David O'Connor. Elle n'avait jamais eu de rendez-vous avec quelqu'un. Pas même avec Paul…

— Oui, avec plaisir.

— Je passerai te chercher au restaurant. Mercredi, nous reviendrons ici, ou nous irons ailleurs, si tu préfères.

— J'aime bien cet endroit, murmura-t-elle.

Ils restèrent jusqu'à six heures du soir, jusqu'à ce que le soleil se mette à décliner vers l'ouest… Puis ils roulèrent lentement en direction de la ville. Il aurait bien voulu l'inviter à dîner mais il avait promis à sa mère de l'aider à monter une bibliothèque dans le salon. En échange, Liz Whittaker s'était engagée à préparer le repas, ce qui était rare… Elle l'attendait vers dix-neuf heures.

Il était dix-huit heures trente-cinq, quand il se gara devant l'immeuble de Maribeth. Elle descendit de voiture à contrecœur, détestant tout à coup l'idée de le quitter.

— Merci pour ce merveilleux après-midi.

Elle avait vécu les moments les plus heureux de ces dernières années, en compagnie du meilleur ami qu'elle avait jamais eu. La providence l'avait mis sur sa route, comme pour adoucir la douloureuse épreuve qu'elle traversait.

— De rien, sourit-il, debout devant elle, en sondant ses yeux verts et brillants, fasciné par leur éclat, et mourant d'envie de cueillir un baiser sur ses lèvres pleines. Je dînerai au restaurant demain soir. À quelle heure termines-tu ?

— Pas avant minuit.

Depuis que le bébé avait bougé en elle, Maribeth savait que les jours de bonheur avec Tom étaient comptés. Pourtant, elle désirait les vivre pleinement, jusqu'à la fin de l'été.

— Je te ramènerai chez toi après ton travail.

Ses parents ne lui posaient jamais de questions. De toute façon, il pourrait toujours prétendre qu'il était allé à la dernière séance d'un film quelconque.

— Oh, tant mieux ! s'exclama-t-elle.

Elle lui adressa un petit salut de la main, alors qu'il manœuvrait pour faire démarrer la camionnette.

Il souriait encore, lorsqu'il franchit le seuil de la maison, à sept heures moins cinq.

— Qu'est-ce qui t'arrive ? Tu as pêché une baleine dans le lac aujourd'hui ?

Sa mère lui sourit tout en finissant de dresser la table. Elle avait mis au four un rôti de bœuf, le plat favori de son père. Tommy eut l'impression qu'elle avait déployé des efforts particuliers pour leur faire plaisir.

— Non, je n'ai même pas attrapé un poisson rouge ! Juste un coup de soleil, après quelques brasses dans l'eau.

Un fumet appétissant envahissait la maison. Liz avait concocté un menu de choix : entrée de champignons, purée de pommes de terre, salade de maïs doux, la préférée de tous, même d'Annie. La douleur familière qui ne manquait jamais de se manifester chaque fois que le souvenir de sa petite sœur lui traversait la mémoire lui sembla moins aiguë ce soir. Peut-être parce qu'il s'était confié à Maribeth. Il regretta de ne pouvoir partager ce sentiment avec sa mère.

— Où est papa ?

— Il devait être là à dix-huit heures. Je suppose qu'il a été retardé. Je lui ai dit que nous dînions à dix-neuf heures.

Une heure plus tard, John Whittaker n'était toujours pas de retour. Il ne répondit pas quand Liz l'appela à son bureau. Le rôti était trop cuit maintenant, et la bouche de Liz ne formait plus qu'une mince ligne de rage contenue.

Tommy et sa mère se mirent à table à vingt heures cinquante-cinq et à vingt et une heures tapantes, John pénétra dans la maison d'un pas qu'un trop grand nombre d'apéritifs avaient rendu incertain.

— Tiens, tiens ! s'écria-t-il d'un ton jovial. Ma petite femme s'est mise aux fourneaux ! En quel honneur ?

— Tu m'as promis de rentrer à dix-huit heures et je t'ai bien précisé que nous allions dîner une heure plus tard, rétorqua Liz sèchement. Je me suis dit qu'il était peut-être temps que cette famille recommence à prendre ses repas en commun.

Tommy avala péniblement sa salive. La subite décision de sa mère risquait de contrarier ses plans personnels.

— J'ai oublié ! répondit John. Il y a si longtemps que tu n'as pas daigné faire la cuisine que je n'y pensais plus.

Il avait pris place le plus dignement possible, en s'acharnant à dissimuler son état d'ébriété. Il était rare qu'il rentrât ivre. Or, depuis que son existence s'était muée en cauchemar, il ne refusait pas de prendre un whisky ou deux en compagnie de clients ou d'employés.

Sans un mot, Liz lui avait servi une assiette qu'il observa, surpris, lorsqu'elle la lui tendit.

— La viande est trop cuite, chérie. Tu sais bien que je la préfère saignante.

Brutalement, elle lui arracha l'assiette des mains, courut la vider dans la poubelle, avant de la flanquer dans l'évier.

— En ce cas, tâche d'être à l'heure. Le rôti était saignant il y a deux heures, jeta-t-elle, les dents serrées, le dos tourné.

— Liz, je suis désolé.

Elle se retourna pour le fixer d'un air rageur, oubliant la présence de Tommy. De toute façon, ils oubliaient systématiquement qu'il existait. Comme s'il avait disparu en même temps que la petite Annie. Leur désespoir les accaparait trop pour qu'ils se rendent compte qu'ils avaient encore un enfant.

— Oh, mais ça n'a aucune importance, John ! glapit Liz. Rien n'a plus d'importance. Nous avons renoncé à tout.

— Nous n'étions pas forcés, intervint Tom doucement, remonté par la conversation qu'il avait eue avec Maribeth. Nous sommes encore là. Annie n'aurait pas approuvé notre conduite. Pourquoi n'essayons-nous pas de passer plus de temps ensemble ?… Un peu plus de temps ensemble ?

— Dis ça à ton père, riposta Liz froidement.

Elle leur tourna le dos et se mit à faire la vaisselle.

— C'est trop tard, mon garçon.

John tapota l'épaule de son fils avant de s'éclipser.

Liz rangea les assiettes. Puis, sans desserrer les dents, elle entreprit de monter la nouvelle bibliothèque, aidée par Tommy. Elle la destinait aux livres scolaires qu'elle achèterait à la rentrée. La besogne terminée, elle remercia son fils et se dirigea à pas lents vers la chambre à coucher. En l'espace de sept mois, toute sa gentillesse avait fondu pour laisser la place à une sorte de rancœur tenace et glacée. Ses yeux, autrefois si doux, ne reflétaient plus qu'un mélange de désespoir et de regrets. À l'évidence, aucun d'eux ne se remettrait de la mort d'Annie.

John s'était assoupi tout habillé en travers du lit, lorsqu'elle entra dans leur chambre. Elle referma la porte et le contempla un instant avant de détourner la tête. Aucun lien ne l'attachait plus à lui, songea-t-elle. Quelques mois plus tôt, elle avait consulté un gynécologue ; il lui avait appris qu'elle n'aurait plus d'enfants. Ce n'était même pas la peine d'essayer. Son dernier accouchement avait provoqué d'importantes lésions. Elle avait quarante-sept ans maintenant et plus aucune chance de redevenir mère. Elle avait toujours eu des difficultés à concevoir, quand elle était plus jeune… Le médecin ne lui avait laissé aucun espoir.

Elle n'avait plus jamais eu de rapports sexuels avec son mari depuis la dernière étreinte, la veille du jour fatidique où Annie était morte. Elle s'en était voulu, en avait tenu rigueur à John. À présent l'idée de l'approcher lui répugnait. Liz avait l'impression que son amour pour les autres avait disparu en même temps que sa petite fille. Elle avait négligé John, et même Tommy. Elle se sentait coupée du monde, isolée, en proie à une immense détresse qui jamais ne s'estomperait. Le masque rigide qu'elle s'était forgé dissimulait seul son désarroi… John montrait davantage son chagrin. Son existence était devenue une longue souffrance. Sa petite fille lui manquait cruellement, tout comme sa femme et Tommy, car le fil de leur ancienne complicité s'était rompu. Il ne savait plus où aller, vers qui se tourner, que faire pour alléger sa peine. Il aurait pu avoir une ou plusieurs aventures extraconjugales. Il ne l'avait pas fait. Il n'avait pas envie de coucher avec n'importe qui… il voulait l'impossible : retrouver leur bonheur, leur vie passée, leur amour perdu.

Il tressaillit, alors qu'elle allait et venait dans la pièce, en rangeant ses affaires. Elle disparut dans la salle de bains attenante d'où elle ressortit en chemise de nuit. Avant d'éteindre le plafonnier, elle lui secoua l'épaule.

— Mets ton pyjama, dit-elle d'une voix dure, comme si elle s'adressait à un enfant récalcitrant ou à un étranger.

On aurait dit une infirmière, pas la femme qui l'avait jadis passionnément aimé.

Il s'assit sur le bord du lit en secouant la tête, comme pour recouvrer ses esprits.

— Je te demande pardon, Liz. J'ai vraiment oublié. La peur de recommencer à nous disputer, sans doute. Je ne sais pas, Je n'avais pas l'intention de gâcher ta soirée.

Le gâchis avait eu lieu sept mois plus tôt. La disparition brutale de leur enfant les avait anéantis. Rien ne la ferait revenir. Ils ne reverraient plus jamais leur chère petite Annie.

— Ce n'est pas grave, répondit-elle, sans conviction. Nous remettrons ça un autre soir.

Elle avait dit « un autre soir » d'un air distant.

— Vraiment ? J'aimerais bien. Tes succulents petits plats me manquent.

Ils avaient tout perdu en un instant. John avait vieilli d'un seul coup et Liz ne soignait plus son apparence, surtout depuis qu'elle avait appris qu'une nouvelle maternité lui était impossible.

Il passa dans la salle de bains où il enfila son pyjama. Il sentait le linge propre et le dentifrice lorsqu'il ressortit, mais elle lui avait déjà tourné le dos et avait éteint sa lampe de chevet.

— Liz ? chuchota-t-il dans l'obscurité. Pourras-tu jamais me pardonner ?

— Il n'y a rien à pardonner. Tu n'as rien fait, répondit-elle d'une voix sans timbre, une voix morte.

— Si j'avais demandé au médecin de se déplacer cette nuit-là… si je ne t'avais pas persuadée qu'il s'agissait d'un simple refroidissement…

— Le Dr Stone a dit que ça n'aurait rien changé.

Mais elle n'avait pas l'air de le croire.

— Je suis désolé, murmura-t-il, la voix étouffée par les sanglots. (Il lui mit la main sur l'épaule, la sentit se raidir sous sa paume.) Je suis désolé, Liz.

— Moi aussi.

Elle ne se retourna pas ; ne le regarda pas, ne vit pas ses larmes. Comme il n'aperçut pas les siennes, roulant sur l'oreiller blanc. Ils ressemblaient à deux naufragés en train de se noyer dans deux océans séparés.

Étendu sur son lit, Tommy tarda à trouver le sommeil. Il avait du mal à croire que ses parents retrouveraient le bonheur d'être ensemble. Trop de choses étaient arrivées, il y avait eu trop de peine, le fardeau était trop lourd. Il avait perdu sa petite sœur, sa maison, son père et sa mère tout à la fois. Seule la perspective de revoir Maribeth lui apporta un peu de réconfort… Il se remémora ses longues jambes, sa chevelure couleur de feu, la drôle de vieille chemise qu'elle portait, leur course sur le rivage, aux abords du lac… Une myriade de pensées se bousculaient dans son esprit. Il finit par s'endormir et dans ses rêves, il fut hanté par l'image de Maribeth se promenant lentement sur la plage, en tenant Annie par la main.

5

Le dimanche, après avoir déjeuné au restaurant, il l'emmena voir *Tant qu'il y aura des hommes*, avec Burt Lancaster et Deborah Kerr. Il s'était assis tout contre elle, un bras autour de ses épaules ; ils grignotèrent du pop-corn et des caramels et Maribeth versa un torrent de larmes à chaque scène pathétique. Au générique, d'une seule voix, ils s'exclamèrent que c'était un film génial.

Tandis qu'il la ramenait chez elle, ils firent des plans pour le mercredi suivant. Incidemment, elle voulut savoir comment s'était déroulé le dîner avec ses parents…

— Pas terrible, répliqua-t-il, l'œil songeur. En fait, une vraie catastrophe. Papa a oublié l'heure. Je suppose qu'il s'est laissé entraîner par des gars de son entreprise. Résultat, le rôti de bœuf a failli brûler, maman est montée sur ses grands chevaux et finalement papa est rentré, légèrement ivre. (Il sourit en s'efforçant de minimiser le drame.) La plupart du temps, ils sont furieux l'un contre l'autre. Surtout pour des broutilles… Ils pourraient s'entraider, mais non, ils n'en ont pas la force.

Maribeth eut un hochement de tête compatissant. Ils s'étaient assis sur les marches devant la porte. La logeuse de la jeune fille, une vieille demoiselle, passa la tête par une fenêtre du rez-de-chaussée. Un sourire éclaira son visage sillonné de rides… La petite avait eu la chance de tomber sur un garçon sérieux. Dès le premier jour, sa jeune locataire avait gagné sa sympathie. Elle la trouvait « maigre comme un clou », bien sûr, comme toutes les gamines de sa génération. Cela ne tarderait pas à changer, se disait Maribeth… Elle avait commencé à prendre du poids. Jusqu'alors, elle avait réussi à masquer ses rondeurs, bien que le tablier blanc qu'elle portait au restaurant commençât à la serrer à la taille.

— Qu'allons-nous faire mercredi ? Retourner au lac ?

— Oh oui ! Mais c'est moi qui offre le déjeuner cette fois. Je le préparerai moi-même.

— D'accord.

— Qu'est-ce qui te ferait plaisir ?

— N'importe quoi. Du moment que ce sera fait par toi…

Il voulait juste être avec elle. Alors qu'ils étaient assis côte à côte sur la même marche, il percevait comme un parfum capiteux, l'obsédante proximité de son corps… Il n'avait qu'à se pencher pour quémander un baiser, mais la timidité le paralysait. La sentir si proche lui procurait une douleur lancinante, presque physique, or il n'osait faire le premier pas. Un soupir poignant lui échappa, qu'elle associa à la querelle de ses parents.

— Le temps guérit toutes les blessures, l'assura-t-elle. Il y a à peine sept mois que ce deuil cruel les a frappés. Donne-leur une chance. Quand ta mère recommencera à travailler, les choses vont sûrement s'améliorer.

— Ou empirer... Elle en profitera pour déserter la maison. Du temps d'Annie, elle travaillait à mi-temps. Évidemment, elle estime, à juste titre, qu'elle n'a pas à rentrer à la maison pour moi. Quand l'école va commencer, je ne serai pas de retour avant dix-huit heures, alors...

— Ont-ils pensé à avoir un autre enfant ?

Elle le vit secouer la tête.

— Maman est trop âgée pour une nouvelle grossesse. Elle a quarante-sept ans et a eu un mal fou à avoir Annie. J'ignore s'ils désirent un autre bébé. Ils ne m'ont rien dit.

— Les parents évitent d'aborder des sujets aussi intimes devant leur progéniture.

— Crois-tu ? Oui, sans doute... tu dois avoir raison.

Ils mirent au point leur sortie du mercredi. Tommy promit de passer au restaurant lundi ou mardi... Naturellement, Julie et les autres pensaient qu'ils étaient déjà amants, bien que Maribeth refusât de répondre à leurs gentilles railleries.

Ils s'étaient levés. Tom lui souhaita bonne nuit en se dandinant sur une jambe, puis sur l'autre. Il maudissait sa maladresse, sa crainte perpétuelle de se montrer trop téméraire ou pas assez... Trop empressé ou trop lent... Sapristi, il devait y avoir un juste milieu, mais l'audace lui manquait. Chaque fois qu'il lui disait au revoir, il brûlait de la prendre dans ses bras... et ne bougeait pas d'un pouce.

Elle referma sa porte, gravit les marches conduisant vers sa chambre, le front soucieux. Comment lui apprendrait-elle la vérité sur son état ? C'était un tourment de tous les instants. Un casse-tête sans solution.

Les deux jours suivants, il dîna au restaurant, puis la raccompagna chez elle. Et le mercredi, avant d'aller la chercher, il fit une halte au cimetière, tôt le matin.

Il s'y rendait régulièrement, afin d'enlever les feuilles mortes, de nettoyer la petite pierre tombale, et d'arroser les fleurs qu'il avait plantées tout autour. Sa mère lui en savait gré. Elle-même n'était plus retournée au cimetière depuis l'enterrement d'Annie.

Tommy se mit au travail, tout en parlant à mi-voix, suivant son habitude.

— Tu la verrais, Annie, elle est superbe… pas de boutons… des jambes de rêve… Elle ne sait pas nager mais se rattrape sur la course à pied… Je crois que tu l'aimerais.

Il sourit. À seize ans, Annie aurait été comme Maribeth. Droite, honnête, intelligente, espiègle. Les phrases de Maribeth à propos de gens qui ne font que passer dans la vie des autres lui revinrent en mémoire. « Personne ne restera pour toujours dans ce bas monde », avait-elle dit.

Peut-être qu'Annie n'avait fait que passer. Mais, bon sang, elle aurait pu s'attarder un peu plus longtemps.

Il se recueillit un instant sur la tombe, le cœur noué, comme à chaque fois qu'il lisait son nom gravé sur la pierre blanche, Anne Elizabeth Whittaker. Le petit agneau sculpté au-dessus de ces trois mots lui faisait toujours monter les larmes aux yeux.

— Salut, petit bouchon, murmura-t-il avant de partir. Je reviendrai bientôt. Je t'aime.

Elle lui manquait toujours désespérément, surtout après ses visites au cimetière.

Maribeth remarqua immédiatement son air sombre, lorsqu'il passa la chercher.

— Qu'est-ce qui ne va pas ? s'alarma-t-elle. Qu'est-il arrivé ?

— Rien, dit-il, touché par sa sollicitude. Je suis allé sur la tombe d'Annie.

Il lui sourit. Elle avait enfilé une chemise informe sur un short, et avait chaussé des sandales.

— Je lui ai parlé de toi. Mais je suppose qu'elle est déjà au courant.

C'était leur grand secret, et ils en discutaient sans fausse honte.

— J'ai rêvé d'elle l'autre soir, lui avoua Maribeth.

— Moi aussi. Vous étiez toutes les deux en train de vous promener sur la plage.

— Dans mon rêve, elle me disait de prendre soin de toi et je le lui ai promis… La chaîne de solidarité, tu connais ? Quelqu'un s'occupe de toi un certain temps, avant de passer le flambeau à quelqu'un d'autre, et ainsi de suite… Voilà ce que je voulais dire l'autre jour en évoquant ces gens de passage. Un flot de personnes qui ne cesse d'alimenter nos vies. Qui jamais ne s'arrête. Comme un fleuve… Ça peut paraître dingue, mais…

— Non, au contraire. Ton hypothèse est à la fois plausible et inquiétante. Personnellement, je préférerais que les gens restent. J'aurais voulu qu'Annie soit encore là et je ne souhaite personne après toi, Maribeth. Quel mal y a-t-il à rester ?

— On ne peut pas toujours faire ce qu'on veut. Parfois, il faut repartir. Comme Annie. On n'a pas toujours le choix, répondit-elle en pensant à son bébé. Tous deux, liés l'un à l'autre pour le moment, ne tarderaient pas à se séparer. Maribeth irait habiter ailleurs, tandis que le bébé vivrait sa vie avec d'autres personnes... Oui, rien n'était fait pour durer.

— Je n'aime pas trop tes théories, Maribeth. À un moment donné, les gens sont obligés de jeter l'ancre.

— Certains le font. D'autres pas. D'autres encore ne peuvent agir autrement. Il faut les aimer, quel que soit le cas de figure.

— Et nous ? s'enquit-il, étrangement sérieux pour un garçon de seize ans. Tu supposes que nous nous sommes rencontrés dans le but d'apprendre quelque chose l'un de l'autre ?

— Peut-être avons-nous besoin l'un de l'autre en ce moment précis, répliqua-t-elle, pleine de sagesse.

— Grâce à toi, j'ai compris pas mal de choses au sujet d'Annie.

— Toi aussi, tu m'as aidée ! s'exclama Maribeth avec chaleur.

Comme elle n'avait pas précisé sa pensée, il se demanda en quoi... Tandis qu'ils empruntaient en camionnette le chemin du lac, elle sentit le bébé bouger à nouveau.

Parvenus à destination, Tommy déploya une couverture et Maribeth y installa le pique-nique. Salade d'œufs, gâteau au chocolat, jus de fruit, une bouteille de lait qu'elle consommait en grandes quantités ces derniers temps, du Coca-Cola. Affamés, ils dévorèrent leur déjeuner, après quoi ils demeurèrent allongés sur la couverture pendant un long moment. La conversation roula mollement sur les sujets habituels : l'école, les amis, les parents, leurs projets... Tommy évoqua son voyage avec son père en Californie et en Floride où ils avaient visité des usines de produits alimentaires.

Maribeth n'avait jamais été nulle part mais irait très certainement à Chicago et à New York. Tous deux souhaitaient visiter l'Europe, naturellement… encore que de l'avis de Maribeth, jamais elle n'aurait les moyens d'entreprendre un tel voyage.

La guerre de Corée faisait partie de leurs préoccupations. Tous deux s'interrogeaient sur les raisons qui avaient poussé leur pays à s'engager dans un nouveau conflit, à peine sorti de la Seconde Guerre mondiale. Ils avaient quatre ans quand l'aviation japonaise avait attaqué Pearl Harbor. Le père de Tommy était trop âgé pour être mobilisable, mais celui de Maribeth avait participé aux combats de Iwo Jima.

— Comment réagirais-tu si tu devais partir à la guerre ? interrogea-t-elle, et la question parut le prendre de court.

— Quand ? Maintenant ? Ou quand j'aurai dix-huit ans ?

C'était une possibilité, si la question de la Corée n'avait pas été encore résolue d'ici-là.

— N'importe. Irais-tu te battre ?

— Bien sûr. J'obéirais aux ordres de mon gouvernement.

— Pas moi, si j'étais un homme. Je suis contre la guerre, déclara-t-elle d'une voix ferme qui arracha à Tom un sourire.

Elle avait une opinion sur tout. Des idées incongrues, parfois, mais bien définies.

— Tu dis ça parce que tu es une fille. Les hommes n'ont pas le choix.

— Ils peuvent se l'accorder. Regarde les Quakers. Les objecteurs de conscience. Ils ne vont pas à la guerre… Je crois qu'ils sont plus intelligents que les autres.

— Ou plus peureux.

Elle se rebiffa. Maribeth n'épousait que les idéaux qu'elle approuvait totalement.

— Pas du tout ! Ils sont simplement fidèles à leurs croyances. J'aurais refusé d'aller à la guerre si j'étais un homme, répéta-t-elle, d'un air buté. La guerre est stupide.

— Peut-être, mais ça nous dépasse, sourit Tommy. Tu aurais été un vaillant petit soldat, comme tout le monde.

— Un jour, les soldats refuseront d'obéir aux diktats.

— Ce serait le chaos si ça arrivait. Pourquoi certains refuseraient et pas d'autres ? Et qu'adviendrait-il des déserteurs ? Où iraient-ils se cacher ? C'est impossible, Maribeth. Laisse la guerre aux hommes. Ils savent ce qu'ils font.

— Ils croient savoir, c'est là tout le problème. Ils nous inventent des champs d'honneur chaque fois qu'ils s'ennuient. À peine une guerre est-elle terminée qu'ils s'empressent d'engager de nouvelles hostilités.

Il éclata de rire.

— Tu devrais soumettre ta candidature à la Maison Blanche.

Au fond de lui, il respectait ses idées, tout comme ses arguments qui ne manquaient ni d'originalité ni de courage.

Ils décidèrent peu après de faire une promenade. Sur le chemin du retour, il lui demanda si elle avait envie de nager jusqu'au radeau qui flottait au milieu du lac. Une fois de plus, elle refusa sa proposition.

— Allez, dis-moi la vérité, Maribeth. Tu as la phobie de l'eau ? Il n'y a pas de honte, tu sais. Mais dis-le.

— Je n'ai pas peur de l'eau. Je n'ai pas envie de nager, voilà tout.

Elle s'estimait bonne nageuse mais retirer la grande chemise de son père, qui cachait son ventre arrondi, lui paraissait impossible. Elle ne voulait pas qu'il sache.

— Alors, viens.

Il faisait une chaleur accablante. Le corps de Maribeth réclamait de toutes ses fibres un peu de fraîcheur. Seulement, elle ne pouvait se permettre de céder à la tentation… Elle était enceinte de quatre mois et demi.

— Eh bien, marchons au bord de l'eau, suggéra Tommy.

Elle accepta mais refusa obstinément de s'aventurer plus avant et ils se contentèrent de longer la rive. Les eaux, peu profondes, reflétaient le soleil. Un peu plus loin, les flots s'assombrissaient, signe d'une insondable profondeur. Elle demeura sur le promontoire sablonneux, tandis que Tom plongeait. En un rien de temps, il avait atteint le radeau avant de faire demi-tour. Il fendait l'onde à longs mouvements réguliers. Un instant plus tard, il émergea, ruisselant, à son côté.

— Tu es un vrai champion !

— Je faisais partie de l'équipe de natation de l'école l'année dernière. Mais cet imbécile de capitaine m'a découragé à tout jamais de poursuivre l'entraînement.

L'air espiègle, il l'aspergea, et l'eau se déposa en gouttelettes scintillantes sur ses cheveux.

— Tu n'es qu'une poule mouillée, tu sais. Je suis sûr que tu nages aussi bien que moi.

— Laisse-moi tranquille !

Elle esquivait avec grâce les gerbes d'eau qu'il lui envoyait. Au bout d'un moment, n'y tenant plus, elle l'imita et ils se mirent à s'éclabousser en riant. La vieille chemise fut vite trempée. Maribeth s'acharna à faire boire la tasse à son adversaire, perdit l'équilibre, et tomba lourdement. C'était trop tard. Le tissu qui lui collait à la peau dévoilerait bientôt la vérité… Afin de gagner du temps, elle repoussa Tommy et se mit à nager rageusement, en s'acharnant à trouver une solution : comment faire pour qu'il ne remarque pas son ventre protubérant… Ils se laissèrent glisser sur les flots côte à côte, avant de se diriger vers le rivage. Maribeth le laissa gagner la plage le premier. Prétextant qu'elle avait froid, elle réclama sa serviette de bain… Le soleil pailletait d'or l'air tiède. Un peu surpris, Tommy s'exécuta. Revenu près du lac, il lui tendit l'ample serviette en éponge… « Raté ! » se dit-elle en se rendant compte qu'il lui fallait tout de même sortir de l'eau, puis franchir les quelques pas qui la séparaient de lui. Elle n'osa lui demander de se retourner et se borna à demeurer immergée, le visage crispé par l'anxiété.

— Quelque chose ne va pas ? demanda-t-il.

Après un long silence, elle hocha la tête. Elle aurait voulu qu'il n'apprenne pas la vérité. Maintenant, elle était piégée.

— Puis-je t'aider ?

— Pas vraiment.

— Écoute, Maribeth, sors donc de l'eau. Si quelque chose te tracasse, on trouvera une solution. Viens, je vais t'aider.

Il avait avancé la main vers elle et ce geste fit venir des larmes dans les yeux de la jeune fille. Elle ne bougea pas. Elle se sentait incapable d'ébaucher le moindre mouvement. Il entra alors dans l'eau et la souleva dans ses bras… Elle le laissa la ramener vers l'étroite bande de sable. De nouvelles larmes ruisselèrent sur ses joues, quand il la remit gentiment sur ses jambes en se demandant obscurément pourquoi elle pleurait. Il l'entoura de la serviette, puis, en baissant les yeux, il vit ce qu'elle souhaitait lui cacher : un petit ventre pas très voyant encore, mais rond et ferme. Son regard se leva vivement vers celui de Maribeth. Il se rappelait l'allure de sa mère, quand elle attendait Annie… Maribeth était trop mince pour qu'il puisse se méprendre sur son état.

— Je ne voulais pas que tu saches, balbutia-t-elle lamentablement. Je ne voulais pas te le dire.

Ils se tenaient face à face, immobiles. Pendant une éternité, ils se regardèrent sans ébaucher un geste, comme foudroyés. Le visage de Maribeth était d'une pâleur mortelle.

— Viens, dit-il doucement en passant un bras autour de ses épaules. Allons nous asseoir.

Ils regagnèrent en silence la couverture. Maribeth déboutonna la vieille chemise trempée. Elle resta en maillot de bain et en short, sans plus se soucier de se cacher. Son secret avait été révélé au grand jour.

— Comment ça s'est passé ? demanda-t-il en évitant de regarder le léger renflement de son ventre.

— De la manière habituelle, je suppose, bien que je ne sache pas grand-chose en la matière.

— Tu avais un petit ami ? Tu as un petit ami ? rectifia-t-il, avec un drôle de pincement au cœur, mais elle secoua la tête.

— Ni l'un ni l'autre. Je me suis comportée comme une gourde… (Elle avait décidé de tout lui raconter, maintenant qu'il avait deviné le plus important.) J'ai fait l'amour une fois… Avec quelqu'un que je connaissais à peine. Nous n'avions même pas rendez-vous. Il m'a raccompagnée chez moi après un bal parce que mon cavalier était ivre. C'était la vedette de la classe de terminale. Il avait l'air gentil et m'a fait un tas de compliments. Il m'a offert un hamburger dans une boîte de nuit, avec des amis à lui. Je me suis sentie en confiance. Au retour, il m'a fait boire du gin, après quoi… (elle baissa les yeux sur son ventre) tu peux imaginer la suite. Il a dit qu'il n'y avait aucune chance que je tombe enceinte. Il avait soi-disant rompu avec sa petite amie mais ils se sont rabibochés pendant le week-end. Le lundi suivant, je les ai trouvés main dans la main et je me suis sentie ridicule. Pire encore, j'ai fichu ma vie en l'air pour un garçon que je ne connaissais pas, qui ne m'avait même pas aimée. J'ai mis un moment à comprendre ce qui m'arrivait et, pendant ce temps, ils se sont fiancés. Ils se sont mariés après la remise des diplômes.

— Est-ce que tu lui as dit ?

— Oui. Il m'a répondu qu'il allait se marier et qu'elle le tuerait, si elle apprenait quoi que ce soit… Je n'ai pas insisté, pour ne pas le compromettre. J'ai refusé de dire son nom à mes parents, afin que mon père ne l'oblige pas à m'épouser. Je ne veux pas me marier avec quelqu'un qui ne m'aime pas. J'ai seize ans. Ma vie serait détruite, si je me mariais pour sauvegarder les convenances… D'un autre côté, mon avenir ne s'annonce pas brillant.

— Comment ont réagi tes parents ? interrogea Tom, abasourdi par le récit de cette fille courageuse qui avait su faire face au désastre.

— Mon père a piqué une colère. Il m'a emmenée chez les Sœurs de la Charité où j'étais supposée rester jusqu'à l'accouchement. Le couvent ressemblait davantage à une prison qu'à un havre de paix. Je n'ai pas tenu plus de quelques semaines. J'ai acheté un ticket de bus pour Chicago où je projetais de trouver un emploi. Le car s'est arrêté ici, j'ai vu l'annonce sur la vitrine de Jimmy et tu connais le reste… Papa a dit qu'il m'autoriserait à revenir à la maison après la naissance du bébé. Je pourrai alors reprendre l'école.

Elle s'était exprimée d'une voix hachée en feignant un détachement qu'elle était loin d'éprouver.

— Et le bébé ?

— Je le ferai adopter… Je suis trop jeune pour l'élever, je n'ai rien à lui offrir. Je veux terminer le lycée, m'inscrire à l'université… Avec un bébé, ce sera impossible. Il mérite une vraie famille. Les sœurs m'auraient aidée à trouver des parents adoptifs. Ici, je ne sais pas. Je ne m'en suis pas encore occupée.

— Tu ne veux pas le garder ? Tu en es sûre ?

Il avait du mal à comprendre que l'on puisse renoncer à son propre enfant.

— Je ne sais pas…

Elle sentit bouger le bébé, comme si, en faisant sentir sa présence, il souhaitait l'aider à faire son choix.

— Je ne saurais pas m'en occuper, reprit-elle. Mes parents n'en veulent pas. Je n'ai pas assez d'argent pour subvenir à ses besoins… Et puis non ! Je ne veux pas d'enfants. Pas maintenant. C'est affreux, je sais…

Elle s'interrompit, les yeux pleins de larmes, en proie à un désespoir sans nom… Elle n'avait pas désiré cet enfant, elle n'avait pas aimé Paul, et elle ne serait pas prête à être responsable d'un petit être qui dépendrait entièrement d'elle… Elle n'avait que seize ans…

Tommy l'attira dans ses bras, la pressa doucement contre son cœur.

— Je te comprends, Maribeth. Ça doit être dur pour toi. Mais pourquoi ne m'as-tu rien dit ?

— Oui, bien sûr. « Salut, je m'appelle Maribeth, j'attends un enfant d'un type qui s'est marié entre-temps, et mes parents m'ont mise à la porte… Cela vous dirait de m'inviter à dîner ? »

Il rit et elle sourit à travers ses larmes, puis, soudain, elle se mit à sangloter de peur, de honte, et de soulagement d'avoir tout raconté à Tommy. Celui-ci la tint dans ses bras pendant un long moment… jusqu'à ce que les sanglots qui la secouaient s'apaisent. Il se sentait empli de compassion pour elle. Et pour le bébé.

— Quand doit-il naître ?

— Pas avant la fin décembre.

Il restait quatre mois mais tous deux savaient que le temps s'écoulerait très vite.

— As-tu passé une visite médicale depuis que tu es ici ?

— Je ne connais personne… Les filles, au restaurant, ne savent rien. J'ai peur de perdre mon emploi si Jimmy apprenait que je suis enceinte. Je me suis inventé un mari mort en Corée, pour que mes collègues ne s'étonnent pas quand ma situation se verra.

— Bonne idée, approuva Tommy, dont le sourire s'évanouit un instant plus tard. L'aimais-tu, Maribeth ? Le père de ton enfant, je veux dire ?

À ses yeux, ce fait revêtait une importance capitale.

— Oh, non ! L'attention qu'il m'a portée m'a flattée. Je me suis comportée comme une dinde ! À présent, je le méprise. Il m'a suggéré de me débarrasser du bébé… Mais le docteur là-bas m'a avertie : l'opération coûte cher et comporte des risques.

Tom ne l'avait pas quittée des yeux. Dans son esprit, le mot avortement demeurait une notion floue car il ignorait la nature exacte de cette intervention.

— Je suis content que tu ne l'aies pas fait.

Elle lui rendit son regard, surprise :

— Pourquoi ?

Les choses auraient été tellement plus simples si elle n'était pas enceinte aujourd'hui.

— Parce que tu aurais commis une erreur. Peut-être que ce qui t'est arrivé a un sens, Maribeth… comme Annie… peut-être est-ce arrivé pour une raison précise.

— Je me le suis longtemps demandé. J'ai essayé de cerner les causes de mon manque de chance… Il a suffi d'une fois. La première.

Il acquiesça avec incertitude. En matière de sexe, ses connaissances se résumaient à quelques spéculations personnelles qu'il n'avait pas eu l'occasion de vérifier. Contrairement à Maribeth, il n'avait jamais fait l'amour. Il la fixa d'une drôle de manière, comme s'il hésitait à lui poser une question qui, visiblement, l'obsédait.

— Quoi ? Que veux-tu savoir de plus ? Demande.

Ils étaient amis jusqu'à la mort maintenant, liés par une amitié qui durerait à jamais, tous deux le savaient. Il faisait partie de son pacte secret. Elle constituait la part cachée de lui-même.

— Comment était-ce ? interrogea-t-il, les joues en feu, mort de honte… Formidable ?

La question ne parut pas l'horrifier. Tom était son frère, son meilleur ami, peut-être quelque chose de plus.

— Non, pas pour moi. Pour lui peut-être. On ressent de l'excitation. Une sorte de vertige qui vous empêche de penser à autre chose. On dirait un train lancé à toute vapeur sur les rails… Avec la bonne personne, ça pourrait être formidable, oui. Je n'ai pas vraiment envie de réessayer… Le plus triste, c'est que je me suis donnée sans amour. Sur un coup de tête. Et voilà où j'en suis maintenant : j'attends un bébé dont personne ne veut, ni son père, ni moi-même. Personne.

— Tu changeras probablement d'avis quand tu le verras.

Il avait fondu dès l'instant où il avait aperçu Annie.

— Je n'en suis pas si sûre. Les deux filles qui ont accouché pendant mon séjour au couvent n'ont jamais vu leur bébé. Les bonnes sœurs les ont pris, dès qu'ils sont nés. Tu portes un être qui vit en toi pendant neuf mois, après quoi tu l'abandonnes entre des mains étrangères… D'un autre côté, le garder semble aussi impossible. Je ne saurais pas l'élever. Je ne serais pas une bonne mère… Je sais que je ne voudrais pas m'en occuper pour toujours… Je ne dois pas être normale, mais c'est ainsi. Alors qu'est-ce que ça changera, que je le voie ou pas ? Comment parviendrais-je à subvenir à ses besoins ? À prendre soin de lui ?

Les larmes avaient avivé l'éclat vert de ses prunelles. Il resserra son étreinte. Sans une ombre d'hésitation, il se pencha et lui prit les lèvres. C'était un baiser d'admiration, de tendresse, de compassion. Un baiser d'amour entre un homme et une femme, le seul qu'ils aient échangé de leur vie.

— Je t'aime, murmura-t-il tout contre ses cheveux, en regrettant qu'elle ne porte pas son bébé à lui. Je t'aime tellement... Je ne t'abandonnerai pas. Je serai toujours là pour t'aider.

Elle savait qu'elle pouvait se fier aux promesses de ce garçon de seize ans. L'année pénible qu'il avait vécue l'avait mûri.

— Je t'aime aussi, répondit-elle d'une petite voix, en essuyant ses larmes avec un coin de la serviette-éponge.

— Il faut que tu voies un médecin, affirma-t-il, l'air soudain paternel.

— Pourquoi ?

— Mais pour t'assurer que le bébé est en bonne santé ! Ma mère passait son temps chez son docteur quand elle attendait Annie.

— Elle était plus âgée que moi.

— À mon avis, tu dois passer au moins une visite. Je chercherai le nom du gynécologue de maman dans son agenda et nous irons le voir ensemble.

Elle réprima un gloussement.

— Tu es fou ! Il te prendra pour le père du bébé et s'empressera d'annoncer la bonne nouvelle à tes parents. Je ne peux pas aller chez le médecin, Tommy.

— Il y a sûrement une solution. Et puis, il pourra t'aider à trouver une famille adoptive. Il doit connaître des couples qui n'arrivent pas à concevoir... Papa et maman avaient caressé le projet d'adopter un enfant, avant d'avoir Annie... Je chercherai son nom et je te prendrai un rendez-vous.

Sans qu'elle le lui demande, il était prêt à partager son fardeau, contrairement aux autres. À tous les autres, même les êtres qui lui étaient le plus proches. Un nouveau baiser, empreint de fougue et de tendresse, unit leurs lèvres. La main de Tommy se posa sur son ventre, et elle lui demanda s'il avait senti le bébé bouger. Il répondit par un oui solennel de la tête. Sous sa paume, un mouvement ténu l'avait fait sursauter. Un minuscule frémissement semblable à un furtif battement d'ailes.

Ils repartirent nager, plus tard dans l'après-midi. Cette fois-ci, ils atteignirent ensemble le radeau avant de revenir tranquillement vers la plage. Ils restèrent étendus sur la couverture un long moment, les yeux tournés vers l'azur éblouissant, évoquant une fois de plus l'avenir de Maribeth. Il lui semblait moins sombre maintenant que Tommy se tenait auprès d'elle. Pourtant les mêmes questions vinrent la hanter… Si elle gardait l'enfant, elle serait forcée de s'en occuper jusqu'à la fin de ses jours. Et si elle renonçait à son rôle de mère, les regrets la submergeraient chaque fois qu'elle y penserait… Sa raison lui murmurait que son bébé aurait une vie meilleure au sein d'une vraie famille… Elle aurait d'autres enfants, plus tard, mais pourrait-elle jamais oublier celui-là ?

Tommy la reprit dans ses bras et son baiser chassa tous ses doutes. Une paix étrange régnait dans leur esprit, lorsqu'ils retournèrent chez Maribeth. Elle se changea et ils allèrent dîner, avant de se rendre au cinéma. Leurs sentiments avaient évolué en un après-midi. Un lien moral les unissait depuis qu'elle lui avait avoué son secret. Tommy ne l'abandonnerait pas. Ils avaient besoin l'un de l'autre. Elle surtout…

— À demain, dit-il vers onze heures du soir, après l'avoir déposée au bas de son immeuble.

Demain, il la reconduirait chez elle après son travail, bien qu'il eût promis à sa mère de dîner à la maison. Une journée sans voir Maribeth était une journée sans joie, sans lumière.

— Prends soin de toi, sourit-il.

Elle lui rendit son sourire, alors qu'elle refermait doucement la porte… Dans son malheur, elle avait eu la chance de rencontrer Tommy. L'ami, le frère, l'amoureux qu'elle n'avait jamais eu. Il était tout pour elle.

Cette nuit-là, elle rêva d'Annie une fois de plus.

6

La semaine suivante, Tommy passa au restaurant tous les après-midi. Il la raccompagna tous les soirs chez elle et l'invita à dîner le dimanche avant de l'emmener au cinéma. Ils n'étaient plus allés au lac. Le plan qui avait germé dans sa tête n'avait cessé de se préciser. Ayant emprunté le répertoire de sa mère, il avait relevé le nom et l'adresse de son médecin, le Dr Avery MacLean. C'est lui qui avait été son accoucheur pour ses deux enfants… Avec ses cheveux blancs et ses manières distinguées, il faisait penser à un gentleman du siècle passé. Or, en dépit de cette apparence quelque peu désuète, le Dr MacLean était à la pointe du progrès et Tommy savait combien sa mère avait confiance en lui. Maribeth ayant besoin d'être suivie médicalement, il prit rendez-vous pour elle avec le médecin en la faisant passer pour une certaine Mme Robertson, lui-même étant bien sûr M. Robertson. Pour ce faire, il imita la voix bien timbrée de son père. Il compléta son mensonge en précisant que sa femme et lui venaient juste de se marier et d'emménager à Grinnel et que son épouse avait besoin d'un bilan de santé. Au bout du fil, l'assistante sembla le croire.

— Que lui dirai-je ? s'affola Maribeth, lorsqu'il la mit au courant.

— Rien. Il t'examinera et comprendra de lui-même.

Il se donnait des airs d'homme responsable. Pourtant, ses connaissances concernant les mystères de la naissance n'étaient pas très étendues.

— Je veux dire… que vais-je lui dire à propos du père de l'enfant ?

— Tiens-t'en donc à la version officielle : ton mari a été tué en Corée.

Elle hocha la tête, le front soucieux. Ses collègues ne savaient rien encore mais elle ne pourrait pas leur cacher sa grossesse plus longtemps. Ses yeux scrutèrent anxieusement ceux du garçon.

— Viendras-tu avec moi ?

— Moi ? Et s'il… s'il me reconnaît (Il avait rougi jusqu'à la racine des cheveux à la pensée de devoir assister à l'examen que le médecin ferait subir à Maribeth, et surtout à l'idée que celui-ci puisse avertir ses parents.) Je ne peux pas… ce n'est pas possible.

Elle acquiesça, muette, tandis qu'une larme ourlait le bord de ses longs cils. Le cœur de Tommy fondit.

— D'accord… d'accord… ne pleure pas. J'inventerai quelque chose. Eh ! si je te présentais comme une cousine ? Non, non, là on peut être sûr qu'ils appelleront maman… Je ne sais pas… Ah voilà ! Nous sommes amis, je connaissais ton mari et je t'ai simplement accompagnée.

— Tu ne crois pas qu'il va deviner la vérité ? Que je ne suis pas mariée et tout le reste ?

On eût dit deux enfants s'efforçant de sortir du piège dans lequel ils s'étaient fourvoyés.

— Comment veux-tu qu'il le sache si tu n'en parles pas ? rétorqua Tommy d'un ton ferme, faisant montre d'un sang-froid qu'il était loin d'éprouver.

La seule pensée de l'accompagner chez le médecin le rendait malade. Mais il lui avait promis de ne jamais la laisser tomber, et Tom Whittaker n'avait qu'une parole.

Le lendemain après-midi, en se rendant chez le médecin, ils étaient aussi nerveux l'un que l'autre. À peine s'ils échangèrent un mot durant le trajet. Il l'aida à descendre de la camionnette, puis la suivit en espérant de toutes ses forces qu'il ne rougirait pas.

— Ça va aller, Maribeth. Je te le promets, murmura-t-il, en pénétrant dans le hall.

Tommy avait vu le Dr MacLean une seule fois, devant l'hôpital où se trouvait sa mère pour la naissance d'Annie. À l'époque, il était trop jeune pour avoir le droit de monter et Liz – il se le rappelait très clairement – s'était mise à la fenêtre de sa chambre en tenant avec fierté le nourrisson dans ses bras. Ce souvenir fit monter un flot de larmes aux yeux du jeune homme. Il pressa la main de Maribeth entre les siennes autant pour l'encourager que pour chercher un peu de réconfort. Une infirmière, à la réception, les regarda par-dessus ses lunettes.

— Puis-je vous aider ? s'enquit-elle, souriante, persuadée qu'ils se trompaient d'adresse.

— Je suis Maribeth Robertson, murmura la jeune fille d'une voix mal assurée. J'ai rendez-vous avec le docteur.

Les sourcils froncés, l'infirmière jeta un bref coup d'œil à son carnet de rendez-vous.

— Madame Robertson ? s'étonna-t-elle.

Sans doute cette jeune personne était-elle plus âgée qu'elle n'en avait l'air. En tout cas, sa nervosité ne faisait pas de doute.

— Oui…

La réponse vint, aussi faible qu'un soupir. La réceptionniste les pria de passer dans la salle d'attente. Des jeunes mariés, songea-t-elle en réprimant un sourire. Des adolescents qui avaient dû régulariser leur situation.

Ils s'exécutèrent. D'autres femmes enceintes attendaient de voir le médecin. Tommy n'en avait jamais vu autant dans une même pièce. Elles bavardaient tout en tricotant, évoquant leurs maris, leurs gosses, leurs films préférés. De temps à autre, leur main se posait légèrement sur leur ventre imposant. À leur grand soulagement, le Dr MacLean les invita tous les deux à entrer dans son bureau. D'emblée, il leur donna du M. et Mme Robertson. Évidemment, le praticien n'avait aucune raison de penser qu'ils n'étaient pas mariés. Il leur posa les questions d'usage telles que leurs dates et lieux de naissance.

— Depuis quand êtes-vous mariés ?

Maribeth le considéra un long moment avant de secouer la tête.

— Nous ne sommes pas… Tommy est juste un ami. Mon mari est mort en Corée… (soudain, des larmes voilèrent ses yeux, et elle scruta le médecin avec franchise.) Je ne suis pas mariée, docteur. Je suis enceinte de cinq mois et Tommy m'a suggéré de passer une visite.

« Elle essaie de protéger son petit ami », se dit le docteur.

— Je vois, répondit-il simplement. Son regard se posa sur Tom, dont les traits lui semblaient familiers.

Il se demanda s'il n'était pas le fils d'une de ses patientes. Il était persuadé de l'avoir déjà vu quelque part, mais où ? En fait, ils s'étaient croisés aux obsèques d'Annie mais il ne s'en souvint pas sur le moment.

— Quels sont vos projets ? interrogea-t-il d'un ton las. Comptez-vous vous marier bientôt ?

Tous deux firent non de la tête. Soudain Tommy s'en voulut d'avoir entraîné Maribeth dans cette aventure.

— Nous sommes simplement amis, répéta-t-elle avec véhémence. Ce n'est pas la faute de Tom mais la mienne.

Elle avait fondu en larmes et Tommy lui avait pris la main.

— Là n'est pas le problème, fit remarquer l'obstétricien avec gentillesse. Je vais vous examiner pendant que votre… votre ami retourne dans la salle d'attente. Est-ce que cela vous convient ?

Bah, leurs familles devaient s'opposer farouchement à leur union. Ces deux adolescents avaient l'air très amoureux et il était prêt à les aider autant qu'il le pouvait.

Tommy se retrouva dans la salle d'attente espérant que parmi toutes ces femmes aucune ne connaîtrait sa mère. Il ne manquerait plus que ça ! songea-t-il avec crainte.

Une éternité s'écoula avant que l'assistante le reconduise au bureau du médecin.

— Asseyez-vous. Votre amie et moi-même avons de bonnes nouvelles à vous annoncer, lui dit le Dr MacLean.

Intimidée mais soulagée, Maribeth souriait. Le docteur l'avait examinée avec soin. Elle allait parfaitement bien et son bébé aussi. Il lui avait assuré que si sa grossesse se poursuivait ainsi, elle mettrait au monde un superbe enfant, plein de vigueur et en bonne santé. Maribeth lui avait alors avoué qu'elle souhaitait le faire adopter et elle lui avait demandé s'il connaissait des couples intéressés. Il avait promis d'y réfléchir. À présent, il donnait à Tommy des indications sur la taille et le poids du bébé. Malgré les dénégations de Maribeth, il se comportait comme si Tommy était le père de l'enfant. En effet, le docteur en avait été convaincu dès le premier regard en voyant à quel point le garçon se sentait concerné par tout ce qui arrivait à cette jolie fille et en constatant qu'il semblait en être follement amoureux. Il les regarda attentivement quand, soudain, quelque chose fit surface dans sa mémoire.

— Vous êtes Tommy Whittaker, n'est-ce pas, jeune homme ? s'enquit-il doucement.

Il ne voulait surtout pas le braquer. Il souhaitait simplement l'amener peu à peu à avouer la situation à ses parents.

— Oui, docteur, répondit honnêtement le garçon.

— Vos parents sont-ils au courant ?

Tommy se sentit devenir écarlate. Il était hors de question d'expliquer qu'il avait obtenu l'adresse du cabinet en empruntant l'agenda de sa mère.

— Ils n'ont pas encore rencontré Maribeth, répondit-il, s'enferrant encore un peu plus.

— Il est grand temps que vous la leur présentiez. Vous ne pouvez pas attendre éternellement, vous savez. Noël arrivera sans que vous ayez le temps de vous en apercevoir. (Il ne restait plus que quatre mois jusqu'à la naissance du bébé.) Réfléchissez-y. Vos parents sont des personnes parfaitement compréhensives... Certes, ils ont eu un grand malheur et je comprends votre réticence à leur annoncer une nouvelle qui pourrait les perturber, mais je ne doute pas qu'ils vous aideront de tout leur possible. (Maribeth lui avait raconté comment sa famille l'avait rejetée.) Il s'agit d'un fardeau bien lourd pour vos jeunes épaules, Tommy.

— Ça ira, répondit Tom bravement, confirmant ainsi une fois de plus les soupçons du médecin concernant sa paternité.

En fait, sans même en avoir conscience, il protégeait Maribeth du blâme que la société ne manquerait pas de jeter sur elle. Le Dr MacLean lui sourit. Il semblait apprécier que les deux jeunes gens l'aient choisi comme médecin. Il fixa un nouveau rendez-vous à Maribeth pour le mois suivant, leur tendit un livret de documentation sur la grossesse et l'accouchement. Il indiqua ensuite à la future mère les symptômes synonymes de problèmes graves et lui recommanda, s'ils se manifestaient, de l'appeler aussitôt.

Les soins prénatals coûtaient deux cent cinquante dollars, continua-t-il. L'accouchement à l'hôpital où il exerçait s'élevait à trois cents dollars. Par chance, Maribeth avait les sommes nécessaires, grâce à l'argent que son père lui avait remis pour le couvent. En sortant du cabinet, tous deux reconnurent avec inquiétude que le docteur semblait être totalement convaincu que Tommy était le père du bébé.

— Espérons qu'il ne le dira pas à ta mère, soupira-t-elle.

Elle ne voulait pour rien au monde lui créer des problèmes. Tommy haussa les épaules, s'efforçant de prendre un air rassuré et confiant. Il avait la conviction que le médecin ne le trahirait pas. C'était un homme droit qui n'avait rien d'un délateur.

— Il ne le fera pas, la rassura-t-il. Il veut surtout nous aider.

— Oui, il a vraiment l'air bien.

Afin de se remettre de leurs émotions, ils entrèrent dans un café où ils commandèrent des milk-shakes. À mi-voix, ils parlèrent du livre qu'il leur avait offert et qu'ils avaient rapidement feuilleté avec lui.

— J'ai peur de l'accouchement, déclara-t-elle d'une voix qui tremblait. Il paraît que les souffrances sont intolérables. Heureusement, il m'a promis de m'administrer des analgésiques.

Elle avait l'impression de se tenir au seuil d'une terrible épreuve. Une sorte d'immense désert truffé de dangers qu'elle allait devoir traverser toute seule, afin de mettre au monde une petite créature qu'elle ne reverrait plus jamais. C'était trop cher payé pour une demi-heure passée dans une Chevy en compagnie de Paul Browne. Parfois une sensation d'irréalité l'envahissait. Pourtant, chaque jour, le bébé grandissait dans son sein. Heureusement, il y avait Tommy.

Il passait la voir tous les jours à son travail. Après la fermeture, ils allaient boire un verre ou voir un film. Le 1er septembre, ce fut la rentrée des classes mais Tommy continua à faire un saut *Chez Jimmy* dès qu'il en avait l'occasion. Il était en cours tous les matins et les après-midi étaient réservés aux activités sportives et aux disciplines artistiques. Tommy n'arrivait pas au restaurant avant le début de la soirée et il était alors épuisé. Néanmoins, il prenait soin de Maribeth et essayait par tous les moyens de lui adoucir la vie. Quand ils étaient seuls, il la prenait dans ses bras mais ni l'un ni l'autre n'avaient osé dépasser les limites de quelques caresses furtives, quelques baisers passionnés.

Elle refusait de faire l'amour avec Tommy alors qu'elle portait le bébé de Paul. Et plus tard… elle souhaitait que cela se passe d'une autre manière. Il était hors de question de revivre la même mésaventure ; impensable d'avoir un autre enfant avant longtemps. Des années. Lorsqu'elle aurait terminé le lycée, l'université, et qu'elle aurait épousé l'homme qu'elle aimait. Alors peut-être voudrait-elle à nouveau donner la vie. Parce qu'ils l'auraient décidé tous les deux. Tommy comprenait parfaitement sa position. Le désir le consumait mais il ne voulait pas brusquer Maribeth.

Il avait pris l'habitude de revoir ses cours chez elle ou au restaurant, sur une table de l'arrière-salle, tandis qu'elle lui apportait hamburgers et milk-shakes. Parfois, elle l'aidait… Il se rendit compte qu'elle était brillante surtout dans des domaines réputés difficiles comme l'algèbre, la chimie, la trigonométrie. Une quinzaine de jours après la rentrée scolaire, il arriva, tout heureux, avec une merveilleuse idée. Il allait recopier tous ses cours pour elle et il lui prêterait ses livres.

— À Noël, tu auras rattrapé tout ton retard. Demande à tes professeurs de passer un examen de rattrapage, quand tu retourneras chez toi.

Il avait de la peine à réaliser qu'elle repartirait un jour au fin fond de l'Iowa. En fait, il n'y croyait pas. « Elle restera, se répétait-il silencieusement, elle restera avec moi » Mais, il se gardait bien d'exprimer son souhait à voix haute. Tout se jouerait après la naissance du bébé, il le savait.

Son plan fonctionna à merveille. Ils se voyaient tous les soirs, après l'école, et tous deux se mettaient au travail. Maribeth se passionnait pour les cours que Tommy recopiait pour elle et qu'elle conservait dans un grand classeur. Il figurait parmi les meilleurs élèves de sa classe mais il se rendit compte rapidement que, dans la plupart des matières, Maribeth était plus forte que lui.

— Tu aurais facilement décroché le prix d'excellence, dit-il un soir, après avoir vérifié un devoir d'algèbre d'après le corrigé remis en classe par le professeur de mathématiques.

Il ne rentrait jamais chez lui avant minuit, et au bout d'un mois, sa mère émit quelques soupçons sur ses activités nocturnes qu'il s'empressa d'apaiser. Il suivait un entraînement sportif intensif, expliqua-t-il. De plus, il donnait des cours de maths à un de ses camarades. Liz ne parut pas convaincue. En tant que professeur, elle connaissait bien l'emploi du temps des élèves.

À présent, il ne pouvait plus se passer de Maribeth et des discussions enflammées qu'ils avaient à propos du programme du lycée et qui, invariablement, finissaient par la naissance du bébé. Chaque fois, Maribeth se raidissait. Elle n'avait pas changé d'avis au sujet de l'adoption. Elle voulait que son enfant grandisse au sein d'une famille aimante, prête à lui offrir tout ce qu'elle ne pouvait lui donner, qu'il ait des parents qui le pousseraient à faire des études. Elle-même souffrait trop de l'attitude rétrograde de ses parents, qui s'opposaient farouchement à son inscription à l'université pour la simple raison qu'ils estimaient que cela ne lui serait d'aucune utilité.

Ses professeurs avaient en vain essayé de les faire changer d'avis. Ils n'avaient jamais rien voulu entendre. Aujourd'hui, en plus, avec la faute qu'elle avait commise, son père ne voulait plus la voir. Peut-être ne lui pardonnerait-il jamais, même s'il la revoyait sans le bébé.

— Alors pourquoi ne le gardes-tu pas ? ne cessait de lui rétorquer Tommy, en essayant de la convaincre.

Elle se bornait à secouer la tête. Elle ne savait pas quelle était la bonne solution. Son instinct lui avait dicté une marche à suivre et elle irait jusqu'au bout, sans jamais dévier du chemin qu'elle s'était tracé.

Début octobre, elle dut annoncer à ses collègues qu'elle était enceinte. Elles s'en étaient déjà aperçues. Aucune n'avait songé à mettre en doute l'existence du mari mort en Corée. Profondément émues, elles avaient conclu qu'avant de disparaître, il avait fait un ultime cadeau à sa femme. Un souvenir vivant de leurs amours passées. Personne ne pouvait soupçonner, naturellement, que le vrai père, le séduisant Paul Browne, filait le parfait amour avec la femme qu'il avait choisi d'épouser, sans se soucier du bébé.

Évidemment, Maribeth ne souffla mot de ses projets d'adoption. Les autres serveuses lui apportaient régulièrement des présents pour le bébé – bavoirs, petits chaussons, brassières – qu'elle rangeait dans un tiroir, écrasée par un oppressant sentiment de culpabilité.

Elle retourna chez le Dr MacLean. Il lui confirma que sa grossesse se déroulait tout à fait normalement, puis il demanda des nouvelles de Tommy.

— Gentil garçon, sourit-il.

Il espérait que Tommy parlerait sans tarder à ses parents. Connaissant les Whittaker, il était persuadé qu'ils accueilleraient Maribeth avec gentillesse, comme une jeune fille intelligente et sensible même pour son âge.

Vers la mi-octobre, Liz, qui avait pris rendez-vous pour son bilan de santé annuel, franchit le seuil du cabinet du Dr MacLean. Avant qu'elle ne reparte, le docteur la complimenta sur son fils.

— Tommy ? fit-elle surprise qu'il se souvînt de lui… Oui, il a bon caractère.

— Vous pouvez en être fière, ajouta-t-il, en souriant d'un air entendu.

— Mais je le suis, répondit-elle.

Elle retourna à l'école et n'y pensa plus. Sur le chemin de la maison, les phrases du praticien lui revinrent en mémoire. La dernière fois qu'il avait vu Tommy remontait à six ans. C'était quand Annie était née… Il avait dû l'apercevoir à son enterrement. Peut-être l'avait-il croisé en ville. À moins qu'il n'ait un fils dans la classe de Tommy ? Elle avait oublié cette histoire quand, la semaine suivante, une de ses collègues lui affirma avoir aperçu Tommy avec une jeune fille ravissante… et « visiblement en fin de grossesse », précisa-t-elle incidemment.

Très surprise, Liz se promit d'interroger son fils, quand, brusquement, les paroles élogieuses du Dr MacLean sur son fils lui revinrent à l'esprit. Elle imagina le pire. Comme à l'accoutumée, Tommy rentra vers minuit à la maison où sa mère l'attendait de pied ferme.

— D'où viens-tu ? s'enquit-elle d'une voix dure.

— J'étais chez des amis, répondit-il, évasif.

— Quels amis ? (Elle les connaissait presque tous.) Je veux leurs noms.

— Pourquoi ?

Soudain, il fut sur ses gardes. Attiré par les bruits de voix, John Whittaker entra à son tour dans la pièce où se tenaient Liz et Tommy et ce dernier se raidit un peu plus. John avait remarqué lui aussi que son fils rentrait de plus en plus tard. « Il doit avoir une petite amie », s'était-il dit.

— Que se passe-t-il ? demanda-t-il à sa femme, en voyant son air tendu.

— J'ai entendu d'étranges rumeurs à propos de Tommy, et j'exige des explications.

— Quelles rumeurs ? questionna John, mais Liz avait déjà reporté toute son attention sur son fils.

— Qui est cette fille que tu fréquentes ?

— Une amie.

Il sut immédiatement que son mensonge n'avait convaincu personne. Maribeth était plus qu'une amie. Il l'aimait vraiment et voulait, par-dessus tout, la protéger.

Sa mère n'y alla pas par quatre chemins.

— Est-elle enceinte ?

Tommy esquissa une grimace comme s'il venait d'encaisser un coup de poing, tandis que son père sursautait violemment.

— Eh bien, réponds ! Est-elle enceinte ? cria Liz tout en fixant son fils.

— Je… euh… bon sang, maman, je ne sais pas… je n'ai pas… oh mon Dieu, bredouilla-t-il, je peux tout expliquer. Il ne faut pas se fier aux apparences.

— Peut-être qu'elle a tout simplement quelques kilos en trop, suggéra son père.

Tommy lâcha un soupir résigné.

— Pas exactement.

— Oh, Seigneur, murmura Liz.

— Assieds-toi, conseilla John, et Tommy se laissa choir sur une chaise sous le regard incrédule de sa mère.

— Je n'arrive pas à y croire, marmonna-t-elle d'une voix éteinte. Oh, Tommy, qu'est-ce que tu as fait ?

— Rien du tout. Nous sommes amis et voilà tout… Bon d'accord, nous sommes plus que des amis. Oh, maman, tu l'adoreras.

— Oh, Seigneur, répéta-t-elle en s'asseyant à son tour. Qui est-elle ? Comment est-ce arrivé ?

— De la manière habituelle, je suppose. Elle s'appelle Maribeth. Je l'ai rencontrée cet été.

— Pourquoi ne nous as-tu rien dit ?

Tom se retint. *Leur dire !* Alors qu'ils ne se parlaient pratiquement plus depuis la mort d'Annie ! Ils vivaient sous le même toit sans se voir.

— À quel stade en est sa grossesse ? interrogea sa mère, comme si cela faisait une différence.

— Six mois et demi, répliqua-t-il calmement.

C'était mieux ainsi. Qu'ils sachent, après tout. Il voulait demander à sa mère, depuis un moment déjà, de venir en aide à Maribeth. Mais, sur le visage de Liz, l'effroi le disputait maintenant à l'incrédulité.

— *Six mois et demi ?* Mais quand tout cela a-t-il commencé ? fit-elle tout en faisant des calculs désespérés pour savoir à quand cela remontait.

— Je viens de vous le dire, cet été. Elle est arrivée en juin. Elle travaille dans un restaurant où je vais très souvent.

— Tu vas au restaurant, maintenant ? s'enquit John, totalement abasourdi.

— Oui. Tous les jours. Il n'y a rien à manger ici. Maman ne fait plus la cuisine depuis des mois. Je dépense mon argent de poche au restaurant.

— C'est insensé ! s'exclama son père dont le regard chargé de reproches s'arrêta un instant sur sa femme, avant de revenir vers son fils. Quel âge a cette jeune fille ?

— Seize ans.

— Je ne comprends pas ! coupa Liz. Elle est arrivée en juin et elle est enceinte de six mois et demi. Cela veut dire qu'elle a conçu son enfant en mars… Que s'est-il passé ? Où vous êtes-vous rencontrés ?

Il ne s'était pas absenté. Pas à sa connaissance du moins. Mais comment savoir ? Ils ignoraient bien qu'il dînait quotidiennement au restaurant. Et pourtant, comment se pouvait-il qu'il ait une petite amie et que cette petite amie soit enceinte sans qu'ils se soient doutés de quoi que ce soit ! Six mois et demi ! L'accouchement était pour très bientôt. Un frisson glacé parcourut Liz. Dieu du ciel, pourquoi Tommy ne les avait-il pas mis au courant ? Soudain, comme si un voile venait de se déchirer, la réalité lui apparut. Ils s'étaient terriblement éloignés les uns des autres depuis la mort d'Annie… John et elle ne s'adressaient presque plus la parole et ils avaient négligé Tommy. Il n'y avait rien d'étonnant à ce qu'il ait fait une bêtise. Personne ne faisait attention à ses allées et venues.

Tommy la regarda, comme s'il avait deviné les questions qu'elle se posait.

— Je ne suis pour rien dans sa grossesse, maman. C'est arrivé chez elle, à Onawa, quand il l'a su son père l'a envoyée dans un couvent où elle devait rester jusqu'à son accouchement. Elle n'a pas supporté longtemps cette prison et elle s'est enfuie. Elle est arrivée ici en juin et c'est à ce moment-là que je l'ai rencontrée.

— Tu la vois depuis tout ce temps et tu n'as rien dit ? Tu ne nous l'as pas présentée ! Pourquoi ?

— Je ne sais pas, soupira-t-il. D'un côté j'aurais voulu que vous fassiez sa connaissance, d'un autre, j'avais peur que vous la rejetiez. Elle est merveilleuse et elle n'a personne pour l'aider.

— Sauf toi ! Liz paraissait peinée. John, lui, semblait soulagé.

— Mais dis-moi, demanda sa mère d'un ton radouci, l'as-tu emmenée voir le Dr MacLean ?

Tommy eut l'air choqué par cette question.

— Pourquoi ? A-t-il dit quelque chose ?

Il n'aurait pas dû. Il avait promis de garder le silence. Liz secoua la tête.

— Non, mais il n'a pas tari d'éloges à ton égard. À tel point que j'ai failli le féliciter pour sa mémoire. Je pensais qu'il ne t'avait pas vu depuis plus de six ans… J'ai compris le fin mot de l'histoire quand un professeur m'a dit t'avoir aperçu en compagnie d'une jeune fille « visiblement en fin de grossesse », selon ses propres termes.

Elle dévisagea son fils de seize ans en se demandant s'il n'avait pas l'intention d'épouser son amie par gentillesse.

— Que compte-t-elle faire quand le bébé sera né ?

— Elle ne sait pas. Elle craint de ne pouvoir s'en occuper et souhaite le faire adopter. Elle estime qu'il sera plus heureux sans elle. Voyez-vous, elle a une théorie…

Il prit une profonde inspiration, en cherchant fébrilement les mots adéquats. Il désirait ardemment que ses parents aiment Maribeth.

— … une théorie à propos des personnes qui passent trop vite, reprit-il d'une voix cassée par l'émotion. Des anges, comme Annie, qui traversent nos vies juste pour nous laisser un présent, nous faire don d'un héritage spirituel… Elle pense la même chose du bébé. Elle dit qu'elle est là pour le mettre au monde mais pas pour rester avec lui toute sa vie.

— Voilà une décision bien grave, de la part d'une aussi jeune fille, observa Liz. À la compassion qu'elle ressentait envers Maribeth se mêlait une certaine inquiétude. Il était évident que son fils éprouvait pour cette fille une véritable passion. Et sa famille ?

— Ils refusent de la revoir tant qu'elle n'aura pas accouché et ne se sera pas séparée… du bébé. Son père se conduit comme un tyran et sa mère n'ose rien dire. Maribeth est toute seule et elle ne peut compter que sur elle-même. Elle n'a personne pour l'aider.

— À part toi, murmura tristement Liz.

C'était un fardeau bien trop lourd pour un garçon de l'âge de Tommy, même si le bébé n'était pas le sien, se dit-elle. Elle croisa le regard de son mari qui semblait moins inquiet.

— J'aimerais que vous la rencontriez, maman, lâcha Tommy dans un souffle.

Un lourd silence suivit. Tommy pouvait lire l'hésitation sur le visage de sa mère. Faire la connaissance de Maribeth équivaudrait à cautionner une relation qu'elle désapprouvait. Lui interdire de la revoir l'éloignerait de la maison à tout jamais… Elle jeta un coup d'œil à

John, qui haussa les épaules, l'air de dire qu'il n'y voyait pas d'objection.

— Peut-être… consentit-elle.

En un sens, ils devaient cela à Tommy. S'il tenait tant à elle – c'est sans doute qu'elle valait d'être connue.

— Elle a hâte de retourner au lycée. Nous travaillons ensemble tous les soirs. Je lui prête mes livres et je lui passe une copie de mes cours. Elle est drôlement forte en maths et en histoire.

— Pourquoi ne va-t-elle plus à l'école ? demanda Liz d'un ton désapprobateur.

— Parce qu'elle a besoin de gagner sa vie. Elle ne peut pas reprendre les cours tant qu'elle ne sera pas rentrée chez elle, quand elle aura eu le bébé.

— Et ensuite, que se passera-t-il ? le pressa Liz. Et toi, dans tout cela ? Tiens-tu vraiment à elle ?

— Oui, maman, répondit-il après une infime hésitation. Je l'aime.

Son père sursauta.

— Tu ne vas tout de même pas l'épouser, ou t'occuper de l'enfant ? Tommy, tu n'as que seize ans, ne l'oublie pas. Si encore tu étais le père de cet enfant… mais ce n'est pas le cas. Tu ne dois rien à cette fille.

— Je le sais bien, mais je l'aime. Je l'épouserais et je garderais le bébé si elle le voulait. Mais elle ne veut rien savoir. Elle rêve de retourner au lycée et d'aller à l'université… Mais son père n'est pas d'accord. Il trouve que les filles n'ont pas besoin de faire des études. Elle n'exerce aucune pression sur moi, papa, rassure-toi. Pour l'épouser, je devrais la forcer.

— Alors ne la force pas, dit sèchement son père en débouchant une bière et en portant la canette à ses lèvres.

L'idée de voir Tommy marié à seize ans lui était insupportable.

— Ne te lance pas dans une entreprise que tu pourrais regretter plus tard, renchérit sa mère d'un ton qu'elle voulait calme. Vous êtes très jeunes tous les deux. Vous détruiriez vos vies si vous commettiez cette erreur. Cette petite a déjà mal commencé, il est inutile d'accumuler les maladresses.

— C'est exactement ce qu'elle pense. Voilà pourquoi elle voudrait faire adopter son bébé. Pour ne plus faire d'erreur. Je ne suis pas de son avis. Un jour elle s'en repentira et il sera trop tard. Elle persiste à dire que son enfant mérite une vie meilleure que celle qu'elle pourra jamais lui offrir.

— Elle a probablement raison, dit sa mère d'une voix éteinte.

Elle ne pouvait rien imaginer de plus affreux que de renoncer à son enfant, sauf peut-être le perdre. Abandonner un être que l'on a porté pendant neuf mois était à ses yeux un véritable cauchemar.

— Il y a beaucoup de couples prêts à adopter un bébé, reprit-elle. Des gens qui n'ont pas pu en avoir et qui l'aimeront comme si c'était leur propre chair.

— Je sais, Mais je ne peux m'empêcher de trouver ça triste. Qu'est-ce qui lui restera ?

Tommy s'était affaissé sur son siège. Il était une heure et demie du matin et il était épuisé.

— Son propre avenir est peut-être plus important pour elle, lui répondit sa mère. La vie n'est pas facile quand on a eu un enfant à seize ans et que la famille n'est pas là pour vous aider. Penses-y, Tommy, au cas où l'idée du mariage te trotterait dans la tête. Vous n'êtes que deux enfants qui fréquentent encore les bancs de l'école.

— Accepte de la rencontrer, maman. Parle avec elle. J'aimerais que tu la connaisses. Peut-être pourrais-tu l'aider à faire ses devoirs. Je ne peux pas continuer à donner des leçons particulières à quelqu'un qui est plus doué que moi.

— D'accord, dit Liz en échangeant un regard avec John. Invite-la à dîner la semaine prochaine. Je ferai la cuisine.

Elle avait prononcé ces mots sur le ton d'une martyre s'apprêtant pour le sacrifice, réalisa-t-elle subitement. Elle avait renié son devoir de mère, poussant ainsi son fils à dîner tous les soirs au restaurant, comme un orphelin. Liz s'éclaircit la gorge, alors qu'ils se dirigeaient vers le vestibule, après avoir éteint les lumières de la cuisine.

— Je suis désolée... désolée... chuchota-t-elle, les yeux brûlants de larmes, tout en donnant un baiser à son grand garçon. Je n'ai pas été très disponible pour toi, Tommy. Tous ces derniers mois, je me sentais totalement perdue... Mais je t'aime...

— Ne te fais pas de souci, maman. Je vais bien.

Grâce à Maribeth, il avait retrouvé sa joie de vivre, son équilibre... Ils s'étaient soutenus mutuellement.

Chacun gagna sa chambre. Dans la sienne, Liz s'assit pesamment sur le lit et regarda John.

— J'ai peine à en croire mes oreilles. Il l'épousera si nous le laissons faire.

— Et il se comporterait comme un fichu imbécile ! s'emporta John. Il s'agit probablement d'une fille facile qui l'a embobiné en lui laissant entendre qu'elle avait besoin de lui et qu'il était merveilleux.

— Je ne sais que penser… Oh, John, nous sommes responsables de ce qui arrive à Tommy. Nous n'avons songé qu'à notre chagrin en laissant notre fils livré à lui-même. Résultat, nous tombons des nues en apprenant qu'il dînait au restaurant tous les soirs, qu'il est amoureux d'une fille enceinte et qu'il désire l'épouser. Mon Dieu, nous avons été tellement égoïstes, conclut-elle d'un ton catastrophé.

— C'est sans doute ce qui arrive quand on touche le fond, comme on dit, chuchota-t-il en prenant place sur le lit, près d'elle.

Ils ne s'étaient pas sentis aussi proches depuis longtemps. Et pour la première fois, la colère qui tout ce temps-là avait habité Liz céda le pas à la compréhension.

— J'ai cru que j'allais mourir quand… John s'interrompit, incapable d'achever sa phrase.

— Moi aussi… murmura-t-elle. Du reste, j'étais comme morte. J'ai l'impression d'émerger d'un coma profond.

Il l'entoura de ses bras… Cette nuit-là, il la tint contre lui, étroitement enlacée, dans le silence feutré de leur chambre.

7

Pour sa première rencontre avec les parents de Tommy, Maribeth avait mis sa tenue la plus élégante. Il vint la chercher avec du retard, car il sortait d'un entraînement de football particulièrement long. Il était tendu – mais sa nervosité n'avait rien à voir avec la fatigue.

— Tu es parfaite, dit-il d'un air appréciateur, avant de l'embrasser. Merci, Maribeth.

Il était à l'origine de cette fameuse entrevue. Liz, John et Maribeth s'étaient pliés à ses désirs. Les réticences de Maribeth avaient fondu comme neige au soleil lorsqu'elle avait réalisé combien Tommy tenait à les rassembler.

Elle portait une robe de laine anthracite, égayée par un petit col blanc agrémenté d'un nœud papillon noir. Elle ne rentrait plus dans aucun de ses anciens vêtements et avait consacré un mois de salaire à l'achat d'une garde-robe de maternité. Elle avait attaché la masse rousse de ses cheveux en une queue de cheval que retenait sur la nuque un ruban de velours noir. Plus que jamais sa jeunesse rayonnait. Tom l'aida à grimper à l'avant de la camionnette. Durant le trajet, sa passagère observa un silence absolu.

— Ne sois pas nerveuse, d'accord ? dit-il, alors qu'ils s'arrêtaient devant la villa des Whittaker.

L'ensemble dégageait une impression d'ordre et d'aisance, pensa-t-elle en détaillant la façade blanche, les volets fraîchement repeints, la pelouse parfaitement entretenue.

— Ça va aller, la rassura-t-il.

Ils remontèrent l'allée, la main dans la main. Grimpèrent la volée de marches ; franchirent les doubles battants de la porte d'entrée. Tommy ouvrit la porte du salon d'une poussée. Ses parents étaient là. Du coin de l'œil, il vit sa mère observer Maribeth, qui traversait la pièce pour lui serrer la main, puis celle de John.

À première vue, chacun restait sur ses gardes. Liz pria son invitée de s'asseoir, offrant thé ou café. Maribeth opta pour un Coca et Liz partit à la cuisine surveiller son dîner, pendant que John faisait la conversation à l'arrivante. Le menu se composait d'un rôti de veau à la cocotte, accompagné des galettes de pommes de terre que Tommy adorait, et d'épinards à la crème… Maribeth se proposa d'aller aider Liz et s'éclipsa à son tour vers la cuisine. Quand Tommy voulut l'accompagner, John l'en empêcha de la main.

— Laisse-les faire connaissance… Elle a l'air d'une gentille fille, ajouta-t-il avec sincérité… Jolie comme un cœur. Dommage que ce fâcheux incident lui soit arrivé. Qu'est-il advenu du garçon ? Pourquoi ne se sont-ils pas mariés ?

— Il a épousé une autre fille. Et puis, Maribeth ne souhaitait pas devenir sa femme. Elle ne l'aimait pas.

— Raisonnement pertinent ou idiot, qui saurait le dire ? Le joug conjugal est déjà lourd à porter quand on se marie par amour, alors… En tout cas, elle a fait preuve de courage.

John avait allumé sa pipe et considérait son fils. « Comme il a grandi ces derniers mois ! » constata-t-il, impressionné.

— Ses parents se sont montrés très injustes en refusant de la voir jusqu'à la naissance du bébé, reprit-il lentement et en pesant ses mots, sachant que la moindre critique à l'encontre de Maribeth blesserait son fils.

Il fallait être totalement aveugle pour ne pas avoir deviné la force inouïe de son amour pour elle… « Son premier amour » pensa John, le cœur serré.

Lorsque Liz annonça que le dîner était prêt, il semblait ne plus y avoir de froideur ou de méfiance entre Maribeth et elle. Elles avaient mis la table ensemble, tout en discutant d'un cours d'instruction civique que Liz donnait au lycée. Un sujet qui captivait Maribeth.

— Je vous fournirai une partie du matériel, dit Liz. D'après Tommy, vous essayez de suivre le programme en travaillant avec lui. Aimeriez-vous que je supervise quelques-uns de vos devoirs ?

Maribeth la regarda comme si elle venait de lui offrir la lune.

— Oh, oui, j'adorerais ! s'exclama-t-elle avec gratitude, en prenant place entre les deux hommes.

— Comptez-vous vous présenter à votre ancien lycée ou travaillez-vous uniquement pour vous-même ?

— Pour moi-même. J'espère, néanmoins, qu'ils accepteront de me faire passer un examen de contrôle, quand j'y retournerai, et que je n'aurai pas trop de retard.

— Passez votre examen ici, vous pourrez ainsi repartir avec une équivalence à l'intention de vos professeurs… Avez-vous fait tous les devoirs de Tom depuis le début de l'année scolaire ?

— Oh oui, tous, interrompit le garçon. À vrai dire je n'arrive plus à la suivre. Elle a presque fini mon gros bouquin de sciences, ainsi que celui d'histoire et elle a fait la plupart des exercices.

Liz fut impressionnée par la détermination de Maribeth et lui proposa de corriger ce qu'elle avait fait et de l'aider dès le week-end suivant.

— Je vous donnerai quelques exposés qui cernent bien les principaux sujets du programme, décida la maîtresse de maison en lui passant le plat principal.

Vers la fin du repas, les deux femmes avaient soigneusement mis leur plan au point. Elles se reverraient le samedi après-midi pendant quelques heures, pour faire un bilan des connaissances et du niveau de Maribeth. Le dimanche, Liz lui donnerait une demi-douzaine de questions à étudier.

— Prenez votre temps surtout. Vous me les rendrez quand vous le pourrez. Tommy m'a dit que vous travaillez six jours par semaine dans un restaurant. J'imagine qu'en fin de journée vous aspirez à un repos bien mérité plutôt qu'à vous pencher sur l'histoire de la défaite japonaise pendant la reconquête du Pacifique… Continuerez-vous à travailler longtemps au restaurant, Maribeth ?

Il était difficile de ne pas aborder la question de sa grossesse.

— Jusqu'au bout… Je n'ai pas les moyens de m'arrêter.

Ses économies sur l'argent du couvent serviraient à régler les soins médicaux et l'hôpital. Elle vivait uniquement sur son maigre salaire de serveuse... Réussir à subvenir à ses besoins une ou deux semaines après l'arrivée du bébé relevait du défi pur et simple. Et encore, puisqu'elle ne gardait pas le bébé, elle s'était épargné nombre de frais – les achats habituels que fait toute future mère durant les derniers mois de sa grossesse. Ses collègues, au restaurant, s'étaient cotisées pour lui offrir une petite baignoire de bébé. Elle avait vainement essayé de décourager ces délicates attentions, d'autant plus poignantes qu'elle avait pris la décision de se séparer de l'être qui poussait dans son sein, sitôt qu'il verrait le jour.

— Ce sera dur pour vous de travailler jusqu'à la fin, remarqua gentiment Liz. Je suis passée par là quand Tommy est né et j'ai failli le mettre au monde en plein milieu d'un cours. Je me suis accordé un congé de maternité quand j'attendais Annie.

Un silence subit s'abattit sur la tablée, alors que Liz scrutait la jeune fille, qui soutint son regard sans broncher.

— Je suppose que Tommy vous a parlé de sa petite sœur.

Maribeth acquiesça de la tête, les yeux humides. Elle avait l'impression d'avoir connu Annie.

— Oui, répondit-elle d'une voix douce. Si j'ai bien compris, il s'agissait d'une petite fille spéciale.

— Oui, absolument, murmura Liz, les traits crispés, sentant les doigts de John enlacer les siens... Je suppose que tous les enfants le sont. Le vôtre sera spécial également. Les enfants sont une véritable bénédiction.

Maribeth ne répondit rien et Tommy, qui connaissait son conflit intérieur, lui lança un regard plein de sympathie.

La conversation dévia sur le prochain match de football de Tommy, puis roula paisiblement sur d'autres sujets : la ville natale de Maribeth, ses promenades estivales aux abords du lac avec Tommy. Personne n'évoqua, néanmoins, les rapports des deux jeunes gens, non plus que l'avenir du bébé. Il était vingt-deux heures, quand Tommy la raccompagna chez elle. Elle avait embrassé Liz et John en les remerciant. Une fois dans la camionnette, elle poussa un gros soupir de soulagement et se cala contre le dossier capitonné, exténuée.

— Comment étais-je ? Est-ce qu'ils m'ont acceptée ?

— Tu as été formidable. Ils t'ont adorée. Sinon, maman ne t'aurait jamais proposé des leçons particulières.

Il se sentait le cœur léger. Ses parents s'étaient montrés plus que polis, franchement amicaux. En fait, l'esprit vif, la personnalité attachante et les bonnes manières de Maribeth les avaient conquis.

— Cette petite est douée, tu ne crois pas, Liz ? dit John tandis qu'ils faisaient la vaisselle. Dommage que sa vie commence aussi mal.

— Pas si mal que ça, dit Liz avec un petit sourire.

Elle s'était rangée à l'opinion de son mari. Maribeth l'avait conquise. Quand Tommy rentra, une demi-heure plus tard, elle lui fit part de son opinion. Il avait escorté Maribeth jusqu'à sa porte. Ils s'étaient embrassés. Il lui avait trouvé une mine fatiguée et elle s'était plainte de douleurs dans le dos.

— Ton amie me plaît bien, annonça tranquillement Liz tout en rangeant la dernière assiette.

John, la pipe au poing, hocha la tête en signe d'assentiment.

— Elle vous aime beaucoup, également. Elle se sentait très seule, ses parents et sa petite sœur lui manquaient… Ils ont beau l'avoir rejetée, ça n'empêche qu'elle les aime ! Sa mère lui a écrit deux ou trois fois. Apparemment, son père ne daigne même pas lire ses lettres. De plus, ils lui interdisent toute communication avec sa sœur… Dieu, que ces gens sont épouvantables !

Liz le regarda. Il ne fallait pas être particulièrement observateur pour remarquer son attachement envers Maribeth. Ainsi que son acharnement à la défendre, à la protéger.

— Il arrive parfois que les parents se trompent dans leurs décisions, convint Liz. Ils ont certainement ressenti la mésaventure de leur fille comme un échec. Et cela a dû les blesser profondément.

— Maribeth est décidée à finir le lycée là-bas. Ensuite, elle veut aller à l'université à Chicago.

— Pourquoi pas ici ? suggéra John, avec une aisance qui surprit sa femme. C'est une ville universitaire et en plus, Liz pourrait superviser ses études.

— Je n'y ai jamais pensé. Elle non plus, je parie ! s'enthousiasma Tom. Je lui en toucherai deux mots en temps et en heure. Pour l'instant, le bébé constitue le numéro un de ses préoccupations… Elle a peur… Elle ignore au juste de quoi : De l'inconnu… Des souffrances de l'accouchement. Elle n'a personne à qui confier ses craintes, sauf les serveuses de Chez Jimmy. Naturellement, elles ont achevé de la terrifier avec des histoires d'accouchements à vous donner la chair de poule… (Ses yeux, suppliants, se posèrent sur Liz.) Tu ne veux pas lui en parler, maman ?

— D'accord, je n'y manquerai pas.

Peu après, étendue auprès de John dans leur chambre obscure, Liz se surprit à penser à Maribeth.

— Une gentille petite qui paie cher un moment d'égarement, John. Seigneur, à son âge je n'aurais jamais eu le cran d'assumer mes erreurs... Dieu seul sait par quelles affres elle passera quand elle aura abandonné son bébé.

Rien que d'y penser, elle en avait le cœur brisé. Elle serait morte sur le coup, si elle avait dû se séparer de ses enfants dès leur naissance. Des larmes lui piquèrent les yeux en pensant à ses enfants, quand elle les avait tenus dans ses bras pour la première fois, ç'avait été Tommy, puis Annie, et à chaque fois une immense, une ineffable tendresse l'avait envahie. Mais elle avait attendu si longtemps pour les avoir... À seize ans, c'était sans doute différent.

— Tu crois que le Dr MacLean trouvera une famille adoptive à l'enfant ? reprit-elle. Elle se sentait soudain tout aussi concernée que Tommy.

— J'en suis sûr, répondit John. L'adoption est une pratique courante, de nos jours. Il y a certainement un tas de couples sur la liste d'attente d'Avery MacLean... Il agira pour le mieux.

Étendue dans la pénombre, Liz hocha la tête. Ses pensées voguaient vers Maribeth et son fils. Si jeunes, si amoureux et pleins d'espérances. Tous deux étaient encore à l'âge où l'on est en droit de faire confiance à son destin. Liz avait perdu la foi en même temps qu'elle avait perdu Annie. Plus jamais elle ne se fierait à la providence, souvent trop cruelle, trop capricieuse.

John s'était endormi. Ils s'étaient rapprochés depuis quelque temps. Et peu à peu, Liz sentait renaître dans son cœur un sentiment de tendresse. De son côté, il déployait des efforts indéniables. Chacun s'appliquait à faire des concessions… Le besoin de se retrouver chaque soir, ne serait-ce que pour se raconter leur journée, se faisait de nouveau sentir, comme par le passé. Ils s'étaient perdus de vue pendant un long moment et, maintenant, leur amour émergeait peu à peu du brouillard, pareil au navire qui, ayant bravé la tempête, arrive enfin à bon port… Et Tommy était là, comme il l'avait toujours été. Simplement, aujourd'hui, Maribeth se tenait à ses côtés.

Pour la première fois depuis longtemps, elle éprouva une sensation de paix, qui se répandit en elle, chassant les tourments qui avaient hanté ses nuits.

Dès le lendemain matin, à l'école, Liz se mit à la recherche d'une documentation destinée à Maribeth. Le samedi suivant, elle constata non sans surprise la qualité du travail que Maribeth lui remit. Elle parcourut avec un intérêt qui allait croissant les feuillets rédigés dans un style irréprochable. Maribeth, qui guettait ses réactions, la vit froncer les sourcils.

— C'est mauvais, n'est-ce pas, madame Whittaker ? Je n'ai pas eu le temps nécessaire pour mettre la dernière touche à ma dissertation sur *Madame Bovary*. Je recommencerai, s'il le faut.

— Ne soyez pas ridicule ! s'écria Liz avec un sourire inattendu. C'est tout simplement excellent. Je suis très impressionnée.

Liz parcourait les feuillets avec une attention soutenue. Le style de Maribeth était puissant et limpide et son travail révélait une profonde intelligence. À côté, les rédactions les plus brillantes de Tommy paraissaient ternes, sans profondeur… Fascinée, Liz s'était plongée dans ces écrits qui trahissaient des dons exceptionnels… Un travail sur la littérature russe, un autre sur l'humour dans le théâtre de Shakespeare. Des exercices de maths sans faute. Le tout était d'une qualité irréprochable. Parfaite… Dans un geste plein de spontanéité, Liz saisit la main de la jeune fille.

— Maribeth, vous avez remarquablement bien travaillé. Cela va vous permettre de réussir facilement tous vos examens de passage pour entrer en terminale. Pour moi, c'est déjà comme si vous y étiez.

— Vous croyez vraiment ? Vous pensez que je peux montrer cela à mes professeurs !

— J'ai une meilleure idée, dit Liz en rangeant les feuilles avec soin dans leurs chemises. Si vous me le permettez, je montrerai votre travail au directeur du lycée où j'enseigne. Avec un peu de chance, vous obtiendrez vos équivalences ici. Et ainsi, vous gagnerez une année là-bas.

Maribeth porta les mains à ses joues embrasées.

— Oh, mon Dieu ! Croyez-vous qu'ils accepteront ?

Elle était partie de chez elle comme une voleuse, courbée sous le poids de sa faute et elle y reviendrait victorieuse, la tête haute. Une année ! Cela voulait dire qu'en juin, elle aurait terminé le lycée. Ses yeux se mirent à étinceler de bonheur. C'était comme si, au terme d'une longue épreuve, elle parvenait enfin au but. Elle avait prouvé – et s'était prouvé – qu'elle était capable de se prendre en charge, de diriger son existence et son destin… Oui, elle franchirait le seuil du foyer familial la tête haute. Elle savait à présent qu'elle ne ferait que passer, une fois de plus… Ses paupières se baissèrent, son sourire s'effaça. Le spectre de la réalité refit soudain surface… Le chemin s'annonçait difficile. Mais elle y arriverait. Elle ferait adopter son bébé avant de livrer l'ultime bataille contre son père. Car M. Robertson ne voudrait pas entendre parler d'études supérieures. Eh bien, elle était prête à tout pour réaliser son rêve. Elle quitterait sa famille une fois de plus. Elle repartirait à zéro. Et elle deviendrait quelqu'un.

Liz lui donna de nouveaux devoirs à préparer durant la semaine et promit de parler d'elle au directeur. Après quoi, tout naturellement leur conversation s'orienta sur Tommy… Liz se garda d'aborder la question du mariage, qui ne cessait pourtant de la tourmenter, et se contenta d'énumérer les qualités de son fils, son ardent désir de poursuivre ses études dans une université prestigieuse, les possibilités qui s'offraient à lui. Maribeth hocha la tête. Elle avait parfaitement compris le sens caché de ce discours.

— Je ne l'épouserai pas, madame Whittaker. Du moins pas tout de suite. Je n'ai pas l'intention de lui gâcher la vie. Nous sommes trop jeunes… Tommy n'est pas du même avis, ajouta-t-elle d'un ton peiné, mais je tiendrai bon. Nous ne sommes pas prêts à fonder un foyer, à avoir des enfants… On doit être adulte pour créer une famille.

Son regard fiévreux brillait de larmes contenues. Liz la dévisagea, la gorge nouée.

— Vous me semblez plus mûre que bien des jeunes de votre âge, Maribeth… Je suis sûre que vous parviendrez à résoudre peu à peu tous vos problèmes. Et je pense que vous avez fait le bon choix, pour vous… et aussi pour votre bébé. Mais j'ai peur que Tommy sorte blessé de cette histoire ou qu'il commette une bêtise.

— Je ne le laisserai pas en faire une, répondit la jeune fille en essuyant ses larmes. Vous savez, parfois, j'ai envie de garder mon bébé. Et puis, après avoir bien réfléchi, j'aboutis toujours à la même conclusion : je n'ai pas grand-chose à lui offrir… Je ne devrais sans doute pas parler ainsi, mais je dois regarder la réalité en face. Cet enfant a le droit de grandir au sein d'une vraie famille… J'aurais souhaité pouvoir l'élever moi-même mais je ne peux pas. Et cela m'angoisse terriblement.

Il était difficile d'ignorer le petit être qu'elle sentait vivre en elle, et encore plus de le renier. Or pour Maribeth, le véritable amour ne consistait pas à mettre un enfant au monde et à le laisser nu et désarmé dans la jungle sociale, mais bien plutôt à lui donner toutes les chances pour réussir sa vie.

— Le Dr MacLean est-il au courant de votre décision ? Est-il prêt à vous aider ?

— Il ne m'a rien dit. Il espère toujours que Tommy et moi…

Liz l'interrompit en riant.

— Ce brave docteur est persuadé que Tom est le père du petit. Il ne tarit pas d'éloges à son égard… Par ailleurs, mon fils désire vous épouser, quitte à adopter le bébé. Mon Dieu, je ne sais plus quoi penser. Après tout chacun est responsable de son destin. Mais l'idée qu'il pourrait commettre une erreur irréparable me terrifie.

— Je m'y opposerai, répéta Maribeth.

Elle avait l'impression d'être plus proche de Liz qu'elle ne l'avait jamais été de sa propre mère. C'était une femme chaleureuse et intelligente. Elle semblait être enfin sortie d'un long cauchemar. Mais la peine altérait par moments ses traits, comme une ombre fugitive.

— Que ferez-vous pendant les deux prochains mois ? demanda-t-elle en servant un verre de lait et des biscuits au chocolat à son invitée.

— Travailler et encore travailler en attendant l'arrivée du bébé. Il naîtra à Noël.

— C'est-à-dire très bientôt. Si je peux me rendre utile à quelque chose, n'hésitez pas à me le dire, Maribeth.

Elles échangèrent un regard de complicité absolue. Plus tard, ce soir-là, quand Tommy fit son apparition au restaurant, Maribeth s'empressa de lui narrer le merveilleux après-midi qu'elle avait passé avec sa mère… Ils allèrent voir un film en trois dimensions et s'amusèrent beaucoup des lunettes colorées grâce auxquelles les images prenaient du relief. En sortant du cinéma, Maribeth se remit à parler de Liz, avec un enthousiasme que Tommy ne lui avait encore jamais vu…

— Je la respecte infiniment. Et j'apprécie sa gentillesse. Elle m'a réinvitée à dîner chez vous la semaine prochaine.

— Formidable. Je me sens presque marié ! s'écria Tommy.

Puis, rouge de confusion, il ajouta :

— N'est-ce pas que ce serait bien ? D'être mariés, je veux dire.

Maribeth lui trouva un air de petit garçon qui la bouleversa. Mais elle avait promis à sa mère – et à elle-même – de l'empêcher de gâcher ses plus belles années.

— Allons, sois réaliste. Tu t'imagines vivre avec moi quand je serai vieille – quand j'aurai mettons vingt-trois ans ! C'est dans sept ans, tu te rends compte ? À ce moment-là, au train où vont les choses, nous aurons déjà huit enfants.

Elle avait un sens de l'humour aigu. Elle faisait souvent montre d'autodérision et aimait bien taquiner Tommy mais cette fois-ci il n'avait pas envie de plaisanter.

— Maribeth, sois sérieuse.

— Je le suis, c'est ça l'ennui. Nous sommes trop jeunes tous les deux et tu le sais très bien.

Tommy garda le silence, en se jurant de soulever une nouvelle fois la question dès que possible. Dans deux mois, quand elle aurait accouché, il comptait lui demander officiellement sa main.

Elle s'ingénia à éviter ce sujet épineux et chacun campa sur ses positions. Le samedi suivant, Tommy emmena Maribeth à la patinoire. Le lac, qui avait gelé avec les premiers froids, attirait l'adolescent comme un aimant.

— Tous les week-ends, je venais patiner avec Annie. Nous étions ici encore une semaine avant… avant sa mort.

Il s'était obligé à formuler les mots redoutables. Il était temps de regarder les choses en face. D'accepter l'irréversible.

— Elle ne cessait pas de me taquiner à propos des filles, reprit-il avec un sourire ému… Elle m'aurait rendu fou à ton sujet.

Maribeth retint un soupir. Lorsqu'elle était allée chez les Whittaker, elle avait vu la chambre d'Annie. Elle y était entrée par inadvertance, en cherchant les toilettes… Tout était là. Les oursons, le berceau empli de poupées, sa collection de livres sur des rayonnages.

L'oreiller garni de dentelle et la petite couverture rose sur le lit… La jeune fille avait eu l'impression de pénétrer dans un sanctuaire. Elle s'était dépêchée de ressortir.

À présent elle riait aux histoires que Tommy lui narrait à propos d'Annie. À ses dires, aucune fille ne trouvait grâce à ses yeux. L'une était trop sotte, l'autre trop prétentieuse, la troisième trop ingrate.

— Je n'aurais pas fait l'affaire non plus, tu sais, plaisanta Maribeth, tandis qu'ils patinaient côte à côte sur la mince couche de glace. Surtout maintenant. Elle m'aurait comparée à un éléphant. En tout cas, c'est l'effet que je me fais.

Malgré sa grossesse avancée, elle évoluait avec une grâce indéniable sur les patins qu'elle avait empruntés à Julie.

— Tu es sûre que tu as le droit de pratiquer ce genre de sport ? s'enquit Tommy, soudain alarmé.

— Bien sûr. Tant que je ne tombe pas…

Pour le rassurer, elle virevolta au milieu de la piste, puis entreprit une série de huit sans effort. Il la suivait d'un regard énamouré quand elle trébucha et tomba lourdement sur la glace. Entouré d'un groupe de patineurs, Tommy s'élança vers Maribeth. Elle s'était cogné la tête et gisait à terre, incapable de se redresser. Il fallut les efforts combinés de trois personnes pour la remettre sur ses jambes. Une fois debout, elle parut sur le point de s'évanouir dans les bras de Tommy.

— Vous feriez mieux de la conduire à l'hôpital, suggéra à mi-voix une jeune maman qui tenait la main de son petit garçon. Une chute peut déclencher des contractions.

Il l'aida à monter dans la camionnette.

— Bon sang, qu'est-ce qui t'a pris ? la morigéna-t-il tout en prenant la direction du cabinet du Dr MacLean. Et qu'est-ce qui m'a pris de te laisser faire une chose pareille ? Comment te sens-tu ?

— J'ai la migraine... J'aurais dû faire plus attention, je le sais. Mais j'en ai par-dessus la tête d'être aussi empotée, aussi énorme.

— Tu n'es pas énorme. Tu es enceinte. Toutes les femmes enceintes ont un gros ventre. Et ce n'est pas parce que tu ne veux pas de ce bébé qu'il faut essayer de le tuer.

Elle éclata en sanglots. Lorsqu'ils arrivèrent chez le praticien, Maribeth pleurait à chaudes larmes tandis que Tommy continuait à vitupérer...

— Que se passe-t-il ? Qu'est-il arrivé ? Bonté divine, qu'y a-t-il ?

Leurs éclats de voix avaient attiré le docteur hors de son bureau et il cherchait à savoir ce qui s'était passé. En écoutant les explications décousues de Tommy, il crut comprendre que Maribeth s'était cogné la tête et qu'elle avait voulu tuer son bébé. Il les exhorta au calme, exigea un récit détaillé de toute l'histoire. Aveuglée par les larmes, Maribeth lui avoua qu'elle avait fait une chute en faisant du patin à glace.

— Du patin à glace ? répéta le médecin d'un ton surpris en levant les sourcils.

C'était bien la première fois qu'une de ses patientes lui disait avoir patiné à deux mois de son terme. Mais Tommy et Maribeth écoutèrent avec attention son petit discours sur le sport et les femmes enceintes. Pas d'équitation, pas de patinage, pas de promenade à bicyclette, surtout sur des routes enneigées, pas de ski... Aucun sport.

— Et pas de football, ajouta-t-il avec une moue qui arracha un rire à Tom. Soyez sages… Ah, et j'oubliais, pas de rapports sexuels, bien entendu… Eh bien, jeune dame, puis-je compter sur votre esprit de discipline pour refréner vos élans sportifs ?

— C'est promis, docteur.

Lorsque Tommy sortit pour aller chercher la voiture, Maribeth rappela au praticien sa décision de faire adopter l'enfant.

— Vraiment ? dit-il d'un air surpris. Le jeune Whittakker lui avait semblé être totalement dévoué à sa petite amie. En êtes-vous sûre, Maribeth ?

— Je ne peux pas m'occuper de lui, je vous l'ai déjà dit.

— La famille de Tom pourrait vous aider.

Il savait que Liz Whittaker aurait aimé avoir un autre enfant. Cela dit, ce n'était pas une raison pour qu'elle accepte de prendre en charge le jeune ménage. Fidèle à sa promesse, il n'avait jamais contacté les parents du garçon.

Or, Maribeth semblait avoir des idées bien arrêtées sur le sujet.

— Pourquoi le feraient-ils ? Ce ne serait pas juste. Ce bébé a le droit d'avoir de vrais parents qui l'aiment et l'élèvent le mieux possible. Je ne peux pas m'occuper de lui et aller à l'école. Je n'ai même pas les moyens de le nourrir. Mes parents me fermeront leur porte si je reviens avec lui…

Il regarda le petit visage ravagé par les larmes, lui tapota gentiment la main.

— Je verrai ce que je peux faire.

Lorsque Tommy réapparut, il le prit à part.

— Elle doit rester au lit pendant deux jours... Et souvenez-vous, pas de travail, pas de divertissement et pas de folies...

— Oui, docteur.

— Il va m'aider à trouver une famille d'adoption, déclara Maribeth peu après, alors qu'ils roulaient vers la ville... Hé ! Mais où va-t-on ?

— J'ai appelé maman. Le docteur a dit que tu devais rester couchée pendant deux jours, sauf pour prendre tes repas. J'ai demandé à maman si tu pouvais passer le week-end à la maison.

— Oh, non, tu n'aurais pas dû, je ne pourrais pas... Où est-ce que je vais coucher ?

Elle s'était mise à pleurer. Toutes ces émotions avaient eu raison de ses forces.

— Maman a dit qu'elle te donnerait la chambre d'Annie.

Elle décela l'infime trace d'émotion qui perçait dans sa voix en disant cela. Personne n'avait occupé cette chambre depuis la disparition de la petite fille. Or, sa mère n'avait pas hésité à l'offrir à Maribeth. Lorsqu'ils arrivèrent chez les Whittaker, Liz les accueillit avec chaleur. Un pot de chocolat fumant attendait sur la table de la cuisine.

— Comment vous sentez-vous ? s'enquit-elle.

Ayant elle-même subi plusieurs fausses couches, elle s'inquiétait du sort du bébé.

— Vous avez eu de la chance, conclut-elle en conduisant l'arrivante à sa chambre.

Dans la chemise de nuit rose pâle que Liz lui avait prêtée, étendue sur le lit étroit d'Annie, Maribeth ressemblait davantage à une petite fille égarée qu'à une future mère. Elle dormit plusieurs heures. Liz passa la voir en fin d'après-midi et effleura d'une main légère la joue de la jeune fille, afin de vérifier qu'elle n'avait pas de fièvre. Elle avait appelé le Dr MacLean un peu plus tôt. Il l'avait rassurée au sujet du bébé.

— Ils sont si jeunes, avait-il conclu.

Il s'était dispensé de tout autre commentaire, craignant d'offusquer Liz. Il ne voulait surtout pas avoir l'air de se mêler d'une affaire de famille.

À présent, dans la chambre d'Annie, assise au bord du lit, Liz regardait les grands yeux verts de Maribeth.

— Vous sentez-vous mieux ? murmura-t-elle.

Elle avait dormi plus de trois heures. Tom était parti jouer au hockey sur glace, la laissant en compagnie de sa mère.

— Oui, à part que j'ai mal au dos. J'ai eu si peur. Et Tommy qui m'accusait d'avoir voulu tuer le bébé… Il a été horrible.

— Il a eu peur, lui aussi, répondit Liz avec un sourire indulgent. Patience, Maribeth, il n'y en a plus pour longtemps.

Il ne restait plus que cinq semaines, d'après le Dr MacLean. Six tout au plus.

— J'étais terriblement nerveuse et excitée avant mes accouchements, avoua Liz. (Elle se tut brusquement en réalisant que pour Maribeth le problème ne se posait pas de la même manière.) Oh, pardon, chuchota-t-elle.

Maribeth sourit et lui toucha la main.

— Ne vous excusez pas. Je vous remercie de m'avoir accueillie ici. J'aime cette chambre… J'ai parfois l'impression d'avoir connu Annie. Tommy m'a si souvent parlé d'elle… D'ailleurs elle est toujours là, dans nos cœurs et nos esprits.

— Je ressens la même chose. Elle est toujours près de moi.

Liz ne s'était pas sentie aussi paisible depuis des mois. John semblait plus calme, lui aussi. « Peut-être sommes-nous en train de renaître à la vie », songea-t-elle en ravalant la boule qui s'était formée au fond de sa gorge.

— D'après Tommy, vous pensez que certaines personnes sont envoyées auprès de nous, pendant un bref laps de temps, afin de nous aider à comprendre quelque chose. J'aime bien cette idée… Elle n'est restée que cinq ans avec nous mais ce fut une réelle bénédiction. Je suis contente d'avoir fait un bout de chemin en sa compagnie. Elle m'a appris tant de choses. L'amour, la joie, la générosité.

— Oui, je le pense sincèrement, répliqua Maribeth, en prenant dans sa main la main de Liz sur la courtepointe rose clair. Elle vous a enseigné les valeurs fondamentales de la vie, tout comme à votre mari et à Tommy. Mon bébé, j'en suis sûre, m'apprendra aussi beaucoup de choses, même si nous ne serons ensemble que quelques jours… quelques heures même… (Elle regarda Liz à travers ses larmes.) C'est pourquoi je voudrais en faire don à des gens qui l'aimeront.

Ses paupières se fermèrent, les larmes roulèrent sur ses joues et Liz se pencha pour lui effleurer le front d'un baiser.

— Il y a une solution à tout. Reposez-vous à présent. Vous en avez besoin. Votre bébé aussi.

Maribeth acquiesça, incapable d'en dire plus, et Liz sortit de la pièce sur la pointe des pieds. La pauvre petite n'était pas au bout de ses peines. Bien sûr, au terme de ses souffrances, elle retrouverait son équilibre. Mais à quel prix…

Tommy demanda des nouvelles de Maribeth sitôt revenu de son match de hockey.

— Elle va bien. Elle dort.

Il courut à la chambre d'Annie et entrebâilla la porte sans bruit pour jeter un coup d'œil à l'intérieur. Maribeth dormait, une poupée dans ses bras, apaisée. Il revint vers sa mère, l'air soucieux.

— Tu l'aimes beaucoup, n'est-ce pas ? demanda-t-elle doucement.

— Un jour, je l'épouserai, maman, affirma-t-il.

— Ne fais pas encore de projets, mon chéri. Tu ne sais pas ce que l'avenir vous réserve.

— Je la retrouverai. Mieux encore, je ne la laisserai pas partir. Je l'aime, tu comprends ? Et son bébé aussi.

— Elle aura de la peine à s'en séparer.

— Je le sais…

Il s'était toujours opposé à cette pénible démarche.

Maribeth apparut sur le seuil de la cuisine à l'heure du dîner. Reposée, souriante et fraîche comme une rose. Installé à la table de cuisine devant ses devoirs, Tommy leva le nez.

— Comment te sens-tu ?

— Paresseuse.

Elle jeta un regard d'excuse à Liz, qui préparait le dîner.

— Asseyez-vous, jeune dame. Vous êtes censée vous reposer. Vous avez entendu ce qu'a dit le médecin. Le lit ou, à défaut, une chaise… Tommy, ne reste pas planté là ! Donne une chaise à ton amie, voyons. Et ne t'avise pas de l'emmener à la patinoire demain.

Ils se mirent tous deux à glousser comme des enfants pris en faute, alors qu'elle leur servait des cookies encore tout chauds. Elle savait gré à Tommy d'avoir amené Maribeth chez eux. Leur jeunesse à tous deux lui redonnait goût à la vie. Un lien puissant s'était tissé entre Liz et la jeune fille, dont la présence – qui aurait pu lui rappeler qu'elle ne verrait jamais grandir Annie – agissait sur Liz comme un baume apaisant. John en avait ressenti également les effets bénéfiques… Il eut un sourire heureux en les trouvant tous les trois dans la cuisine.

— Qu'est-ce que c'est ? Une surprise-partie ?

— Non, une punition. Tommy a tenté d'assassiner Maribeth aujourd'hui. Il l'a emmenée patiner.

— Grand Dieu ! Et pourquoi pas faire une partie de football ?

— Nous comptons en disputer une demain, papa. Après une leçon de hockey.

— Excellente idée.

Il leur sourit et cette nuit-là, après dîner, ils jouèrent au Scrabble et c'est Maribeth qui gagna avec deux mots de sept lettres. Après quoi Liz lui fit part de ce qu'avait décidé le directeur de son lycée en ce qui la concernait. Après examen de son dossier, le conseil de classes s'était déclaré prêt à lui accorder l'équivalence demandée. Mieux que cela, compte tenu de son niveau d'études, ils avaient accepté son inscription en terminale. Si elle réussissait ses examens, elle n'aurait plus qu'un semestre à rattraper avant la remise des diplômes.

— Félicitations, mon petit. Vous y êtes arrivée ! se réjouit Liz, aussi fière que s'il se fût agi de ses propres élèves.

— Grâce à vous ! jubila Maribeth.

Avec un petit cri joyeux, elle se tourna vers Tommy pour lui rappeler qu'elle appartenait maintenant à la catégorie des « seniors ».

— Ne laisse pas le succès te monter à la tête. Maman pourra toujours te donner une mauvaise note. Elle est très dure avec les grands.

Ils éclatèrent tous de rire. Le bébé participa par des coups de pied vigoureux à la liesse générale.

— Ce gamin est fou de toi ! s'exclama Tommy plus tard, assis sur le lit, la main sur le ventre de Maribeth… Oh, je suis désolé.

— Pourquoi ? Il est content, tout comme je le suis.

Les bonnes nouvelles qu'elle venait d'entendre lui avaient remonté le moral.

— Tu donnes toujours priorité à l'école, n'est-ce pas, Maribeth ?

— J'ai hâte d'y retourner et d'en finir. Ces six derniers mois vont me paraître une éternité.

— Tu reviendras me voir ? s'enquit-il en se passant la main dans les cheveux d'un air anxieux.

Il détestait l'idée de la voir partir.

— Bien sûr. Du moins j'essaierai. Tu pourras venir aussi, hasarda-t-elle.

Mais tous deux savaient que Tommy ne serait pas le bienvenu chez les Robertson. Le père de Maribeth lui réserverait certainement un accueil froid, voire hostile. Son attitude n'aurait sûrement rien à voir avec la généreuse hospitalité des Whittaker… Tout comme leur fils, ceux-ci étaient en train de tomber amoureux de Maribeth. Ils comprenaient parfaitement pourquoi il l'aimait autant.

— Je te rendrai visite l'été prochain, quand je partirai pour Chicago.

— Pourquoi Chicago ? gémit-il. Pourquoi pas l'université d'ici ?

— Je verrai, concéda-t-elle. À condition que ma candidature soit retenue.

— Avec tes notes, ils vont te supplier de t'inscrire chez eux.

— Ils en ont vu d'autres, sourit-elle.

Il l'embrassa et ils oublièrent l'école, l'université et jusqu'au bébé, bien que celui-ci se signalât par de sauvages coups de pied, pendant que Tommy la serrait dans ses bras.

— Je t'aime, Maribeth. Je vous aime tous les deux. Ne l'oublie jamais.

Ils restèrent enlacés un long moment sur le lit de sa sœur. Ses parents s'étaient retirés dans leur chambre. Ils savaient que Tommy était auprès de Maribeth mais ils leur faisaient confiance. Voyant le sommeil la gagner, Tommy embrassa la jeune fille, se leva et lui adressa un dernier sourire… avant de regagner sa chambre, en se demandant ce que l'avenir leur réservait.

8

Liz invita Maribeth pour la fête de Thanksgiving, un jour qu'elles étaient toutes les deux en train de revoir un cours d'histoire, tard cet après-midi-là. C'était un devoir particulièrement important que Maribeth devait réussir pour son passage en terminale. Toutes les nuits, après le restaurant elle travaillait et elle était rarement couchée avant deux ou trois heures du matin. Un sentiment d'urgence la dominait. Il lui fallait coûte que coûte décrocher l'équivalence avant de regagner le lycée d'Onawa… Le but était proche. Grâce à l'aide précieuse de Liz, elle allait bientôt réussir. Naturellement, son père verrait ses projets d'un œil hostile, ce qui expliquait son désir de se rendre à Chicago.

Liz s'était renseignée pour savoir si elle pouvait s'inscrire au collège de Grinnel. Elle avait promis à Maribeth une recommandation écrite, quelle que fût sa décision. Compte tenu de ses brillants résultats, elle serait admissible dans n'importe quelle université. Souvent, la mère de Tommy se retenait pour ne pas s'emporter ouvertement contre les idées rétrogrades des Robertson.

— Papa est convaincu que l'éducation est réservée aux garçons, expliqua Maribeth, un peu plus tard, tandis qu'elles préparaient le dîner. (C'était son jour de congé.) Maman n'est jamais allée au collège. Pourtant, elle adore lire. Papa, lui, ne se donne même pas la peine de parcourir le journal. « Les femmes n'ont pas besoin d'éducation », telle est sa devise. D'après lui, nous sommes faites pour les travaux ménagers. Sa théorie est qu'on n'a pas besoin de sortir d'une grande école pour savoir changer une couche.

— Il a le mérite d'avoir le courage de ses opinions, répliqua Liz en contenant difficilement son indignation.

À son avis, rien n'empêchait les femmes de mener de front une carrière brillante et une vie d'épouse et de mère… Elle avait repris son travail avec enthousiasme. En restant à la maison, sa passion de l'enseignement s'était estompée et elle avait presque oublié les satisfactions qu'elle pouvait en retirer. Or, depuis qu'Annie n'était plus là, le besoin de combler le vide avait repris le dessus. La joie de contempler les petits visages attentifs de ses élèves compensait en partie l'immense chagrin de la perte de sa petite fille, bien qu'elle sache, au fond d'elle-même, que jamais la plaie ne cicatriserait.

Elle ne s'était pas confiée à John. Leurs rapports demeuraient tendus, par moments. Parfois, le deuil qui avait dévasté leurs existences l'emportait sur leurs efforts. Mais ils ne baissaient plus les bras comme avant. John rentrait presque toujours à l'heure et Liz avait recommencé à mijoter de bons petits plats. Maribeth avait adouci leur rancune. Elle paraissait si fragile, si jeune, et Tommy était si follement épris d'elle… Des enfants amoureux, se disait Liz en réprimant un sourire chaque fois qu'elle les surprenait en train d'échanger un regard énamouré… Elle répéta à Maribeth qu'ils seraient heureux de passer Thanksgiving avec elle.

— Je ne voudrais pas vous déranger.

Elle avait projeté de travailler au restaurant où de la dinde rôtie avait été rajoutée au menu. La plupart des autres serveuses avaient déclaré qu'elles passeraient les fêtes en famille. Maribeth avait promis de se joindre à l'équipe de garde. Elle se sentait un peu coupable de les abandonner. Elle le dit à Liz, tout en dressant la table.

— Ils ne vous en tiendront pas rigueur. Vous travaillez très dur et ils le savent, feignit de la gronder Liz, tandis qu'elle mettait le potage sur le feu. Vous ne devriez pas rester debout tout le temps.

Le bébé naîtrait dans un mois environ et Maribeth était vraiment très grosse.

— Cela m'est égal, répondit-elle calmement, en s'efforçant de refouler sa peur de l'accouchement.

Il était difficile de ne pas y penser. Le bébé remuait constamment, ce qui, parfois, amenait un sourire involontaire sur ses lèvres.

— Jusqu'à quand resterez-vous au restaurant ?

— Jusqu'au dernier moment, je vous l'ai dit.

Elle avait besoin de la totalité de son salaire.

— Réfléchissez, mon petit. Arrêtez-vous au moins deux semaines. Même à votre âge, le corps n'est pas une machine. Par ailleurs, songez à consacrer davantage de temps à la préparation de vos examens.

Elle passerait les épreuves écrites mi-décembre.

— Je verrai, promit Maribeth.

À peine Liz avait-elle réduit le feu pour conserver les plats au chaud que Tommy et son père firent irruption en même temps. Après l'école, Tommy avait aidé John au bureau. Ce dernier avait appelé sa femme, pour la première fois depuis des mois, en demandant à quelle heure ils allaient dîner.

— Salut mesdames, quoi de neuf ? s'écria jovialement le maître de maison.

Il effleura la pommette de son épouse d'un baiser léger, puis recula, guettant sa réaction. Dernièrement, ils s'étaient sentis plus proches l'un de l'autre et cette nouvelle situation les avait effrayés. Ils s'étaient depuis si longtemps comportés en étrangers que la plus petite marque de tendresse leur semblait inhabituelle.

Tommy avait pris Maribeth par la main, afin de la mener jusqu'à sa place à table.

Il était tard quand Tommy raccompagna son amie chez elle. Comme cela leur arrivait fréquemment ils s'étaient mis à discuter, moteur coupé. Au fil du temps – peut-être aussi à l'approche des fêtes – la nostalgie avait envahi Maribeth. Un rien écorchait sa sensibilité exacerbée. Et puis il y avait la peur. Une sorte de panique sournoise et insidieuse qui lui serrait la gorge à l'étouffer. À ces moments-là, elle mourait d'envie de s'agripper à Tommy comme à une bouée de sauvetage et de ne plus jamais le lâcher… Tommy, le seul être au monde vers lequel elle pouvait se tourner à tout instant. Lorsque Maribeth le voyait apparaître, son visage s'illuminait.

— Ça va ? la questionna-t-il.

Des larmes avaient étincelé dans les grands yeux verts, alors qu'elle venait de dire oui pour Thanksgiving.

— Oui… c'est-à-dire… (Elle détourna la tête en reniflant) Je deviens si émotive. Je pleure pour un rien… Tes parents sont si gentils avec moi, surtout ta mère… Quand j'y pense, j'en ai les larmes aux yeux. Je ne sais comment les remercier…

— Épouse-moi, coupa-t-il d'une voix sérieuse qui la fit rire.

— J'ai dit « les remercier » pas « me venger d'eux ».

— Ne dis pas de sottises. Tu es ce qui leur est arrivé de meilleur depuis près d'un an. Mes parents ne se parlaient que pour se faire des reproches… Ils t'aiment, Maribeth. Nous t'aimons tous.

— Ce n'est pas une raison pour vous gâcher l'existence sous prétexte que j'ai détruit la mienne… Tes parents sont des gens extraordinaires.

— Et je leur ressemble, dit-il en l'attirant dans ses bras et en la serrant avec tendresse. Je te plairai encore plus quand je serai ton mari.

— Tu es fou !

— Oui, ma belle. De toi. Tu ne te débarrasseras pas de Tom Whittaker comme d'une vieille chaussette.

— Mais je ne veux pas…

Elle laissa sa phrase en suspens, de nouveau suffoquée par les larmes. Un instant plus tard, le rire la secouait… On eût dit qu'à chaque instant, elle passait par des émotions contradictoires. Rien de plus normal, d'après le Dr MacLean. Elle avait entamé son dernier mois de grossesse, d'importants changements allaient avoir lieu, accompagnés de phases euphoriques ou dépressives déstabilisantes.

Tommy l'accompagna jusqu'au perron où il s'attarda pendant un long moment. La nuit était froide et claire. Lorsqu'il l'embrassa et qu'il la sentit trembler dans ses bras, il sut qu'il la voulait pour toujours. Il se refusait à admettre tout autre éventualité. Il avait banni une fois pour toutes de son esprit l'idée qu'elle puisse refuser de l'épouser, de dormir et de se réveiller à son côté, de porter ses enfants. Il l'embrassa, encore et encore, en rêvant à un futur radieux et magique.

— Tu as l'air sur un petit nuage, remarqua sa mère un peu plus tard, quand il regagna la maison.

— Elle a accepté de passer Thanksgiving avec nous.

Liz considéra son fils d'un air songeur. Tommy n'avait plus les pieds sur terre. Il vivait sur la planète du premier amour, se nourrissait de rêves et d'espoirs. Parfois, après avoir passé quelques heures en compagnie de Maribeth, son enthousiasme frisait l'exaltation.

— C'est tout ce qu'elle a dit ?

Elle se faisait du souci pour son fils mais elle savait que Maribeth allait bientôt affronter une lourde épreuve. Mettre un enfant au monde constituait une expérience dont aucune femme ne sortait intacte.

— Comment se sent-elle, maintenant que le jour de la délivrance est proche ?

Elle était en parfaite santé. Le problème était ailleurs. Maribeth s'apprêtait à accoucher d'un bébé sans père, sans famille, d'un bébé qu'elle allait devoir abandonner entre des mains aimantes mais inconnues… Et au terme de cette épreuve, un autre combat l'attendait à Onawa, au fin fond de l'Iowa, où son père allait s'efforcer de lui briser les ailes.

— Elle pense toujours faire adopter le bébé ? demanda Liz, en essuyant les assiettes.

— Je crois bien que oui, répliqua Tommy. À mon avis, c'est une folie, mais va l'expliquer à une tête de mule. Elle ne cesse de répéter qu'elle ne pourra pas s'en occuper, qu'il mérite une vraie famille, et que ce sera pour son bien.

— L'ultime sacrifice, murmura Liz.

— Je n'arrête pas de le lui dire mais elle ne veut rien entendre.

— Peut-être a-t-elle raison. Peut-être connaît-elle ses limites. C'est presque une enfant encore, et elle n'a personne pour l'aider. Si finalement elle décidait de garder le bébé, sa famille ne leur rendrait pas la vie facile…

— Oui, elle dit la même chose. Elle prétend qu'elle sait ce qu'elle doit faire… Tu sais, elle ne parle jamais du bébé, elle ne lui achète pas le moindre petit cadeau. Elle a si peur de s'y attacher…

Il était toujours désireux de l'épouser ; de l'aider à élever son enfant ; de prendre des responsabilités de chef de famille, malgré son jeune âge, et de s'y tenir.

— Il faut que tu l'écoutes, Tommy. Tu dois respecter ses désirs, même s'ils ne correspondent pas aux tiens. On ne se marie pas uniquement pour aider quelqu'un à s'en sortir, mon chéri. C'est plus compliqué que cela. On s'unit pour le meilleur et pour le pire… Et si le pire arrive, il est certain qu'on ne parvient pas à y faire face quand on n'a que seize ans.

Ni à quarante ou à cinquante ! Elle et John n'avaient pas vraiment formé bloc contre l'adversité.

— Mais je l'aime, maman, murmura-t-il avec franchise, le cœur serré. Je ne la laisserai pas seule en proie aux difficultés.

Liz hocha la tête. En dépit de l'affection sincère qu'elle éprouvait pour Maribeth, il était de son devoir de mère de s'opposer à une union hâtive, inspirée par de mauvaises raisons.

— Elle n'est pas seule, Tommy. Tu es à ses côtés.

— Ce n'est pas la même chose.

— Laisse-la réfléchir. Il s'agit de sa vie aussi. Elle a besoin de trouver sa voie. Si vous ne vous êtes pas trompés, un jour vous serez à nouveau ensemble.

« Et flûte ! » râla intérieurement le jeune garçon. À ses yeux, l'affaire était d'une simplicité divine. Il épousait Maribeth, ils gardaient le bébé et ils vivaient heureux jusqu'à la fin des temps. Étrangement, personne ne semblait partager ses opinions. Ni ses parents, ni l'intéressée elle-même… « Tous des têtes de mule », conclut-il amèrement.

Toutefois, réunis autour de la grande table ovale de la salle à manger, ils présentaient l'image d'une famille unie le soir de Thanksgiving. Liz avait mis les petits plats dans les grands. Une nappe de dentelle immaculée – cadeau de la grand-mère de John – recouvrait le bois d'acajou où étincelaient argenterie, cristal et porcelaine. Maribeth arriva vêtue d'une toilette de soie céladon qu'elle avait achetée tout exprès pour les fêtes. Les vagues flamboyantes de ses cheveux cascadaient sur ses épaules, ses grands yeux verts reflétaient le chatoiement du tissu. Malgré son ventre, elle resplendissait de beauté. Liz avait revêtu une élégante robe d'un bleu vif et avait mis une touche de rouge à lèvres, chose qui ne lui était pas arrivée depuis longtemps. Les hommes portaient des costumes chic.

Maribeth avait apporté des fleurs à la maîtresse de maison, une splendide gerbe de chrysanthèmes dorés, ainsi qu'une boîte de chocolats auxquels Tommy s'était empressé de goûter. Après le repas, tous les quatre prirent place devant la cheminée où crépitait un beau feu… C'étaient les premières fêtes qu'ils passaient sans Annie. Liz avait longtemps redouté ce jour. Or la présence de Maribeth et de Tommy avait détendu l'atmosphère. Dans l'après-midi, ils se séparèrent. Liz et John partirent faire un tour à pied avec la chienne tandis que Tommy et Maribeth prenaient la voiture pour une promenade dans les environs. Le patron du restaurant avait accordé à sa plus jeune serveuse deux jours de congé.

— Pas de patinage, d'accord ? cria Liz, alors que la camionnette démarrait.

Ils s'étaient donné rendez-vous deux heures plus tard, pour aller au cinéma.

— Où veux-tu aller ? demanda Tommy à sa passagère.

Sa réponse le surprit tout en lui procurant une satisfaction singulière. La même idée l'avait hanté toute la journée.

— Cela te dérangerait, si nous passions au cimetière ? dit Maribeth dans un soupir. Aujourd'hui j'ai occupé sa place à table. Je n'ai pas cessé de me dire qu'elle aurait pu être là… Que si elle avait été là, tes parents nageraient dans le bonheur… Je voudrais juste lui dire un petit bonjour.

— Moi aussi.

La même pensée l'avait tourmenté à table… Ils firent une halte chez un fleuriste où ils achetèrent un ravissant bouquet de roses pâles auréolées d'un nuage de gypsophile qu'ils déposèrent sur la petite dalle de marbre blanc.

— Salut, petit bouchon, chuchota Tommy, et il crut apercevoir les magnifiques yeux bleus d'Annie. Maman nous a préparé une délicieuse dinde rôtie aujourd'hui. Tu n'aurais pas aimé la farce, parce qu'elle y a ajouté des raisins.

Ils se recueillirent un instant en silence, main dans la main. Ils avaient du mal à croire que cela faisait presque un an qu'elle était partie.

— Salut, Annie, murmura Maribeth avant de quitter le cimetière.

Tous deux savaient qu'ils la ramenaient avec eux, qu'elle les suivait partout ; dans les souvenirs de Tommy, dans la chambre où Maribeth avait dormi un soir, dans le regard un peu absent de Liz quand elle songeait au passé.

— C'était une extraordinaire petite fille, déclara Tommy avec un sanglot dans la gorge, alors qu'ils s'éloignaient. Je n'arrive pas à croire qu'elle n'est plus là.

— Elle est là, dit Maribeth doucement. Tu ne peux pas la voir, mais elle sera toujours près de toi, Tommy.

— Tu as raison, mais elle me manque quand même.

Maribeth se rapprocha de son compagnon. Les fêtes lui avaient trop cruellement rappelé sa propre famille. Parler d'Annie n'avait fait que raviver le souvenir de Noelle. Noelle, dont elle n'avait pas eu de nouvelles depuis des mois. Noelle, à qui leur père interdisait de lire les lettres de son aînée.

De retour à la maison, Maribeth affichait un calme que son regard démentait. Tommy la connaissait trop bien pour ne pas se rendre compte que quelque chose la tracassait. Était-ce l'émotion d'avoir été sur la tombe d'Annie ? À ce stade de sa grossesse tout était source d'angoisse.

— Comment te sens-tu ? Veux-tu t'étendre un peu ?

— Ça va, répondit-elle en s'efforçant de ravaler ses larmes. Dis, Tommy, est-ce que tes parents verraient un inconvénient à ce que je passe un coup de fil chez moi ? Juste pour leur souhaiter de bonnes fêtes…

Liz et John n'étaient pas encore rentrés.

— Bien sûr que non ! Vas-y.

Ses parents ne diraient rien, naturellement. De toute façon, il comptait leur proposer de régler la communication. Il sortit de la pièce au moment où elle donnait le numéro à l'opératrice. L'attente ne fut pas longue… Sa mère répondit au téléphone d'une voix essoufflée, tendue, que le vacarme qui semblait régner chez les Robertson rendait pratiquement inaudible. Ses tantes, leurs maris et leur progéniture devaient être sur place, comme toujours à Thanksgiving. Elles avaient une ribambelle de gamins en bas âge, dont les cris aigus empêchaient Margaret Robertson d'entendre la voix de sa fille.

— Allô… Allô… arrêtez donc ce bruit, je n'entends rien. Qui est à l'appareil ?

— Maman, c'est moi, s'époumona Maribeth. Je voudrais vous souhaiter un heureux Thanksgiving.

Mme Robertson fondit en larmes.

— Oh, mon Dieu ! Ton père va me tuer.

— Je voulais juste te dire bonjour, maman, murmura Maribeth, brûlant soudain d'une envie folle de serrer sa mère dans ses bras. Tu me manques tellement.

Des larmes ruisselèrent sur ses joues et Margaret Robertson faillit s'évanouir en l'entendant.

— Tu vas bien ? interrogea-t-elle à mi-voix, de manière à ne pas attirer l'attention de son entourage. Tu l'as eu ?

— Pas avant un mois.

Soudain, Maribeth entendit des éclats de voix à l'autre bout du fil. Quelqu'un avait brutalement arraché l'écouteur de la main de sa·mère et une voix, plus coupante qu'un rasoir vint sur la ligne.

— Qui est-ce ? beugla Bert Robertson.

Les larmes de sa femme l'avaient renseigné sur l'identité de leur correspondante.

— Salut, papa. Je voulais vous souhaiter de bonnes fêtes.

Maribeth avait les mains qui tremblaient violemment, mais elle avait déployé un effort surhumain pour s'exprimer d'une voix normale.

— Est-ce que le problème est réglé ? s'enquit-il d'un ton brutal qui amena de nouvelles larmes aux yeux de Maribeth.

— Pas encore… C'était juste…

— Je t'ai déjà dit de ne pas appeler tant que tout ne sera pas rentré dans l'ordre. Tu pourras revenir quand tu t'en seras débarrassée. D'ici là, inutile de nous téléphoner, est-ce clair ?

— Oh, papa, s'il te plaît…

Elle percevait les pleurs plaintifs de sa mère à l'arrière-plan, auxquels s'était ajoutée la voix de Noelle suppliant leur père de ne pas raccrocher, mais il interrompit d'un geste sec la communication.

Maribeth reposa le combiné sur sa fourche, incapable de prononcer un mot de plus. Elle demeura prostrée, comme une enfant perdue, les épaules secouées de sanglots violents.

Tommy revint en courant dans la pièce.

— Que s'est-il passé ?

— Il ne m'a pas… laissée… parler à maman, hoqueta-t-elle… et il m'a dit de ne plus les rappeler jusqu'à ce que je me sois débarrassée du bébé… Il… Je…

Elle semblait si bouleversée qu'il dut la forcer à se coucher, de crainte qu'elle n'accouche avant terme. Maribeth était encore sous le choc quand les parents de Tommy revinrent, une demi-heure plus tard.

— Qu'est-il arrivé ? s'alarma Liz.

— Elle a appelé ses parents et son père lui a raccroché au nez. Elle était en train de parler à sa mère quand il a pris le téléphone pour lui signifier qu'il était inutile de les rappeler tant qu'elle n'avait pas réglé le problème du bébé... Quel sombre crétin ! Oh, maman, comment pourra-t-elle retourner là-bas ?

— Je ne sais pas, soupira Liz. Ce monsieur ne paraît pas être un modèle d'amour paternel. En revanche, elle est très attachée à sa mère. Bah, elle n'aura à le supporter que jusqu'au mois de juin...

C'était facile à dire. Liz se faisait une image très précise de ce qui attendait la fille prodigue lorsqu'elle retournerait enfin au bercail... Elle se dirigea d'un pas tranquille vers la chambre d'Annie et alla s'asseoir sur le lit où Maribeth pleurait à chaudes larmes.

— Vous ne devriez pas vous mettre dans cet état, dit-elle calmement en prenant sa main entre les siennes. Vous vous faites du mal ainsi qu'à votre bébé.

— Pourquoi est-il aussi dur ? Pourquoi m'interdit-il de parler à Noelle et à maman ?

Elle ne mentionna pas Ryan, qu'elle tenait pour une copie conforme de leur père.

— Sans doute croit-il les protéger de vos erreurs. Il ne comprend pas... Ce qui est arrivé le dépasse.

— Moi aussi. Pourtant mes sentiments à leur endroit n'ont pas changé.

— Il est incapable de comprendre pour le moment. Vous avez de la chance, Maribeth. Vous êtes intelligente et vous avez bon cœur. Et puis vous avez un avenir, lui n'en a pas.

— Parlons-en, de mon avenir. Je suis sûre que tout le monde est au courant là-bas. On adore colporter des ragots, dans cette ville. J'ignore qui aura répandu la nouvelle, mais je suis certaine qu'ils me montreront du doigt, quand je rentrerai. Même si je suis partie avant... avant que cela se voie... Ils vont me détester. Les hommes me prendront pour une fille facile, les femmes me trouveront mauvais genre. Papa ne m'autorisera jamais à m'inscrire à l'université après le lycée. Il m'obligera à travailler pour lui au garage ou à aider maman à la maison. Ce sera un enterrement de première classe.

— Ma chérie, rien ne vous oblige à suivre les traces de votre mère. Elle a choisi sa vie, vous choisirez la vôtre. Vous savez qui vous êtes, Maribeth, et que toute cette histoire n'est qu'une lamentable erreur. Finissez d'abord le lycée, prenez ensuite une décision ferme sur ce que vous souhaitez faire. Et vous y arriverez.

— Il ne me laissera plus jamais leur parler. Je n'aurai plus jamais le droit d'adresser la parole à maman.

De nouveaux sanglots la secouèrent. Liz la prit dans ses bras, se mit à la bercer. Elle ne pouvait rien faire d'autre pour elle. À la seule pensée que cette merveilleuse enfant irait rejoindre ces gens épouvantables, elle sentait son cœur se briser. Elle comprenait à présent pourquoi Tommy tenait tant à l'épouser. Mais en dépit de tous ses mauvais côtés, c'était sa famille et Liz savait qu'à sa manière, Maribeth lui était attachée. Elle avait toujours dit clairement qu'elle retournerait à la maison, après la naissance du bébé. Ses parents lui manquaient et, d'une certaine façon, elle avait hâte de les revoir.

— Il se montrera plus clément à votre retour, tenta-t-elle de l'encourager, mais Maribeth secoua la tête.

— Oh, non, il sera pire. Il ne ratera pas une occasion de me rappeler ma faute, comme il le fait avec mes tantes. Il n'arrête pas de les harceler sur la façon dont elles se sont mariées… Combien de fois ne se sont-elles pas senties humiliées… du moins l'une d'entre elles. Elle pleurait tout le temps. L'autre ne s'est pas laissé faire et lui a tenu tête. Un beau jour, elle a rétorqué à mon père que s'il continuait, son mari lui casserait la figure. Depuis, il s'est calmé.

— Voilà une leçon à retenir, dit Liz, songeuse. Il faudrait que vous lui fassiez clairement savoir que vous ne supportez pas ses insultes.

Mais elle n'avait que seize ans. Comment aurait-elle le courage de s'opposer à son père ? Sa bonne étoile l'avait mise sur le chemin des Whittaker. Sans eux, elle se serait retrouvée complètement seule dans l'univers hostile où ses parents l'avaient expédiée.

Liz lui fit du thé, puis tout le monde partit au cinéma. Après le film, Maribeth se sentit mieux. Plus personne ne mentionna l'incident de l'après-midi et chacun se retira dans sa chambre assez tôt dans la soirée.

— J'ai tellement pitié d'elle, murmura Liz à John, quand ils furent couchés.

Ils étaient de nouveau capables de communiquer, maintenant, d'évoquer un tas de sujets.

— Tommy aussi, répondit-il.

— C'est drôle qu'elle tienne à ce point à retourner chez ses parents. Ça me fait mal au cœur, rien que d'y penser.

— Ils sont tout ce qu'elle a au monde. Et elle est encore si jeune… Mais ça ne durera pas. Elle volera de ses propres ailes quoi qu'en dise son père.

— Un superbe spécimen de tyran domestique, celui-là. Peut-être que si quelqu'un lui disait ses quatre vérités…

Liz s'interrompit, pensive, puis reprit :

— Ce dont elle a besoin, c'est d'une échappatoire. Quelque part où aller si les choses tournaient mal là-bas.

— Il est hors de question que Tommy l'épouse ! déclara John avec fermeté. En tout cas, pas tout de suite. Ce sont encore des enfants. Tommy n'a pas à assumer une erreur dont il n'est pas responsable, même s'il en meurt d'envie.

— Je sais… je sais… soupira-t-elle d'un ton las.

Elle n'avait nullement l'intention de sacrifier Tommy, pas plus que d'abandonner Maribeth à son triste sort. C'était une jeune fille remarquable qui avait croisé leur chemin pour une raison dont Liz ignorait encore le sens profond. En tout cas, pour rien au monde elle ne lui tournerait le dos.

— Reste en dehors de tout ça, Liz. Elle aura son bébé, puis elle retrouvera ses parents. Si un problème se présentait, elle pourra toujours nous appeler à son secours. Tommy restera en contact avec elle.

La distance qui bientôt les séparerait ne ferait que renforcer leur amour.

— Je veux leur parler ! s'exclama subitement Liz, en le regardant droit dans les yeux. Aux parents, je veux dire.

— Ne te mêle pas de leurs affaires.

— Il ne s'agit pas de leurs affaires mais de celles de Maribeth. Ces gens ont laissé leur fille livrée à elle-même au moment où elle avait le plus besoin de leur compréhension. Ils l'ont rejetée, ils l'ont mise en face de ses problèmes sans même lui tendre la main. Je ne vois pas de quel droit ils osent encore lui dicter sa conduite.

— Parce que chacun voit midi à sa porte, répondit John, puis il sourit.

Il aimait la fougue avec laquelle Liz s'impliquait dans des combats idéologiques, sa façon de prendre la défense des opprimés. Elle s'était tenue à l'écart de tout pendant près d'un an. Grâce à Maribeth, l'ancienne étincelle s'était rallumée dans son cœur.

— Tiens-moi au courant de ta décision, sourit-il, alors qu'elle éteignait la lumière.

— Accepterais-tu de m'accompagner si j'allais les voir ? demanda-t-elle d'un ton uni. J'ai envie de me rendre compte de la situation par moi-même avant que Maribeth ne retourne là-bas.

Elle éprouvait une affection quasi maternelle à l'égard de Maribeth. Un jour, il se pourrait que celle-ci devienne sa belle-fille. Quoi qu'il en soit, Liz ne comptait pas la laisser à la merci de ces sans-cœur, fussent-ils ses parents.

— Quand veux-tu que nous y allions ? répondit-il simplement.

— Je leur passerai un coup de fil demain… Merci, John.

Ils étaient amis, à nouveau. Rien de plus. Mais c'était déjà quelque chose.

9

À contrecœur, Maribeth présenta sa démission à son employeur le lundi après Thanksgiving. Au terme d'une longue discussion, Liz était parvenue à la convaincre qu'elle avait besoin de repos, afin de préparer ses examens… Elle quitterait son travail le 15 novembre et s'installerait chez les Whittaker jusqu'à la naissance du bébé, attendu juste après Noël. Ils l'avaient tous incitée à venir, et elle avait accepté leur généreuse invitation avec gratitude. À mesure que la délivrance approchait, sa nervosité augmentait… La solitude lui pesait chaque jour davantage. Habiter la somptueuse villa, près de Liz, de John et surtout de Tommy représentait à ses yeux la solution idéale… Liz avait persuadé John que cet arrangement était une bonne chose et qu'ils le devaient à Tommy.

— Et puis, poursuivit-elle, il ne faut pas la laisser seule après. Elle vivra une pénible expérience quand son bébé lui sera enlevé.

Liz connaissait bien les affres dans lesquelles sa protégée se débattrait. Ayant perdu son enfant, elle ne comprenait que trop bien l'atroce souffrance qui déchirerait Maribeth en se séparant de son bébé. Une douleur intense, fulgurante, presque mortelle, et Liz tenait à être à son côté pour la soutenir. Sans s'en apercevoir, elle en était venue à chérir tendrement la jeune fille. Les cours que Liz donnait à la jeune fille avaient tissé entre elles un lien indestructible. Le professeur admirait chaque jour davantage les remarquables capacités de son élève et en particulier son acharnement à s'améliorer. Maribeth souhaitait désespérément réussir ses examens, son seul passeport pour un avenir meilleur.

Les employés du restaurant apprirent le départ de Maribeth avec tristesse. Une fois de plus elle dut mentir, en racontant qu'elle souhaitait mettre au monde son enfant dans sa ville natale. Personne n'avait su qu'elle n'avait jamais été mariée ou qu'elle comptait faire adopter le bébé. Serveuses, serveurs et garçons de cuisine lui dirent au revoir, la couvrirent de cadeaux pour le petit être qui, bientôt, ouvrirait les yeux sur la vie. Chaussons, brassières, sweaters minuscules tricotés à la main, une couverture bleu et rose festonnée d'adorables petits canards brodés, un ourson, des jouets. Jimmy lui offrit une chaise haute équipée d'un plateau.

Maribeth regarda, les yeux noyés de larmes, tous ces présents ; son cœur s'était mis à battre la chamade. Aucun de ces objets ne servirait au bébé, se dit-elle en refoulant ses sanglots, et pour la première fois, elle réalisa quelles souffrances elle allait endurer en renonçant à son bébé. Soudain, celui-ci acquit une existence presque charnelle. Il serait bientôt là… Ces petits vêtements, ces chaussettes, ces bonnets en témoignaient. Il avait même déjà une chaise et un ourson… Ce qui lui manquait, c'était un foyer. Un père et une mère qui, tendrement, veilleraient sur son berceau… Le jour même, elle appela le Dr MacLean pour lui demander où en était la procédure d'adoption.

— Trois couples sont intéressés, répondit le médecin d'un ton circonspect. J'ignore s'ils feront l'affaire. Chez le premier couple, le mari a un fort penchant pour l'alcool et c'est un gros problème. Le second vient d'apprendre que la femme est enceinte. Le troisième ne paraît pas encore décidé… Nous avons encore un peu de temps devant nous.

— Deux semaines, docteur… deux semaines.

Elle refusait de ramener le bébé à la maison et de s'en séparer par la suite. Elle ne pourrait pas le supporter. Et il était tout aussi hors de question de retourner chez les Whittaker avec le bébé, leur imposant ainsi une nouvelle épreuve.

— Nous trouverons une solution, Maribeth, je vous le promets. Sinon, il y a toujours une autre possibilité : laisser le nourrisson à l'hôpital pendant une ou deux semaines. Il faut trouver la bonne famille, comprenez-vous ? Nous ne pouvons pas nous permettre de nous tromper, n'est-ce pas ?

Elle en avait convenu mais, soudain, la chaise de bébé offerte par Jimmy, et qu'elle avait placée dans un coin de sa chambre lui parut sinistre, presque menaçante. Elle avait promis à ses collègues de les tenir au courant et de tout leur raconter : le jour de l'accouchement, le sexe du bébé, son nom. Ses mensonges n'avaient fait que rendre les adieux plus pénibles encore.

— Prenez soin de vous, d'accord ? avait recommandé Julie. Je continue à penser que vous auriez dû épouser Tommy.

Et les autres avaient renchéri en ajoutant que cela arriverait sûrement, après la naissance du petit.

La même pensée tourmentait le Dr MacLean lorsqu'il raccrocha. Il hésitait à rechercher une famille adoptive, car il craignait que Maribeth et Tommy regrettent ce geste plus tard. Il aurait voulu en toucher deux mots à Liz Whittaker mais n'osait la déranger. C'était une question délicate, un problème qu'il allait devoir résoudre rapidement. Il se promit de s'y mettre activement et de trouver des parents adoptifs dignes de confiance.

Le lendemain de son départ du restaurant, Tommy l'aida à emménager à la villa. Elle avait empilé les affaires du bébé dans des cartons et l'avait prié de les ranger dans le garage. Les avoir sous les yeux lui causait trop de peine.

Le samedi matin, Liz leur annonça qu'elle accompagnait John dans un de ses déplacements. Il avait l'intention de visiter une nouvelle chaîne de produits alimentaires. Ils ne seraient pas de retour avant dimanche.

Les deux jeunes gens consacrèrent leur après-midi à faire des courses de Noël. Maribeth fit l'acquisition d'un camée pour Liz et d'une pipe pour John. Tout en se promenant dans les boutiques, elle effleurait du regard les jouets, les langes, les vêtements d'enfants.

— Pourquoi ne lui achètes-tu pas quelque chose ? suggéra Tommy comme s'il avait deviné ses pensées. Un animal en peluche ou un médaillon, quelque chose qu'il conservera en souvenir de toi.

Il regretta aussitôt sa proposition, imaginant déjà Maribeth en train de chercher le médaillon au cou de chaque gamin croisé.

— Je dois le laisser s'en aller, Tommy. Complètement, rétorqua-t-elle, la voix brisée par un sanglot.

— On ne doit pas toujours laisser partir les gens, marmonna-t-il en la regardant fixement.

Elle opina de la tête. Si les choses s'étaient passées différemment, elle aurait gardé le bébé et elle n'aurait pas souhaité s'éloigner de Tommy. Or, souvent, la vie se charge de vous retirer ce à quoi vous tenez le plus. Parfois, le compromis se révèle néfaste pour tout le monde. Tommy le savait également. Il avait déjà perdu un être cher. Et il n'avait pas l'intention de renoncer à Maribeth. Ni à son bébé.

Ils regagnèrent la résidence Whittaker, les bras chargés de paquets et Maribeth prépara un succulent dîner. Liz et John ne reviendraient pas avant le lendemain après-midi. « On dirait un vrai couple », songea Tommy béatement tandis qu'il l'aidait à faire la vaisselle. Ils passèrent la soirée devant la télévision, assis côte à côte sur le vaste canapé comme de jeunes mariés. Tommy attira Maribeth dans ses bras et l'embrassa.

— J'ai l'impression que nous sommes déjà mariés, pouffa-t-il, en lui caressant le ventre et en sentant sous sa paume les coups de pied du bébé.

L'intimité qui existait entre eux était étonnante, compte tenu qu'ils n'étaient même pas amants. Parfois, ils l'oubliaient. Maribeth l'enlaça, sentant contre elle la preuve de son immense désir pour elle. Après tout il n'avait que seize ans. Le moindre geste, le plus infime mouvement, suffisait à le rendre comme fou.

— Tu n'es pas supposé désirer des filles qui pèsent une tonne, le taquina-t-elle.

Elle s'était redressée et faisait les cent pas en se frottant les reins. Son mal de dos s'était accentué et son ventre lui semblait plus lourd depuis quelques jours, plus bas aussi. Signe d'un accouchement imminent, auquel elle essayait de ne pas songer. Elle était grande et élancée, mais elle avait des hanches étroites et la peur fondait sur elle chaque fois qu'elle pensait à la délivrance. Elle le dit à Tommy, et il s'efforça de la rassurer.

— Si ça se trouve, tu ne sentiras rien, affirma-t-il, alors qu'ils dégustaient un bol de glace à la vanille.

— Espérons-le, soupira-t-elle. Qu'est-ce qu'on fait demain ?

— Que dirais-tu d'aller acheter un sapin, et de le décorer avant que maman et papa ne reviennent à la maison ? Ce serait une bonne surprise, non ?

Maribeth acquiesça. Plus tard, alors qu'elle était allongée sur le lit étroit d'Annie, Tommy entra dans la pièce et s'assit près d'elle.

— Si nous dormions dans la chambre de mes parents ? Il y a beaucoup plus de place… Ils ne le sauront jamais.

Ils avaient promis d'être sages.

— Oh, si ! répliqua fermement Maribeth. Les parents savent toujours tout.

— Maman prétend la même chose. (Il sourit.) Allez, Maribeth. Nous n'aurons pas une seconde chance. Ils s'absentent une fois tous les cinq ans.

— Ta mère n'apprécierait pas, dit-elle platement.

— Alors, viens dormir dans mon lit. Il est plus large que celui-ci.

Elle mourait d'envie de s'assoupir dans ses bras.

— Bon, d'accord.

Elle le suivit dans sa chambre. Tous deux se couchèrent, elle en chemise de nuit, lui en pyjama, et se tinrent enlacés, gloussant et bavardant comme des gosses… Il l'embrassa alors longuement, et un violent désir les transperça comme un glaive. Elle le serra contre elle, et comme dans un éblouissement, elle sentit sa bouche sur ses seins. Un gémissement lui échappa. Tommy la dévorait de baisers. Consumés d'une même flamme, ils s'embrassèrent avec une fougue inaccoutumée. « Il ne faut pas », se disait vaguement Maribeth. Pourtant, elle avait la sensation d'avoir enfin trouvé sa place après un long et laborieux voyage. Pour la première fois, l'idée du mariage ne lui répugna pas.

— C'est ainsi que je veux être, murmura le garçon contre la peau satinée de son cou.

Le gros ventre de Maribeth formait autour de son corps embrasé un bouclier protecteur. Craignant de ne pouvoir éteindre le brasier ardent qui menaçait de les dévorer, ils avaient cessé leurs caresses et s'étaient laissé envahir par une agréable torpeur. Leurs paupières s'alourdissaient.

— Je veux rester avec toi pour le restant de mes jours, reprit Tommy d'une voix ensommeillée. Le prochain bébé dans ton ventre sera le mien, Maribeth. C'est mon rêve le plus cher.

— Le mien aussi…

Elle était sincère mais, en même temps, elle avait envie de vivre sa vie pleinement, comme la mère de Tommy l'avait fait avant son mariage.

— J'attendrai… papa a bien attendu maman… Mais pas aussi longtemps que lui. Un an ou deux, décida-t-il, submergé par l'incommensurable volupté de la tenir contre son cœur. Nous pourrions nous marier et aller à l'université ensemble.

— Et comment vivrons-nous ?

— Ici, chez mes parents.

Maribeth secoua la tête.

— Quand nous nous marierons, si cela nous arrive, nous serons capables de subvenir à nos besoins par nos propres moyens, décréta-t-elle d'un ton péremptoire. Nous serons des adultes prêts à assumer nos responsabilités. Peu importe l'âge que nous aurons…

— Au moins soixante ans, sourit-il en étouffant un bâillement. Je voudrais que vous sachiez qu'un jour vous serez ma femme, Maribeth Robertson ! Tu auras du temps pour t'habituer à cette idée.

Elle n'émit aucune objection. Un sourire se dessina sur ses lèvres, tandis qu'elle sombrait dans le sommeil, dans les bras de Tommy, en pensant à Annie et à son bébé.

10

Le lendemain, ils sortirent de bonne heure ; après avoir acheté un arbre de belle taille, Tommy fit l'acquisition d'un petit sapin, qu'il mit dans le coffre de la camionnette, avec le grand… De retour à la maison, il sortit de leurs boîtes les guirlandes et les petits personnages qui devaient décorer le sapin. En les regardant, les larmes lui montèrent aux yeux. La plupart avaient été fabriqués un an plus tôt, par Annie et leur mère.

— À ton avis, faut-il les ressortir ou pas ?

Ils hésitaient, persuadés que Liz reconnaîtrait sur-le-champ les rubans pailletés de strass, les bonshommes en massepain, les guirlandes de papier doré et les étoiles scintillantes. Ils ne savaient que faire, ne sachant quelle serait sa réaction ; et pourtant, laisser les décorations dans un tiroir serait renier Annie. Aussi, après avoir longtemps tergiversé, ils décidèrent de les utiliser. Cela leur paraissait plus sain, plus franc que de prétendre qu'ils n'avaient jamais existé… Vers quinze heures, ils se félicitèrent de leur œuvre. L'arbre illuminait le vaste salon, semblable à quelque navire s'apprêtant à lever l'ancre vers un pays enchanteur.

Maribeth avait préparé un repas léger, composé de sandwiches au thon et à la laitue. Après le déjeuner, alors qu'ils prenaient le café dans le salon, Maribeth aperçut une boîte oblongue posée près de Tommy.

— Qu'est-ce que c'est ?

— Rien. Je dois aller quelque part. J'aimerais que tu m'accompagnes, si tu n'es pas trop fatiguée.

— D'accord, allons-y. Où est-ce ?

— Tu verras bien.

Ils mirent leur manteau. Des flocons de neige valsaient dans l'air cristallin quand ils sortirent de la maison. Tommy ouvrit le coffre de la camionnette et y déposa la boîte, près du petit sapin... Maribeth comprit alors ce qu'il voulait faire... Passer au cimetière afin d'offrir le petit sapin à Annie.

Tommy déposa l'arbre fixé sur un socle de bois en forme de croix, sur la dalle de marbre blanc. Maribeth l'avait suivi avec la boîte. Elle contenait de délicats ornements : oursons, soldats de plomb soufflant dans des cors métalliques, anges, ainsi qu'un joli cordon de perles de verre et une longue guirlande vif-argent... Tous deux s'attelèrent à la tâche et l'opération ne prit guère plus d'une dizaine de minutes. Le sapin fut paré de tous ces objets lumineux et scintillants que la petite fille avait affectionnés, comme elle avait aimé tout ce qui se rapportait aux fêtes de Noël... Tommy laissa libre cours à ses larmes. Son regard dériva vers un cyprès sous lequel Maribeth attendait, adossée au tronc rugueux et droit. Son ventre menaçait de faire exploser les boutons de son manteau, mais la douceur de ses yeux lui rappela, par contraste, le regard espiègle d'Annie.

Il alla la prendre par la main et la ramena vers la petite pierre tombale où étincelait le sapin. Annie aurait approuvé son initiative, il le sentait.

— Maribeth, je t'en supplie, épouse-moi. Je t'aime.

— Je t'aime aussi, Tommy, mais ne me demande pas une chose pareille. Pas maintenant.

— Je ne veux pas te perdre, souffla-t-il, les yeux rivés à l'endroit où reposait sa petite sœur. Je l'ai perdue… je ne supporterai pas de te perdre toi aussi. S'il te plaît, marions-nous.

— Pas encore, répondit-elle avec douceur, craignant de n'être pas à la hauteur, de le décevoir si elle exauçait son vœu avec trop de hâte.

— Alors, promets-moi de m'épouser plus tard.

— Tommy Whittaker, je te fais aujourd'hui la promesse solennelle de t'aimer pour toujours.

Elle était plus que sincère. Elle savait – elle l'avait su dès le premier jour – qu'elle n'oublierait jamais Tommy. Il était de ces êtres dont on a envie de partager l'existence… Mais ce qui lui était arrivé l'avait rendue méfiante. On ne sait jamais où la vie vous mène.

— Me promets-tu de m'épouser ? répéta-t-il.

— Oui, si les années n'ont pas atténué nos sentiments. Si nous sommes toujours d'accord, l'un comme l'autre.

— Je serai toujours là pour toi, Maribeth.

— Moi aussi. Je serai toujours ton amie, Tommy. Je t'aimerai toujours.

Si la chance lui souriait, un jour elle serait sa femme. Elle le souhaitait ardemment aujourd'hui, à seize ans, mais qu'adviendrait-il de leur passion dans quelques années ? Leur amour vaincrait peut-être le temps. Ou alors, semblables à des feuilles mortes emportées par le vent, leurs chemins se sépareraient à jamais.

— Je suis prêt à t'épouser quand tu veux, affirma-t-il.

— Merci, murmura-t-elle en se hissant sur la pointe des pieds pour l'embrasser.

Ils admirèrent en silence le petit sapin de Noël, puis il dit tranquillement :

— Elle t'aurait aimée aussi. J'aurais voulu qu'elle soit là.

Ils regagnèrent la camionnette. Le froid s'était intensifié. Ils n'échangèrent pas un mot durant le trajet, mais la paix qu'ils ressentaient était si forte que les paroles étaient inutiles.

Ils passèrent l'après-midi dans le salon à regarder de vieux albums de photos. Maribeth émit un rire amusé à la vue du bébé joufflu qu'avait été Tommy à l'âge de six mois. Il y avait aussi des photos d'Annie qu'ils regardèrent ensemble, en souriant.

Maribeth prépara le dîner en attendant le retour des parents. John et Liz regardèrent l'arbre de Noël… surtout Liz. Son regard détailla un instant les décorations familières, après quoi elle sourit à son fils.

— Tu as bien fait de les accrocher à l'arbre. Elles m'auraient manqué autrement.

Il lui rendit son sourire, heureux d'avoir vu juste.

— Merci, maman.

Durant le dîner, ils évoquèrent vaguement leur voyage. Tout s'était bien passé, annonça Liz. À vrai dire, elle n'avait pas l'air enthousiaste. John s'était contenté d'un hochement de tête satisfait. Leur expédition s'était passée aussi bien que possible, compte tenu des circonstances. Le regard de Liz se portait discrètement sur son fils et sur Maribeth. Ils lui parurent plus sérieux, plus calmes, comme si un lien encore plus puissant les avait unis durant ces deux derniers jours.

— J'espère qu'ils n'ont pas fait de bêtises pendant notre absence, soupira-t-elle plus tard dans la nuit, alors qu'ils s'étaient retirés dans leur chambre.

John eut un sourire amusé.

— Oh, non, rassure-toi... Elle est enceinte de neuf mois, ma chérie. Même un adolescent fougueux n'aurait pas réussi à venir à bout d'un obstacle pareil. Tes craintes ne sont pas fondées.

— Et s'ils s'étaient mariés pendant que nous...

— En tant que mineurs, ils auraient eu besoin d'une autorisation parentale écrite.

— Bon, mais ils m'ont l'air différents. Plus proches, plus complices. On dirait un vrai petit couple.

Leur bref voyage avait définitivement rapproché les deux époux. Inspiré par la chambre d'hôtel (un endroit neutre et propice à l'amour) John s'était enhardi. Une tendre étreinte les avait unis, après quoi il l'avait invitée à dîner dans un excellent restaurant.

— Ils sont éperdument amoureux l'un de l'autre, rétorqua John. Nous devons l'accepter.

— Crois-tu qu'ils se marieront un jour ?

— Seul le temps le dira... Personnellement, je souhaiterais qu'ils restent ensemble.

— Pourtant, elle préfère attendre.

Un sourire espiègle éclaira la figure de John.

— Je connais ce genre de femme... S'il s'agit d'un véritable amour et pas d'un simple engouement, il résistera à tout. Ils se retrouveront, ils recommenceront une nouvelle vie.

— En attendant, notre petite amie a un mauvais moment à passer. Je n'aimerais pas être à sa place.

— Tu veux parler de l'accouchement ? s'étonna John.

Liz ne s'était jamais plainte de ses accouchements.

— Ce n'est rien à côté de la douleur d'abandonner l'enfant.

John acquiesça. Il regrettait que la vie ait si mal débuté pour Maribeth. Il regrettait que son fils fût mêlé à ces circonstances dramatiques. Et, pourtant, quelque part au fin fond de son subconscient, une partie de lui-même enviait leur amour si fragile encore et en même temps si éclatant.

Liz s'endormit blottie contre lui, ce soir-là, alors que Maribeth et Tom s'étaient attardés au salon. Ils avaient mille choses à évoquer. Mille choses à se dire. Liz ne s'était pas trompée. Ils avaient l'impression de n'être qu'une seule et même personne. Et pour la première fois de sa vie, Maribeth découvrit qu'elle avait un avenir.

Le réveille-matin sonna de bonne heure. Maribeth passa rapidement sous la douche avant de s'habiller. Elle apparut sur le seuil de la cuisine, prête à aider Liz dans les préparatifs du petit déjeuner. Cette dernière avait réussi à obtenir un arrangement avec l'école. Maribeth allait passer une interrogation écrite, spécialement conçue pour elle, qui, si tout allait bien, lui ferait gagner le premier semestre de la terminale. Tommy passait également des examens de contrôle, et ils en parlèrent longuement tout en dégustant leur petit déjeuner. Liz avait également obtenu de la direction que Maribeth passe son examen dans une pièce isolée, de manière que personne ne puisse l'apercevoir. Elle lui avait promis d'aller la rejoindre après les tests de la matinée.

Les deux jeunes gens se séparèrent devant l'école. Ils se souhaitèrent bonne chance avant de partir chacun de son côté.

Le reste de la semaine s'écoula à une vitesse stupéfiante. Le week-end suivant était le dernier avant Noël. Ayant fini ses achats, sur le chemin de la maison, Liz hésita un instant avant de faire demi-tour et de prendre la direction opposée… Elle éprouvait l'envie soudaine de se recueillir sur la tombe d'Annie… Des mois durant, elle s'était esquivée, de crainte de raviver des souvenirs trop cruels. Mais aujourd'hui, une irrépressible envie la poussait à y aller.

Elle franchit les grilles du cimetière en voiture et roula jusqu'à la petite tombe. Elle descendit du véhicule et s'approcha. Sa gorge se contracta lorsqu'elle vit le sapin décoré… Le vent l'avait couché sur le flanc, faisant tinter les ornements… Elle le remit sur son socle et regarda avec attention chaque objet scintillant, les mêmes qu'Annie avait suspendus aux branches à peine un an plus tôt. Ses petites mains avaient accroché les décorations avec mille précautions… Des bribes de phrases qu'elle avait alors prononcées lui revinrent brutalement en mémoire.

Soudain, les souvenirs la submergèrent, prêts à l'engloutir, et elle se mit à pleurer silencieusement sur son petit trésor perdu à jamais. Enfin, elle caressa du bout des doigts les branches hérissées d'aiguilles piquantes en murmurant son nom… Un son doux comme une musique qui lui alla droit au cœur.

— Je t'aime, mon petit amour. Je t'aimerai toujours, ma jolie, ma douce Annie.

Le mot « au revoir » ne put franchir ses lèvres. Elle regagna la voiture à petits pas, les jambes flageolantes. Mais un étrange sentiment de paix s'était glissé dans son âme.

La maison était vide quand elle rentra et Liz en fut soulagée. Elle avait besoin de reprendre ses esprits. Elle trouva refuge dans le salon, devant le grand arbre de Noël, chargé lui aussi d'une kyrielle de souvenirs… Ce premier Noël sans Annie serait une épreuve difficile. De toute façon, chaque jour sans elle était un supplice. Chaque repas, chaque réveil, chaque promenade aux abords du lac, tout criait l'absence d'Annie… Annie qui leur avait rendu une brève visite avant de remonter au ciel. S'ils avaient su… Mais qu'est-ce que ça aurait changé ? L'auraient-ils aimée, dorlotée, cajolée davantage ? Ils avaient fait le maximum. Et cependant, Liz aurait donné sa vie entière pour sentir une fois de plus les menottes de son petit chérubin autour de son cou. Et ses lèvres si douces contre sa joue…

Elle était encore assise là, ayant perdu la notion du temps, quand les enfants firent irruption dans la pièce. Yeux scintillants. Visages juvéniles. Pommettes rougies par le froid.

Elle leur sourit, mais Tommy devina à ses yeux brillants qu'elle avait pleuré.

— Merci d'avoir apporté l'arbre à… murmura-t-elle, butant sur chaque syllabe… merci.

Elle quitta la pièce d'un pas rapide, comme si elle voulait fuir ses souvenirs.

John arriva peu après, les bras chargés de cadeaux. Liz préparait le dîner dans la cuisine. À sa vue, un sourire illumina ses traits fins. Il y avait plus de chaleur entre eux maintenant, constata Tommy. Peu à peu, les pièces retrouvaient leur place dans le puzzle dévasté par la disparition d'Annie.

Ils se rendirent à la messe de minuit, comme tous les ans. Les chants, les lueurs des bougies, l'encens ne firent que rappeler un peu plus Annie à sa mère. Encore un an plus tôt, elle était là, devant la crèche, cherchant d'un regard anxieux le petit Jésus... Les premiers symptômes de la maladie étaient apparus, mais ils ne le savaient pas encore...

De retour à la maison, John se retira immédiatement dans leur chambre. Liz plaça les paquets sous l'arbre. Cette année il n'y aurait pas d'assiette de carottes pour le renne, pas de gâteau pour le père Noël. Et pas de cris de joie enfantins, le lendemain, à la découverte des cadeaux. Heureusement, ils n'étaient pas seuls.

Elle s'apprêtait à monter, quand Maribeth entra dans la vaste pièce, un monceau de paquets dans les bras : des cadeaux pour eux tous. Elle se déplaçait difficilement, à la lumière tamisée des abat-jour. Le bébé était placé très bas à présent et elle était contente d'avoir fini ses examens.

— Attendez, je vais vous donner un coup de main, proposa Liz, en l'empêchant de se pencher.

— Je peux à peine marcher, se plaignit Maribeth sans amertume. M'asseoir, me lever ou me baisser relève de l'exploit. Et je ne peux plus voir mes pieds.

— Ce sera bientôt fini, répondit Liz d'un ton encourageant.

Maribeth la regarda. Voilà des jours qu'elle cherchait à la voir seule, sans John ou Tommy à proximité.

— Pourrais-je vous parler quelques minutes ?

— Maintenant ?... oui, bien sûr.

Elles prirent place sur le canapé, face à l'arbre où rayonnaient les guirlandes dorées d'Annie.

— J'ai beaucoup réfléchi, madame Whittaker, commença Maribeth d'une voix anxieuse… Je ne sais pas ce que vous en penserez… Je voudrais vous donner mon bébé.

La dernière phrase l'avait laissée sans souffle, comme si elle lui avait demandé un effort surhumain.

— Vous… *quoi ?*

Liz la considéra sans comprendre. L'énormité de la déclaration de Maribeth dépassait son imagination.

— Que voulez-vous dire ? reprit-elle, interloquée.

Les bébés n'étaient guère des objets que l'on pouvait offrir à des amis, en guise de cadeaux de Noël.

— Je voudrais que John et vous l'adoptiez, déclara Maribeth d'une voix plus ferme.

— Pourquoi ?

Liz n'avait jamais songé à l'adoption. Sauf des années auparavant, avant la naissance de Tommy.

— J'ai envie de vous donner mon bébé parce que je vous aime et que vous êtes des parents merveilleux, répéta doucement Maribeth, les mains tremblantes. Je ne peux pas m'occuper de lui. Je sais que ça peut paraître extravagant, mais je n'y arriverai pas. Vous, en revanche, vous saurez l'aimer et l'élever comme vous l'avez fait pour Annie et Tom… Un jour, plus tard, je serai peut-être moi aussi une excellente mère. Pour l'instant, c'est au-dessus de mes forces… Je veux que vous l'ayez, Liz. Je ne reviendrai jamais vous le réclamer, ni même vous importuner d'une visite si vous vous y opposez… Mon bébé sera heureux avec vous. Vous êtes les parents dont il a besoin… Oh, Liz, ce serait l'idéal pour lui, j'en suis sûre.

Elle s'était mise à pleurer. Liz lui avait saisi les mains, en larmes, elle aussi.

— Maribeth, on ne donne pas un enfant comme s'il s'agissait d'un simple paquet-cadeau, comprenez-vous ? Un enfant est une vie. Une personnalité à part entière.

— Je le sais. Je sais tout ça. Je n'ai pas cessé d'y réfléchir depuis neuf mois. Et je sais ce que je fais, croyez-moi.

Sa décision semblait sans appel. Liz la dévisagea, bouleversée. Et si elle changeait d'avis ? Comment réagirait son fils ? Quelle serait sa réaction si ses parents adoptaient le bébé de Maribeth… n'importe quel bébé ? Et John ? Liz crut qu'elle allait défaillir.

— Et Tommy ? articula-t-elle péniblement. Quels sont vos sentiments vis-à-vis de lui ? C'est sérieux ?

— Absolument. Mais je ne veux pas reprendre un mauvais départ. Je n'ai pas désiré ce bébé. Ce qui m'est arrivé n'a pas de sens… La providence m'a choisie pour le mettre au monde au bon endroit, parmi les bonnes personnes. C'est-à-dire vous, Liz, et M. Whittaker. Un jour, j'épouserai Tommy et nous aurons des enfants que nous aurons voulus d'un commun accord.

Liz gardait le silence, tourmentée par les questions qu'elle s'était mille fois posées, sans jamais en avoir trouvé la réponse… Son fils n'avait que seize ans. Il serait injuste qu'il commence sa vie d'adulte en élevant l'enfant d'un autre homme. Mais d'un autre côté…

— Je sais que ce bébé est pour vous, Liz, reprit Maribeth. J'en ai eu la révélation… Ce n'est pas le hasard qui a conduit mes pas jusqu'ici. J'ai échoué dans cette ville parce que le destin en avait décidé ainsi… à cause de tout ce qui a précédé mon arrivée… à cause d'Annie.

— Je ne sais quoi vous dire, murmura Liz, le visage sillonné de larmes. C'est le plus beau cadeau que l'on puisse imaginer. Mais je ne suis pas sûre que ce soit juste… On ne prend pas le bébé d'une autre femme d'un cœur léger.

— Même si celle-ci vous en supplie ? Et puis, qu'est-ce qui est juste, au fond ? Le fait que vous ayez perdu votre petite fille ? La certitude que mon bébé naîtra sans foyer, sans argent, sans espoir ? Vous me direz que je peux le garder. Dans ce cas, mes parents rompront définitivement les ponts. Je n'ai nulle part où aller. Je me verrai obligée de servir *Chez Jimmy* pour le restant de mes jours… Mon salaire ne me permettra même pas d'engager une baby-sitter si, par miracle, je parviens à m'inscrire à un cours du soir.

Ses yeux imploraient Liz d'accepter son bébé.

— Vous pouvez habiter ici, rester avec nous aussi longtemps qu'il le faudra. Vous n'êtes pas obligée de renoncer à ce bébé, Maribeth. Ne comptez pas sur moi pour vous pousser dans cette direction. Le bonheur est une notion complexe. Vous ne pouvez pas présumer de celui de votre enfant. Il sera peut-être très heureux avec vous… Maribeth, vous êtes comme notre propre fille. Si vous désirez rester, nous vous aiderons.

— Je *veux* vous le donner, répéta Maribeth d'une voix vibrante d'angoisse. Je veux que vous l'ayez, Liz. Je ne peux pas vous l'expliquer mais je sens qu'il le faut… Je ne pourrai pas m'en occuper, poursuivit-elle en pleurant doucement, pendant que Liz l'attirait dans ses bras. Je ne suis pas assez forte… Je n'arriverai pas à élever cet enfant… S'il vous plaît… aidez-moi… Personne ne comprend ma détresse. Chacun croit détenir la bonne solution. Il n'y en a qu'une, et je suis la seule à savoir laquelle. S'il vous plaît… S'il vous plaît…

Elle dévisageait son interlocutrice à travers le voile de ses larmes. Toutes deux pleuraient sans retenue à présent.

— Vous pouvez toujours revenir, vous savez. Je refuse de vous renvoyer loin de nous si… si nous adoptons ce petit… Personne ne saura qu'il est votre enfant… lui-même n'en saura rien… Ce sera un secret entre nous. Nous vous aimons, Maribeth. Nous ne voulons pas vous perdre.

Elle avait scrupule à priver Tommy de la présence de la femme qu'il aimait, uniquement par égoïsme. Juste pour satisfaire son désir effréné d'avoir un autre enfant… C'était un cadeau extraordinaire, un présent trop précieux, et il lui fallait un temps de réflexion avant de s'engager.

— Laissez-moi en parler à John, conclut-elle tranquillement.

— Dites-lui combien j'y tiens, implora Maribeth en s'agrippant au bras de Liz… S'il vous plaît… je ne supporte pas l'idée que mon bébé puisse partir chez des étrangers. Ce serait si merveilleux de le savoir ici, avec vous.

— Nous verrons, murmura Liz, à court d'arguments. Elle l'enlaça dans l'espoir de lui procurer un peu de réconfort, mais Maribeth ne cessait de la supplier d'adopter son bébé, comme une litanie.

Liz lui prépara un verre de lait chaud, l'accompagna jusqu'à la chambre d'Annie où elle la borda comme une petite fille égarée.

Maintenant elle se tenait debout, enfiévrée, devant le lit où dormait John. Comment le dire à son mari ? Et à Tommy ? Un millier de pensées grouillaient dans sa tête. Sa raison s'élevait farouchement contre un projet aussi insensé. Mais son cœur palpitait au rythme d'une douce espérance. Avait-elle le droit de refuser ce cadeau que la fatalité lui adressait ? Ce don qui la consolerait de tout ce qu'elle avait perdu ? Aurait-elle à nouveau l'indicible bonheur de tenir un petit être contre son cœur, de le protéger et de le chérir ?

John changea de côté quand elle se glissa auprès de lui mais ne se réveilla pas. Blottie dans ses bras, elle demeura longtemps éveillée, l'esprit en effervescence. Le vrai et le faux se mêlaient dans ses pensées. Il était difficile d'en distinguer la frontière.

Comme si son anxiété avait pénétré le cerveau de John, celui-ci ouvrit les yeux.

— Quelque chose ne va pas ? chuchota-t-il dans le noir.

— Si je te demandais si tu voulais un autre enfant, que me répondrais-tu ?

— Que tu es folle, susurra-t-il, les paupières lourdes de sommeil.

Il se rendormit presque immédiatement et elle resta étendue à son côté, les yeux grands ouverts sur l'obscurité. Elle s'assoupit un peu avant l'aube, pour se réveiller presque aussitôt, hantée par des rêves décousus. En chemise de nuit, elle descendit à la cuisine où elle se prépara une tasse de café noir et corsé qu'elle but pensivement, obnubilée par des questions contradictoires.

À huit heures du matin, elle sut ce qu'elle voulait. Elle le savait depuis longtemps mais elle l'avait toujours gardé enfoui dans les profondeurs de son inconscient. À présent, une conviction absolue s'était emparée d'elle. Elle allait adopter cet enfant. Pas seulement pour Maribeth. Pour John aussi. Et Tommy. On n'avait pas le droit de refuser un cadeau du ciel.

Elle regagna sa chambre, sa tasse de café entre les mains, et réveilla son mari. Il lui lança un regard endormi et étonné. Cette année, rien ne les obligeait à se lever aux aurores. Le père Noël n'était pas passé dans la nuit, il n'y avait aucune raison de se précipiter dans le salon, afin d'admirer les cadeaux qui s'accumulaient sous l'arbre. Tommy et Maribeth devaient encore être dans les bras de Morphée.

— Bonjour, lui sourit-elle.

Un sourire presque timide, songea-t-il, qui la rajeunissait de plusieurs années.

— Tu me fais l'effet d'une personne à qui on a confié une grave mission, remarqua-t-il en s'étirant.

— John, j'ai eu une longue discussion avec Maribeth hier soir.

Elle était venue s'asseoir sur le lit en priant le ciel pour qu'il ne refuse pas. Il était inutile de tergiverser. Elle n'avait qu'un mot à dire, une phrase à prononcer. Une frayeur sans nom fondit sur elle, mais elle parvint à articuler :

— Elle souhaiterait que nous gardions l'enfant.

— Nous tous ? demanda-t-il, éberlué. Tommy aussi ? Vont-ils se marier, finalement ? Mon Dieu, toutes mes craintes se confirment.

Il s'était assis sur son séant, complètement réveillé.

— Pas nous tous… Et, non, ils ne se marieront pas… Toi et moi. Elle voudrait que nous adoptions le bébé.

— Nous ? Mais pourquoi ?

— Parce que, à son avis, nous sommes les personnes les plus indiquées pour l'élever.

— Et si elle se ravisait ? Seigneur, qu'allons-nous faire d'un bébé ?

Liz regarda son visage défait avec un sourire apaisant.

— La même chose qu'avec les deux autres, j'imagine. Rester éveillés une nuit sur deux, guetter les premiers signes d'une rougeole, nous extasier sur ses premiers pas… Le regarder grandir, ajouta-t-elle, les yeux assombris en songeant à Annie… C'est un cadeau, John. Quelque chose qui nous est offert. Attends, avant de te mettre à hurler ! Je n'ai pas l'intention de renoncer à mes rêves… Selon le Dr MacLean je n'aurai plus jamais d'enfants… Et voilà que cette jeune fille est arrivée dans notre vie pour nous donner ce que nous avons perdu.

— Et si, dans quelques années, elle se mettait en tête de le récupérer ? Quand elle sera plus âgée, mariée, peut-être même à Tommy ?

— Nous nous protégerons légalement, au cas où. Mais elle ne le fera pas. Elle est sincère quand elle affirme que son enfant sera plus heureux chez nous. Elle m'a suppliée de le garder.

— Attends et tu verras, rétorqua-t-il d'un ton où perçait un soupçon de cynisme. Aucune femme ne peut porter un enfant pendant neuf mois, puis le donner, comme ça.

— Certaines le peuvent, apparemment. Maribeth appartient à cette catégorie. Pas parce que le sort de son enfant lui indiffère. Au contraire, elle s'en soucie trop. C'est un sublime acte d'amour vis-à-vis de ce bébé que de nous le confier.

Des larmes miroitèrent dans ses yeux.

— Je le veux, John. Ne dis pas non, je t'en supplie.

Il lui jeta un long regard scrutateur, intense. Presque brûlant. Après tout, ce bébé les aiderait à revivre. Il ne remplacerait pas Annie, bien sûr, mais il leur apporterait la joie qu'ils avaient depuis si longtemps perdue. Liz était suspendue à ses lèvres. C'était de lui que dépendait le verdict qui lui redonnerait la vie ou lui en ôterait définitivement le goût.

— D'accord, Liz, dit-il en pressant doucement ses mains entre les siennes. C'est entendu, ma chérie. Je comprends.

Elle se jeta à son cou, en pleurs. Comme elle avait été injuste avec lui ! John n'avait pas changé. Il était toujours le même homme et elle l'aimait plus que jamais.

— Nous donnerons notre réponse à Maribeth bientôt, poursuivit-il. Mais auparavant il convient d'en discuter avec Tommy. Son opinion compte autant que la nôtre.

Elle hocha la tête et dut se résoudre à attendre que son fils se lève. Au bout de deux longues heures qui lui parurent une éternité, Tommy se réveilla enfin. Dieu merci, avant Maribeth.

Tommy haussa un sourcil étonné en découvrant ses parents attablés dans la cuisine. Sa mère prit la parole. Il l'écouta jusqu'au bout sans broncher. Il était mieux placé que les autres pour savoir exactement pourquoi Maribeth tenait absolument à faire adopter son enfant. Depuis quelque temps, il s'était également rangé à son avis : loin de sa mère naturelle, le bébé aurait une meilleure chance de réussir sa vie. Bizarrement, sa décision de le confier à ses parents allégeait le poids qui l'écrasait. Il espérait qu'un jour il épouserait Maribeth et qu'ils fonderaient leur propre famille… Ses parents semblaient attendre une réponse. Son père tenait sa mère par la main « comme au bon vieux temps », ne put-il s'empêcher de songer. Il leur sourit.

— Je crois que c'est en effet la meilleure solution, dit-il sereinement.

Quand Maribeth se leva, la famille au complet l'attendait pour lui annoncer sa décision. Ils avaient voté pour l'adoption de son enfant à l'unanimité. Elle fondit en larmes, les serra dans ses bras, versa encore un torrent de larmes. Et tous pleurèrent avec elle, emplis d'une vague d'ineffable émotion.

— En es-tu sûre ? lui demanda Tom peu après, alors qu'ils étaient partis en promenade.

Elle fit oui de la tête d'un air résolument convaincu. Ils avaient ouvert leurs paquets après le déjeuner et c'était la première fois de la journée qu'ils se retrouvaient seuls.

— Oui. Je le veux vraiment, répondit-elle.

Un calme d'une puissance inouïe l'habitait depuis qu'elle avait assuré l'avenir du bébé… Sur le chemin du retour, elle expliqua à Tommy que le cadeau qu'elle leur avait fait venait d'ailleurs. Les dieux en avaient décidé ainsi, à leur insu, depuis le début. Ensemble, ils vivaient une riche expérience que rien ni personne ne pourrait jamais atténuer ou effacer.

Il ne perdit pas un mot de son discours. Il comprenait, bien sûr, mais parfois le sens de ses paroles lui échappait. Elle paraissait si sérieuse, si intelligente, si débordante de sagesse. Arrivés devant la maison, il se pencha pour l'embrasser. Il la sentit se raidir entre ses bras, comme sous l'effet d'une étrange douleur. Elle lui attrapa la main et l'instant suivant, elle se penchait en avant, cassée en deux par une souffrance physique incroyable.

— Oh, mon Dieu, mon Dieu, s'écria-t-elle, terrifiée, alors qu'il l'aidait à s'asseoir sur les marches.

Une nouvelle contraction irradia tout son corps.

Tommy disparut à l'intérieur de la maison, d'où il ressortit talonné par sa mère. Maribeth demeurait assise, pétrifiée de peur. Ses yeux immenses, dévoraient son visage livide.

Le travail avait commencé. C'était plus dur qu'elle ne l'avait imaginé.

— Ça va aller, déclara Liz, s'efforçant de les calmer. Tommy, dis à ton père d'appeler le médecin. Jusqu'où avez-vous donc marché ? Jusqu'à Chicago ?

— Jusqu'au lac de canotage, répondit Maribeth péniblement.

Un tiraillement plus fort lui coupa le souffle. Apeurée, elle s'accrocha à Liz et à John venu à la rescousse. Tout doucement, ils la ramenèrent à l'intérieur.

— Vous n'avez pas eu de crampes ces derniers jours ? s'enquit gentiment Liz.

— Hier soir j'ai eu très mal dans le dos. Les crampes sont venues ce matin, en même temps que des maux d'estomac.

— Vous êtes probablement en travail depuis hier soir.

La longue promenade avait accéléré le processus. Cela voulait dire qu'il fallait vite l'emmener à l'hôpital. Ils l'avaient étendue sur le canapé. Liz chronométrait les contractions et Tommy, compatissant, lui tenait la main. John avait bondi sur le téléphone.

— Une contraction toutes les trois minutes, compta Liz.

— Tout le monde à l'hôpital, cria John en raccrochant. Le Dr MacLean nous rejoindra sur place.

— Non… non… restons encore un peu ici… implora Maribeth, le visage décomposé.

— Non, ma chérie, je crois que notre petit ami a décidé d'arriver un peu plus tôt que prévu.

Tommy jeta quelques affaires dans un sac. Le temps pressait. Une minute plus tard, la voiture fonçait vers l'hôpital. John avait pris le volant. Sur la banquette arrière, Tommy et Liz entouraient Maribeth et lui prodiguaient des encouragements. Dès qu'ils furent à la maternité, le Dr MacLean apparut, escorté d'une infirmière. Des aides-soignantes firent asseoir Maribeth sur une chaise roulante qu'elles poussèrent le long d'un couloir.

— Ne me quitte pas, souffla-t-elle.

Elle s'était accrochée au bras de Tommy, les joues ruisselantes de larmes, les yeux pleins d'effroi. Le Dr MacLean lui tapota gentiment l'épaule. C'était une fille jeune et robuste. Tout allait bien se passer.

— Vous reverrez Tommy bientôt, la rassura-t-il. Avec votre bébé.

Elle éclata en sanglots et le garçon lui effleura le front d'un tendre baiser.

— Je ne peux pas aller avec toi, ma chérie. Ils ne me laisseront pas. Sois courageuse… À tout à l'heure.

Il écarta doucement les doigts qui serraient la manche de sa veste. Les yeux de Maribeth cherchaient désespérément Liz. Elle demanda si cette dernière pouvait l'accompagner et le médecin donna son accord… Le cœur de Liz battait à tout rompre quand elle s'engouffra dans l'ascenseur à la suite du fauteuil roulant. Ils débouchèrent directement dans une salle aux murs blancs où deux infirmières déshabillèrent Maribeth. L'une d'elles lui fit une piqûre avec un sédatif qui la détendit un peu sans toutefois diminuer les douleurs qui la traversaient.

Elles l'avaient allongée sur la table d'examen. Le médecin constata tout de suite la violence des contractions. La dilatation avait presque atteint son maximum, poursuivit-il. Dans un instant, elle pourrait commencer à pousser. Ils la transportèrent alors dans la salle de travail sur un chariot. Maribeth avait agrippé les mains de Liz et les tenait fortement serrées, levant sur elle un regard empreint d'une touchante confiance.

— Vous ne changerez pas d'avis, n'est-ce pas, Liz ? Promettez-moi que vous aimerez toujours mon bébé.

— Je vous le promets, répliqua Liz, au comble de l'émotion. Je l'aimerai. Comme je vous aime aussi, Maribeth… Merci…

Un gouffre de souffrance avait englouti la future mère. Pendant plusieurs heures, elle souffla, poussa, respira, haletante, se débattant de toutes ses forces pour ne pas perdre conscience. Le bébé était fort. Ils durent utiliser des forceps pour le tirer hors de l'abri maternel. Ils avaient appliqué un masque à oxygène sur le visage de Maribeth. À aucun moment elle ne lâcha la main de Liz.

Il était minuit passé quand un faible vagissement s'éleva dans la pièce, et la nurse ôta le masque, afin que Maribeth puisse voir sa fille… Épuisée, elle adressa un sourire à la minuscule figure rose, puis leva sur Liz des yeux rayonnants d'une joie intense mêlée de soulagement.

— Vous avez une petite fille, murmura-t-elle.

Même dans son état, elle n'avait pas oublié à qui appartenait l'enfant.

— C'est *votre* petite fille, corrigea l'obstétricien à l'intention de Maribeth, avant de tendre le nouveau-né à Liz.

La mère était trop faible pour pouvoir le tenir.

Liz baissa les yeux vers le petit visage. Une touffe de cheveux blond vénitien, des yeux emplis d'une ineffable candeur ; une petite bouche en forme de cœur.

— Bonjour, toi, murmura-t-elle, d'une voix tremblante tandis qu'elle serrait contre sa poitrine l'enfant qui serait bientôt le sien.

Jamais elle n'oublierait cet instant et elle regretta de n'avoir pu le partager avec John. Elle l'avait vue naître… Elle l'avait vue entrer dans la vie, elle avait entendu son premier cri éperdu, comme si elle l'appelait à son secours. Ils l'avaient tous attendue depuis si longtemps.

Une deuxième piqûre calmante avait fait sombrer Maribeth dans une douce somnolence. Liz emmena le bébé à la nursery où il fut baigné, pesé et mesuré. Pas un instant elle ne quitta des yeux le petit être dont les doigts minuscules lui étreignaient l'index. Peu après, les visages de John et Tommy apparurent à la fenêtre de la nursery.

L'infirmière la laissa reprendre le nourrisson qu'elle montra à John. Celui-ci avait fondu en larmes sitôt qu'il avait aperçu leur fille.

— N'est-elle pas magnifique ? articula-t-elle silencieusement.

Il était difficile de ne pas se remémorer la naissance d'Annie.

— Je t'aime ! murmura-t-il de l'autre côté de la vitre.

Elle répondit qu'elle l'aimait aussi. Soudain, elle avait réalisé avec gratitude qu'ils avaient réussi à vaincre les ombres du passé. Grâce à Maribeth qui venait de leur faire le plus beau cadeau du monde.

— Est-ce qu'elle a beaucoup souffert, maman ? s'enquit Tommy, dès qu'ils se retrouvèrent dans le couloir.

Le bébé pesait quatre kilos et demi… un gros bébé, avait déclaré le médecin, rayonnant, surtout pour une jeune fille de seize ans. Il avait un peu forcé sur l'anesthésique pour qu'elle ne souffre pas trop. Ce serait bien plus facile la prochaine fois, dit-il.

— Elle a passé un sale quart d'heure, comme on dit, répondit Liz avec un sourire.

Elle avait encore du mal à croire à tout ce qui venait de leur arriver.

— Est-ce que ça ira ? voulut savoir le garçon.

— Bien sûr, mon chéri. Elle se remettra dans peu de temps.

Les infirmières avaient transporté la jeune accouchée dans une chambre individuelle… Dès qu'elle ouvrit les yeux, Maribeth prit la main de Tommy en lui disant combien elle l'aimait et combien le bébé était beau… Une peur immense serra le cœur de Liz. Et si Maribeth avait changé d'avis ? Si elle avait décidé d'épouser Tommy et de garder l'enfant ?

— Tu l'as vue ? demanda-t-elle, tout excitée.

John avait saisi la main de Liz. Un geste simple qui, néanmoins, lui fit comprendre qu'il craignait la même chose.

— Elle est très belle, affirma Tom, affolé par sa pâleur. Elle te ressemble. Sauf les cheveux. Les siens sont dorés.

— Je dirai qu'elle ressemble à ta maman, sourit Maribeth, et son regard chercha celui de Liz.

Entre elles, un lien s'était établi, puissant et indestructible. Une sorte d'attachement viscéral que Maribeth n'avait jamais éprouvé pour aucune autre personne. Après tout Liz avait assisté à la naissance de son bébé.

— Comment l'appellerez-vous ? lui demanda-t-elle d'un ton ensommeillé.

Elle ne s'était pas ravisée. Un intense soulagement envahit Liz.

— Peut-être Kate. Qu'en pensez-vous ?

— C'est un joli nom, murmura Maribeth, dont les yeux se fermaient. Je vous aime, Liz.

— Moi aussi, Maribeth.

Elle l'embrassa sur la joue, donnant aux deux hommes le signal du départ. Il était trois heures du matin. La nuit avait été longue, épuisante. Ils avaient tous besoin de repos.

Ils longèrent le couloir. Devant la nursery, ils ralentirent le pas. À travers la vitre, ils la virent. Toute rose et blonde, emmitouflée dans une couverture duveteuse. Ses yeux se fixèrent immédiatement sur Liz, comme si elle aussi l'avait attendue depuis longtemps… On eût dit qu'elle était venue au monde pour eux, cadeau d'un garçon inconnu et d'une jeune fille qui avait traversé leur existence comme un arc-en-ciel… Tandis qu'ils la contemplaient, émerveillés, Tommy jeta un coup d'œil en biais vers ses parents. Il sourit. Annie aurait adoré sa nouvelle petite sœur.

11

Ils vécurent les deux jours qui suivirent dans un véritable tourbillon. Assisté de Tommy, John descendit du grenier le vieux berceau d'Annie pour le repeindre. Liz passa des heures à le garnir de gaze rose galonnée de ruban de satin. Ils trièrent les anciennes affaires d'Annie, en achetèrent de nouvelles… Au milieu de cette tornade, Tommy allait, de temps à autre, chercher refuge au cimetière près de la petite tombe blanche… Le sapin de Noël trônait encore sur la dalle de marbre et il le contempla longuement, les yeux brillants. Il détestait l'idée même que Maribeth reparte… Mais tout s'était passé si vite. Subitement, le temps s'était accéléré, apportant une foule d'événements imprévus auxquels il ne comprenait plus rien.

Il n'avait pas vu sa mère aussi heureuse depuis si longtemps… Maribeth, elle, affichait une expression à la fois calme et sérieuse. Après la naissance du bébé, Liz et John avaient souhaité une mise au point définitive. Si Maribeth souhaitait se raviser, ils étaient prêts à s'incliner. Elle avait répété les mêmes mots, usé des mêmes arguments : renoncer à son bébé l'attristait mais elle était plus que jamais persuadée d'avoir fait le bon choix… Le lendemain, John téléphona à son avocat et la procédure d'adoption fut mise en marche.

Maribeth apposa sa signature au bas du formulaire administratif. La loi exigeait un délai de réflexion de quelques jours avant que les papiers définitifs soient établis… Maribeth griffonna son nom d'une main tremblante, après quoi elle serra Liz dans ses bras. Ce jour-là, elle pria l'infirmière de garder le bébé à la nursery. Elle avait besoin de solitude pour réfléchir aux conséquences de son acte et chercher à apaiser ses regrets.

Tommy passa une partie de la soirée à son chevet.

— La prochaine fois, cela se passera autrement, je te le promets, chuchota-t-il en l'embrassant.

Ensemble, ils avaient bravé la tempête. À présent, au terme d'une rude épreuve, ils avaient la sensation d'être réunis par un lien que rien ni personne ne pourrait jamais rompre. Maribeth se remettait doucement de ses émotions. Elle avait pris la bonne décision, la seule qui s'imposait, mais elle devait maintenant s'habituer à cette séparation.

Elle quitta l'hôpital avec le bébé le Jour de l'An. Tommy et ses parents étaient venus les chercher. Ce fut Liz qui porta le nourrisson à la voiture, tandis que John prenait des photos… Ils passèrent un après-midi paisible à la maison. Dès que le nouveau-né se mettait à pleurer, Liz se précipitait pour aller le consoler, alors que Maribeth s'efforçait de ne pas réagir. Elle n'était plus la mère du bébé… Elle devait coûte que coûte mettre de la distance entre Kate et elle… Oh, sa petite fille occuperait toujours une place spéciale dans son cœur, elle le savait. Mais bientôt, la rupture serait consommée. Ce ne serait pas Maribeth qui la dorloterait, qui veillerait la nuit sur son sommeil. Elle ne la soignerait pas quand elle tomberait malade, ne lui lirait pas des histoires pour l'endormir. C'était Liz qui était sa mère à présent.

— Tu l'aimes déjà, n'est-ce pas ? questionna John plus tard, contemplant sa femme en train de bercer le bébé.

Elle répondit par un hochement de tête ravi.

— Tant mieux, murmura-t-il en traversant la pièce pour l'embrasser.

L'enfant les avait réconciliés avec la vie. On eût dit une lumière dans les ténèbres, une nouvelle aube printanière au terme d'un hiver interminable.

L'arrivée de Kate avait encore rapproché Maribeth de Tommy. Elle semblait avoir besoin de sa présence à chaque instant. L'idée qu'elle allait devoir bientôt le quitter lui était insupportable. Sans lui, seule et vulnérable, elle aurait du mal à affronter le monde extérieur. Retourner chez ses parents sans qu'il se tienne à ses côtés l'emplissait d'un indicible effroi… Elle traîna toute la semaine autour du téléphone sans oser composer le numéro des Robertson.

— Voulez-vous que je les appelle à votre place ? lui proposa Liz, deux jours après sa sortie de l'hôpital. Sans vouloir vous bousculer, je pense que votre mère aimerait savoir que tout s'est bien passé… Elle doit se faire du souci pour vous, Maribeth.

— Pourquoi ? Papa lui a interdit de me parler pendant plus de six mois et elle s'est pliée à sa volonté. Elle n'était pas là quand j'avais besoin d'elle… Vous étiez là.

Son affection pour ses parents s'était muée en franche hostilité. Seule Noelle trouvait encore grâce à ses yeux.

— Votre mère n'a pas pu agir autrement, répondit Liz d'une voix prudente, tout en couchant le bébé dans son berceau. C'est une femme effacée, mais certainement très douce… Je suis sûre qu'elle ne comprend pas comment elle a pu vous trahir à ce point.

Surprise par la perspicacité de son interlocutrice, Maribeth la considéra avec attention.

— Vous semblez bien la connaître. Lui avez-vous parlé ?

Liz hésita un long moment avant de répondre.

— Je lui ai rendu visite avec John après Thanksgiving, dit-elle finalement. À l'époque, nous ignorions que vous vouliez nous donner le bébé… Je voulais simplement rencontrer votre famille et voir où vous alliez vivre. Vous êtes libre de rester chez nous autant que vous le désirez, ma chérie, là n'est pas le problème. Néanmoins, j'ai eu l'impression qu'ils vous aimaient à leur manière. Certes, votre père est un homme têtu, qui a des idées bien arrêtées sur un certain nombre de points. Votre passion pour les études le dépasse… Il ne reste que six mois avant la fin de l'année scolaire, il faut songer à votre inscription à l'université dès maintenant. Je voulais m'assurer qu'il ne s'y opposerait pas.

Maribeth la dévisageait, abasourdie. Ainsi Liz et John avaient parcouru près de quatre cent cinquante kilomètres rien que pour voir les parents qui l'avaient si cruellement rejetée.

— Et qu'est-ce qu'il a dit ? parvint-elle à articuler.

— Il a répondu que si sa femme ne savait rien faire d'autre que tenir son ménage, il n'y avait pas de raison pour que sa fille soit différente…

Elle omit de lui révéler qu'il avait ajouté « si elle trouve un mari, ce qui m'étonnerait, compte tenu de ses frasques ! ».

— Disons qu'il n'a pas su apprécier à sa juste valeur la perle rare que vous êtes, reprit-elle avec un sourire. Il a eu l'air de croire que nous vous avions rempli la tête d'un tas d'idioties à propos de diplômes universitaires, et nous ne l'avons pas détrompé. J'espère même que nous avons atteint notre but, ajouta-t-elle, tandis que John entrait dans la pièce... Par ailleurs, je voudrais vous parler d'une chose importante, Maribeth... Voilà : nous avions constitué un livret d'épargne qui aurait servi plus tard pour les études d'Annie. Tommy a le sien, bien sûr, et, plus tard, nous en ouvrirons un pour Kate... Nous avons décidé de vous remettre cet argent, Maribeth, de manière que vous puissiez poursuivre vos études. Ici ou ailleurs, c'est à vous de décider.

Maribeth garda le silence, comme foudroyée, et John prit le relais.

— J'ai évoqué cette possibilité avec votre père et nous sommes tombés d'accord. Vous finissez le lycée chez vous, puis vous commencez l'université. Si votre choix se fixe sur l'université de Grinnel, nous serons heureux de vous accueillir.

Il échangea un regard avec Liz, qui hocha la tête. Ils présenteraient Maribeth à Kate comme une amie. Peut-être que plus tard, quand elle serait en âge de comprendre, ils lui avoueraient la vérité.

— Eh bien, Maribeth, vous pouvez poursuivre vos chères études maintenant, continua John. Le reste dépend de vous. La vie chez vos parents ne sera pas une sinécure, je vous l'accorde. Votre père n'est pas ce qu'on peut appeler un homme facile. Mais il a réfléchi lui aussi ces derniers mois. Il a réalisé que vous aviez simplement commis une erreur… Oh, il n'est pas près de l'oublier mais, si j'ai bien compris, il aimerait vous revoir…

— Je ne veux pas y aller ! se rebiffa Maribeth en lançant un regard désespéré à Tommy.

Celui-ci était venu s'asseoir près d'elle et lui tenait la main. Ils en avaient parlé des heures durant, s'étaient promis de se revoir le plus vite possible, sans tenir compte de la distance qui séparait leurs villes. Ils savaient aussi que « six mois » ne rimait pas avec « toujours ». Mais à seize ans, un semestre équivalait quand même à une éternité.

— Nous ne vous obligeons pas à rentrer, ma chérie, dit Liz. À mon avis, un bref séjour chez vous ferait du bien à votre mère et vous aiderait à rassembler vos idées… Par ailleurs, je vous incite vivement à ne pas rester trop longtemps là-bas. Ils vous enterreraient vivante, si vous les laissiez prendre le dessus.

Cette dernière remarque amena un pâle sourire sur les lèvres de Maribeth. Liz ne savait pas si bien dire. La vie avec ses parents lui faisait l'effet d'une mort lente.

— Ils vont certainement essayer. Malheureusement pour eux, ils n'y arriveront pas, grâce à vous.

Elle mit ses bras autour du cou de Liz. Chacune des deux femmes ressentait une immense gratitude à l'égard de l'autre. Alors qu'elles riaient, le bébé se réveilla, puis se mit à pleurer. Sous le regard de Maribeth, Liz le prit dans ses bras… John voulut à son tour cajoler sa fille avant de la passer à Tommy, qui la garda un moment sur ses genoux. Ils la dorlotaient, l'entouraient, lui souriaient, les yeux pleins d'amour et, en les observant, Maribeth se dit que sa fille n'aurait pu mieux tomber.

Elle hésita quand Tommy la lui tendit. La tentation de la tenir un instant entre ses mains l'emporta sur sa réticence. Elle la prit tout doucement, humant passionnément le parfum du talc sur sa peau soyeuse. Instinctivement, le nourrisson tendit ses lèvres roses vers le sein maternel… Les seins de Maribeth étaient gorgés de lait, mais elle ne voulait pas la nourrir, par crainte de ne plus pouvoir la quitter. Elle la remit à Tom, submergée par un chagrin insoutenable. La proximité incessante de son enfant ne tarderait pas à devenir un supplice, réalisa-t-elle soudain, apeurée. Un jour, peut-être, elle arriverait à l'approcher sans ressentir cette espèce de coup de poignard en plein cœur. Kate serait plus grande alors, et lui semblerait moins familière.

— J'appellerai mes parents ce soir, déclara-t-elle.

Il était grand temps de rentrer à la maison, songea-t-elle, de faire la paix avec sa famille. Or, quand elle les appela, rien n'avait changé.

Son père se montra aussi irascible que d'habitude. Il ne s'embarrassa d'aucun préambule et voulut tout de suite savoir si « tout était en ordre ».

— J'ai eu mon bébé, papa. C'est une petite fille.

— Ça ne m'intéresse pas. Est-ce que tu t'en es débarrassée ? interrogea-t-il d'une voix dure.

Le reste d'affection que Maribeth lui portait s'évanouit instantanément, comme la flamme d'une bougie soufflée par un violent courant d'air.

— Des amis l'ont adoptée, répondit-elle d'une voix chevrotante en serrant de toutes ses forces la main de Tommy. Je serai de retour dans quelques jours.

À peine eut-elle prononcé ces mots qu'une expression anxieuse se peignit sur son visage. Elle ne voulait pas y aller. Tout son être se révoltait à cette perspective.

— Ta mère et moi viendrons te chercher.

Elle manqua lâcher l'écouteur. Pourquoi se donnaient-ils cette peine ? Elle ignorait que les Whittaker l'avaient exigé lors de leur visite en déclarant qu'ils se refusaient à la mettre dans un bus en gardant son bébé.

— Nous serons à Grinnel à la fin de la semaine prochaine.

— Est-ce que Noelle viendra aussi ?

— On verra...

— Puis-je parler à maman ?

Sans un mot de plus, Bert Robertson passa le récepteur à sa femme. Celle-ci fondit en larmes sitôt qu'elle entendit la voix de sa fille. Contrairement à son habitude, elle la bombarda de questions : l'accouchement s'était-il passé normalement ? le bébé était-il en bonne santé ?

— Elle est splendide, maman, murmura Maribeth, tandis que des larmes silencieuses coulaient le long de ses joues.

Les deux femmes pleurèrent pendant quelques minutes et, soudain, la voix fraîche de Noelle explosa à l'autre bout du fil. La conversation ne fut plus qu'une succession d'exclamations, de gloussements, de nouvelles de tous les jours. Noelle avait entamé sa première année au lycée. Elle attendait sa grande sœur avec impatience et semblait très impressionnée par son admission en terminale.

— Tu as intérêt à ne pas manquer tes cours, sourit Maribeth à travers ses larmes. Je t'aurai à l'œil.

Peut-être Liz avait-elle raison. Peut-être que, finalement, la réconciliation tant attendue aurait lieu. Elle raccrocha, puis annonça à Tommy qu'ils viendraient la, chercher le week-end suivant.

Les jours s'écoulèrent à la vitesse de l'éclair. Liz avait pris un congé d'un mois, afin de s'occuper du bébé. Entre les biberons, le bain, et la lessive, elle n'avait plus une minute à elle. Maribeth se sentait épuisée, rien qu'à la regarder s'activer avec autant d'énergie.

— Je n'aurais jamais pu faire tout ça, Liz !

— Vous en auriez été parfaitement capable s'il l'avait fallu. Un jour, vous ferez la même chose pour vos enfants… En temps et en heure, avec un mari digne de vous. Alors, vous vous sentirez prête.

— Oui, je ne l'étais pas encore. Si j'avais conçu Kate avec Tommy, ç'aurait été différent.

Elle ne cessait de se répéter qu'elle avait eu raison de faire adopter Kate, essayant par-là de se préparer à la séparation imminente. Le plus dur restait à faire… Quitter les Whittaker et Tommy, sans parler du bébé.

Elle éclatait en sanglots pour un rien. Le fidèle Tommy la sortit tous les soirs, après l'école. Une fois, une longue promenade en voiture les amena jusqu'au lac et ils éclatèrent d'un rire complice en se remémorant le jour où il avait découvert qu'elle était enceinte parce qu'elle était tombée dans l'eau… Ils retournèrent au cimetière, ôtèrent le petit sapin de la tombe d'Annie… Ils se rendirent partout où ils avaient été, comme pour graver chaque détail du paysage dans leur mémoire.

— Je reviendrai, tu sais, promit-elle.

— Sinon, je te suivrai. Ce n'est pas fini, Maribeth. Notre histoire n'est pas terminée.

Ils le croyaient de toute la force de leur âme juvénile. Leur amour, pareil à un pont, reliait le passé à l'avenir. Aucun cyclone, aucun ouragan, ne le détruirait jamais. Mais des ombres noires menaçaient de noyer le présent.

— Je ne veux pas que tu partes !

— Je m'inscrirai à l'université de Grinnel.

Rien de moins sûr, lui soufflait, sa petite voix intérieure. Il serait difficile de revoir aussi vite le bébé. Et pourtant, perdre Tommy se révélait au-dessus de ses forces. Elle ignorait de quoi son avenir serait fait.

— Je te rendrai visite, lui jura-t-elle.

— Moi aussi, répondit-il en déployant un effort titanesque pour refouler ses larmes.

Comme l'épée de Damoclès, la date fatidique était suspendue au-dessus de leur tête... Les parents de Maribeth arrivèrent dans une nouvelle voiture. Noelle jaillit aussitôt de l'automobile, dans des vêtements flambant neufs et les deux sœurs tombèrent dans les bras l'une de l'autre en pleurant.

Les Whittaker invitèrent les Robertson à déjeuner ; ceux-ci déclinèrent l'offre en prétextant qu'ils avaient un long chemin à effectuer. Margaret Robertson, immobile, semblable à une statue de sel, couvait sa fille aînée d'un regard plein de regrets... Elle se repentait amèrement pour tout ce qu'elle avait été incapable de lui donner. Le courage lui avait manqué. À présent elle avait honte qu'une autre l'ait fait à sa place.

— Tu vas bien ? demanda-t-elle avec précaution, sans un mouvement dans sa direction, comme si elle avait peur de la toucher.

— Oui, maman... (Maribeth resplendissait. L'adolescente dégingandée s'était transformée en femme. Elle n'était plus une petite fille maintenant qu'elle était devenue mère.) Et toi ?

Margaret ébaucha une grimace douloureuse en guise de sourire, puis demanda à voir le bébé. À sa vue, elle se tamponna les yeux à l'aide d'un mouchoir en disant qu'il ressemblait à Maribeth au même âge.

Ils rangèrent ses bagages dans le coffre, tandis que Maribeth observait la scène, le cœur lourd. Soudain, elle fit volte-face pour s'envoler vers la chambre de Liz où elle prit Kate dans ses bras, la serrant doucement contre son cœur. Le bébé dormait paisiblement, inconscient du drame qui se tramait… Et une fois de plus, Maribeth se dit que la vie n'offrait aucune garantie, seulement des promesses.

— Je m'en vais maintenant, chuchota-t-elle au chérubin endormi. N'oublie pas combien je t'aime… Je ne serai plus ta maman quand je reviendrai… Sois sage… Et prends soin de Tommy, d'accord ?

Les yeux clos, elle pressa les lèvres sur la petite joue ronde. Chaque fibre de son corps se tendait vers l'enfant. Sa petite fille. Son bébé. L'être qu'elle ne cesserait jamais de chérir, qu'elle soit proche ou loin – la distance ne comptait pas –, jusqu'à la fin de ses jours.

— Je t'aimerai toujours, murmura-t-elle tout contre les cheveux satinés, avant de reposer Kate dans son berceau, avec des gestes d'une douceur infinie.

Le bébé avait ouvert les yeux, comme s'il comprenait la détresse de sa mère. Un ultime regard. La certitude de vivre un moment unique, entre mère et fille, qui jamais ne se reproduirait.

— Je t'aime, répéta Maribeth.

En se retournant, elle faillit tomber sur Tommy. Il avait assisté en silence à la scène des adieux.

— Tu n'étais pas obligée de renoncer à Kate, dit-il, les yeux brillants. Je voulais t'épouser. Je le veux encore.

— Moi aussi je t'aime… Tom, ne m'en tiens pas rigueur, mais j'ai choisi la meilleure solution et tu le sais. Tes parents sont fous de bonheur et, quant à nous, nous avons une vie entière devant nous.

Elle l'avait entouré de ses bras et l'étreignait, toute tremblante.

— Oh, Dieu ! comme je t'aime ! Et comme je l'aime ! Parfois, l'amour est renoncement. J'ai agi pour son bien.

— Tu es merveilleuse, dit-il dans un souffle en la serrant de toutes ses forces, comme s'il désirait la garder pour toujours à l'abri de ses bras. La personne la plus merveilleuse que j'ai jamais connue.

— Toi aussi.

Ensemble, ils sortirent de la chambre où elle avait laissé son bébé. Maribeth avait l'impression que le temps s'était arrêté et elle se retrouva dehors avec Tommy, sans trop savoir comment. Liz et John ne purent retenir leurs larmes quand elle les embrassa. Elle leur promit de les appeler, de donner de ses nouvelles, de passer les voir souvent… Or, au moment même où elle s'engageait à revenir, quelque chose – la peur d'être une intruse dans la vie de Kate – l'exhortait à s'éloigner. Pourtant, son rêve le plus cher était de retrouver Tommy. Prise dans ses propres contradictions comme dans une nasse, elle se pendit au cou de son ami.

— Je t'aime, dit-il avec fougue.

L'ultime affirmation… Il connaissait ses peurs, ses hésitations, ses appréhensions, mais lui aussi avait pris des décisions. Il ne la laisserait pas sortir de sa vie sur un baiser d'adieu… Cependant, aucune certitude ne berçait ses espérances. Il avait appris, comme les autres, qu'on n'a pas prise sur l'avenir. Des événements imprévisibles et intolérables avaient eu lieu… Personne n'avait imaginé qu'Annie s'en irait si brusquement, ni que Kate arriverait tout aussi inopinément ou que Maribeth franchirait le seuil de leur demeure, semblable à un ange en visite. Le destin avait des lois qui dépassaient l'entendement humain ; ils savaient maintenant que la suite échapperait à leur volonté et que le temps se chargerait, seul, de transformer leurs souhaits en réalité… ou pas…

— Je vous aime tous tant, soupira Maribeth, les embrassant de nouveau, incapable de les quitter.

Une main se posa sur la sienne. Une main d'une douceur inattendue. Celle de son père.

— Viens, Maribeth, rentrons, dit Bert Robertson, l'œil humide. Tu nous as manqué, ma fille.

Il lui avait ouvert la portière, s'était effacé pour lui permettre de s'installer sur la banquette arrière. Elle le regarda, étonnée. L'ogre de ses souvenirs n'était plus qu'un homme rongé par ses propres faiblesses, égaré dans une vision passéiste du monde.

La portière claqua.

Tommy et ses parents suivirent longtemps du regard la longue et rutilante voiture qui emportait Maribeth. Leur espoir de la revoir bientôt était tempéré par une sorte de réserve vis-à-vis des caprices du sort. Ils étaient heureux de l'avoir rencontrée. Elle les avait rendus à la vie et ils lui avaient offert un avenir.

— Je vous aime ! formula silencieusement Maribeth derrière la vitre arrière de la voiture, qui s'en allait.

Une larme perla à ses yeux.

Ils la virent agiter la main de l'autre côté de la paroi vitrée, la limousine disparut à un tournant, et ils retournèrent ensemble vers la maison, vers le précieux cadeau qu'elle leur avait laissé.

UN SI GRAND AMOUR

À Béatrice
dont la douceur
me réjouit et m'émerveille.
Puisses-tu ma chère enfant
mener le navire de ta vie à bon port,
entourée d'amis
sur une mer calme
et ensoleillée.
Et si jamais survenait
la tempête.
alors
souviens-toi combien nous t'aimons.

Et à John
que j'aime tant
et ne cesserai
d'aimer
d'un si grand amour…
de tout cœur
à jamais.

D.S.

1

10 avril 1912

Le tic-tac de l'imposante pendule sculptée qui surmontait la cheminée et, çà et là, le bruissement feutré des serviettes de lin brisaient, seuls, le silence. Il y avait pourtant onze personnes dans la vaste salle à manger. Le froid y était si vif qu'Edwina pouvait à peine bouger les doigts. Du regard, elle effleura sa bague de fiançailles miroitant dans la lumière matinale, avant de fixer ses parents assis à l'autre bout de la table. La jeune fille sourit. Les yeux baissés sur le contenu de son assiette, son père arborait un air sérieux, mais une moue imperceptible, pleine de malice, soulevait la commissure de sa bouche. Il devait tenir, sous la table, la main de la mère d'Edwina, celle-ci était prête à le parier. Ces deux-là ne rataient jamais l'occasion de se chuchoter des mots doux ou de se bécoter. « Pas étonnant qu'ils aient eu six enfants », disaient leurs amis.

À quarante et un ans, Kate Winfield avait gardé une allure d'adolescente ; une silhouette mince et une taille fine qui n'avaient rien à envier à celles d'Edwina, son aînée, élancée elle aussi, avec de beaux cheveux d'un noir lustré et d'immenses yeux bleu foncé. Souvent on les prenait pour des sœurs. Les deux femmes se sentaient très liées, comme d'ailleurs tous les membres de la famille. Chez les Winfield, les embrassades succédaient aux déclarations d'amour et les rires aux plaisanteries.

La vue de son frère Georges, dont le souffle régulier formait de petits nuages de vapeur dans l'air glacial, faillit arracher un rire à Edwina. Leur oncle se plaisait à maintenir l'atmosphère du manoir à une température quasi polaire. Ayant grandi sous les cieux plus cléments de la Californie, les enfants Winfield n'avaient guère l'habitude de l'inconfort. Ils avaient entrepris le long voyage de San Francisco, un mois auparavant, pour annoncer à tante Liz et oncle Rupert les fiançailles d'Edwina avec un jeune Anglais. L'histoire se répétait... Un quart de siècle plus tôt, Élisabeth, la sœur de Kate, avait accordé sa main à Sir Rupert, le très britannique Lord Hickham. Devenue vicomtesse, la maîtresse de Havermoor Manor avait accompagné son noble époux au Royaume-Uni. Âgée de vingt et un ans à cette époque, Élisabeth avait eu un véritable coup de foudre pour ce gentleman, son aîné de trente ans, qui effectuait alors, en compagnie d'amis, un voyage d'agrément sur la côte ouest des États-Unis. Vingt ans après, ses neveux et nièces avaient du mal à comprendre cette attirance. Hautain et bourru, le lord distillait son hospitalité au compte-gouttes. Depuis leur arrivée, aucun son ressemblant à un rire n'avait franchi ses lèvres pincées et, de toute évidence, la présence de tous ces turbulents gamins l'exaspérait.

— Mais non, il ne les a pas pris en grippe, s'escrimait à expliquer tante Liz, il n'est pas habitué aux enfants, voilà tout.

La question s'était posée pour la première fois le jour où Georges avait laissé tomber subrepticement une poignée de têtards dans la bière du maître de maison qui ne parut pas apprécier la plaisanterie.

Sir Rupert avait renoncé depuis longtemps aux joies de la paternité. Plus jeune, il avait désiré un fils, un héritier auquel il léguerait son patrimoine. Le destin en avait décidé autrement. La première Lady Hickham, après un nombre impressionnant de fausses couches, mit au monde un mort-né qui lui coûta la vie. C'était dix-sept ans avant de convoler avec Liz. Hélas, la seconde épouse de Sir Rupert s'avéra aussi inapte à porter des bébés à terme que la première, et il lui en tint rigueur. Certes, pour rien au monde il n'aurait voulu de la nombreuse descendance de Kate et Bertram, marmots insupportables, dont le manque de savoir-vivre constituait, à son avis, une insulte aux règles les plus élémentaires de l'éducation.

— Comme c'est choquant ! ne cessait-il de ronchonner à l'adresse de sa femme. Quel désordre ! Quel laisser-aller !

Bah ! Les Américains étaient connus pour leurs mauvaises manières. Pas une once de sang-froid, pas une ombre de dignité, et bien sûr aucune discipline. Cependant, le fait qu'Edwina s'apprêtât à épouser Charles Fitzgerald, membre de la gentry, avait rehaussé les Winfield dans l'estime du vieux lord. En apprenant la nouvelle par Liz, il avait fait preuve d'une joie discrète.

— Eh bien, tout espoir n'est pas perdu, avait-il grommelé.

Le châtelain, qui accusait alors soixante-dix printemps, ne put réprimer un mouvement d'irritation lorsqu'il sut que toute la famille allait débarquer chez lui.

— Je les ai invités, annonça Liz en toute simplicité, un beau matin au petit déjeuner.

— Et ils vont venir *tous ?* s'écria le lord, horrifié.

En effet, lui fut-il répondu, les Winfield projetaient de gagner Londres, afin de faire la connaissance des Fitzgerald et de célébrer les fiançailles d'Edwina et de Charles. Rien de plus naturel, bien sûr, mais de là à investir Havermoor Manor… Sir Rupert commença par trouver l'initiative de sa femme extravagante. Noël approchait et l'arrivée des invités avait été fixée en mars, de manière à laisser au maître de céans le temps de se faire à cette idée. Du moins Liz l'espérait-elle. Sa sœur lui manquait. Elle languissait de s'entourer d'enfants remuants. Leurs éclats de rire, leur jeunesse briseraient la monotonie de son existence. Ils apporteraient un peu de gaieté dans ces lieux hostiles qu'elle en était venue à détester après vingt-quatre ans de vie commune avec Rupert. Oui, sa sœur lui manquait cruellement. Et les souvenirs de leur enfance heureuse, sous l'éclatant soleil de Californie, l'emplissaient d'une nostalgie singulière.

Lord Rupert n'était pas un homme facile. Auprès de lui, Liz n'avait pas connu le bonheur auquel aspire toute jeune mariée. L'aristocrate anglais l'avait éblouie par sa prestance, son titre, sa courtoisie. Rupert lui avait dépeint l'Angleterre comme le seul pays civilisé digne de ce nom. Et la jeune Américaine l'avait suivi, convaincue que « tous les chemins menaient à Londres ».

La nouvelle châtelaine déchanta bien vite. L'antique manoir – immense bâtisse délabrée – ne tarda pas à lui faire l'effet d'un mausolée. Rupert possédait bien une « résidence en ville », au cœur d'un quartier chic de la capitale, mais n'y mettait jamais les pieds. Il la vendit quatre ans plus tard à l'un de ses amis. S'ils avaient eu des enfants, les choses auraient certainement changé. Liz désirait ardemment devenir mère, fonder une famille, entendre des voix fluettes résonner joyeusement à travers la lugubre succession des salles obscures. Malheureusement, le destin lui refusa cette faveur. Au fil des ans, Liz comprit que son vœu le plus cher ne serait jamais exaucé. Elle ne vivait plus que pour voir les enfants de Kate, lors de ses rares visites à San Francisco et, finalement, même ce petit plaisir lui fut retiré. L'état de santé de Rupert lui interdisant les voyages, il déclara qu'il se sentait trop fatigué pour escorter sa femme dans ses pérégrinations. Les rhumatismes et la goutte le clouèrent bientôt sur un fauteuil. Il avait constamment besoin de soins, et Liz se retrouva prisonnière entre les murs sinistres du château. San Francisco devint alors une sorte de terre promise, un songe lointain. Un mirage. Son souhait le plus ardent. Quand pourrait-elle y retourner ? Voilà des années qu'elle n'y avait pas mis les pieds. À ses yeux, l'arrivée de Kate et des enfants n'en revêtit que plus d'importance.

— Après tout, ils peuvent rester quelque temps, finit par concéder Sir Rupert – et elle lui en fut reconnaissante –. Du moment que ce n'est pas pour toujours…

La réalité parut à Liz encore plus merveilleuse que le rêve. Retrouver sa sœur lui procura une joie intense. Et se promener à son côté dans le parc l'emplit d'un bien-être jusqu'alors insoupçonné. Jadis, les deux sœurs se ressemblaient comme des jumelles. Plus maintenant… Kate, qui avait conservé toute sa jeunesse et sa beauté, paraissait éperdument amoureuse de Bertram. Une fois de plus, Liz regretta amèrement d'avoir épousé Rupert. Et elle se demanda quelle serait aujourd'hui sa vie si elle n'avait pas quitté son pays. Si, au lieu de devenir Lady Hickham, elle s'était mariée là-bas avec un Américain…

Comme elles avaient été heureuses, Kate et elle ! Deux jeunes filles insouciantes que leurs parents chérissaient tendrement. Elle n'oublierait jamais leur bal de débutantes à dix-huit ans ni le tourbillon des mondanités qui s'ensuivit. Réceptions, dîners, spectacles… Puis, très vite, Rupert entra dans sa vie pour l'emmener à l'autre bout du monde. Bizarrement, bien qu'elle vécût plus de la moitié de sa vie en Angleterre, Liz ne s'y habitua jamais totalement. Elle ne s'y sentait pas tout à fait chez elle. Une loi rigide régissait Havermoor Manor, établie une fois pour toutes par Rupert, un ordre immuable auquel Liz n'avait rien pu changer. Elle s'y plia avec l'impression d'être une invitée plutôt que la maîtresse de sa maison, une sorte de parente pauvre sans pouvoir ni influence que l'on hébergeait de mauvaise grâce. N'ayant pas donné d'héritier au seigneur du domaine, sa présence même sur les lieux paraissait inutile.

Comment sa sœur pourrait-elle la comprendre ? Kate portait sur son visage épanoui vingt-deux ans de félicité auprès d'un séduisant époux, entourée de six enfants magnifiques. Trois fils et trois filles, tous plus beaux les uns que les autres, en pleine forme, intelligents… Dans l'esprit de Liz, Kate et Bert formaient le couple idéal. Éternels amoureux bénis des dieux, ils avaient amplement mérité les faveurs dont le ciel les comblait. Des années durant, Liz n'avait pu s'empêcher d'envier à sa sœur ce bonheur sans mélange qu'elle-même n'avait jamais éprouvé. Sa jalousie, somme toute compréhensible, n'avait rien de mesquin… Kate et Bert forçaient au contraire son admiration par leur gentillesse et leurs qualités de cœur. Mais leur joie de vivre rappelait trop cruellement à Liz ses rêves déçus. Alors, prise d'une immense nostalgie, elle se remémorait ses échecs, les enfants qu'elle n'avait pas eus, la douce complicité avec un homme qu'elle n'avait pas connue, tous ces merveilleux instants auxquels Kate et Bert semblaient goûter avec délice. Et ces bavardages, ces murmures, ces chuchotements… L'existence de Liz et de Rupert était, en revanche, peuplée de silences. En vérité, ils n'avaient rien à se dire.

Sir Rupert n'avait jamais accordé le moindre intérêt à son épouse. Seules ses terres le passionnaient. Il consacrait le plus clair de son temps à ses canards, ses grouses et ses faisans. Plus jeune, il passait des journées entières à s'occuper de ses chiens ou de ses chevaux… Plus tard, les premières attaques de la goutte lui firent entrevoir l'utilité d'une compagne à demeure. Les nouvelles fonctions de Liz consistaient à lui passer son verre de vin, à sonner les domestiques à sa place, à l'aider à se coucher bien que les appartements de son époux fussent éloignés des siens. Ils avaient très vite fait chambre à part, sitôt qu'il s'était aperçu qu'elle ne lui donnerait pas d'enfant. Non, ils n'avaient rien à se dire, sauf des reproches. Rien à partager, hormis des regrets.

L'irruption des Winfield dans le vieux manoir glacé et solitaire fit à Liz l'effet d'un souffle printanier. On eût dit que, subitement, les lourds rideaux poussiéreux s'étaient écartés des fenêtres pour laisser passer les rayons dorés du soleil californien.

Il y eut un petit hoquet suivi d'un gloussement étouffé à l'autre bout de la table, face aux deux sœurs assises de part et d'autre de Sir Rupert. Celui-ci fit la sourde oreille et les deux femmes échangèrent un sourire. Depuis l'arrivée de ses invités, Liz avait rajeuni de dix ans. Il avait suffi qu'elle les revoie pour qu'elle se sente aussitôt un moral d'acier. Kate se faisait du souci pour elle. Liz menait une vie de recluse dans ce château en ruine, au fin fond de la morne campagne anglaise, près d'un mari taciturne qui manifestement ne l'aimait plus… si toutefois il l'avait jamais aimée… La joie des retrouvailles avait peut-être ramené des couleurs à ses joues flétries, mais à présent c'était fini. Leur séjour à Havermoor s'était écoulé à une vitesse incroyable : dans moins d'une heure ils repartiraient, et Dieu seul savait quand ils pourraient revenir. Kate avait bien sûr pressé Liz de se rendre à San Francisco, afin de participer aux préparatifs du mariage d'Edwina, mais sa sœur avait refusé. Elle ne pouvait laisser Rupert seul pendant si longtemps. Kate avait réussi à lui extorquer la promesse d'assister à la cérémonie, au mois d'août.

Le hoquet reprit de plus belle de l'autre côté de la table et ce fut presque un soulagement pour Kate. Elle regarda Alexia, sa fille de six ans. Georges, penché à son oreille, devait sûrement lui débiter une de ses sempiternelles plaisanteries, car la petite fille montrait les signes d'une hilarité qui ne tarderait pas à exploser.

— Chut ! murmura-t-elle avec un sourire indulgent, puis son regard se tourna vers Sir Rupert.

Si, à la maison, la table du petit déjeuner évoquait le plus souvent un champ de bataille, ici les enfants avaient intérêt à bien se tenir. Grâce à Dieu, il n'y avait pas eu trop de problèmes, car ils avaient accepté de se plier aux règles du vieux lord et, d'autre part, ce dernier s'était radouci au fil du temps. Par exemple, il emmena à plusieurs reprises Philip à la chasse et bien que ces randonnées fussent pénibles pour l'adolescent – il avoua plus tard à son père que tout cela le barbait –, Sir Rupert n'y vit que du feu. À seize ans, Philip pouvait passer pour un véritable petit gentleman. Bien élevé, poli, il faisait montre à l'égard des autres d'une prévenance extraordinaire pour un garçon de son âge. De tous ses frères et sœurs, il était le plus responsable, hormis Edwina naturellement… Mais Edwina avait vingt ans et dans cinq mois, elle aurait un mari et un foyer. Et, sans doute, aurait-elle un bébé dans l'année qui suivrait. « On ne voit pas les enfants grandir », songea Kate, surprise à la pensée qu'elle deviendrait bientôt grand-mère.

Ils allaient retourner aux États-Unis où ils entreprendraient les préparatifs de la cérémonie et Charles les accompagnerait. C'était un beau jeune homme de vingt-cinq ans, éperdument épris d'Edwina. Ils s'étaient connus à San Francisco et l'idylle durait depuis l'été dernier.

Le mariage serait célébré en août mais il semblait à Kate que le temps pressait. Il y avait tant de choses à faire, à organiser, à mettre en place. La robe de mariée serait positivement ravissante, pensa-t-elle en évoquant les dizaines de mètres d'organdi de soie ivoire achetés à Londres que sa fille remportait dans ses bagages. Le couturier de Kate – le meilleur de la côte ouest – le ferait broder de perles minuscules ; quant au voile, Mme Fitzgerald mère le confierait à une modiste parisienne et l'apporterait elle-même à San Francisco où elle se rendrait avec son mari, début juillet… Oui, tant de choses à faire, soupira Kate. Rien que la liste des invités, quel casse-tête ! Edwina et elle y travaillaient depuis plus d'un mois. En tant que propriétaire du journal le plus populaire de la région, Bertram Winfield possédait un vaste cercle de relations. Elles avaient déjà répertorié plus de cinq cents noms et ce n'était pas fini. Charles avait éclaté de rire quand Edwina l'avait averti que la liste rallongeait chaque jour davantage.

— Ç'aurait été bien pire à Londres, l'assura-t-il. Sept cents personnes ont assisté au mariage de ma sœur il y a deux ans. À ce moment-là, j'étais encore à Delhi, Dieu merci.

Charles n'avait pas cessé de voyager pendant les quatre dernières années. Après un séjour de deux ans dans l'armée britannique des Indes, le jeune homme s'était rendu au Kenya chez des amis. Le récit de ses voyages fascinait Edwina. Elle avait supplié son futur mari de l'emmener en voyage de noces en Afrique mais il n'avait rien voulu entendre. À son avis, un décor plus serein convenait davantage à leur lune de miel. Finalement, ils se mirent d'accord sur un périple plus classique : ils passeraient l'automne en Italie et en France, regagneraient Londres aux alentours de Noël. Edwina espérait secrètement que d'ici là elle serait enceinte. Elle aimait passionnément Charles et désirait ardemment avoir des enfants de lui, beaucoup d'enfants comme dans sa propre famille. Oh, ils seraient heureux ensemble, elle n'en doutait pas, aussi heureux que ses parents, car, aux yeux de la jeune fille seule une vie de couple aussi parfaite que celle de Kate et Bert valait la peine d'être vécue. Certes, le ciel bleu de leur félicité ne restait pas toujours sans nuages. Parfois de gros orages éclataient et, alors, tous les lustres tremblaient dans la grande maison californienne. Si Kate ne manquait pas de tempérament, Bertram ne se laissait pas mener par le bout du nez. Mais au plus fort de la tourmente, on sentait leur connivence. En pleine dispute, une lueur de tendresse adoucissait soudain l'œil courroucé de Kate ; une note chaleureuse vibrait alors dans la voix de Bert et l'on savait que leur amour triompherait de leur querelle. C'était exactement ce qu'Edwina souhaitait lorsqu'elle serait l'épouse de Charles... Grâce à une fortune personnelle considérable, le jeune homme avait échappé jusqu'alors aux impératifs d'un emploi, et un jour il remplacerait son père à la Chambre des lords. Les déboires de sa tante Liz auprès de l'irascible Sir Rupert lui ayant servi de leçon, la jeune fille préférait le sens moral de son fiancé au clinquant de son nom ou aux biens matériels dont il devait hériter plus tard.

Tout comme sa future épouse, Charles Fitzgerald était partisan des familles nombreuses. « Une demi-douzaine », disait-il en riant. Les Winfield en avaient eu sept. Ils avaient perdu un petit garçon en bas âge, entre Edwina et Philip. Mais si cette disparition précoce avait exacerbé la sensibilité de ce dernier, elle n'avait pas touché Georges. Le second fils des Winfield semblait, contrairement à son aîné, avoir placé sa vie sous le signe de l'insouciance. À douze ans, il avait l'air de croire fermement que sa seule mission en ce bas monde consistait à se donner du bon temps. Georges tourmentait sans merci ses jeunes sœurs et n'hésitait pas à faire rager son frère par des facéties de toutes sortes – lit en portefeuille, crapauds au fond de ses chaussures, grains de piment dans son café matinal –, histoire de commencer la journée du bon pied, comme il disait… Philip endurait ces bouffonneries avec la résignation des adeptes du Karma. Pour une raison qui lui échappait, la Providence avait dépêché Georges sur terre dans l'unique but de le persécuter. Il suffisait que Philip remarquât une jeune personne du sexe opposé et amorçât les premières prudentes manœuvres d'approche, pour que, aussitôt, son cadet vole à son secours. Et, en matière de filles, les deux frères étaient le jour et la nuit. Alors que Philip manquait d'audace, Georges se distinguait par sa témérité. Sur le bateau qui les avait emmenés d'Amérique, Kate et Bert avaient eu souvent la surprise d'être salués par les autres passagers d'un jovial « c'est donc vous, les parents de Georges ! ».

Mais les palmes de la timidité revenaient sans conteste à Alexia, le quatrième enfant des Winfield. C'était une jolie petite créature aux boucles d'un blond si clair qu'il en paraissait presque blanc, et aux grands yeux étonnés bleu pâle – alors que tous ses frères et sœurs avaient les cheveux noirs et les yeux bleu sombre de leurs parents. Si les fées avaient déposé la malice et le courage dans le berceau de Georges, elles avaient doté Alexia de quelque chose de rare et de délicat. Partout où elle allait, les gens s'extasiaient sur sa beauté éthérée. Un instant elle était là, belle comme un ange, et l'instant d'après elle disparaissait, pour réapparaître plus tard, silencieuse et tranquille. Kate et Bert l'appelaient « leur bébé » bien qu'elle ne fût pas leur benjamine, car quelque chose de spécial les liait à elle. Alexia parlait peu, ne s'adressait pratiquement qu'à ses parents, ne s'épanouissait qu'à l'intérieur du cocon familial. À la maison, elle passait des heures entières dans le jardin à tresser des guirlandes de fleurs « pour les cheveux de maman ». Sa mère et son père étaient tout pour elle. Alexia témoignait également une grande affection à Edwina... Venait ensuite Frances, quatre ans, que tout le monde appelait Fannie. Une fillette adorable, toute fossettes et sourires, qui avait hérité de l'heureuse nature de Bert. Et, enfin, Teddy, le petit dernier, un chérubin de deux ans, dont le rire fusait à tout bout de champ, surtout lorsque Oona, la jeune fille au pair, essayait vainement de le rattraper. D'origine irlandaise, Oona avait émigré aux États-Unis à quatorze ans. Elle en avait dix-huit à présent et reprochait à sa patronne de « trop gâter le petit Teddy ». Kate l'admettait dans un rire... Elle les aimait tous tellement...

Parfois, elle s'étonnait de ce que ses enfants, nés et élevés au sein d'une seule et même famille, fussent si différents les uns des autres. Chacun avait une personnalité bien distincte, surtout les plus âgés, Kate l'avait maintes fois remarqué. Philip le sage, Georges l'insouciant, Edwina la courageuse... Edwina, qui avait toujours été un exemple de gentillesse et d'abnégation. Edwina, qui pensait toujours aux autres avant de penser à elle-même... Le fait qu'elle ait rencontré Charles procurait un réel soulagement à Kate. Elle le méritait. Des années durant, la jeune fille avait été la main droite de sa mère. Et maintenant elle allait enfin avoir sa propre famille.

À l'idée que sa fille chérie irait vivre de l'autre côté de l'Atlantique, le cœur de Kate se serra. Elle avait déjà connu ce déchirement du temps où sa sœur Liz avait embarqué pour Londres, des années auparavant. Mais Edwina serait sûrement plus heureuse que Liz… Charles ne ressemblait en rien au taciturne Sir Rupert. C'était un jeune homme plein de charme. Il avait un cœur en or et, Kate n'en doutait pas, il ferait un merveilleux mari…

Les Winfield avaient rendez-vous avec Charles dans la matinée à Southampton, aux docks de la White Star Line, la compagnie maritime qui avait organisé le voyage. Le jeune homme avait accepté de les accompagner car Bert le lui avait demandé comme un cadeau de fiançailles à Edwina, et aussi parce que se séparer d'elle pendant quatre mois, jusqu'au jour de leur mariage, était au-dessus de ses forces. Ils allaient prendre un paquebot de rêve, le plus grand construit jusqu'alors, qui s'apprêtait à effectuer son premier voyage. C'était une perspective grisante, terriblement excitante…

Le tic-tac régulier de l'imposante pendule sculptée emplissait la vaste salle à manger glaciale. Le petit déjeuner touchait à sa fin. Alexia se remit à glousser, amusée par les discours que lui tenait à mi-voix ce chenapan de Georges. Bertram se retenait pour ne pas éclater de rire et ce fut alors que Sir Rupert se redressa, mettant fin aux agapes. Kate respira. Ils étaient libres… Se levant à son tour, Bertram contourna la table monumentale, la main tendue vers son hôte. Celui-ci salua son beau-frère avec une chaleur réelle. À vrai dire, il était peiné de se séparer de ses invités. Il appréciait l'humour de Bert et trouvait Kate bien sympathique. Les enfants, quant à eux, ne suscitaient que sa réticence, mais personne ne pouvait prétendre à la perfection en ce bas monde.

— Ces quelques jours passés en votre compagnie, Sir Rupert, furent un délice. Venez donc nous rendre visite à San Francisco, dit Bertram.

Il était presque sincère.

— Hélas, mon cher, je ne peux…

La réponse du vieux lord soulagea Liz qui préférait de loin aller seule au mariage de sa nièce. La châtelaine n'en pouvait plus d'attendre. Elle avait déjà choisi sa tenue en compagnie de Kate et d'Edwina dans une boutique de luxe londonienne.

— Si d'ici là vous changez d'avis, vous serez le bienvenu, affirma Bert.

Les deux hommes échangèrent une nouvelle poignée de mains, puis le fantôme d'un sourire étira les lèvres de Rupert. Il avait été content de leur arrivée et, tout compte fait, il n'était pas mécontent de les voir repartir.

— Écrivez-nous pour nous dire comment s'est passée la traversée à bord de ce merveilleux navire, dit Lord Rupert et, l'espace d'une seconde, une lueur envieuse dansa au fond de ses prunelles pâles.

Liz, pour une fois, ne fut envahie par aucun sentiment de jalousie. Le mal de mer dont elle souffrait la clouait invariablement dans sa cabine et elle ne pouvait songer à son voyage de juillet sans qu'un frisson d'horreur la fit frémir.

— Allez-vous écrire un compte rendu dans votre gazette à ce sujet, Bert ?

Bertram sourit. Il ne signait pour ainsi dire jamais d'article dans son journal mais cette fois-ci l'enjeu en valait la chandelle.

— Peut-être, peut-être, marmonna-t-il. Je vous enverrai une copie de l'édition.

Alors que les deux hommes s'avançaient vers la sortie en devisant, Kate, Liz et Oona dirigèrent les jeunes et remuants Winfield vers la salle de bains, afin de les pomponner avant le départ.

Il était encore tôt. Le pâle soleil matinal venait juste de jaillir par-dessus la colline. Il y avait trois heures de route jusqu'à Southampton. Sir Rupert avait réquisitionné son chauffeur et deux de ses garçons d'écurie pour conduire les voyageurs à leur destination dans trois voitures différentes. Les domestiques entassèrent le restant des bagages dans les coffres. Les malles, qui avaient été expédiées la veille par chemin de fer, les attendraient dans leurs cabines.

La suite se déroula très vite. En quelques minutes, les enfants prirent place dans les véhicules. Edwina, Philip et Georges dans le premier, Oona, Fannie et le petit Teddy dans le deuxième. Kate, Bert et Alexia eurent droit à la Silver Ghost personnelle du maître de maison. Liz se proposa de les accompagner, mais Kate déclina l'offre de sa sœur. Le voyage était trop long et ce serait pénible pour Liz de retourner seule au manoir dans le convoi vide.

Les deux femmes tombèrent dans les bras l'une de l'autre et restèrent ainsi un long moment. Liz serra Kate sur son sein, les yeux humides. Une émotion singulière lui étreignait la gorge.

— Prends soin de toi, soupira-t-elle, tu me manqueras… vous me manquerez tous…

Kate remit son élégant petit chapeau droit – un cadeau que Bert lui avait acheté à Londres – et répondit avec un rire :

— Le temps passe vite, Liz, tu verras. Nous serons en août sans que tu t'en sois rendu compte… À bientôt, ma chérie, à la maison !

Ce disant, elle embrassa sa sœur sur la joue, puis se recula. Dieu que Liz semblait triste ! Triste et abattue. Pour la énième fois, Kate adressa une secrète prière au ciel : « Seigneur, faites que le mariage de ma fille soit plus heureux que celui de ma sœur. » Sir Rupert pressait d'un ton hargneux les conducteurs de partir.

— Le bateau va appareiller à midi, n'est-ce pas ? demanda-t-il à Bert, en se penchant à la fenêtre de la Silver Ghost.

— Oui, nous avons tout notre temps.

Il était 7 h 30, le 10 avril 1912.

— Alors, bon voyage ! C'est un bateau extraordinaire, une vraie merveille, s'époumona le lord alors que la première voiture démarrait dans un crissement de pneus.

La deuxième voiture s'ébranla, puis la troisième. De derrière la vitre, Kate fit un signe d'au revoir à sa sœur.

— Je vous aime tous ! cria celle-ci d'une voix assez forte pour couvrir le bruit du moteur.

Les mots s'évanouirent… Liz essuya ses larmes. Une étrange inquiétude l'oppressait, elle n'aurait pas su dire pourquoi. Elle s'efforça de sourire tout en suivant Sir Rupert à l'intérieur. Il alla s'enfermer dans son bureau, comme il avait l'habitude de le faire ces derniers temps. Les pas de Liz la ramenèrent alors vers la salle à manger. Sur le seuil de la porte, elle contempla les chaises vides autour de la lourde table ovale et une affreuse, une poignante sensation de solitude la transperça.

2

La Silver Ghost qui menait le convoi des voitures de Lord Hickham s'immobilisa devant le pont d'embarquement de la première classe. Dans la deuxième voiture, Georges se mit à sautiller sur son siège, donnant libre cours à son enthousiasme.

— Edwina ! Philip ! Regardez ça ! exulta-t-il, l'index pointé vers le majestueux bâtiment à quatre cheminées.

— Calme-toi, voyons, intima son frère.

Contrairement à l'exubérant Georges, Philip avait soigneusement épluché journaux et magazines et savait tout sur le sujet. La presse internationale avait salué avec des cris d'admiration la mise en eau du plus grand paquebot du monde… Aucun vaisseau ne pouvait s'enorgueillir de tels fastes, pas même *l'Olympic*, son jumeau sorti des mêmes chantiers navals et lancé triomphalement quelques mois auparavant. Les journalistes l'avaient surnommé « le Navire-Merveille », « le Fin du Fin du Luxe » ou « le Spécial pour Millionnaires » mais aucun adjectif, aucun superlatif, ne pouvait résumer vraiment les splendeurs du *Titanic*… Participer à son voyage inaugural représentait une aubaine, une chance inouïe, un privilège rare dont Philip était conscient. Georges lorgna le bateau, bouche bée. De sa vie, il n'avait vu quelque chose d'aussi colossal.

Bertram Winfield avait réservé une suite sur le pont B, véritable petit bijou muni de fenêtres à la place des hublots et d'élégants meubles d'époque anglais, français et hollandais. La White Star n'avait pas regardé à la dépense. Les cabines retenues par les Winfield s'assemblaient à la manière d'un vaste et confortable appartement.

Georges partagerait la chambre de Philip, Edwina celle d'Alexia. Oona dormirait avec les deux petits. La pièce la plus spacieuse avait été réservée à Kate et Bert. Elle jouxtait la luxueuse cabine de leur futur beau-fils, Charles Fitzgerald. « Quelle belle croisière ce sera ! » se dit Georges, qui ne tenait plus en place. Il jaillit par la portière de la conduite intérieure et s'élança vers le palais flottant. La main de Philip s'agrippa à son bras pour le faire revenir sur ses pas.

— Holà, jeune homme, où t'en vas-tu comme ça ?

Georges jeta à Philip un regard exaspéré.

— On croirait entendre oncle Rupert !

— Peu importe ! Tu vas me faire le plaisir de rester sur place, jusqu'à ce que papa t'autorise à embarquer…

Un coup d'œil par-dessus son épaule dévoila à Georges le spectacle d'une Alexia en pleurs.

Pendant ce temps Oona se débattait avec les bagages des plus petits, Edwina aidait Kate à descendre de voiture, Bert donnait congé aux employés de Sir Rupert. Exactement le genre de situation chaotique que Georges affectionnait tout particulièrement. Il s'apprêtait à prendre la poudre d'escampette. Hélas, Philip le rappela à l'ordre, raide comme la justice.

— Tu devrais t'occuper de Teddy.

— Seigneur, épargnez-moi ce calice, gémit Georges, horrifié.

Rien ne le rebutait davantage que le baby-sitting forcé auquel on voulait l'astreindre tout à coup. Son regard dériva de nouveau en direction de l'altière silhouette du *Titanic*. Le fougueux adolescent brûlait d'en explorer chaque recoin, mais une fois de plus, son rabat-joie de frère l'arrêta en plein élan.

— Allons, montre-toi serviable pour une fois.

À contrecœur, Georges s'approcha des petits, tandis que Philip s'en allait aider Bert à rassembler les bagages. Du coin de l'œil, il nota qu'Edwina se penchait sur Alexia.

— Ne sois pas idiote, ma poupée… – Elle s'agenouilla à même le quai, dans sa jolie robe de lainage bleu marine qu'elle avait déjà mise une fois pour faire la connaissance des parents de Charles. – Il n'y a pas de quoi avoir peur. Regarde, ajouta-t-elle en ébauchant un ample geste apaisant vers le transatlantique, c'est comme un grand, un très grand hôtel et rien de plus, vois-tu ? Dans quelques jours nous serons à New York, et là nous prendrons le train pour San Francisco.

Épouvantée par la taille gigantesque du navire, la petite fille se libéra de l'étreinte d'Edwina et courut s'accrocher aux jupes de sa mère.

— Qu'y a-t-il ? demanda celle-ci.

Sur l'embarcadère pavoisé, une bande de musiciens entama avec brio les premières mesures syncopées d'un ragtime et les explications d'Edwina se perdirent dans le vacarme.

Heureusement, les organisateurs de la White Star n'avaient pas cru bon d'abuser de la fanfare et bientôt les deux femmes purent s'entendre.

— Elle a peur, articula tout bas Edwina.

Kate hocha la tête. Cela ne changeait pas. La pauvre petite Alexia n'avait décidément rien d'une aventurière. Le moindre changement dans sa vie prenait des allures de chambardement. Tout ce qui sortait de l'ordinaire était source de terreur. Durant l'aller à bord du *Mauritania*, un bateau de dimensions beaucoup plus modestes, la petite fille avait versé toutes les larmes de son corps.

— J'ai peur, maman. J'ai peur de tomber à l'eau.

Kate s'inclina et, à travers son gant de dentelle, sa main frôla délicatement la tête blonde de sa fille. Se penchant davantage, elle susurra quelques mots à l'oreille de l'enfant, une douce promesse qui amena un pauvre sourire sur ses lèvres boudeuses, un instant seulement. Alexia fêterait ses six ans pendant la traversée de l'Atlantique.

— Nous donnerons une petite fête en ton honneur. D'accord, mon ange ?

— D'accord, répondit la fillette, mais à peine ces mots furent-ils prononcés que de nouvelles larmes lui mouillaient les joues.

— Je ne veux pas y aller ! sanglota-t-elle, puis, avant qu'elle ne puisse en dire davantage, des mains puissantes la soulevèrent de terre et elle se retrouva juchée sur les épaules carrées de son père.

— Comment ça tu ne veux pas y aller, trésor ! Tu ne préfères tout de même pas rester en Angleterre sans nous, pas vrai ? Cramponne-toi à ton bon vieux papa, va ! Sais-tu ce que je viens d'apercevoir, là-bas, sur un pont ? Une jolie petite fille de ton âge qui deviendra sûrement ta meilleure amie.

Alexia cessa enfin de pleurer. Bert donna la main à Kate et tous deux gravirent la passerelle suivis par le restant de la famille. Une fois à bord Bert remit Alexia sur ses jambes, puis tous ensemble ils prirent la direction du grand escalier aux armatures de fer forgé qui menait vers le pont supérieur. En passant devant le gymnase, ils en profitèrent pour jeter un coup d'œil au fameux chameau mécanique qui avait tant fait couler d'encre dans les journaux.

Il y avait un monde fou sur le pont. Une foule compacte et diaprée fourmillait dans tous les sens. On admirait le somptueux bar et ses cinq pianos, les cloisons aux panneaux de bois lambrissés et sculptés, les lustres aux ornements compliqués, les lourdes tentures, les tapis moelleux. Même Alexia se taisait, émerveillée. Ils firent le tour du propriétaire avant de s'engager sur le pont B à la recherche de leurs cabines.

— *Les Mille et Une Nuits*, murmura Bert à l'intention de sa femme.

Kate sourit. « Dieu, quelle chance d'être sur ce bateau avec lui ! » se dit-elle, et son sourire s'épanouit. Elle avait l'intention de confier à Oona la charge des petits derniers, afin qu'elle puisse jouir pleinement de la traversée. Bert inspectait le luxueux fumoir à travers la vitre, mais elle secoua sous son nez un doigt désapprobateur.

— Vous ne m'échapperez pas dans le brouillard de vos cigares, Bert Winfield, gronda-t-elle. Je crois que je m'occuperai de vous.

Il répondit à son sourire.

— Tu veux dire que Charles et Edwina ne seront pas les seuls amoureux à bord ? murmura-t-il.

— J'espère que non, fit-elle dans un rire plein d'agréables sous-entendus, et du bout des doigts elle lui caressa la joue.

— Attention, tout le monde. Nous allons faire une halte dans nos quartiers, ranger nos affaires, après quoi nous repartirons explorer le bateau, d'accord ?

Georges leva sur son père un regard brûlant d'impatience.

— Pourquoi pas tout de suite, papa ?

Bert le lui expliqua. Les tout-petits semblaient épuisés, tout le monde avait besoin d'un repos bien mérité avant de se lancer dans de nouvelles aventures.

Georges commença par opiner mais la tentation était trop forte. Il se volatilisa quelque part entre le gymnase et le jardin d'hiver. Alarmée, Kate voulut envoyer Philip à ses trousses.

— Laisse-le, chérie, il ne peut pas aller loin. Enfin, pas tant qu'il reste à l'intérieur du bateau ! J'irai le chercher moi-même tout à l'heure, promit Bert.

« Pourvu qu'il ne fasse pas trop de bêtises », soupira silencieusement Kate. Georges ne manquait jamais de se fourrer dans le pétrin… Son inquiétude s'apaisa comme par magie, quand la porte de leurs appartements s'ouvrit sur un salon somptueusement décoré. Des cris de ravissement fusèrent de toutes parts et ce fut alors que Charles Fitzgerald fit son apparition, à la joie générale.

— C'est ici ? fit-il en passant sa tête bien coiffée par le battant entrebâillé.

Il portait ses cheveux bruns légèrement gominés, comme l'exigeait la mode masculine. Ses yeux pervenche pétillaient. Les pommettes en feu, Edwina se précipita dans les bras de l'arrivant.

— Charles !

Il se tourna vers elle en riant. Ils avaient un air de famille, comme il arrive souvent aux amoureux, avec l'aura sombre de leurs chevelures et le bleu profond de leurs iris. Le jeune homme prit sa fiancée par la taille pour la faire virevolter. Fannie et Alexia s'esclaffèrent.

— Qu'est-ce qui vous amuse tant, jeunes filles ? questionna Charles d'un air sérieux qui fit redoubler l'hilarité des petites.

Il entretenait des rapports privilégiés avec chaque membre de la famille Winfield. En un rien de temps, il s'était lié d'amitié avec Philip et Georges. Même Teddy, du haut de ses deux ans, semblait apprécier la présence de Charles. Kate et Bert le considéraient comme leur propre fils. Il avait eu de la chance de rencontrer Edwina.

— Eh bien, sourit-il en se penchant vers les jeunes sœurs de sa fiancée, avez-vous vu les chiens ? Je vous y emmènerai après la sieste.

Fannie tapa dans ses mains, mais la frimousse d'Alexia se renfrogna.

— Où sont-ils ? s'enquit-elle d'une voix anxieuse.

— Dans des cages, sur les ponts inférieurs. Ils ne peuvent pas s'en échapper, assura Charles.

Alexia était capable de rester claquemurée dans sa cabine pendant toute la croisière, de peur de tomber sur quelque chien errant dans les coursives. Rassérénée, la petite fille regarda Charles. Il était comme un deuxième père pour elle, tout comme Edwina était une seconde mère.

Après que Fannie et Alexia eurent suivi docilement leur gouvernante irlandaise, Charles entraîna Edwina dans sa cabine, une charmante pièce tout en boiseries et meubles anglais. La porte refermée, il attira la jeune fille contre lui et l'embrassa doucement sur les lèvres. Subjuguée par la proximité de son futur mari, Edwina sentit son souffle se bloquer au fond de sa gorge. Il y avait des moments délicieux, comme celui-ci, des moments absolus et uniques où chacun se sentait irrésistiblement attiré par l'autre. Souvent, Edwina se demandait s'ils parviendraient à refréner leur désir jusqu'au mois d'août. Trahir la confiance de ses parents, même dans ce décor merveilleusement romantique, était hors de question. Et Charles pensait comme elle, elle le savait.

— Voudriez-vous faire un tour, mademoiselle Winfield ? demanda-t-il avec un doux sourire.

— Volontiers, monsieur Fitzgerald.

Elle le regarda se débarrasser de son lourd manteau qu'il étala sur le lit. La joie de la revoir se reflétait sur ses traits. Quand Edwina n'était pas à son côté, il ne pensait qu'à elle. Et maintenant qu'elle était là, il se demandait par quel miracle il avait supporté de ne pas la voir pendant une semaine entière. Grâce au ciel, ils étaient de nouveau réunis et ils ne se quitteraient plus… Plus jamais.

— Tu m'as terriblement manqué, murmura-t-elle, alors qu'ils se dirigeaient vers le pont-promenade.

— Toi aussi, mon amour. Mais dans quelque temps, nous serons l'un à l'autre pour toujours.

Elle hocha la tête joyeusement, le regard fixé sur le Café Français aménagé sur le passage. Un essaim de serveurs officiait à la terrasse où l'on entendait le suave accent parisien. La plupart des passagers de la première classe avaient tout de suite été conquis par ce bistrot plus vrai que nature, couronné de lierre, l'une des innombrables nouveautés qui avaient valu au *Titanic* le surnom du « plus beau bateau du monde ».

— J'ai l'impression que nous découvrirons un tas de petits coins secrets, déclara Charles en serrant sous son bras celui d'Edwina qui riait.

Ils venaient de s'engager dans la véranda qui permettait aux voyageurs d'admirer l'immensité de la mer tout en restant à l'abri du vent.

— Et moi, j'ai l'impression que ce bateau n'a plus de secrets pour Georges ! soupira la jeune fille. Voilà plus d'une heure qu'il a disparu. Ce garnement est insupportable. Je ne sais ce qui retient maman de l'étrangler.

— Hum... son charme peut-être ? Ne t'en fais pas, chérie. Ton frère sait très exactement jusqu'où il peut aller.

— Espérons-le. En tout cas, Philip n'aurait jamais eu cette audace.

— Moi non plus... je veux dire, pas à cet âge-là. C'est peut-être la raison pour laquelle j'admire Georges. Je regrette aujourd'hui toutes les bêtises que je n'ai pas faites, enfant... Au moins notre petit aventurier ne regrettera rien.

Elle lui dédia un sourire lumineux, puis ils s'appuyèrent au bastingage, au milieu de la cohue bigarrée. Le colosse des mers décolla alors du quai lentement, presque imperceptiblement. « Pourvu que cet idiot n'ait pas eu la bonne idée de visiter le port », songea Edwina. Soudain, le rauque mugissement des sirènes fixées aux monumentales cheminées du vaisseau la fit sursauter. Une onde d'excitation fit vibrer la foule.

Entouré de six remorqueurs, l'altier navire se mit à descendre majestueusement la rivière Test sous les ovations de milliers de badauds. Il allait emprunter le canal et mettre le cap sur Cherbourg. Là, il prendrait d'autres passagers, après quoi il suivrait la route de Queenstown, puis celle des hautes mers jusqu'en Amérique. Les sirènes mugissaient de plus belle, cependant que le colosse défilait lentement devant un couple de bateaux accostés bord contre bord le long d'un quai. Soudain, au moment où il s'apprêtait à les dépasser, les amarres qui retenaient le *New York* se rompirent dans une série de bruits secs, comme des coups de feu. L'énorme remous causé par le *Titanic* bouscula le petit navire dont la poupe commença à dériver à une vitesse hallucinante. Encore un peu et il allait éperonner le géant. Sur la passerelle, les passagers retinrent leur souffle. Mais à la dernière seconde, une rapide manœuvre d'un des remorqueurs permit au *Titanic* de passer sans encombre. Il s'en était fallu de peu. Edwina exhala un soupir de soulagement. Qu'était-ce ? Un signe du destin ? Un mauvais présage ? Mais non, voyons ! Le *Titanic* était incoulable, tout le monde le savait. Insubmersible, invincible, invulnérable. Une forteresse mesurant deux cent soixante-huit mètres de long, avait dit Philip. L'équivalent de quatre pâtés de maisons. Avec ses neuf ponts, le paquebot était aussi haut qu'un immeuble de onze étages… « Pas facile à manœuvrer », avait-il lâché d'un air docte en guise de conclusion.

— Ouf, nous l'avons échappé belle !

Elle avait encore peine à croire à ce qu'elle avait vu. Charles secoua la tête.

— Il n'y a aucun risque. Je suggère néanmoins que nous fêtions au champagne ce départ quelque peu mouvementé.

Peu après, ils étaient installés au Café Français et un instant plus tard Georges se matérialisait comme par magie devant leur table.

— Enfin ! souffla-t-il. Où étiez-vous passés ?

Edwina le gratifia d'un regard où le reproche se mêlait à l'indignation. Décoiffé, la casquette de travers, les vêtements fripés et, comble de malheur, une marque de graisse sur le genou de son pantalon, le garçon arborait son sourire le plus radieux.

— Je pourrais te poser la même question, lui rétorqua-t-elle. Où donc as-tu disparu ?

Il ébaucha une moue condescendante, comme s'il eût à faire à une demeurée, lança un vague « je me suis promené », avant de reporter son regard pétillant sur Charles.

— Ah, te voilà, sourit-il, cela me fait plaisir de te voir. Comment vas-tu ?

— Je me porte comme un charme, et toi ? Comment as-tu trouvé le bateau ?

— Fantastique ! Quatre ascenseurs, neuf étages, un court de squash et une piscine, s'essouffla le garçon. Il y a même, en fond de cale, la nouvelle limousine Renault qu'un riche passager ramène d'Angleterre… Et le bain turc… et les cuisines… une vraie caverne d'Ali Baba. Je suis monté ensuite dans la timonerie, puis redescendu au salon des deuxièmes classes où j'ai fait la connaissance d'une jeune personne, ma foi, fort plaisante…

Charles sourit aux fanfaronnades de son jeune beau-frère, tandis qu'Edwina prenait une expression horrifiée. Non seulement Georges avait désobéi aux parents, mais il semblait se ficher éperdument de son apparence dégingandée. Et Charles, qui avait l'air de s'amuser follement, ne trouva pas mieux que de le féliciter.

— Bravo, mon cher, tu as le sens de l'observation. Mais as-tu poussé jusqu'à la passerelle ? On peut admirer un spectacle tout à fait remarquable de là-haut.

— J'avoue avoir été tenté, mais j'ai changé d'avis lorsque j'ai vu le monde qu'il y avait au moment du départ. Mais j'irai plus tard, je te le promets… Tu ne veux pas que nous fassions un concours de natation après le déjeuner ?

— Je n'y vois aucun inconvénient, à moins que ta sœur n'ait d'autres projets… Qu'en penses-tu, chérie ?

— Je pense que Georges devrait se montrer un peu plus discipliné, fulmina la jeune fille et donner un meilleur exemple à Fannie et à Teddy, au lieu de courir dans tous les sens comme un petit voyou !

— Oh, Edwina, gémit le Gavroche de la famille, tu n'as aucun esprit d'aventure.

— L'esprit d'aventure n'a jamais empêché personne de se comporter convenablement. Je me demande ce que dira maman quand elle verra dans quel état tu es.

— Eh bien, jeune homme, fit la voix de leur père dans le dos d'Edwina, tu as été bigrement occupé, on dirait.

Une note d'amusement vibrait dans cette voix-là et Bertram réprima un sourire en notant la superbe tache de suie qui ornait le front de son fils.

— Oh oui, papa, jubila Georges de plus en plus satisfait de son escapade. Ce navire est la huitième merveille du monde.

— Je suis ravi de te l'entendre dire, commença Bert, mais il fut interrompu par Kate qui arriva juste à ce moment-là.

— Bertram ! Comment peux-tu lui permettre une telle négligence ? Non, mais regardez-le. On dirait… on dirait un galopin !

— As-tu compris, Georges ? fit son père calmement. Ta mère est un peu choquée par ta tenue, à juste titre, je crois. Je suggère que tu descendes dans ta cabine te mettre quelque chose de plus décent sur le dos avant de nous rejoindre ici-même.

— Et que tu prennes un bain avant de te changer, renchérit Kate d'un ton sévère.

— Mais, maman…

Elle ne voulut rien entendre. Peu après, en dégringolant le grand escalier couronné du majestueux dôme de verre qui laissait passer la lumière du jour, Georges tomba sur Philip. Son frère étudiait avec un sérieux de vieux professeur la liste des passagers de la classe de luxe. Tout le gratin y figurait, remarqua-t-il, presque toutes les grandes familles américaines, les Astor, bien sûr, puis M. et Mme Isidor Strauss, propriétaires de Macy's à New York, le plus grand magasin du monde. D'autres noms célèbres faisaient partie du voyage, dont ceux de quelques membres de la jeunesse dorée que Philip aurait bien voulu connaître. Il avait déjà aperçu dans le grand salon des premières classes plusieurs jeunes demoiselles de la haute société qu'il espérait pouvoir approcher durant la traversée. Philip était à peu près au milieu de la liste quand sa mère apparut pour le prier de veiller à ce que Georges s'habille correctement. Il le lui promit, et mit le cap sur leur suite, où son infatigable frère, de nouveau sur le pied de guerre, rêvait de visiter la plateforme supportant l'un des compas du navire, ainsi que la salle des chaudières, haute de plus de cinq mètres.

Philip le regarda, écœuré.

— Dommage que tu n'aies pas le mal de mer, grommela-t-il.

La famille au complet se réunit un peu plus tard sur le pont-promenade. Bert et Kate, Edwina et Charles avaient apprécié le délicieux menu du Café Français. Ils venaient de terminer quand Georges et Philip arrivèrent, suivis par Oona entourée des trois petits. Fannie et Teddy avaient fait une bonne sieste, annonça la jeune Irlandaise, et quant à Alexia, elle avait l'air moins effrayée. Sagement assise près de sa gouvernante, la fillette regardait, fascinée, passer et repasser la foule de promeneurs. Un peu plus tôt, elle avait fait la connaissance de la petite fille que son père avait aperçue sur le pont quand ils étaient encore à terre. Originaire de Montréal, Lorraine – c'est ainsi qu'elle s'appelait – était plus près de l'âge de Fannie que de celui d'Alexia. Elle avait un petit frère nommé Trevor et possédait une poupée exactement comme celle d'Alexia… en moins jolie, bien évidemment. Il s'agissait de poupées françaises très chères, vêtues comme de grandes personnes. Alexia avait baptisé la sienne Mrs. Thomas. Tante Liz la lui avait envoyée au Noël précédent et la fillette ne pouvait plus faire un pas sans l'emmener. Mrs. Thomas aurait pu être fière de son élégante garde-robe. Outre le costume de voyage, avec chapeau et accessoires assortis, que tante Liz lui avait confectionné, ses possessions s'étaient enrichies d'une robe fuschia et d'une cape de velours noir façonnées par les doigts agiles d'Edwina. Alexia et sa nouvelle amie passèrent l'après-midi à se raconter la vie de leurs poupées.

Le paquebot, tout illuminé, pénétra dans le port de Cherbourg le même soir, au moment où Alexia se préparait à se coucher. Fannie et Teddy dormaient déjà à poings fermés. Kate et Edwina s'habillaient pour le dîner, Georges restait comme d'habitude introuvable. Charles, Bertram et Philip arpentaient le foyer en discutant. C'était une soirée si paisible, si calme, que la petite fille ne tarda pas à s'endormir.

Les voyageurs affluèrent vers la salle à manger, une pièce magnifique, où des lustres de cristal déversaient des torrents de lumière sur les nappes damassées, faisant étinceler argenterie et porcelaine. Des hommes en smoking, des femmes en robe du soir – des modèles conçus par les plus grands couturiers des États-Unis et d'Europe – composaient une fresque grandiose, une éclatante vision qui semblàit échappée d'un conte de fées, et Edwina se dit, avec émotion, qu'elle n'avait jamais rien vu d'aussi beau, puis sourit à son futur mari.

Après dîner, ils se prélassèrent dans la vaste salle de réception égayée par les douces mélodies de l'orchestre du bord. Au bout d'un long moment, la conversation se mit à languir, après quoi Kate étouffa un bâillement, se déclarant « morte de fatigue ». Ç'avait été une journée interminable, aussi fut-elle heureuse de regagner sa suite escortée par son fils aîné et son mari, laissant Charles et Edwina sur leur petit nuage. Philip souhaita à ses parents une bonne nuit et se retira dans sa cabine pour découvrir Georges profondément endormi.

Le lendemain, aux alentours de midi, le fabuleux paquebot accosta Queenstown, dernière escale avant de prendre la haute mer. Une file de nouveaux voyageurs s'étirait sur le quai. Soudain, Oona poussa un petit glapissement en s'appuyant au bastingage du pont supérieur.

— Oh, mon Dieu ! s'exclama-t-elle, madame Winfield, là-bas ! C'est ma cousine.

— En êtes-vous sûre ?

La jeune Irlandaise hocha énergiquement la tête.

— Oh oui, certaine.

Kate haussa un sourcil, sceptique. La gouvernante avait déjà, dans d'autres circonstances, fait montre d'une imagination débordante.

— Mais Oona, à cette distance…

— J'aurais pu la reconnaître n'importe où, madame, même au bout d'un tunnel. Elle a deux ans de plus que moi et nous avons toujours été comme des sœurs. C'est elle, là-bas, avec les cheveux roux et la petite fille sur le bras… Oh, madame Winfield, je mettrais ma main au feu que c'est elle, s'écria Oona, et un flot de larmes noya son regard. Elle a toujours rêvé d'aller aux États-Unis, vous savez. Seigneur ! Comment vais-je la retrouver dans cette tour de Babel ?

— Nous demanderons au commissaire de vérifier la liste des passagers de la troisième classe. Votre cousine doit y être… Quel est son nom ?

— Alice O'Dare. Sa petite fille s'appelle Mary. Elle doit avoir cinq ans maintenant.

Vingt ans, calcula mentalement Kate, une enfant qu'elle a eue à quinze, et probablement pas de mari.

— Dis, maman, je pourrai jouer avec Mary ? demanda Alexia.

Elle souriait. Une nuit dans un lit douillet au cœur du grand appartement luxueux avait eu raison de ses craintes. Aujourd'hui, le *Titanic* avait perdu son aspect effrayant de géant des mers. Alexia commençait à s'y habituer. Stewards et hôtesses lui témoignaient une grande gentillesse, chaque chose semblait conçue pour le plaisir des passagers, tous ceux qu'elle aimait formaient autour d'elle un bouclier protecteur. Ce n'était pas si mal que ça de voguer sur l'eau à longueur de journée et, la nuit, de se laisser gagner par le sommeil, bercée par le sourd ronronnement de la machinerie. Alexia commençait à apprécier le voyage. Fannie trouvait cela très drôle également. Le matin même, elle avait grimpé dans la couchette d'Edwina, mais à sa surprise, Alexia y était déjà. Et à peine une minute s'était-elle écoulée, que Teddy déboulait à son tour. Là-dessus, Georges vint se poser sur le bord du lit, puis amorça une mémorable partie de chatouilles qui les laissa tous pantelants de rire. Oona fit alors irruption dans la pièce, alertée par leurs cris, mais le spectacle qu'elle découvrit la fit sourire. Comme elle sourit de toutes ses dents, peu après, en déchiffrant le nom de sa cousine sur la liste des passagers de la troisième classe. C'était là, aussi évident que le nez au milieu de la figure. Alice O'Dare. La jeune Irlandaise courut avertir mademoiselle Edwina, pendant que celle-ci s'apprêtait à se rendre au restaurant avec ses parents et monsieur Charles.

— Elle est là ! cria-t-elle, les yeux brillants, c'était bien elle, j'en étais sûre.

Edwina lui sourit. Oona était une gentille fille qui forçait sa sympathie.

— Vous avez pu vous rencontrer ?

La fièvre aux joues, Oona se lança dans une longue explication.

— M. le commissaire m'a permis d'y aller. L'une des femmes de chambre a accepté de rester avec les petits pendant l'heure de la sieste, le temps que je descende en troisième classe… Mme Winfield le savait, ajouta-t-elle soudain sur un ton d'excuse.

— Tu as bien fait, Oona, répondit Edwina avec sa douceur coutumière. Ta cousine a dû être ravie de te revoir.

Le sourire d'Oona s'épanouit.

— Oh ça, oui, elle était contente. Et sa petite Mary est un ange. Elle a les cheveux de sa mère, rouges comme le feu.

Edwina agrafa ses boucles d'oreilles en diamants, un cadeau de sa mère.

— Est-ce qu'elle va à New York ?

La gouvernante hocha gravement la tête, comme frappée par l'injustice de la fatalité.

— Alice avait de la famille dans cette ville. Une tante qu'elle a malheureusement perdue de vue. Elle m'a dit qu'elle essaierait de venir en Californie et je lui ai promis de tout faire pour l'aider.

— Et tu réussiras, j'en suis sûre… As-tu bien lavé tes mains en remontant ?

Kate aurait posé la même question. Oona fit oui de la tête, d'un air chagriné. Aux yeux de ses maîtres, les pauvres émigrants qui croupissaient dans les soutes couvaient toutes sortes de maladies contagieuses. Pourtant, lors de sa brève visite, elle avait été agréablement surprise. Les cages à lapins qui tenaient lieu de cabines n'avaient rien à voir avec les somptueuses suites de la première classe, mais tout respirait la propreté, depuis les planchers soigneusement cirés, jusqu'aux rideaux de toile à carreaux. Un nouveau sourire illumina alors son visage rond.

— Quelle chance, mademoiselle Edwina, s'exclama-t-elle, d'être sur ce beau bateau, entourée de sa famille ! Je n'aurais jamais espéré une telle chance…

Sur ces mots, elle s'en fut en courant vers la cabine des enfants, cependant qu'Edwina prenait la direction du parloir pour retrouver Charles et ses parents. Lorsqu'ils entrèrent tous les quatre dans l'élégant restaurant à la carte, la jeune fille eut un soupir en repensant aux paroles d'Oona. Oui, ils avaient tous de la chance… Ce soir elle avait opté pour une robe en satin bleu pâle incrusté de bandes de guipure et, comme elle donnait à Charles sa main où brillait de mille feux le solitaire de sa bague de fiançailles, un merveilleux sentiment de paix glissa dans son cœur. Elle sut alors qu'elle était en train de vivre les moments les plus extraordinaires, les plus délicieux de toute son existence, des moments qu'on ne connaît qu'une seule fois dans la vie.

3

La vie à bord du *Titanic* ressemblait à un rêve sans fin. Suspendu entre ciel et mer, l'immense palace flottant offrait à ses passagers un éventail de plaisirs princiers : menus exquis, court de squash, piscine, bain turc.

Charles et Philip se dépensaient comme des fous au squash avant de s'adonner à l'équitation sur les chevaux mécaniques du gymnase en compagnie d'Edwina. Georges, fidèle à son penchant d'explorateur, montait et descendait inlassablement dans les ascenseurs, s'enfonçait dans les entrailles du bateau pour émerger, peu après, sur le grand pont supérieur, liant connaissance avec d'autres voyageurs. Toute la famille se retrouvait autour de la table du déjeuner. Le repas terminé, c'était l'heure de la sieste pour les plus petits, tandis que les plus grands se dispersaient dans différents salons. Kate et Bert avaient pris l'habitude de parcourir le pont-promenade, main dans la main, parlant de toutes sortes de choses qu'ils n'avaient jamais eu le temps d'évoquer auparavant. Mais les jours passaient vite, trop vite, au gré de Kate.

Ils dînaient soit dans l'immense salle à manger de la première classe soit, le plus souvent, au restaurant, moins opulent mais plus chic, qui seyait davantage aux goûts raffinés de la clientèle. Ce fut là que le commandant de bord leur présenta les Astor, le second jour du voyage. La rumeur tenait Astor pour l'homme le plus riche du monde. Mme Astor ne cessa de s'extasier au spectacle de la famille Winfield, ce qui fit conclure à Kate qu'elle devait attendre un bébé… Elle était charmante, beaucoup plus jeune que son mari mais éperdument éprise de lui, selon Kate qui les avait surpris dans le parloir en train de se voler des baisers.

Les Strauss, un couple d'âge moyen bien assorti, lui plaisaient tout autant que les Astor. À force de vivre ensemble, M. et Mme Strauss avaient fini par se ressembler comme frère et sœur. Leur tendre complicité et, surtout, leur fabuleux sens de l'humour les rendaient d'emblée sympathiques et l'on recherchait leur compagnie.

La première classe comptait trois cent vingt-cinq passagers. Des noms connus pour la plupart, dont Helen Churchill-Candee, auteur de plusieurs best-sellers sur des sujets variés… Or, nota Kate avec un malicieux sourire, une cour de prétendants suivait partout l'aguichante Mme Candee et pas seulement pour son talent. Bert, qui avait suivi son regard, la poussa discrètement du coude, alors qu'ils poursuivaient paisiblement leur promenade.

— Ma pauvre chérie ! Regarde ce que tu perds pour m'avoir épousé !

Kate Winfield hocha la tête. Un peu plus loin, adulée par ses admirateurs, Helen Candee laissa échapper un rire aérien. Cela devait être grisant d'être ainsi le centre de l'attention masculine, et cette idée arracha à Kate un nouveau sourire.

— Bah, fit-elle à mi-voix, je crois que je n'ai rien d'une femme fatale.

Elle ne regrettait rien, bien sûr, surtout pas d'avoir épousé Bert. Celui-ci se tourna vers elle d'un air froissé. Il ne manquait plus qu'elle mette en cause ses propres goûts en matière féminine.

— Oh, chérie, pourquoi dis-tu cela ? Tu es ravissante, tu sais.

Une rougeur toute virginale embrassa les joues de Kate. Se penchant vers son mari, elle lui effleura le cou d'un baiser.

— Idiot ! Il y a des femmes qui passent leur vie à séduire les hommes et d'autres qui leur courent après pour les soigner… J'appartiens à la deuxième catégorie, tout simplement, celle des mères poules.

— Seigneur, quel gâchis ! Dire qu'au lieu d'avoir gaspillé tes plus belles années à moucher des mouflets, tu aurais pu avoir la terre entière à tes pieds ! Tu n'aurais eu qu'à apparaître pour que ton éclat fasse pâlir de jalousie toutes les Mme Candee du monde.

Il plaisantait, naturellement, mais ses yeux brillaient doucement de son amour pour elle. Kate sentit son cœur prêt à éclater.

— Tu me suffis amplement, Bertram Winfield. Je n'en veux pas d'autre.

— Et tu as toute ma gratitude, ma chérie.

Il la regarda en lui adressant son sourire qui la faisait fondre et elle songea à leur vie passée, aux enfants, aux joies et aux chagrins qu'ils avaient partagés durant tant d'années. À leur amour qui s'était transformé en tendresse, en amitié même.

— J'espère seulement qu'un jour Edwina et Charles se diront les mêmes mots, murmura-t-elle.

Bert acquiesça, sachant qu'elle était sincère.

— Moi aussi…

Ils se remirent à marcher sur le pont en se tenant par la main. L'air avait singulièrement fraîchi et Kate frissonna. Bert l'attira dans ses bras pour l'embrasser.

— Je t'aime tellement Kate, chuchota-t-il d'une voix sérieuse, je veux que tu le saches.

Elle l'enveloppa d'un regard inquiet et se serra contre lui.

— Bert… tu te sens bien ? demanda-t-elle, alarmée soudain par la gravité avec laquelle il avait prononcé ces paroles.

— Merveilleusement bien. Mais il n'est pas interdit de formuler ses pensées.

Leurs lèvres s'unirent un instant, puis ils reprirent leur promenade, la main dans la main. C'était un dimanche après-midi. Une journée tranquille comme toutes les autres. Le matin, ils avaient assisté ensemble au service religieux présidé par le commandant Smith et avaient prié avec lui « pour ceux qui sont au péril de la mer »… Maintenant, la température baissait rapidement. Bientôt, le froid intense chassa les passagers des ponts. Bert décréta qu'un thé bien chaud leur ferait le plus grand bien. Sur le chemin du jardin d'hiver, ils s'attardèrent devant le gymnase où l'affriolante Mme Candee exerçait sa séduction sur le jeune Hugh Woolner.

Décoré de palmiers en pots, le grand salon au mobilier de rotin et d'osier blancs fourmillait de monde.

M. et Mme Astor prenaient le thé dans un coin. Kate et Bert les saluèrent aimablement. Ils s'apprêtaient à prendre place lorsqu'ils aperçurent Georges et Alexia en grande conversation avec deux dames aux cheveux blancs.

— Tu as vu ? sourit Bert. Dieu seul sait ce que ce garçon a en tête.

Délaissant Kate un instant, il s'en fut récupérer sa progéniture qu'il ramena à leur table, après avoir remercié chaleureusement les charmantes vieilles personnes.

— Que faisiez-vous là ? s'enquit-il, l'air sévère. Et où est passée Oona ?

Georges se fit un plaisir de le renseigner.

— Partie en fond de cale voir sa cousine. Les deux petits sont avec une femme de chambre. J'ai promis à Oona de vous amener Alexia, ajouta-t-il en haussant les épaules, et nous voilà. Je…

— Il m'a montré le gymnase, coupa la fillette dont la frimousse reflétait un ravissement sans mélange. Et la piscine aussi. Et nous avons pris tous les ascenseurs. Ce qu'on a pu s'amuser ! Puis Georges a dit que nous pourrions nous faire offrir des gâteaux, alors nous sommes venus ici, et ces gentilles grands-mères nous ont gavés de cakes…

Elle s'interrompit un instant, essoufflée, toute fière de sa grande aventure.

— Je leur ai dit que demain je vais fêter mon anniversaire, acheva-t-elle dans un gloussement de pure satisfaction.

C'était la vérité. La veille, Kate avait commandé un superbe gâteau d'anniversaire à « monsieur » Joughin, le chef pâtissier. Ils s'étaient mis d'accord sur une

Forêt noire ornée d'arabesques de chantilly et de roses en sucre.

— Eh bien, je suis ravi que vous vous soyez si bien amusés, dit Bert qui avait du mal à garder son sérieux. Cependant, la prochaine fois, vous viendrez avec nous, plutôt que de vous faire inviter à prendre le thé par des étrangers.

Georges ébaucha ce que ces parents appelaient son sourire de Gavroche – un sourire auquel il était difficile de résister. Alexia se pendit au cou de Kate et, vaincue, celle-ci la berça dans ses bras en l'embrassant sur la joue. La petite fille se mit à ronronner. Rien ne pouvait lui faire plus plaisir qu'un baiser de sa maman, dont elle chérissait la douceur. Elle huma avec passion les cheveux de Kate qui la serra encore plus fort. Un lien très puissant les attachait. Un lien spécial et absolu. Kate adorait Alexia, ce qui ne voulait pas dire qu'elle n'aimait pas ses autres enfants, loin de là. Chacun avait sa place dans son cœur débordant d'affection, à ceci près qu'Alexia occupait une place un peu à part. Comme si, contrairement aux autres, la fillette se refusait de quitter une seconde le giron maternel. Comme si – et Kate en avait conscience – elle ne voulait pas grandir. Un jour viendrait, bien sûr, où Alexia volerait de ses propres ailes, sa mère le savait, et pourtant, elle se prenait souvent à rêver qu'elle la garderait sous sa coupe pour toujours, surtout depuis qu'Edwina avait décidé de s'installer en Angleterre.

La jeune fille pénétra à ce moment-là dans le salon, escortée par Charles.

— Seigneur, il fait un froid de canard, soupira-t-elle en soufflant sur ses doigts engourdis. J'en suis frigorifiée !

Un sourire radieux brillait sur ses lèvres pleines. Edwina souriait constamment depuis un certain temps. Kate n'avait jamais vu personne nager dans un tel bien-être sauf peut-être elle-même au début de son idylle avec Bert. Elle lui rendit son sourire, mais Edwina ne s'en aperçut pas. Elle n'avait d'yeux que pour Charles. Les deux fiancés paraissaient seuls au monde. Leur félicité n'avait pas échappé à l'œil pertinent de Mme Strauss. « Mon Dieu, avait-elle confié à Kate, leur bonheur fait plaisir à voir. »

Bert commanda du thé et des toasts beurrés pour tout le monde. À peine assise, Edwina se tourna vers lui.

— Je me demande d'où vient ce froid.

Son père lui jeta un regard rassurant.

— Sans doute s'agit-il de courants en provenance du Groenland. Si nous gardons un œil ouvert ce soir, il se peut que nous apercevions quelques glaçons à fleur d'eau.

Edwina s'alarma.

— Mon Dieu ! Est-ce dangereux ?

Bert attendit que le thé fût servi avant de répliquer d'une voix persuasive.

— Ma chérie, tu peux dormir sur tes deux oreilles. Le *Titanic* est indestructible, grâce à des compartiments étanches qui, dit-on, lui permettent de flotter indéfiniment. Il faut bien plus d'un misérable petit glacier pour venir à bout d'un paquebot comme celui-ci… Et du reste, s'il y avait eu la moindre alerte, notre capitaine aurait certainement pris des dispositions en conséquence.

Le navire taillait sa route à toute vitesse sur une mer sans ride… Rassérénée, Edwina but une gorgée de thé parfumé et brûlant, mordit dans un toast. Le brouhaha des voix et des rires auquel se mêlaient les joyeux accents de l'orchestre l'entourait de son voile protecteur. Non, non… leur sécurité ne pouvait être mise en cause dans une forteresse de la taille du *Titanic*.

Au même moment, à son poste sur la passerelle, le commandant Smith se pencha sur un message radio, le troisième depuis le matin. Un nouvel avertissement le prévenant de la présence de champs de glaces devant lui. Jusqu'alors, il n'avait pas jugé nécessaire de ralentir l'allure. Pas encore. Il s'était contenté d'épingler sur le tableau d'ordres les trois avis émanant d'autres bateaux en mer, le *Caronia*, le *Baltic* et l'*Amerika*. Le commandant Smith comptait parmi les meilleurs capitaines de la White Star Line. Il portait une confiance illimitée à ses capacités et à celles de son navire réputé insubmersible. Le prestigieux voyage inaugural du *Titanic* coïncidait avec sa dernière traversée à lui, avant son départ à la retraite. De sa place, il pouvait voir l'homme de barre, dans la timonerie, tenant d'une main ferme la roue du gouvernail qui les conduisait droit sur New York. Tout paraissait en ordre. Le commandant savait également qu'au mois d'avril il arrivait fréquemment de croiser des banquises sur les routes transatlantiques. Bruce Ismay, le président de la compagnie, qui se trouvait également à bord, avait pris connaissance d'un des télégrammes, plus tôt dans la journée, mais s'était borné à l'enfouir au fond de sa poche… Tout était en ordre, songea pour la énième fois le commandant. L'obscurité tombait, le clairon sonna l'appel pour le repas du soir, l'étrave en acier du *Titanic* continuait à fendre les eaux noires de l'Océan.

Ce soir-là, Kate coucha elle-même les enfants – Oona était repartie voir sa cousine. Le froid s'était accentué. Kate demanda au steward des couvertures supplémentaires, puis borda soigneusement Teddy, Fannie et Alexia.

Une nuit glaciale régnait à l'extérieur, lorsque les Winfield se rendirent avec Charles au restaurant. La discussion porta sur Philip. L'adolescent avait jeté son dévolu sur une jeune fille de la seconde classe et tous les jours il se postait au même endroit dans l'espoir de l'apercevoir par-dessus la barrière. Mais aujourd'hui elle ne s'était pas montrée, empêchée probablement par la vague de froid. Son malheureux soupirant l'attendit pendant des heures, après quoi, le cœur brisé et les pieds gelés, il s'enferma dans sa cabine et refusa de dîner.

— Pauvre Philip ! commenta gentiment Edwina à l'adresse de sa mère, alors qu'elles s'installaient à leur table habituelle.

Retenu un instant à l'entrée du restaurant par W.T. Stead, célèbre journaliste et écrivain, auteur d'une série d'articles dans le journal familial, Bert échangea ensuite quelques propos avec un autre homme en tenue de soirée, avant de gagner sa place.

— Chéri, qui était ce monsieur ? s'enquit Kate, faisant allusion au deuxième interlocuteur de son mari qu'elle ne connaissait pas.

— Benjamin Guggenheim. Je l'ai rencontré à New York il y a quelques années.

— Vraiment ? – Du regard Kate indiqua discrètement la blonde pulpeuse qui accompagnait Guggenheim. – Et il voyage avec Mme Guggenheim ?

— Je ne crois pas… lui fut-il répondu sobrement.

Le sujet clos, Bert se pencha vers Charles, lui demandant combien de milles ils avaient parcouru ce jour-là. C'était un petit jeu amusant entre les deux hommes.

— Cinq cent quarante-six, devina Charles, gagnant du même coup le pari.

Bert lui sourit. Ils avaient appris à mieux se connaître depuis le début de la croisière et, chaque jour, il appréciait davantage le fiancé de sa fille. Il en avait parlé à Kate et elle était du même avis. Charles saurait rendre Edwina heureuse.

L'orchestre jouait dans le grand salon feutré où les passagers se prélassaient après dîner.

— On va se promener ? proposa Bert à Kate.

Elle le suivit sur le pont désert.

— Seigneur, non, il fait trop froid ! se plaignit-elle, toute frissonnante dans son manteau de vison.

Dans la nuit claire, sans lune, une myriade d'étoiles scintillantes criblait le velours noir du firmament. La mer était comme morte. Entraîné par Kate, Bert battit en retraite à l'intérieur. Ils ignoraient que la radio du navire venait de recevoir deux nouveaux messages. Deux avis selon lesquels des icebergs dérivaient en avant du *Titanic*.

Vers vingt-deux heures trente, ils regagnèrent leur cabine. Kate et Bert se dévêtirent tout en bavardant, cependant que Charles et Edwina goûtaient une dernière coupe de champagne dans le confortable petit salon de leur suite.

Il était vingt-trois heures quand Kate et son mari éteignirent la lumière. Et, à peu près au même moment, un nouvel avertissement annonçant la présence de glaces dans les environs explosait dans les écouteurs de l'opérateur radio du bord. Il émanait du *Californian* qui naviguait dans un proche périmètre.

— Bon sang, ne m'interrompez pas ! J'ai du travail ! gronda le jeune télégraphiste Phillips.

Il était sur la brèche depuis des heures, émettant sans répit pour tenter de purger le monceau de messages personnels expédiés par les passagers. Et il en restait des dizaines et des dizaines sur son bureau. Après tout, on savait bien qu'il y avait des icebergs dans l'Atlantique, pensa-t-il furieux. Avec un haussement d'épaules agacé, il se remit à la tâche. À son avis, prévenir le commandant constituait une perte de temps aussi vaine qu'inutile. Le commandant Smith, parfaitement au courant de la situation, n'avait pas cru bon jusqu'alors de prendre des mesures, et ce n'était pas un télégramme de plus ou de moins qui changerait quoi que ce soit à l'affaire.

Phillips continua à envoyer ses messages à Cape Race, alors que Kate et Bert se laissaient bercer par le roulis, que les enfants Winfield rêvaient dans la pénombre ouatée de la cabine adjacente. Enlacés sur la méridienne, seuls au monde, Edwina et Charles parlaient de leurs projets à mi-voix… Il était presque minuit à la pendule.

Soudain, au beau milieu de leurs tendres confidences, un léger choc !… oh, pas grand chose, une sorte de petite secousse… Comme s'ils avaient heurté un obstacle. Comme si… mais non, cela ne pouvait être important, car rien d'autre ne se produisit. Ils s'apprêtaient à poursuivre leur causerie, quand Edwina se redressa, intriguée par le silence. Un silence étrange, absolu. Le ronronnement sourd, les vibrations des moteurs, chaque bruit familier s'était tu. Le navire sembla s'immobiliser. Les deux jeunes gens échangèrent un regard et, pour la première fois, Edwina décela une lueur d'inquiétude dans les yeux de Charles.

— Qu'est-ce que c'est ? demanda-t-elle avant de s'élancer vers la fenêtre qui s'ouvrait sur le tribord.

— Rien de grave, certainement. Rappelle-toi ce que ton père a dit, chérie, ce bateau est incoulable. Ils doivent changer de cap ou procéder à une quelconque vérification, ajouta-t-il en endossant son lourd pardessus, je vais jeter un coup d'œil, d'accord ?

— Attends ! Je viens avec toi.

— Edwina, non. Il fait trop froid dehors.

— Pas aussi froid que dans la salle à manger d'oncle Rupert. J'ai l'habitude.

Son insistance amena un sourire sur les lèvres du jeune homme. Après tout, que risquaient-ils ? Il l'aida à enfiler l'ample manteau de vison que Kate avait laissé sur un fauteuil, puis ils quittèrent la suite. D'autres curieux avaient envahi le corridor. La plupart portaient des manteaux de fourrure sur leur robe de chambre. D'autres déambulaient en pyjamas, pieds nus. Charles et Edwina gravirent les marches du grand escalier. À première vue, le pont supérieur présentait un spectacle rassurant. À l'évidence, le vaisseau s'était arrêté mais les cheminées monumentales fonctionnaient, soufflant d'épais nuages de fumée dans l'air glacial. John-Jacob Astor émergea sur le pont et se mit à questionner un homme d'équipage.

— Nous avons effleuré un iceberg, finit par avouer celui-ci, mais ce n'est pas grave, retournez vous coucher.

Astor fit demi-tour. En se penchant par-dessus le bastingage, Charles aperçut des passagers de la troisième classe jouant avec des boules de neige tombées sur les ponts inférieurs.

— Viens, dit-il à Edwina, il n'y a rien à voir.

Ils s'engouffrèrent dans la trappe de l'escalier. Bert les attendait dans le salon de leur suite. Il avait l'air inquiet.

— Que se passe-t-il ?

Il parlait à voix basse, de crainte de réveiller Kate.

— Rien d'alarmant, répliqua Charles immédiatement, en ôtant son pardessus. Nous avons heurté un bloc de glace, ce dont tout le monde semble se ficher éperdument. L'équipage a pris les choses en main et je pense que nous pourrons repartir bientôt.

Tranquillisé, Bertram hocha la tête. Il avait honte à présent de s'être ainsi affolé mais, comme tout bon père de famille, il avait tenu à s'assurer qu'aucun danger ne menaçait les siens.

— Eh bien, bonne nuit, dit-il. Edwina, ne veille pas trop tard.

Il retourna dans sa cabine et referma la porte. La pendule sonna les douze coups de minuit et tout en bas, dans les entrailles du navire, un combat mortel s'engagea. C'était bien un iceberg qui avait raclé la coque du *Titanic*. Une énorme masse de glace qui avait surgi tout à coup des ténèbres. Au moment de la collision, une explosion aussi puissante qu'un coup de canon avait retenti dans l'une des chaufferies. Assaillis par un torrent furieux et glacé, les soutiers avaient pris la fuite vers un lieu plus sûr. Et, tandis que les voyageurs s'efforçaient de retrouver le sommeil, l'eau continuait à s'infiltrer impétueusement dans la carène. Les cinq compartiments inférieurs du navire étaient maintenant complètement immergés.

Sur la passerelle, flanqué de Bruce Ismay, président de la White Star, et de Thomas Andrews, architecte naval, le commandant Smith, effaré, mesurait l'ampleur des dégâts. Aux yeux des trois hommes, la situation se présentait sous un nouveau jour… Un jour dramatique. La mer qui remplissait inexorablement les cales ne tarderait pas à engloutir, l'un après l'autre, les étages supérieurs. Il n'avait pas fallu longtemps à Andrews pour conclure que l'impensable venait de se produire. Le *Titanic*, l'invincible, l'orgueilleux, l'irréductible *Titanic* était en train de sombrer.

— On peut tenir un certain temps, fit-il savoir au capitaine, mais combien de temps, nul ne peut le dire.

Minuit cinq. Bertram Winfield se disposait à se glisser dans son lit, près de sa femme, quand il sentit le plancher vaciller. C'était une oscillation si légère qu'il crut l'avoir imaginée.

Une minute s'écoula. Un peu plus bas, l'eau noyait avec fracas le court de squash. En haut, sur la passerelle, le commandant donna à ses hommes l'ordre de débâcher les embarcations. Une angoisse mortelle l'étreignait. Il n'y avait pas eu d'exercice de sauvetage, pas une seule fois, il le savait. Ce navire avait été conçu pour lutter contre les intempéries sans jamais couler et voilà qu'une armée de stewards se ruait dans les coursives en tambourinant sur les portes des cabines pour faire évacuer les passagers. Une seconde plus tard, Bert fut de nouveau réveillé en sursaut. Il entendit la galopade le long du couloir, puis des voix étouffées. Charles avait dû entrebâiller la porte du salon, car il parlait à quelqu'un. Au début,

Bert ne put distinguer les mots. Ensuite, il ne comprit que trop bien ce qui se passait.

— Mettez vos gilets de sauvetage et montez sur le pont supérieur ! Tout de suite !

Le steward avait passé les consignes avec le sourire, mais l'on sentait bien l'urgence dans le ton de sa voix. Edwina le regarda. Il n'y avait pas eu de signal d'alarme, pas le moindre son de cloche. Rien. Seulement le silence, ce silence étrangement pesant. Le cœur de la jeune fille se mit à battre plus fort, comme chaque fois que l'un de ses frères et sœurs avait besoin d'elle. Et c'était à eux qu'elle songeait, précisément.

— Avons-nous le temps de nous changer ? demanda-t-elle.

— Non, mademoiselle. Restez comme vous êtes et enfilez votre gilet de sauvetage. Il vous tiendra chaud. Ce n'est qu'une simple précaution mais vous devez vous dépêcher, maintenant.

Ce disant, il se mit à cogner sur le battant de la cabine suivante. Edwina chercha du regard Charles. Il lui serra la main en silence. Bert, sorti un instant dans le salon, se précipita pour appeler Kate.

— Je vais t'aider, s'offrit Charles.

Il pénétra dans la chambre des garçons, et une minute plus tard, les yeux bouffis de sommeil, les deux frères d'Edwina se débattaient avec les cordons de leur gilet de sauvetage. Charles leur avait résumé la situation le plus simplement possible, afin de ne pas les effrayer.

— Chouette ! s'écria Georges, toujours à l'affût de nouvelles émotions, alors que le paisible Philip blêmit, en proie à une terrible angoisse.

Dans la cabine voisine, Edwina tira Alexia du lit, prit Fannie dans ses bras, secoua gentiment l'épaule d'Oona qui, revenue de sa visite, dormait profondément sur sa couchette. La jeune Irlandaise ouvrit de grands yeux étonnés et Edwina tenta de la mettre au courant des événements sans effaroucher les petits.

— Occupez-vous de Teddy.

— Où est maman ? pleurnicha Alexia.

Elle s'échappa des bras de sa grande sœur et s'élança vers Kate, dont la silhouette se profila à ce moment-là dans le chambranle de la porte, suivie de Bert, puis de Charles.

— Que se passe-t-il ? demanda-t-elle en plissant les paupières. – Ses yeux allaient de Charles à sa fille et de celle-ci à son mari. – J'ai l'impression d'avoir raté quelque chose.

— Nous n'en savons rien en fait, répondit Bert avec franchise. Il y a eu, paraît-il, un accident dû à un bloc de glace. Il y a une demi-heure, Charles, qui est allé aux nouvelles, a appris qu'il ne s'agissait que d'un incident mineur. Les choses ont dû se gâter, car il faut maintenant se présenter au pont des embarcations.

— Très bien, dit Kate d'une voix énergique, cependant que, du regard, elle faisait une rapide inspection de la pièce. – Son œil s'attarda sur les fins escarpins argentés à talons qu'Edwina avait aux pieds. – Edwina, change de chaussures. Oona, couvrez-vous et préparez Teddy et Fannie. Bert, mon chéri…

Bertram se replia dans leur cabine d'où il revint presque aussitôt, engoncé dans un gros pardessus, une robe de lainage pour Kate sur le bras. Il eut alors la nette impression que le sol penchait davantage et, pour la première fois, une onde de pure frayeur lui parcourut l'épine dorsale.

— Allons, les enfants, dépêchez-vous ! intima Kate avec une conviction qu'elle était loin d'éprouver.

Philip, Georges et Alexia étaient habillés. Edwina avait troqué ses escarpins contre des bottes, passé un manteau sur sa robe de satin bleu pâle. Avec des gestes efficaces, Charles avait attaché les gilets de sauvetage dans le dos de Teddy et de Fannie. Seule Oona, cheveux défaits et pieds nus, arpentait le plancher en tremblant de tous ses membres.

— Oona, habillez-vous ! ordonna Kate.

Elle-même enfila par-dessus sa chemise de nuit la lourde robe de voyage que Bert lui avait apportée, glissa ses pieds dans des chaussures de marche, se drapa dans son vison.

— Mon Dieu… Alice… je dois aller auprès d'Alice, marmonna l'Irlandaise, l'air hébété.

Des larmes menaçaient de jaillir de ses yeux. Kate lui agrippa l'avant-bras.

— Vous n'irez nulle part, Oona Ryan ! Maintenant mettez vos vêtements et suivez-nous.

Elle tenait solidement Alexia par la main, et la petite fille avait cessé de pleurer. Tant qu'elle restait avec sa mère et son père, rien ne pouvait lui arriver. Tout le monde était prêt, sauf Oona, qui se tordait les mains en un geste d'impuissance désemparée.

— Oh, madame, je ne sais pas nager ! s'écria-t-elle soudain, au comble du désespoir.

— Ne soyez pas ridicule ! lui rétorqua durement Kate. Personne ne vous demandera de gagner un championnat de natation.

Du coin de l'œil, elle fit signe à Edwina de commencer à évacuer les enfants, après quoi, s'emparant d'une robe de grosse laine, elle la fit glisser presque de force par-dessus la tête de la gouvernante. Ensuite, en s'agenouillant, elle tira brutalement sur le bas de la robe, força la jeune fille à mettre ses chaussures, puis, se redressant, lui jeta une de ses propres capes sur les épaules, tout en saisissant d'une main ferme le gilet de sauvetage de sous la couchette. Deux minutes à peine s'étaient-elles écoulées qu'elles rejoignaient les autres dans le couloir.

Une foule dans des accoutrements bizarres encombrait le passage. Pris de court, les voyageurs avaient mis sur le dos n'importe quoi. Aucun signe de panique ne vint perturber cette paisible ascension vers le pont. Un ou deux rires perçèrent même dans l'assistance, puis quelqu'un dit que « tout cela était fâcheux ».

Il était alors près d'une heure du matin et dans la cabine radio, le jeune opérateur Phillips envoya le premier signal de détresse sur son appareil de télégraphie sans fil. L'eau montait rapidement, beaucoup plus vite que le commandant ne l'avait prévu. Le court de squash était noyé jusqu'au plafond, des trombes d'eau débordaient dans les salles de repos de la troisième classe. Il n'y avait pas une heure que l'iceberg avait heurté le *Titanic*. Fred Wright, le champion de squash, salua Philip d'un signe de tête quand il l'aperçut au milieu de la file qui s'étirait vers les embarcations.

— J'ai oublié mes bijoux, murmura Kate.

Elle venait juste d'y penser mais il était trop tard pour revenir en arrière. Son regard se baissa sur la bande d'or de son alliance scintillant à son doigt, et elle ne put s'empêcher de penser que cela lui suffisait amplement.

Elle sentit les doigts de Bert sur sa main.

— Ne t'en fais pas, dit-il avec un sourire, je t'en achèterai d'autres si jamais ceux-ci sont égarés…

Il n'avait pas voulu dire « perdus », par une sorte d'obscure superstition qui, soudain, fit surface. Tout à coup, la même onde de terreur que tout à l'heure, quand le plancher s'était incliné sous ses pieds, le transperça. L'idée de ce qu'il pourrait arriver à sa femme et ses enfants l'emplissait d'une peur insensée et primitive. Ils passèrent devant le gymnase. De l'autre côté de la paroi vitrée, Astor et sa femme bavardaient, assis sur les chevaux mécaniques. Le millionnaire avait sûrement préféré attendre la suite des événements à l'abri du froid, afin de protéger le petit être que son épouse portait. Tous deux avaient revêtu des gilets de sauvetage, et lui, un troisième gilet étalé sur ses genoux, parlait à sa compagne tout en tripotant un stylo à plume.

À l'instant où les Winfield débouchèrent sur le tribord avant, l'orchestre du bateau entama une mélodie entraînante. Huit grandes chaloupes venaient d'être dégagées par l'équipage, huit autres s'alignaient à bâbord. Il y avait encore quatre canots pliants en toile plastifiée. C'était un spectacle affligeant, malgré l'atmosphère de fête que les braves musiciens s'efforçaient de créer. Bert suivit du regard les marins qui s'activaient dans tous les sens. Son cœur battait la chamade, ses doigts se refermèrent autour du poignet de sa femme. Kate portait Fannie, Alexia se tenait collée à elle, Philip leur emboîtait le pas avec le petit Teddy dans les bras. Ils se tenaient tous aussi près les uns des autres qu'ils le pouvaient, dans l'air horriblement froid. Alentour, les gens s'entretenaient à voix basse. Kate vit Philip échanger quelques mots avec un garçon qu'il avait connu dès le premier jour de la traversée, Jack Thayer, originaire de Philadelphie. Ses parents avaient été invités au dîner offert par les Widener, également de Philadelphie, en l'honneur du commandant Smith, si bien que Jack, resté seul dans leur suite, était maintenant à leur recherche. Au milieu de la cohue, Kate reconnut les Allison, leurs amis de Montréal. La petite Lorraine donnait une main à sa mère et, de l'autre, pressait sur son cœur sa chère poupée. Mme Allison, pendue au bras de son mari, se penchait vers la gouvernante, et celle-ci transportait, emmitouflé jusqu'aux oreilles dans une grosse couverture duveteuse, le petit frère de Lorraine, un adorable garçonnet.

Le commandant en second Lightoller surveillait ses hommes d'un œil attentif dans lequel, cependant, on pouvait déceler une confusion grandissante. Évacuer une telle foule n'était pas une mince affaire, d'autant que la plupart des passagers, ne s'étant pas encore rendu compte de la gravité de l'accident, montraient quelque réticence à quitter le vaisseau brillamment illuminé. Les matelots, par petits groupes, descellaient les canots de leur berceau, y posaient des lanternes et des vivres, mais lorsque le premier fut prêt à être affalé à la mer, les passagers de devant se reculèrent, horrifiés, en dépit des appels du commandant en second.

L'orchestre attaqua un air de ragtime et Alexia fondit en larmes, mais Kate lui tapota tendrement la menotte, lui murmurant d'une voix douce que c'était déjà le jour de son anniversaire et que, plus tard, ils auraient tous droit à une part de gâteau.

— Et tout à l'heure, quand nous serons revenus sur le bateau, tu souffleras tes bougies, ma chérie.

Kate cala Fannie sur sa hanche pour entourer les épaules d'Alexia d'un bras protecteur, puis son regard glissa vers son mari. Bert guettait les réactions des autres voyageurs. Des murmures fusaient de toutes parts, mais personne ne paraissait posséder la moindre information. Au bout d'une minute qui parut incroyablement longue, quelqu'un cria l'ordre de commencer l'évacuation dans les chaloupes. « Les femmes et les enfants d'abord, ajouta-t-il, les hommes ensuite. » L'orchestre se mit alors à jouer plus fort, afin de couvrir le brouhaha des voix. Kate parvint à sourire, malgré la terreur sournoise qui, peu à peu, la tétanisait.

— Cela ne peut pas aller si mal, tant qu'on entend cette belle musique, affirma-t-elle.

Elle échangea un long regard avec Bert et vit la peur dans ses yeux. Cependant, ils se turent, soucieux de ne pas communiquer leur inquiétude aux enfants.

Edwina se serrait contre Charles. Dans sa précipitation, elle avait oublié ses gants. Le jeune homme s'efforçait de lui réchauffer ses mains glacées dans les siennes. L'appel invitant les femmes et les enfants à prendre place dans les embarcations retentit de nouveau, mais personne ne bougea. Le commandant en second Lightoller eut beau inciter les passagères à avancer, celles-ci se pressaient contre leurs maris, comme pétrifiées. Aucune d'elles ne paraissait consciente du danger, bien que le navire, sensiblement enfoncé de l'avant, commençât à s'incliner imperceptiblement sur le côté.

Ensuite, tout se précipita, lorsqu'un groupe de maris décida de prendre les choses en main. Kenyon, Pears et Wick poussèrent leurs épouses éplorées vers les masses sombres des canots. Les femmes protestaient et suppliaient leurs compagnons de les suivre.

— Allons, mesdames, un peu de cran, hurla un homme. Nous serons tous de retour pour le repas de midi. Dans quelques heures, vous serez en train de vous narrer vos aventures.

Cette déclaration fut lancée sur un ton si jovial que quelques rires fusèrent parmi les voyageurs. Timidement, les premières femmes firent un pas en avant. Presque toutes étaient accompagnées de leurs femmes de chambre. Le commandant en second intima aux maris de rester en arrière. Seules les femmes et les enfants embarqueraient, précisa-t-il. Aucune entorse au règlement ne serait tolérée. Il répéta les ordres d'une voix sèche et ce fut alors qu'Oona éclata en sanglots.

— Oh, madame, je ne peux pas… je ne veux pas y aller… je ne sais pas nager… puis Alice… et Mary…

Tout en se lamentant, l'Irlandaise se mit à battre en retraite. Kate voulut aller vers elle pour la réconforter, mais soudain, la gouvernante se fondit dans la foule. Il fallait qu'elle revoie Alice et sa petite fille, il le fallait absolument. Une fraction de seconde plus tard, elle se faufila en direction de l'écoutille la plus proche avec la ferme intention de retrouver sa cousine, dût-elle retourner dans les entrailles du bateau.

Kate rebroussa chemin, les bras ballants.

— Faut-il que j'aille la chercher ? demanda Philip à sa mère.

Celle-ci consulta d'un regard anxieux son mari, qui secoua la tête. La petite Fannie couinait et Edwina prit Teddy dans ses bras.

— Non ! dit Bertram d'un ton sans réplique.

Il était impératif qu'ils restent tous ensemble. Si Oona était assez stupide pour prendre la fuite, eh bien, elle serait sûrement évacuée d'un autre point du navire.

La file s'avançait inexorablement. Kate, hésitante, fixa son époux.

— Ne pouvons-nous pas laisser passer notre tour ? Je ne veux pas partir sans toi. S'il te plaît, Bert, attendons encore un peu.

Soudain, sous leurs pas, le sol chancela. La conscience d'un danger imminent s'imposa alors à l'esprit de Bert. Le moindre retard pouvait s'avérer fatal. Il ignorait qu'un autre drame couvait sur la passerelle. Thomas Andrews, le constructeur du navire, venait d'informer le commandant Smith que le *Titanic* n'avait plus qu'une heure à vivre et qu'à bord on disposait de moyens de sauvetage pour moins de la moitié des personnes embarquées. Depuis la cabine radio, Phillips continuait de bombarder de messages le *Californian* qui croisait à quelques milles de là, sans obtenir de réponse.

— Non, Kate, répondit Bert. Tu dois embarquer maintenant.

Il s'était exprimé avec son calme coutumier, mais la petite flamme affolée qui brûlait au fond de ses prunelles n'échappa guère à Kate. Elle sut tout à coup ce que Bert ressentait. Une peur affreuse et mortelle, une peur immense qu'il n'avait jamais éprouvée auparavant. Ne sentant plus Alexia dans ses jupes, elle se tourna instinctivement vers la place où la petite fille se tenait, une minute plus tôt. Elle n'était plus là. Kate lui avait lâché la main quand elle avait couru derrière Oona et ne se rappelait pas l'avoir revue depuis. Elle tendit le cou, dans l'espoir de l'apercevoir près d'Edwina, mais non. Sa fille aînée disait quelque chose à Charles et Georges, à deux pas de là, avait visiblement perdu son enthousiasme des premiers instants. Une sourde explosion déchira la nuit polaire suivie d'une clarté blanche, et une corolle lumineuse s'épanouit dans l'éther, comme un feu d'artifice. Il était exactement une heure du matin, à peine soixante minutes après la collision dans laquelle on n'avait voulu voir qu'un « incident mineur ».

— Qu'est-ce que c'est, Bert ? demanda Kate tout en cherchant distraitement Alexia des yeux.

Elle était sûrement en train de comparer sa poupée à celle de la petite Allison.

— Ce sont des fusées de détresse, Kate. Cela veut dire que c'est très grave. Il faut que tu partes avec les enfants tout de suite.

Il lui étreignit la main et une larme perla au bout de ses cils.

— Je ne vois plus Alexia, dit Kate, effrayée. Elle doit se cacher quelque part. – Un flot de larmes inonda ses yeux. – Mon Dieu, Bert, où est-elle allée ?

— Je vais la chercher. Reste ici avec les autres.

Il se fraya un chemin au milieu de la cohue, courut d'un groupe à l'autre, fureta convulsivement dans chaque recoin. Alexia n'était nulle part. Il revint vers sa femme qui tenait toujours la petite Fannie dans les bras.

— Rien encore, cria-t-il, devançant ses questions. Elle ne peut pas être loin. Elle ne t'a jamais quittée d'une semelle, alors…

Il s'efforçait de paraître sûr de lui mais la pâleur de son visage démentait ses paroles.

— Elle a dû se perdre, fit Kate d'une voix chevrotante.

Elle se sentit soudain au bord de l'évanouissement et dut s'appuyer contre lui.

— Mais non, murmura-t-il, non, Kate, tu avais raison, elle doit se cacher quelque part.

Mais où pouvait bien être une enfant de six ans, alors que le chaos régnait sur les ponts du *Titanic* et que les passagers s'entassaient pêle-mêle dans les embarcations de sauvetage ? L'image d'une Alexia bouleversée tremblota l'espace d'une seconde devant les yeux fatigués de Bert – c'était pourtant à peine quatre jours plus tôt – et il crut la réentendre crier sa peur des bateaux, sa peur de l'eau… Kate l'avait alors consolée en lui promettant que rien ne pouvait leur arriver mais, voilà, c'était fait, et maintenant Alexia avait disparu.

— Les femmes et les enfants ! bramait le commandant en second, alors que l'orchestre continuait de jouer.

— Kate…

Bert regarda sa femme. Il savait qu'elle ne quitterait jamais le navire en perdition sans Alexia. Une nouvelle gerbe de fusées explosa au-dessus de leur tête mais Kate ne daigna pas lever les yeux.

— Je ne peux pas ! déclara-t-elle.

— En ce cas, envoie Edwina.

Une sueur glacée lui couvrait le front. Il eut la sensation de vivre un cauchemar dont il n'allait jamais se réveiller. Ses mains saisirent la petite Fannie, ses lèvres effleurant les boucles soyeuses près de sa tempe.

— Edwina prendra les petits. Tu t'embarqueras dans le canot suivant avec Alexia.

— Et toi ?

Les fusées, là-haut, illuminaient d'une étrange lueur blême le visage de Kate. L'orchestre égrenait les premières mesures d'une valse.

— Et Georges ? Et Philip ? Et Charles ? insista-t-elle.

— « Les femmes et les enfants d'abord », cita-t-il, n'as-tu pas entendu la consigne ? Nous vous rejoindrons plus tard.

En effet, autour d'eux, les hommes disaient au revoir à leurs femmes qui s'en allaient. Les premières chaloupes étaient presque remplies à présent. Les aiguilles de la montre de gousset de Bert indiquaient une heure cinq. Il mit d'autorité Fannie dans les bras d'Edwina. Kate s'approcha à son tour, les yeux fiévreux.

— Ton père voudrait que tu quittes le bord avec Fannie et Teddy, expliqua-t-elle à sa fille aînée. Et avec Georges, ajouta-t-elle tout à coup.

Georges n'avait que douze ans, pensa-t-elle, ce n'était qu'un enfant. Les traits fins d'Edwina se figèrent.

— Et toi ? parvint-elle à questionner.

— Je prendrai le prochain canot avec Alexia… Pour le moment, je ne sais pas où elle est. Elle a dû se cacher quelque part, tu sais combien elle est peureuse… Vas-y, ma chérie, Georges te sera d'un grand secours.

Sa voix restait miraculeusement calme, malgré la panique qui lui nouait la gorge. Une fois de plus, elle appela son mari.

— Bert, l'as-tu trouvée ?

Il secoua la tête. Kate se tourna vers Edwina. Une nouvelle énergie l'animait. Tout son être tendait maintenant vers un but suprême : sauver Edwina, Georges et les tout-petits, afin qu'elle-même puisse aider Bert dans ses recherches. Elle verrait plus tard pour Philip… et pour Charles. Pour le moment, seul cet objectif comptait.

Lightoller fit signe au tambour de donner le départ des premières embarcations. Il restait encore quelques places dans le numéro 8 mais aucun des hommes présents ne se risqua à transgresser les ordres du petit commandant en second. Bert était revenu sur ses pas.

— Encore quatre personnes ! cria-t-il.

Le geste de Lightoller resta en suspens. Un marin harponna Edwina par le bras. Les yeux agrandis, Fannie et Teddy serrés contre elle, la jeune fille lança un regard éperdu en direction de ses parents, puis de Charles.

— Mais…

Elle fut entraînée vers le canot.

— Maman, papa, ne peut-on pas vous attendre ? cria-t-elle, avec, sur le visage, une expression d'enfant perdue.

Sa voix se fêla, des larmes mouillèrent ses joues. Sa mère l'enlaça et Teddy se mit à brailler. Kate repoussa le bébé qui tendait de s'accrocher à elle.

— Non, non, poussin, non, va avec Edwina. Au revoir ma chérie, à tout à l'heure.

Elle sourit à travers ses larmes à Edwina. La suite se déroula très vite. Un instant plus tard, soulevée par le marin, la jeune fille fut déposée dans le canot avec Fannie et Teddy qui pleuraient, puis ce fut le tour de Georges, malgré ses protestations. Le monde chavira et, sous le roulement du tambour, Edwina chercha désespérément à fixer dans sa mémoire les visages de sa mère, de son père, et de Charles qu'elle n'avait pas eu le temps d'embrasser une dernière fois.

— Je t'aime ! cria-t-elle à l'adresse de son fiancé.

Il lui jeta ses gants qu'elle attrapa au vol avant de s'asseoir sur le banc de bois.

— Sois courageuse, ma chérie, je serai bientôt près de toi.

Les cordages se tendirent dans les poulies toutes neuves avec un crissement, et l'esquif monta dans les airs avant de redescendre lourdement le long de la paroi vertigineuse du gigantesque paquebot. Figée sur place, Kate entendait s'éloigner les pleurs de Teddy. De toutes ses forces, elle serra la main de son mari. Lorsque le marin avait empoigné Georges pour le faire asseoir dans la barque, Lightoller avait rechigné. Bert s'était alors empressé de lui dire que le garçon n'avait pas encore douze ans – il avait triché de deux mois – puis, sans attendre la réponse du commandant en second, il avait lui-même poussé son fils vers le canot. Georges l'avait supplié de le laisser rester avec eux et Philip mais Bert n'avait rien voulu savoir.

Maintenant, appuyés au bastingage, les deux époux suivaient les mouvements du canot prêt à se poser sur l'eau.

— Tenez bon les enfants ! clama Bert, maman et moi serons vite avec vous.

Il se détourna, afin de dissimuler ses larmes. Kate jeta un dernier regard par-dessus bord. Un gémissement presque animal gonfla sa poitrine quand la carène de la barque effleura les flots sombres et glacés. C'était une manœuvre subtile car une erreur de manipulation, si infime fût-elle, aurait abouti à une catastrophe et Lightoller dispensait ses ordres avec la minutie d'un chirurgien procédant à une opération délicate. Ceux d'en bas, visages renversés, laissaient échapper une rumeur faite de « À bientôt », « Au revoir », « Je vous aime ». Mais, tout à coup, les mains crispées sur la rambarde, Kate vit Edwina s'agiter, gesticuler, pointer le doigt droit devant elle… Kate se pencha davantage et alors elle l'aperçut, assise près de la proue. Ce halo de boucles blondes, presque blanches, ne pouvaient appartenir qu'à une seule personne au monde. C'était Alexia, il n'y avait pas de doute.

— Je l'ai vue ! Je l'ai vue ! s'époumona-t-elle en réponse, et un immense sentiment de soulagement détendit les muscles douloureux de ses épaules.

Sauvée, grâce au ciel ! Ses cinq enfants étaient sains et sauf, dans la même barque ! Elle quitta son poste d'observation d'un pas léger. Il ne restait plus qu'à tirer de là Philip, Bert… et Charles, bien sûr. Elle se précipita vers eux et, pour la première fois depuis le début du cauchemar, un sourire illumina ses traits.

— Bert, Bert, *elle* est avec eux ! Alexia est avec les autres.

Elle lui passa les bras autour du cou dans un soupir.

— Dieu merci ! Je ne sais pourquoi elle n'a pas voulu attendre avec nous…

— Les marins l'auront embarquée sans prendre garde, souffla Bert. Timide comme elle est, elle n'a pas dû protester. C'est ton tour maintenant, Kate. Je veux que tu prennes le prochain canot, est-ce clair ?

— Je préfère partir en même temps que Philip, Charles et toi. Edwina s'occupera très bien des petits.

Son cœur saignait à l'idée que ses enfants, la chair de sa chair, étaient loin d'elle. Pourtant, un désir singulier la poussait à rester près de son mari. Sachant maintenant Alexia à l'abri du danger, elle frémit d'une frayeur rétrospective et remercia une fois de plus la Providence.

Les embarcations de sauvetage déhalaient rapidement. Dans le canot numéro 8, Edwina installa du mieux qu'elle put Teddy et Fannie sur le banc haut et dur. Il fallait coûte que coûte attirer l'attention d'Alexia, toujours assise sur le devant. Malheureusement, les personnes qui s'entassaient entre elles rendaient tout mouvement impossible. À son côté, Georges maniait une rame d'un air obstiné et fier. La jeune fille toucha le bras de sa voisine, la priant de faire passer le mot, puis attendit, alors que les autres femmes se penchaient les unes vers les autres. Enfin, l'une d'elles put atteindre la fillette qui se retourna. Edwina contempla sa frimousse baignée de larmes et un cri d'incrédulité s'étrangla au fond de sa gorge. C'était une jolie petite créature aux grands yeux apeurés, et elle pleurait parce qu'elle avait été séparée de sa mère… Mais ce n'était pas Alexia.

Edwina demeura immobile, accablée par son erreur. À la pensée que Kate, tranquillisée, ne songeait plus à rechercher la fillette, un curieux petit sanglot lui échappa. La petite Fannie commença alors à couiner et Edwina dut la reprendre dans ses bras.

Un calme absolu enveloppait la grande suite où, tranquillement assise sur un lit, Alexia parlait à voix basse à Mrs. Thomas, sa poupée. Elle l'avait oubliée au moment où tout le monde avait déguerpi précipitamment. Une fois là-haut, quand la main de sa mère avait lâché prise, la fillette s'était précipitée sur les traces d'Oona. Elle ne put l'attraper, bien sûr, mais elle avait retrouvé le chemin de la cabine et y était revenue, afin de chercher la poupée. Alexia ne voulait pas quitter le bateau sans elle. Toute réflexion faite, c'était bien plus tranquille ici, loin du vacarme et de la foule. À quoi cela servirait-il de s'embarquer dans l'une de ces grandes barques lugubres, chargées d'inconnus, au risque de tomber dans l'eau noire et glacée ? Mieux valait attendre ici, au chaud, le retour de ses parents. Car ils reviendraient, sa mère lui en avait fait la promesse. L'air de musique que jouait l'orchestre du bord lui parvenait de très loin, comme à travers une cloison de coton, et il n'y avait plus de cavalcades dans le couloir.

Ils étaient tous là-haut, pendant ce temps. L'évacuation des femmes et des enfants se poursuivait à une cadence de plus en plus rapide, tandis que les fusées de détresse couronnaient d'une blanche pluie d'étoiles le vaisseau en perdition. Dans son repaire, l'opérateur radio Phillips pianotait frénétiquement sur son manipulateur morse, s'efforçant d'appeler à l'aide les navires du voisinage. Il avait réussi à entrer en contact avec le *Frankfurt*, le *Mount Temple* et le *Virginia* mais ils se trouvaient trop loin pour arriver à temps.

Et quant au *Californian*, le bateau le plus proche, il restait muet. C'était le télégraphiste de ce dernier qui avait signalé, dès onze heures du soir, la présence d'icebergs sur l'itinéraire du *Titanic*. Phillips lui avait alors répondu sèchement de ne pas l'interrompre dans son travail ce qu'il regrettait amèrement à présent. Il continua à lancer sur les ondes des appels au secours qui restèrent sans réponse. L'opérateur radio du *Californian* avait éteint son poste avant d'aller se coucher. Et les minutes s'écoulaient, lentes et inéluctables. Les gerbes de fusées explosaient sans discontinuer dans l'éther glacé. Quelques marins, sur le pont du *Californian*, en distinguèrent l'éclat. Ils en conclurent que ce feu d'artifice faisait partie des festivités du voyage inaugural du *Titanic*. Nul ne soupçonna la tragédie qui se jouait à quelques milles de là… Et qui aurait jamais pensé que l'inconcevable s'était produit, par une nuit si claire ?

Phillips fondait maintenant tous ses espoirs sur le *Carpathia*, qui naviguait à une centaine de milles plus loin, au sud-ouest. Celui-ci avait répondu qu'il se dirigeait à toute vapeur vers le lieu du naufrage.

Le commandant Smith passa la tête par la porte de la cabine radio. Il regarda un instant l'opérateur envoyer le message conventionnel CQD, puis disparut pour revenir cinq minutes après.

— Essayez plutôt le SOS, suggéra-t-il, faisant allusion à l'appel le plus récent qui venait juste d'être adopté.

Phillips s'exécuta, se mit à émettre convulsivement. Grâce à ce nouveau signal, ils avaient une chance d'être entendus même par des radio amateurs.

Dans la suite silencieuse, Alexia se confiait à sa poupée. Ses parents ne seraient pas contents, la petite fille en était persuadée, ils ne manqueraient certainement pas de la gronder lorsqu'ils seraient de retour… Encore qu'on ne gronde pas quelqu'un le jour de son anniversaire.

Elle avait six ans aujourd'hui et sa poupée était beaucoup plus âgée. Alexia se plaisait à dire que Mrs. Thomas avait vingt-quatre ans. C'était une adulte.

Lightoller donna l'ordre de faire descendre une nouvelle embarcation à la mer. Quelques hommes s'étaient glissés dans les canots, à l'autre bout du pont. Le commandant en second ne l'avait pas remarqué sinon il y aurait mis bon ordre. Les mêmes scènes se déroulaient sur les ponts de la deuxième classe. En bas, dans les quartiers de la troisième, régnait la plus vive confusion. Beaucoup de passagers erraient sans but, d'autres avaient réussi à renverser les barrières qui les séparaient des autres classes. Les membres de l'équipage commencèrent à les refouler, l'arme au poing, prêts à abattre quiconque oserait passer, afin d'éviter le vol et le pillage. Une petite Irlandaise accompagnée d'une autre femme et d'une gamine se mit à crier qu'elle venait en fait de la première classe. Ses protestations n'émurent personne, naturellement. Les marins savaient que tous ces gens étaient prêts à tout, pourvu qu'on les laissât accéder au pont des embarcations.

Kate et Bert avaient cherché refuge dans le gymnase. Ils avaient laissé Philip sur le pont, avec Charles et Jack Thayer. Les jeunes gens s'étaient portés volontaires pour aider femmes et enfants à s'installer dans les canots. Les Astor n'avaient pas bougé de là. Toujours assis sur les chevaux mécaniques, ils ne montraient aucun signe de panique. Ils n'avaient pas l'air pressés de s'en aller. Leurs deux domestiques, restés dehors, gardaient un œil vigilant sur les opérations.

— J'espère que les enfants vont bien, soupira Kate.

Bert hocha la tête. Il paraissait soucieux. Il avait été rasséréné quand il avait su qu'Alexia était avec les autres rescapés, mais qu'allait-il advenir de Philip et de Kate ? Lightoller pourrait à la rigueur accepter que Philip quitte le bord. Il y avait moins d'espoir pour Charles et pour Bert lui-même, tous deux le savaient.

— Ils vont bien, répondit-il, désireux de rassurer sa femme. C'est une expérience qu'ils n'oublieront certainement jamais… Et moi non plus, du reste.

Il s'interrompit un instant, avant de reprendre à voix basse :

— Il va couler, tu sais ?

Bert en avait acquis la conviction une demi-heure plus tôt, bien qu'aucun membre de l'équipage ne voulût l'admettre et que la bande de musiciens continuât de jouer de plus belle, comme s'il se fût agi d'une fête. Brusquement, il prit la main de Kate pour la porter à ses lèvres.

— Tu prendras la prochaine barque, chérie, je l'exige. Je vais soudoyer l'un des marins pour que tu puisses emmener Philip. Il n'a que seize ans, c'est presque un enfant.

Le problème ne consistait pas à convaincre Kate mais Lightoller, pensa-t-il au même moment, angoissé.

— Maintenant que les petits sont à l'abri, je ne vois pas pourquoi je n'attendrais pas le tour des hommes, répliqua-t-elle paisiblement. Edwina est parfaitement capable de s'occuper d'eux et de toute façon je ne pourrai pas l'aider.

Elle réussit à sourire. C'était une terrible souffrance que d'être séparée d'eux, mais à leurs yeux Edwina était comme une seconde mère. Peu lui importait que ce bateau coule, si toutefois il coulait, – car au fond elle n'y croyait pas – pourvu que son fils aîné, son mari et le fiancé de sa fille fussent en sécurité. Il n'y avait aucune raison de s'alarmer, avec un peu de patience, tout le monde finirait par prendre place dans les canots qui, les uns après les autres, étaient affalés à la mer, avec une régularité exemplaire. Et il fallait des heures avant qu'un colosse comme le *Titanic* subisse un mauvais sort.

Sur la passerelle, le commandant Smith savait, lui, la vérité. Il était une heure et quart et la salle des machines venait d'être immergée. Ils allaient sombrer dans peu de temps. L'opérateur radio Phillips avait beau s'acharner sur le projecteur morse, il ne subsistait pour ainsi dire aucun espoir. Le *Californian*, le seul qui aurait pu leur apporter des secours, ne répondait toujours pas à leurs appels incessants. *L'Olympic* avait demandé si le *Titanic* se portait à sa rencontre. Les autres étaient trop loin… Personne ne pouvait imaginer que le plus grand vaisseau du monde s'enfonçait inéluctablement dans les eaux noires, quelque part dans l'Atlantique.

Lorsque Kate et Bert ressortirent du gymnase, l'ambiance avait changé. La gaieté factice avait cédé le pas à une angoisse mortelle. Un homme suppliait sa compagne de s'en aller, un autre transportait la sienne de force vers les canots. Sur le tribord avant, l'impassible Lightoller avait donné l'ordre de repousser les hommes qui essaieraient de se faufiler parmi les rescapés. Quelques-uns se ruèrent alors côté bâbord, implorant les marins de les laisser partir.

— Je suis bon rameur, offrit quelqu'un.

Pleurs, lamentations, cris de désespoir emplissaient la nuit. Il n'y avait presque plus d'enfants à bord, constata Kate en repensant aux siens qui devaient voguer vers leur salut. Il restait Philip, bien sûr, mais Phillip échapperait bientôt à cet enfer, en même temps qu'eux. Elle remarqua soudain la petite Lorraine Allison accrochée au bras de sa mère et cela lui rappela Alexia... Alexia qui se trouvait dans le canot numéro 8, avec ses frères et sœurs. Mme Allison avait voulu garder avec elle Lorraine le plus longtemps possible. Son mari se tenait à son côté. La nurse et le petit Trevor avaient été évacués parmi les premiers. Au cours de cette dernière heure, Kate n'avait contemplé que trop souvent ces déchirantes scènes d'adieux. Les premières femmes avaient embarqué avec leurs enfants, croyant que leurs maris suivraient bientôt. Et tout à coup, une cruelle évidence s'imposait : la plupart des canots avaient été largués, et il restait encore près de deux mille personnes à bord, prisonnières du grand paquebot qui se noyait lentement dans l'Océan. Les constructeurs du transatlantique ne l'avaient pas doté de moyens de sauvetage suffisants car, au fond, personne n'avait envisagé un seul instant que l'invulnérable géant des mers pût sombrer.

Le commandant Smith était toujours sur la passerelle. Assisté par Thomas Andrews, l'architecte naval, il aidait les matelots à charger les canots, quand Bruce Ismay, le président de la White Star Line, le cou engoncé dans le col de son grand manteau, prit place parmi les femmes. Personne n'osa souffler mot. Le président de la compagnie fut déposé en sûreté sur la mer calme, abandonnant sans remords deux mille âmes sur le *Titanic* dont la proue commençait à s'enfoncer.

— Chérie ? – Bert la fixa d'un regard pénétrant – es-tu prête ?

Sous la férule de Lightoller, les matelots préparaient la dernière barque du pont supérieur. Kate fit lentement non de la tête. Elle lui avait toujours obéi, s'était toujours rangée à son opinion, mais pas maintenant.

— Je n'irai pas, répondit-elle d'une voix étrangement calme. Je voudrais que Phillip s'en aille. Moi, je resterai ici, près de toi, et nous attendrons les secours ensemble.

Elle se tenait très raide, très droite. Sa décision était prise et rien au monde ne pourrait lui faire changer d'avis. Elle aimait Bert. Ils n'avaient pas vécu ensemble pendant vingt-deux ans pour qu'elle l'abandonne maintenant, à la dernière heure. Tous leurs enfants étaient à l'abri, sauf un. Mais la place de Kate était aux côtés de son époux.

— Et si les secours n'arrivent pas ? demanda-t-il.

Depuis qu'il savait les enfants en sécurité, il se sentait allégé d'un lourd fardeau. Restait cette épée de Damoclès menaçant de s'abattre sur Kate et sur Philip. Bert aurait payé cher pour les préserver du péril. Oui, il était prêt à payer cela de sa propre vie. Il la prit par les épaules et la fit pivoter face à lui. Pour la première fois depuis des heures, l'idée de la mort lui traversa l'esprit. Il se sentait prêt au sacrifice, pourvu que tous les autres, tous ceux qu'il chérissait, survivent. Et Kate ne devait pas mourir… Il fallait qu'elle vive, car leurs enfants avaient besoin de leur mère.

— Non, Kate, tu ne resteras pas. Je ne veux pas…

— Je t'aime, murmura-t-elle, comme si ces simples mots expliquaient tout.

— Moi aussi je t'aime…

Il la tint enlacée un long moment. Mais qu'est-ce qui le retenait de la livrer aux bras robustes des sauveteurs qui l'auraient propulsée dans ce canot, malgré sa résistance ? Il avait déjà vu d'autres maris agir ainsi. Qu'est-ce qui l'empêchait de la forcer à franchir les quelques mètres qui la séparaient de son salut ?… Il ferma les yeux… Non, mais non, il ne pouvait pas lui faire subir cette violence, pas à Kate. Ils avaient vécu trop longtemps ensemble et il l'aimait trop pour ne pas respecter sa volonté. Le désir de Kate de périr avec lui l'emplissait d'une exaltation insolite et nouvelle. Ils avaient toujours partagé cet amour tendre et ardent, ils ne faisaient qu'un seul être…

— Si tu restes, je reste ! répéta-t-elle, et ces paroles résonnèrent aux oreilles de Bert avec une clarté singulière. Et si tu meurs, je mourrai aussi.

Il tenta de la dissuader, mû par un ultime sursaut de bon sens.

— Tu ne le peux pas, Kate, pense aux enfants.

Elle y avait déjà pensé. Elle avait pesé le pour et le contre et avait tiré la seule conclusion qui s'imposait. Elle portait une immense affection à ses enfants, elle les adorait de toutes ses forces, mais elle aimait aussi

Bert… Bert auquel son cœur appartenait. Et si, par malheur, elle disparaissait, Edwina prendrait soin d'eux à sa place. D'ailleurs, pourquoi penser au pire ? Pourquoi ne pas continuer à espérer que bientôt, dans quelques heures, ils seraient de nouveau tous réunis à leur table habituelle, dans la magnifique salle à manger du *Titanic ?* Pourquoi se laissaient-ils influencer par cette atmosphère de mélodrame ? Elle le dit à Bert, qui secoua la tête.

— Tu te trompes. La situation est bien plus dramatique qu'on a bien voulu nous l'avouer.

Il ne savait pas si bien dire. À une heure quarante, l'ultime fusée de détresse avait été tirée. Et sur le pont des embarcations, les derniers canots faisaient gémir les poulies sous le poids de leur cargaison humaine. Et pendant ce temps, sans qu'ils le sachent, Alexia jouait paisiblement avec sa poupée dans la suite abandonnée, deux étages plus bas.

— Kate, tu dois partir, il le faut. Tu es responsable vis-à-vis des enfants.

C'était une fervente prière, une dernière tentative de la raisonner. Elle ne voulut rien entendre.

— Bert Winfield, je ne te quitterai jamais, rétorqua-t-elle en lui saisissant les mains dans les siennes, *jamais*, comprends-tu ?

Un peu plus loin, Mme Strauss avait fait le même choix. À ceci près qu'elle était plus âgée que Kate et qu'elle n'avait pas d'enfants. Et Mme Allison avait préféré rester avec son mari et sa petite fille jusqu'au bout, car maintenant personne ne doutait plus de l'issue fatale du drame.

— Et Philip ? fit Bert, de nouveau préoccupé par le sort de son fils.

— Essaie, comme tu l'as dit, de soudoyer l'équipage.

Sur le pont des embarcations, les marins étaient en train de charger la dernière barque. Après cela, il ne resterait plus qu'un seul canot et il était suspendu à l'extérieur de la véranda, un étage plus bas, sur le pont-promenade. Déjà, un groupe de marins s'escrimait à ouvrir les fenêtres de la paroi vitrée.

Bert approcha Lightoller. Les deux hommes échangèrent quelques propos à mi-voix, après quoi le commandant en second jeta un bref coup d'œil en direction de Philip avant de secouer obstinément la tête. Le garçon était assis sur un transat en compagnie de Jack Thayer.

Un instant plus tard, Bert rapporta à Kate la réponse de Lightoller.

— Pas question, tant qu'il y a encore des femmes et des enfants à bord.

L'équipage fit monter quelques enfants de la deuxième classe. Tous ceux de la première avaient été évacués à l'exception de la petite Lorraine Allison, debout près de sa mère, tenant à bout de bras sa poupée bien-aimée qui ressemblait tant à celle d'Alexia. Sa vue amena un pâle sourire sur les lèvres de Kate, puis elle détourna le regard.

Peu après, un conciliabule réunit les époux Winfield, Philip et Charles. Bert voulait persuader Lightoller de laisser s'embarquer les deux jeunes gens peut-être même tous les quatre. Charles haussa les épaules, avec un charmant sourire. Au milieu du désastre il n'avait pas oublié ses bonnes manières.

— Je crois qu'il va falloir que nous patientions encore un peu, déclara-t-il. Quant à vous, madame

Winfield, vous devriez monter dans ce canot. – Son sourire s'épanouit quand soudain il réalisa combien elle ressemblait à Edwina. – Ne vous en faites pas pour nous… Les secours ne devraient pas tarder. Épargnez-vous la dernière bousculade, cela risque de vous incommoder… Et dites à cette brute, ajouta-t-il en balançant légèrement le menton vers Lightoller, de vous autoriser à emmener votre fils.

Oui, mais comment ? Le petit commandant en second ne se laisserait jamais convaincre. Aucun argument au monde ne semblait assez pathétique pour l'émouvoir. Un peu plus tôt, quand un garçon de l'âge de Philip avait tenté de se faufiler parmi les femmes, habillé en fille, Lightoller avait dégainé son revolver pour le faire reculer. Il était inutile d'essayer de ce côté-là, se dit Bert, désespéré. Il ignorait que sur le bâbord avant, les marins se montraient moins scrupuleux. Les dimensions gigantesques du bateau empêchaient les informations de circuler.

Tandis que Kate et Bert se remettaient à discuter et que Philip retournait près de son ami Jack Thayer, Charles se laissa tomber sur une chaise longue et alluma une cigarette. Ses pensées voguaient vers Edwina. Il exhala la fumée, terrassé par un affreux sentiment de solitude. Il n'avait plus l'ombre d'une chance de s'en sortir et il le savait.

Le pont du dessous était vide. Les cabines aussi, l'équipage les avait inspectées les unes après les autres. L'eau salée avait envahi les étages inférieurs, menaçant d'un instant à l'autre de déborder dans les compartiments de la première classe. Tout en jouant avec Mrs. Thomas dans le salon de la luxueuse suite, Alexia commençait à trouver le temps long. Là-haut, l'orchestre poursuivait son concert improvisé. Un silence pesant régnait dans le corridor et, de temps à autre, la petite fille percevait le pas pressé de quelque transfuge de la seconde classe en quête du pont des embarcations.

Mais quand reviendraient-ils, tous ? Alexia en avait assez de jouer toute seule. Sa maman lui manquait. Elle avait commis une bêtise qu'elle regrettait. Elle n'aurait pas dû s'esquiver, papa serait sûrement furieux. Et Edwina ne manquerait pas de la réprimander, comme elle le faisait toujours quand Alexia prenait la fuite.

Il y eut alors des pas plus proches, plus lourds, et elle leva les yeux, surprise, prête à bondir au cou de papa, de Charles ou même de Philip. Mais le battant de la porte roula sur une moitié de visage bizarre, ornée d'une barbe rousse. L'inconnu s'immobilisa, l'air choqué de voir là une petite fille avec sa poupée. C'était un steward qui avait entrepris une ultime ronde, avant que les eaux furieuses engloutissent la première classe.

— Hé, là-bas !

Il fit un pas en avant mais, déjà, Alexia était dans la pièce à côté dont elle essayait de refermer la porte. Plus rapide qu'elle, l'homme avança le pied dans le chambranle.

— Qu'est-ce que tu fais là ? demanda-t-il.

Comment avait-elle pu s'échapper ? Pourquoi personne ne l'avait réclamée ? Le temps pressait, et il avait hâte de se retrouver à l'air libre.

— Allez, viens.

Elle n'avait ni chapeau ni manteau. – Elle les avait laissés dans la chambre voisine, quand elle était revenue chercher Mrs. Thomas.

— Non, je ne veux pas ! Je veux pas rester ici ! Je veux ma maman ! glapit-elle, les yeux noyés de larmes, cependant que des mains vigoureuses la soulevaient comme une plume et l'enveloppaient prestement dans une couverture avec sa poupée.

— Nous allons la retrouver ta maman, viens, il n'y a pas une minute à perdre.

Il détala dans la coursive déserte, se mit à monter quatre à quatre les marches, son léger fardeau entre les bras. Il déboucha sur le pont-promenade et s'apprêtait à s'engager sur l'escalier menant au pont supérieur quand un marin lui fit signe de s'arrêter.

— Il n'y a plus de départs du pont des embarcations. Il reste un seul canot, prêt à appareiller… Le numéro 4. Là-bas ! Vite ! Vite !

Le steward partit au galop dans la direction indiquée juste au moment où Lightoller et ses hommes entamaient la manœuvre destinée à faire descendre l'esquif à la mer.

— Attendez ! Il y a encore un enfant !

Les poulies grincèrent au passage des cordages et le canot se mit à glisser le long de la coque cyclopéenne quand le steward surgit au milieu de la véranda. En trois enjambées, il fut près de la fenêtre béante. Dans ses bras, Alexia gigotait sous la couverture, en pleurant et en appelant sa mère. L'homme se pencha pardessus le rebord, les yeux rivés sur le canot qui se balançait au-dessus de l'abîme. Il y avait parmi ses passagères Mme Thayer, la mère de Jack, ainsi que la jeune Mme Astor. Au dernier moment, M. Astor avait tenté d'apitoyer Lightoller en lui expliquant que sa femme était « dans un état intéressant ». Le petit commandant en second était resté de marbre et

Madeleine Astor avait dû s'embarquer avec sa bonne, sans son mari.

Le steward fixa une fraction de seconde le long esquif qui s'affaissait. Il était trop loin pour le faire remonter mais pas assez pour renoncer à y déposer la petite fille. Il planta un baiser sur le front d'Alexia, comme il l'aurait fait à son propre enfant, puis la laissa tomber, en priant le ciel de veiller sur elle. On comptait déjà pas mal de chevilles foulées et de poignets cassés à mesure que la confusion gagnait. Alexia poussa un cri perçant. Le marin qui se tenait à l'aviron leva les bras et l'attrapa au vol, amortissant sa chute. Elle atterrit en douceur au fond de la barque, entre une dame inconnue et un petit garçon, puis Lightoller et ses hommes firent descendre le canot, mètre après mètre, sur la mer couleur d'encre. Dès que la quille eut touché la surface de l'eau, les marins et les femmes se mirent à ramer aussi vite qu'ils le pouvaient, comme si quelque chose de terrible allait survenir. Alexia demeura immobile, le regard fixé sur le gigantesque paquebot dont les lumières s'éloignaient. Il était deux heures moins cinq, le froid n'avait cessé de s'intensifier, et c'était le dernier canot à quitter le *Titanic*.

Il ne restait plus à bord que quatre radeaux démontables. Lightoller et son équipe s'y attaquèrent. Les trois premiers ne purent être dépliés. Le quatrième fut enfin dégagé. Le radeau de la dernière chance… Les membres de l'équipage formèrent un cercle autour du frêle esquif, fermement décidés à repousser tout homme qui ferait mine de s'approcher.

— Les femmes et les enfants d'abord ! aboya pour la centième fois le commandant en second.

Deux bébés, quelques femmes, quelques adolescentes… Il était deux heures du matin. À la toute dernière minute, Bert parvint à faire mollir Lightoller. Philip s'installa sur le radeau. Et tout à coup, celui-ci fut soulevé par les cordes avant de commencer à se balancer dangereusement vers le gouffre noir de l'océan. Kate et Bert, le souffle court, attendirent qu'il eût atteint sa destination. Puis, ils se regardèrent sans un mot. C'était fini. L'opération de sauvetage était terminée… Il n'y avait plus de refuge, plus de moyen de s'échapper, plus d'espoir, on ne pouvait aller nulle part.

Bert avait encore du mal à réaliser ce qui s'était passé. Il n'arrivait pas à croire que Kate était là. Il avait essayé de la pousser vers le radeau, lorsque Philip y avait pris place, mais elle s'était accrochée à lui. Et maintenant, il la serrait contre son cœur, alors que s'écoulaient, lents et inéluctables, les derniers instants qui leur restaient à vivre.

Les Strauss se donnaient la main. Un peu à l'écart, Benjamin Guggenheim, en tenue de soirée, fumait un cigare en compagnie de son valet. Les lèvres de Kate et de Bert s'unirent… Des images des temps heureux traversèrent leur mémoire. Leur rencontre. Le jour de leur mariage. La naissance de chacun de leurs enfants.

— C'est l'anniversaire d'Alexia aujourd'hui, murmura-t-elle d'une voix douce.

Alexia était née six ans plus tôt, à San Francisco, par une belle journée ensoleillée, se rappela-t-elle, ses yeux dans les yeux de Bert… Qui aurait pu imaginer l'incroyable ? À la pensée qu'elle n'allait plus jamais revoir ses enfants, Kate tressaillit. Et Bert devait penser à la même chose car des larmes firent briller ses prunelles bleu sombre.

— J'aurais tant aimé que tu sois avec eux, Kate. Ils ont tellement besoin de toi…

Une immense tristesse vibrait dans la voix de Bert. Si seulement ils avaient pris un autre bateau… Si seulement l'iceberg ne s'était pas trouvé sur la route du *Titanic*… Oh, si seulement… C'était sans fin…

— Je n'aurais pas pu vivre sans toi, Bert.

Kate se hissa sur la pointe des pieds pour l'embrasser. Leur baiser fut long. Les musiciens jouaient toujours courageusement mais de sourds grondements leur parvenaient du fond du navire. L'eau montait à l'assaut des ponts de plus en plus inclinés. En désespoir de cause, marins et passagers se mirent à sauter pardessus bord. Charles enjamba le bastingage et les Winfield le perdirent de vue. Bert étreignit Kate très fort. On entendait le clapotis de la mer sur la coque, six ou sept mètres plus bas, or, sachant que Kate ne savait pas nager, il se força à l'attente. Ils sauteraient, eux aussi, mais le plus tard possible. Et, qui sait, peut-être arriveraient-ils à atteindre les canots les plus proches.

Jack Thayer plongea à son tour, juste après Charles. Le contact avec l'eau glaciale lui coupa le souffle. Miraculeusement, il réussit à s'accrocher au radeau, où Philip avait pris place, puis fut hissé à l'intérieur. L'esquif prenait l'eau. Ils durent se mettre debout.

Et à quinze mètres de là, les parents de Philip attendaient la fin, main dans la main, alors que la mer se ruait sur le géant blessé. Une vague submergea soudain le pont des embarcations. Glacée jusqu'aux os, Kate se serra contre Bert.

— Je t'aime…

Elle sourit. L'instant suivant, elle n'était plus là. Le reflux l'emporta d'entre les bras de son compagnon. Le mât de hune se fracassa alors, et un lourd morceau de bois assomma Bert. Et, en bas, dans le froid paralysant, Charles Fitzgerald se sentit aspiré vers les profondeurs.

L'eau impétueuse immergea la cabine radio et balaya la passerelle. Alentour, assis dans les chaloupes, les rescapés – femmes, enfants, quelques hommes qui avaient eu la chance d'échapper à la vigilance de Lightoller – assistaient, horrifiés et impuissants, à la fin du *Titanic*. Les notes nostalgiques de *Plus près de toi mon Dieu*, le dernier chant exécuté par l'orchestre, restèrent comme suspendues au milieu de l'air figé. Et soudain, la proue plongea si brutalement que la poupe se dressa, énorme et terrifiante, vers le ciel. Toutes les lumières du grand navire clignotèrent avant de se fondre d'un seul coup dans les ténèbres. Pendant un moment affreux, une éternité, le pont arrière demeura érigé, telle une montagne maléfique. Soudain, la mer jaillit des entrailles du *Titanic*. Au vacarme du bois brisé et des tôles froissées répondirent alors les hurlements, les cris d'agonie, les appels au secours de centaines de victimes. Brusquement, un fracas infernal couvrit les lamentations. La colossale silhouette du navire se fendit entre la troisième et la quatrième cheminée, et, depuis le canot numéro 4, Alexia, tremblante dans sa couverture, poussa un long cri d'angoisse.

Dans le numéro 8, Edwina regarda, pétrifiée, les trois énormes hélices de la poupe se profiler sur le ciel étoilé. Il y eut ensuite un vacarme aussi puissant que la foudre comme si le bateau se cassait en deux. Ses mains cherchèrent instinctivement celles de Georges. Frère et sœur se mirent à sangloter. Edwina se demanda désespérément si elle reverrait jamais ses parents, Charles, Alexia. Elle se colla à Georges et tous deux contemplèrent l'incroyable tragédie qui avait frappé le navire baptisé « l'incoulable ».

Lorsque enfin la partie avant, détachée, sombra, la partie arrière tournoya sur elle-même, resta dressée verticalement pendant quelques instants, puis disparut à son tour. Une rumeur de stupeur monta alors des chaloupes. L'océan s'étirait à perte de vue comme si le *Titanic* n'avait jamais existé. C'était le 15 avril à deux heures vingt du matin. Exactement deux heures et quarante minutes après que l'iceberg eut heurté le navire.

Edwina entoura Fannie et Teddy de ses bras s'efforçant de les réchauffer. Elle resta assise, prostrée, à côté de Georges. Il ne restait plus qu'à prier pour le salut de ceux qu'elle aimait.

4

Le *Carpathia* reçut le dernier appel de détresse du *Titanic* à une heure cinquante du matin. Le message stipulait alors que l'eau remplissait entièrement la salle des machines. Ensuite, le silence… Le commandant de bord donna l'ordre de se diriger à toute vitesse vers le lieu du désastre. Il savait le grand paquebot en difficulté. Rien ne l'avait préparé au spectacle qu'il allait découvrir.

Quatre heures du matin. Un liséré de feu pâle à l'horizon annonçait l'aube quand le *Carpathia* arriva à destination. Depuis la passerelle, le capitaine Rostron laissa errer alentour un regard incrédule. Rien. Le *Titanic* n'était nulle part. On eût dit qu'il s'était évaporé dans les airs.

Il fallut près de dix minutes pour distinguer des signaux verts dans le lointain. « Le voilà ! » songea-t-il, soulagé. Il s'aperçut, peu après, que les lumières provenaient d'une embarcation de sauvetage, et qu'elles n'étaient pas éloignées, comme il l'avait d'abord supposé, mais toutes proches. Et tandis que le *Carpathia* accostait lentement le canot – c'était le numéro 2 –, Rostron, atterré, réalisa que le *Titanic* avait coulé.

À quatre heures cinq, la première rescapée, Mlle Élisabeth Allen mit le pied à bord du *Carpathia*. En dépit de l'heure matinale, une foule de curieux avait pris d'assaut les ponts et les coursives. Durant la nuit, la plupart des passagers avaient senti que le navire changeait de cap, après quoi, ayant remarqué le remue-ménage frénétique auquel se livrait l'équipage, ils avaient conclu que quelque chose de grave s'était produit. Les plus audacieux avaient pressé de questions les stewards et peu à peu, au fil des heures, la rumeur se répandit dans les salons, dans les couloirs, sur les ponts, partout. Le *Titanic*, le colosse insubmersible, avait eu un accident… Un iceberg… Le *Titanic* avait des ennuis…

Et alors que l'aube moirait de reflets blêmes le ciel sombre, ceux qui s'étaient postés sur le pont supérieur dans l'espoir d'apercevoir le plus grand bateau du monde, ne purent que considérer le spectacle insolite de quelques dizaines de chaloupes éparpillées sur la mer. Des chaloupes chargées de gens, dont les uns agitaient la main pour saluer leurs sauveteurs… les autres demeurant figés, le visage défait, comme anéantis. Jamais ils ne parviendraient à effacer de leur mémoire les derniers instants du *Titanic*. Jamais ils n'oublieraient cette carcasse géante dressée vers les étoiles, ni la façon effroyable dont elle s'était immergée, emportant à jamais dans l'abîme insondable maris, frères, parents, amis, êtres chers.

Edwina remit le bébé à Georges – les mains gelées du garçon ne pouvaient plus manier la rame – s'assura que Fannie était bien couverte, se mit à pagayer à côté de la comtesse de Rothe, qui n'avait pas quitté son poste depuis le début de l'incroyable odyssée. Edwina n'avait cessé de réconforter Teddy et Fannie. Les pauvres petits n'avaient pas arrêté de réclamer leur mère ou d'appeler Alexia.

— Nous les retrouverons, assurait Edwina. Nous les retrouverons, vous verrez.

Oui, entre-temps Kate avait dû découvrir Alexia. En ce moment même, ses parents, Charles, Philip et sa jeune sœur se trouvaient dans l'un des canots, c'était certain, il le fallait. Des cris montaient des chaloupes, à mesure qu'elles avançaient vers le *Carpathia*, les rescapés interrogeaient les gens du bateau sur le sort de parents et amis. Le numéro 8 fendait lentement les flots et il était sept heures du matin lorsque ce fut leur tour d'être recueillis.

Il y avait vingt-quatre femmes et quatre marins dans le canot.

— On a de tout petits gosses ! s'époumona Jones, qui se tenait toujours à l'aviron.

On leur jeta un sac postal solidement attaché à un cordage. Edwina y plaça doucement Fannie. Apeurée, la fillette se mit à pleurnicher.

— Ne crains rien, ma chérie. Nous allons tous monter dans ce grand bateau où papa et maman nous attendent.

Elle l'espérait de toutes ses forces. Elle suivit du regard la petite tête brune qui pointait hors du sac, cependant que celui-ci était tiré vers le haut. Des larmes lui brûlèrent les yeux. Georges glissa sa main dans la sienne et elle la serra sans un mot. Il ne fallait pas qu'elle le regarde, sinon elle éclaterait en sanglots et ce n'était guère le moment. Elle n'allait pas se mettre à pleurer, pas maintenant, pas avant qu'elle sache ce qu'il était advenu des autres. Elle était là pour prendre soin de Teddy, de Fannie et de Georges, pas pour flancher.

Elle portait toujours ses bottes, le lourd manteau pardessus sa robe de soirée, les gants de Charles. Elle avait si froid à la tête qu'elle avait la sensation d'un millier d'aiguilles picotant son cuir chevelu. Ses doigts engourdis, plus glacés que le marbre, eurent du mal à rattraper le sac dans lequel elle fourra Teddy, aidée par Hart, un marin.

Le bébé ne protesta pas. Son visage avait viré au bleu. Durant les dernières heures, Edwina lui avait prodigué des soins de fortune. Elle lui avait patiemment frotté les mains, les pieds, les joues, impuissante à réchauffer le petit corps tremblant et, plus d'une fois dans la nuit, elle avait eu peur qu'il succombe au froid.

C'était son tour à elle. Incapable de se cramponner à la nacelle de cordes, elle laissa passer Georges. Il se prêta docilement à la manœuvre, comme un enfant sage, lui si turbulent d'habitude, et cette constatation emplit les yeux d'Edwina de nouvelles larmes. La nacelle retomba. Hart lui prit le bras gentiment, l'aida à s'y installer. Elle se laissa hisser, yeux fermés. Une fois sur le pont, elle rouvrit les paupières. Dans le petit matin livide, une mer de glace s'étirait à perte de vue, hérissée d'icebergs dérivant lentement au gré des vagues. Et, çà et là, des canots bourrés de gens attendaient d'être secourus. De sa place, Edwina ne pouvait distinguer leurs traits. Son cœur s'enfla de l'espoir de retrouver les êtres chers qu'elle avait laissés, quelques heures plus tôt, sur le pont des embarcations du *Titanic*.

— Votre nom, s'il vous plaît ?

Edwina tressaillit. Quelqu'un avait jeté une couverture sur ses épaules mais elle ne s'en était pas rendu compte. Une voix cria qu'il y avait du café, du thé et du cognac à l'intérieur. Son regard erra sur des civières alignées par terre, capta au passage Georges – il tenait entre les mains une tasse de chocolat chaud –, passa en revue un tas de visages inconnus, cherchant fébrilement ceux de ses parents… Ils n'étaient nulle part. Ni Charles, ni Philip, ni Alexia… Elle se sentit brusquement trop faible pour répondre et l'hôtesse répéta sa question.

— Edwina Winfield, s'entendit-elle articuler.

— Les noms de vos enfants, madame Winfield ?

— De mes… oh, non, ce sont mes frères et sœur. Georges, Frances et Théodore Winfield.

— Y avait-il d'autres membres de votre famille à bord ?

La jeune fille parut fournir un grand effort pour ne pas s'effondrer. Elle sentait peser sur elle les regards des badauds et resserra machinalement les pans de son manteau sur la légère robe de satin ajouré de guipure.

— Oui… Je voyageais avec mes parents, M. et Mme Winfield de San Francisco, mon frère Philip, ma sœur Alexia et mon fiancé, M. Charles Fitzgerald.

L'hôtesse la conduisit jusqu'au grand salon aménagé en salle d'hôpital.

— Savez-vous ce qu'ils sont devenus ?

— Je… non… je n'en ai pas la moindre idée… bredouilla Edwina à travers ses larmes. Ma mère cherchait ma sœur cadette quand nous, nous avons été évacués, et j'ai cru… il y avait une petite fille qui lui ressemblait dans le canot, alors j'ai… j'ai…

Elle s'interrompit, incapable de poursuivre. L'hôtesse lui tapota amicalement l'épaule. Le regard fiévreux d'Edwina parcourut la grande pièce – des femmes rassemblées sur des banquettes, pleurant doucement leurs maris, et plus loin des enfants aux visages de cire et aux yeux terrifiés – avant de se fixer, implorant, sur l'hôtesse.

— S'il vous plaît, aidez-moi à les retrouver.

Elle sentit les menottes de Fannie se cramponner à ses jupes.

— Maman… Où est maman ?

Edwina la souleva dans ses bras. L'hôtesse prit congé, avec un amical « je vous tiendrai au courant ».

Au fil des heures, d'autres rescapés franchissaient, hagards, le seuil du salon. L'une après l'autre, les embarcations se vidaient. Une vague avait chaviré le radeau D et ses passagers avaient dû se cramponner à la quille une partie de la nuit. Jack Thayer avait tenu le coup mais quand il fut repêché, il était trop épuisé pour remarquer si ses compagnons d'infortune avaient survécu. Il ignorait encore que sa propre mère se trouvait dans le canot le plus proche.

Edwina confia les deux petits à Georges et ressortit sur le pont. Là, quelques rescapées de l'horreur observaient les opérations de sauvetage. Madeleine Astor considérait les arrivants d'un œil halluciné. Et à mesure que d'autres personnes montaient à bord, l'espoir de revoir son mari s'amenuisait. Edwina s'appuya au parapet, le cou tendu, le cœur battant, une fervente prière sur les lèvres. Mais aucun visage cher, aucune silhouette familière ne vint atténuer l'angoisse qui l'oppressait. La nacelle arrivait, la lueur d'espoir se ranimait au fond de ses prunelles, puis une étrangère, une femme qui n'était pas Kate en descendait, et la minuscule flamme s'éteignait. Des enfants continuaient à venir, mais pas Alexia. Et parmi les hommes qui gravissaient l'échelle de cordes, il n'y avait pas Bert, ni Philip… Ni Charles. Un silence absolu s'était abattu sur l'assistance. On n'entendait pas un bruit, pas un mot. Pas une voix, pas un pleur d'enfant, hormis, de temps à autre, le vagissement d'un bébé affamé.

Les sauveteurs avaient porté plusieurs nourrissons dans le salon en attendant que leurs mères viennent les réclamer. Il s'agissait probablement de bébés que des passagers de la troisième classe, prisonniers du gigantesque paquebot, avaient jetés dans les canots.

Un vent âpre se levait. Edwina battit en retraite vers le salon. Il y avait maintenant une poignée d'hommes avec les femmes. Les uns avaient pu embarquer du côté où ne sévissait pas Lightoller. Les autres avaient carrément sauté dans la mer et avaient pu rejoindre les canots. D'après ces derniers, tout le monde n'avait pas eu cette chance, et la plupart des plongeurs s'étaient débattus dans l'eau glacée jusqu'à l'épuisement. Et quant aux autres, des centaines d'autres, le *Titanic* les avait emportés dans sa chute mortelle.

Edwina reconnut soudain Jack Thayer. Il venait de pénétrer dans la pièce. Au même moment, un cri de joie déchira l'air, et Mme Thayer s'élança vers son fils.

— Où est papa ? questionna-t-elle peu après.

Le garçon esquissa un geste d'impuissance. Puis, en voyant Edwina s'approcher, il hocha tristement la tête.

— Excusez-moi, fit-elle. Y avait-il quelqu'un de ma famille avec vous ?

— Hélas, non, mademoiselle Winfield. Votre frère était bien sur le radeau, mais nous avons été renversés et j'ignore ce qu'il est devenu. M. Fitzgerald a sauté par-dessus bord à peu près en même temps que moi, mais je ne l'ai plus revu. Quant à vos parents, la dernière fois que je les ai aperçus, ils étaient encore sur le pont des embarcations…

Il pensait qu'ils étaient tous morts. Mais il dit :

— Je suis désolé. Je ne sais rien de plus.

— Merci.

Ce n'était pas possible, cela ne pouvait être vrai. L'espace d'une fraction de seconde, elle avait cru l'entendre dire : « Ils sont tous là, dans la pièce à côté », puis les paroles qu'il avait prononcées lui firent l'effet d'un glas. Elle se recula lentement, le visage mouillé – elle ne parvenait plus à contenir ses larmes. Non, non, cela ne se pouvait. Pas Kate et Bert. Pas Alexia. Pas Philip. Et pas Charles…

Une infirmière vint à sa rencontre. Le médecin de garde voulait la voir au sujet de Teddy. Elle la suivit d'un pas de somnambule. Le bébé gisait sur une couverture étalée à même une table, l'air apathique, les yeux fixes. Un homme en blouse blanche prit Edwina à part. Les prochaines heures seraient critiques, déclara-t-il.

— Oh, non ! s'écria-t-elle, en claquant des dents, il s'en remettra. Il va bien, regardez !

Elle ne permettrait pas qu'il arrive malheur à Teddy. Pas aujourd'hui. Pas après ce qu'ils avaient enduré… C'était hors de question, elle ne le supporterait pas.

Jusqu'alors, la vie avait été douce pour elle. Les coups du sort lui avaient été épargnés. Au sein de sa famille, elle n'avait connu que bonheur et harmonie. Ils s'aimaient tous tellement, ils étaient si heureux, si joyeux, et il n'avait fallu qu'un instant pour que tout bascule, à jamais. Et maintenant ce médecin osait prétendre que Teddy avait pris froid. Que, peut-être, il en mourrait. Edwina prit le bébé dans ses bras, s'efforçant de lui communiquer un peu de sa propre chaleur.

— Est-ce qu'il s'en sortira ?

Georges la regardait de ses grands yeux bleus apeurés. Il avait une expression de vieux, pensa-t-elle tout à coup, laissant libre cours à ses larmes.

— Dis, Edwina, est-ce qu'il guérira ?

— Oh, mon Dieu, oui, bien sûr…

Georges se glissa près d'elle, le plus près possible. La petite Fannie, toujours enveloppée dans sa couverture, tira sur le manteau de sa grande sœur.

— Et maman ? voulut-elle savoir. Quand est-ce qu'elle viendra, maman ?

— Bientôt, trésor… bientôt…

D'autres rescapés firent irruption dans le salon. Assise sur un fauteuil, entourée de Georges et Fannie, Edwina se mit à bercer le petit Teddy en pleurant doucement ses chers disparus.

5

Il se hissait péniblement sur l'échelle de sauvetage. Ses doigts gelés avaient du mal à s'accrocher aux cordages, mais il aurait préféré mourir plutôt que d'utiliser la nacelle réservée aux femmes. Il avait été repêché longtemps après que le radeau eut chaviré. Jusqu'alors, il s'était cramponné sur une planche avec l'énergie du désespoir, au milieu de l'immensité liquide. Et quand des mains secourables le tirèrent hors de l'eau pour l'allonger au fond d'une barque, la force en lui se brisa d'un seul coup, comme un ressort trop tendu, et il resta là, inerte, presque inconscient. Maintenant, à mesure qu'il gravissait les barreaux de bois, la joie d'être encore vivant, une joie incroyable, proche de l'exaltation, prenait le pas sur son abattement. Il grimpa sur le pont fourmillant de monde, puis, soudain, des larmes d'émotion jaillirent de ses paupières. Il ne savait plus très bien ce qui s'était réellement passé. Tout ce dont il se souvenait, c'était qu'il avait tenu bon et qu'il avait triomphé de la mort. Tout seul, sans que personne ne lui vienne en aide. Qu'était-il advenu de ses parents, de ses frères et sœurs, il n'aurait pas su le dire. Grelottant, les jambes flageolantes, il se dirigea vers l'intérieur du bateau, pénétra dans le grand salon où les rescapés du *Titanic* étaient rassemblés. Une marée de visages étrangers, lui sembla-t-il, tandis que d'un regard anxieux il cherchait les siens.

Il était huit heures et demie du matin. Le dernier canot venait d'aborder le *Carpathia*. Plus de mille sept cents personnes avaient péri dans le naufrage. Il y avait sept cent onze survivants, mais aux yeux de Philip, ils semblaient des milliers. Une foule de gens en chemise de nuit ou en tenue de soirée, emmitouflés dans de grosses couvertures, affalés sur des banquettes. Ils ne bougeaient pas, n'ouvraient la bouche que pour demander les uns aux autres s'ils avaient vu un tel ou si tel autre avait réchappé au naufrage.

Philip se fraya un passage parmi la cohue, ne sachant par où commencer ses recherches. Il ne voyait que des inconnus, ne découvrait que des faces livides, des yeux hallucinés. Au bout d'une heure, il tomba sur Jack Thayer.

— As-tu vu quelqu'un de ma famille ? s'enquit-il aussitôt.

Jack hocha la tête. Lui-même cherchait son père.

— Ta sœur était là, il y a un instant. – Un sourire illumina ses traits tirés. – Je suis content de te revoir.

Les deux garçons s'étreignirent, les yeux brillants de larmes, encore secoués par la terrible épreuve qu'ils avaient traversée. Lorsqu'ils se séparèrent, une nouvelle appréhension saisit Philip.

— Est-ce qu'elle était… seule ? parvint-il à articuler, redoutant déjà la réponse.

— Je n'en sais rien… Je crois bien qu'elle tenait un bébé…

Teddy ! Mais les autres ? Philip se remit à errer, ressortit sur le pont, revint sur ses pas. Il entrait pour la deuxième fois dans le salon quand il la vit. Elle se tenait de dos, mais il reconnut ses cheveux sombres, ses épaules minces. Il y avait un jeune garçon près d'elle… Georges ! Philip s'élança au milieu de la foule et, une seconde après, il la serrait dans ses bras. Alors, avec un petit sanglot, elle se pendit à son cou.

— Oh, mon Dieu, Philip… Philip…

Ce fut tout ce qu'elle put dire. Pendant un long moment, aucun d'eux n'eut le courage de parler. Enfin, Philip osa poser la question qui lui brûlait les lèvres.

— Les autres ?

Il avait embrassé Georges et Fannie. Edwina secoua tristement la tête. Il se pencha sur un berceau improvisé, reconnut Teddy sous le monceau de couvertures.

— Qu'est-ce qu'il a ?

Elle se contenta de hausser les épaules. Le bébé était mal en point. De bleues, ses lèvres avaient presque viré au noir. Philip prit doucement la main d'Edwina entre les siennes. Ainsi, pensa-t-il, ils étaient cinq à avoir survécu. Ils continuèrent cependant leurs recherches. Vers la fin de la journée, ils n'avaient toujours pas trouvé les autres.

Teddy et Fannie passèrent la nuit à l'infirmerie. La fillette souffrait d'engelures aux mains. Georges, brisé par la fatigue, s'endormit sur un lit de camp dans le salon. Tard dans la soirée, Edwina et Philip, appuyés au bastingage, laissèrent en silence leur regard errer sur l'océan obscur. Ils se sentaient exténués mais le sommeil les fuyait.

Edwina poussa un soupir. Il lui semblait que plus jamais elle ne dormirait. Quels rêves pouvait-on faire, la nuit, après avoir vécu un tel cauchemar ? Quelles abominables pensées viendraient la hanter si elle ne se hâtait pas de les chasser de son esprit ? Et comment balayer les horribles souvenirs de cette incroyable tragédie ? En ce moment-même elle avait encore peine à y croire. Un peu plus tôt, lors du repas servi aux rescapés, elle n'avait cessé de fouiller du regard la salle à manger. Puis, quand la foule de dîneurs commença à se clairsemer, elle demeura immobile à sa place, aux aguets, s'attendant à chaque instant à découvrir sa mère et son père assis à une table… Non, elle ne parvenait pas à croire que ses parents, Alexia et Charles avaient disparu, qu'il n'y aurait pas de mariage en août. C'était impossible à imaginer. Impossible à comprendre. Le tissu vaporeux de sa robe de mariée devait onduler quelque part parmi les algues, dans les insondables fonds marins… elle se demanda tout à coup si sa mère avait tenu la main d'Alexia pendant que la mer avalait le paquebot dévasté, si leurs derniers moments avaient été douloureux ou rapides. Si elles s'étaient débattues ou si… Edwina réprima un frisson. Il lui restait Philip et Georges. Teddy et Fannie… L'opération de sauvetage était terminée depuis longtemps. Jusqu'au dernier moment, elle avait attendu dans le fol espoir de les voir subitement réapparaître. Le *Carpathia* avait effectué un ultime tour de reconnaissance avant de mettre le cap sur New York, mais aucun autre survivant n'avait pu être retiré de l'eau glacée.

— Philip ?

Sa voix résonna, douce et triste dans la pénombre.

— Oui ? fit-il en se retournant, et elle vit ses yeux tourmentés.

Il faisait beaucoup plus âgé que ses seize ans, comme si en quelques heures il avait vieilli de plusieurs années.

— Qu'allons-nous faire maintenant ? demanda-t-elle.

Elle n'avait pas osé ajouter « sans eux » mais savait qu'il pensait la même chose. Il ébaucha un vague geste.

— Je ne sais pas… Je suppose que nous allons rentrer à la maison.

Ils n'avaient pas le choix. Ils resteraient à New York le temps nécessaire pour faire examiner Teddy par un pédiatre, à condition que le petit garçon fût encore en vie. D'après le médecin de garde, cette nuit serait cruciale. Edwina se refusait d'envisager le pire. Perdre Teddy aussi lui porterait un coup fatal, elle s'en rendait compte. Teddy était le benjamin de la famille, le bébé, le dernier enfant de Kate, il fallait à tout prix le sauver.

Plus tard, dans la nursery, alors qu'elle le tenait dans ses bras en prêtant l'oreille à sa respiration laborieuse, la jeune fille se mit à penser aux enfants qu'elle ne mettrait jamais au monde et des larmes amères inondèrent ses joues pâles. Les enfants de Charles ne verraient jamais le jour, tous ses rêves avaient disparu en même temps que lui. Des sanglots muets secouèrent ses épaules.

Philip s'était couché sur un matelas, à côté du lit de camp de Georges. Il ne put fermer l'œil. Une myriade de pensées grouillait dans sa tête, mille questions sans réponse. Ses parents avaient-ils sauté par-dessus bord ? Combien de temps avait duré leur agonie ? Avaient-ils essayé de nager jusqu'aux embarcations de sauvetage ? Avaient-ils été abandonnés à leur sort ? Il avait entendu dire qu'ils avaient été des centaines à plonger. Et que personne n'avait voulu les recueillir, craignant de surcharger les canots. Ils avaient flotté ainsi jusqu'à ce que le froid polaire ait eu raison de leurs forces. La plupart avaient péri noyés, épuisés d'avoir nagé et appelé au secours. L'image de ses parents se démenant pour rester à la surface de l'eau fit tressaillir Philip. Il rejeta la couverture, bondit sur ses jambes, partit à la recherche d'Edwina. Il entra sans un mot dans la pièce, se laissa tomber sur une chaise à côté de sa sœur. Un long silence suivit. Il avait déjà remarqué que les survivants du *Titanic* parlaient peu. Presque pas. Ils avaient tendance à se regrouper, bien sûr, mais dans le silence. Quelques solitaires se promenaient inlassablement sur le pont ou considéraient la mer d'un regard fixe.

— Je me demande…

C'était difficile de trouver les termes adéquats. Il se reprit à mi-voix, afin de ne pas déranger les autres occupants de l'infirmerie.

— Je n'arrête pas de penser à… à la fin…

Sa voix se fêla et il détourna la tête. Les doigts d'Edwina cherchèrent la joue de Philip.

— N'y pense pas, souffla-t-elle. Qu'est-ce que ça change ?

Elle n'avait pas cessé de penser à la même chose, les mêmes cauchemars l'avaient harcelée. Mille fois elle s'était demandé pourquoi sa mère avait préféré rester à bord. Et Charles ? Et Alexia ? L'avaient-ils retrouvée ? Philip avait pris un air stupéfait quand il avait réalisé qu'Alexia n'était pas avec Edwina. Leurs parents ne l'avaient peut-être jamais su.

Il exhala un lourd soupir, regarda le petit Teddy qui dormait à poings fermés, effleura ses douces boucles de bébé, le petit visage mortellement pâle. De temps à autre, une affreuse quinte de toux secouait le corps minuscule. Philip avait pris froid, lui aussi, bien qu'il ne parût pas s'en préoccuper. Edwina le lui avait fait remarquer, mais il avait répondu qu'il avait attrapé un rhume l'avant-veille. Elle se rappela alors que Kate l'avait surpris en train d'échanger des œillades énamourées avec une adolescente de la seconde classe… Elle devait être morte, elle aussi, comme tant d'autres.

Philip se pencha sur son petit frère en demandant : « Comment va-t-il ? »

— Pareil, dit-elle en posant ses lèvres sur le front de l'enfant. Peut-être un peu mieux.

Pourvu que ce ne soit pas une pneumonie…

— Va te reposer, je resterai avec lui, offrit Philip, mais elle refusa avec un soupir.

— De toute façon, je n'arriverai pas à fermer l'œil.

Nouveau silence. Ce matin, le commandant Rostron n'avait pas voulu appareiller avant de s'assurer qu'il ne laisserait en mer aucun survivant. Le *Carpathia* avait longtemps sillonné le lieu du naufrage, mais aussi loin que le regard pouvait porter, on ne distinguait que des débris – chaises longues, gilets de sauvetage, morceaux de bois, planches, un tapis qui ressemblait à celui de la chambre d'Edwina, le corps sans vie d'un marin.

Et maintenant, c'était terminé. Aussi incroyable que cela puisse paraître. Hier soir les Widener offraient encore une réception en l'honneur du commandant Smith et aujourd'hui, à peine vingt-quatre heures plus tard, il n'y avait plus personne, ni hôtes, ni invités, ni capitaine. Le *Titanic* reposait au fond de sa tombe liquide ainsi que mille sept cents de ses passagers.

Le beau visage de Charles émergea dans sa mémoire, et Edwina versa de nouveaux pleurs sur son amour perdu. La veille encore, il riait avec elle. Edwina crut revoir son sourire, réentendre sa voix lui murmurer que le bleu de sa robe avait la même nuance que ses yeux. Que sa coiffure lui allait à ravir – elle avait ramassé ses cheveux en chignon sur la nuque. À présent la jolie toilette de satin bleu pâle était toute fripée. Quelqu'un lui avait proposé une robe de laine brune mais elle n'avait guère eu le temps de se changer, et… Oh, quelle importance ? Charles n'était plus là.

Edwina et Philip demeurèrent un long moment assis côté à côte, évoquant le passé et essayant de se figurer l'avenir. Tard dans la nuit, elle lui suggéra de retourner auprès de Georges. Restée seule, elle continua à veiller sur Fannie et Teddy.

Le petit garçon se réveilla pour réclamer de l'eau qu'il but avidement. Fannie cria alors dans son sommeil et Edwina dut la prendre dans ses bras. Elle se mit alors à prier silencieusement, comme elle l'avait fait plus tôt, dans la matinée, lors du service funèbre présidé par le capitaine du *Carpathia*. La plupart des rescapés, trop accablés, s'étaient abstenus d'assister à la prière.

Edwina finit par s'endormir, alors que l'aube teintait le hublot d'une lueur grise. La voix de Teddy la réveilla. Il la fixait de ses grands yeux au bleu si semblable à celui de leur mère.

— Où est maman ? fit-il sombrement, prêt à fondre en larmes.

— Maman n'est pas là, mon chéri.

Teddy était trop jeune pour comprendre, mais lui mentir répugnait à Edwina.

— Moi aussi je veux maman ! s'écria alors Fannie.

Edwina la fit taire d'un baiser.

— Allons, Fannie, sois gentille.

Elle laissa un Teddy boudeur aux soins de l'infirmière de garde, partit avec sa petite sœur dans la salle de bains. Son reflet dans le miroir la fit sursauter. Un visage livide, des traits tirés, de larges cernes sous les yeux. Un air de désarroi au fond des prunelles. On eût dit une vieille femme. Elle fit rapidement sa toilette et s'occupa de Fannie, puis se rendit à la salle à manger où les garçons l'attendaient. Ils avaient mauvaise mine, eux aussi, nota-t-elle sitôt qu'elle eut pénétré dans la pièce. D'autres passagers du *Titanic* installés à la table voisine n'étaient pas en meilleur état. Bizarrement accoutrés, ils arboraient tous la même expression de stupeur. « Nous sommes vivants », s'efforça de se répéter Edwina. Elle n'osa pas penser si cela en valait la peine.

— Comment va Teddy ? s'enquit Georges.

À son soulagement, un mince sourire étira les lèvres de sa sœur.

— Mieux, je crois. Je lui ai promis de retourner près de lui dans dix minutes. – Elle avait emmené Fannie avec elle.

— Je pourrais y aller si tu veux, offrit Georges, puis, ses traits se figèrent comme s'il venait d'apercevoir un fantôme.

Alarmée, Edwina se pencha vers lui.

— Qu'as-tu, Georgie ? Que se passe-t-il ?

Incapable d'articuler le moindre mot, il pointa l'index en direction de quelque chose qui traînait par terre, à côté d'un matelas. Ensuite, il se pencha et ramassa une poupée de porcelaine… Mrs. Thomas !

— Elle doit être ici ! s'écria Edwina, bondissant sur ses jambes.

Ils se mirent à interroger fébrilement les autres passagers.

Personne n'avait remarqué une petite fille de six ans correspondant à la description d'Alexia. Edwina considéra longuement la poupée. La petite Allison n'en avait-elle pas une, identique ? Philip fit un non énergique de la tête. On ne pouvait pas se tromper : C'était bien Mrs. Thomas, la poupée de leur sœur. Il l'aurait reconnue n'importe où, entre mille.

— Regarde, Edwina, elle porte encore la robe que tu lui as faite.

Elle fronça les sourcils, la gorge nouée. C'eût été trop cruel que la poupée ait survécu à Alexia.

— Où est Alexia ? demanda Fannie avec l'intonation intriguée que prenait Bert de son vivant.

Elle lui ressemblait d'une façon bouleversante. Émue, Edwina haussa les épaules.

— Je ne sais pas, ma chérie.

— Est-ce qu'elle se cache, alors ?

Fannie connaissait bien les habitudes d'Alexia, mais pour une fois, Edwina ne sourit pas à cette réflexion.

— Je n'en sais rien, Fannie. J'espère que non.

— Et papa et maman ? Ils se cachent, eux aussi ?

La jeune fille ne sut quoi répondre. Le reste de la journée s'épuisa en vaines recherches. Alexia restait introuvable. Personne ne se la rappelait. Personne ne l'avait remarquée. Edwina dut retourner à l'infirmerie. Voyant la poupée, Teddy tendit les bras vers sa sœur aînée.

— Mrs. Tho… mas, articula-t-il… Lexia…

Lui aussi s'en souvenait. Il eût été difficile de ne pas reconnaître le jouet favori d'Alexia. Désemparée, Edwina se tourna vers l'infirmière.

— Excusez-moi… Comment pourrais-je savoir… – elle s'interrompit, cherchant péniblement les mots appropriés. Nous nous demandons si ma petite sœur est à bord. C'est une petite fille de six ans. Elle était restée avec mes parents et pourtant…

Une fois de plus, les mots lui manquèrent. L'infirmière eut un sourire compréhensif.

— Voici la liste des personnes que nous avons repêchées y compris les enfants, dit-elle en mettant un feuillet entre les mains d'Edwina. Il est fort possible qu'hier, dans la confusion, elle se soit perdue. Qu'est-ce qui vous fait penser qu'elle est ici ? Était-elle dans l'un des canots de sauvetage ?

— Non… – D'un rapide coup d'œil elle parcourut la liste des noms mais celui d'Alexia n'y figurait pas. – C'est à cause de cette poupée, ajouta Edwina d'une voix faible, elle l'emmenait partout.

— Êtes-vous sûre qu'il s'agit bien de la même poupée ?

— Certaine. J'ai moi-même cousu sa robe.

— Un autre enfant a pu la récupérer.

— Peut-être… – Elle n'y avait même pas songé. – Et si elle comptait parmi les enfants qui n'ont pas été identifiés ?

L'infirmière en doutait. Il y avait bien quelques bébés en bas âge dont le nom n'avait pas pu être établi, mais une fillette de six ans devait être parfaitement capable, à son avis, de décliner son nom. Edwina l'imagina un instant prostrée, repliée sur elle-même, muette, ignorant que ses frères et sœurs se trouvaient sur le même bateau. Elle le dit à l'infirmière, qui secoua la tête. Non, franchement, elle ne le pensait pas.

Dans l'après-midi, Edwina fit un tour sur le pont, s'efforçant de balayer de son esprit l'image hideuse du *Titanic* dressé presque verticalement avant de se casser en deux et de disparaître de la surface de la mer. D'autres rescapés prenaient l'air. Edwina vit de loin Mlle Serepeca, la gouvernante de Mme Carter, en train de promener les enfants de sa patronne. Lucille et Williams la suivaient docilement. Ils arboraient l'air hébété de tous les petits rescapés du *Titanic*. Et quant au troisième enfant, une petite fille, elle semblait carrément sous l'empire de la terreur car elle était littéralement accrochée au bras de la gouvernante et se laissait traîner. Comme si mettre un pied devant l'autre était au-dessus de ses forces… Soudain, elle tourna le visage vers Edwina et celle-ci étouffa un cri. L'instant suivant, elle se précipita vers la fillette, la saisit dans ses bras, la souleva, toute tremblante, le cœur battant à se rompre. Elle l'avait retrouvée ! Elle avait retrouvé Alexia !

Émue aux larmes, Mlle Serepeca se lança dans un récit embrouillé des événements. Alexia avait été jetée du pont-promenade, expliqua-t-elle, dans le canot de sauvetage numéro 4. Elle était seule, visiblement. Mme Carter ne tarda pas à la prendre sous son aile protectrice. Elle espérait qu'à New York quelqu'un de sa famille viendrait la réclamer. Mlle Serepeca s'essuya les yeux.

— Cette petite n'a pas ouvert la bouche depuis deux jours, ajouta-t-elle. Elle n'a pas dit un mot. Nous ne savions même pas son nom.

Mme Carter avait bien tenté de la faire parler mais sans succès.

— C'est Madame qui sera contente, conclut la gouvernante, quand elle saura que la pauvre petite a retrouvé sa maman…

Ce dernier mot eut le don de sortir Alexia de son apathie, car elle tourna la tête dans tous les sens, les yeux effarouchés, cherchant instinctivement Kate. Edwina la pressa plus fort contre son sein.

— Non, ma chérie, elle n'est pas avec nous.

Elle regretta aussitôt sa phrase mais comment aurait-elle pu agir autrement ? Alexia la regarda, comme abasourdie, puis, relevant la tête, tenta de se dégager, ne voulant plus entendre l'atroce vérité.

— Merci, mademoiselle Serepeca.

Edwina prit congé, non sans avoir promis d'aller remercier personnellement Mme Carter. Et peu après, alors qu'elle entraînait Alexia vers le grand salon, la petite fille s'immobilisa, levant ses grands yeux clairs sur sa sœur aînée. Elle n'avait pas encore prononcé un mot. Il y avait, au fond de ce regard un tel désarroi, que le cœur d'Edwina se noua.

— Oh, ma chérie, je t'aime tant… murmura-t-elle. Nous étions tous si inquiets pour toi…

Ils étaient six à présent… Tenir la menotte froide d'Alexia lui fit l'effet d'un don du ciel. Cependant, elle ne put s'empêcher de songer aux absents. Kate et Bert. Charles. Partis, disparus à jamais. Edwina aurait donné dix ans de sa vie pour les voir apparaître soudain sur le pont. Mais ils n'étaient pas là. Seule Alexia était revenue de l'enfer, petit fantôme du passé. Un passé si proche et déjà si lointain.

Quand elle tendit à Alexia sa poupée bien-aimée, la petite fille s'en empara vivement et la tint tout près de son visage. Pas une parole n'avait franchi ses lèvres. Philip fondit en larmes, mais elle le regarda, muette. Avec Georges, elle manifesta plus d'émotion.

— Salut, Alexia, dit-il calmement. Nous t'avons cherchée partout.

Elle ne répondit rien mais ne le quitta pas des yeux, le suivit partout, voulut dormir avec lui ce soir-là. Georges lui fit une place sur son matelas étroit. La fillette sombra dans le sommeil, tenant d'une main celle de son frère, et sa poupée de l'autre. Le petit garçon la regarda dormir. Il eut la sensation de revoir le visage de leur mère. Enfin, lorsqu'il s'endormit, il rêva de leurs parents. Il rêvait encore d'eux quand des sanglots le réveillèrent au milieu de la nuit.

— Alexia, murmura-t-il, en l'enlaçant, rendors-toi, allez…

Les sanglots redoublèrent.

— As-tu mal quelque part ? demanda-t-il, décontenancé. Es-tu malade ? Veux-tu que j'aille chercher Edwina ?

Leur sœur aînée avait préféré passer la nuit à l'infirmerie, près de Fannie et Teddy.

Elle secoua lentement la tête, s'assit sur son séant en pressant la poupée sur son cœur.

— Je… veux… maman…

Ce ne fut qu'un faible murmure. Un flot de larmes fit briller les yeux de Georges dans l'obscurité.

— Moi aussi, Lexia… Moi aussi.

Ils se rendormirent, main dans la main, les joues mouillées de larmes. Le tendre sourire de Kate illumina leurs songes jusqu'au matin.

Le *Carpathia* poursuivait sa route à destination de New York. Il conduisait à bon port les rescapés du *Titanic*. Ils étaient sept cent onze. La mort avait fauché les mille sept cents autres. Kate et Bert et Charles ne viendraient plus. Leur vie s'était achevée brutalement, quelque part dans l'Atlantique. Ils avaient disparu. Pour toujours…

6

Le *Carpathia* arriva à destination le jeudi soir. Une pluie fine, presque impalpable jetait sur New York un voile humide quand le paquebot pénétra dans le port. Depuis le gaillard d'avant, Edwina et Philip regardèrent les gratte-ciel de Manhattan qui se délayaient dans la brume. Ils étaient enfin de retour au pays. La vue de la statue de la Liberté raviva leur chagrin. Ils avaient tout perdu d'un seul coup. Ils avaient l'un l'autre, bien sûr, puis Georges et les petits, ainsi qu'Edwina ne cessait de se le répéter. Mais la vie ne serait plus la même, ne pourrait plus être la même sans leurs parents. Et sans Charles. Charles qu'elle aurait épousé quatre mois plus tard, Charles dont le rire résonnait encore à ses oreilles. Charles et sa gentillesse, sa chaleur, sa présence si douce, l'homme qu'elle avait tant aimé, et qu'elle ne reverrait plus… Le plus beau rêve d'Edwina, son souhait le plus ardent, tous ses projets d'avenir avaient disparu en même temps que lui.

Des larmes ruisselèrent sur ses joues, tandis que le *Carpathia* suivait les remorqueurs dans le silence, car il n'y eut ni sirènes, ni cloches, ni fanfare.

La nuit précédente, le commandant Rostron avait annoncé sa décision d'interdire son navire à la presse. Aucun reporter n'avait reçu l'autorisation de monter à bord. Les survivants du *Titanic* avaient le droit de pleurer leurs morts dans le recueillement et la dignité, sans que l'on vienne les bombarder de questions indiscrètes.

Mais ce n'était pas aux journalistes qu'Edwina songeait, alors que le bateau s'apprêtait à accoster. Inlassablement, son esprit reproduisait les images obsédantes du naufrage. Elle sentit la main de Philip sur la sienne.

— Weenie ?

Il ne l'avait pas appelée ainsi depuis leur enfance, et ce diminutif affectueux arracha un pâle sourire à la jeune fille.

— Qu'est-ce qu'on va faire maintenant ? demanda-t-il.

Elle n'avait guère eu le temps d'y réfléchir. Teddy, encore gravement malade, Alexia, visiblement perturbée, avaient accaparé toute son attention. Georges n'était plus que l'ombre de lui-même et Fannie éclatait en sanglots chaque fois qu'Edwina faisait mine de s'éloigner. Le destin l'avait mise à la tête d'une famille déchirée, et cette nouvelle responsabilité pesait comme un écrasant fardeau sur ses épaules.

— Je ne sais pas, Philip… Nous rentrerons à San Francisco dès que Teddy se portera mieux. Pour l'instant, nous sommes obligés de prolonger notre séjour à New York.

Aucun d'eux ne semblait capable de prendre le train. Ils avaient tous besoin de repos… Mais aussitôt d'autres questions surgirent dans sa tête. Et la maison ?

Le journal ? Qui s'en occuperait ? Y répondre s'avérait au-dessus de ses forces. En ce moment, seul le passé comptait. Des fragments d'images d'un bonheur révolu lui revinrent brutalement en mémoire. Elle remonta le temps, se retrouva quelques jours auparavant, se revit sur la piste de danse avec Charles, tournoyant, enlacés, au rythme joyeux d'une valse. Leur dernière valse… Au cours de la croisière ils avaient tant dansé que les escarpins argentés d'Edwina en avaient été usés. Dorénavant, elle ne danserait plus. Plus jamais.

— Weenie ?

Une fois de plus, elle s'était replongée dans ses souvenirs, il le devina à la fixité de son regard. Cela lui arrivait souvent. Cela leur arrivait à tous.

— Oui ? Excuse-moi…

Elle contempla le port de New York sous la pluie. Alignés contre le bastingage, les rescapés du *Titanic* – des veuves pour la plupart – laissaient libre cours à leurs larmes. À peine quatre jours plus tôt, ils rêvaient encore tous à un retour glorieux à bord du plus merveilleux bateau du monde. Quatre jours, déjà une éternité…

Beaucoup étaient attendus par des parents ou des amis. Pas les Winfield. Ils ne connaissaient personne ici. Bert avait réservé des chambres au *Ritz-Carlton* où ils comptaient passer quelques jours avant de regagner la Californie. Soudain, des problèmes inattendus devaient être résolus. Ils n'avaient ni argent ni vêtements. Alexia avait même perdu ses chaussures. Edwina comptait en tout et pour tout parmi ses maigres possessions la toilette de satin bleu pâle toute fripée et tachée et la robe de laine brune qu'on lui avait donné le jour du sauvetage. Elle se demanda, pour la première fois de toute son existence, comment elle allait payer l'hôtel, puis décida d'envoyer un câble au bureau de son père à San Francisco.

Ils avaient contacté la White Star par radio, demandant à la compagnie de notifier à Sir Rupert et Lady Hickham que leurs nièces et neveux étaient sains et saufs. Edwina se représentait parfaitement tante Liz prenant connaissance du message et se mettant à pleurer la perte de son unique sœur.

Les remorqueurs tiraient le paquebot vers le quai sur les eaux grises du port. Un coup de sifflet aigrelet fendit soudain l'air mouillé, puis toutes les barques, toutes les embarcations, tous les bateaux présents se mirent d'un seul coup à saluer l'arrivée du *Carpathia.* Le bouclier de silence qui les avait abrités depuis quatre jours se brisa. La tragédie du *Titanic* s'étalait à la une de tous les journaux mais Edwina et Philip ne s'en doutaient pas. Ils s'en rendirent compte brutalement lorsque, laissant des traînées d'écume dans son sillage, une armada de yachts, de ferries et de vedettes bourrés de photographes et de reporters vint à la rencontre du navire.

Fidèle à sa parole, Rostron avait interdit l'accès de son navire aux journalistes. Entassés en équilibre précaire sur les esquifs, les photographes commencèrent à mitrailler le *Carpathia* de leurs flashes en attendant que ses occupants mettent un pied sur la terre ferme. L'un d'eux réussit à se glisser à bord mais fut intercepté et consigné dans les quartiers des officiers.

La coque du bateau frôla doucement le quai à 21 h 35. Les machines stoppèrent et, l'espace d'un instant, un lourd silence tomba sur les ponts. Le long du parapet, les rescapés retenaient leur souffle. Leur terrifiant voyage était sur le point de se terminer. Les canots de sauvetage du *Titanic* furent tirés des bossoirs et descendus en douceur sur le ponton, sauf que cette fois-ci leur chargement se réduisait à un seul homme d'équipage. Des éclairs zébrèrent les cumulus, un grondement roula dans le firmament et, brutalement, de grosses gouttes se diluèrent dans le crachin, faisant bouillonner les eaux du port. On eût dit que le ciel versait des larmes dans les chaloupes vides qui, bientôt, seraient livrées à la curiosité vorace du public.

Alexia et Georges avaient rejoint Edwina et Philip. La vue des canots se balançant au bout des cordages arracha une plainte à Alexia, qui se blottit contre sa sœur aînée. Quand un long éclair jaillit en plein ciel, et que le tonnerre rugit peu après, la petite fille, terrifiée, se cramponna à Edwina.

— On… va aller… encore là-dedans ? balbutia-t-elle.

— Non, ma chérie, non, répondit Edwina, les yeux rivés sur les précieuses coques de noix auxquelles ils devaient la vie… et qui n'avaient pas été assez nombreuses pour sauver la vie des autres… Ne pleure pas, Lexia, je t'en supplie, ne pleure pas.

Ce fut tout ce qu'elle put dire, alors qu'elle pressait la menotte tremblante entre ses paumes. Depuis quelques jours, elle s'était juré de ne plus faire de fausses promesses aux enfants.

Les abords du quai étaient noirs de monde. Dans les lueurs blafardes des éclairs, la marée humaine avançait vers le bateau. Des centaines. Des milliers. (Le lendemain, les journaux annoncèrent trente mille personnes dans le port et dix mille le long du fleuve.)

Edwina détourna les yeux de la foule. Que lui importaient tous ces gens ? Elle avait perdu ceux qu'elle aimait, ses parents et Charles, les seuls qui comptaient. Elle n'avait que faire de ces inconnus. Personne ne les attendait. Personne n'était là pour alléger le fardeau qui incombait à Edwina et à ce pauvre Philip. À seize ans, celui-ci endosserait les responsabilités d'un adulte. Elle l'entendit intimer à Georges d'enfiler son manteau. Le regard d'Edwina passa en revue ses frères et sœurs ; s'attarda tristement sur leurs vêtements en guenilles, leurs figures ravagées. Ils ressemblaient très exactement à ce qu'ils étaient : des orphelins. Le mot transperça son esprit pour la première fois.

Les passagers du *Carpathia* débarquèrent d'abord. Quand le dernier se fut éloigné, un silence singulier figea la foule. Les rescapés échangèrent un mot d'adieu, une poignée de main, quelques propos avec le commandant, avant de s'avancer vers le débarcadère.

Deux femmes – les deux premières – s'immobilisèrent sur la plate-forme de débarquement, l'air hésitant, n'osant esquisser un pas de plus en avant. L'une d'elles, le visage ruisselant de larmes, voulut rebrousser chemin, effrayée par la multitude qu'illuminait l'orage. Enfin, elles se mirent à descendre tout doucement, enlacées, et au beau milieu de leur parcours elles durent s'arrêter une nouvelle fois car un immense brouhaha de voix traversa la masse humaine. C'était une rumeur de compassion, un cri de fascination, un sourd rugissement funèbre. Alexia se boucha les oreilles avec ses paumes, terrorisée, et Fannie laissa échapper un piaillement tandis que Philip la soulevait dans ses bras.

— Allons, les enfants, ce n'est rien, n'ayez pas peur…

La voix d'Edwina se perdit dans le tintamarre. À mesure que les rescapés descendaient la passerelle, les flashes des photographes étincelaient sur terre, cependant qu'au ciel des éclairs jaillissaient entre les nuages. Edwina pilota sa petite famille vers la plate-forme. Après le désastre, que pouvait-il leur arriver de pire ? Elle-même portait Alexia dont les bras tremblaient autour de son cou. Suivait Philip avec les deux plus petits. Georges fermait le cortège. La pluie drue les trempa jusqu'aux os mais ils continuèrent à avancer. En bas, la foule s'agitait toujours. La liste des survivants n'ayant pas encore été communiquée, des parents et amis des voyageurs du *Titanic* se renseignaient sur le sort des naufragés. Des noms perçaient dans le vacarme.

— Chandler !... Harrison !... Gates !... Avez-vous vu Gates ?

Sur le quai, les Thayer embrassèrent leurs amis de Philadelphie. Sirènes d'ambulances, moteurs de voiture, klaxons, formaient une cacophonie assourdissante. Les explosions lumineuses des flashes se poursuivaient, implacables.

— Maman ! Maman ! cria Alexia, apeurée.

Un journaliste venait de harponner Edwina par le bras.

— Dites, madame, ce sont vos enfants ? Étiez-vous tous sur le *Titanic ?*

Il était bruyant et vulgaire. Edwina se démena pour dégager son bras.

— Non... oui... s'il vous plaît...

D'autres reporters affluèrent. Prise dans les remous de la foule, Edwina se débattit farouchement, afin de se frayer un chemin. Un peu plus tôt, les photographes avaient mitraillé sans merci Madeleine Astor. La jeune femme avait été ensuite entraînée par son père et son beau-père vers une limousine. Edwina cligna des paupières sous l'avalanche des flashes.

— Laissez-nous passer, implora-t-elle.

Enfin libérés, ils s'engouffrèrent dans l'une des voitures du *Ritz-Carlton* qui démarra aussitôt et emprunta la Septième Avenue. Enfin rendus au luxueux palace ils furent conduits discrètement à l'ascenseur, afin d'échapper à la meute de journalistes qui montait la garde dans le vestibule. Edwina s'appuya sur le chambranle. C'était comme s'ils n'étaient jamais partis. Ils avaient occupé exactement la même suite un mois et demi auparavant, avant d'embarquer sur le *Mauritania* à destination de l'Angleterre où ils allaient célébrer les fiançailles d'Edwina avec Charles…

— Weenie, qu'est-ce qui ne va pas ?

Elle était mortellement pâle.

— Je… vais bien, réussit-elle à articuler.

Encore quelques semaines plus tôt, dans ce même décor aux meubles en cerisier clair, rempli de fleurs éclatantes, elle était tout à la joie du voyage. Alors, l'avenir lui souriait et voilà qu'aujourd'hui elle se tenait au même endroit, le cœur brisé, vêtue de la toilette de satin bleu qui tombait en lambeaux.

— Veux-tu que j'aille demander de changer de chambres ? demanda Philip.

La sentant sur le point de flancher, il la scruta d'un œil inquiet. Si les nerfs d'Edwina lâchaient, qu'allaient-ils devenir tous ? Vers qui se tourneraient-ils ? Alarmé, il voulut se porter à son secours mais elle se raffermit sur ses jambes en secouant lentement la tête. Les yeux secs, elle considéra ses frères et sœurs. Des êtres à chérir… Et à protéger.

— Eh bien, je crois que nous avons tous besoin d'un bon repas. Georges choisira le menu, pendant que Philip aidera Fannie et Alexia à mettre leur chemise de nuit…

Elles n'en avaient pas, se dit-elle, s'interrompant brusquement. Mais quand elle fit le tour des chambres, elle découvrit dans chacune toute une garde-robe mise à leur disposition par la direction de l'hôtel. Un assortiment de vêtements pour les enfants, sweaters, jupes, pantalons, chaussettes de laine, chaussures et, étalés sur les lits, deux petites chemises de nuit pour les filles, ainsi que deux poupées, plus un ourson en peluche pour Teddy. En pénétrant dans la chambre la plus spacieuse, elle sentit son souffle se bloquer au fond de sa gorge. Il y avait, sur le double lit, des tenues de nuit destinées à ses parents. Et sur la table basse, un seau à glace avec une bouteille de champagne assorti de coupes de cristal attendaient les hôtes qui ne viendraient pas. Un flot de larmes lui brûla les yeux, un amer petit sanglot gonfla sa poitrine, mais elle n'eut pas le courage de visiter la pièce adjacente. La chambre de Charles… Edwina referma la porte et retourna près des enfants.

Elle s'occupa de tout avec un calme qu'elle n'éprouvait pas réellement, veilla à ce que les plus jeunes dînent en premier puis, baignés et vêtus de leurs chemises de nuit neuves, soient mis au lit. Fannie se mit à trépigner en criant qu'elle ne pourrait pas dormir ailleurs que dans le lit d'Edwina, Alexia refusa de se coucher sans sa chère Mrs. Thomas, au mépris de la belle poupée offerte par l'hôtel. Elles eurent gain de cause et, quand Edwina voulut éteindre la lumière dans la chambre d'Alexia, les traits de la fillette reflétèrent une souffrance qui faisait peine à voir. Le petit Teddy dormait profondément dans un grand berceau flambant neuf – autre délicate attention de la direction.

Revenue dans le salon, elle se laissa tomber sur le canapé, exténuée, et regarda Philip et Georges engloutir un poulet rôti entier. Elle-même se contenta d'un verre de vin qu'elle reposa bientôt sans le terminer.

— Demain matin, il faudra songer à envoyer un télégramme à oncle Rupert et tante Liz, annonça-t-elle aux garçons.

Aux parents de Charles également… Ils devaient être au courant de la catastrophe par la White Star… M. et Mme Fitzgerald… Edwina se représentait parfaitement leur affliction. Elle se passa une main sur le front, comme pour chasser la vision obsédante de son fiancé au milieu de l'océan, s'ingénia à énumérer ses nombreuses tâches du lendemain. Acheter des vêtements aux enfants. Emmener Teddy chez le pédiatre. Soigner les doigts de Fannie rougis par les engelures, peut-être même consulter un spécialiste… Tout ce qui auparavant semblait aller de soi lui faisait à présent l'effet d'une montagne. Soudain, sa vie avait basculé dans un gouffre mais, déjà, à sa propre douleur se mêlait un nouveau tourment. Si la santé de Teddy et Fannie présentait les signes d'une amélioration certaine, l'abattement dans lequel Alexia semblait plongée était devenu une source d'inquiétude constante pour Edwina. La perte cruelle de ses parents – de sa mère surtout – avait irrémédiablement perturbé le psychisme déjà fragile de la fillette. Celle-ci avait reporté sur sa sœur aînée le profond attachement qu'elle éprouvait pour Kate. Les absences les plus brèves d'Edwina la mettaient dans un état d'angoisse proche de l'hystérie. Bien sûr, c'était une réaction normale. Ils avaient tous reçu un choc dont ils ne se relèveraient pas de si tôt. Edwina elle-même avait du mal à réprimer les tremblements de ses mains. Or, la sensibilité exacerbée d'Alexia la rendait plus vulnérable que les autres.

Edwina se redressa. Ce n'était pas le moment de permettre au doute de la ronger. Le temps guérissait toutes les blessures, s'efforça-t-elle de se répéter sans trop y croire. Il fallait résoudre les problèmes les uns après les autres, à mesure qu'ils se présentaient. C'était à elle, l'aînée, de prendre les choses en main.

Elle quitta la suite, descendit au rez-de-chaussée, fit part à l'employé de la réception de son désir de louer une voiture avec chauffeur pour le lendemain. Le directeur de l'hôtel sortit de son bureau, afin de l'assurer de toute sa sympathie. Les Winfield comptaient parmi sa clientèle depuis si longtemps qu'il en était venu à les considérer comme des amis.

— Je suis désolé… murmura-t-il.

Il avait l'air sincèrement affligé.

Edwina accepta ses condoléances d'un air digne, sans oublier de le remercier pour les cadeaux qu'il avait offerts aux enfants. Alors qu'elle reprenait le chemin des ascenseurs, son regard capta au passage deux ou trois figures familières – des rescapés pris, eux aussi, dans le tourbillon de la survie.

Il était presque une heure et demie du matin quand elle regagna la suite. Dans le salon, ses frères jouaient aux cartes en dégustant des gâteaux et en buvant de l'eau de Seltz. Sous le chambranle de l'entrée, elle se figea un instant, perplexe. La vie reprenait le dessus, songea-t-elle tristement avant de réaliser que là, justement, résidait leur salut. Répéter les gestes du quotidien. Manger, dormir, se réveiller. Demain serait un nouveau jour. À peine sortis de l'enfance, ses frères avaient toute l'existence devant eux. Ils s'en sortiraient. Plus tard, ils fonderaient leur propre foyer… Pas elle. Pas sans Charles. Aucun autre homme ne parviendrait à supplanter Charles dans son cœur, elle en avait la conviction. Elle consacrerait sa vie à ses jeunes frères et sœurs. Et voilà tout…

— Vous ne comptez pas vous coucher ce soir, messieurs ? demanda-t-elle d'un ton aussi léger qu'elle le pouvait, en refoulant ses larmes.

Ils levèrent les yeux sur elle et, soudain, comme s'il venait seulement de remarquer sa tenue négligée, Georges eut un sourire. Le premier depuis qu'ils avaient quitté le *Titanic*.

— Mon Dieu, Edwina, regarde-toi. Tu es… affreuse.

Il émit un rire et même Philip sourit malgré lui. En effet, dans la somptueuse suite, la robe d'Edwina avait quelque chose d'incongru et de pathétique à la fois.

— Merci, mon cher ! – à son tour elle sourit –, j'essaierai de m'habiller d'une façon plus décente demain, afin de ne pas te faire honte.

— Espérons-le ! jeta-t-il, hautain, avant de se replonger dans son jeu.

— Ne tardez pas trop, vous deux ! les admonesta Edwina.

Elle se dirigea vers la luxueuse salle de bains avec la ferme intention de prendre un bain moussant. Peu après, nue devant le grand miroir, sa robe à bout de bras, elle contempla le tissu fripé. L'espace d'un instant, elle eut envie de la jeter, de ne plus jamais la revoir. Cependant, une partie d'elle-même désirait ardemment la garder. Cette toilette, elle l'avait portée la dernière fois qu'elle avait dansé avec Charles… la dernière fois qu'elle avait vu ses parents. C'était la relique d'une vie brisée, le symbole d'un tournant fatal après lequel plus rien ne serait comme avant.

Edwina plia soigneusement la robe de satin bleu pâle et la rangea dans un tiroir. Elle n'aurait pas su dire ce qu'elle en ferait plus tard. Mais, tout à coup, elle sut qu'elle ne s'en séparerait jamais. C'était tout ce qui lui restait du passé. Un bout de satin froissé et déchiré. Une simple robe de soirée qui semblait avoir appartenu à quelqu'un d'autre. À l'insouciante jeune fille qu'elle avait été, qu'elle n'était plus, et qu'elle se rappelait très vaguement, comme on se souvient d'un rêve.

7

Le lendemain matin, vêtue de la robe de lainage qu'elle avait eue à bord du *Carpathia*, Edwina accompagna les enfants chez un médecin recommandé par le directeur de l'hôtel. À l'issue d'un examen attentif, le praticien ne put cacher sa surprise. Les petits rescapés du *Titanic* n'avaient gardé pratiquement aucune séquelle de leur effroyable aventure. Les doigts de Fannie ne retrouveraient peut-être plus jamais leur ancienne souplesse, mais il n'était plus question qu'elle les perdît. C'était un miracle, déclara-t-il, que Teddy ne soit pas mort de froid lors de cette atroce nuit passée en mer dans le canot de sauvetage. Le garçonnet semblait avoir récupéré ses forces d'une manière remarquable. Enfin, il bombarda Edwina de questions à propos du naufrage, tout en précisant qu'il devait s'agir certainement d'une expérience affreuse. Elle répondit par monosyllabes, ne voulant pas évoquer devant les enfants les épreuves terrifiantes qu'ils avaient endurées.

Mais elle pria l'homme de science d'examiner Alexia. Hormis quelques bleus, quelques légères contusions écopées quand elle fut jetée dans la chaloupe, la fillette ne présentait aucun symptôme alarmant. Cependant, si son corps demeurait intact, son esprit paraissait atteint. Elle avait subi un grave traumatisme psychologique, conclut le praticien. Edwina approuva de la tête. Alexia n'était plus tout à fait la même, elle l'avait remarqué immédiatement, en la revoyant sur le pont du *Carpathia.* Confinée dans une morne apathie, elle avait perdu l'appétit, n'usait de la parole que pour appeler sa grande sœur. Le reste lui était indifférent. Comme si, en refusant d'admettre la mort de sa mère, elle s'était volontairement coupée de la réalité.

— Il se peut qu'elle reste dans cet état pendant un bon bout de temps, murmura l'homme en blouse blanche, ayant pris Edwina à part, cependant qu'une infirmière aidait les enfants à se rhabiller.

Edwina n'en crut pas un mot. Elle pensait qu'Alexia réagissait selon sa propre sensibilité. Un jour, très vite, elle parviendrait elle aussi à retrouver l'équilibre. De tous, c'était elle la plus attachée à leur mère. Quoi de plus normal qu'elle fût également la plus touchée par sa disparition ? Edwina ne permettrait pas que leur vie soit définitivement brisée, pas celle des enfants en tout cas. Elle se l'était juré.

— Vous pourrez prendre le chemin de fer pour San Francisco dans une semaine, ajouta le médecin. Laissez-leur le temps de se remettre.

Toujours le temps… Elle en avait besoin, elle aussi.

Ils rentrèrent à l'hôtel. Georges et Philip feuilletaient les gazettes du jour. Le *New York Times* consacrait une quinzaine de pages au cauchemar du *Titanic*. Des interviews de survivants alternaient avec les commentaires des chroniqueurs. Georges aurait voulu lire tous les articles à Edwina mais elle l'en découragea. Elle avait déjà refusé trois entretiens, jeté au panier une demi-douzaine de messages de reporters. Le journal de son père rapporterait dans le moindre détail le récit du naufrage du plus grand bateau jamais construit… Elle serait alors obligée de répondre aux journalistes. Mais elle se réservait le droit d'éviter tout contact avec la presse à sensation new-yorkaise qu'elle détestait.

Un autre message l'attendait à l'hôtel. Une commission de sénateurs se réunirait à partir du lendemain au *Waldorf-Astoria* et elle y était conviée le jour de sa convenance. La commission qui menait une enquête approfondie sur les circonstances de l'accident, lut-elle, s'intéressait tout particulièrement aux appréciations de toute personne ayant réchappé au naufrage afin d'éviter, à l'avenir, que de tels désastres se reproduisent.

Elle fit monter un déjeuner copieux, annonça au dessert qu'elle comptait faire du shopping.

— Mince ! s'écria Georges, retrouvant un peu de son ancien enthousiasme. On vient aussi, alors ?

Elle lui découvrit tout à coup l'air malicieux de leur père et cela amena sur ses lèvres un sourire nostalgique.

— Je préfère que toi et Philip restiez avec les petits.

Elle embaucherait une nouvelle gouvernante dès qu'ils seraient à San Francisco, se dit-elle, puis, en déployant un effort surhumain, elle réussit à chasser le souvenir de la pauvre Oona. Il suffisait d'un infime détail comme celui-ci, d'un simple mot, d'une pensée fugitive pour ressusciter les fantômes du passé.

Edwina passa à la banque en début d'après-midi. De là, elle se rendit chez Altman's au coin de la Cinquième Avenue et de la 34e Rue, fit un détour par Oppenheim Collins. Le bureau de son père lui avait expédié une grosse somme et elle s'aperçut, en rentrant à l'hôtel vers quatre heures de l'après-midi, qu'elle avait dépensé sans compter.

Dans la suite, Georges et Philip avaient entamé une nouvelle partie de cartes.

— Où sont les autres ? s'enquit-elle tout en déposant dans l'entrée un monceau de grands sacs de papier contenant une véritable garde-robe pour chacun de ses jeunes compagnons.

Elle avait troqué la robe de laine contre un élégant tailleur noir qu'elle avait acheté un peu plus tôt avec cinq autres modèles également noirs. Dans ses nouvelles tenues aux couleurs sombres, elle aurait sûrement l'air d'être la mère des enfants, ne put-elle s'empêcher de penser.

Philip indiqua d'un geste de la main la pièce du fond, sans lever le regard. Edwina poussa la porte d'une main leste. Le battant s'ouvrit sur une scène qui lui arracha un cri de joyeuse surprise. Teddy, Fannie et Alexia jouaient paisiblement sous l'œil attendri d'une femme de chambre. Toutes sortes de jouets jonchaient le parquet – cheval à bascule, train électrique, une demi-douzaine de poupées, livres illustrés, cahiers de coloriage. Et un peu partout, des dizaines de paquets enrobés dans du papier glacé.

— Seigneur ! gémit-elle en se retournant vers les deux garçons qui poursuivaient de plus belle leur partie, d'où vient tout ce bazar ?

Georges eut un léger haussement d'épaules, jeta sur le tapis vert une carte qui eut le don de rendre son frère furieux. Enfin, Philip daigna répondre :

— Il n'y a qu'à lire les cartes de visite. Le *New York Times* a envoyé quelque chose, la White Star Line aussi, et un tas d'autres organismes... Ce sont des cadeaux, je crois...

Stupéfaite, Edwina lança un coup d'œil dans la pièce transformée en salle de récréation. Les enfants s'en donnaient à cœur joie. Teddy galopait sur son cheval à bascule, pendant que ses sœurs faisaient semblant de prendre le thé en compagnie de leurs poupées. Fannie avait l'air de bien s'amuser. Même Alexia avait abandonné son air lugubre. Quand le regard d'Edwina accrocha le sien, la petite fille lui sourit. Maman et elle s'apprêtaient à célébrer son anniversaire le jour où le *Titanic* avait coulé. Alexia n'avait rien perdu pour attendre, car la splendeur de cette fête égalait bien dix anniversaires et un Noël.

Edwina battit en retraite dans le salon.

— Mon Dieu, où mettrons-nous tous ces objets ?

— Je suppose que nous allons les ramener à la maison, rétorqua Georges calmement.

Philip la suivit du regard, cependant qu'elle se démenait pour ranger ses emplettes.

— As-tu trouvé ce que tu voulais ? – Il étudia sa nouvelle robe avec une moue de mécontentement. – Tu tiens vraiment à porter ces nippes de grand-mère ?

— Le noir n'est pas à la mode, mais...

Mais elle était en deuil. Elle le resterait probablement toute sa vie. Elle ne s'habillerait plus jamais comme une jeune fille. D'ailleurs, Edwina ne se sentait plus jeune du tout. Sa jeunesse lui avait été ravie. Sa jeunesse gisait quelque part au fond de l'immense océan glacé, avec l'épave du *Titanic*...

Philip, sourcils froncés, eut l'air de réaliser enfin pourquoi elle était en noir. Le sang se retira de son visage. Il n'y avait pas pensé tout de suite. Il se demanda soudain si Georges et lui devraient bientôt porter des cravates noires ou des brassards de deuil, comme ils l'avaient fait au décès de leurs grands-parents. C'était un signe de respect, leur avait expliqué maman. Papa avait répliqué, alors, qu'il ne croyait guère à toutes ces balivernes. Du reste, oncle Rupert était le seul à partager ses opinions… Oncle Rupert ! Le garçon sursauta : il l'avait oublié celui-là.

— Edwina, nous avons reçu un câblogramme d'oncle Rupert et de tante Liz ce matin.

— Mon Dieu, où ai-je la tête ! J'avais justement l'intention de leur envoyer un mot aujourd'hui. Où est-il ?

Philip lui indiqua le bureau encombré de toutes sortes de messages, et elle s'y assit pesamment. En quelques lignes, son oncle lui annonçait que tante Liz arriverait à New York lors du prochain passage de *l'Olympic*, afin de tous les ramener en Angleterre. Edwina se redressa, le visage assombri. La pauvre tante Liz braverait en vain son mal de mer. Pour rien au monde elle ne referait la traversée de l'Atlantique. Plus jamais elle ne remonterait sur un bateau sans que la vision apocalyptique du *Titanic*, poupe dressée contre le ciel criblé d'étoiles, n'émerge aussitôt dans sa mémoire.

Elle câbla sa réponse dans la soirée, incitant sa tante à renoncer à ce projet. « Nous repartons en Californie dans quelques jours », termina-t-elle.

Le lendemain, à la première heure, elle reçut une nouvelle missive.

« Pas question ! Vous retournerez en Grande-Bretagne avec votre tante Élisabeth. Il n'y a pas d'autre solution. Stop. À bientôt. »

C'était signé Rupert Hickham.

— On va vraiment aller s'enterrer dans ce bled ? s'alarma Georges.

Là-dessus, Fannie se mit à trépigner. Non, elle n'irait pas à Havermoor Manor, la dernière fois elle s'était trop ennuyée et il y faisait si froid…

— Cesse donc de te lamenter, petite sotte ! cria Edwina. Nous ne partirons d'ici que pour nous rendre à San Francisco, est-ce clair ?

Cinq têtes acquiescèrent, cinq paires d'yeux se fixèrent sur son visage d'un air grave, cinq bouches laissèrent échapper un « oui » en chœur. Il ne restait plus qu'à convaincre Lord Hickham… Edwina expédia rapidement un autre câble. La réplique ne se fit pas attendre. Elle riposta. Sir Rupert tint bon. À l'issue d'un frénétique échange de télégrammes, le combat cessa faute de combattants. Tante Liz, clouée au lit par un rhume de cerveau, dut ajourner son voyage, et un nouvel accès de goutte interdit le moindre déplacement à son époux tenace. Entre-temps, Edwina avait mis les points sur les i. « Pas besoin de venir à New York. Nous rentrons à la maison. Stop. Vous y serez les bienvenus. Avec toute mon affection. »

— Es-tu sûre qu'ils ne vont pas débarquer à San Francisco pour nous emmener ? insista Georges, l'œil rond.

— Ce sont notre oncle et notre tante, pas des kidnappeurs. Leur proposition partait d'un bon sentiment, Georges. Ils doivent se faire du souci pour nous. Mais nous leur montrerons que nous pouvons nous débrouiller seuls.

Elle y avait réfléchi longuement, chaque nuit, alors qu'elle se retournait sans répit dans son lit. Son père avait mis en place une équipe de rédacteurs parfaitement capable de poursuivre l'édition du journal. Parfois, Bert disait que s'il lui arrivait malheur, les lecteurs ne se rendraient pas compte de son absence. Edwina espérait que son père ne s'était pas trompé. Après avoir pesé le pour et le contre, elle avait pris la décision de ne pas vendre le journal. C'était leur principale source de revenus, et il fallait élever cinq enfants. Au terme d'un interminable débat intérieur, elle sortait victorieuse. Une nouvelle force l'animait. Personne, ni Rupert, ni Liz, ne la ferait changer d'avis, elle en était à présent persuadée. Elle conserverait pieusement le journal, la maison, toutes les possessions de ses parents. Jusqu'à ce que ses frères et sœurs soient en mesure de disposer de leur héritage.

De son côté, au fin fond de sa campagne anglaise, Sir Rupert ruminait d'autres desseins. Son plan comportait deux parties : convaincre Edwina à fermer la résidence californienne, à se débarrasser du journal, puis récupérer les enfants Winfield. Le vieux lord s'occuperait personnellement de leur éducation… C'était ne pas compter avec l'entêtement de sa nièce, qui avait pris l'irrévocable résolution de reconduire sa famille là d'où elle venait. Chez eux. À San Francisco.

La semaine suivante s'écoula à une vitesse hallucinante. Entre les visites médicales et les sorties, Edwina ne vit pas le temps passer. L'état de santé des petits s'améliorait de jour en jour. Ils allèrent se promener à Central Park, déjeunèrent au *Plaza*, firent du lèche-vitrine le long de la Cinquième Avenue. Edwina explora avec Georges les boutiques en quête d'une veste – elle lui en avait déjà acheté une, mais il avait décrété que c'était « une horreur ». Chaque matin, les enfants semblaient un peu plus détendus, un peu plus reposés. Leurs petites figures s'éclairaient parfois d'un sourire, et la flamme anxieuse qui brûlait au fond de leurs prunelles s'amenuisait. Mais la nuit, c'était différent. La nuit apportait son lot de réminiscences et de terreurs. Le silence tombait alors dans les chambres où flottaient les ombres du passé… Et pour la centième fois, le *Titanic* se redressait lentement avant de se fendre en deux, puis les flots couronnés d'écume se refermaient brutalement sur sa gigantesque carcasse démantelée. Souvent, Alexia se réveillait en pleine nuit avec un cri d'effroi. Il fallait alors la consoler, et Edwina s'y employait de son mieux. Edwina était toujours là…

Le dernier soir, ils dînèrent dans leur suite. La soirée s'acheva paisiblement sur une partie de cartes. Georges les fit rire ensuite par une saisissante imitation des vitupérations d'oncle Rupert.

— Tu exagères ! l'apostropha Edwina. Le pauvre homme n'a que de bonnes intentions à notre endroit.

Mais pour la première fois depuis des jours et des jours, elle riait, elle aussi. Seule Alexia ne semblait pas participer à l'hilarité générale. Et plus tard, au milieu de la nuit, sa voix plaintive murmura dans la chambre obscure qu'elle partageait avec Edwina, Fannie et Teddy :

— Je ne veux pas rentrer à la maison.

Sa sœur aînée l'entoura aussitôt d'un bras protecteur.

— Pourquoi pas ? demanda-t-elle à mi-voix, de crainte de réveiller les deux autres enfants. – Elle sentit une joue mouillée contre son épaule. – Qu'est-ce qui te fait peur, ma chérie ? Rien ne peut nous arriver là-bas.

Que peut-il vous arriver quand vous avez réchappé à l'enfer ? Parfois, Edwina regrettait de ne pas avoir péri, elle aussi, dans le naufrage. Il lui semblait par moments que sans ses parents et Charles, la vie avait perdu tout son sens. Elle n'avait guère eu le loisir de pleurer son fiancé ou d'évoquer les instants merveilleux qu'ils avaient passés ensemble. Les rares fois où cela lui était arrivé, elle avait cru suffoquer de douleur. Une douleur que plus rien ne pourrait adoucir, elle s'en rendait compte. Seul son devoir vis-à-vis des enfants que le destin lui avait confiés la maintenait en vie. Elle se tourna vers Alexia.

— Tu reverras tes amis, tes camarades de classe… Tes…

— Mais pas maman, coupa la petite fille, en secouant vigoureusement la tête. Maman ne sera pas à la maison quand nous rentrerons.

— Non, Lexia, elle ne sera pas à la maison. Elle sera dans nos cœurs et dans nos souvenirs. Nous penserons toujours à eux, ma chérie, à maman, à papa et à Charles. Là-bas tu te sentiras plus près d'elle, tu verras.

La vaste demeure avait été décorée par Kate. Chaque pièce, chaque meuble, chaque objet rappellerait son absence.

— Tu n'as pas envie de revoir les rosiers que maman a plantés l'été dernier ?

— Oh, non, non, sanglota Alexia dont les doigts se nouèrent autour de la nuque de sa sœur aînée.

— Ne pleure pas, trésor. N'aie pas peur. Je suis là… Je serai toujours là… Avec toi… Avec vous…

Alors qu'elle berçait doucement la petite fille, elle sut qu'elle ne les quitterait jamais. Elle n'en avait pas le droit. Elle eut l'impression d'entendre la voix limpide de Kate qui disait combien l'amour d'une mère pour ses enfants était immense. Et cependant que le sommeil alourdissait ses paupières, elle se souvint clairement de ses paroles : « Un si grand amour »… Le plus grand, sans doute.

8

Ils quittèrent New York le vendredi 26 avril, onze jours après le naufrage du *Titanic*. Le temps était couvert, l'orage grondait dans le ciel. Une voiture les déposa à la gare quand les premières gouttes de pluie arrosèrent l'asphalte. Peu après, installée dans leur compartiment, Edwina passa en revue leurs bagages que le chauffeur de taxi avait placés dans le filet. Le bureau d'expéditions du *Ritz-Carlton* avait envoyé les paquets-cadeaux par un autre train à San Francisco. Le front soucieux, elle laissa errer son regard sur les valises neuves, alignées au-dessus de la banquette. C'était tout ce qui leur restait.

Les petits derniers ne s'en rendaient pas bien compte, Alexia ne voulait – ou ne pouvait – comprendre. Seuls Philip et Georges possédaient une vue claire de la situation. Philip qui se sentait prêt à partager le fardeau de responsabilités avec sa grande sœur. Et Georges qui la plaignait du fond du cœur. Depuis que le sort l'avait élevée à la position de chef de famille, Edwina ne savait plus où donner de la tête. Georges avait remarqué qu'elle trimbalait toujours l'un des gosses dans ses bras… Fannie était devenue grognon, Teddy avait sans cesse besoin de quelque chose. Le pire, c'était Alexia. Elle passait le plus clair de son temps accrochée à sa sœur aînée comme à une bouée de sauvetage. Si par malheur un étranger apparaissait, la petite fille s'esquivait aussitôt et Edwina la découvrait plus tard sous le lit ou derrière les rideaux. « Elle aurait dû avoir huit bras et quatre jambes », songea tristement Georges. Il s'était promis de tempérer sa fougue, afin de ne pas causer de tracas supplémentaires à Edwina. Lui aussi avait été brutalement tiré de l'enfance… Lui aussi avait du chagrin…

Edwina avait loué deux compartiments dans un souci de confort – comme si le confort pouvait leur faire oublier le naufrage, la nuit dans les canots, ou les lits de camp du *Carpathia*. Quand le train démarra, un soupir de soulagement souleva sa poitrine. Ils allaient revenir chez eux… Elle guetta le halètement régulier de la locomotive avec une sensation de sécurité. Une douce somnolence l'engourdissait. Elle s'enfonça dans son siège, se laissant bercer par le mouvement du wagon, mais à peine eut-elle fermé les yeux que le visage de Charles se dessina sous ses paupières closes. Jusqu'alors, elle n'avait pas eu le temps de penser à lui, sauf en de rares occasions, tard dans la nuit, alors que tous les autres dormaient. Elle avait conservé l'image de Charles tel qu'elle l'avait vu à bord du *Titanic*, juste avant l'apocalypse. Maintenant, elle revoyait son sourire, sentait presque la chaleur de sa paume sur son bras, celle de ses lèvres sur les siennes. Il aurait fait un merveilleux mari… Il l'aurait rendue heureuse.

Elle eut l'impression que les roues qui tournaient inlassablement sur leurs essieux murmuraient son nom en cadence : « Char-les… Char-les… Char-les… » puis, « Je t'ai-me… Je t'ai-me… Je t'ai-me… »

Des larmes lui picotèrent les yeux. Combien de fois n'avait-elle pas regretté de n'être pas restée auprès de lui, sur le pont des embarcations. Combien de fois ne s'était-elle pas dit qu'elle aurait préféré sombrer dans les profondeurs glacées de l'océan, sa main dans celle de Charles ? La pensée des enfants la ramenait à la raison.

La lecture de la presse, à mesure qu'ils traversaient les États, leur apprit un peu plus sur la catastrophe. Le *Titanic* était partout, dans tous les journaux, tous les magazines. La commission d'enquête désignée par le Sénat poursuivait ses travaux à New York. Edwina s'était rendue à la convocation, pour répondre aux questions des enquêteurs.

La conclusion des sénateurs s'étalait maintenant dans tous les grands quotidiens. L'iceberg avait éperonné l'avant tribord du *Titanic* avant de racler son flanc, endommageant irrémédiablement les tôles de la coque. Ce fut à cette blessure, longue de trois cents pieds, que le géant des mers avait succombé… « Mon Dieu quelle importance ? songeait Edwina en parcourant les reportages, qu'est-ce que cela peut faire ? » Pour quelle raison le public se montrait-il si avide de détails ? Probablement parce que la vérité, si affreuse fût-elle, était préférable au doute. On a moins peur quand on n'est pas livré aux suppositions fantasques de son imagination. Entre le coup du destin et l'erreur humaine, la seconde semble plus supportable. Hélas, d'après les enquêteurs, la réalité dépassait la fiction. Et les titres de journaux, véritables réquisitoires contre les constructeurs du *Titanic*, s'accumulaient. Au fait que le gigantesque paquebot comportait des moyens de sauvetage seulement pour la moitié des passagers s'ajoutèrent bientôt d'autres informations, non moins scandaleuses. La plupart des premières embarcations de sauvetage avaient quitté le navire en détresse à moitié vides. Et plus tard, lorsque d'autres passagers avaient plongé du haut des ponts, les rescapés n'avaient pas voulu les recueillir, de crainte de faire chavirer les canots…

La tragédie se déroulait, jour après jour, dans les gazettes, à l'allure d'un roman-feuilleton. Edwina laissait à Philip et à Georges le triste privilège de nouvelles découvertes. Rien ne pouvait plus ramener à la vie ceux qu'elle avait perdus. Tandis que le train poursuivait sa route, un journal annonça que trois cent vingt-huit corps avaient été retirés de l'eau. Il n'y avait, parmi eux, ni ses parents ni Charles, elle l'avait su avant même de partir de New York.

Un télégramme des Fitzgerald lui avait été remis le jour du départ. Le père et la mère de Charles l'assuraient de leur affection. Elle avait versé de nouvelles larmes sur la missive. Puis, bizarrement, son esprit évoqua le voile de mariée que Mme Fitzgerald aurait apporté en août… Oh, elle ne voulait plus y penser ! Cette nuit-là, tandis que le train roulait à toute allure, elle demeura éveillée, les yeux fixés sur la vitre obscure. Les gants que Charles lui avait jetés par-dessus bord reposaient au fond de sa valise. Les regarder dépassait ses forces. Mais les savoir là, tout près d'elle, la réconfortait.

Elle avait toujours les yeux grands ouverts quand les Rocheuses surgirent à l'horizon, nimbées des premières lueurs rosées de l'aube. Leur voyage s'achèverait le lendemain et, pour la première fois depuis quinze jours, elle se sentit un peu mieux.

— Quand est-ce qu'on arrive ?

C'était Fannie, scrutant les montagnes d'un air satisfait. La fillette n'en pouvait plus d'attendre. Sitôt qu'elle mettrait les pieds à la maison, déclara-t-elle, elle ferait un gros, un énorme gâteau. Un gâteau au chocolat, comme celui de maman. Edwina hocha la tête. La veille, Georges avait décrété qu'il n'irait plus à l'école, afin d'aider sa sœur à la maison. Edwina avait eu toutes les peines du monde à l'en dissuader. Philip, quant à lui, s'inquiétait de son avenir. Il ne lui restait plus qu'un an avant de se rendre à Harvard, tout comme son père l'avait fait avant lui.

— Weenie ? insista Fannie, usant du surnom qui avait toujours amusé sa sœur.

— Oui, Frances ?

— Oh, ne m'appelle pas comme ça ! s'écria la fillette d'une voix empreinte de reproches. Dis, tu vas dormir dans la chambre de maman, demain soir ?

— Non… je ne crois pas… Je dormirai dans ma propre chambre.

Il était hors de question qu'elle s'approprie la pièce spacieuse qui avait appartenu à ses parents.

— Mais puisque tu es notre maman, maintenant…

Fannie se mit à bouder, et Edwina surprit des larmes dans les yeux de Philip, qui s'empressa de détourner la tête vers la fenêtre.

— Non, Fannie, je ne suis pas votre maman, expliqua-t-elle lentement, avec tristesse. Je suis toujours Edwina, votre grande sœur.

— Et qui sera notre maman, alors ?

Que dire ? Quelle réponse inventer ? Tout le monde se tut dans le compartiment, même Georges.

— On ne changera pas de maman, réussit-elle à murmurer, enfin.

C'était tout ce qu'elle avait trouvé à dire. Fannie fronça les sourcils, et sa lèvre inférieure frémit comme si elle allait fondre en larmes.

— Mais puisque maman n'est plus là, pleurnicha-t-elle. Tu as dit que tu t'occuperais de nous…

Edwina l'attira dans ses bras.

— Et je tiendrai parole, ma chérie.

Son regard glissa vers Alexia, pelotonnée dans un coin, les yeux baissés, avant de reprendre d'un ton plus assuré :

— J'essaierai de faire tout ce que maman faisait… Mais jamais je ne pourrai la remplacer. Elle sera toujours notre maman, à nous tous, comprends-tu ?

Convaincue, la petite fille hocha la tête.

— Oh, oui… – Elle plissa les paupières, s'efforçant de clarifier un ultime point. – Tu dormiras dans mon lit ?

— Il est trop étroit, non ? fit Edwina avec un doux sourire. – C'était un véritable petit bijou que Bert avait fait fabriquer à la naissance de son premier enfant. – Mais tu pourras de temps à autre dormir avec moi dans ma chambre… Toi aussi, Alexia, ajouta-t-elle sans obtenir de réaction.

— Et moi alors ? demanda Georges en riant.

Il appliqua une pichenette sur le nez de Fannie, offrit un bonbon à Alexia. « Comme il a changé », pensa Edwina, et une étrange émotion l'étreignit. Elle l'avait maintes fois remarqué au cours des deux dernières semaines. Le garçon turbulent et insouciant s'était métamorphosé en un modèle de bonnes manières. Cependant, alors que le rapide longeait les Rocheuses, et que le ciel céruléen virait au bleu foncé, leur joie de revoir leur ville natale se teintait de tristesse. Personne ne parla pendant un long moment. Edwina se demanda à quoi ressemblerait la maison sans leurs parents. Elle savait que les autres se posaient la même question.

La nuit suivante, la dernière du voyage, Edwina parvint à somnoler deux ou trois heures. À six heures du matin, elle était debout et, peu après, ayant revêtu sa plus élégante robe noire, elle tambourina contre la porte des garçons, puis alla réveiller les petits. À sept heures, ils étaient attablés au wagon-restaurant. Philip et Georges commandèrent un copieux petit déjeuner, Edwina demanda des céréales pour Teddy et Fannie, Alexia planta sa fourchette dans ses œufs brouillés mais ne put en avaler une seule bouchée.

De retour dans le compartiment, Edwina donna un dernier coup de peigne aux enfants. Elle avait soigné leur mise avec un soin particulier et avait orné de rubans neufs les cheveux de Fannie et d'Alexia. Elle ignorait qui ils rencontreraient à la gare – sans doute des reporters du journal de son père – et tenait à ce qu'ils fassent bonne impression. La pitié des gens était la dernière chose dont ils avaient besoin. Leur fierté en aurait souffert. Ils étaient fin prêts lorsque le train pénétra dans la gare. Edwina sentit la secousse des roues se bloquant sur les rails, puis le convoi des wagons s'immobilisa.

Ils étaient arrivés. Edwina regarda ses frères et sœurs, la gorge nouée. Pas un mot ne fut échangé mais tous éprouvaient la même émotion, la même pénible sensation, le même déchirement. Ils étaient enfin revenus, si différents que lorsqu'ils étaient partis deux mois auparavant, si seuls et, pourtant, si liés les uns aux autres.

9

Ils descendirent du train, dans l'éclatante lumière du printemps. Les arbres et les massifs croulaient sous les fleurs. Sur le marchepied de la voiture, Edwina s'immobilisa un instant, laissant errer son regard alentour. Elle avait pensé que les lieux seraient restés identiques à ceux qu'elle avait laissés deux mois plus tôt, mais non ! Le décor n'était plus le même. Quelque chose semblait irrémédiablement changé. À l'instar de sa propre vie, tout paraissait différent. Transformé. Elle avait quitté cette ville le cœur léger, dans l'innocente insouciance de ses vingt ans. Avec ses parents. Et avec Charles… La tête pleine de rêves, bercée d'illusions, confortée dans la certitude d'un avenir sans nuages. Alors qu'ils cheminaient à travers les États-Unis, les deux fiancés avaient brossé le merveilleux tableau de leur futur bonheur. Les pays qu'ils visiteraient, les livres qu'ils liraient, les spectacles qu'ils verraient, les enfants qu'ils auraient… Ils avaient toute la vie devant eux. Et maintenant, elle revenait brisée par le chagrin, seule au monde, vêtue de cette robe de deuil qui la faisait paraître plus mince encore et bien plus âgée. Un chapeau noir dont elle avait fait l'acquisition à New York parachevait sa mise austère. Elle mit un pied à terre et, à travers les mailles fines de sa voilette, elle les vit, au bout du quai. Ils les attendaient, comme elle l'avait supposé, appareils photo au poing. Des reporters envoyés par le journal de son père ainsi que par d'autres publications. À peine eut-elle esquissé un pas en avant que les flashes crépitèrent. Elle souleva Teddy dans ses bras, puis se mit en marche en s'efforçant d'ignorer les badauds qui s'agglutinaient le long du passage. Philip, Alexia à son côté, la suivit en portant Fannie, Georges appela un porteur. « Nous sommes enfin arrivés », se répéta machinalement Edwina sans ralentir l'allure. Malgré tous ces regards curieux qu'elle sentait peser sur elle, un sentiment d'apaisement l'envahissait. Ici, elle avait l'impression d'être en sécurité. Elle était parvenue à ramener ses frères et ses sœurs à la maison. Elle continua d'avancer, la tête haute. La foule se fendit en deux pour la laisser passer, dans un silence respectueux.

— Bonjour, Edwina. Je suis vraiment désolé.

Il semblait abattu, en effet, mais quand ses yeux accrochèrent ceux de l'arrivante, il y lut une telle détresse qu'il eut envie de pleurer. Bert Winfield était son meilleur ami. L'annonce du terrible accident l'avait plongé dans la consternation. Il avait vainement tenté de contacter la compagnie maritime. Peu après, il reçut la dépêche d'Edwina. Elle se trouvait à bord du *Carpathia* en route vers New York. Ses frères et sœurs avaient survécu. Mais pas ses parents, ni son fiancé. Bert, son adorable épouse Kate et le charmant Charles avaient péri dans le naufrage. Accablé, Ben Jones avait alors sangloté longuement, sans retenue.

À sa vue, les frimousses des enfants s'illuminèrent d'un sourire. Les yeux de Georges brillèrent de joie, Philip laissa échapper un soupir de soulagement. C'était le premier ami qu'ils rencontraient depuis le désastre. Ben devina, cependant, qu'aucun d'eux n'avait envie d'en parler et se contenta de tenir à distance les reporters. Alors qu'ils traversaient le hall de gare, Georges, retrouvant un peu de son ancien entrain déclara qu'il avait appris un nouveau tour de cartes. Malgré ses vaillants efforts, le garçon semblait aussi pâle et fatigué que ses frères et sœurs. Comme ils avaient l'air épuisé !

— J'ai hâte de voir ça, dit Ben. Tu triches toujours au rami ?

Georges répondit par un gloussement qui en disait long sur ses talents de joueur. Le groupe se dirigea vers la sortie. Les traits d'Alexia reflétaient une impassibilité alarmante, constata Ben d'un coup d'œil oblique. Les deux petits tenaient à peine sur leurs jambes et, quant à Edwina, elle n'était plus que l'ombre d'elle-même.

Ils franchirent la porte à tambour en silence, débouchèrent sur le trottoir inondé de soleil. Alors qu'ils attendaient leurs bagages, Fannie annonça :

— Maman est morte.

Ben ne se risqua pas de regarder Edwina. Sous sa voilette, elle devait être mortellement pâle.

— Je le sais, répondit-il calmement. J'ai été navré de l'apprendre…

Il s'interrompit un bref instant, cherchant fébrilement la suite de sa phrase, cependant que les autres retenaient leur souffle.

— … Mais je suis ravi de te savoir en bonne santé, Fannie. Nous étions tous très inquiets.

La petite fille manifesta sa satisfaction d'un hochement de tête avant de se lancer dans le récit de ses aventures.

— M. Gel m'a mordu les doigts, dit-elle, en exhibant sa main. Teddy a attrapé froid. Il a beaucoup toussé, mais il va mieux maintenant.

Le porteur arriva avec les bagages. Tout le monde s'engouffra dans la limousine que Ben avait empruntée au journal.

— C'est gentil d'être venu nous chercher, murmura Edwina, tandis qu'ils roulaient en direction du centre.

Ben acquiesça. Il connaissait déjà cette douleur déchirante que l'on éprouve à la perte d'êtres chers. Le tremblement de terre qui avait dévasté San Francisco six ans plus tôt avait emporté sa femme et son fils. Il en avait été terrassé, ne s'était jamais remarié. Son garçon, s'il avait vécu, aurait l'âge de Georges. C'était peut-être pourquoi ce dernier occupait une place particulière dans son cœur.

Le trajet se déroula dans un morne silence. Tous songeaient à la même chose. À la grande demeure vide qu'ils allaient retrouver. Et quand enfin la voiture remonta l'allée familière, Edwina réprima un sanglot. C'était pire qu'elle ne l'avait pensé. Les fleurs que leur mère avait plantées avant leur départ rendaient, par leurs couleurs éclatantes, plus affligeante encore la solitude environnante. La limousine s'immobilisa, une minute s'écoula, interminable.

— Allez, venez, dit-elle doucement.

Ils se retrouvèrent devant le perron, bras ballants, jambes flageolantes. La porte était là, toute proche, mais chacun se contenta de la contempler, incapable de bouger. Edwina entra la première et les autres suivirent sans un mot. La jeune fille se figea au milieu du vestibule avec un léger sursaut, croyant entendre tout à coup la voix de son père en provenance du premier étage. Mais il n'y avait rien à entendre, bien sûr, rien que le silence. Un silence pesant, insupportable. Ses nerfs se tendirent douloureusement.

— Maman ? fit Teddy en la tirant par la manche.

La dernière fois qu'il avait vu Kate, c'était sur le pont du *Titanic*. Mais Teddy était trop jeune – il avait à peine deux ans – pour concevoir la mort. Elle s'agenouilla près de lui.

— Maman n'est pas ici, mon chéri.

— Non ? Partie ?

— Oui…

Edwina se redressa avec un lourd soupir et ôta son chapeau qu'elle jeta sur une console. Tête nue, elle paraissait plus jeune.

— C'est dur de revenir, n'est-ce pas ? ajouta-t-elle d'une voix plate.

Oui, c'était dur. Philip puis Georges acquiescèrent. Alexia se dirigea sans rien dire vers l'escalier qui dominait le hall, se mit à gravir les marches d'un air figé. Il ne fallut pas plus d'une seconde à Edwina pour deviner où elle allait… Philip l'interrogea du regard, prêt à intervenir, mais elle secoua la tête.

— Cela ira. Laisse-la.

Une nouvelle pause suivit, et soudain la vie reprit son cours. Le chauffeur de la limousine apporta les bagages et au même moment, Mme Barnes, leur gouvernante de toujours, jaillit de la cuisine en essuyant ses mains sur son tablier blanc fraîchement amidonné. La vieille femme, qui vouait un véritable culte à la maîtresse de maison, fondit en larmes avant de serrer dans ses bras, l'un après l'autre, les enfants de Kate.

« Cela ne sera pas facile », se dit Edwina, émue aux larmes elle aussi. Dans les jours suivants, ils seraient amenés à revoir tous les proches de leurs parents et chaque rencontre remuerait le couteau dans la plaie. Bert et Kate avaient un cercle d'amis et de relations très vaste. Il y aurait sûrement une foule de condoléances, une multitude de questions auxquelles elle allait devoir répondre. Décrire les scènes atroces qui s'étaient déroulées sur l'océan glacé représentait une tâche au-dessus de ses forces.

Ben prit congé une demi-heure plus tard.

— Quand voudriez-vous que nous parlions du journal ? s'enquit-il sur le seuil de la porte où elle l'avait raccompagné.

— Quand, en effet ? murmura-t-elle, les yeux anxieux.

— Lorsque vous vous en sentirez le courage.

Il s'était exprimé d'une voix apaisante. Il se figurait très précisément ce qu'elle devait ressentir et ne voulait pas la brusquer. Elle se mordit les lèvres, jeta par-dessus son épaule un bref coup d'œil de crainte que cette conversation ne parvienne aux oreilles des enfants. Ils n'étaient plus là... Georges et Philip avaient gagné leurs chambres, Mme Barnes avait entraîné Fannie vers la cuisine pour lui faire goûter ses cookies, le petit Teddy leur avait emboîté le pas.

Ben insista :

— Nous devrons prendre un tas de décisions.

— À quel sujet ?

Il fallait qu'elle sache. Il le fallait absolument. Durant ces derniers jours, elle n'avait cessé de se morfondre. Edwina ignorait tout de la situation financière de son père. Du vivant de Bert, tout était si simple ! Le journal semblait être une mine d'or... Mais si, contrairement aux apparences, l'affaire périclitait ? Elle scruta le visage de Ben, au comble de l'inquiétude. En tant que conseiller juridique de la famille, lui seul pouvait la renseigner.

— Au sujet du journal, bien sûr, de la maison, des investissements de Bert, etc. Et... pourquoi vous le cacher ? D'après votre oncle, le bon sens commande la liquidation de tous vos biens. Il est d'avis que vous seriez mieux en Angleterre. Reposez-vous, Edwina, nous essaierons de résoudre ces problèmes plus tard.

Une transformation impressionnante s'était opérée sur le visage de la jeune fille. Pendant un moment, elle eut l'air d'hésiter entre l'abattement et la colère. Finalement, la colère l'emporta.

— Qu'est-ce que mon oncle a à voir là-dedans ? cria-t-elle, ses yeux lançant des éclairs. Il n'est pas mon tuteur.

— Non, mais conformément aux souhaits de votre mère, vous serez sous la tutelle de votre tante, jusqu'à votre vingt et unième année.

— Dieu merci, c'est dans trois semaines.

Il la vit sourire pour la première fois depuis qu'il l'avait aperçue sur le quai de la gare. Ben sourit, lui aussi. Edwina lui apparut soudain comme une femme intelligente qui savait très exactement ce qu'elle voulait. Cet aspect de sa personnalité lui avait jusqu'alors échappé.

— Pensez-vous que je serai obligée de vendre le journal, Ben ?

— Rien ne presse. Bert a su s'entourer de collaborateurs dévoués et efficaces. Cela vous rapportera un revenu confortable pendant quelques années. Mais chaque entreprise a besoin d'un directeur compétent, d'une main ferme pour tenir les rênes. J'espère voir un jour Philip dans le fauteuil de son père. Si cela ne l'intéresse pas, vous pourriez alors envisager de lancer une offre d'achat. En attendant… pourquoi pas vous, Edwina ?

Ils échangèrent un sourire complice, puis elle secoua la tête. Non, sa place était ici, près de ses frères et sœurs, pas dans un bureau.

— Nous en reparlerons la semaine prochaine. Mais autant que vous le sachiez tout de suite, Ben. Je n'irai nulle part. Et je ne vendrai rien. Je garderai tout pour les enfants.

— Vous endossez une lourde responsabilité, Edwina.

— Peut-être. C'est pourtant mon devoir. Tout restera exactement comme… comme avant. Je m'y emploierai de toutes mes forces.

Elle était déterminée, il n'avait aucun doute là-dessus. Ben inclina la tête. Élever cinq enfants représentait une mission ardue pour une jeune fille de vingt ans. Or, Edwina possédait la perspicacité de son père, le cœur chaleureux et le cran de sa mère. Peut-être avait-elle raison…

Ben parti, elle referma la porte, s'adossa au battant, promena un regard aigu sur le décor. On eût dit une maison abandonnée. Pas de fleurs dans les vases, pas d'odeurs fraîches, pas de bruits agréables. Elle allait y remédier, mais chaque chose en son temps. Les enfants d'abord ! De sa place, elle percevait le gazouillis des deux petits. Ils jouaient donc dans la cuisine, sous l'œil vigilant de Mme Barnes. Les grands, maintenant… Des éclats de voix témoignaient d'une dispute homérique entre Philip et Georges à propos d'une raquette de tennis… égarée ? ou cassée ? elle n'aurait pas su le dire. Et la chambre d'Alexia était vide. Naturellement, elle avait vu juste. La fillette avait dû se réfugier là-haut, dans les appartements de leurs parents.

Edwina monta à l'étage, dépassa sa propre chambre, s'engagea dans le couloir. C'était pénible de pénétrer dans les quartiers qui avaient appartenu à Bert et Kate. Les fenêtres donnaient sur East Bay. Le soleil tapait sur les vitres. Il y faisait une chaleur suffocante, signe qu'on n'avait pas aéré la pièce depuis longtemps.

— Alexia ? appela-t-elle doucement. – Elle savait qu'elle était là. – Ma chérie où es-tu ? Tu ne veux pas descendre au rez-de-chaussée avec moi ? Tu nous manques, tu sais…

Et Kate manquait à Alexia, cela aussi elle le savait.

Elle passa dans le cabinet de toilette de sa mère, une jolie pièce tendue de satin rose pâle, considéra un instant, en refoulant ses larmes, l'ordre parfait des chapeaux alignés sur le rayon de bois blond, les chaussures élégantes que Kate ne remettrait plus, les pots de crèmes de beauté disposés sur la coiffeuse en acajou.

— Lexia, où es-tu ?

Aucune réponse. Dans le cabinet ensoleillé d'où émanait encore une vague et précieuse senteur de parfum, il n'y avait que le silence.

Edwina poussa la porte en miroir de la penderie.

— Alex…

Sa voix s'étrangla lorsqu'elle la vit. La petite fille tenait sa chère poupée de porcelaine au creux de ses bras. Les larmes laissaient un sillon brillant sur ses joues. Edwina se laissa tomber sur les genoux. Ses propres larmes se mêlèrent bientôt à celles de sa sœur.

— Alexia, ma chérie, je t'aime tellement, murmura-t-elle. Peut-être pas de la même façon *qu'elle*, mais je suis là, près de toi, fais-moi confiance.

La douce fragrance qui venait des vêtements de Kate éveillait inéluctablement l'insupportable souvenir du bonheur perdu à jamais. Edwina eut la vision des costumes de Bert, suspendus dans le cabinet voisin, et pour la première fois le doute s'insinua dans son esprit. Et si elle avait eu tort ? Si elle n'aurait pas dû revenir dans cette maison ?

— Je veux maman ! cria Alexia en se cramponnant à sa sœur.

— Je sais, trésor, je sais… Mais elle partie… Maman est au ciel et moi je suis là, Alexia. Jamais je ne te laisserai toute seule.

— Ce n'est pas vrai ! Elle aussi m'a promis de ne jamais me laisser mais elle l'a fait.

Edwina la serra plus fort.

— Elle ne l'a pas fait exprès, chérie. Elle n'a rien pu empêcher. Elle ne l'a pas voulu, tu sais.

Si, elle l'avait voulu ! pensa-t-elle en même temps. Cette pensée, terrible, obsédante, la hantait depuis le début. Pourquoi Kate avait-elle refusé d'embarquer dans le canot de sauvetage avec Edwina et les enfants ? Ou, plus tard, lorsqu'elle avait cru Alexia en sécurité, pourquoi n'avait-elle pas pris le canot suivant ? D'autres chaloupes avaient quitté le *Titanic*… Mais Kate n'était dans aucune. Elle avait choisi de rester avec son mari, Edwina l'avait su par Philip. Soudain, elle en voulut à sa mère. Comment avait-elle pu les abandonner, tous ? Fannie… Alexia… Teddy… Elle regarda sa sœur, la gorge nouée.

— Je ne sais pas ce qui s'est passé. C'est arrivé, et puis voilà… Maman nous manque, elle nous manquera toujours, mais il faut continuer à vivre. Tel était son souhait, j'en suis sûre.

Alexia se laissa redresser sur ses jambes, mais au milieu de la pièce, elle s'immobilisa, hésitante.

— Je ne veux pas aller en bas.

Une lueur de pure panique passa dans son regard et, alors qu'Edwina s'efforçait de l'entraîner hors du cabinet de toilette, elle se braqua comme si elle craignait de ne plus jamais revoir les vêtements de Kate ou de respirer son parfum délicat.

— Lexia, sois raisonnable. Nous ne pouvons pas rester éternellement ici. Il faut descendre, maintenant.

Tout doucement, elle la prit dans ses bras, la souleva comme un bébé pour la transporter dans sa chambre. Peu à peu, Alexia se calma. Ses larmes tarirent, ses sanglots s'apaisèrent. Edwina regagna le vestibule, rassérénée. Finalement, elle avait eu raison de ramener ici les enfants. La grande demeure paraissait trop vide, trop triste, exactement comme elle l'avait redouté. Mais ils s'habitueraient… Oui, ils s'habitueraient…

Ils finiraient par accepter l'idée que leurs parents étaient morts. Le souvenir de Kate et de Bert resterait dans leur mémoire, aussi vivant que ces fleurs éclatantes dans le jardin.

Cette nuit-là, la première qu'ils passèrent à la maison, Edwina laissa sur la table de chevet d'Alexia un flacon de parfum qui avait appartenu à Kate. Dès lors, elle en reconnut souvent l'odeur sur Mrs. Thomas, la poupée d'Alexia. Cette simple bouffée de parfum, toujours présente, lui rappelait constamment Kate. La femme qu'ils avaient tous adorée. Et qui avait préféré mourir avec l'homme qu'elle aimait.

10

Edwina jeta à Ben Jones un regard furibond.

— Je m'en fiche ! Je ne vendrai pas le journal, un point c'est tout !

— Votre oncle est d'un avis contraire, Edwina. Il me l'a clairement expliqué dans la lettre que j'ai reçue de lui hier. Faites au moins l'effort de considérer ses arguments avant de monter sur vos grands chevaux. Lord Hickham a mûrement réfléchi à la question. Il en a conclu que s'il n'y a pas un membre de la famille Winfield à la tête du journal, celui-ci ira automatiquement à sa perte. Par ailleurs, il persiste à dire que vous allez au-devant de graves ennuis si vous n'allez pas vous installer en Angleterre.

— Balivernes ! Philip prendra la direction du journal d'ici cinq ans.

Ben laissa échapper un soupir. Edwina avait l'air de savoir ce qu'elle voulait… Et si elle se trompait ? Si son oncle avait raison ?

— Dans cinq ans, Philip aura tout juste vingt et un ans, observa-t-il d'une voix à la fois gentille et ferme. Il n'aura pas les dents assez longues pour s'imposer aux requins de la presse.

Il pensait qu'elle-même était trop jeune pour se faire respecter par cinq gamins mais s'abstint de le dire. Par un excès d'abnégation, Edwina s'était imposé un fardeau insoutenable. Peut-être, en effet, Sir Rupert offrait-il la meilleure solution.

— Papa s'était entouré de personnes compétentes, s'entêta-t-elle, vous me l'avez dit vous-même. Un jour, Philip sera en position de…

— Et s'il ne veut pas ? interrompit-il. Si cela ne lui dit rien ?

— J'aviserai en temps et en heure. Pour le moment, j'ai d'autres chats à fouetter et rien ne prouve que le journal est en perte de vitesse.

Elle avait les traits tirés. Il la sentait tendue, de mauvaise humeur, presque agressive. Depuis son retour, elle n'avait pas eu une minute de répit. Il y avait tant de démarches à effectuer, tant de problèmes à résoudre. Les obligations bancaires de Bert, quelques valeurs boursières de Kate, leurs comptes courants, un terrain en Californie du Sud… Durant de longues nuits d'insomnie, elle avait pris la décision de vendre le terrain. Mais elle conserverait la maison. Et le journal, bien sûr. Envers et contre tout… Les enfants constituaient un autre sujet d'inquiétude. De fréquentes disputes éclataient entre Georges et Philip. Le premier avait obtenu des notes désastreuses à l'école, le second vivait dans la crainte de rater ses examens. Edwina l'aidait à rédiger ses devoirs tous les soirs. Et puis, il y avait les cris, les larmes, les crises de nerfs d'Alexia… Et ses cauchemars… À bout de forces, Edwina en était venue à redouter la tombée de la nuit. Mais les nuits succédaient aux jours, les jours aux nuits, avec une effrayante régularité. On eût dit une ronde infernale dont il fallait répéter inlassablement les pas, sans jamais pouvoir s'arrêter. C'était sans fin. Du matin au soir, Edwina aidait, consolait, guidait les autres. Ses propres tracas ne comptaient pas. Dans son nouvel univers, il n'y avait guère de place pour ses tourments, ni pour la douleur constante d'avoir perdu Charles.

— Edwina ? – La voix de Ben la tira brutalement de sa méditation. – Pourquoi n'iriez-vous pas chez votre oncle et votre tante pendant un mois ou deux ?

Elle le scruta d'un air suspicieux.

— Pourquoi faire ?

— Laissez-vous décharger de toutes ces responsabilités qui vous pèsent. Lord et Lady Hickham ne demandent qu'à vous venir en aide.

Elle ne parut pas convaincue.

— Non, déclara-t-elle finalement, les yeux brillants de larmes. Ils ne veulent pas nous aider. Ils veulent nous récupérer… fonder grâce à nous la famille qu'ils n'ont jamais eue. Ne comprenez-vous donc pas ? Nous n'avons plus personne au monde.

— Non, répondit-il fermement. Vous êtes ensemble.

Le nom des Hickham ne fut plus prononcé. Edwina retourna plusieurs fois dans l'étude juridique de Ben, afin d'examiner avec lui tous les dossiers en suspens. Les rares fois où il essaya de ramener la question sur le tapis, elle se montra intraitable. Il était hors de question de céder aux exigences de son oncle. Sa résolution semblait inébranlable. Elle arrivait, s'asseyait sur le vaste fauteuil face au bureau de Ben, se penchait sur les feuillets qu'il lui présentait, puis prenait une décision. Lorsqu'un détail lui échappait, elle n'hésitait pas à poser des questions, car elle vouait à Ben une confiance sans limite. La vivacité de son esprit, la pertinence de ses observations forcèrent bientôt l'admiration du juriste.

— Nous sommes d'accord, n'est-ce pas ? Je garde le journal ! dit-elle un jour.

Il ne put qu'acquiescer.

— Oui… Tant qu'il vous rapporte un revenu décent. Si le moindre problème survient, nous prendrons alors d'autres dispositions.

Il ne restait plus qu'à convaincre Sir Rupert. Elle s'y appliqua avec une constance remarquable. « Nous vous serons éternellement reconnaissants, expliqua-t-elle à son oncle lors d'une longue correspondance, mais pour l'instant, nous avons besoin de repos. Les enfants sont encore très secoués par les événements que vous connaissez, un changement total de leurs habitudes ne manquerait pas de les bouleverser davantage. Ici, dans la maison qui les a vu naître, ils auront plus de chance de s'épanouir, j'en suis persuadée. Mais s'il nous est impossible de quitter la Californie, vous, en revanche, ainsi que tante Liz, pourriez nous rendre visite quand vous voudrez. Vous serez les bienvenus. »

Le vieux lord finit par s'incliner. Il se sentit même soulagé. Sa femme l'avait supplié de prendre en charge les enfants de sa pauvre sœur et, pendant un moment, il s'était pris au jeu. Il répondit poliment à Edwina qu'il était prêt à l'accueillir au cas où elle reviendrait sur sa décision. Au fond, il savait qu'elle ne changerait pas d'avis. Tante Liz prit la relève et envoya un courrier volumineux à sa nièce. « J'aimerais tant venir vous voir », répétait-elle inlassablement dans chaque lettre. Hélas, la santé de son époux s'étant détériorée, elle n'osait s'éloigner du château.

— Nous ne partons pas, déclara Edwina à Ben, l'affaire est réglée.

Ils étaient comme d'habitude dans le bureau du juriste.

— Je ne crois pas que je serai jamais tentée de retraverser l'Atlantique, ajouta-t-elle d'une voix étouffée, presque dans un murmure. Je doute même d'être un jour capable de remonter à bord d'un bateau.

Les réminiscences du naufrage ne s'étaient pas estompées. Chaque nuit apportait son lot de terreurs. À peine Edwina, épuisée par la fatigue de la journée, fermait-elle les yeux que le spectre hideux du *Titanic* surgissait. À peine s'abandonnait-elle au sommeil que, du fond de son subconscient, émergeait la coque monstrueuse, érigée contre un pan de ciel glacé, prête à plonger dans le gouffre noir. Les mêmes cauchemars hantaient les autres. Eux non plus n'auraient voulu, pour rien au monde, remettre les pieds sur un bateau, encore moins aller vivre dans le manoir sinistre d'oncle Rupert.

— Je comprends, répondit Ben.

Elle sursauta, comme si elle avait oublié sa présence, et il la regarda sans parvenir à dissimuler son admiration. Toute autre jeune fille de son âge se serait bornée à pleurer la mort injuste de son fiancé, calfeutrée dans sa chambre. Pas elle. Edwina était forte. Et fière… Edwina gardait la tête haute. Seule cette lueur d'ineffable tristesse qu'il avait tant de fois perçue dans ses prunelles d'un bleu profond trahissait son désarroi. Ben toussota pour s'éclaircir la voix avant d'aborder un nouveau problème.

— Excusez-moi de vous importuner avec cette pénible histoire, mais j'ai reçu une nouvelle lettre de la

White Star Line. Ils aimeraient savoir si vous avez l'intention de porter plainte contre la compagnie pour la disparition de vos parents. Je ne saurais trop vous conseiller de le faire, Edwina. Un dédommagement renflouerait vos finances. D'autre part…

Leurs regards se rencontrèrent et il s'interrompit, frappé soudain par sa beauté. L'affreux coup du sort qu'elle venait de subir l'avait mûrie. La fragile jeune fille s'était muée en femme. L'instant suivant, elle détourna la tête.

— Laissez tomber, fit-elle en s'approchant de la fenêtre et en regardant à travers la vitre. Je ne demanderai rien.

En une fraction de seconde, une multitude d'images chaotiques lui traversèrent la tête. Ses parents sur le pont des embarcations… Alexia dans la penderie de leur mère… Teddy et Fannie sur leurs petits lits dans l'infirmerie du *Carpathia*… Le magnifique voile de mariée qu'elle ne porterait pas… Les gants de Charles pieusement conservés dans une boîte de cuir au fond de sa commode… À combien s'élevait la perte d'un père et d'une mère ? Et d'un homme que l'on aime de toutes ses forces ? Quel pouvait être le prix d'une vie brisée ?

— Non, rien, répéta-t-elle d'une voix lasse. Aucune somme d'argent ne peut racheter ce que j'ai perdu.

Ben hocha la tête. Une fois de plus, il comprenait.

— Vous n'êtes pas la seule à penser de la sorte. Les Astor, les Widener, les Strauss ont eu la même réaction que vous. Ils n'entameront pas de poursuites.

Elle se retourna et revint vers lui en se demandant si elle parviendrait un jour à trouver la paix.

— Oh, Ben, quand cela s'arrêtera-t-il ? Quand Alexia cessera-t-elle de se faufiler dans le placard de maman pour renifler l'odeur de ses fourrures ? Quand Philip perdra-t-il son air de martyr ? Dans combien de temps Teddy ne réclamera-t-il plus nos parents ? Et Georges…

Voyant les larmes perler au bord de ses cils, il contourna le bureau et lui enlaça les épaules. Elle enfouit son visage dans le cou de Ben, comme elle l'aurait fait avec son père.

— Mon Dieu, quand vais-je pouvoir m'endormir sans rêver d'eux ? Sans avoir l'impression que Charles est près de moi ?

Elle sanglota longuement dans ses bras. Puis, se reprenant, elle se dégagea, sortit de son sac un mouchoir de batiste et s'essuya le nez. Ben émit un soupir. Que pouvait-on répondre à une fille que le destin avait aussi durement éprouvée ? Même le mouchoir qu'elle tenait avait jadis appartenu à sa mère. Comment lui dire qu'elle allait oublier ?

— Laissez faire le temps, Edwina. Il y a seulement deux mois que le malheur s'est produit.

Elle acquiesça lentement.

— Oui, bien sûr, le temps… Je suis désolée…

L'ombre d'un sourire frôla ses lèvres, alors que sa petite main gantée redressait son chapeau – un modèle ravissant que Kate s'était procuré à Paris. Il la fit raccompagner par son chauffeur. Alors qu'elle le saluait d'un signe de la main à travers la vitre de la voiture, il se reprit à penser que c'était une fille extraordinaire. Non, pas une fille, se corrigea-t-il en silence l'instant suivant, une femme… Une femme remarquable.

11

Mai s'écoula, puis juin. En juillet, Edwina emmena toute la famille au lac Tahoe, à l'endroit-même où les Winfield avaient l'habitude de se rendre. La propriété, que des amis de Bert mettaient tous les ans à leur disposition, comportait quelques pimpantes petites cabanes disséminées dans les arbres. Les jours se succédaient paresseusement dans la nature luxuriante et, au bout d'une semaine, la vie au grand air colora d'un rose délicat les joues des enfants. Georges et Philip redécouvrirent les joies de la pêche et des randonnées à travers la forêt, pendant que leurs sœurs et Teddy se prélassaient sous d'amples parasols au bord du grand lac miroitant au soleil ou barbotaient dans l'eau.

Peu à peu, le sentiment d'angoisse qui n'avait cessé d'oppresser Edwina depuis la nuit fatale du naufrage s'apaisa. La nuit, elle restait étendue sur son lit, yeux ouverts, passant en revue les paisibles événements de la journée. Invariablement, ses pensées se tournaient vers Charles. Quoi qu'elle fît, cela finissait toujours ainsi… Comme l'été précédent avait été différent ! Bert et Kate avaient eu la gentillesse d'inviter Charles, dont

Edwina avait fait la connaissance à San Francisco, et le jeune Anglais avait apporté des présents à tout le monde. Un monocycle à Georges, des livres reliés en basane à Philip. Des jouets aux plus jeunes… Une tendre amitié liait alors Charles et Edwina. Ce fut lors de ce séjour qu'ils s'avouèrent leur amour mutuel, après une longue promenade. Le soir-même, ce ne fut plus un secret pour personne. Edwina dut subir les impitoyables taquineries de Georges mais ne s'en offusqua pas. À vrai dire, elle s'en rendit à peine compte. Elle n'avait d'yeux que pour Charles.

Revoir le sentier bordé de verdure qu'ils avaient emprunté la première fois lui avait causé une vive douleur. Mais elle avait vite refoulé ses larmes en se forçant à revenir au présent. Les jours suivants, le souci de remplacer Kate accapara son esprit. Elle donna des leçons de natation à Alexia et à Georges, joua avec Fannie et Teddy, prêta, des heures durant, une oreille complaisante aux confidences de Philip qui ne pensait plus qu'à ses études à Harvard. Elle était tout ce qu'ils avaient au monde, à présent, leur mère, leur père, leur amie et conseillère.

Ben leur rendit visite une semaine plus tard, avec un tas de cadeaux pour les enfants, comme il l'avait toujours fait, et quelques livres pour Edwina. La jeune femme venait de remonter du lac, en compagnie d'Alexia, Teddy dans ses bras.

— Eh bien, dit-il, je suis ravi de vous voir en aussi bonne forme.

Le cœur serré, il pensa en même temps à son bon vieil ami Bert. Edwina l'accueillit par un sourire chaleureux, Teddy poussa un cri d'allégresse, Alexia, pieds nus, cheveux au vent, se pendit joyeusement à son cou.

— Merci, répondit Edwina. Les enfants avaient besoin de vacances.

— Vous aussi, ma chère. Vous avez une mine superbe.

Elle semblait reposée. Le soleil avait teinté d'un léger hâle doré ses avant-bras et ses pommettes. Ses yeux bleus avaient retrouvé leur ancien éclat. Il n'eut guère le temps d'achever ses compliments, car les enfants se mirent à sautiller autour de lui, l'invitant à jouer.

Il n'eut plus qu'à s'incliner et dut attendre des heures pour reprendre sa conversation avec Edwina, confortablement installés sur la petite plate-forme qui servait de véranda à sa cabane, dans la lumière incertaine du crépuscule.

« C'est merveilleux d'être ici, loin de tout », pensa-t-elle, mais elle garda le silence, craignant d'éveiller ses souvenirs. Pourtant, elle savait qu'elle pouvait tout dire à Ben. Depuis quelque temps elle avait enfin compris pourquoi elle était retournée à Tahoe… Pourquoi elle avait voulu revoir le lieu où elle avait été si heureuse avec ses parents. Au début, sans s'en rendre compte, elle avait repris le chemin sinueux que, tant de fois, elle avait emprunté avec Kate, Bert… et plus tard, avec Charles. Elle s'y était longuement aventurée et avait, tout à coup, constaté leur absence. Cela l'avait frappée subitement, comme une évidence. Plus jamais Kate et Bert ne flâneraient dans cette forêt… Plus jamais Charles ne reviendrait d'Angleterre. Ils étaient tous partis. *Définitivement*. Aucun d'eux ne réapparaîtrait ici ou ailleurs. La terre continuerait de tourner sans eux…

Et tandis que le couchant auréolait de lueurs fauves la montagne, elle se surprit à parler d'eux à Ben. Ensemble, ils évoquèrent les étés passés. Parties de pêche, baignades, balades en barque sur le lac. Il se rappela, en riant, la fois où Bert avait surgi du sous-bois recouvert d'une vieille descente de lit en peau d'ours et que Kate avait eu si peur... Edwina s'esclaffa. Elle n'avait pas ri d'aussi bon cœur depuis une éternité. Tout paraissait si simple auprès de Ben. Tout à coup, on pouvait parler du passé sans prendre des mines de circonstance, on pouvait même en rire. Et ce rire clair, spontané rendait Kate, Bert et Charles plus proches, plus humains. Elle dit qu'elle aimerait bien entendre les enfants rire de la même chose.

— Ils y arriveront, Edwina. Vous avez fait du bon travail.

Elle le regarda, reconnaissante. Elle n'en était pas toujours sûre.

— J'essaie, répondit-elle dans un soupir. Ce n'est pas toujours facile.

Ils étaient encore traumatisés, elle le voyait à mille détails. À l'air absent d'Alexia, à l'énorme inquiétude des petits dès qu'Edwina sortait de leur champ de vision, à l'étrange docilité de Georges, aux sempiternels doutes de Philip au sujet de ses études.

— Ce n'est jamais facile d'élever des enfants, bien que ce soit une merveilleuse vocation. Cependant... – Il s'interrompit, comme s'il n'osait pas lui dévoiler le fond de sa pensée. – Edwina, ne m'en veuillez pas, mais vos parents ne s'étaient pas entièrement consacrés à votre éducation. Bert et Kate s'amusaient. Ils voyageaient, s'entouraient d'amis. Votre mère se passionnait pour mille choses, votre père avait le journal...

— Essayez-vous, par hasard, de me pousser à chercher du travail ? le taquina-t-elle.

Ben secoua la tête en souriant. C'était un bel homme, pensa-t-elle tout à coup ; elle l'avait toujours considéré comme le meilleur ami de son père, une sorte d'oncle adoptif.

— Bien sûr que non. Vous devriez plutôt revoir des amis de votre âge, sortir…

Durant ses fiançailles avec Charles Fitzgerald, ils sortaient presque tous les soirs. Ben l'avait souvent aperçue dans des toilettes splendides, appuyée au bras du jeune Britannique. Il trouvait qu'ils formaient un très beau couple et l'avait dit à Bert et à Kate. Avec son allure, Edwina était faite pour les soirées mondaines, pas pour mener une existence de recluse, ni pour jouer les veuves éplorées avec cinq orphelins dans ses jupons. Sa vie était peut-être brisée mais pas terminée, loin de là.

— Que sont devenues toutes ces somptueuses surprises-parties où vous étiez sans cesse invitée ?

Il omit de mentionner le nom de Charles, afin de lui épargner une peine inutile.

— Je n'ai pas envie d'y aller, répondit-elle, le regard bas.

Comment pourrait-elle valser dans les bras d'un cavalier qui ne serait pas Charles ? C'était impensable. Inconcevable. Les mondanités, les réceptions, les bals, la laissaient indifférente. Non seulement elle n'irait plus nulle part, mais elle porterait le plus longtemps possible le deuil de ses parents. Elle rafraîchit à ce sujet la mémoire de Ben, qui resta inflexible.

— Non, Edwina. Ne vous enfermez pas. Il ne faut pas.

— Un jour, peut-être…

Les grands yeux bleu profond restèrent évasifs, et Ben ne la crut qu'à moitié. Elle avait tout juste vingt et un ans et se comportait comme une vieille dame. Son anniversaire était passé inaperçu cette année. Sauf qu'elle avait atteint sa majorité et pouvait, dès lors, signer tous les papiers administratifs.

Ben dormit dans la cabane des garçons, partit avec eux à la pêche aux aurores – il était à peine cinq heures du matin – pendant que les autres rêvaient encore. Lorsqu'ils revinrent, fiers comme Artaban, brandissant un panier nimbé d'une forte odeur de poisson, Edwina était en train de préparer le petit déjeuner dans la cuisine commune assistée par Sheilagh, la nouvelle Irlandaise de service. C'était une gentille fille, mais les enfants lui préféraient Oona. Or, ce matin-là, Sheilagh marqua un point en se proposant pour nettoyer le poisson. Edwina le fit frire en pestant contre l'odeur mais ses frères firent la sourde oreille. Pour une fois qu'ils rentraient en rapportant quelque chose, au lieu d'expliquer pourquoi ils n'avaient rien attrapé, ils ne gâcheraient pas leur joie pour une histoire de relent de friture.

Le séjour de Ben à Tahoe prit fin au bout de quelques jours qui semblèrent affreusement courts à tout le monde. Edwina servit un copieux lunch dans le jardin. Le repas terminé, il voulut prendre congé. Philip et Georges brillaient par leur absence. On ne les avait pas vus depuis le matin quand, munis de leur équipement, ils étaient partis à la pêche. Ben était en train de dire au revoir à Edwina, quand la voix de Philip explosa dans la clairière ensoleillée.

— Tu sais ce qu'il a fait, ce petit saligaud ? hurla-t-il, en courant vers sa sœur aînée, fou de rage. Il… il…

Il s'arrêta un instant, hors d'haleine, avant de poursuivre :

— Il m'a laissé dormir sur la berge et quand je me suis réveillé, qu'est-ce que je vois ? Sa chemise, ses chaussures et son chapeau flottant sur l'eau. Je l'ai appelé, je l'ai cherché partout, j'ai fouillé le lac à l'aide de bâtons de bois… Et j'ai…

À la pâleur de son visage, Edwina devina sa terreur. Ses vêtements étaient maculés de boue, il avait deux ongles cassés, les bras couverts d'égratignures. Et il claquait des dents.

— J'ai cru qu'il s'était *noyé !* hoqueta-t-il, avant de détourner la tête pour dissimuler ses larmes.

Tout son corps se mit à trembler et il se rua sur Georges qui, à son tour, émergeait de la futaie. Ses doigts comprimèrent cruellement l'oreille de son frère, puis s'agrippèrent à ses épaules pour le secouer sans pitié.

— Ne fais plus jamais ça, as-tu compris ? Ne t'en vas plus jamais sans me prévenir.

Il lui assena une gifle.

— Je te l'aurais dit si tu ne dormais pas, se défendit Georges, en larmes lui aussi. Toi, ou tu ronfles, ou tu as le nez dans tes bouquins. Tu ne sais même pas par quel bout prendre ta canne à pêche.

Philip continua de le secouer de plus en plus fort sans même soupçonner qu'il lui faisait mal.

— Qu'est-ce que papa a dit l'année dernière ? *Personne* ne s'éloigne sans dire où il va. Est-ce clair ?

Encore quelques mois plus tôt, il se serait montré certainement plus indulgent vis-à-vis de cette petite escapade. Mais la perte de leurs parents conférait aux incidents les plus insignifiants un parfum de drame. Ne

12

En août, ils revinrent à San Francisco. Edwina commença à assister aux réunions du conseil d'administration du journal. Souvent, Ben l'accompagnait. S'asseoir dans le fauteuil que Bert avait occupé pendant de si longues années procurait à la jeune femme un malaise qu'elle se gardait bien de montrer. Elle présidait les réunions dans un seul but : préserver le poste de direction jusqu'à la majorité de Philip.

Ce fut quelques jours après leur retour de Tahoe que le paquet arriva. Armée de cisailles et de gants de jardinage, Edwina taillait les rosiers, quand elle vit le facteur remonter l'allée. Il transportait un colis aux dimensions impressionnantes, « posté en Angleterre », précisa-t-il à Mme Barnes qui en prit livraison sur le perron… Sans doute un des envois de tante Liz… Edwina se mit à arracher les herbes folles.

Une heure plus tard, son tablier noir criblé de brins de gazon, elle pénétra dans le vestibule tout en retirant ses gants de grosse toile froncés aux poignets. Elle ôta ensuite l'ample chapeau de paille qui protégeait sa peau délicate du soleil californien, et c'est alors qu'elle revit le paquet. Mme Barnes l'avait laissé en évidence, et elle avait bien fait, sinon Edwina l'aurait oublié. Elle s'approcha en frottant ses paumes moites sur sa jupe poussiéreuse. Son cœur fit un bond insensé. Le nom de l'expéditeur n'était pas celui des Hickham. C'était celui des Fitzgerald, et elle reconnut les arabesques finement élaborées de l'écriture de la mère de Charles.

Edwina fit un détour par la cuisine pour se laver les mains, revint dans l'entrée, monta à l'étage munie du paquet. Seule dans sa chambre, elle le posa, tremblante, sur le lit. Par chance, en dehors de Mme Barnes, il n'y avait personne à la maison. Les garçons étaient sortis avec une bande d'amis, Sheilagh et les trois plus jeunes s'étaient rendus au Golden Gate Park. Personne n'allait l'interrompre. Attentivement, avec une lenteur délibérée, elle défit l'emballage. D'après le cachet de la poste, il avait mis plus d'un mois pour lui parvenir. Sa taille imposante formait un étonnant contraste avec sa légèreté – comme s'il n'y avait rien à l'intérieur.

Les derniers fragments de papier s'envolèrent dans la corbeille, mettant à jour une boîte en carton blanc et lisse. Et là, sur le dessus, une enveloppe bleu pâle frappée sur le coin supérieur gauche du blason des Fitzgerald. Elle la posa sur la courtepointe sans l'ouvrir, dénoua le ruban, souleva le couvercle. Son cœur cessa de battre… C'était là. Le voile de mariée, d'un blanc irréel, que Mme Fitzgerald aurait apporté à la fiancée de son fils unique si elle était venue au mariage. Des mètres et des mètres de tulle perlé, brodé de minuscules diadèmes en fil de soie. Ses doigts enfiévrés le tirèrent de la boîte et il tourbillonna tel un nuage arachnéen dans la pièce. Et tout son corps s'arqua, comme sous l'effet d'une indicible douleur, quand elle le posa sur sa tête. Le miroir lui renvoya le reflet de son visage luisant de larmes, de ses cheveux défaits sous le halo transparent, du tablier dont la couleur noire rappelait trop cruellement le blanc ivoirin d'une robe de satin perdue, la robe qu'elle ne porterait pas.

Edwina s'assit sur le rebord du lit, sans ôter le voile, décacheta la lettre.

« Edwina, ma chérie, lut-elle, et on eût dit que la voix aristocratique de Mme Fitzgerald prononçait doucement ces paroles. Nous pensons énormément à vous, mon mari et moi. Voilà quatre mois que vous avez quitté l'Angleterre. J'ai peine à le croire, comme j'ai peine à comprendre comment la catastrophe a pu se produire.

« Je vous envoie le voile avec tous mes regrets. Mon mari et moi-même en avons longuement débattu et avons conclu que vous seule pourriez le conserver. Ce sera le symbole de l'amour que notre Charles vous a porté jusqu'à son dernier souffle. Vous représentiez ce qu'il chérissait le plus au monde, et je suis convaincue que vous auriez été très heureux ensemble. Rangez quelque part cette boîte, ma chère enfant. Ne la regardez pas trop souvent… Juste une fois de temps à autre, afin de vous souvenir que mon fils vous adorait.

« J'espère sincèrement vous revoir ici un jour. En attendant, embrassez de ma part vos frères et sœurs et quant à vous, ma très chère Edwina, recevez mes pensées les plus affectueuses, maintenant et pour toujours. »

Aveuglée par un brûlant flot de larmes, elle eut du mal à déchiffrer la signature de Margaret Fitzgerald. Combien de temps resta-t-elle ainsi prostrée sur son lit ? Une minute ? Une heure ? Plus ? Le claquement d'une porte la fit sursauter. Elle perçut des éclats de voix dans l'entrée, des pas précipités sur la volée de marches. Bondissant sur ses pieds, elle ôta le voile, le fit ruisseler dans la boîte dont elle rabattit le couvercle avant de la faire disparaître au fond d'une penderie, juste au moment où Fannie entrait en trombe dans la pièce. Tout sourire, l'œil brillant d'excitation, la fillette se blottit dans les bras de sa grande sœur.

— Le parc a un nouveau carrousel, babilla-t-elle.

Sans remarquer les paupières gonflées d'Edwina ni son visage ravagé, Fannie se lança dans une flamboyante description de cette merveille. Il y avait des chevaux en bois peint de toutes les couleurs, avec des harnais de bronze ornés d'étoiles, et de la musique, bien sûr, beaucoup de musique ! Et ça tournait, ça tournait... Et puis aussi des traîneaux multicolores, bien que ce fût beaucoup plus drôle à dos de cheval.

— Et il y avait également des barques, poursuivit-elle en fronçant les sourcils, mais nous on n'aime pas les barques, hein, Teddy ?

Le garçonnet venait d'entrer dans la chambre, suivi d'Alexia. Il fit non de la tête, ses grands yeux fixés sur le visage d'Edwina d'un air interrogateur, comme s'il sentait que quelque chose n'allait pas mais sans pouvoir dire quoi.

Plus tard, après que les plus jeunes furent au lit, Philip demanda :

— Que se passe-t-il ? Qu'est-ce que tu as, Weenie ?

Sa nature inquiète le poussait parfois à endosser le rôle de Bert. Elle lui sourit, prête à nier.

— Rien, pourquoi ? – mais son sourire s'effaça. – J'ai reçu des nouvelles de Lady Fitzgerald.

— Oh... Comment va-t-elle ?

Elle fit une halte, alors qu'ils gravissaient l'escalier.

— Bien... je suppose...

Il la regarda d'un air compréhensif. À dix-sept ans, il était parfaitement capable de se figurer la souffrance qu'elle ressentait. Les nerfs d'Edwina lâchèrent subitement et elle s'appuya sur son frère.

— Demain, murmura-t-elle d'une petite voix tourmentée, à peine audible, demain serait le… le…

Il lui fut impossible d'articuler la suite. Elle sentit la main de Philip sur son épaule, se tourna vers lui, les joues brûlées par un torrent de larmes.

— Ce n'est rien… Excuse-moi…

— Oh, Weenie…

Il l'entoura d'un bras compatissant pour l'aider à franchir les dernières marches. Sur le palier, elle chancela et il la retint.

— Seigneur, pourquoi est-ce arrivé ? chuchota-t-elle. Pourquoi n'y avait-il pas assez de canots de sauvetage ?

Il ne répondit rien, n'osant formuler de réponse. Edwina haussa le menton, avec cette expression de révolte qui, parfois, jetait une ombre sur ses traits. Pourquoi les secours n'étaient-ils pas arrivés à temps ? Pourquoi le *Californian* n'avait pas répondu aux appels de détresse ? Pourquoi… Mais qu'importait à présent ? Elle se mit à pleurer sans bruit dans les bras de son frère. Plus tard, dans son alcôve obscure, elle continua à verser des larmes amères. Longtemps… Cela aussi finira par passer, pensa-t-elle dans son désespoir, après la nuit vient le jour. Sauf que le lendemain aurait dû être le jour de son mariage.

13

Les fêtes de Noël sans Bert et Kate furent une épreuve assez pénible, surtout pour les aînés. Edwina déploya une astucieuse stratégie, afin que les petits soient constamment occupés. Ben vola à son secours, visita avec les garçons le Salon de l'automobile, emmena tout le monde à l'illumination de l'arbre de Noël à *Fairmont Hotel*. D'autres amis de leurs parents vinrent également à la rescousse. Mais ces invitations ne firent que rendre l'absence de Kate et Bert encore plus cruelle.

Alexia demeurait un sujet d'inquiétude permanente pour Edwina qui, pourtant, ne ménageait pas ses efforts. Au fil du temps, la petite fille s'enfonçait dans une morosité singulière. Plus d'une fois, Edwina la découvrit, après l'avoir cherchée partout, dans la chambre de leur mère ou le dressing-room attenant, assise sur le pouf capitonné de satin rose. Et chaque fois, ce fut la croix et la bannière pour la tirer de là.

Edwina éprouvait toujours un curieux pincement au cœur en pénétrant dans les appartements de ses parents. La vaste pièce, si gaie autrefois, prit à la longue des allures de mausolée. Rien n'avait été déplacé, les penderies regorgeaient de vêtements – Edwina n'avait pas eu le courage de s'en défaire –, les meubles et les objets, soigneusement époussetés par Mme Barnes, faisaient penser aux témoins muets d'un drame. Les brosses à cheveux à manche d'or massif ayant appartenu à Kate, ses peignes et ses démêloirs en ivoire s'alignaient sur la coiffeuse exactement à la place où elle les avait laissés.

— Je ne peux pas entrer dans cette pièce sans me mettre à pleurer, se plaignait la vieille gouvernante.

Au bout d'un moment, elle s'inventa de bons prétextes pour ne plus y remettre les pieds et quant à Sheilagh, elle refusa sèchement de monter « là-haut », même pour chercher Alexia.

De temps à autre, tout comme Alexia, Edwina ressentait le besoin impérieux de se réfugier dans ce qui était devenu à ses yeux une sorte de sanctuaire. Elle ne l'avait dit à personne, pas même à Philip, mais là-haut, au milieu d'objets familiers, Kate et Bert lui semblaient plus proches. Voilà huit mois qu'ils étaient morts. Huit jours ou huit siècles…

Après les fêtes, les premières qu'ils passèrent seuls, elle se sentit exténuée. Elle avait dû se démener des jours durant afin de créer une atmosphère plaisante, surtout pour les petits. Et comme Kate l'avait fait les années précédentes, Edwina décora le sapin, enveloppa une montagne de cadeaux dans du papier doré, fit répéter aux plus jeunes les chants de Noël, conduisit tout son petit monde à la messe de minuit. Le jour de Noël, aidée par Mme Barnes, elle servit la traditionnelle dinde dans la grande salle à manger. Ben Jones fut le seul invité, cette année-là. Il déversa un monceau de présents sous le sapin, puis tendit à Edwina un paquet orné de rubans soyeux qu'elle défit prestement.

— Oh… fit-elle, tombant en extase devant un splendide châle en cachemire indien d'un bleu délicat.

Elle le porterait en avril, quand elle aurait fini de porter le deuil de ses parents et de Charles.

— J'ai failli prendre un châle noir, dit-il, mais je me suis ravisé. J'ai hâte de vous revoir dans des robes de couleur.

— Merci, c'est vraiment magnifique.

— Les cadeaux de Ben maintenant ! jeta Georges, malicieux.

Ben déchira le papier, mettant à jour une peinture à l'huile que Georges avait composée dans le plus grand secret.

— Mais c'est mon chien ! s'écria-t-il, reconnaissant aussitôt le modèle, ce qui mit le jeune artiste en herbe au comble de la joie.

Philip lui offrit un porte-plume joliment sculpté. Et Edwina remit à leur invité une minuscule boîte dans laquelle il trouva une paire de boutons de manchette en saphir sélectionnée avec une minutieuse attention dans la collection de Bert. La jeune femme avait demandé au préalable l'autorisation de ses frères et ils la lui avaient accordée sans une ombre d'hésitation. Ben était le meilleur ami et le conseiller de leur père, dirent-ils, ils auraient plaisir à le voir porter ses boutons de manchette.

La journée s'écoula paisiblement. Après le repas que tous les convives trouvèrent succulent, ils passèrent au salon où Mme Barnes apporta le café et les gâteaux. Ben rayonnait. Noël avait toujours été, pour lui aussi, un cap difficile à passer, car il ne pouvait s'empêcher de se remémorer d'autres Noëls, bien plus heureux, auprès de sa femme et de son fils. Alors qu'il sirotait tranquillement l'excellent café en grignotant les délicieux petits gâteaux de Mme Barnes, il eut la sensation d'être en famille, à nouveau… On papota, on raconta des histoires, on rit même. Finalement, Teddy s'assoupit sur ses genoux. Ben le porta dans son lit, sous le regard attendri d'Edwina. Évidemment, Fannie sauta sur l'occasion pour le supplier de l'emmener, elle aussi, dans sa chambre. Il s'exécuta de bonne grâce et dut même aller border une Alexia boudeuse. Au moment où il s'apprêtait à quitter la pièce, la petite fille, sortant de sa réserve habituelle, le gratifia d'un sourire lumineux.

Ben revint au salon. Avant de prendre congé, il dégusta un verre de porto en compagnie d'Edwina et des garçons. Il quitta la grande demeure des Winfield submergé par un bien-être qu'il n'avait pas éprouvé depuis longtemps.

Le réveillon fut fêté dans la sobriété et, le jour de l'an, tante Liz débarqua à San Francisco. Elle était en grand deuil, coiffée d'un immense chapeau noir à voile de crêpe et gantée de noir également, à tel point qu'Edwina se demanda si oncle Rupert était décédé. Elle fut vite détrompée. Après avoir versé un torrent de larmes sur sa pauvre sœur et son infortuné beau-frère, Élisabeth se lança dans le sombre récit des souffrances de son époux.

— Le malheureux a souffert le martyre depuis l'automne, mais grâce à Dieu, il a conservé son humour… Il vous passe son bonjour, bien sûr, s'empressa-t-elle d'ajouter, avant de fondre de nouveau en larmes.

Tante Liz exprima ensuite le désir de faire le tour de la maison. Chaque pièce, chaque objet, chaque photo encadrée fut le prélude d'une longue lamentation.

— Je ne m'habituerai jamais à la disparition de mon unique sœur ni à l'idée que ses enfants sont orphelins. C'est affreux !

Elle se moucha, renifla, sanglota, déplora le sort injuste qui lui avait infligé un coup aussi écrasant.

— Nous essayons de continuer à vivre, plaida Edwina calmement, mais sa tante ne voulut rien entendre.

— Ces pauvres petits ont une mine de papier mâché, décréta-t-elle peu après. Qui leur fait la cuisine ?

— La même personne qu'avant, tante Liz. Mme Barnes travaille chez nous depuis des années. Tu t'en souviens, n'est-ce pas ?

— Georges et Philip sont à un âge difficile, répliqua à brûle-pourpoint l'arrivante, changeant brusquement de sujet de conversation. Les *dangers* sont innombrables de nos jours, j'espère que tu t'en rends compte, Edwina. Une grande sœur n'a jamais pu remplacer l'autorité paternelle.

Elle n'avait pas précisé la nature de ces dangers et Edwina se garda bien de le lui demander. En huit mois, Élisabeth avait littéralement fondu et semblait en proie à une profonde dépression. Lorsqu'elle entra dans le cabinet de toilette de sa défunte sœur, elle parut un instant sur le point de s'évanouir et la vue de la chambre à coucher lui arracha un cri d'animal blessé.

— Mon Dieu, Edwina, comment as-tu pu faire une chose pareille ? glapit-elle, l'œil accusateur. Laisser tout comme c'était, comme s'ils allaient réapparaître, d'un instant à l'autre ! Seigneur, jamais je ne m'en remettrai… Il faut vite empiler leurs affaires dans des boîtes en carton, changer la disposition du mobilier… Mon Dieu…

Elle se mit à suffoquer. Edwina lui tendit un verre d'eau que Philip lui avait discrètement apporté.

— C'est vrai, ma tante, mais nous n'avons pas eu le temps… le courage plutôt, d'effectuer des rangements. Mais nous le ferons dès que nous en aurons la force… Écoute, je sais que tu as de la peine…

— Oh oui, une peine immense.

— Il faudra pourtant essayer de la cacher, tante Liz. Ne serait-ce que pour les enfants. Tâche de ne pas pleurer devant eux, cela risque de les perturber.

— Comme si on pouvait s'arrêter de pleurer sur commande. Tu n'as donc pas de cœur ?

Les mots se muèrent en sanglots bruyants, Liz s'effondra sur la méridienne dans le salon privé de Kate, le visage empourpré. Edwina la confia un instant à Philip, sortit sur le palier et appela Sheilagh.

— Allez faire une promenade au parc avec les enfants.

Les sanglots de Liz se répercutaient à travers toute la demeure. Revenue dans le petit salon, elle trouva sa tante à peu près dans le même état. Ses sanglots s'étaient transformés en hoquets et ses larmes mouillaient le tissu noir de sa robe.

— Tu ne peux pas imaginer ce que j'ai souffert, Edwina. Personne ne peut l'imaginer. Ces derniers mois ont été pour moi un calvaire, entends-tu ? Un calvaire ! Tu ignores peut-être l'affection que je portais à Kate. Elle était ma sœur… mon unique parente… et je l'ai perdue, comprends-tu ?

Si elle comprenait !… Edwina se força au calme. L'affliction ne pouvait certainement pas se mesurer au nombre de défunts, mais tout de même ! La mort avait tout pris à Edwina. Sa mère, son père, son fiancé. Et même la pauvre Oona. Liz n'avait pas l'air de s'en rendre compte. Seule sa propre douleur comptait.

— Tu aurais dû écouter Rupert, quand il t'a implorée de venir t'installer en Angleterre. J'aurais été là, j'aurais pris soin de toi, de vous tous, reprit-elle, avec un regard en direction de Philip, qui était resté debout, dos à la fenêtre.

Un bref silence suivit. Liz pencha la tête, afin de dissimuler une grimace de dépit. Elle en voulait à Edwina. Elle lui en voulait terriblement. En opposant un refus net et catégorique aux propositions de Rupert, sa nièce l'avait privée du rôle de mère qu'elle avait désiré si ardemment toute sa vie. Avec sa fierté mal placée, Edwina lui avait dérobé la dernière chance d'avoir une famille à elle.

— Bah, avait dit Rupert, quand elle sera dans le pétrin, elle repensera à nous.

Cependant, les mois étaient passés et rien ne s'était produit. D'après cet avocat avec lequel Rupert était resté en contact, Ben… comment s'appelait-il déjà, Bond… Bones… Jones ?… Edwina assumait à merveille ses nouvelles responsabilités. Mais Edwina était jeune, elle referait sûrement sa vie. Pas Liz… Liz continuerait à mener sa morne existence sans joie et sans espoir.

— Tu as mal agi, continua-t-elle, avec une véhémence proche de l'agressivité.

— Ma sœur sait ce qu'elle a à faire, dit Philip, furieux.

Edwina s'interposa, pria gentiment son frère d'aller voir si Georges était dans sa chambre. La dispute fut évitée de justesse.

Le séjour de Liz dura vingt-six jours et ce fut un désastre. Pleurs, cris et jérémiades se succédèrent à longueur de journée. En dépit des efforts d'Edwina, sa tante ne cessa de l'accabler de reproches. La maison était mal tenue, les enfants indisciplinés, la cuisine de Mme Barnes insipide. Liz insista pour empaqueter les affaires de Kate et de Bert et Edwina l'aida à vider les penderies et les tiroirs. Puis, Lady Hickham, en larmes, choisit quelques souvenirs parmi les possessions de sa sœur – deux ou trois bijoux, un carnet de bal, une collection de cartes postales jaunies, des photos les montrant toutes deux adolescentes, des babioles auxquelles ni Edwina ni les enfants ne tenaient particulièrement.

Le jour de son départ fut comme une délivrance. Ils l'accompagnèrent en voiture à la station du chemin de fer à Oakland. Sur le quai, nouvelle crise de larmes. Enfin, Liz monta dans le wagon de première classe, sans un regard en arrière. Durant ces vingt-six jours elle n'avait pas arrêté un instant de pleurer. Et elle n'avait pas décoléré. Sa rancune la dévorait. Liz, jadis si douce, en voulait à la terre entière. Elle en voulait à la fatalité qui lui avait arraché Kate, à Edwina qui l'avait privée des enfants de Kate, à Sir Rupert qui lui avait gâché sa vie.

— Je la déteste ! déclara Alexia, sur le chemin du retour.

— Il ne faut pas, répondit Edwina calmement.

— Si ! Elle t'a obligée à mettre les robes de maman dans des paquets. Elle n'en avait pas le droit.

— Cela n'a pas d'importance, Alexia… On n'oubliera pas maman pour autant.

Mais peut-être était-ce un pas vers l'oubli, après tout.

14

Le premier anniversaire de la mort de Bert et Kate Winfield fut célébré le 15 avril 1913 à l'église paroissiale devant une vaste assemblée de relations et d'amis. Le pasteur, lors d'une émouvante oraison, rappela les qualités des disparus. Leur gentillesse ; leur participation active à la vie de la communauté ; l'affection qu'ils portaient à leurs enfants. Ceux-ci, assis au premier rang, buvaient les paroles de l'orateur en portant de temps en temps un mouchoir à leurs yeux.

Après le service funèbre, Edwina offrit un lunch à quelques amis. C'était la première fois qu'elle recevait à la maison depuis la fin atroce du *Titanic*. Mme Barnes et Sheilagh avaient dressé la table de déjeuner à l'ombre des feuillages, dans le jardin inondé de soleil. Ils fêtèrent également l'anniversaire d'Alexia. La bonne vieille gouvernante avait concocté à cet effet un sublime gâteau au chocolat décoré de crème chantilly et de roses en sucre – le préféré de Kate – et la petite fille souffla ses sept bougies du premier coup.

Selon les critères de la haute société, la période de deuil de Mlle Winfield étant terminée, les invitations commencèrent à affluer. La bague de fiançailles qui miroitait toujours à son annulaire gauche n'avait pas échappé à l'œil perspicace de certaines femmes du monde, et le ministre du culte avait mentionné Charles pendant l'office, mais on fit volontiers abstraction de ces détails. À vingt-deux ans, avec sa beauté et sa fortune, Edwina comptait parmi les plus beaux partis de la ville. À l'occasion du lunch, elle avait fait l'objet de tous les regards masculins, Ben l'avait remarqué. Bizarrement, il en fut mortifié.

— Quel bel après-midi, observa-t-il, après que les autres invités furent partis.

Edwina sourit. Elle avait pris place sur une balançoire, tandis que les enfants s'éparpillaient sur la pelouse ensoleillée.

— En effet, approuva-t-elle d'un air satisfait. Et le déjeuner a été un grand succès... Je crois qu'ils auraient apprécié cela.

— J'en suis convaincu. Et ils auraient été fiers de leurs enfants. Et plus particulièrement de leur fille aînée.

« La tendre petite chrysalide qui, en l'espace d'un an, s'est muée en un papillon éclatant », songea-t-il, mais il dit :

— Vous avez gagné votre pari, Edwina. Vous avez réussi à redresser la situation.

Elle sourit de nouveau.

— Vous me flattez, mon cher, mais c'est loin d'être terminé. Chaque enfant réclame une attention particulière. Georges doit améliorer ses résultats scolaires. Philip est malade d'inquiétude à l'idée qu'il pourrait être refusé à Harvard. Et Alexia... – Elle émit un soupir, sourcils froncés. – Je ne sais plus quoi faire avec elle, je l'avoue.

— On peut difficilement faire plus. Vous…

Il s'interrompit pour permettre à un couple de retardataires de prendre congé. Edwina les salua avec une grâce infinie, prêta une oreille complaisante à quelques anecdotes à propos de Bert.

Lorsqu'ils s'éloignèrent enfin, Ben n'était plus là. Edwina passa rapidement en revue le jardin, – sur un banc, Georges et Philip étaient en grande conversation – et pénétra dans le vestibule. Personne. Elle jeta un coup d'œil à travers la porte de la cuisine où Teddy, Fannie et Alexia, attablés, dévoraient le reste du gâteau. Mme Barnes, assistée par Sheilagh, rangeait les plats lavés et essuyés dans le buffet de la salle à manger… Elle retrouva Ben dans la bibliothèque, absorbé par les titres des volumes qui encombraient les rayonnages. À son approche, il se retourna.

— Vous avez reçu un tas d'invitations, n'est-ce pas ? demanda-t-il après qu'ils eurent échangé quelques phrases anodines.

Il regretta aussitôt ces paroles. Sapristi ! Était-il jaloux ? C'était difficile à admettre, mais il aurait préféré qu'elle portât encore ses ternes tenues de deuil.

— Oui… Les gens ont la manie de se fier aux simples apparences. Sous prétexte que je ne suis plus en noir, ils doivent me considérer prête à sacrifier aux mondanités. Ce n'est pas le cas, naturellement, mais ils ne peuvent pas comprendre.

Il la regarda, envahi d'un étrange sentiment. Qu'était-ce ? Du contentement ? Du soulagement ? Mais pour quelle raison ? se demanda-t-il, incapable d'analyser ses sentiments. Voyons, Edwina n'était qu'une enfant…

la fille de son meilleur ami… Il accepta machinalement le verre de sherry qu'elle lui mit d'autorité entre les mains.

— Vous avez l'air soucieux, remarqua-t-elle.

— Mais non, pas du tout.

— Oh, si ! Tenez, vous me faites penser à tante Liz. De quoi avez-vous peur au juste ? Que, par des sorties inconsidérées, je ruine ma réputation ? Et que le nom des Winfield en soit terni ?

Elle s'était exprimée sur le ton de la plaisanterie, et il ne put s'empêcher de rire.

— On ne peut rien vous cacher ! répliqua-t-il sur le même ton, après quoi il s'assit sur le canapé, sans la quitter des yeux.

— Edwina, comment pensez-vous organiser votre vie maintenant ?

Dans le silence qui s'ensuivit, il effleura du regard la bague en diamant de la jeune femme. Pourvu qu'elle ne le prenne pas pour un fou ! se dit-il. Pourtant, il commençait à le penser lui-même. Et comme elle le considérait sans un mot :

— Je suis sérieux, insista-t-il, et il vit la surprise dans les yeux bleu profond. Qu'allez-vous faire cette année ?

Elle s'abîma dans une réflexion sans fin.

— La même chose que l'année dernière, je suppose, répondit-elle finalement. M'occuper des enfants. Je ne désire rien de plus, Ben.

Pas à vingt-deux ans ! s'insurgea-t-il en silence.

— Edwina, vous regretterez un jour ce sacrifice que vous vous imposez. Vous êtes trop jeune pour consacrer votre vie entière à vos frères et sœurs.

— Cela dépend quel sens on donne au mot sacrifice, sourit-elle, touchée par sa sollicitude. Est-ce un mal si…

— Ce n'est pas un mal, coupa-t-il. C'est du gâchis pur et simple. Le devoir est certes une vocation honorable, mais cela ne suffit pas pour rendre les gens heureux. Vos parents eux-mêmes ne se contentaient pas de remplir leurs obligations vis-à-vis de leur famille. Ils avaient autre chose… Leur amour…

Elle aussi avait eu autre chose. Elle aussi avait eu l'amour de Charles. Un amour que rien ne pourrait remplacer… Ben la fixait avec une telle intensité que, l'espace d'un bref instant, elle se troubla.

— Avez-vous compris de quoi je veux parler, Edwina ?

— Oui… bien sûr… fit-elle, confuse, vous souhaitez me voir heureuse… Et je le suis, d'une certaine façon, ici, avec les enfants.

— Est-ce vraiment ce qu'il vous faut ? Je… – son hésitation ne dura pas plus d'une fraction de seconde – … souhaite vous offrir une autre forme de bonheur, Edwina.

Les yeux bleus s'agrandirent démesurément.

— Vous voulez… Ben…

Elle était loin de s'en douter. La pensée qu'il pourrait nourrir une quelconque passion à son égard ne l'avait même pas effleurée. Ben la sentit tout à coup terriblement tendue. Et surprise. Il la comprenait parfaitement. Il avait été le premier étonné lorsqu'il s'était aperçu de sa fascination pour elle. Au début, il avait mis cela sur le compte de l'affection et de la tendresse que tout homme est en droit de témoigner aux enfants de ses amis. Peu à peu, il avait vu clair en lui. Il l'aimait ! Depuis Noël, il ne pensait plus qu'à elle. Il s'était promis d'attendre jusqu'en avril. Un an se serait alors écoulé et les douloureuses images du passé se seraient estompées. Soudain, il se demanda, angoissé, s'il n'aurait pas dû attendre davantage.

— Je… je ne savais pas.

Les joues en feu, elle détourna la tête, comme si le fait qu'il la désire la mettait dans un pénible embarras.

— Je suis désolé, dit-il en se redressant rapidement et en lui emprisonnant les mains dans les siennes. J'aurais mieux fait de me taire, mais tant pis. Maintenant, vous savez tout. Je vous aime… Je vous aime depuis longtemps. Quelle que soit votre décision, je souhaite conserver votre amitié. Vous êtes tout pour moi, Edwina, ainsi que les enfants. Vous perdre me serait insupportable.

— Vous ne me perdrez pas, fit-elle dans un murmure en s'obligeant à le dévisager.

Elle lui devait beaucoup. Et elle l'aimait aussi, à sa manière, comme on chérit un bon vieil ami de la famille. Mais c'était tout. Elle ne pouvait lui accorder ce qu'il demandait… Porter le précieux voile de mariée qui gisait au fond de sa boîte pour un autre homme que Charles s'avérait au-dessus de ses forces. Son cœur appartenait à Charles comme au premier jour. Et jusqu'au dernier.

— Je ne peux pas, Ben. Je vous aime beaucoup, mais je ne peux pas.

Elle n'aurait pas voulu le blesser, pour rien au monde.

— Pourquoi ? Est-ce encore trop tôt ? – Elle secoua la tête. – Est-ce à cause des enfants ? Dites-le moi, Edwina.

Sa crainte de la perdre se muait en panique.

— Non, Ben. Les enfants n'ont rien à voir là-dedans. Vous non plus, d'ailleurs, ajouta-t-elle, le regard soudain voilé de larmes. C'est à cause de Charles. Je ne peux pas le trahir. Je ne…

Elle se tut, incapable de poursuivre. Ben continuait de la scruter. À présent, il regrettait son impatience. Il n'aurait pas dû la brusquer mais, au moins, il avait reçu une réponse. Il avait livré bataille contre les fantômes du *Titanic* et l'avait perdue.

— Même les veuves se remarient parfois, dit-il cependant, animé par un nouvel espoir. Vous avez droit au bonheur, Edwina.

— Sans doute… – mais elle n'avait pas l'air convaincue – c'est encore trop tôt pour le dire… Et puis non ! Je préfère être honnête avec vous, Ben, je ne pense pas que je me marierai jamais.

— Voilà qui est absurde.

— Peut-être. En tout cas, les enfants m'empêcheraient de devenir une bonne épouse. Je m'occupe trop d'eux. Tôt ou tard, mon mari me le reprocherait à juste titre.

— Pas moi.

Son air blessé la fit sourire.

— Qu'en savez-vous ? Vous méritez qu'une femme vous consacre toute son attention. Pensez à mon emploi du temps : je n'aurai pas une minute à moi avant une bonne quinzaine d'années, date à laquelle Teddy entamera ses études universitaires. C'est un peu long, vous ne trouvez pas ?

Il répondit à son sourire en haussant les épaules. Il avait perdu et il en avait conscience. Edwina était une vraie tête de mule. Une fois sa décision prise, il était impossible de la faire changer d'avis. Son entêtement faisait partie de son charme ; il n'osa le lui dire. Or, ses défauts ne pesaient pas lourd dans la balance, face à ses qualités. Son courage, son fervent idéalisme, son sens de l'humour. Ben l'aimait pour tout cela. Et il aimait aussi ses cheveux, ses yeux, sa jeunesse. Il prit le parti d'en rire. Ou, du moins, de faire semblant.

— En effet, quinze ans, c'est un peu long. J'aurai alors une bonne soixantaine et vous ne voudrez plus de moi.

— Si mes cinq petits diables continuent à pomper mon énergie, vous aurez sûrement l'air bien plus fringant que moi.

Ils éclatèrent d'un même rire qui s'éteignit presque aussitôt. Edwina lui tendit la main.

— Ne m'en veuillez pas, Ben. Ma vie leur appartient.

Elle prendrait soin d'eux jusqu'au bout, envers et contre tout, elle en avait fait le serment à sa mère. Le bonheur des enfants comptait plus que le sien. Et, d'ailleurs, à quel bonheur pouvait-elle prétendre ? Le seul mari qu'elle aurait voulu était mort. Elle n'en voulait pas d'autre. Pas même Ben, malgré son immense tendresse pour lui. Il la regarda longuement, et elle perçut la lueur de désespoir au fond de ses prunelles.

— Resterons-nous amis ? interrogea-t-il.

Elle acquiesça de la tête, luttant contre ses larmes. Comment pouvait-il se le demander ? Ben était son ami le plus cher. Son conseiller et son confident. Dans un élan de sympathie, elle l'entoura de ses bras, posa la joue contre sa poitrine.

— N'en doutez pas, murmura-t-elle. Je ne m'en serais jamais sortie sans vous.

— Vous semblez vous en sortir fort bien au contraire, jeta-t-il un peu sèchement, puis il la serra contre lui.

Il la garda ainsi enlacée un moment, dans le silence. Il ne tenta pas de l'embrasser, ni de plaider sa cause. À défaut de l'amour d'Edwina, il saurait se contenter de son amitié. Il tenait trop à elle pour se passer du peu qu'elle lui accordait. Peu après, il franchit le seuil de la demeure des Winfield d'un pas lourd. Et comme chaque fois qu'il quittait Edwina, il sentit son cœur se briser.

Le télégramme de tante Liz arriva le lendemain matin. Oncle Rupert était décédé le jour anniversaire de la mort de Kate et de Bert. Edwina l'annonça aux enfants à l'heure du dîner. Ils eurent l'air affecté, bien qu'elle feignît un calme qu'elle n'éprouvait pas réellement. Philip l'aida à rédiger un mot de condoléances.

Cependant, tout en envoyant à sa tante ses plus affectueuses pensées et en l'incitant au stoïcisme, elle se garda bien de l'inviter à San Francisco. Sa précédente visite, trois mois plus tôt, avait suffisamment causé de dégâts. Toute réflexion faite, elle décida de ne pas porter le deuil de Lord Hickham. Ressortir les tenues noires que Mme Barnes avait rangées au fond d'un placard aurait certainement des effets néfastes sur la sensibilité des enfants. Par acquit de conscience, elle se vêtit de gris pendant une semaine, puis recommença à s'habiller normalement. Elle avait constitué une nouvelle garde-robe en teintes pastel, beige, rose poudre, bleu clair assorti au châle de cachemire que Ben lui avait offert à Noël.

Elle continua à le voir, en tant qu'ami et conseiller, comme si rien ne s'était passé. Parfois, il paraissait embarrassé, mais chaque fois, Edwina savait trouver le mot juste pour le détendre. Les petits ne s'étaient aperçus de rien, pas même Georges. Seul Philip, lui sembla-t-il, s'était douté de quelque chose, car elle surprit à plusieurs reprises son regard fixé sur Ben d'un air interrogateur.

En mai, Edwina fit sa première sortie. La jeune femme se rendit chez un couple ami de ses parents. Ce fut une soirée agréable, qui aurait été parfaite si la maîtresse de maison ne l'avait pas placée à table près de son fils. Celui-ci fit d'honorables tentatives pour dérider l'invitée qui se tint sur ses gardes. Essayait-on de la marier, par hasard ? se demanda-t-elle, agacée, une fois rentrée chez elle. Lors d'une deuxième invitation, elle fut confortée dans ses suppositions. Le fils resta à ses côtés pendant toute la soirée. C'était un jeune homme séduisant. Vingt-quatre ans, une grosse fortune, une immense propriété à Santa Barbara, et un petit pois à la place de la cervelle. Elle refusa la troisième invitation. D'autres soupirants s'empressèrent autour d'elle au cours de différentes soirées. Edwina les écoutait gentiment, accepta éventuellement un compliment, mais n'encouragea personne. Ses amies, toutes mariées maintenant – certaines avaient même un bébé –, ne manquaient jamais de lui demander pourquoi elle refusait de refaire sa vie. Elles ne comprenaient pas que l'on puisse rester fidèle à la mémoire d'un homme. Mais Edwina continua à arborer la bague de fiançailles que Charles lui avait donnée. À ses yeux, cette bague représentait l'époque la plus heureuse de sa vie, son seul amour. C'était à Charles qu'elle avait accordé sa main et son cœur, à Charles qu'elle avait promis une fidélité éternelle. Aucun autre homme ne parviendrait à effacer son souvenir. Edwina avait renoncé au bonheur, dès l'instant où elle avait su que Charles ne réapparaîtrait pas. Son existence n'avait plus qu'un seul but, élever ses frères et ses sœurs, elle se le répétait obstinément, chaque fois qu'un prétendant s'efforçait d'attirer son attention.

Ce fut avec soulagement qu'elle partit à Tahoe, en août, avec les enfants. Philip avait été reçu à Harvard deux mois plus tôt et il ne tenait plus en place. Dès septembre, il se rendrait à la ville de Cambridge dans le Massachusetts.

— Tu vas nous manquer, avait dit Edwina, tout émue, en ébouriffant les cheveux de son frère.

Elle pensa que Kate serait fière de lui.

Ils s'installèrent à Tahoe, dans les pimpantes petites cabanes familières enfouies dans la verdure. Le soir de leur arrivée, après que les enfants furent endormis, Philip et Edwina prirent place sur la petite terrasse nimbée de clair de lune.

— Es-tu amoureuse de Ben ? souffla soudain Philip.

Il avait longuement hésité avant de poser cette question. Elle se pencha vers lui, surprise par le ton malheureux de sa voix. Les yeux du garçon, fixés sur elle, semblaient emplis d'inquiétude.

— Non, répondit-elle.

— Et lui ?

— Quelle importance ?

Il marmonna quelque chose d'inintelligible qui traduisait son anxiété. Edwina respira profondément l'air frais, l'esprit tourné vers le voile de tulle caché dans l'armoire de sa chambre.

— Je n'ai aimé que Charles, murmura-t-elle. Je l'aime encore. Sans doute l'aimerai-je toujours.

— Ah, tant mieux… – Il se sentit rougir et bénit l'obscurité. – Je… excuse-moi, Edwina, je n'ai pas voulu dire ça.

— Mais tu l'as dit, fit-elle avec un doux sourire.

C'était donc cela. Elle appartenait à ses frères et à ses sœurs. Curieusement, leurs parents avaient le droit de s'aimer, de vivre leur vie, de s'amuser. Pas elle. Edwina était à eux. Pour le meilleur et pour le pire, jusqu'à sa mort. Ou jusqu'à ce qu'ils n'aient plus besoin de ses services. Elle leur était tout. Elle était leur mère, leur père, leur chose. Tant qu'elle restait là, Philip, puis Georges, et plus tard Alexia, pourraient en toute quiétude entreprendre des études, choisir un métier, se marier…

— Quelle différence y aurait-il si j'étais tombée amoureuse de Ben, tenta-t-elle d'expliquer. Cela ne voudrait pas dire que je vous aurais aimé moins.

— On ne sait jamais.

Elle sourit en hochant la tête, se pencha davantage pour l'embrasser sur la joue. Ce n'était encore qu'un enfant, après tout, il n'avait que dix-huit ans.

— Ne t'en fais pas, dit-elle d'une voix douce. Je serai toujours là.

Elle n'avait pas cessé de répéter ces mots depuis que leur mère était morte.

— Bonne nuit, Philip, chuchota-t-elle peu après, alors que chacun se dirigeait vers sa cabane.

Il la regarda, rassuré. Il l'aimait plus que tout au monde. Ils l'aimaient tous. Edwina ne les abandonnerait jamais. Ils pouvaient lui faire confiance.

— Bonne nuit, Edwina.

La jeune femme rentra chez elle, referma sa porte, s'adossa contre le battant. Il ne lui restait plus qu'eux, pensa-t-elle, émue aux larmes. Elle n'avait plus rien d'autre. Sauf le voile de mariée enseveli au fond de l'armoire… et la bague de fiançailles qui flamboyait toujours à son doigt.

15

L'express de Harvard s'étirait le long du quai et les voyageurs s'engouffraient rapidement dans la file des wagons. Une petite foule s'était réunie dans le compartiment de Philip, les Winfield au grand complet, bien sûr, Mme Barnes, Ben Jones, une poignée d'amis du jeune étudiant, deux de ses professeurs favoris. C'était pour lui le grand jour.

— Écris-nous souvent, ne nous oublie pas, recommanda Edwina.

Avec un empressement de mère poule, elle lui demanda à mi-voix, afin que lui seul puisse l'entendre, s'il avait bien rangé la liasse de billets de banque qu'elle lui avait remise un peu plus tôt. Il répondit oui d'un signe de tête, les traits illuminés d'un large sourire, et fit mine de lui dérober son élégant chapeau orné d'une plume d'autruche.

— Arrête ! cria-t-elle, tandis qu'il se dirigeait vers ses amis.

La jeune femme échangea quelques propos avec Ben, rappela Georges à l'ordre, l'empêchant de grimper sur la fenêtre, chercha Alexia du regard. Elle ne l'aperçut pas tout de suite et, alarmée, tourna dans tous les sens. Cette manie de s'éclipser… une onde de panique la parcourut. La dernière fois qu'Alexia avait disparu, c'était à bord du *Titanic*. Edwina ouvrit la bouche pour l'appeler, la découvrit dans un coin, collée à Mme Barnes, le regard rivé tristement sur son grand frère qui s'apprêtait à s'en aller… À l'abandonner… La veille au soir, Alexia avait pleuré abondamment, Fannie avait fini par l'imiter, et même Teddy s'était joint au chœur des lamentations.

— Je peux venir aussi ? dit-il en tirant Philip par la manche.

Celui-ci ébaucha une moue comique avant de le soulever pour l'installer sur ses épaules. Le haut de la tête du bambin touchait presque le plafond, et il laissa échapper une cascade de rires, follement amusé par ce nouveau jeu. Edwina sentit Fannie accrochée à sa jupe. « Mon Dieu, pensa-t-elle, pourquoi faut-il qu'il parte, lui aussi ? » Il lui sembla tout à coup qu'une autre période de son existence venait de prendre fin, que ce départ serait suivi par d'autres, jusqu'à ce que la famille soit complètement démantelée. L'instant suivant, elle se ressaisit. Leur père aurait été tellement fier s'il avait été là…

— Tu ne seras plus le même, l'avait-elle averti, lors d'un de leurs longs débats à Tahoe. Les études ouvrent l'esprit, changent la vision du monde. La connaissance conduit à la maturité… et peut-être qu'à ton retour nous te ferons l'effet d'une bande de petits-bourgeois étriqués.

Philip avait juré que non. Il adorait discuter avec Edwina. Elle alliait l'humour à la sagesse et, malgré son jeune âge, semblait avoir une vue personnelle des choses. C'était une personne exceptionnelle, se disait Philip. Charles l'avait également pensé. Ben aussi. Et, bien avant eux, Bert avait su apprécier l'intelligence de sa fille aînée.

— Tu nous manqueras énormément, dit-elle à Philip pour la énième fois en l'embrassant.

Elle avait les yeux secs, car elle s'était promis de ne pas lui gâcher sa joie. Quelques semaines auparavant, Philip s'était déclaré prêt à rester à San Francisco. Elle lui avait opposé un refus catégorique. Ç'aurait été égoïste de le pousser à renoncer aux études. Philip avait le droit de tenter sa chance, tout comme son père et son grand-père l'avaient fait avant lui.

— Bonne chance, fiston ! murmura Ben, en serrant chaleureusement la main du garçon.

On entendit la voix du contrôleur crier « en voiture » au milieu du vacarme des chariots de bagages et des coups de sifflet. Le cœur serré, Edwina regarda Philip donner l'accolade à ses amis. Enfin, il se tourna vers les enfants, saisit Fannie dans ses bras et lui appliqua un baiser sonore sur le front.

— Sois sage, d'accord ? Ne fais pas trop enrager Edwina.

— D'accord ! répliqua-t-elle, du haut de ses cinq ans et demi, d'une voix solennelle.

Elle exhiba un sourire édenté – elle avait perdu deux dents de lait sur le devant – ses menottes se nouèrent autour du cou de son grand frère et deux grosses larmes roulèrent sur ses joues rondes. Durant cette année, elle en était venue à considérer Philip comme son père.

— Reviens vite, souffla-t-elle.

D'un caractère doux, Fannie deviendrait sûrement une parfaite maîtresse de maison. Déjà elle se distinguait dans les travaux de couture et de broderie. « J'aurai quatorze enfants », déclara-t-elle un jour, avec un sérieux qui déclencha l'hilarité générale. Philip l'embrassa une seconde fois.

— Je reviendrai le plus vite possible, je te le promets.

Il s'avança vers Alexia qui le regardait toujours fixement. La petite fille lui portait un profond attachement, il en avait conscience. Souvent, au milieu de la nuit, alors que, penché sur un ouvrage, il essayait de mémoriser un chapitre, Alexia entrait sur la pointe des pieds, posait un verre de lait sur la table de travail, puis ressortait en silence. Il l'enlaça tendrement.

— Prends soin de toi, Lexia. Je reviendrai.

Elle ne cilla pas. Toutes ces promesses n'étaient que des mots, des paroles creuses, elle l'avait compris depuis longtemps. Depuis un an et demi, très précisément. Les gens vous disent gentiment au revoir, après quoi ils sortent de votre vie et on ne les revoit plus, elle le savait bien. Ses parents avaient déjà agi de la sorte et maintenant c'était le tour de Philip. Elle le suivit du regard, cependant qu'il effleurait les cheveux de Teddy d'un baiser.

— Et quant à toi, petit chenapan, que je ne te reprenne pas la main dans la boîte de chocolats.

Le garçonnet gloussa. Une semaine plus tôt, il avait attrapé une indigestion et il avait fallu appeler le médecin.

Le contrôleur émit un « en voiture » tonitruant pour la seconde fois. Quelques voyageurs de dernière minute grimpèrent dans le wagon.

— Hors d'ici, vilain voyou ! murmura Philip à Georges, avec un clin d'œil complice.

Les deux garçons échangèrent une poignée de mains. Les visiteurs se mirent à descendre du train, la machine lâcha un long jet de vapeur vers les rails où il s'effilocha en petits nuages blancs. Edwina passa les bras autour du cou de Philip.

— À bientôt, mon chéri. Sois brillant élève… Et amuse-toi bien.

— Merci Weenie… Merci de m'avoir permis d'y aller. Si jamais tu as besoin de moi…

— Je sais, coupa-t-elle dans un souffle. N'oublie pas que je t'aime.

Elle le serra une dernière fois, le sentant tremblant d'émotion, ne pouvant s'empêcher de penser à sa brutale séparation avec Charles… Charles qui n'avait pas eu le temps de lui dire au revoir.

Sentant les larmes lui piquer les yeux, elle sortit du compartiment, se retrouva sur le quai avec les autres, appuyée au bras de Ben. Les employés du chemin de fer se mirent à fermer les portières, un homme en uniforme agita une lanterne devant le fourgon de tête, il y eut deux coups de sifflet. Edwina porta ses mains gantées à son visage. La silhouette de Philip apparut à la fenêtre, un mouchoir blanc à bout de bras. La locomotive émit un ronflement et l'express commença à glisser lentement hors de la gare. Le mouchoir blanc flotta pendant un bout de temps à la fenêtre puis le train prit de la vitesse et Edwina le perdit de vue.

Ils prirent tous le chemin du retour dans la grosse berline de Ben. Personne ne desserra les dents. À l'arrière, Alexia et Fannie essuyaient leurs larmes. Georges s'efforçait visiblement de porter beau, sans vraiment y parvenir. Et lorsque la demeure apparut au bout de l'allée, Edwina eut la sensation d'un grand vide.

Ben les laissa devant le portail. Ils traversèrent le jardin dans un silence pesant. L'intérieur leur fit l'effet d'un tombeau. Le soir tombait insensiblement. Georges emmena Teddy dans la cour derrière la maison. Ils jouèrent au ballon jusqu'à ce qu'Edwina sortît à leur recherche. Fannie l'avait aidée à mettre la table, cependant qu'Alexia, prostrée sur le canapé, s'abîmait dans la contemplation de la baie vitrée où la lumière s'amenuisait.

Ce fut un groupe silencieux qui se réunit, ce soir-là, autour de la grande table ovale. Edwina avait demandé à Mme Barnes de préparer un poulet rôti que les enfants adoraient. Elle apporta elle-même le plat et pria Georges de découper la volaille.

— C'est toi l'homme de la maison maintenant ! rappela-t-elle d'un ton qui se voulait enjoué.

Il lorgna le grand couteau qu'elle lui tendait, s'en saisit comme d'un poignard et transperça le poulet de part en part.

— Georges ! Qu'est-ce…

— Laisse-moi faire, Edwina.

Il sectionna d'un coup terrible une aile après l'autre, faisant gicler le jus sur la nappe blanche. Fannie pouffa et Teddy ne tarda pas à l'imiter. Alexia s'esclaffa à son tour et peu après, tout le monde riait à gorge déployée, même Edwina.

— Georges, je t'en prie, arrête ce massacre…

Tel le torero assenant le coup de grâce au taureau, le garçon darda la lame affûtée avant de l'enfoncer dans la chair croustillante et dorée, remportant un vif succès parmi ses plus jeunes spectateurs.

— Oh, mon Dieu, c'est affreux ! Georges, arrête ça, cria Edwina entre deux hoquets de rire.

Georges ébaucha une révérence à faire pâlir de jalousie Sarah Bernhardt, présenta le mets saccagé à sa grande sœur, et reprit sa place avec un sourire d'ineffable satisfaction. Edwina fit le service.

— Allons-nous écrire à Philip, ce soir ? s'enquit la petite Fannie, peu après.

Edwina acquiesça, et ce fut alors que ce filou de Georges expédia une cuillerée de petits pois sur le nez d'Alexia. La petite fille riposta aussitôt, Teddy et Fannie s'en mêlèrent. De nouveaux éclats de rire fusèrent de toutes parts.

— Georges ! gronda Edwina.

Mais soudain, quelque chose se dénoua en elle, comme un nœud qui se défait, et elle plongea sa fourchette dans le légumier d'argent. La bataille des petits pois les accapara un moment, et, pendant ce temps, l'express de Harvard, lancé à toute vapeur, roulait inlassablement vers sa destination dans la nuit.

16

Moins d'une semaine après le départ de Philip, Alexia se mit à bégayer. Elle avait souffert du même symptôme après la mort de leurs parents. Mais le bégaiement qui n'avait alors duré que quelques jours semblait cette fois-ci perdurer. Les cauchemars recommencèrent et pas une nuit ne se passa sans que la petite fille bondisse littéralement hors de son lit, en nage, avec un cri aigu.

De plus en plus anxieuse, Edwina confia le sujet de ses préoccupations à Ben, lors de la réunion mensuelle du conseil d'administration au journal. Il l'exhorta à la patience. En rentrant à la maison un peu plus tard, son premier réflexe fut de chercher Alexia. Mme Barnes sortit de sa cuisine en s'essuyant les mains sur un torchon.

— Alexia ? Elle est revenue de l'école et elle est ressortie presque aussitôt.

C'était une splendide journée d'automne. Le soleil dardait ses rayons encore brûlants. La petite fille devait être dans le petit labyrinthe en charmille que Kate appelait « son jardin secret ». Edwina y courut mais ses appels restèrent sans réponse. Ce n'était pas la première fois qu'Alexia faisait la sourde oreille.

— Allons, sors de là, petite gourde. Nous avons reçu des nouvelles de notre Philip.

Elle avait trouvé l'enveloppe sur la console de l'entrée, ainsi qu'une lettre d'Angleterre. Tante Liz se plaignait – mais quand ne se plaignait-elle pas ? – de l'humidité, des domestiques, du coût de la vie, de tout. Elle ne quittait sa retraite champêtre que pour se rendre chez son médecin à Londres et lors de sa dernière sortie, elle s'était foulé la cheville en trébuchant sur le trottoir. Suivait la longue liste de ses petits malheurs quotidiens auxquels elle accordait une importance exagérée. La lettre s'achevait, naturellement, sur l'inévitable question « as-tu vidé les appartements de tes parents ? » qui, ce jour-là, eut le don d'agacer prodigieusement Edwina. La jeune femme fureta du regard parmi les haies de verdure dans l'espoir d'apercevoir Alexia.

— Où es-tu, trésor ?

Pas de réponse. Elle mit le cap sur l'autre bout du jardin, certaine qu'Alexia s'y cachait, fouilla dans la roseraie et ne réussit qu'à faire un accroc à sa jupe sur une tige épineuse.

— Alexia ?

Il n'y avait que le silence, brisé par le doux bruissement du vent dans les feuillages. Edwina passa en revue tous les endroits possibles et imaginables, sans oublier le petit cabanon en planches que Georges avait construit entre les branches lisses du grand platane. En vain… Alexia demeurait invisible.

Edwina revint vers la maison, le front soucieux. À ses nouvelles questions, la vieille gouvernante secoua lentement la tête.

— Non, je ne l'ai pas vue rentrer. Elle s'est assise sur le banc, là-bas, pendant des heures, mais la dernière fois que j'ai jeté un coup d'œil par la fenêtre de la cuisine elle n'y était plus.

Sheilagh les avait quittés peu après Pâques, et Mme Barnes avait du mal à surveiller à la fois ses fourneaux et les enfants.

— Est-ce qu'elle ne serait pas là-haut, par hasard ?

La gouvernante répondit qu'elle n'en savait rien. La jeune femme poursuivit ses investigations. Alexia n'était pas dans sa chambre ni dans celle d'Edwina. Avec un soupir résigné, elle gravit les marches de l'escalier. Pour une fois, Liz avait raison. Elle aurait dû depuis longtemps prendre une décision concernant les anciens quartiers de Kate et Bert. Les mots répétés par sa tante dans sa dernière lettre lui revinrent en mémoire. « Il est grand temps que tu procèdes au nettoyage du premier étage. Je me suis, quant à moi, débarrassée de toutes les affaires de Rupert et c'est beaucoup mieux ainsi… »

— Alexia, es-tu là ? appela-t-elle doucement en poussant la porte du cabinet de toilette où la petite fille avait l'habitude de chercher refuge.

Personne dans la penderie… Edwina passa dans la pièce adjacente, écarta les rideaux, regarda sous le lit. Rien. Une boule se forma au creux de son estomac. Elle redescendit au rez-de-chaussée.

— Georges, où est Alexia ?

Il ne l'avait pas vue. Ensemble, ils visitèrent chaque pièce, fouillèrent tous les recoins, même la buanderie et la cave. Une heure plus tard, l'appréhension d'Edwina frisait la panique.

— A-t-elle eu un problème à l'école aujourd'hui ?

Georges ne sut lui répondre, pas plus que Fannie, et il était inutile de questionner Teddy, pour la bonne raison que celui-ci avait passé l'après-midi dans les locaux du journal, sous le regard attendri d'une flopée de jeunes secrétaires, pendant qu'Edwina présidait la réunion du conseil… Seigneur ! Où avait-elle pu aller ?

— Georges, as-tu une idée ?

Il n'en avait pas. Les autres non plus. Edwina se laissa tomber sur le vaste canapé du salon, s'efforçant de rassembler ses pensées. Rien d'extraordinaire ne s'était produit dans la matinée, sinon le maître d'école l'aurait prévenue. Selon Mme Barnes, Alexia était rentrée à l'heure habituelle et n'avait l'air ni accablée, ni bouleversée. Mais alors… La lumière du jour déclinait. L'espoir de voir surgir la fillette d'un instant à l'autre redoublait l'angoisse de l'attente. L'horloge sonna sept coups. C'était l'heure de dîner et Alexia ne s'était toujours pas montrée. La jeune femme ressortit dans le jardin, escortée par Georges et Mme Barnes. Ils revinrent bredouilles. Une certitude s'imposa peu à peu, sombre mais inéluctable. Alexia ne se trouvait ni dans le jardin ni à l'intérieur. Elle n'était nulle part. Les mains d'Edwina se mirent à trembler. En désespoir de cause, elle songea à Ben Jones. Lui seul pourrait l'aider. Elle bondit sur l'appareil de téléphone, donna trois ou quatre frénétiques coups de manivelle, demanda à l'opératrice la communication d'une voix chevrotante.

— J'arrive ! dit-il dès qu'il fut mis au courant de la situation.

Dix minutes après, il sonnait à la porte.

— Que s'est-il passé ? s'enquit-il en entrant, et l'espace d'une fraction de seconde, Edwina lui trouva un étrange air de famille avec son père.

Elle le lui expliqua plus calmement. Il l'écouta pensivement.

— Est-ce qu'elle ne serait pas chez quelqu'un ? Une amie ou une camarade de classe ?

Edwina fit non de la tête. Ce n'était pas le genre d'Alexia.

— Elle n'a pour ainsi dire pas d'amies. En tout cas, elle ne veut jamais aller chez personne… Oh, Ben, je suis affreusement inquiète ! Vous savez comment elle est… D'une sensibilité excessive, à fleur de peau. Elle ne s'est jamais remise de la mort de nos parents, de notre mère surtout. Mon Dieu ! Pensez-vous qu'elle ait pris la fuite ?

Ben la regarda, alarmé lui aussi. Si la petite fille ne s'était pas enfuie, elle avait pu faire une mauvaise rencontre… Tomber entre des mains criminelles… Il se redressa.

— Avez-vous appelé la police ?

Il avait posé la question aussi calmement qu'il le pouvait.

— Non. Je vous ai appelé en premier. Vous croyez vraiment…

— Oui, Edwina.

La jeune femme pria Mme Barnes de mettre les petits au lit et, bien sûr, Fannie se mit à trépigner en réclamant Alexia. La bonne vieille gouvernante eut toutes les peines du monde à l'entraîner hors de la pièce alors que Ben s'emparait du téléphone et que Georges, les larmes aux yeux, posait une main réconfortante sur le bras d'Edwina.

Ils durent attendre encore une demi-heure qui leur parut interminable. La sonnette de la porte d'entrée grelotta enfin. Edwina se précipita, le battant roula sur deux agents en uniforme. Elle leur fit un récit clair des événements.

— Votre sœur a disparu ? dit l'officier de police. Et elle n'a que sept ans ? Où sont ses parents ?

— Ils sont décédés. Je suis sa tutrice légale.

— Bon. Nous allons faire un tour dans le quartier, elle n'est sûrement pas loin.

Elle jeta un regard anxieux à Ben qui l'avait suivie avec Georges, avant de se tourner de nouveau vers le policier.

— Nous ne pouvons pas vous accompagner ?

— Ce n'est pas la peine, madame ! On la retrouvera. Restez ici tranquillement avec votre mari et votre garçon.

La porte se referma. Georges considéra Ben, puis Edwina.

— Pourquoi tu ne lui as pas dit ? grommela-t-il.

— Quoi donc, mon chéri ?

— Que Ben n'est *pas* ton mari.

Elle eut comme un sursaut d'étonnement. Elle était à mille lieues de penser à un détail aussi infime.

— Pour l'amour du ciel, Georgie ! explosa-t-elle exaspérée, qu'est-ce que cela peut faire ?

Apparemment, c'était important pour Georges. Les yeux de Ben accrochèrent un instant ceux du garçon ; la lueur possessive qu'il décela dans ce regard lui ôta ses dernières illusions. Edwina ne serait jamais libre. Toute sa vie, elle appartiendrait à ces enfants à qui elle avait voulu tout donner.

— J'espère qu'elle ne va pas essayer de prendre le train !

La voix d'Edwina le tira de ses réflexions. La jeune femme fronçait les sourcils, assaillie par un pressentiment funeste. Le départ de Philip avait bouleversé Alexia.

— Franchement, cela m'étonnerait, répondit Ben. Cette petite a peur de son ombre. Elle ne doit pas être loin de la maison. À mon avis…

— Mince ! coupa Georges, dont le visage était soudain devenu blême. La semaine dernière, elle n'a pas cessé de me poser des questions sur les horaires des trains. Et pas plus tard qu'hier, elle se demandait combien d'heures on met pour aller à Boston… Je l'avais oublié… Bon sang, Weenie, elle est capable de monter dans n'importe quel train sans même savoir où il va.

Edwina et Ben échangèrent un regard. La pendule indiquait vingt-deux heures. De toute évidence quelque chose était arrivé à Alexia.

— Je vous conduis à la station du chemin de fer, si vous voulez, proposa-t-il de sa voix calme et posée. Je ne crois pas qu'Alexia puisse faire une chose pareille.

— Vous n'en savez rien ! rétorqua Georges d'un ton cassant.

À ses yeux, sitôt que le gendarme eut pris Ben pour le mari d'Edwina, celui-ci avait quitté le camp des amis de la famille pour rejoindre la zone diffuse et menaçante de l'adversité. Or, la jeune femme, trop secouée par la brutale disparition d'Alexia, ne fit pas attention à l'hostilité que son frère témoignait tout à coup à leur invité.

— Allons-y ! fit-elle en attrapant son châle et en se dirigeant vers la sortie.

Elle ouvrit la porte au moment où l'officier de police s'apprêtait à sonner.

— Nous avons passé le quartier au peigne fin, annonça-t-il, devançant les questions d'Edwina. Malheureusement, nous ne l'avons pas trouvée.

Peu après, dans la berline de Ben qui roulait à travers la ville, la jeune femme chercha en vain du regard dans chaque rue sombre une trace hypothétique d'Alexia. La grande horloge qui surmontait l'entrée marquait 22 h 30 quand la voiture s'immobilisa devant la gare presque déserte. Un train à destination de San José attendait contre le quai, un autre, un peu plus loin, allait bientôt partir pour la côte est.

— Je ne crois pas qu'elle soit ici, commença Ben, mais Georges s'élança droit devant lui comme une flèche.

— Alexia ! Alexia !

Ses appels retentirent en vain dans la nuit. Edwina se précipita dans la même direction et Ben leur emboîta le pas. Le garçon courut le long du premier train, à perdre haleine.

— Alexia ! ne cessait-il de crier. Alexia !

Edwina le suivit en regardant par les fenêtres des compartiments. Elle se fiait à l'instinct de Georges. Ce dernier semblait plus proche d'Alexia qu'elle-même ou Philip. Peu après, ils longèrent la seconde rame, sans plus de résultat, allèrent jusqu'à explorer la masse opaque d'un tronçon de train dormant à la dernière extrémité du quai.

— Alexia !

Rien. Ben était sur le point de rebrousser chemin, lorsque un grondement lointain se fit entendre. C'était un train de marchandises en provenance de Los Angeles qui, tous les soirs, traversait la gare un peu avant minuit pour se rendre à Portland, dans l'Oregon. Ils aperçurent les éclairs blancs de la locomotive à l'horizon et, soudain, il y eut un très léger mouvement parmi les ombres de la tranchée, un mouvement presque invisible, puis Georges sauta sur les rails et se mit à traverser avant qu'Edwina ne puisse l'arrêter. Pétrifiée par la stupeur, la jeune femme l'aperçut à son tour : Alexia, pelotonnée entre deux wagons stationnés sur la voie ferrée. De sa place, elle ne put la distinguer clairement mais il lui sembla que la petite fille pleurait en serrant convulsivement contre sa poitrine Mrs. Thomas, sa poupée de porcelaine.

— Oh, mon Dieu !

Elle fit un pas en avant, sentit la main ferme de Ben l'attirer en arrière.

— Non, Edwina, non.

D'un mouvement brusque, elle s'arracha à son étreinte avant de partir sur les traces de son frère.

— Georges ! cria-t-elle. Georges !

Le vacarme du convoi qui s'approchait couvrit sa voix. Ben chercha frénétiquement un quelconque signal d'alarme, dans l'espoir d'arrêter la machine infernale en marche. En vain. Georges continuait sa progression à travers l'inextricable lacis des rails et Edwina le suivait en soulevant le bas de sa jupe.

— Georges ! Alexia !

Les sifflements de la locomotive lui coupèrent la parole. Elle sentit soudain Ben à son côté, se retrouva collée par une poigne de fer contre la paroi froide et lisse du premier wagon en stationnement, puis le train passa dans un fracas d'orage, menaçant de les emporter. Edwina jeta un cri aigu. Tout s'était déroulé à une vitesse hallucinante. La jeune femme se mit à appeler désespérément Georges et Alexia. Avaient-ils eu le temps de se mettre à l'abri ? Étaient-ils blessés ?... ou morts ? Un sanglot l'étrangla et elle se cramponna à Ben dont elle distinguait le visage livide dans la pénombre. Tout à coup, elle les vit. Couchés sous le deuxième wagon. Georges avait eu le réflexe d'y pousser Alexia avant de la recouvrir de son propre corps. Des larmes lui picotèrent les yeux.

— Georges... Alexia... je vous aime tellement...

Ce fut tout ce qu'elle put dire. Ben se pencha, le bras tendu, tira Alexia hors de sa cachette. La petite fille tremblait de tous ses membres. Une fine pellicule de suie recouvrait ses cheveux blonds, ses jambes flageolaient. Ben la souleva dans ses bras pour la transporter dans sa voiture. Georges sortit à son tour de dessous le wagon. À treize ans, il avait agi comme un homme, pensa Edwina, la gorge nouée d'émotion et de fierté.

Dans la berline qui les ramenait à la maison, Alexia confirma ce qu'ils avaient déjà subodoré. Elle avait tout simplement voulu aller rejoindre Philip.

— Ne fais plus jamais ça ! lui dit Edwina, plus tard, alors que la petite fille, baignée et sustentée, se reposait dans son lit, entre des draps propres qui sentaient la lavande.

C'était la deuxième fois qu'Alexia disparaissait. La deuxième fois qu'elle mettait sa vie en danger. La troisième pourrait s'avérer fatale, Edwina en avait conscience.

— *Jamais*, tu m'entends ? insista-t-elle.

— Oui, Weenie…

La petite fille ne prendrait plus la fuite. Elle en fit la promesse solennelle. De toute façon, elle ne l'avait pas fait exprès. Philip lui manquait et voilà tout.

— Il reviendra bientôt, répliqua Edwina pensivement.

— Maman et papa ne sont pas revenus, objecta Alexia d'une voix étrangement calme.

— Ce n'est pas la même chose. Philip reviendra au printemps. Dors maintenant.

Elle éteignit la lumière, prit la direction de la cuisine où Ben et Georges l'attendaient. Un coup d'œil vers le miroir, en passant, la fit sursauter. Une traînée sombre lui maculait le front, une fine poussière noirâtre saupoudrait ses vêtements.

Elle entra peu après dans la cuisine où Georges, assis à table, dévorait un reste du dîner.

— Comment va-t-elle ? demanda Ben.

— Bien.

Aussi bien que possible… Alexia n'aurait plus jamais confiance en personne. Comment le pourrait-elle ?

— Edwina, cela ne peut plus durer…

Il l'avait suivie dans le vestibule en arborant un air terriblement malheureux où se mêlait une fureur contenue.

— Vous ne vous en sortirez pas et vous le savez, poursuivit-il avec une véhémence inattendue. C'est trop difficile. Trop dur pour une personne seule. Vos parents s'aidaient mutuellement, au moins.

— Cela ira, dit-elle calmement.

L'hostilité à peine déguisée de Georges à l'égard de Ben ne lui avait pas échappé mais c'était la dernière chose dont elle avait envie de parler.

— Vous voulez dire que vous continuerez ainsi jusqu'à ce qu'ils soient grands ?

Sans s'en rendre compte, il avait haussé le ton. Sa frustration, ajoutée à la frayeur qu'il soit arrivé malheur à Alexia, s'était muée en une sombre exaspération qu'il avait du mal à contenir.

— Que voulez-vous que j'en fasse ? rétorqua-t-elle de ce ton sec qu'il détestait. Que je les abandonne ?

— Mariez-vous, bon sang ! Vous…

Il s'interrompit, étonné de sa propre violence, puis la regarda avec une expression empreinte d'un secret espoir – après tout, n'avait-elle pas fait appel à lui ? – mais Edwina haussa les épaules.

— Enfin, Ben, un mari est autre chose qu'une bonne d'enfants ! On ne se marie pas sous un prétexte aussi futile. Je refuse d'épouser quelqu'un si je ne l'aime pas autant que j'ai aimé Charles.

Il se contenta de la regarder d'un air ulcéré. Edwina émit un lourd soupir. Elle n'avait pas voulu le blesser, car elle lui portait une immense tendresse et une amitié sans limites… Des sentiments trop mièvres en regard de la passion qu'elle avait éprouvée pour Charles.

— Par ailleurs, ajouta-t-elle, radoucie, je pense que si je me mariais, les enfants en souffriraient. Un jour, peut-être, quand ils seront prêts à l'accepter…

— Ce jour-là n'arrivera jamais, Edwina, souffla-t-il d'une voix blanche. Ils ne vous laisseront jamais refaire votre vie… Philip, Georges, Alexia, les petits ont trop besoin de vous pour vous partager avec quelqu'un d'autre. C'est une forme d'égoïsme, que vous le vouliez ou non, dont vous ne vous rendez pas encore bien compte. Quand ils auront grandi, vous vous retrouverez seule et je serai alors trop vieux pour voler à votre secours.

Il se dirigea vers la sortie. Comme elle ne disait rien, il se retourna lentement.

— Vous êtes en train de leur sacrifier vos plus belles années, Edwina.

Elle soutint son regard en hochant gravement la tête.

— Je le sais, Ben. Et c'est exactement ce que je souhaite. Mes parents m'auraient approuvée, j'en suis persuadée.

— Non, ma chère, là aussi vous vous trompez. Vos parents désiraient vous voir heureuse. Aussi heureuse qu'ils l'ont été.

Elle serra les lèvres, afin de refouler le brûlant flot de larmes qui menaçait de jaillir. « Taisez-vous donc ! Mon seul amour est mort, il n'y a plus de bonheur possible », aurait-elle voulu crier, mais elle dit platement :

— Je suis désolée, Ben.

Il la scruta une dernière fois.

— Moi aussi, Edwina.

L'instant suivant, la porte claqua derrière lui. La jeune femme se retourna. Depuis le seuil de la cuisine, Georges la regardait… Depuis quand était-il là ? Sûrement depuis un bon moment, conclut-elle sans rien oser lui demander.

— Tout va bien ? s'enquit-il.

Il s'approcha d'elle, la figure maussade, les yeux anxieux.

— Oui, sourit-elle.

— Es-tu triste de ne pouvoir épouser Ben ?

Il avait donc tout entendu et réagissait exactement comme Philip l'avait fait quelques mois auparavant.

Edwina lui ébouriffa les cheveux d'un geste plein de tendresse.

— Non, pas vraiment, répondit-elle avec sa franchise habituelle. Si je l'aimais, je lui aurais accordé ma main la première fois qu'il me l'a demandée.

— Et plus tard ? Tu te marieras plus tard ?

Son inquiétude arracha un rire à la jeune femme. Elle sut tout à coup qu'elle ne se marierait pas. Ni maintenant, ni plus tard. Ses cinq petits diables ne lui laissaient même pas le temps d'y songer. Et, au fond de son cœur, elle demeurait fidèle à Charles.

— J'en doute, dit-elle.

— Pourquoi pas ?

— Oh, à cause d'un tas de raisons. D'abord parce que je vous aime trop. Puis... – son cœur manqua un battement – parce que je n'ai pas oublié Charles.

Sans doute qu'une partie d'elle-même était morte avec le jeune aristocrate anglais. Ce qui restait appartenait à ses frères et sœurs.

Georges disparut dans la salle de bains. Une demi-heure plus tard, Edwina le borda dans son lit, l'embrassa gentiment en lui souhaitant une bonne nuit, éteignit la lampe de chevet et referma doucement la porte de la chambre derrière elle. Elle s'assura que Teddy et Fannie dormaient, entrebâilla la porte d'Alexia dont la tête formait une tache dorée sur l'oreiller clair.

Bien plus tard, dans le secret de sa chambre, elle s'assit sur le bord du lit, exténuée et songeuse. C'était là, au fond de l'armoire, dans la jolie boîte en carton lisse et blanc. Depuis des mois elle avait résisté à la tentation de le regarder. Peu après, elle posa la boîte sur la courtepointe, au milieu du rectangle blanc que le clair de lune formait en filtrant par la fenêtre. Ses doigts défirent les rubans de taffetas bleu, soulevèrent le couvercle, tirèrent hors de son étui le tissu arachnéen brodé de fils de soie et de minuscules perles couleur de nacre. Le voile traça un tourbillon scintillant dans la semi-obscurité. Tout à l'heure, elle n'avait pas menti à Georges… Ce voile de mariée, Edwina ne le porterait jamais. Elle le plia soigneusement, le remit dans la boîte. Le seul homme qui avait mérité son amour n'était plus et il n'y en aurait pas d'autre, elle le sut avec une certitude absolue.

17

Philip revint à San Francisco le 14 juin 1914. Alors que le train entrait en gare, il se pencha à la fenêtre et, l'instant suivant, son cœur faillit éclater. Ils étaient tous là, reconnaissables de loin parmi la foule bigarrée, dans l'éclatante lumière estivale, Edwina, Georges, Alexia, Fannie et Teddy, agitant les bras comme des fous. Neuf mois s'étaient écoulés depuis son départ à Harvard, avec la lenteur d'un siècle.

Il fut le premier à sauter sur le quai, quand l'interminable succession de wagons s'immobilisa. Ses bras se refermèrent aussitôt autour d'une Edwina souriante, aux yeux humides. Georges poussa un « hourra » enthousiaste, et les petits se mirent à sautiller, tout excités. Seule Alexia ne semblait pas participer à la joie générale. Elle se tenait à l'écart, fixant sur son grand frère un regard fasciné, presque incrédule. Comme si le fait que Philip fût enfin là, en chair et en os, tînt du miracle. Durant ces longs mois d'absence, malgré les promesses d'Edwina, la petite fille avait vécu dans le doute. Et voilà que maintenant son vœu le plus cher venait d'être exaucé. On pouvait donc partir et revenir… Le retour de Philip avait rompu la malédiction qui pesait sur la famille depuis la nuit tragique du naufrage.

— Salut, ma petite chérie, dit-il en la serrant dans ses bras et en l'embrassant.

Alexia ferma les paupières, les traits illuminés d'un sourire rayonnant, la poitrine gonflée d'une joie sans mélange. Ses anciennes frayeurs s'apaisèrent d'un seul coup… Philip était revenu… Il avait tenu sa promesse.

Georges ne tenait plus en place et quand finalement son grand frère s'avança vers lui, il fit mine de lui assener un direct droit au menton, avant de lui tirer les cheveux une bonne douzaine de fois. Ses simagrées arrachèrent un rire tonitruant à l'arrivant.

Edwina se tamponna discrètement les yeux avec son mouchoir. Philip avait regagné son compartiment et passait à travers la fenêtre ses bagages à Georges qui les alignait méthodiquement sur le quai. « Comme il a grandi », songea-t-elle machinalement, puis elle l'observa plus attentivement, à la dérobée. Le jeune écolier qu'elle avait accompagné à la gare près d'un an plus tôt avait cédé le pas à un étudiant aux épaules larges, aux gestes affirmés. Il avait dix-neuf ans mais paraissait plus âgé. « C'est un homme maintenant », se dit-elle et, de nouveau, elle eut envie de pleurer.

— À quoi penses-tu ?

Sa voix, bien plus masculine qu'avant, la fit sursauter.

— Mais à toi, mon cher frère. Tu es devenu un grand beau jeune homme, le savais-tu ?

Leurs regards s'accrochèrent un instant. Ils avaient les iris d'un même bleu et tous deux savaient combien ils ressemblaient à leur mère. Philip sourit.

— Compliment pour compliment, tu n'es pas mal non plus.

Il omit d'ajouter qu'il ne s'était pas couché une seule nuit là-bas sans se sentir submergé par une vague de nostalgie. Pourtant, la vie d'étudiant ne manquait pas d'attraits. Avant son départ, Ben Jones lui avait dit quelque chose comme « les années d'études sont les plus belles de toutes, tu verras » et il avait eu parfaitement raison. Il se languissait peut-être de San Francisco mais s'était merveilleusement adapté à Harvard où il s'était fait toute une pléiade de nouveaux amis. Il avait souvent eu la sensation d'être sur une autre planète ou de vivre à l'autre bout du monde. Son voyage en train avait duré quatre jours. Une éternité. Il avait passé Noël à New York, dans la famille d'un de ses camarades et n'avait cessé de penser à Edwina et aux autres. Ils lui manquaient cruellement. Or, il leur manquait encore davantage, il ne l'ignorait pas.

Une grosse Packard les attendait devant la sortie de la gare. Philip chercha machinalement Ben du regard.

— Où est Ben ? s'enquit-il ne le voyant nulle part.

— À Los Angeles, sourit Edwina. Il t'envoie son affection. Je crois qu'il a hâte de te revoir, afin de parler de Harvard avec toi.

Elle-même mourait d'envie de le bombarder d'un millier de questions. Comment était-ce, là-bas ? Quelle sorte de personnes rencontrait-on dans une université ? Quels cours suivait-il ? Qui étaient ses professeurs ? Parfois, une sombre envie à l'égard de Philip s'immisçait dans son esprit. Elle aussi aurait pu faire des études… Une telle idée ne l'aurait jamais effleurée *avant*… Avant la mort de ses parents et de Charles, Edwina aspirait au bonheur simple réservé à toutes les jeunes filles de son âge. Se marier, tenir sa maison, avoir des enfants. Du jour au lendemain, ayant endossé de lourdes responsabilités, ses lacunes lui étaient apparues. Et quand elle commença à présider les réunions du conseil au journal, elle s'aperçut de son ignorance sur un tas de sujets. À la maison, ce fut la même chose. Elle aurait aimé inculquer à ses jeunes frères et sœurs des connaissances plus profondes que des leçons de cuisine ou de jardinage.

— Mais alors qui vous a emmenés ici ? demanda Philip, intrigué.

Il avait Teddy sur le bras, cependant que Fannie et Alexia se disputaient son bras libre, tout en essayant désespérément, au même moment, d'aider Georges à caler une grosse boîte en carton bourrée de livres dans le coffre de la voiture. Naturellement, la boîte bascula déversant son précieux contenu sur la chaussée et tous se mirent à ramasser les livres épars. Cette scène familière fit rire Edwina.

— C'est moi, qu'est-ce que tu crois ? répondit-elle avec fierté.

— Quoi ? s'esclaffa-t-il comme à une bonne vieille plaisanterie. Ce n'est pas sérieux.

— Je n'ai pourtant jamais été plus sérieuse. J'ai appris à conduire et voilà tout.

Il jeta un coup d'œil oblique à la rutilante limousine bleu ciel qu'Edwina s'était offerte pour ses vingt-trois ans.

— Tu sais… conduire ? dit-il, bouche bée, partagé entre l'incrédulité et l'admiration.

Il avait du mal à imaginer sa sœur aînée, si menue, si fragile, pilotant ce mastodonte.

— Parfaitement, monsieur ! Et je vais vous en donner la preuve. Allez, les enfants, en route.

Les bagages furent enfin empilés dans le coffre et tout le monde s'engouffra dans la conduite intérieure. Lorsque Edwina prit le volant, Philip retint son souffle. À sa grande surprise, elle démarra en douceur et peu après, la Packard roulait en direction de la maison sans la moindre anicroche. À l'arrière, tous les petits passagers parlaient en même temps et quant à Georges, il ne cessa de poser les questions les plus farfelues à son grand frère. Enfin arrivés, ils transportèrent les valises et la boîte en carton dans le vestibule où régnait une agréable fraîcheur.

— À ce que je vois, rien n'a changé, plaisanta Philip, un peu étourdi par l'émotion et la fatigue du voyage.

Il fit un clin d'œil à Edwina, puis l'observa plus attentivement, remarqua pour la première fois la perfection de ses traits, sa silhouette racée, son élégance. Il ne l'avait jamais vue aussi belle, aussi radieuse. Il réalisa soudain que cette ravissante jeune femme était sa sœur et pas sa mère… et se demanda obscurément pourquoi elle avait opté pour une existence solitaire, une vie de chasteté, afin d'élever des enfants qui, après tout, n'étaient pas les siens.

— Tu vas bien ? interrogea-t-il avec une intensité qui parut la frapper.

À son tour, elle le regarda. Il était bien plus grand qu'elle, aussi grand que leur père, peut-être même un peu plus.

— Très bien, et toi ? Tu te plais vraiment à Harvard ?

— Énormément. Les études ouvrent l'esprit et j'ai rencontré un tas de gens intéressants. Mais je m'ennuie de vous… Dommage que ce soit si loin, j'aurais pu venir plus souvent.

— Ne t'en fais pas, répondit-elle d'un ton optimiste, il ne reste plus que trois ans… Cela passera vite. Si tu savais comme il me tarde de te voir à la tête du journal. Surtout…

— Et à moi donc ! sourit-il.

— Surtout chaque fois que je dois assister à ces assommantes réunions du conseil d'administration.

« Et subir les reproches muets de Ben », ajouta-t-elle mentalement. Bien sûr, leur amitié restait intacte, mais depuis le fameux soir où Alexia avait failli se faire écraser par le train, leurs rapports s'étaient détériorés.

— Irons-nous à Tahoe cette année ? demanda Philip.

— Oui, en juillet comme toujours. Nous y resterons quatre bonnes semaines. Quels sont tes projets pour le mois d'août ?

Il n'en avait pas. En septembre, il devait retourner à Harvard mais elle préférait ne pas y songer. Pour l'instant, ils avaient deux mois et demi devant eux.

La première semaine passa rapidement. Ils sortirent presque tous les soirs, dînèrent dans les meilleurs restaurants. Tout à la joie des retrouvailles, Philip voulut revoir tous ses amis. Et vers le début juillet, Edwina remarqua que son frère témoignait une nette préférence à une délicieuse jeune personne de leur entourage. Becky Hancock – dont les parents possédaient fort à propos une splendide villa à Tahoe – était une blonde ravissante. Chaque fois qu'elle rencontrait Philip, lors de dîners en ville ou à la maison, elle semblait littéralement suspendue à ses lèvres. Elle avait tout juste dix-huit ans et traitait Edwina avec la déférence respectueuse que l'on réserve d'habitude aux vieilles dames.

— Ma parole, cette petite me prend pour ta mère, fit-elle remarquer en riant à Philip.

— Je dirais plutôt que tu as produit sur elle une forte impression.

— Penses-tu ! Elle doit vraiment penser que j'ai un âge canonique.

Les Hancock se rendirent à Tahoe en même temps que les Winfield, et Becky ne tarda pas à investir les lieux. Bientôt, on ne vit plus qu'elle. Un jour, elle invita Edwina, Philip et Georges à une partie de doubles sur le court de tennis avoisinant. Après plusieurs sets, Becky demanda à Philip de la raccompagner et Edwina leur prêta sa voiture. Elle poursuivit le jeu avec Georges qu'elle réussit à battre à plates coutures.

— Hum… pas mal pour une petite vieille ! railla-t-il.

Elle lui lança rageusement une balle qu'il manqua.

— Continue comme ça et j'arrête les leçons de conduite.

Il feignit la plus profonde contrition.

— Mille pardons !

Edwina lui lança une deuxième balle et cette fois-ci il la lui renvoya d'un redoutable coup de raquette qui la fit sourire. C'était un garçon doué pour tout… Il avait appris à conduire la grosse Packard avec une étonnante facilité pour ses quatorze ans. Il travaillait beaucoup mieux à l'école et, depuis quelque temps, avait remarqué Edwina, les jeunes filles semblaient exercer sur lui un puissant attrait. Et il avait des opinions sur tout…

— Je me demande pourquoi ? Il fréquente cette Becky, avait-il déclaré quelques jours plus tôt de but en blanc, alors qu'il s'exerçait à piloter la Packard sur un chemin de campagne près du lac. (Ils avaient laissé Philip avec les plus jeunes.)

— Pourquoi dis-tu cela ? demanda Edwina.

Au fond, elle se posait la même question.

— Parce que... dit-il, mystérieux, puis, comme s'il se décidait subitement à livrer le fond de sa pensée : à mon avis, elle tient à lui pour de mauvaises raisons.

C'était une observation intéressante.

— Oui ? Lesquelles ?

Il prit une expression songeuse, négocia un virage avec une habileté qui lui valut un compliment.

— Bah, continua-t-il, revenant sur le sujet de sa réflexion, parfois, je me dis qu'elle fait semblant d'apprécier Philip à cause... à cause du journal de papa.

Edwina réprima un sourire amusé. Si les parents de Becky, propriétaires de deux hôtels et d'un restaurant, n'avaient guère besoin d'appui financier, le journal – qui de toute façon rapportait davantage que toutes leurs affaires réunies – ajoutait un éclat prestigieux à la fortune. Philip deviendrait un jour aussi important que l'avait été son père. Si la jeune Becky s'adonnait déjà à la chasse au mari, elle avait certainement choisi une belle proie.

— Tu n'as peut-être pas tort... Bien que ton frère soit trop séduisant pour que les filles lui courent après uniquement pour le journal.

Georges se contenta de hausser dédaigneusement les épaules, fit demi-tour et lança la Packard sur le chemin du retour.

— Edwina, ne le prends pas mal, mais quand je serai grand je ne pense pas que je travaillerai au journal...

Elle lui jeta un regard de biais, étonnée.

— Non ? Et que feras-tu ?

— Je n'en sais rien… Cela doit être un job parfait pour quelqu'un comme Philip. Moi, je m'y ennuierais à périr.

Il avait l'air si sûr de lui qu'elle ne put s'empêcher de lui ébouriffer les cheveux. Ce n'était encore qu'un enfant, il avait le temps de changer d'avis.

— Tu dois quand même avoir une vague idée sur le métier qui t'intéresse, hasarda-t-elle.

Il afficha pendant un instant un profil de penseur.

— Je n'en suis pas certain… – Une ombre d'hésitation flotta sur ses traits. – Je crois que j'aimerais faire des films.

L'étonnement d'Edwina devint stupéfaction.

— Des films ?

Il hocha la tête d'un air sérieux, puis se lança dans la description d'un film avec Mary Pickford qu'il avait vu récemment.

— Vraiment ? Et quand es-tu allé au cinéma ? s'enquit-elle, les sourcils froncés, en croisant les bras.

Elle surveillait pourtant soigneusement ses sorties.

— Quand ? fit-il avec un large sourire… le jour où j'ai fait l'école buissonnière.

— Oh… murmura-t-elle, horrifiée, après quoi tous deux éclatèrent d'un même rire. Tu n'es qu'un misérable petit menteur !

— Je sais… Et c'est ce qui fait mon charme.

Il avait réponse à tout. La Packard s'enfonça sous le dôme feuillu des arbres, dans le chemin sinueux qui conduisait à la propriété, puis s'arrêta devant le portail en bois. La main sur la poignée de la portière, Edwina se tourna une dernière fois vers son jeune frère.

— Tout à l'heure tu parlais sérieusement, n'est-ce pas ?

« Ce ne sont que des illusions, susurra une petite voix dans sa tête. Des rêves de gloire d'un petit garçon. » Elle s'attendit à le voir se troubler, mais il répondit oui de la tête avec une assurance et un aplomb inattendus.

— Absolument. Un jour je ferai des films. Philip sera directeur du journal et moi réalisateur de cinéma, tu verras.

— J'espère que vous ne me laisserez pas le journal sur le dos.

— On pourra toujours le vendre, jeta le garçon d'une voix insouciante.

« Justement, non ! On ne le pourra pas toujours. » Edwina se garda bien de formuler sa pensée à haute voix. Depuis près d'un an, l'entreprise connaissait des difficultés matérielles envenimées par une grève du personnel. Les pertes s'accumulaient, bien que les bénéfices fussent encore assez importants. Edwina avait déjà refusé plusieurs offres d'achat. Elle s'était fixé un but, et elle n'était pas prête à le trahir : tenir trois ans, jusqu'à ce que Philip soit apte à prendre en main le journal. Après, il ferait ce qu'il voudrait. « Trois ans », se dit-elle et soudain le temps lui parut long.

— Alors, cette leçon de conduite ? questionna Philip, les voyant s'approcher.

Teddy faisait sa sieste dans le hamac à l'ombre des tilleuls et Philip avait eu une intéressante discussion avec Fannie et Alexia. Edwina se laissa tomber sur un siège en osier en respirant profondément l'air frais du jardin. Elle aimait la douceur des après-midi au cœur de la montagne… Georges s'en fut, repassa devant eux muni d'une canne à pêche en criant qu'il avait rendez-vous avec un de leurs voisins sur la jetée.

— Préparez-vous à manger des truites !

Il dégringola le sentier qui menait au grand lac. Edwina et Philip restèrent assis dans le silence, goûtant à la paix du moment.

— À propos, quel était le sujet de cette grande discussion avec les filles ? demanda finalement Edwina.

— Maman, bien sûr. Nous nous disions combien elle était belle. J'ai rarement vu Alexia aussi béate.

C'était une des nouvelles lubies d'Alexia, d'évoquer des heures durant les nombreuses qualités de leur mère. Sa beauté, sa gentillesse, sa douceur. Souvent, la nuit, la petite fille se faufilait dans le lit d'Edwina, lui posait mille questions sur Kate. Ces longs entretiens, parfois pénibles pour les aînés, semblaient passionner les cadets. Teddy, lui, vouait une adoration sans limite à leur père.

— Weenie, pourquoi nos parents sont morts ? demanda-t-il un jour, et elle lui fit la seule réponse qu'elle pût trouver.

— Dieu les a rappelés à lui.

— Pourquoi ?

— Parce qu'Il les aimait, je suppose.

Teddy eut l'air satisfait mais, l'instant suivant, sa petite frimousse s'assombrit.

— Est-ce que Dieu t'aime aussi, Weenie ?

— Pas tant que cela, mon chéri.

— Ah bon… murmura Teddy, pleinement rassuré.

De Kate et de Bert, il n'avait conservé qu'un souvenir assez vague – images floues de deux visages avenants. Les deux ans écoulés depuis leur disparition avaient atténué la déchirante douleur des premiers temps.

La voix de Philip la tira de sa méditation.

— As-tu pris le journal aujourd'hui ?

— Je n'ai pas eu le temps. En fait j'ai complètement oublié.

Il répondit que cela ne faisait rien et qu'il s'en chargerait lui-même quand il irait chercher Becky. L'actualité le préoccupait. Quelques semaines plus tôt, l'assassinat de l'archiduc d'Autriche et de son épouse à Sarajevo avait éclaté comme une bombe dans la presse. Selon Philip, cet incident menaçait de porter un coup fatal à l'équilibre des alliances européennes... Et une heure après, la manchette du *Telegraph Sun* – le journal des Winfield – confirma ses craintes. L'Europe était à feu et à sang. L'attentat contre l'archiduc avait fourni à l'Autriche le prétexte idéal pour déclarer la guerre à la Serbie. La Russie et la France reçurent la déclaration de guerre de l'Allemagne, alors que les troupes de cette dernière violaient la neutralité de la Belgique. Et la Grande-Bretagne déclara à son tour la guerre aux Empires centraux. En l'espace d'une semaine, la fièvre meurtrière avait gagné tous les pays européens...

— Comment réagiront les États-Unis ? demanda Edwina quelques jours après, dans la Packard qui les ramenait à San Francisco. J'espère que notre pays ne s'impliquera pas dans cette folie.

— Pour le moment je n'en vois pas la raison, répliqua Philip avec un haussement d'épaules. Par ailleurs, le président Wilson est un neutraliste convaincu.

Il avait dévoré toutes les éditions de la presse. À San Francisco, il se rendit au journal de son père dans l'espoir de glaner d'autres informations, passa des nuits entières à discuter avec Ben – revenu entre-temps de Los Angeles – de l'évolution des événements en Europe.

Durant le mois qui suivit, le conflit prit des proportions alarmantes, avec l'entrée en guerre du Japon aux côtés de l'entente franco-anglaise, et avec l'offensive allemande en France. L'incendie allumé à Sarajevo s'enfla très vite en un gigantesque brasier, menaçant de réduire en cendres la moitié du monde, cependant que l'autre moitié assistait, stupéfaite, au carnage.

Philip suivait le développement des hostilités avec un intérêt qui frisait la passion. Une sorte d'exaltation juvénile qui ne tarda pas à inquiéter Edwina. Et lorsqu'il repartit à Harvard, elle ne put retenir ses larmes. Elle n'avait rien voulu dire à Philip à propos du journal, afin de lui épargner un sujet de tracas supplémentaire, mais la situation entre le conseil d'administration et les syndicats devenait chaque jour plus tendue, plus insoutenable. Seule à nouveau, elle se demanda avec angoisse si elle pourrait tenir encore trois ans. Brusquement, attendre la fin des études de Philip lui parut au-dessus de ses forces. Souvent, les réunions dégénéraient en disputes violentes entre les membres du conseil d'administration. À plusieurs reprises, la jeune présidente essuya des critiques acerbes à cause de sa politique trop prudente. Elle ne lâcha pas prise. Il fallait patienter, se disait-elle, agir au coup par coup, gagner du temps à tout prix, jusqu'au jour où elle remettrait le flambeau entre les mains de Philip. Et naturellement, vendre le *Telegraph Sun* restait hors de question.

Durant l'année 1915, alors que Philip poursuivait sa seconde année d'études à Harvard, la Grande Guerre s'intensifia. L'Angleterre dut subir le blocus de la marine allemande. De rares lettres de tante Liz parvenaient encore à Edwina. Dans un style larmoyant, Lady Hickham exhortait sa nièce, avec une remarquable persévérance, à bazarder les affaires de ses parents, « il faut absolument nettoyer les pièces du haut », vendre la maison et le journal, « tu t'en repentiras plus tard » et, pour finir, venir s'installer à Havermoor Manor, « je suis après tout la sœur de ta mère, ne l'oublie pas ». Il y avait longtemps que les « pièces du haut » avaient été nettoyées, mais Edwina avait renoncé à le répéter à sa tante. Comme elle avait renoncé à lui expliquer son refus d'aller vivre dans son château délabré.

En février, l'exposition Panama-Pacifique ouvrit ses portes en dépit de la guerre. Edwina la visita en compagnie des enfants, qui voulurent y retourner toutes les semaines. Un mois plus tôt, le nouveau réseau téléphonique avait relié New York à San Francisco et, de passage chez ses amis, Philip leur avait fait la surprise de les appeler. C'était un soir, à l'heure du dîner. Le téléphone avait sonné alors que Mme Barnes venait de poser une soupière fumante sur la table et Edwina avait décroché sans y penser. La communication était épouvantable, il y avait de la friture sur la ligne mais la voix chaleureuse dans l'écouteur la fit bondir de joie.

— Philip !

Quatre têtes se retournèrent simultanément vers elle, quatre paires d'yeux étincelèrent en même temps. Puis, chacun voulut parler à Philip, qui riait au bout du fil.

— Je vous embrasse tous.

Une invitation l'attendait à Harvard, le conviant à assister à l'inauguration de la Widener Memorial Library que Mme Widener avait fondée à la mémoire de son fils. En parcourant le petit bristol, Philip fut envahi par les douloureuses réminiscences qui, avec le temps, avaient commencé à s'estomper. Il avait fait la connaissance de Harry Widener sur le *Titanic* et s'en souvenait parfaitement. Harry ainsi que M. Widener père comptaient parmi les victimes de l'effroyable catastrophe. La cérémonie, sobre et triste, se déroula dans une atmosphère de recueillement.

Jack Thayer figurait parmi les invités. Les deux jeunes gens échangèrent quelques propos avant de se séparer… Des propos ordinaires, sans consistance, le genre de paroles anodines que l'on prononce pour dissimuler ses véritables pensées. Chacun savait parfaitement ce que l'autre se rappelait. Leurs yeux se comprenaient. « Comme c'est étrange de se revoir dans une soirée mondaine, après avoir passé une nuit accrochés au même canot de sauvetage, sur une mer noire et glacée », songea Philip. Il prit vite congé de Mme Widener.

Deux journalistes à l'entrée de l'édifice, flash au poing, interrogeaient mollement un autre rescapé. Philip s'esquiva adroitement. Le lendemain, un mince entrefilet dans un journal local annonça la commémoration des victimes du *Titanic*. La tragédie, vieille de trois ans, n'attirait plus l'attention, délogée par une actualité beaucoup plus brûlante.

Dans une de ses lettres, Philip mentionna sa rencontre avec Jack Thayer mais dans sa réponse Edwina n'y fît aucune allusion. À l'instar du blessé qui évite tout mouvement pouvant rouvrir sa blessure, la jeune femme s'épargnait certaines conversations trop douloureuses. Parfois, Philip jugeait son attitude excessive. Parfois, il comprenait. Contrairement aux autres survivants de la catastrophe, Edwina n'avait pas seulement perdu des êtres chers. Elle avait laissé une partie d'elle-même au fond de l'abysse, la frivole jeune fille qu'elle avait été et dont elle ne retrouverait plus jamais la joie de vivre.

Il regretta de s'être rendu à l'invitation de Mme Widener et, plus encore, d'en avoir parlé à Edwina. On croit avoir enterré le passé, surmonté ses frayeurs, et il suffit de quelque chose d'insignifiant, d'un mot ou d'une rencontre, pour que les ombres resurgissent… En mai, un incident sanglant rappela à Philip plus cruellement encore les fantômes du *Titanic*. Le jeune homme se trouvait sur le campus quand la nouvelle se répandit comme une traînée de poudre, suscitant l'indignation de l'opinion américaine. Le *Lusitania*, simple bateau de croisière, avait coulé, torpillé par les Allemands. Il y avait mille deux cents passagers à bord. Philip lut et relut les reportages, abasourdi. Comment ne pas se remémorer un autre naufrage, survenu par une nuit aussi glaciale, aussi identique, trois ans plus tôt ? Toute la journée, il fut incapable de penser à autre chose qu'à Edwina. Il se figurait parfaitement le choc qu'elle avait dû recevoir. « Il faut que je l'appelle. Il faut que je lui parle », ne cessa-t-il de se répéter.

Philip ne s'était pas trompé. Edwina apprit le drame au journal. Ses yeux se fermèrent, ses traits se contractèrent et, pour la première fois, elle quitta la salle du conseil avant la fin de la réunion. Ben se précipita derrière la jeune femme, frappé par sa soudaine pâleur, lui offrit de la raccompagner en voiture. Elle refusa par un simple mouvement de la tête, sans un mot et sans un regard. Il la regarda dégringoler les marches de l'immeuble. L'instant suivant, elle était dans la rue. Ses jambes flageolaient mais elle s'obligea à avancer. Edwina marcha longtemps, d'un pas de somnambule. Par quel miracle atteignit-elle California Street, elle n'aurait pas su le dire. Mais tout le long du chemin, la tragédie du *Lusitania* se confondit dans son esprit avec celle du *Titanic*. Enfouies dans son subconscient, au prix d'une lutte de chaque instant durant trois longues années, les terrifiantes images rejaillirent avec une force rancunière – comme ces démons de légende enfermés dans des bouteilles mais qui, une fois libérés, se montrent encore plus féroces.

Les visages de Kate, de Bert, de Charles flottèrent devant ses yeux voilés de larmes. Elle remonta l'allée, entra dans la maison en priant pour le repos des âmes perdues du *Lusitania* mais ce fut le pont des embarcations du *Titanic* qu'elle vit. Au milieu du vestibule elle se figea, croyant entendre le dernier hymne joué par l'orchestre du bord, l'affreux crissement des cordages passant dans les poulies, les cris plaintifs des victimes qui se noyaient, l'atroce craquement du paquebot une minute avant qu'il soit englouti.

— Edwina ? Que se passe-t-il ?

Alexia observa sa sœur aînée. Celle-ci venait de retirer son chapeau à voilette exhibant une face livide.

— Rien, ma chérie, rien du tout, répondit-elle en lui caressant la joue. Je suis juste un peu fatiguée.

Edwina suivit du regard sa petite sœur de neuf ans et quand elle fut de nouveau seule, elle se laissa tomber sur le canapé, comme anéantie.

Philip réussit à l'appeler le même soir.

— C'est moche la guerre ! s'époumona-t-il à l'autre bout de la ligne pour couvrir la friture.

— Comment ces monstres ont-ils osé attaquer un bateau civil ?

— Weenie, je sais ce que tu ressens. Essaie de ne plus y penser.

C'était impossible et il en avait conscience. Edwina ne ferma pas l'œil de la nuit. Des lambeaux d'images continuèrent à défiler sur l'écran de sa mémoire. Des scènes nettes, précises, obsédantes. Le ciel criblé d'étoiles, le vent glacé… le grincement des canots affalés à la mer… l'effroyable et funèbre lamentation des nageurs, diminuant à mesure que le froid polaire avait raison de leurs forces… Charles, Kate et Bert sur le pont des embarcations qui, lentement, s'inclinait…

Ces derniers temps, elle en était venue à conclure qu'elle parviendrait à vivre normalement. Que les mauvais souvenirs pâliraient au fil des ans jusqu'à disparaître. « Cela ne s'en ira donc jamais ? » s'interrogea-t-elle, en se retournant inlassablement sur son lit sans pouvoir trouver le repos. Puis, effarée, elle se surprit à comparer l'existence dorée qu'elle aurait connue auprès de Charles à celle, terne et austère, qu'elle avait choisi de mener avec les enfants. Et ce contraste lui laissa un goût amer dans la bouche.

18

Peu après le torpillage du *Lusitania*[1], l'Italie rompit son alliance avec l'Allemagne et se rangea du côté de l'Entente. Les fronts se multipliaient à travers toute l'Europe, dans le golfe Persique, en Mésopotamie, en Afrique. En septembre, les Russes, qui avaient perdu près d'un million de soldats, furent chassés de Pologne et de Lituanie par l'offensive germanique. La guerre prenait une tournure extravagante, mais l'Amérique restait sur ses gardes.

Le massacre s'amplifiait. L'année suivante, en 1916, sept cent mille Français et Allemands tombèrent à Verdun et, lors de la bataille de la Somme, les belligérants subirent de lourdes pertes – plus d'un million d'hommes. L'escadre allemande poursuivit le harcèlement des côtes britanniques, coulant sans distinction paquebots, navires marchands et vaisseaux de guerre.

1. Paquebot anglais torpillé, le 7 mai 1915, par un sous-marin allemand. De nombreux passagers américains s'y trouvaient, ce qui provoqua une vive émotion aux États-Unis, sans pour autant modifier la politique de ce pays.

Les forces aériennes des Empires centraux effectuèrent plusieurs raids sur Londres et sur Paris, tandis que les Italiens bombardaient des villes autrichiennes. Entraîné dans la guerre, le Portugal amassait ses troupes à ses frontières et vers le détroit de Gibraltar.

Wilson, réélu en décembre, réaffirma la neutralité américaine, tout en se réservant un rôle de médiateur. Cependant, l'état-major allemand jugeait que l'issue du conflit passait par le torpillage des approvisionnements des Anglais, des Français et de leurs alliés. Le 31 janvier 1917, Berlin notifia à Washington que ses sous-marins avaient reçu l'ordre de couler tous les navires marchands en provenance des États-Unis... Un ultimatum mettant à rude épreuve la diplomatie du président américain. Wilson qui, quelques mois plus tôt, plaçait son pays « au-dessus de la mêlée », se fit du jour au lendemain l'ardent défenseur « des libertés chères au peuple américain ».

Edwina refusait l'idée même que des soldats américains puissent aller grossir les rangs des combattants et du reste, elle n'était pas la seule à le penser. Ben, tout comme la plupart des membres du conseil du *Telegraph Sun*, partageait son opinion. Les reportages de guerre occupaient les premières pages du journal mais l'attention d'Edwina se fixait sur d'autres problèmes. L'affaire jadis prospère que Bert Winfield avait fondée à la force du poignet avait sérieusement décliné au cours des dernières années. À la crise économique créée par les syndicats de journalistes s'ajoutait la rude compétition menée tambour battant par les magnats de la presse de San Francisco, comme les Young, dont la puissance n'avait cessé de s'étendre. Cinq ans après la disparition de Bert, son absence se faisait durement ressentir. Le revenu familial avait sensiblement baissé, bien que leur train de vie restât le même. Mais jusqu'à quand ? Seul un homme de pouvoir parviendrait à sauver le journal de la ruine. Philip serait cet homme-là, Edwina en était convaincue. Heureusement, ses études touchaient à leur fin. Bientôt, il serait là… Il prendrait tout en main et dans un an ou deux l'entreprise retrouverait son ancienne splendeur. Et Edwina pourrait enfin se reposer un peu.

Le Congrès américain vota la guerre contre les Empires centraux le 2 avril 1917. Edwina apprit la nouvelle au journal. Une fois de plus, ce fut auprès de Ben Jones qu'elle chercha refuge. Ben, son ami de toujours, son conseiller et confident. Leur amitié avait pris un nouvel essor du jour où l'avocat avait eu une liaison avec une autre femme. Edwina ne s'en était nullement offusquée. Elle savait depuis longtemps qu'elle n'épouserait ni Ben, ni personne, d'ailleurs. Il l'accueillit gentiment, comme toujours, et elle lui fit part de ses craintes.

— N'ayez pas peur, Edwina, vos deux frères sont à l'abri de la mobilisation. Dieu merci, Philip est encore étudiant. Et quant à Georges, il est trop jeune.

Elle finit par sourire, rassurée.

— Vous avez raison, Ben. Je me suis laissée influencer par la lecture de tous ces rapports de guerre sanglants qui affluent chaque jour au journal.

Ces champs de bataille ravagés, jonchés de centaines de milliers de cadavres – de jeunes gens à peine plus âgés que ses frères – la hantaient. « Oui, se répéta-t-elle sur le chemin de la maison, Philip ne risque rien. Il reviendra bientôt et tout ira bien. » Et à l'automne,

Georges entamerait à son tour des études de quatre ans à Harvard.

— Philip a téléphoné, annonça Alexia, dès que sa sœur fut rentrée. Il a dit qu'il rappellera plus tard.

Mais il ne le fit pas et Edwina n'y pensa plus. Cela ne devait pas être important. Souvent, Philip l'appelait juste pour demander des nouvelles fraîches ou pour lui communiquer ses impressions sur telle ou telle opération militaire. Elle l'écoutait flattée, au fond, de cette délicate attention. Philip était tellement plus érudit qu'elle… Bien sûr, elle aurait pu se cultiver, elle aussi, lire davantage, se documenter sur un tas de matières passionnantes, mais le temps lui manquait. Entre les réunions au journal et les enfants, les journées filaient à une rapidité vertigineuse. Edwina passait sa vie à tresser des nattes, essuyer des nez, ramasser des poupées, des cahiers et de petits soldats de plomb, courir après Teddy avec un verre de lait, surveiller Fannie, consoler Alexia. Sans cesse, quelque part dans la maison, quelqu'un avait besoin d'elle. Après cela, un échange de vues avec Philip sur les destinées du monde lui procurait une rafraîchissante sensation de répit. La guerre demeurait le sujet de prédilection du jeune homme. Georges aussi montrait un vif intérêt pour la guerre, mais à travers les films d'actualité. Il fréquentait assidûment les salles de cinéma, en y traînant toujours l'une de ses innombrables petites amies. En quelques années, le petit « Gavroche » de Kate et Bert s'était transformé en un véritable bourreau des cœurs. Les invitations qu'il recevait ne se comptaient plus.

— Tu t'amuses trop ! maugréait Edwina, pour le principe.

— Et toi pas assez ! rétorquait-il du tac au tac.

C'était la stricte vérité. Les règles les plus élémentaires de l'éducation interdisaient à une jeune femme de bonne famille de sortir sans être accompagnée. C'était justement ce qu'Edwina voulait éviter. Elle ne désirait la compagnie d'aucun homme.

— Pourquoi tu ne sors plus comme… comme tout le monde ?

Georges s'était repris avant d'ajouter « comme avant ». Il se rappelait parfaitement comment c'était, *avant*, du temps où leurs parents se rendaient à quelque réception en ville avec Charles et Edwina somptueusement vêtue. Évidemment, elle n'en parlait jamais, à tel point que Georges se demandait parfois si elle s'en souvenait encore. Une fois, il avait essayé d'aborder la question, mais elle l'avait envoyé sur les roses. Puis, elle s'était excusée. Si Fannie et Alexia les entendaient, expliqua-t-elle, elles voudraient absolument voir ses anciennes toilettes, et elle n'avait nulle envie de les montrer. Devant cet argument, Georges garda un silence circonspect. C'était un prétexte, il le savait. Cette garde-robe de princesse avait dû être enfouie Dieu sait dans quelle malle du grenier par Mme Barnes et Edwina avait définitivement opté pour des tenues strictes. « Des robes de mon âge », disait-elle, avec sa manie de se vieillir. Après tout, elle n'avait pas encore tout à fait vingt-six ans…

— Mais je sors, répondit-elle. La semaine dernière je suis allée au concert avec Ben et son amie.

— Tu sais bien ce que je veux dire.

Elle haussa les épaules et Georges n'insista pas. D'un côté, il reprochait à sa sœur sa vie de recluse mais de l'autre, tout comme Philip et les enfants, cela le rassurait. De toutes les manières, Edwina ne voulait pas refaire sa vie. Après cinq ans, elle rêvait toujours de son fiancé. Le beau visage de Charles s'était un peu estompé mais son cœur restait fidèle à sa mémoire. Edwina détestait les ragots de salon que son attitude avait suscités. Lors de ses rares sorties elle avait aperçu quelques regards contrits, son oreille avait capté quelques murmures de compassion… « Te rends-tu compte ? »… « Pauvre petite »… « Si jolie et pas de mari »… ou « Mon Dieu, quel drame ! », et même une fois « Vieille fille ». Elle n'avait pas bronché. Elle était trop fière pour permettre à quiconque de la plaindre. Ou de la juger. On ne se mariait pas pour faire taire les mauvaises langues. Le voile de tulle perlé était toujours là, dans son armoire. Elle ne l'avait pas regardé depuis plus de trois ans maintenant, afin de s'épargner une souffrance inutile. Elle ne le porterait jamais, ce chapitre de sa vie était définitivement clos. Peut-être Alexia ou Fannie le porteraient-elles un jour…

Elle secoua la tête pour chasser ses idées noires. À quoi bon ressasser ces vieilles histoires ? Malgré elle, son regard frôla le téléphone qui restait muet. « Philip n'a pas rappelé », se souvint-elle. Elle sourit. Son frère avait sûrement voulu lui faire part d'un commentaire pertinent sur l'entrée en guerre des États-Unis. Il devait avoir son idée là-dessus, elle n'en doutait pas.

La porte d'entrée claqua, puis Georges entra dans le salon où elle était assise.

— La mobilisation a commencé ! lança-t-il, les yeux brillants. On cherche des volontaires. S'ils avaient voulu de moi, j'aurais déjà été sous les drapeaux… Tiens, tu es mignonne aujourd'hui, ajouta-t-il, sautant du coq à l'âne.

Elle était ravissante, en effet, avec sa luxuriante chevelure d'un noir brillant qui flottait librement sur ses épaules et dans son dos, et vêtue d'une robe fluide. Ses cheveux dénoués lui donnaient un air de jeune fille, contrairement aux coiffures guindées exigées par la mode qui la vieillissaient. Georges se mit à arpenter le tapis, revenant à sa première idée.

— J'aurais tellement aimé endosser l'uniforme de la glorieuse armée américaine, gémit-il.

Elle le fixa sans sourire.

— Laisse la guerre aux adultes ! jeta-t-elle froidement. Toi, tu es *trop* jeune, et Philip a un journal sur les bras.

Il la regarda, impressionné par son autorité et, pour une fois, ne trouva rien à redire.

Edwina traversa le jardin, les bras chargés d'une énorme gerbe de roses-thé, celles que sa mère avait plantées des années auparavant. Cinq jours s'étaient écoulés depuis la déclaration de guerre votée par le Congrès. Songeuse, elle contourna la demeure, et soudain son pas se figea. Une silhouette masculine, grande et athlétique, venait de surgir sous la marquise de l'entrée de service. Elle plissa les paupières dans le contre-jour éclatant.

— Philip !

Les roses s'éparpillèrent sur le gazon et elle se précipita dans les bras de son frère. Comme chaque fois qu'elle le voyait, elle fut frappée par la carrure de ses épaules. « Mais c'est vrai qu'il a vingt et un ans maintenant », se rappela-t-elle avec émotion.

— Eh bien, fit-elle, souriante, que nous vaut l'honneur de ta visite ?

L'instant suivant, son sourire s'effaça. Philip affichait un air sérieux, presque solennel. Que s'était-il passé ?

— J'ai à te parler.

Il n'aurait jamais pris une décision d'une telle importance sans la consulter. Il la respectait trop pour se passer de son opinion.

— Tu dois avoir une bonne raison, pour avoir obtenu la permission de quitter Harvard.

Elle avait parlé sur un ton léger mais le cœur n'y était pas. Un sombre pressentiment l'avait envahie soudain. Non, non, ses craintes ne pouvaient être fondées. Elle le suivit dans la cuisine, d'un pas lent. Peut-être ne lui annoncerait-il pas ce qu'elle redoutait par-dessus tout. Peut-être avait-il été renvoyé de l'université, tout simplement. Peut-être…

— J'ai demandé l'autorisation de m'absenter, dit-il.

Elle s'assit pesamment sur une chaise.

— Oh… pour combien de jours ?

Il n'osa pas le lui dire tout de suite. Mieux valait la ménager. Un bruissement d'étoffe lui fit tourner la tête. Mme Barnes devait s'affairer dans le garde-manger.

— Edwina, allons dans une pièce plus calme. Il faut que je te parle.

Edwina le conduisit au salon, sans un mot.

— Tu aurais pu me passer un coup de fil avant de venir, lui reprocha-t-elle, après qu'il eut fermé la double porte sculptée.

Elle lui aurait dit de ne pas bouger de Harvard… Elle n'avait aucune envie d'entendre les mots qu'il s'apprêtait à prononcer.

— Je l'ai fait mais tu n'étais pas là. Alexia ne te l'a pas dit ?

— Elle m'a dit aussi que tu allais rappeler.

Un silence suivit, pendant lequel elle se sentit au bord des larmes. Il était si beau… si charmant… si tendre encore… Elle le vit respirer profondément, comme pour se donner du courage.

— Je n'ai pas rappelé parce que j'ai pris le train le jour-même… – Il aspira une nouvelle bouffée d'air. – Je suis enrôlé dans l'armée, Edwina. Je me suis porté volontaire.

Le sang se retira des joues de la jeune femme. Elle s'était pourtant attendue à cette déclaration. Elle l'avait redoutée. Mais de toutes ses forces elle avait espéré se tromper. Bondissant hors du fauteuil où elle avait pris place, elle se mit à arpenter la pièce en se tordant les mains.

— Edwina…

— Tais-toi donc ! Comment as-tu pu faire une chose pareille ? De quel droit vas-tu bouleverser notre vie après tout ce que nous avons enduré ? Les enfants ont besoin de toi… comme Georges… comme moi…

Il y avait une bonne douzaine de raisons pour empêcher Philip de partir à la guerre. Son esprit s'arrêta à une seule : elle ne voulait pas, elle refusait de le perdre.

— Tu ne peux pas faire ça ! hurla-t-elle. Notre avenir dépend de toi… Nous…

Sa voix se brisa et elle détourna la tête.

— Ne fais pas ça… murmura-t-elle… Je t'en supplie, ne fais pas ça… Ne le fais pas…

Elle sentit la main de Philip sur son épaule.

— Edwina, tâche de comprendre. Je ne peux pas rester au chaud à lire dans les journaux les comptes rendus des combats, sans être étouffé par la honte. Il est de mon devoir de servir mon pays.

— Balivernes ! fulmina-t-elle, en faisant demi-tour pour le fixer droit dans les yeux. Ton devoir est ici ! Ton devoir devrait t'inciter plutôt à terminer tes études et à t'occuper de tes frères et de tes sœurs. J'ai attendu pendant des années que tu grandisses – nous avons tous attendu – pour assumer tes responsabilités. Pas pour te voir prendre la fuite…

— Je ne prends pas la fuite, Weenie. Je m'en vais à la guerre… pour quelque temps. Ce ne sera pas long. Je serai vite de retour et m'occuperai de la famille… Je te le jure.

Il se sentait terriblement coupable, mais sa décision demeurait inébranlable. Son pays aussi avait besoin de lui et il avait répondu à cet appel. Au fond de son cœur, il savait que son père aurait approuvé sa conduite. Un grand nombre d'étudiants avait déjà rejoint les forces militaires américaines et aucun professeur n'avait tenté de les dissuader. Aucun homme digne de ce nom n'aurait osé lui suggérer une attitude de lâche. Mais Edwina était une femme. À ses yeux, ce départ équivalait à une trahison. À présent, elle lui faisait face et le foudroyait d'un regard noir.

— Je ne te laisserai pas…

Les doubles battants sculptés s'écartèrent brutalement, livrant passage à Georges qui s'immobilisa, perplexe, les sourcils froncés. Son regard se reporta vivement de sa sœur à son frère. Il ne lui fallut pas plus d'une seconde pour comprendre que quelque chose de grave venait de se produire.

— Weenie ? Que se passe-t-il ?

— Ton frère vient de m'annoncer son intention de s'engager dans l'armée.

Si Philip avait commis un crime, elle n'aurait pas utilisé un autre ton. Georges encaissa le choc dignement, puis, l'œil allumé, il s'élança vers Philip et lui tapota vigoureusement le dos.

— Bravo, mon vieux ! Montre-leur ce que tu vaux, à ces salopards ! Fais-leur en voir de toutes les couleurs ! Je te…

Il s'interrompit en toussotant, se rappelant soudain la présence d'Edwina. Celle-ci fit un pas vers ses deux frères, rejetant en arrière ses longs cheveux dans un geste vindicatif.

— Et si c'étaient eux qui lui en faisaient voir de toutes les couleurs, Georges ? Et si, au lieu de devenir le héros dont tu rêves, il était abattu tout bêtement d'une balle ennemie ? Ah ! ce serait sûrement moins drôle. Moins excitant. Moins grandiose. – Elle les regarda tour à tour. – Écoutez-moi bien, tous les deux ! Avant d'agir, réfléchissez. Maintenant et à l'avenir. Cette famille existe encore grâce à Dieu, je ne vous laisserai pas la détruire.

Elle se dirigea vers la sortie, très droite, d'une démarche rigide. Sur le seuil, elle se retourna.

— Tu ne t'en iras pas ! déclara-t-elle d'une voix dure à l'adresse de Philip. Débrouille-toi avec l'armée, dis-leur qu'il y a eu erreur, mais tu ne partiras pas, est-ce clair ? Je te l'interdis !

La porte claqua furieusement derrière elle et, l'instant suivant, ils entendirent ses pas sur les marches de l'escalier.

19

— Pourquoi Philip est-il à la maison ? demanda Alexia tout en coiffant énergiquement les cheveux dorés de son inséparable poupée Mrs. Thomas. Il a été fichu à la porte de son école ?

Edwina posa un plat d'œufs brouillés devant Fannie, puis servit un verre de chocolat au lait chaud à Teddy. La veille au soir, les deux garçons avaient dîné au cercle de leur père où ils avaient rencontré Ben. C'était tout ce qu'elle savait. Elle n'avait plus adressé la parole à Philip depuis l'après-midi précédent.

— Philip est venu simplement nous rendre visite... Il retournera à Harvard demain ou après-demain.

Le ton de sa voix, ferme pourtant, ne trompa personne. Son visage pâle aux traits tirés démentait ses paroles, même Teddy eut l'air de s'en rendre compte. Edwina ne leur laissa pas l'occasion d'ergoter. Elle ramassa prestement les restes du petit déjeuner, empila tasses et soucoupes dans l'évier, embrassa les enfants d'un air absent.

— Vite, vous allez vous mettre en retard pour l'école.

Lorsqu'ils furent partis, elle sortit dans le jardin, ramassa les roses-thé disséminées sur le gazon gras. Les fleurs, légèrement défraîchies, commençaient à éclore mais elle ne le remarqua pas. En regard de ce que Philip lui avait dit, plus rien n'avait d'importance. Edwina respira à fond l'air matinal pommelé de soleil. Non, il n'irait pas se faire tuer à l'autre bout du monde, elle ne le permettrait pas. Elle ignorait encore comment elle s'y prendrait mais Philip ne deviendrait pas de la chair à canon. Il ne les abandonnerait pas… pas à ce moment-là, il n'en avait pas le droit.

Elle remplit un vase d'eau fraîche, se mit à disposer les roses, l'une après l'autre, le front buté, l'œil fixe. Et plus les roses s'accumulaient dans le récipient de cristal, plus sa conviction se renforçait. Elle songeait à téléphoner à Ben, quand Georges pénétra dans la pièce, un cartable déformé par les livres sous le bras. Il était en retard pour le lycée, comme toujours, or, pour une fois, il ne chercha aucune excuse.

— Weenie, vas-tu vraiment essayer de l'arrêter ?

Il avait parlé tout doucement, avec, dans le regard, une petite lueur morose… Edwina avait perdu la partie, il le savait, même si elle ne voulait pas l'admettre. Georges comprenait parfaitement le point de vue de Philip. Peut-être parce qu'il était un homme, lui aussi. Sa sœur le regarda. Si elle ne mettait pas le holà aux fredaines de l'aîné, le cadet serait tout à fait capable de le suivre sur les champs de bataille européens dès qu'il le pourrait.

— Je ne vais pas *essayer*, je vais m'y opposer, déclara-t-elle froidement. – Elle flanqua les dernières roses dans le vase avec une force inutile. – Il n'a pas le droit de prendre des initiatives aussi capitales sans me demander mon avis.

« Message reçu », pensa Georges, mais il dit :

— Tu as tort de te braquer. Papa n'aurait pas dit non à Philip… Papa a toujours dit qu'il faut se battre pour ses idées.

Elle le fixa de nouveau et, l'espace d'une seconde, un éclair d'acier traversa le bleu intense de ses prunelles.

— Papa n'est plus là, observa-t-elle d'une voix âpre, et Georges réalisa soudain combien elle avait dû souffrir. Mais je ne pense pas qu'il l'aurait autorisé à nous quitter. Les choses sont différentes maintenant. Je refuse de ne plus pouvoir compter sur personne pour… pour…

— Je suis là, moi…

Elle secoua la tête.

— Non. À partir de septembre tu ne seras plus là, justement.

Il venait de recevoir son admission à l'université et, selon la tradition familiale, il parachèverait son éducation à Harvard.

— Écoute, Weenie…

— Ne t'en mêle pas, s'il te plaît. Il s'agit d'une affaire entre Philip et moi.

— Pas du tout, objecta-t-il. C'est une affaire entre Philip et lui-même. La décision lui appartient que tu le veuilles ou non. Et il a décidé de défendre ses idées. De se battre pour la justice dans le monde, au risque de nous déplaire ou de nous choquer, tu devrais le comprendre.

— Je n'ai rien à comprendre ! s'écria-t-elle en détournant la tête, afin de dissimuler ses larmes.

Dépêche-toi, maintenant, si tu ne veux pas rater tes cours.

Le garçon fit demi-tour à contrecœur. Dans le vestibule, il croisa Philip qui descendait l'escalier.

— Comment va-t-elle ?

Ils avaient tourné le problème dans tous les sens la veille, jusqu'à une heure avancée de la nuit, et Philip avait pris la ferme résolution de partir.

— Pas très bien. Je crois qu'elle est en train de pleurer.

Les deux frères échangèrent une poignée de main, puis Georges s'en fut. Il était terriblement en retard mais ne s'en souciait pas. Le dernier trimestre était presque fini. En juin, il serait lauréat de la Drew School et en septembre, il se rendrait à Harvard. À ses yeux, l'école représentait l'endroit idéal pour se faire des copains et draguer des filles. Le lieu où l'on s'amuse avant de rentrer mettre les pieds sous la table à la maison. Moins studieux que Philip, il comptait néanmoins parmi les meilleurs élèves de sa promotion. Il poussa le portail avec un soupir. Tout compte fait, la vie de soldat, ça ne devait pas être drôle tous les jours. Au fond, Georges aurait préféré que Philip restât sagement aux États-Unis, en sécurité. « Enfin, le choix lui appartient, songea-t-il, en longeant le trottoir inondé de soleil. Edwina a tort de s'entêter. Papa le lui aurait dit. Elle traite Philip comme un gamin. »

Philip retrouva Edwina dans le jardin. À ses arguments, elle opposa un silence obstiné. En lui tournant le dos, elle se mit à arracher les herbes folles, avec une sorte de rage qui en disait long sur son humeur. Mais il continua à parler et au bout d'un moment, elle se tourna vers lui, les joues ruisselantes de larmes.

— Puisque tu n'es plus un petit garçon, comme tu as l'air de le proclamer, alors montre-moi que tu es un homme. Je me suis cramponnée à ce fichu journal pendant cinq ans, afin que tu puisses en prendre la direction. Et qu'est-ce que tu me proposes maintenant ? D'attendre… ou de vendre, peut-être ?

— Le journal peut se passer de moi encore quelque temps. Le problème n'est pas là et tu le sais.

— Le problème est…

Elle chercha frénétiquement les mots appropriés qui se dérobaient. Lui restait debout, les bras ballants, les yeux pleins de confiance. Machinalement, elle laissa tomber ses gants de jardinage, s'approcha de lui, posa ses paumes sur ses épaules.

— Le problème est… – De nouveau, sa voix grelotta. Ses larmes se muèrent en sanglots. – Je ne veux pas que tu t'en ailles. Je t'aime et m'inquiète pour toi. Philip, reprends-toi, je t'en supplie. Pense à…

— Edwina, n'insiste pas.

— Tu ne peux pas…

Les mots furent étouffés par les sanglots. De toutes ses forces elle repoussait l'idée terrifiante de cette nouvelle épreuve. Teddy, Fannie, Alexia, elle-même, tous avaient besoin de lui. S'il s'en allait, il ne resterait plus que Georges. Mais Georges n'était encore qu'un adolescent étourdi, un enfant capricieux, un oiseau qui ne demandait qu'à s'envoler loin du nid. Soudain, l'angoisse lui serra le cœur dans un étau mortel. Les enfants grandissaient, ils allaient tous la quitter. Et elle n'avait plus qu'eux au monde. Comment supporterait-elle de les perdre ? Non, il fallait qu'ils restent tous ensemble, telle une famille heureuse et unie.

— Je t'en prie…

Elle fixait sur lui un regard si implorant qu'il en eut les larmes aux yeux, lui aussi. Il avait parcouru des milliers de kilomètres à seule fin de la convaincre. Il s'était attendu à une réaction négative mais pas à ce point.

— Je ne partirai pas sans ta bénédiction, dit-il enfin, et chaque mot parut lui causer une vive souffrance. Si la situation est réellement aussi pénible, si ma présence au journal et à la maison est aussi indispensable que tu le prétends, je me verrai obligé de leur dire que j'ai changé d'avis… Que je n'irai pas avec eux et…

Il se tut, hors d'haleine, comme après un effort surhumain, et ses yeux devinrent deux gouffres de désespoir.

— Et si tu n'y vas pas, que va-t-il se passer ?

— Je n'en sais rien…

Son regard erra sur les rosiers de leur mère, le chêne feuillu sous lequel leur père aimait à se prélasser, puis scruta le visage d'Edwina.

— J'aurai l'impression d'être un traître jusqu'à la fin de mes jours, fit-il d'une voix pitoyable. – Puis, mû par un regain d'énergie : Oh, Weenie, je ne m'en remettrai jamais. C'est plus fort que moi, je ne peux pas laisser les autres se battre à ma place.

Elle se contenta de le considérer avec une attention soutenue. Il semblait si sûr de lui, si exalté et si triste à la fois, qu'elle en eut le cœur brisé. Edwina ne saisissait pas très bien l'engouement des hommes pour la guerre. Il s'agissait probablement d'une expérience, d'une sorte de rite de passage à l'âge adulte. Elle sut instinctivement que, si elle empêchait Philip de sortir de son enfance, jamais il ne le lui pardonnerait.

— Ta place n'est-elle pas ici ? questionna-t-elle d'une voix radoucie, mais il n'aperçut pas son sourire.

— C'est toi qui le penses ! Tu me prends pour un bébé, mais je suis un homme, maintenant. Ma place est là-bas, Edwina.

Elle hocha la tête en silence, épousseta machinalement sa jupe veloutée de poussière et de brins d'herbe d'un vert brillant, leva le regard vers l'azur éclatant où un gros nuage s'effilochait dessinant des signes étranges.

— Eh bien, tu l'as ! déclara-t-elle solennellement, d'une voix qui tremblait légèrement.

Philip avait raison, il n'était plus un bébé. C'était un grand garçon maintenant. Un homme dont il fallait respecter les opinions. Et il avait le droit de se battre pour défendre ses principes.

— Quoi donc ?

Le sourire d'Edwina s'épanouit.

— Ma bénédiction, imbécile ! Je te mentirais si je te disais que je te l'accorde de gaieté de cœur. Mais toi seul es responsable de ton destin. – Son sourire s'effaça, ses yeux s'embuèrent. – Seulement, tâche de revenir. Promets-moi que tu prendras soin de toi, car s'il t'arrivait quelque chose, je ne te survivrais pas.

— Je te le promets… Je t'en donne ma parole… Je reviendrai, Edwina. Je serai de nouveau là, dans pas longtemps, tu verras.

Ils tombèrent dans les bras l'un de l'autre et restèrent enlacés pendant un long moment, tandis que Teddy les regardait depuis une fenêtre du premier étage.

20

Philip boucla ses bagages le soir-même, assisté par Georges. Les deux frères évoquèrent ensuite toutes sortes de questions jusqu'à une heure tardive. Il était minuit passé lorsque, affamés, ils se rendirent dans la cuisine traversant la maison endormie.

Bientôt, attablé devant un poulet froid-mayonnaise arrosé de bière blonde, Georges se mit à parler avec animation.

— Je t'envie, tu sais, de partir en Europe, conclut-il, agitant la cuisse de poulet qu'il était en train de grignoter. Tu vas sûrement rencontrer une ribambelle de jolies filles en France.

Philip sourit. Il partait à la guerre, pas en voyage d'agrément.

— Sois gentil avec Edwina, recommanda-t-il. Donne-lui régulièrement de tes nouvelles quand tu seras à Harvard.

— Ne te tracasse pas, je serai un frère exemplaire.

Georges remplit de nouveau leurs chopes de bière. Ils avaient toute la nuit devant eux pour discuter. Leur dernière nuit… avant un bon bout de temps.

— Je compte sur toi, insista Philip, soucieux. Nous devons tous une fière chandelle à Edwina, ne l'oublie pas.

Il y avait exactement cinq ans que leurs parents étaient morts.

— Oui, elle s'est entièrement dévouée pour nous, mais elle l'a bien voulu, répondit Georges avec nonchalance, en sirotant tranquillement une gorgée de son breuvage pétillant.

Il aurait adoré voir son frère en uniforme.

— Elle n'avait pas le choix. Sans nous, elle se serait peut-être mariée, répliqua Philip, l'air songeur... Encore que... Je me suis souvent demandé si elle n'est pas toujours amoureuse de Charles. Si elle ne pense pas toujours à lui.

— Edwina n'oubliera jamais Charles. C'était l'homme de sa vie et il n'y en aura pas d'autre.

Philip hocha la tête.

— Tu as sans doute raison. Essaie tout de même d'être présent chaque fois qu'elle aura besoin de toi... Et prends soin d'elle.

Il fit une pause, but une gorgée de bière et couva son jeune frère d'un regard affectueux.

— Tu me manqueras, petit voyou, murmura-t-il en ébouriffant d'un geste taquin les cheveux bien coiffés de Georges.

Celui-ci réprima un soupir envieux. Il en avait de la chance, Philip, de pouvoir partir à l'aventure. Georges l'aurait volontiers suivi là-bas... Il saisit sa chope, la tint un long moment en l'air, l'œil fixe, tandis que les images éclatantes d'une prodigieuse épopée jaillissaient de son imagination enfiévrée. Enfin, se ressaisissant, il porta la chope à ses lèvres.

— Toi aussi tu me manqueras, affirma-t-il. Tu es un sacré veinard, tu sais… Je suis fier de toi. Seulement… – il eut l'air de chercher ses mots et une ombre fugitive tremblota un instant sur ses traits juvéniles –… tâche de revenir, acheva-t-il sobrement.

Exactement la même phrase qu'Edwina. Philip acquiesça.

— C'est promis. Et toi, passe une excellente première année d'études à Harvard. Tu me raconteras tout quand nous nous reverrons.

— Peut-être nous reverrons-nous plus tôt que tu ne le penses, laissa échapper Georges.

Philip se redressa d'un bond.

— Il est hors de question que tu sois enrôlé toi aussi. Un homme dans chaque famille suffit. Ils ont besoin de toi ici.

— Je n'ai rien dit… soupira Georges, le regard nostalgique.

Il songeait toujours aux aventures de son frère en France.

Ils allèrent se coucher après deux heures du matin, longèrent le couloir bras dessus bras dessous, comme de vieux amis. Le lendemain matin, quand ils retournèrent à la cuisine, tout le monde était déjà là. Edwina avait tenu à préparer elle-même le petit déjeuner, au grand dam de Mme Barnes.

— Vous vous êtes couchés tard, je parie, remarqua-t-elle avec un sourire, en faisant allusion aux traits chiffonnés de ses frères.

— Tu t'en vas ? dit en même temps Fannie au bord des larmes.

Les minutes s'égrenaient à une vitesse incroyable. À peine Philip avait-il pris deux gorgées de café au lait

– il ne put rien avaler d'autre – que c'était l'heure de partir. Et un instant plus tard, tout le monde était dans la Packard. Sur le seuil de la maison, Mme Barnes s'essuyait les yeux avec le bord de son tablier. Le trajet jusqu'à la gare, plus court que jamais, se déroula dans une ambiance de gaieté factice, après quoi, Philip se retrouva sur le quai bondé de jeunes gens qui, comme lui, s'apprêtaient à rejoindre l'armée. Fannie se mit à pleurnicher, tandis qu'Alexia se cantonnait dans son éternel mutisme. C'était aujourd'hui le jour de son onzième anniversaire.

— Prends soin de toi, murmura Edwina, ne te…

La fin de sa phrase fut perdue dans le vacarme du train qui s'approchait. Les secousses régulières des roues sur les rails firent tressaillir Edwina. Lorsque la locomotive s'immobilisa, le temps parut se précipiter. La marée de voyageurs s'écoula rapidement à l'intérieur de la longue file des wagons. Pris dans les remous de la foule, Philip dut s'avancer, son bagage à bout de bras, se retournant à demi vers les siens restés en arrière.

— Quand reviendras-tu ? cria Teddy, et une grosse larme festonna ses cils.

— Bientôt… Soyez sages, les enfants… Edwina, Georges, écrivez-moi…

L'appel du contrôleur perça dans le brouhaha des voix.

— En voiture !

Le train émit un sifflement impatient, un brûlant jet de vapeur se dilua dans l'air matinal. Sur le marchepied, Philip jeta un dernier coup d'œil par-dessus son épaule. Ils étaient encore là, Edwina tenant Teddy dans ses bras, Georges donnant une main à Fannie et l'autre à Alexia, figés comme sur une photo. Une image pathétique qui se grava pour toujours dans la mémoire de Philip. La machine émit un halètement, il y eut deux coups de sifflet, le train s'ébranla et une minute après il avait disparu, comme s'il n'avait jamais été là, comme si Philip n'avait jamais effectué ce bref retour à la maison.

Edwina se dirigea avec les autres vers la sortie, terrassée par une affreuse sensation de vide. Et au même moment, dans le train qui filait à toute allure vers sa destination, Philip laissa libre cours à ses larmes.

21

La guerre se poursuivait, implacable, accumulant les victimes sur les champs de bataille. En novembre, les forces anglo-américaines massées à Cambrai entamèrent une lente progression, et dix jours après, la contre-offensive allemande les obligea à amorcer une retraite qui les ramena presque à leur point de départ.

Chaque jour les journaux publiaient les comptes rendus des combats, et le nombre des morts, toujours croissant, faisait frémir Edwina. Fidèle à sa promesse, Philip lui écrivait régulièrement, décrivant l'enfer des tranchées – la boue, la pluie, la neige –, mais passant sous silence le spectacle hideux de dizaines de milliers de corps ensanglantés, les cris d'agonie des mourants, la peur constante de la mort violente.

Aux États-Unis, les affiches de mobilisation où l'on voyait un Oncle Sam avancer un doigt accusateur sur fond de bannière étoilée se multipliaient. Et en Russie, le tsar venait de perdre son trône et la famille impériale avait pris le chemin de l'exil.

— Est-ce que Georges sera également un héros ? questionna Fannie un jour aux approches de Thanksgiving.

— Non ! s'empressa de répondre Edwina d'un ton sec.

C'était déjà assez pénible de s'inquiéter jour et nuit pour Philip, elle n'avait guère besoin d'autres soucis. Heureusement, Georges était en sécurité à Harvard. Il l'appelait fréquemment, lui adressait des lettres pleines d'humour qui la faisaient sourire, narrant ses rencontres, ses innombrables conquêtes féminines, ses déplacements à New York où il hantait les salles obscures. Sa passion du septième art s'était amplifiée au fil du temps. Il vouait une admiration sans bornes à Charlie Chaplin. Souvent, après avoir découvert un film, il envoyait à Edwina des pages et des pages d'observations qui, d'emblée, frappaient par leur finesse. Elle se demandait alors si, comme il l'avait déclaré trois ans plus tôt, il ferait carrière dans le cinéma. Mais, pour le moment, Hollywood semblait si loin de Harvard…

Georges vint passer Thanksgiving à la maison. Mme Barnes prépara un repas de fête et lorsque la petite famille se réunit autour de la table, dans la grande salle à manger, Edwina fit la prière traditionnelle en pensant à Philip qui devait être au fond d'une tranchée, quelque part en France.

— … et Dieu bénisse Georges, qui ne sera jamais un héros, à cause d'Edwina, psalmodia Teddy, du haut de ses sept ans.

Le benjamin des Winfield s'était transformé en un adorable petit elfe presque constamment pendu aux jupons de sa grande sœur. Il n'avait gardé qu'un souvenir flou de Kate. À ses yeux, Edwina était sa vraie mère.

Georges repartit le jour-même pour Boston où des amis l'avaient invité. L'après-midi, le soleil perça les nuages et, profitant du beau temps, Edwina et les enfants sortirent dans le jardin. Les filles se mirent à bavarder, tandis que Teddy s'acharnait sur un ballon. Le soir tomba paisiblement. Après un léger dîner et le bain traditionnel, Edwina envoya les enfants au lit. Elle se retira dans sa chambre à son tour et elle n'était pas encore tout à fait endormie, quand la sonnette de l'entrée résonna dans la demeure silencieuse. La jeune femme s'assit sur son séant, l'air surpris. Deuxième sonnerie. Ce visiteur tardif finirait par ameuter toute la maisonnée – mais qui cela pouvait-il bien être ? Un ami de Georges, sans doute.

Elle bondit hors du lit, enfila une robe de chambre, dégringola les marches, ouvrit le battant rapidement, afin d'éviter un troisième coup de sonnette. Une silhouette massive se découpa dans le clair de lune. Un homme qu'elle ne connaissait pas. Une erreur, probablement.

— Oui ?

Il la regarda. Avec ses cheveux défaits encadrant son fin visage et sa taille menue, elle devait ressembler à une toute jeune fille, car il dit :

— Votre mère est là ?

— Euh… c'est moi, bredouilla-t-elle, intriguée, que voulez-vous ?

Il baissa les yeux sur l'enveloppe qu'il tenait entre les doigts et que la jeune femme découvrit subitement.

— Edwina Winfield c'est vous ?

— Oui… de quoi s'agit-il ?

Mais, déjà, une main glacée se refermait sur son cœur. Le souffle court, elle saisit le télégramme. La porte refermée, elle passa dans le salon, alluma la lampe près du grand canapé où elle prit place. L'enveloppe fut décachetée à la hâte, livrant un feuillet que, le cœur battant à se rompre, Edwina approcha de la lumière. L'abat-jour dessina un cercle blanc sur le papier et soudain, les lettres tracées à l'intérieur de ce cercle se mirent à danser follement devant ses yeux.

« … sommes au regret de vous informer que votre frère, Philip Bertram Winfield, est mort aujourd'hui, le 28 novembre 1917, au champ d'honneur à Cambrai. » Une signature illisible balafrait le bas de la page.

La jeune femme demeura un long moment figée, comme anéantie. Philip avait réchappé de l'horreur du *Titanic* mais le destin ne lui avait pas accordé plus de cinq ans de sursis. Elle porta lentement la main à sa bouche et un long sanglot la secoua. « Cinq ans », se répéta-t-elle, tandis qu'un flot de larmes lui brouillait la vue. Cinq ans pour devenir un homme. Cinq ans pour aller se faire tuer à l'autre bout du monde par des soldats allemands.

Elle remonta l'escalier d'une démarche chancelante. Dans la semi-obscurité qui enveloppait le palier, elle distingua une petite figure blanche… Alexia. Les doigts d'Edwina se crispèrent sur le télégramme. Sa jeune sœur la regarda, n'osant prononcer un mot. Mais quand Edwina lui rendit son regard, elle sut immédiatement ce qui s'était passé. Elles tombèrent dans les bras l'une de l'autre, et restèrent là longtemps, immobiles, étroitement enlacées, comme deux enfants perdues.

22

— Allô… allô… hurla Edwina.

Il avait fallu attendre deux jours avant que Georges, en visite à Boston, ait regagné Harvard. Elle avait demandé la communication à l'opératrice, de longues sonneries s'étaient égrenées dans le silence, puis une voix flotta sur la ligne, à deux mille kilomètres de là, au milieu d'une friture épouvantable.

— Monsieur Winfield, s'il vous plaît ! s'époumona-t-elle.

On la pria de ne pas quitter, et pendant un long moment, un moment interminable, il n'y eut plus que le silence. Enfin, la voix familière de Georges résonna dans l'écouteur.

— Allô ! Allô ! Qui est à l'appareil ?

Elle avala sa salive, incapable de prononcer les mots funestes, mais il le fallait. Georges avait, lui aussi, le droit de savoir, tout comme les autres. Les enfants avaient pleuré sans retenue des heures durant et maintenant, assis tous les trois sur les marches de l'escalier, ils l'observaient de leurs yeux tristes.

— Georges, c'est moi. Tu m'entends ?

— Oui… Que se passe-t-il ?

Elle ouvrit la bouche mais aucun son ne put franchir ses lèvres pâles. Les larmes jaillirent, traçant des sillons brillants sur ses joues.

— C'est au sujet de Philip… réussit-elle enfin à articuler, mais avant qu'elle ne termine sa phrase, il avait compris.

— Mon Dieu ! s'écria-t-il, sentant son sang se glacer dans ses veines. Est-ce qu'il est…

— Nous avons reçu un télégramme il y a deux jours. Il a été tué en France… Il est mort honorablement, se crut-elle obligée d'ajouter, soudain soucieuse de ce détail. Il est…

Elle s'interrompit une nouvelle fois, accablée.

— Je reviens à la maison, déclara-t-il, d'une voix hachée de sanglots.

Ils pleuraient tous les deux à présent. Alexia se redressa alors, remonta les dernières marches, disparut à l'étage. Edwina se figurait parfaitement où elle se rendait. La petite fille ne s'était pas enfermée dans les appartements qui, autrefois, abritaient la chambre de leurs parents depuis longtemps.

— Écoute Georges, poursuivit-elle, les yeux fixés sur le palier vide, tu n'as pas besoin de venir.

Il ne parut pas convaincu.

— Je serai à la maison dans quatre jours, répéta-t-il sans se donner la peine de dissimuler ses sanglots.

La mort de Philip l'emplissait d'un impétueux sentiment de révolte. Leur dernière rencontre lui revint en mémoire et il se mordit cruellement les lèvres. Dire qu'il l'avait encouragé, envié même… Edwina avait raison. Elle n'aurait jamais dû le laisser partir. Elle aurait dû s'imposer.

— Non, Georges, ce n'est pas indispensable, plaida-t-elle, craignant que ses absences répétées lui portent préjudice à Harvard.

Pendant un instant elle crut que la communication avait été coupée, puis la voix de son frère flotta dans la distance, comme à travers un long tunnel.

— … vont les petits ?

— Ils vont aussi bien que possible.

Fannie et Teddy ne la quittaient plus d'une semelle. À peine s'éloignait-elle de quelques pas qu'ils éclataient en sanglots. Visiblement, ils avaient peur qu'elle meure, elle aussi. Alexia présentait tous les signes d'un total abattement.

La friture sur la ligne se dissipa et la voix de Georges, aussi claire que s'il avait été dans la pièce à côté, dit :

— Et toi ?

Elle secoua la tête, s'efforçant de se concentrer sur sa réponse, mais à son insu, son esprit dériva une fois de plus vers Philip qui avait dû expirer dans la solitude et le froid.

— Bien… répliqua-t-elle.

— Alors à dans quatre jours.

Elle ouvrit la bouche pour le dissuader d'entreprendre ce nouveau voyage mais il avait déjà raccroché. Elle reposa l'écouteur sur le combiné, leva le regard vers Fannie et Teddy toujours assis sur la marche au milieu de l'escalier.

— Georges viendra, annonça-t-elle.

La journée se déroula avec lenteur. Edwina fit dîner les enfants plus tôt que d'habitude, les fit coucher dans sa propre chambre. Ensemble, avant qu'ils s'endorment, ils évoquèrent Philip. Sa gentillesse, son bon cœur, son élégance naturelle. Son intelligence aussi. Des scènes du dernier été à Tahoe, avec Becky Hancock… Enfin, vaincus par la fatigue, les petits s'endormirent. Edwina prit place dans le vaste fauteuil joufflu qui faisait face au lit. Et tout en contemplant les trois têtes bouclées alignées sur l'oreiller, une réminiscence fulgura dans sa mémoire et, l'espace d'une seconde, elle se revit dans le canot de sauvetage glissant sur la mer d'encre. Ils avaient alors traversé la nuit glacée dans l'espoir que le jour les réunirait le lendemain. Mais ce soir, il n'y avait plus d'espoir.

Georges arriva quatre jours plus tard, comme il l'avait annoncé. La grande demeure silencieuse résonna de son pas allègre sur les marches, de sa voix chaleureuse à travers les pièces. Il posa ses bagages, ressortit presque aussitôt dans le jardin à la recherche d'Edwina. Elle était dans la roseraie. Il la serra dans ses bras, les yeux embués.

— Finalement, je suis contente que tu sois venu, admit-elle plus tard dans la soirée, après que les enfants furent couchés… La maison est si triste sans Philip. Il n'y a rien de plus terrible que de se dire : « Jamais plus il n'entrera dans cette pièce ou ne montera cet escalier. »

Georges hocha la tête. Il éprouvait exactement la même sensation. Dans l'après-midi, il était allé s'enfermer dans la chambre de son frère pour pleurer. Lorsqu'il avait pénétré à l'intérieur de la maison, il s'attendait, plus ou moins consciemment, à trouver Philip là.

— Oui, c'est bizarre, dit-il. Je ne parviens pas à me faire à l'idée qu'il ne reviendra plus. J'ai toujours l'impression qu'il est en France et qu'un jour il rentrera au pays. Que la porte s'ouvrira et que Philip apparaîtra sur le seuil.

Un pâle sourire frôla les lèvres d'Edwina.

— Oui, je sais. J'ai pensé la même chose pour maman, papa… et pour Charles, une sorte de conviction irraisonnée selon laquelle un jour ils reviendraient… Mais ils ne sont pas revenus.

— Oui, fit-il, songeur. À l'époque j'étais encore trop jeune pour analyser mes sentiments. Comme tu as dû souffrir, Edwina !

— Nous avons tous souffert.

— Non, pas autant que toi. – Il s'en était rendu compte brusquement. – En plus de nos parents, tu as perdu Charles. C'est affreux de perdre quelqu'un de jeune qui n'a pas eu le temps de commencer sa vie.

Il s'interrompit un instant, puis la regarda. Il y avait eu Ben, bien sûr, mais Georges savait qu'elle l'avait repoussé. Ensuite, elle s'était ingéniée à décourager les prétendants les plus téméraires.

— Edwina, tu n'as jamais aimé personne d'autre, n'est-ce pas ?

Un nouveau sourire brilla sur les lèvres de la jeune femme.

— Non. L'amour est un chapitre que j'ai clos depuis longtemps. Une vie n'est pas assez longue pour contenir deux amours d'une force égale. Cela n'arrive qu'une fois, je suppose. Et pour moi, cette fois-là est passée.

Sa voix se fêla et Georges se pencha vers elle.

— Ce n'est pas juste, Weenie… Tu mérites un foyer heureux, une famille. Tu ne voudrais pas avoir des enfants ?

Elle émit un rire amusé.

— Encore ? Non merci ! J'en ai déjà eu cinq, mon cher, l'aurais-tu oublié ?

— Ce n'est pas la même chose, répondit-il d'une voix sérieuse.

— Quelle est la différence entre faire un enfant et l'élever ? On le chérit de la même manière…

Et comme il la considérait attentivement :

— J'ai promis à maman de m'occuper de vous, Georges, et j'ai tenu parole… Je ne veux rien d'autre.

Elle paraissait satisfaite et semblait ne rien regretter.

— Quand retournes-tu à l'université ?

— Justement, à ce propos… J'avais l'intention de t'en parler mais par pitié ! pas ce soir.

Edwina redressa le buste, alarmée.

— À quel propos ? Y a-t-il un problème avec tes études, Georges ?

À quoi bon le lui cacher plus longtemps ? Le jeune homme se cala dans son fauteuil et prit un air décontracté.

— Non, il n'y a aucun problème, Weenie. Mais j'ai décidé de ne plus y retourner.

Pendant une longue minute elle le dévisagea comme si elle essayait de déchiffrer le sens de ces mots. Sa réaction fut exactement celle que Georges attendait.

— Comment ? Tu ne termineras pas tes études ?

Depuis trois générations, les Winfield étaient diplômés de Harvard. Grand-père Winfield, puis Bert et Philip. Teddy aurait certainement la même éducation. Et plus tard, les enfants de Teddy et de Georges suivraient la tradition familiale. C'était dans l'ordre des choses, un ordre immuable qu'Edwina n'avait jamais songé à remettre en question. Elle le dit à Georges mais il ne parut pas impressionné.

— Je regrette, Weenie.

Cette décision s'était imposée à lui quand Philip était parti à la guerre. Aucun argument ne pourrait le faire changer d'avis.

— Mais pourquoi ?

— Ma place est ici. À vrai dire, je ne me suis jamais vraiment habitué à Harvard. Je m'y suis amusé, j'ai fait la connaissance d'un tas de gens intéressants, mais le monde des livres n'est pas le mien. J'ai envie de quelque chose de plus excitant... de plus vivant. Les ouvrages savants qui décortiquent tel mythe grec ou telle équation mathématique m'ennuient profondément. Je suis différent de Philip. J'ai besoin de concret. Je crois que je me mettrai à travailler.

Edwina baissa le regard afin de dissimuler sa déception et sa colère. Georges restait le gamin insouciant qu'elle avait toujours connu. Les événements ne l'avaient pas mûri, il ne s'était pas donné la peine de réfléchir... Les jours suivants, elle tenta de le dissuader ; toute discussion s'avéra inutile. Elle en toucha deux mots à Ben Jones, mais rien n'y fit. Georges resta sur ses positions et, quinze jours plus tard, il commença son apprentissage au journal de son père.

Le matin, il se mettait invariablement en retard, ce qui l'obligeait à partir en catastrophe. Il rentrait tard dans la soirée. Son air affairé arrachait parfois un sourire à Edwina. À ses yeux, son frère n'était encore qu'un enfant. Aux prises avec des responsabilités d'adultes, il n'en était que plus attendrissant.

Ses flirts le rendirent très vite célèbre et le tout San Francisco voulut bientôt le connaître. Les invitations affluèrent de toutes parts et les familles les plus huppées, les Young, les Crocker, les Spreckle firent des pieds et des mains pour l'avoir à leur table. Edwina l'accompagnait parfois, bien que, la plupart du temps, elle préférât une soirée tranquille chez elle. Et peu à peu, le penchant de Georges pour les mondanités supplanta l'intérêt qu'il avait témoigné au journal. Naturellement, il se mit à manquer aux réunions du conseil. Sa passion du cinéma ne tarda pas à resurgir et il déserta le bureau directorial pour se faufiler dans quelque salle obscure.

Quelques mois plus tard, en juin, Edwina le prit à partie.

— Pour l'amour du ciel, Georges, sois sérieux ! Après tout ce journal t'appartiendra un jour.

Il s'excusa platement. Le mois suivant, la situation empira et elle dut le menacer de réduire son salaire.

— Edwina, je te demande pardon, mais je n'en peux plus. C'est au-dessus de mes forces. Chaque fois que les employés me servent du monsieur Winfield, j'ai l'impression qu'ils appellent papa. Oh, et puis zut ! je ne comprends rien à ce fichu métier.

— Alors renseigne-toi, bon sang ! Personne n'a la science infuse, tu sais. Tu as lâché tes études pour travailler, alors fais-le !

Ils étaient debout et se faisaient face au milieu du grand salon où le soir dessinait de longues ombres.

— Pourquoi ne diriges-tu pas toi-même ce satané journal ? explosa-t-il soudain, à bout de nerfs. Tu aimes ça, diriger ! La maison, les enfants, tout. Eh bien, tu ne m'auras pas, ma chère ! Tu ne me domineras pas comme tu as pu dominer Philip.

Elle le dévisagea une fraction de seconde, indignée, puis sa main se leva et s'abattit sèchement sur le visage de Georges, qui recula d'un pas, stupéfait. La gifle avait laissé une empreinte rouge sur sa joue mais il ne parut pas s'en soucier.

— Oh, Edwina, excuse-moi. Je… je n'ai pas voulu dire ça.

— Mais tu l'as dit ! Tu as clairement exprimé ta pensée, Georges. Voilà donc l'image que tu as de moi. – Elle lui décocha un regard étincelant qui lui fit baisser les yeux. – Je me suis battue pendant toutes ces années pour la survie de cette famille. C'était mon seul but. Peut-être ai-je eu tort, en effet. Peut-être aurais-je dû vous abandonner à votre sort… Ou vous confier à oncle Rupert et tante Liz. Tu m'en aurais voulu tout autant.

Elle marqua une pause, le souffle court, les yeux voilés de larmes, s'efforçant de garder un semblant de calme. Un sanglot la secoua, puis sa colère, trop longtemps retenue, éclata de nouveau.

— Je suis restée près de vous parce que maman me l'avait demandé. Et aussi parce que je vous aimais… Vous n'aviez plus personne au monde en dehors de moi. Papa était mort… et quant à maman…

Elle s'interrompit une fois de plus en se demandant pourquoi Kate n'avait pas voulu prendre place dans l'un des canots de sauvetage pendant qu'il était encore temps. Cela faisait cinq ans qu'elle se posait la question sans trouver de réponse.

— … maman a *choisi* de mourir avec lui, poursuivit-elle, regrettant aussitôt d'être allée aussi loin, mais ne pouvant plus s'arrêter. Alors, Georges, qui restait, à part moi ? Toi, bien sûr, mais tu n'avais que douze ans. Et Philip, qui en avait seize.

Elle lui tourna le dos et il la suivit dans la pièce adjacente qui, jadis, servait de bureau à leur père.

— Edwina, pardonne-moi. Je n'avais pas l'intention de te blesser. Je me suis laissé emporter parce que, au fond, j'ai mauvaise conscience… Edwina, comprends-moi, je t'en supplie. Je ne m'en sortirai jamais avec ce foutu journal. Je n'ai pas la personnalité de papa ni celle de Philip. Je n'ai pas ton courage… Il faut que tu m'acceptes comme je suis. Je n'ai pas l'étoffe d'un directeur de journal, Weenie, je n'y peux rien. Je ne suis pas fait pour ce métier et ce n'est pas faute d'avoir essayé. Je le regrette, crois-moi.

Elle se retourna lentement pour le dévisager. Il semblait sincèrement accablé et prêt à fondre en larmes.

— Sais-tu seulement quel métier tu voudrais exercer ? demanda-t-elle, radoucie, comme une mère qui ne peut tenir longtemps rigueur à son enfant.

— Tu le sais aussi bien que moi, Weenie. J'aimerais tenter ma chance à Hollywood. Produire des films. C'est un vieux rêve qui me tient toujours à cœur.

Produire des films ! À dix-neuf ans… C'était une idée folle. Une illusion.

— Comment comptes-tu t'y prendre ?

Les yeux de Georges s'allumèrent.

— J'ai quelques relations. *Une* relation plus exactement, rectifia-t-il sous son regard scrutateur. L'oncle d'un de mes amis fait la pluie et le beau temps dans les plus grands studios, là-bas.

— Ce sont des chimères, tout ça, Georges, j'espère que tu t'en rends compte.

— Mais pourquoi ? Qu'est-ce que tu en sais ? Comment peux-tu prédire que je ne deviendrai pas le plus grand producteur de cinéma des États-Unis ? Du monde entier, même ?

Son enthousiasme la fit rire. La moitié d'elle-même ne demandait qu'à le croire. L'autre moitié, plus raisonnable, l'exhortait à la circonspection.

— Edwina, ma petite sœur chérie, réattaqua-t-il, encouragé par son rire. Laisse-moi essayer, au moins.

— Et si je refuse ?

Le sourire de Georges s'effaça immédiatement, ses yeux s'éteignirent, ses traits reflétèrent une immense déception.

— Alors, je resterai, murmura-t-il dans un soupir. Je me résignerai... Mais si tu m'autorises à y aller, je te promets de venir passer tous mes week-ends à la maison.

Elle laissa échapper un nouveau rire... Il était irrésistible.

— Vraiment ? Et où allons-nous loger tes admiratrices ?

— Elles camperont dans le jardin. Eh bien ? Me laisseras-tu devenir riche et célèbre ?

— Cela se pourrait... répondit-elle, puis elle s'assombrit. Et le journal ?

— Je n'en sais rien, dit-il franchement, après un silence. Je n'arriverai jamais à le diriger convenablement.

Un soupir gonfla la poitrine d'Edwina. La situation économique du *Telegraph Sun* lui donnait des migraines. Une fois de plus, le problème se posait, aussi aigu qu'au premier jour. Sans un homme de la famille à sa tête, le journal ne pourrait plus faire face aux grandes dynasties de la presse.

— Peut-être faut-il se décider à vendre, suggéra prudemment Georges. Philip était le seul d'entre nous qui possédait l'étoffe d'un directeur.

Mais Philip était mort sept mois plus tôt et Teddy avait huit ans à peine.

— Je suis désolé, Edwina, ajouta-t-il d'un air penaud. Je ne suis pas Philip…

— Je le sais. – Elle sourit. – Et je t'aime tel que tu es.

— Est-ce que cela veut dire…

Il n'osa formuler jusqu'au bout sa question. Puis, lorsqu'elle lui passa les bras autour du cou, son visage s'illumina.

— Mais oui, petit voyou ! Tu as très bien compris. Je n'ai pas le droit de t'empêcher d'accomplir ton destin.

« Sait-on jamais ? pensa-t-elle. Pourquoi ne réussirait-il pas dans le cinéma ? » Tandis qu'il jubilait, elle demanda :

— À propos qui est l'oncle de ton ami ? Un homme respectable, j'espère.

— Le meilleur de tous.

Il cita un nom qu'elle n'avait jamais entendu. Edwina hocha la tête, à moitié rassurée.

23

Le temps se mit à défiler à une vitesse incroyable et vers la fin juillet, à la fin de leurs vacances annuelles à Tahoe, Georges partit pour Hollywood. Le séjour près du grand lac, dans la même propriété que, depuis des années, les amis de Bert mettaient à leur disposition, fut un répit. Edwina en profita pour se détendre. Elle nageait régulièrement, très tôt le matin, afin que le soleil ne patine pas l'éclat de son teint, jouait au tennis avec ses sœurs et Georges, se prélassait sur une chaise longue, à l'ombre d'un grand parasol. De longues promenades à travers la forêt l'amenèrent à prendre une décision au sujet du journal. La seule qui s'imposait et qu'elle aurait peut-être dû prendre depuis longtemps. Vendre… Vendre le plus vite possible pour éviter la faillite.

Ici, dans ce vert paradis, l'absence de Philip paraissait encore plus cruelle. Tout devenait un prétexte pour se le rappeler, les parties de tennis, les balades, les écrevisses que Georges attrapait à l'aide d'une épuisette et dont Philip raffolait.

De retour à San Francisco, Edwina chargea Ben Jones de proposer une offre d'achat aux Young. Deux jours plus tôt, Georges avait grimpé dans l'express de Los Angeles, mais ses amis continuaient à l'appeler à la maison aux heures les plus incongrues. Edwina avait regardé le train s'éloigner avec une vague appréhension. À ses yeux, Hollywood constituait une sorte de jungle sophistiquée où le jeune et bouillant Georges Winfield ne tarderait pas à s'égarer. D'après les rumeurs, la capitale du cinéma américain était peuplée d'une faune de vamps en manteau de chinchilla et de millionnaires en quête d'aventures, sillonnant les larges avenues au volant de limousines étincelantes. Bien sûr, du jour au lendemain on pouvait remporter un succès éclatant – Edwina n'en doutait pas – mais on pouvait également essuyer de cuisants échecs.

— Est-ce que j'ai raison de vendre le journal tout de suite ? demanda-t-elle à Ben, lors d'une des réunions. Ne vaut-il pas mieux attendre un peu ? Si Georges ne se plaît pas à Hollywood, s'il change d'avis…

— C'est trop tard, Edwina, répondit-il avec franchise. – Il ne lui avait jamais rien caché et elle l'appréciait pour cela. – Les pertes excèdent les bénéfices. Vendez maintenant si vous ne voulez pas être ruinée.

Elle donna son accord. Les Young déclinèrent courtoisement l'offre d'achat. Un mois après, un groupe d'édition établi à Sacramento fit une contre-proposition. Après étude du dossier, Ben incita la jeune femme à accepter.

— La somme n'est pas fabuleuse, Edwina, mais elle vous permettra de vivre décemment pendant une bonne vingtaine d'années et d'assurer l'éducation de vos sœurs et de Teddy.

— Et après ? demanda-t-elle calmement.

Dans vingt ans elle aurait quarante-sept ans. Pas de mari et donc pas de revenus – sauf si Georges et les autres avaient les moyens de subvenir à ses besoins.

— Entre deux maux il faut choisir le moindre, répondit Ben. Garder le journal est la pire des solutions. Vendez, Edwina, pendant qu'il est encore temps. Je vous conseillerai de quelle manière placer une partie de votre capital. Il faut signer l'acte de vente, vous n'avez pas le choix.

Le choix, elle l'avait eu quelques années auparavant, mais elle l'avait écarté en refusant sa main à Ben, puis en déclinant toute demande en mariage. Elle en eut soudain une conscience aiguë. « Pourquoi ressasser le passé ? » se dit-elle. Il était trop tard pour revenir en arrière. Elle avait passé l'âge de se marier. Une femme ne se marie pas à vingt-sept ans. Oh, peu lui importait ! Elle ne regrettait rien. Pourtant, le jour du départ de Georges, au moment où elle allait lui dire au revoir, en regardant son visage radieux, elle avait eu l'impression d'être passée à côté de la vie. La sensation n'avait duré qu'un bref instant. Edwina s'était empressée de la balayer de son esprit.

Fidèle à sa promesse, Georges lui écrivit deux fois par semaine. Ses lettres, les unes plus drôles que les autres, faisaient rire aux larmes les filles et Teddy. Edwina les lisait à haute voix et les autres écoutaient en s'esclaffant. Avec un talent inné de narrateur, il faisait défiler à travers ses écrits personnages extravagants, starlettes couvertes de strass et de paillettes, actrices emmitouflées dans de somptueuses fourrures et poursuivies par une horde de millionnaires. « J'ai assisté pour la première fois à un tournage hier et c'est fabuleux… L'un des admirateurs de la jeune première a failli marcher sur un serpent apprivoisé que la vedette trimbale partout sur le plateau comme un petit chien. Ce fut quasiment l'émeute et le pauvre homme a été expulsé du studio. » Et dans une autre lettre : « … J'ai enfin rencontré l'oncle de mon ami. Il m'a aussitôt collé une caméra entre les mains “pour apprendre le métier par le bas de l'échelle”, comme il a dit, et je commence à tourner dans deux semaines. » Puis, dans une troisième : « Je me suis fait pas mal de relations… Je m'amuse énormément tout en travaillant d'arrache-pied… »

— Georges deviendra une vraie star ! déclara un jour Fannie, avec une conviction absolue.

Elle avait dix ans maintenant et vouait une admiration sans limites à son grand frère. Hollywood, surnommé « l'usine à rêves » par les magazines, exerçait sur elle une véritable fascination. Alexia aussi semblait envoûtée par l'industrie cinématographique. À douze ans, c'était une véritable beauté. Mince comme une liane, avec des yeux lumineux et des cheveux d'un blond irréel, elle attirait tous les regards. Sa timidité lui donnait un air distant, presque inaccessible. En public, elle se cantonnait dans un mutisme forcené, signe d'une sensibilité maladive qui ne manquait jamais d'inquiéter Edwina. Sa sœur ne s'était jamais tout à fait remise de la disparition de leurs parents et la mort de Philip n'avait guère arrangé les choses. Alexia avait reporté sur Georges toute l'affection qu'elle avait éprouvé pour Kate, puis pour Philip. Elle lui témoignait un attachement excessif. Quand il était encore à la maison, elle le suivait partout comme son ombre. Et lorsque Georges sortait le soir, il la trouvait en rentrant tard dans la nuit, assise sur les marches de l'escalier à l'attendre.

— Edwina, quand irons-nous voir Georges à Hollywood ? ne cessait-elle de demander depuis que son frère était parti.

— Pas avant que le journal soit vendu, répondait invariablement Edwina.

Elle accepta l'offre du groupe de Sacramento aux alentours de Thanksgiving. La transaction, comme Ben l'avait dit, lui rapporterait une somme assez rondelette pour vivre honorablement pendant environ vingt ans… à condition de réduire son train de vie.

— Plus de nouvelle garde-robe, pas d'achats inconsidérés et surtout pas de nouvelle voiture, l'avait prévenue l'avocat.

— Oh, je peux parfaitement me passer de toutes ces choses futiles, Ben. Ce qui compte, c'est réussir à venir à bout de l'éducation des enfants.

La jeune femme se rendit pour la dernière fois dans le bureau de son père le jour de la signature de l'acte de vente. Un nouveau directeur occupait maintenant le fauteuil directorial mais dans l'esprit des employés, c'était encore le bureau de Bert Winfield.

Elle avait soigneusement vidé les tiroirs et empaqueté ses affaires personnelles. Il ne restait plus qu'une photo encadrée au mur représentant Edwina à l'âge de trois ans avec sa mère. La jeune femme décrocha le cadre, l'enveloppa dans du papier de soie, avant de le ranger au fond de son sac. Elle apposa ensuite sa signature en bas du document que Ben lui présenta.

— Eh bien, voilà ! fit-elle dans un soupir, l'air de dire « c'est fini ».

— Vous avez agi pour le mieux, Edwina, répondit-il avec un petit sourire triste.

Il avait l'impression d'assister au dénouement d'un drame. Il aurait été heureux de voir Philip à la place de son père mais le destin en avait décidé autrement.

— Comment va Georges ? s'enquit-il, tandis qu'il escortait Edwina vers la sortie.

— Comme un poisson dans l'eau ! Je crois qu'il a enfin trouvé sa voie… Du moins je l'espère.

— Tant mieux. J'en suis ravi.

Il pensait que Georges aurait fini par ruiner complètement le journal.

Ils restèrent tous les deux un moment devant l'entrée de l'immeuble.

— Vous pouvez toujours compter sur moi, Edwina.

Elle le remercia et il lui ouvrit la portière de la Packard. Il resta planté sur le trottoir jusqu'à ce que la grosse voiture disparût au coin de la rue. Edwina reprit le chemin de la maison, en proie à une indicible émotion. La mort de Philip et la vente du journal avaient clos un important chapitre de sa vie.

24

Georges vint passer les fêtes de Thanksgiving avec la famille. Jamais Edwina ne l'avait vu aussi resplendissant. Son entrain faisait plaisir à voir. Le garçon nonchalant s'était mué en un jeune créateur animé d'une énergie nouvelle. À peine avait-il posé un pied dans la maison qu'il se lançait dans le récit enthousiaste de ses aventures. Il avait rencontré une faune de gens « épatants », selon ses propres termes, lors de surprises-parties « insensées ». Durant le repas, il fit rire les enfants grâce à une foule d'anecdotes amusantes. À Hollywood, expliquait-il, on pouvait se faire des relations intéressantes, comme les frères Warner ou Norma et Constance Talmadge, en se rendant simplement à une réception. Il avait été présenté à Charlie Chaplin en personne, avait échangé quelques propos avec Tom Mix au cours d'une soirée. À travers ses paroles, Hollywood évoquait un paradis où régnaient la liberté, l'ouverture d'esprit, la passion de l'art. Exactement ce qu'il lui fallait.

L'oncle de son ami s'appelait Sam Horowitz.

— Un homme exceptionnel doublé d'un businessman hors pair, déclara Georges à son auditoire subjugué. Il connaît absolument tout le monde, du balayeur au premier rôle en passant par les plus gros producteurs de la ville. Sam a fondé son propre studio il y a quatre ans maintenant… Un jour, il ira au sommet. C'est un type bourré de qualités. Intelligent, talentueux, plein de charme. On l'adore sur les plateaux de tournage.

Il continua à chanter les louanges de Sam Horowitz pendant un bon bout de temps.

— Sa fille est délicieuse, poursuivit-il, et cette dernière remarque capta toute l'attention d'Edwina.

D'après Georges, la fille unique de Sam, ayant perdu sa mère dans un tragique accident de train, avait été élevée par son père qui l'adorait. Le jeune homme semblait en savoir long à son sujet, mais Edwina refrénant sa curiosité ne posa aucune question indiscrète.

— On pourra venir te voir là-bas ? interrogea Alexia d'une voix empreinte d'admiration.

À ses yeux, son frère revêtait la stature d'un grand homme. C'était un génie incomparable, bien plus important que toutes les stars de cinéma réunies. Bien sûr, pour le moment, il exerçait la modeste profession d'assistant cameraman, mais très vite il volerait de ses propres ailes. Georges rêvait de diriger un de ces studios qui fabriquaient des rêves et il y parviendrait, Alexia en était convaincue.

— Sam m'a promis un poste d'assistant de production l'année prochaine, dit Georges, sans répondre à la question de sa petite sœur. Il voudrait que je fasse mes preuves sur le plateau.

— J'espère que tu travailles davantage qu'au journal, dit Edwina.

— Et bien plus encore qu'à Harvard, sourit-il.

Le cinéma était une vocation, ajouta-t-il, une passion dévorante qui ne tolérait aucune paresse. On s'y jetait à corps perdu ou on abandonnait. Il n'y avait pas de demi-mesure. Georges se félicitait d'avoir enfin trouvé un but et regrettait que Philip ne fût plus là pour partager sa joie.

La guerre avait pris fin quelques semaines plus tôt et cela avait rappelé à Edwina plus cruellement encore l'injuste disparition de Philip. Il avait sacrifié sa vie à une cause absurde qu'elle ne comprenait toujours pas. Les belligérants d'hier échangeaient aujourd'hui des poignées de mains, signaient des traités de paix et mesuraient leurs pertes. Dix millions de morts rien que du côté de l'Entente. Vingt millions de mutilés. Un tribut colossal payé par l'humanité au nom de la raison d'État.

Tante Liz n'avait plus donné de ses nouvelles depuis un an. Elle avait simplement envoyé un mot de condoléances à Edwina après la mort de Philip, puis plus rien.

— Il faut que j'écrive à tante Liz, se morigéna-t-elle.

Elle le fit après Thanksgiving, quand Georges fut reparti pour Los Angeles. La réponse se fit attendre. Georges revint deux mois plus tard, afin de passer Noël en famille. Durant son bref séjour, il les régala de nouvelles histoires sur le monde du cinéma. Il paraissait toujours aussi enjoué, mais Edwina remarqua que le nom de Helen Horowitz revenait de plus en plus souvent sur ses lèvres. Il devait être éperdument amoureux de la fille de son employeur, conclut-elle, et, une fois de plus, elle contint sa curiosité.

Alexia évoqua leur visite hypothétique à Hollywood et, tout comme la première fois, Georges éluda la question. Edwina se demanda s'ils seraient les bienvenus.

Peut-être avait-il besoin d'indépendance. Seul, il devait se sentir plus apte à s'affirmer. Après tout, il n'avait pas encore vingt ans… « Plus tout à fait un gamin, pas encore tout à fait un homme », se dit-elle en le regardant jouer avec Teddy et ses sœurs. Physiquement, il ressemblait à tous les jeunes dandys de son âge. Mais il avait gardé un cœur d'enfant.

Il avait apporté de somptueux cadeaux aux filles – poupées, robes, chaussures –, une bicyclette et une paire d'échasses à Teddy. Et une magnifique veste de renard argenté à Edwina, qui rappelait les fourrures dont se parait sa mère. Il insista pour qu'elle la porte au petit déjeuner le matin du 25 décembre. Par sa chaleureuse présence et ses plaisanteries intarissables, Georges mettait une note de gaieté permanente dans la grande demeure. Convive agréable, il transformait les repas en parties de rires. Le jour de Noël, il alla saluer les voisins par-dessus les haies du jardin, juché sur les échasses qu'il avait apportées à Teddy. Et lorsqu'il repartit, la maison fut de nouveau silencieuse.

Une lettre d'Angleterre arriva quelques jours après le départ de Georges. Edwina décacheta l'enveloppe, mais le feuillet qu'elle en retira n'était pas recouvert de la fine écriture serrée de tante Liz, mais de celle, plus large, de son notaire.

L'homme de loi l'informait du décès de Lady Hickham survenu vers la fin octobre. Les lourdeurs administratives, aggravées par les conséquences de la guerre, l'avaient empêché de la contacter plus tôt. Sir Rupert, poursuivait-il, avait légué son titre et ses terres à son unique neveu et héritier de la branche des Hickham. Néanmoins, conformément à la loi et à sa conscience, le lord avait doté sa veuve d'une somme confortable destinée à la mettre à l'abri du besoin... Edwina se pencha sur le feuillet... « somme que votre tante vous a léguée par testament... » La jeune femme interrompit sa lecture, resta un long moment figée, les yeux rivés sur le chiffre tracé sur la feuille par son correspondant. Un chiffre important, bien plus élevé que le montant rapporté par la vente du journal. Une petite fortune qui, certes, ne lui permettrait pas de rouler en Rolls-Royce ou de s'engager dans de folles dépenses, mais qui lui assurerait une indépendance financière jusqu'à la fin de ses jours. Elle ferma les paupières, submergée par un ineffable sentiment de reconnaissance. Cette lettre représentait la réponse à ses prières, l'apaisement de toutes ses appréhensions. Tante Liz l'avait sauvée. Elle adressa un muet remerciement à cette femme qu'elle n'avait pourtant jamais vraiment porté dans son cœur.

— Oh, mon Dieu, murmura-t-elle en se laissant tomber dans un siège et en pliant lentement la feuille blanche.

La porte claqua dans l'entrée. Tous les samedis, Alexia, qui n'avait pas école, s'occupait du jardin – elle avait la main verte comme leur mère. À la vue de sa grande sœur, assise dans la grande salle à manger, les paumes posées à plat sur le plateau poli de la table, elle se figea.

— Qu'est-ce que c'est, cette lettre ? De mauvaises nouvelles ? s'enquit-elle d'une voix anxieuse.

Alexia se méfiait des lettres et des télégrammes comme de la peste.

— Oui et non... Tante Liz nous a quittés. Mais elle nous a laissé un présent d'une grande générosité, Lexia. Un don que tu seras ravie de recevoir un jour.

Dès lundi, elle demanderait à son banquier de lui indiquer les placements les plus sûrs pour elle… et pour les enfants. Alexia resta debout à la regarder, sans broncher. L'héritage ne semblait guère l'impressionner, mais elle demanda :

— De quoi est-elle morte ?

— Je ne sais pas… – Elle rouvrit la lettre, la parcourut rapidement. – Le notaire n'en parle pas… – Elle replia la feuille nerveusement, avec une sensation de gêne. Ne devrait-elle pas éprouver plus d'affliction devant ce nouveau deuil ? Liz était tout de même l'unique sœur de Kate. – Je ne sais pas, répéta-t-elle. Peut-être a-t-elle succombé à la grippe espagnole.

Cette année-là, la redoutable épidémie avait exercé ses ravages en Europe et aux États-Unis ajoutant ses victimes à celles de la Grande Guerre. Edwina se demanda quel âge pouvait avoir sa tante. Si Kate avait vécu elle aurait eu quarante-huit ans. Liz, son aînée de trois ans, était donc morte dans sa cinquante et unième année.

— C'est gentil de sa part d'avoir pensé à nous, murmura-t-elle.

Alexia hocha la tête.

— Nous sommes riches maintenant ? fit-elle en s'asseyant près d'Edwina qui sourit. Allons-nous pouvoir rendre visite à Georges ?

Le sourire de la jeune femme se crispa.

— Je ne suis pas sûre qu'il ait envie de nous voir débarquer chez lui avec armes et bagages… En revanche, nous aurons les moyens de faire repeindre la maison et d'engager une cuisinière et un jardinier.

Mme Barnes avait pris sa retraite l'été précédent, et Edwina avait eu recours aux services d'une femme de charge.

L'idée d'aller à Hollywood ne l'enchantait pas. Avec ses mondanités et ses vices, la capitale du cinéma ne lui inspirait guère confiance. Auprès de Los Angeles, San Francisco faisait figure de petite ville provinciale et, pourtant, préserver Alexia de certains dangers s'avérait chaque jour une tâche de plus en plus ardue. Naturellement, l'adolescente ne s'en rendait pas compte, or, Edwina avait souvent capté les regards brûlants de convoitise dont les hommes couvaient sa petite sœur.

— Je veux voir Hollywood, gémit celle-ci. Quand irons-nous là-bas ? Tu me l'as promis.

Tout en parlant elle s'était redressée en rejetant en arrière la manne dorée de sa chevelure. Elle possédait ce genre de beauté frappante qui ne passe jamais inaperçue. Il suffisait qu'elle apparaisse quelque part pour qu'elle soit le point de mire de tous les regards, bien que Fannie et Edwina eussent des traits d'une plus grande pureté. Tous les Winfield étaient beaux, à commencer par Kate et Bert, ils avaient tous du charme, ainsi qu'une élégance et une grâce naturelles. Mais avec Alexia, c'était différent. Alexia attirait les autres comme un aimant… Les hommes surtout. Elle n'avait que treize ans mais paraissait plus âgée. La promener dans Hollywood serait l'exposer à la concupiscence de certains individus en quête de jolies filles. Les scrupules d'Edwina furent finalement balayés par un coup de fil de Georges. En apprenant que Lady Hickham leur avait laissé toute sa fortune, le jeune homme incita Edwina à sauter dans le premier train avec les enfants et à le rejoindre.

— Nous allons fêter ça ! jeta-t-il, puis, se reprenant : Je suis navré, Edwina. J'aurais dû montrer un peu de respect à l'égard de la pauvre tante Liz.

C'était plus fort que lui. Georges était incapable de dissimuler ses sentiments. Heureux, il laissait exploser sa joie. Triste, il donnait libre cours à son désespoir. Et dans le cas présent, il ne pouvait feindre un chagrin qu'il n'éprouvait pas. On a de la peine pour ceux que l'on aime. Et, au fond, oncle Rupert et tante Liz n'avaient pas su susciter l'affection des enfants Winfield.

— Je suis comme toi, confia Edwina. Je n'arrive pas à m'attrister. Une partie de moi-même porte le deuil de tante Liz, mais l'autre partie, je l'avoue, demeure indifférente... Cependant, j'ai de la gratitude pour elle. Grâce à son héritage, je ne finirai pas mes vieux jours sous un pont.

Le rire de Georges fusa dans l'écouteur.

— Je ne t'aurais pas laissée sous un pont, Edwina ! Ou alors je serais venu te tenir compagnie.

— Mmmm, cela m'étonnerait que j'accepte de partager mon espace avec toi.

Nouveau rire dans l'écouteur.

— Alors ? Quand viendrez-vous ?

— À Pâques, quand les écoles seront fermées, répondit-elle, trahissant du même coup toutes ses bonnes résolutions.

Elle raccrocha et aperçut Teddy au pied de l'escalier.

— C'est vrai que tu finiras tes vieux jours sous un pont ? interrogea-t-il, alarmé.

— Mais non, petit futé ! Je plaisantais avec Georges. Qui t'a appris à écouter aux portes ?

— Moi aussi j'ai entendu ! coupa Alexia en surgissant dans le vestibule, le visage illuminé d'un large sourire. J'ai hâte d'y être.

Le contre-jour dessinait un liséré lumineux autour de ses cheveux. Elle était belle comme une apparition.

Une fois de plus, l'ombre de l'appréhension flotta sur Edwina. Et si elle commettait une erreur ? Si elle conduisait Alexia droit dans la gueule du loup ? « Bah, songea-t-elle plus tard, ce n'est qu'une petite fille. » Elle avait peut-être l'air d'une femme en miniature, elle allait sûrement être un objet d'admiration pour tous les hommes alentour, mais Edwina serait là pour la protéger.

Fannie pointa son petit nez une seconde après.

— On va à Hollywood ? exulta-t-elle.

— Oui, à Pâques... Si vous êtes sages.

Trois paires d'yeux étincelèrent, trois bouches lâchèrent un même cri de jubilation. Edwina se mit à rire avec eux, puis les embrassa. Leur joie seule justifiait tous ses sacrifices. Elle ne regrettait rien. Soudain, la vie lui parut simple. Et facile.

La jeune femme reçut deux autres missives du notaire de tante Liz, dans la semaine. L'homme de loi s'enquérait de savoir si Mlle Winfield voudrait se rendre sur place pour toucher son héritage et visiter Havermoor une dernière fois avant que le nouveau lord prenne possession du manoir. Par retour du courrier, elle pria son correspondant de s'occuper des formalités. « Il m'est impossible actuellement de quitter San Francisco », répondit-elle, sans en préciser la raison. Rien au monde ne pourrait la persuader de reprendre le bateau. L'idée même de la longue traversée la faisait frémir d'horreur. Le brave homme répondit que sa présence n'était pas nécessaire, mais que si, un jour, elle ressentait toutefois le besoin de revoir le château... Elle s'empressa de l'assurer qu'elle ne manquerait pas de le lui faire savoir.

Ils célébrèrent par un service funèbre la date anniversaire de leurs parents, comme tous les ans. Pour la première fois depuis sept ans, Georges n'avait pas pu se libérer – il était en plein tournage. Il envoya un cadeau à Alexia pour ses treize ans. Alexia souffla ses bougies le 1er avril. Sur le conseil d'Edwina, elle avait cessé de célébrer son anniversaire à la bonne date, évitant ainsi les douloureux souvenirs du naufrage du *Titanic*.

Edwina lui offrit une robe et une jaquette assorties, en vue de leur voyage à Hollywood. C'était un joli modèle, déniché chez Magnin's, en taffetas bleu ciel orné d'un large col de dentelle. L'ensemble, avec la jaquette ajustée à la taille, lui seyait à ravir. Lorsqu'elle s'en revêtit, Edwina eut la gorge serrée d'émotion.

Enfin, le jour tant attendu arriva. Edwina et les enfants prirent l'express à destination de Los Angeles. Alors que la longue chenille de wagons s'éloignait lentement de la gare de San Francisco, Teddy lança un tonitruant « Hollywood nous voilà ! » qui fit rire ses sœurs aux éclats.

25

La visite à Hollywood dépassa les plus folles espérances d'Alexia. Georges, venu les chercher à la station de chemin de fer dans une superbe Cadillac louée, les conduisit au *Beverly Hills Hotel*, un palace de grand luxe construit sept ans plus tôt, où il leur avait réservé des chambres.

— Toutes les vedettes crèchent ici, annonça-t-il dès qu'ils furent dans le grand hall.

Au dire de Georges, ils pouvaient à tout bout de champ tomber nez à nez avec Mary Pickford, Douglas Fairbanks ou Gloria Swanson. Fannie et Alexia ouvrirent de grands yeux émerveillés. Un peu plus tôt, en arrivant, elles avaient aperçu Chaplin au fond d'une limousine pilotée par un chauffeur japonais. Posté devant la baie vitrée, Teddy préférait regarder les voitures.

— Oh, Edwina, regarde ! Une Stutz Bearcat !

Un deuxième véhicule de la même marque le cloua sur place, éperdu d'admiration. Dès le premier jour, il dénombra quatre Rolls-Royce, une Mercer Raceabout, une Kissel et une Pierce-Arrow. Chaque fois il s'efforça d'attirer l'attention de ses sœurs sur ces merveilles de l'industrie automobile. En vain, car elles semblaient beaucoup plus intéressées par la mode féminine. Edwina avait constitué une petite garde-robe de voyage pour Alexia et pour elle-même. Elle avait, bien sûr, pris la somptueuse veste de renard argenté que Georges lui avait offerte à Noël. Mais comparés aux modèles en vogue ici, – corsages pailletés et longues jupes moulantes découvrant une partie des mollets – ses vêtements, trop sobres, paraissaient démodés. Elle fit le tour des maisons de couture en compagnie de Georges, se laissa tenter par quelques chapeaux… Ce dernier n'avait pas menti. Il y avait quelque chose d'enivrant dans l'air, une sorte de joie de vivre permanente et fébrile qui vous poussait vers les divertissements. Un soir où ils dînèrent au *Sunset Inn*, à Santa Monica, elle voulut apprendre le fox-trot et Georges l'entraîna sur la piste en riant.

— Un pas en avant, un pas en arrière, un pas sur le côté, chantonna-t-il au rythme saccadé de la nouvelle danse… Ah ! mon Dieu ! Mon pauvre pied !

Elle éclata de rire. Oui, la gaieté était contagieuse à Hollywood. Il y avait longtemps qu'elle ne s'était pas amusée autant. Un fragment de souvenir surgit un bref instant, elle revit son père en train de lui apprendre un pas de danse – Georges n'était alors qu'un bébé – mais la vision s'éteignit la minute suivante. La musique s'arrêta et ils regagnèrent leur place, essoufflés. Edwina comprenait à présent ce qui avait attiré Georges dans cette ville, vers cette population de jeunes « fous de cinéma » qui mettaient leurs rêves en image. Des discussions animées fusaient alentour, on parlait des créations de Mayer ou de D.W. Griffith, on citait des noms comme Samuel Goldwyn et Jess Lasky… Et Georges, radieux, brodait l'éloge de Sam Horowitz et de leur prochain scénario.

Les jours filaient dans un tourbillon de sorties. Georges fit découvrir aux enfants la dernière comédie de Mack Sennett, qui les enchanta, puis les films de Chaplin. Il les emmena déjeuner au célèbre *Nat Goodwin's Café*, à Ocean Park, les entraîna, avec l'autorisation d'Edwina, au *Three O'Clock Ballroom*, une boîte sophistiquée des environs et au luxueux *Danceland*, à Culver City. Le même soir, il les invita tous au fameux restaurant *d'Alexandria Hotel*, lieu de rendez-vous des célébrités de l'écran.

— Avec un peu de chance, vous y verrez une ou deux stars.

La chance leur sourit – mais cela semblait évident à Hollywood – car ils purent admirer en toute quiétude Gloria Swanson et Lillian de Gish, assises deux tables plus loin au milieu d'une cour d'admirateurs, ainsi que Douglas Fairbanks, dînant en tête à tête avec Mary Pickford. D'après la rumeur, leur idylle ne tarderait pas à les mener au mariage.

Le lendemain, ils rencontrèrent Georges au studio, afin d'assister au tournage.

— C'est vraiment fascinant, déclara Edwina. Est-ce que vous travaillez toujours aussi vite ?

— Il le faut. Un film est tourné en moins de trois semaines… Je regrette que Sam ne soit pas là, Edwina. J'aurais bien voulu te le présenter.

En revanche, il lui présenta Helen Horowitz, la fille de Sam, lors d'un dîner qu'il organisa à *Hollywood Hotel*, le restaurant le plus chic de la ville. Elle arriva avec un léger retard, vêtue d'une somptueuse robe de soie blanche très moulante. Edwina la regarda en souriant. Un visage parfait, des cheveux d'un blond lumineux coiffés en arrière, une peau translucide. C'était une fille d'une beauté impressionnante, presque aussi grande que Georges et incroyablement mince. Curieusement, elle alliait une retenue naturelle à une classe folle. Elle rendit timidement son sourire à Edwina qui lui fit compliment sur sa tenue.

— Oh, c'est un modèle que Poiret a conçu pour moi, répliqua-t-elle innocemment, comme si s'habiller chez le grand couturier parisien était la chose la plus naturelle du monde.

C'était une créature éthérée dans le même genre qu'Alexia, avec la même douceur, la même fragilité. Et tout comme Alexia, Helen ne se rendait absolument pas compte de l'effet qu'elle produisait sur son entourage. Elle avait grandi à Los Angeles, à l'écart de ce que son père appelait « la fièvre des studios ». Au cinéma, elle préférait l'équitation.

— Vous aimez les chevaux ? demanda-t-elle.

Elle les invita à son ranch, à San Fernando, avec une spontanéité qui ravit Edwina. La fille du tout-puissant producteur hollywoodien était, finalement, une jeune fille toute simple, dans une toilette ruineuse.

— Merci, ma chère, mais Alexia a la phobie des chevaux… Vous connaissez Georges depuis longtemps ?

Helen inclina la tête, les pommettes colorées d'une délicate rougeur. Edwina sourit. Cette délicieuse enfant ne ressemblait guère aux flirts habituels de Georges. Elle l'avait immédiatement senti en la voyant traverser la salle de restaurant, alors que tous les regards se tournaient sur son passage. Le visage de Georges s'était illuminé. Et, ensuite, Edwina les avait regardés danser.

Ils formaient un beau couple, leurs pas s'accordaient à merveille, leurs regards s'accrochaient. Ce qu'ils éprouvaient l'un pour l'autre n'avait rien à voir avec un engouement passager. Edwina le savait pour l'avoir ressenti en présence de Charles. C'était de l'amour, pensa-t-elle, la gorge nouée d'émotion, cet amour ardent et unique qui ne vous arrive qu'une seule fois dans la vie.

— Dommage que papa ne soit pas en ville, dit Helen un peu plus tard. Il fait construire une villa à Palm Spring et il est allé surveiller les travaux. Il ne reviendra pas avant une semaine. Vous lui auriez plu, j'en suis sûre.

— Ce n'est que partie remise, répondit Edwina, sans quitter Georges des yeux.

Le jeune homme était en grande conversation avec un groupe d'amis qui s'était arrêté à leur table. Des jeunes gens d'une élégance insolente qui avaient l'air de s'amuser comme des fous. Georges riait… « Il est heureux, songea Edwina, et un sourire affectueux brilla sur ses lèvres. Il est heureux et il a enfin trouvé sa véritable vocation. »

Ils retournèrent au studio quelques jours plus tard, pour assister à la fin du tournage. L'équipe s'activait, car il fallait terminer les dernières séquences en tirant parti de la lumière du jour. Lorsque tout fut terminé, l'un des réalisateurs accosta Edwina et lui demanda l'autorisation de faire tourner Alexia dans son prochain film. La jeune femme hésita, mais Georges la devança par un « il n'en est pas question », qui mit Alexia au désespoir.

— Ils n'exploiteront jamais ma petite sœur, dit-il plus tard, l'air sombre, je ne le permettrai pas. Ils ne profiteront pas de son jeune âge. Les films sont une affaire d'adultes, tu es d'accord ?

Edwina l'était pleinement. Elle regarda Georges, cependant, surprise par son esprit conservateur.

— Tu as eu raison de t'établir dans cette ville, dit-elle soudain, les yeux humides. Et j'ai bien fait de ne pas t'avoir dissuadé.

Les derniers jours s'écoulèrent à toute allure. L'heure du départ sonna. Georges vint les chercher afin de les conduire à la gare. Les enfants l'entourèrent aussitôt.

— Tu nous réinviteras, n'est-ce pas ? voulurent-ils savoir.

— Il nous a peut-être assez vus, plaisanta Edwina.

— Au contraire, la prochaine fois je serai en mesure de vous offrir l'hospitalité chez moi.

Il pensait utiliser sa part d'héritage de tante Liz pour faire l'acquisition d'une petite villa. Pour le moment, il partageait avec un ami un appartement à Beverly Hills, la banlieue la plus cossue de la ville.

Georges les raccompagna à la station du chemin de fer, attendit sur le quai jusqu'à ce que le train fût hors de vue. Dans le compartiment, Edwina laissa sa tête se poser sur le dossier capitonné. Tout s'était déroulé si vite ! Et d'une manière si plaisante ! Elle eut un soupir satisfait. Toutes ses inquiétudes au sujet de Georges s'étaient apaisées d'un seul coup. Pour la première fois de sa vie, son frère travaillait d'arrache-pied, prêt à tous les sacrifices pour atteindre le but qu'il s'était fixé. La jeune femme sourit distraitement. Voilà des années qu'elle ne s'était pas amusée autant. Elle se sentait rajeunie... La voix d'Alexia la fit descendre de son petit nuage.

— Je retournerai là-bas un jour.

— Nous y retournerons tous, ma chérie.

Alexia continua de la fixer avec une intensité singulière.

— Je voulais dire que je retournerai *vivre* là-bas.

Elle avait prononcé ces mots d'un ton sans réplique.

— Comme Georges ? fit Edwina, tentant de ramener le sujet sur leur frère.

La petite fille se contenta de lui lancer un drôle de regard dans lequel se reflétait un immense ressentiment. Et des heures plus tard, tandis que le train fonçait vers San Francisco, les yeux plissés, Alexia scruta de nouveau sa grande sœur.

— Pour quelle raison vous ne m'avez pas laissé faire du cinéma ?

— Georges a pensé, à juste titre, que ce n'était pas une bonne idée.

— Pourquoi ?

Edwina s'accorda un temps de réflexion qu'elle meubla par une série de gestes quotidiens – remonter les manches de Fannie, boutonner le veston de Teddy.

— Probablement parce qu'il s'agit d'un monde réservé aux adultes, répondit-elle finalement. Un monde que tu ne comprends pas encore et qui pourrait te blesser.

Alexia ne parut pas apprécier cette remarque.

— Un jour je deviendrai actrice et tu ne pourras pas m'en empêcher, déclara-t-elle avec une sombre véhémence qui alerta Edwina.

— Qu'est-ce qui te pousse à croire que j'essaierai de t'en empêcher ? questionna-t-elle, les sourcils froncés.

— Je le sais. Tu l'as déjà fait. Et Georges aussi. Mais la prochaine fois… ce sera différent.

Le silence tomba comme une chape de plomb dans le compartiment. Teddy et Fannie ne tardèrent pas à s'endormir, leurs têtes posées sur chaque épaule d'Edwina. Celle-ci laissa vagabonder ses pensées vers Helen et Georges, finit par s'assoupir, bercée par la cadence régulière des roues sur les rails. Et, assise sur la banquette d'en face, le visage tourné vers la fenêtre, Alexia fixait la vitre obscure d'un air buté.

26

Les quatre années suivantes furent pour Georges riches en expériences. Des films comme *Copperhead* ou *Le Cheikh* remportèrent un vif succès auprès du public, et au même moment, Cecil B. De Mille se distingua avec *L'Échange* et *Le Paradis d'un fou*, une comédie désopilante. Le frère d'Edwina poursuivait son apprentissage auprès de Sam Horowitz. Il avait déjà participé à des dizaines de films et avait patiemment gravi les échelons du métier. D'assistant caméraman, il fut nommé sous-directeur du studio, puis producteur, enfin. Son rêve d'enfant, ainsi que la promesse qu'il avait faite à Edwina à la mort de Philip, devint réalité en 1923.

Georges connaissait tout le monde à présent, des directeurs de la Paramount et de Universal aux étoiles les plus en vue du grand écran. C'était lui qui remplaçait Sam quand ce dernier partait en voyage d'affaires ou allait discuter le budget d'un nouveau film avec les banquiers de Wall Street à New York. Entre-temps, les maisons de distribution, qui s'étaient multipliées sur Sunset Boulevard, faisaient la loi et, afin de préserver leur indépendance artistique, Chaplin, Griffith, Mary Pickford et Douglas Fairbanks avaient fondé la United Artists.

Edwina et les enfants prirent l'habitude de se rendre à Hollywood deux fois par an. Georges venait les chercher à la gare, puis les conduisait chez lui : il possédait une pimpante petite villa sur North Crescent Drive, dans un quartier résidentiel. Il gagnait suffisamment d'argent maintenant pour s'assurer les services d'un majordome et d'un cuisinier. Georges Winfield passait pour l'un des hommes les plus influents de l'industrie cinématographique.

— Il est encore plus beau que Rudolph Valentino ! s'extasiait Fannie.

Elle n'était sans doute pas la seule à le penser, car une pléthore de créatures de rêve – actrices, starlettes, figurantes, – recherchait la compagnie du jeune homme. Il les charmait par un sourire, les emmenait dîner dans les plus grands restaurants, leur envoyait des fleurs, mais une seule comptait à ses yeux : Helen Horowitz. Edwina l'avait constaté à maintes reprises. La jeune fille avait vingt-deux ans maintenant. Sa beauté s'était épanouie. Elle semblait sincèrement attachée à Georges. La dernière fois qu'Edwina l'avait rencontrée, elle portait une époustouflante robe lamé argent qui moulait son corps ravissant comme une deuxième peau. Elle avait traversé l'immense salle du *Cocoanut Grove* au bras de Georges, inconsciente des ravages qu'elle produisait sur le cœur des hommes et sans un regard vers les appareils photo qui la mitraillaient d'une pluie de flashes.

— Elle est si belle..., murmura peu après Edwina à Georges. Pourquoi ne joue-t-elle pas dans les films de son père ?

— J'ai posé la même question à Sam il y a un an et il s'y est opposé formellement. Il désire préserver sa fille de la jungle hollywoodienne.

Edwina se retint pour ne pas poser une autre question qui, depuis longtemps, lui brûlait les lèvres. Voilà quatre ans que Georges fréquentait Helen. Visiblement, il était follement épris d'elle et c'était réciproque. Pourquoi ne se mariaient-ils pas ?

Elle retourna à San Francisco sans obtenir de réponse. Une semaine plus tard, une dispute éclata entre Edwina et Alexia à propos de *Loves of Pharaon*, un film trop osé au goût d'Edwina mais qu'Alexia voulait voir à tout prix. La sonnerie du téléphone interrompit leur querelle. C'était Georges.

— Edwina, je t'invite à la première de notre nouveau film. Douglas Fairbanks me fait l'amitié de me prêter sa villa de *Pickfair* pour la soirée de gala, ça va être épatant… Tu viendras, n'est-ce pas ? Ce sera l'occasion d'échapper à tes petits monstres, histoire de souffler un peu, qu'en penses-tu ?

Elle en pensait le plus grand bien, bien sûr, mais avait scrupule à laisser les trois enfants seuls. Et comme Georges insistait, elle finit par grimper une fois de plus dans l'express de Los Angeles… en emmenant la petite troupe avec elle. Alexia, à près de dix-sept ans, rivalisait de beauté avec la fille de Sam Horowitz, à ceci près qu'elle n'avait pas sacrifié à la mode des cheveux courts, ni à celle des tenues moulantes en lamé. Edwina se démenait pour tenir à distance les nombreux soupirants de sa jeune sœur. Dieu merci, celle-ci témoignait une méfiance naturelle à l'égard des étrangers, ne se sentant en sécurité qu'au sein de sa famille. Fannie, qui venait de fêter ses quinze ans, promettait de devenir une parfaite femme d'intérieur doublée d'un cordon bleu. Edwina lui confiait volontiers la maison, lors de ses rares sorties en ville – rendez-vous avec son banquier ou avec Ben Jones. L'avocat était resté son fidèle conseiller. Il s'était marié deux ans plus tôt mais avait conservé à Edwina toute son amitié.

Naturellement, Teddy faisait partie du voyage. Il avait treize ans, songeait déjà à ses futures études à Harvard, rêvait de diriger une banque. Il tenait de Bert, songeait Edwina, émue,… et de Philip.

Cette fois-ci, ils descendirent au *Beverly Hills Hotel*, car Georges hébergeait un groupe d'invités newyorkais. Les enfants – Edwina continuait à les appeler ainsi au grand dam d'Alexia – adoraient le luxueux palace. La vie y était plus excitante. L'hôtel comptait parmi ses pensionnaires Pola Negri, Leatrice Joy, Noah Beery. On y voyait souvent Charlie Chaplin et dès le premier jour, Teddy aperçut dans le vaste salon aux larges baies vitrées Will Rogers et Tom Mix, ses idoles.

Edwina accompagna Georges au gala, vêtue pour la circonstance d'un modèle lamé or, créé par Chanel. Elle s'était fait couper les cheveux et, en dépit de ses trente et un ans, bientôt trente-deux, elle avait conservé son allure de jeune fille. Les années n'avaient guère terni l'éclat de sa peau ni de ses immenses yeux bleu profond. Elle pénétra au bras de son frère dans le petit palais que Douglas Fairbanks avait fait construire pour Mary Pickford trois ans plus tôt à l'occasion de leur mariage.

— Où est Helen ? demanda-t-elle, peu après.

Ils étaient dans le jardin, une coupe de champagne à la main, se délectant du spectacle des couples qui évoluaient gracieusement sur la piste de danse. Après avoir salué un nombre incalculable d'invités, Georges était revenu vers sa sœur. Pour la première fois depuis quatre ans, il n'avait pas mentionné Helen.

— Elle est à Palm Springs avec son père, répondit-il vite. – Trop vite. – Sam ne veut plus qu'on se voie, ajouta-t-il soudain tout aussi rapidement.

C'était sûrement la raison pour laquelle il avait prié Edwina de l'accompagner à la réception. Elle le regarda, stupéfaite par la tristesse qui se reflétait dans ses yeux. Le sentant brisé tout à coup, elle demanda dans un murmure :

— Non ? Mais pourquoi ?

— Il pense que notre idylle a assez duré… fit-il d'un ton évasif, avant de saisir une nouvelle coupe de champagne sur le plateau d'un serveur en livrée.

« Il boit trop ! » pensa-t-elle, affolée. La Prohibition n'avait fait qu'augmenter la consommation d'alcool des habitants d'Hollywood. Dans l'univers scintillant du cinéma, on respectait la loi en public et on se rattrapait en privé. Elle fixa Georges, dont le visage d'habitude joyeux s'était assombri.

— Pourquoi ne l'épouses-tu pas, alors ? questionna-t-elle, au risque de se montrer indiscrète. Tu es amoureux d'elle, n'est-ce pas ?

Il sirota une gorgée, hocha la tête avec un petit sourire triste.

— Oui, soupira-t-il. Je l'aime éperdument. Mais je ne peux pas la demander en mariage.

— Pourquoi pas ?

— À cause des rumeurs. Ah, les commères d'Hollywood feront des gorges chaudes… Je les entends d'ici. « Winfield épouse la fille, afin de mettre le père dans sa poche… Encore un qui se marie par intérêt. »

– Il jeta un regard malheureux à sa sœur. – Sam me propose de m'associer à lui. Alors… – il porta de nouveau la coupe à ses lèvres –, c'est le job ou Helen. On ne peut pas tout avoir, que veux-tu ?

— Mais Georges…

— Je ne veux pas qu'on dise que j'ai agi à son égard par intérêt. Je ne le supporterai pas. Et elle non plus, j'en suis convaincu… Voilà des mois que j'essaie de résoudre ce dilemme, Edwina. Je ne vois aucune solution. À moins de démissionner. De tout quitter et de revenir à San Francisco avec Helen… Sauf que je suis quelqu'un ici et que là-bas je ne suis rien du tout, acheva-t-il d'une voix morose.

Il devait penser au train de vie fabuleux qu'il menait à Hollywood, à sa superbe villa, à son écurie, à sa part d'héritage dont il ne restait plus un sou.

— Voilà, ma chère, tu sais tout. Si je demande la main de la fille unique de mon futur partenaire, nous serons vite soupçonnés de favoritisme tous les deux.

Il reposa son verre d'un air dégoûté. Il en avait assez. Ce soir, il n'avait même pas envie de s'enivrer. S'il s'était écouté, il aurait pleuré dans le giron de sa grande sœur.

— C'est absurde ! affirma Edwina énergiquement. Absurde et ridicule. Si Sam te juge assez fort pour faire de toi son associé, il n'y a pas de raison qu'il te refuse comme gendre. Tu te mésestimes, Georges. Tu es aujourd'hui l'un des plus célèbres producteurs de cette ville.

— Et le plus solitaire. – Il émit un rire grinçant. – Laisse tomber, Edwina. Je refuse de laisser supposer à Helen que je désire un mariage de raison. J'en mourrais, si jamais elle le pensait.

— Lui en as-tu parlé ?

— Non… Nous en avons discuté avec Sam. Helen a vingt-deux ans. Son père pense, à juste titre, que si elle ne m'épouse pas, elle devra bientôt fonder un foyer avec quelqu'un d'autre.

Edwina l'enveloppa d'un regard empreint de tendresse. Il n'avait pas encore vingt-quatre ans, il avait tout pour être heureux, et il s'apprêtait à passer à côté du bonheur. Au nom de principes dont lui seul se souciait… Elle tenta de le lui expliquer, mais il resta de glace. Et plus tard, en la raccompagnant à son hôtel dans sa quarante-chevaux Lincoln, une grosse voiture haute sur roues, carrossée en phaéton, il murmura :

— Je ne peux pas faire ça, Weenie. Helen n'est pas une prime pour services rendus.

Elle le dévisagea, exaspérée.

— Voyons, Georges, cesse de débiter des bêtises. Tu l'aimes, oui ou non ?

— Oui, seulement…

— Alors, épouse-la. La vie est trop courte, ne la gâche pas. Ne laisse pas passer ta chance. On n'aime qu'une fois, Georges…

Il vit miroiter une minuscule larme au bord de ses cils et devina à qui elle pensait. Elle n'avait jamais oublié Charles. Après tant d'années, son cœur appartenait toujours au fiancé perdu à bord du *Titanic*. Il ouvrit la bouche, mais elle lui coupa la parole.

— Je suppose que tu es tenté également par la proposition de Sam ? Que tu désires être son associé ?

— Oui, justement…

— Alors, accepte ! Et demande-lui la main de sa fille. Il sera ravi de te l'accorder. – Elle se pencha vers lui, passant un bras autour de ses épaules. – On a le droit d'être heureux, Georges, fit-elle d'une voix vibrante. On en a même le devoir. Ne perds pas ton temps à renoncer au bonheur pour des raisons qui n'en valent pas la peine. Sam t'offre une occasion exceptionnelle. Prends-la. Hélène est la femme de ta vie, prends-la également. Mais, pour l'amour du Ciel, ne renonce à rien. Tu n'appartiens plus à San Francisco, mon petit, ta vie est ici. C'est ici que tu réaliseras tes rêves, ici que tu graviras les échelons de la réussite. Et tu réussiras, Georges, il suffit de le vouloir… tu as déjà réussi. Alors, ce n'est pas le moment de flancher. – Elle lui sourit à travers ses larmes. – Achète-lui une jolie bague de fiançailles et cesse de te morfondre. Tu mérites de devenir le partenaire de Sam… Et tu mérites Helen.

Il la dévisagea, abasourdi.

— Tu crois… vraiment…

— J'en suis sûre, petit voyou ! s'écria-t-elle, en lui ébouriffant ses cheveux méticuleusement gominés et coiffés en arrière.

Ils éclatèrent de rire en même temps, et Georges posa la tête sur l'épaule de sa sœur. « Elle est encore si mignonne ! » se dit-il, ému aux larmes. Il aimait sa nouvelle coiffure courte et ondulée. « Dommage qu'elle ne se soit pas mariée, qu'elle n'ait aimé personne après Charles », pensa-t-il. Le champagne qu'il avait ingurgité l'ayant grisé, il osa poser la question qui le tourmentait depuis longtemps.

— Tu ne regrettes pas d'être restée célibataire, Weenie ? Tu ne détestes pas cette solitude forcée ?

Il lut la réponse dans les prunelles bleu sombre avant qu'elle ouvre la bouche.

— Je ne me sens pas seule, Georges, avec vous tous autour de moi. Je vous aime tant que rien d'autre ne compte à mes yeux… Bien sûr, si j'avais épousé Charles, j'aurais été plus heureuse. Mais je ne me plains pas.

Elle avait songé plus d'une fois à la terrible solitude qui l'attendait et avait fini par s'habituer à cette idée. Dans cinq ans, Teddy commencerait ses études à Harvard. Les filles seraient certainement mariées d'ici là et Georges également. Chacun aurait sa propre famille, ses propres soucis. Et Edwina resterait toute seule, dans la grande demeure des Winfield.

— Je ne regrette rien, répéta-t-elle, comme pour s'en assurer elle-même, et en se penchant, elle effleura la joue de Georges d'un baiser. La vie est devant toi, mon chéri. Va à Palm Springs chercher Helen, profites-en pour dire à Sam que tu acceptes sa proposition et oublie les mauvaises langues. Peu importe ce que les autres en penseront.

Il sourit.

— Weenie, est-ce qu'on t'a déjà dit que tu étais une fille épatante ?

Tandis qu'il l'escortait vers l'hôtel, il fut assailli par des remords. Edwina avait sacrifié sa vie pour eux… Il ouvrit la bouche pour lui en faire la remarque mais aucun mot ne put franchir ses lèvres. Il se figea, l'œil rond. Une superbe créature traversait le vestibule… Alexia ! Mais où avait-elle déniché cette robe de soie gris perle qui mettait ses jeunes formes en valeur ? Et ce serre-tête tout étincelant de strass et orné d'une vaporeuse plume blanche ? Qui l'avait coiffée ?… Et comment osait-elle s'appuyer au bras de cet homme que Georges connaissait bien et qu'Edwina n'avait jamais vu auparavant ?

— Mon Dieu ! chuchota Edwina, effarée.

Elle s'était rendue à la réception, croyant sa jeune sœur au fond de son lit douillet. Alexia ne les avait pas encore aperçus. Visiblement, elle rentrait, elle aussi. Edwina regarda Georges.

— Qui est cet homme ?

Il était grand, élégant, séduisant… et il aurait pu être le père d'Alexia. Georges était devenu blême.

— Il s'appelle Malcolm Stone, fit-il à mi-voix. C'est un histrion de second ordre, un Casanova de bas étage qui exerce ses talents de séducteur sur les femmes… Surtout quand elles sont très jeunes… et riches. Il a déjà jeté son dévolu sur Helen.

Une lueur meurtrière traversa ses yeux, puis sa voix tonna à travers le lobby.

— Stone !

Le couple se retourna et une expression de pure panique figea les traits délicats d'Alexia. Elle avait pourtant bien dit à Malcolm qu'il fallait la ramener avant minuit. Ils étaient allés danser à *l'Hollywood Hotel* et le temps avait filé sans qu'elle s'en aperçoive. Elle l'avait rencontré plusieurs fois dans le grand salon du palace et ils avaient lié connaissance. Lorsque la jeune fille lui dit son nom, il demanda si elle était apparentée à Georges Winfield, le jeune producteur « qui montait ». Flattée, elle répondit qu'elle était sa sœur. Alors, il l'invita à déjeuner. Edwina avait emmené Teddy et Fannie en ville. Alexia en profita pour se rendre au rendez-vous. Pendant le repas, Malcolm Stone lui fit une cour pressante. Il avait infiniment d'esprit et cela l'avait impressionnée. Et maintenant, Georges était là, le visage blanc de colère.

— Qu'est-ce que vous faites là avec ma sœur ?

Un sourire narquois étira les lèvres du comédien.

— Rien de mal, cher ami. Je me suis permis de l'inviter à danser et nous avons, ma foi, passé une charmante soirée.

Il s'exprimait avec une voix empruntée et un accent britannique surfait. De sa place, Edwina pouvait parfaitement se rendre compte, à la façon dont Alexia le couvait du regard, qu'elle était sous le charme. Enfant timide, sa sœur avait toujours montré un penchant pour les hommes mûrs.

— Elle n'a pas encore dix-sept ans, le saviez-vous ? hurla Georges, hors de lui.

Le sourire du séducteur s'épanouit. Il se tourna vers Alexia.

— Il y a un léger malentendu, je crois… La demoiselle m'a affirmé qu'elle en avait vingt et un. Ne la grondez pas, Winfield. C'est une jeune fille délicieuse, ajouta-t-il en prenant la main d'une Alexia écarlate pour la mettre entre celles de son frère… Excusez-moi, mon vieux ! dit-il d'un ton nonchalant.

Georges plissa les paupières.

— Ne vous avisez plus de vous approcher d'elle.

— Naturellement, cher ami.

Il s'inclina légèrement, puis s'en fut. Georges harponna le bras d'Alexia l'entraînant, à travers le jardin, vers le bungalow qu'elle partageait avec Edwina et celle-ci les suivit. Une fois à l'intérieur, la jeune fille fondit en larmes en baissant obstinément la tête.

— Qu'est-ce qui t'a pris, bon sang ? explosa Georges. Es-tu devenue folle pour sortir avec un type comme lui ?

Il avait souvent reproché à Edwina d'être trop sévère vis-à-vis de leur sœur. Plus maintenant… Il se retint pour ne pas donner une bonne fessée à Alexia. Or, ce n'était plus une enfant et de toute façon Edwina ne l'aurait pas permis.

— C'est un escroc ! hurla-t-il. Un infâme coureur de dot dénué de scrupules. Un raté qui rôde autour des studios, prêt à tout pour se faire des relations.

Les pleurs d'Alexia se muèrent en sanglots.

— Tu mens ! s'écria-t-elle en soutenant le regard réprobateur de son frère. Malcolm n'a rien de l'individu que tu décris. Il est gentil… plein d'égards. Il m'a promis de me trouver un rôle dans son prochain film. Alors que toi, Georges, tu fais tout pour m'empêcher de devenir une actrice !

— Et je continuerai ! glapit-il, à moitié étranglé par la colère. Qu'est-ce que tu crois ? Que je te laisserai fréquenter des salauds de son espèce ? Ne sois pas stupide, Alexia. Tu n'es encore qu'un bébé… Un petit papillon qui pourrait se brûler les ailes aux feux de la rampe. Je t'interdis de revoir cette ordure.

— Tu n'as pas le droit de m'interdire quoi que ce soit ! cria-t-elle en lui échappant et en s'effondrant dans un fauteuil, les épaules secouées de sanglots, sous le regard attentif d'Edwina.

— Chérie, murmura celle-ci d'une voix douce, pourquoi ne m'as-tu pas demandé l'autorisation de sortir ? Pourquoi ne m'as-tu pas présenté ton ami ?

Depuis sa plus tendre enfance, Alexia ne s'était jamais confiée à personne. Elle n'en avait toujours fait qu'à sa tête et cela avait déjà failli lui coûter deux fois la vie. La jeune fille secoua la tête. Ses sanglots redoublèrent.

— Parce que… hoqueta-t-elle, les doigts crispés sur un mouchoir, ses larmes arrosant le tissu satiné de la robe qu'elle avait prise dans la penderie d'Edwina, parce que tu m'aurais défendu de mettre le nez dehors.

— Je vois… Et puis-je savoir l'âge de ce monsieur ? – Une note infime de désapprobation s'était glissée dans le ton de sa voix.

— Malcolm a trente-cinq ans, répondit dignement Alexia.

Georges ricana.

— Mon œil ! Il a la cinquantaine bien sonnée… Bon sang ! On dirait que tu es tombée de la dernière pluie.

Il ébaucha un ample geste d'exaspération, cherchant du regard l'approbation d'Edwina. Celle-ci garda le silence. Tout cela n'était pas seulement une question de naïveté. Lasse du somnolent San Francisco, Alexia avait cru découvrir le vrai sens de la vie dans l'éclatante succession des fêtes hollywoodiennes.

— Fréquenter ce monstre comporte certains risques dont tu devrais prendre conscience, continua Georges, implacable. Edwina, je te laisse le soin de le lui expliquer.

Le visage enfoui dans ses mains, Alexia répondit par des pleurs encore plus pathétiques qui eurent le don d'augmenter la fureur de Georges.

— Quant à toi, tu auras de la chance si je ne te renvoie pas à la maison avant ton anniversaire, grommela-t-il.

Il s'était mis d'accord avec Edwina pour célébrer les dix-sept ans d'Alexia dans un restaurant de luxe de

Sunset Boulevard. Dans la semaine qui suivit, la situation se dégrada. La tension entre Georges et Alexia devint insoutenable. Edwina tenta vainement de les réconcilier. À plusieurs reprises, elle prit à part Alexia pour la sermonner. Rien n'y fit. L'ennui, c'était que la jeune fille attirait les hommes comme des mouches. Partout où ils allaient, sa beauté resplendissante éclipsait instantanément celle des autres femmes présentes, y compris ses sœurs. Pour couronner le tout, le surlendemain de l'épisode avec Stone, un chasseur de talents de la Fox, qui avait monté la garde dans le lobby de leur hôtel, accosta Alexia.

— Vous aimeriez faire du cinéma, mademoiselle ?

Edwina déclina gentiment l'offre à la place de l'intéressée, ce qui déclencha immanquablement une nouvelle crise de larmes. Alexia traversa le salon comme une flèche, se réfugia dans leur bungalow, pestant contre la terre entière en général et contre sa sœur aînée en particulier.

— Que se passe-t-il avec elle ? s'enquit Georges, le même soir. Qu'est-ce qui ne va pas ?

Edwina haussa les épaules. Alexia n'avait jamais été une enfant facile, loin de là. Depuis que leurs parents étaient décédés, elle avait constitué un souci constant pour Edwina. En dépit d'une timidité maladive, l'adolescente brûlait de faire carrière dans le cinéma.

— Elle est à un âge difficile, expliqua-t-elle à Georges, peu après, quand ils furent seuls. C'est une jeune fille ravissante… Parfois, la beauté est source de confusion. Les gens lui offrent des contrats mirifiques sur un plateau d'argent et nous, par derrière, lui répétons qu'elle ne doit pas y toucher. Dans sa tête, c'est nous les méchants… Enfin, moi, surtout.

— Dieu merci, tu es là, Edwina. – Il venait de réaliser seulement par quelles épreuves sa sœur aînée était passée.

— Qu'allons-nous faire avec cette tête de mule ?

La jeune femme émit un rire indulgent. Après tout, Alexia n'avait commis aucun crime.

— Rien, répondit-elle paisiblement. Nous repartirons à San Francisco et tout rentrera dans l'ordre. Tu n'as plus qu'à prier le ciel de lui envoyer un bon mari le plus vite possible… Après, ce sera à lui de se morfondre des succès d'Alexia.

— Nom d'un chien, murmura Georges, décontenancé. J'espère que je n'aurai jamais de filles.

— Et moi j'espère que tu en auras une douzaine ! le taquina-t-elle en riant. Mais, au fait, qu'as-tu décidé à propos d'Helen ? Qu'est-ce que tu attends pour aller à Palm Springs ?

— J'ai téléphoné. D'après le majordome qui m'a répondu, Monsieur et Mademoiselle visitent des amis à San Diego. J'irai les voir dès leur retour. Je regrette que tu n'aies pu rencontrer Sam cette fois-ci, il t'apprécie énormément, tu sais.

C'était réciproque. Georges lui avait présenté Sam Horowitz trois ans plus tôt. Un grand homme aux larges épaules. Il avait des yeux pétillants d'intelligence, un visage respirant la sagesse. Tout en lui – démarche énergique, franche poignée de main – dénotait l'homme de pouvoir.

— Je le verrai la prochaine fois… Et gare à toi si tu ne lui as pas parlé d'ici là. Je ne te permettrai pas de galvauder tes chances.

— Bien, chef ! Tu pourrais donner le même conseil à notre étourdie de sœur.

Après avoir versé des torrents de larmes sur sa carrière tuée dans l'œuf, Alexia eut l'air de se reprendre. Son anniversaire se déroula dans la joie. Il ne restait plus qu'une journée avant de reprendre le chemin du retour. Edwina en profita pour emmener Teddy et Fannie sur les lieux du tournage d'un nouveau film auquel Georges participait. Ils ne firent que l'entr'apercevoir car il était calfeutré dans les bureaux de la production, mais eurent le loisir d'admirer Lillian Gish devant les caméras. Il réapparut à la fin de la séquence.

— Quand proposeras-tu un rôle à Alexia ? interrogea Edwina, posant enfin la question qui la tracassait depuis le jour où l'émissaire de la Fox avait abordé sa sœur.

— Je n'en sais rien, soupira-t-il, après un temps de réflexion, en se renversant sur sa chaise. Pourquoi ? Tu es son imprésario ?

— Non, mais je pense qu'une telle proposition, venant de toi, lui mettrait du baume au cœur. Elle a la passion que tu as pu avoir pour le cinéma, Georges... Et elle est si jolie... Je sais qu'elle est trop jeune, trop immature surtout, mais dans un an ou deux...

— Ne m'embrouille pas, Edwina. Il faut avoir les dents longues pour réussir dans ce métier.

Il voyait mal Alexia là-dedans. Il était comme Sam, qui avait soigneusement tenu sa fille loin des turpitudes du star-system. Il le dit à Edwina et elle acquiesça.

— Oui, Helen ne s'en porte pas plus mal, en effet.

— Son père l'aurait enfermée à clé plutôt que de l'autoriser à devenir actrice. Il connaît trop bien ce milieu frelaté pour laisser Helen s'y aventurer.

C'était une fin de non-recevoir. Edwina hocha la tête.

— En ce cas je m'incline. C'était juste une idée qui m'avait traversé l'esprit.

— Au fait, où est-elle ?

— À l'hôtel. Elle voulait se reposer.

— En es-tu sûre ?

Sa question arracha un sourire à Edwina. Depuis quelque temps, les réticences de Georges tournaient à la suspicion pure et simple. Dans chaque homme qui adressait la parole à Alexia, il voyait un être malintentionné dont il fallait d'emblée se méfier. Elle lui en fit la remarque et il rit avec elle.

Après le tournage, ils allèrent déjeuner, puis Georges les raccompagna en voiture à l'hôtel, avant de repartir au studio. Alexia n'était pas dans sa chambre. Edwina envoya Teddy à sa recherche. Le petit garçon revint peu après, bredouille. Alexia n'était ni dans le grand salon, ni près de la piscine.

— Elle a dû aller faire un tour, conclut-il, avant de ressortir en coup de vent, dans l'espoir d'apercevoir une dernière fois Tom Mix dans les parages.

Fannie aida Edwina à boucler leurs bagages. À la tombée de la nuit, Alexia n'avait pas reparu. L'inquiétude d'Edwina commença à se muer lentement en panique. Et si Georges avait eu raison ? La jeune femme se laissa tomber sur le canapé, en proie à un vif désarroi. Elle n'aurait pas demandé mieux que de faire confiance à Alexia… Mais celle-ci était si différente des autres membres de la famille. Si renfermée. Si mystérieuse. Et craintive. Durant toute son enfance, elle s'était cramponnée aux adultes, comme elle le faisait maintenant. Elle vouait une profonde affection à Edwina et à Georges mais ne s'était jamais tout à fait remise de la mort de Philip, qui semblait l'avoir affectée plus encore que celle de leurs parents. C'était un être fragile, une âme sensible. Petite fille, son insatiable besoin de sécurité la poussait à s'attacher, avec une ferveur qui n'avait jamais manqué d'intriguer Edwina, à des hommes plus âgés – des amis de Bert et, bien sûr, Philip. Et cette quête désespérée d'un père s'était exacerbée au fil des ans.

À vingt heures, elle appela Georges au téléphone.

— Désolée de te gâcher la soirée. Alexia n'est pas là et je ne sais pas où elle est passée.

Il remit à plus tard son projet de sortie, débarqua à l'hôtel dix minutes plus tard, en smoking.

— Tu ne l'as pas vue avec quelqu'un ? J'espère qu'elle n'est pas avec Malcolm Stone. Elle n'est pas bête à ce point, tout de même.

— Alexia n'est pas bête, rectifia Edwina en refoulant ses larmes. Elle est *jeune*.

— La jeunesse n'est pas une excuse. Moi aussi j'ai été jeune, assena Georges, oubliant qu'il n'avait que vingt-quatre ans. Je ne disparaissais pas toutes les trente secondes pour autant, et encore moins en compagnie de quinquagénaires décatis !

— Georges, ne perdons pas de temps, je t'en supplie. Si quelque chose est arrivé à Alexia…

Il eut un furieux haussement d'épaules. Mais non, rien n'était arrivé à cette idiote. Hollywood n'était pas un repaire de brigands. On n'enlevait personne de force. Elle avait dû suivre quelqu'un de son plein gré et ce quelqu'un n'était autre que l'infâme Malcolm Stone. Georges en eut des fourmillements dans les paumes.

— Quelle gourde ! explosa-t-il. À force de se montrer avec ce saligaud dans des boîtes truffées de reporters à l'affût d'un scoop, la presse à sensation ne va pas tarder à avoir vent de cette affaire… C'est exactement ce que je voudrais éviter.

Il laissa seule Edwina, se rendit à la réception, bombarda de questions les employés de l'hôtel, glissa discrètement quelques pourboires dans deux ou trois poches, revint peu après, furibond.

— Ta sœur s'amuse tout simplement au *Rosarita Beach* avec Malcolm Stone ! fulmina-t-il. Cette canaille a loué une voiture… – Il imita rageusement la voix de son informateur. – « Oui, il était accompagné d'une très jolie fille blonde »… Tu sais ce que c'est, le *Rosarita Beach ?* Un célèbre tripot de l'autre côté de la frontière mexicaine où l'alcool ne tombe pas sous le coup de la loi et où un couple peut dégoter une chambre pour la nuit.

— Seigneur ! – Edwina commença par expédier Teddy et Fannie dans leurs chambres respectives, afin de leur épargner cette pénible discussion et se tourna ensuite vers Georges.

— Qu'est-ce qu'on va faire, alors ?

— Je vais te le dire, tempêta-t-il, en jetant un coup d'œil à la pendule dont les aiguilles marquaient vingt heures trente.

S'ils se dépêchaient, ils seraient sur place avant vingt-trois heures. Il pria le ciel pour qu'ils arrivent à temps.

— Il faut y aller, reprit-il, d'une voix blanche. Nous allons ramener Alexia. Et s'il a osé porter ses sales pattes sur elle, je le tuerai !

Edwina préféra mettre ces menaces sur le compte de la colère. Elle enfila un manteau qu'elle tira rapidement de la penderie, alla dire à Fannie et Teddy de ne sortir sous aucun prétexte. L'instant suivant, elle s'élança sur les traces de Georges à travers le lobby et peu après, la Lincoln roulait à toute vitesse en direction du sud.

Ils arrivèrent à destination deux heures plus tard.

L'établissement s'étirait sur une plage déserte et l'on pouvait voir à la lueur de son enseigne lumineuse plusieurs limousines américaines garées côte à côte. Les gens venaient ici de Los Angeles, fuyant la rigueur de la Prohibition.

Ils franchirent le seuil sans un mot. Elle sentait Georges tendu, prêt à causer un esclandre et à passer les chambres du premier au peigne fin pour retrouver Alexia. Par chance, le couple était encore dans la salle de jeux. Malcolm Stone, assis à une table, jouait au baccara. Il avait l'air ivre. Alexia se tenait près de lui. Elle avait dû boire elle aussi, mais pas suffisamment pour apaiser sa nervosité. Elle fut la première à les apercevoir et parut sur le point de s'évanouir. Georges traversa la salle en deux enjambées, la saisit par le bras, la repoussa brutalement vers le bar.

— Oh… Je…

Elle fut incapable de poursuivre. Malcolm leva le regard.

— Tiens, vous ici, fit-il froidement, en exhibant ses dents parfaites dans un sourire narquois.

Georges ne sourit pas.

— J'ai l'impression que vous ne m'avez pas très bien compris la première fois, lâcha-t-il entre les dents. Je serai donc plus clair. Alexia a dix-sept ans. Continuez à tourner autour d'elle et je vous flanque un procès sur le dos pour détournement de mineure. Vous pourrez dire adieu à votre carrière de comédien, Stone… Me suis-je bien fait comprendre, cette fois-ci ?

— Absolument. J'ai dû en effet mal comprendre votre premier avertissement.

Georges ôta sa veste de smoking et la jeta sur une chaise. Il attrapa Malcolm par le col, le forçant à se redresser, lui assena un violent coup de poing sur la mâchoire, puis un deuxième dans le plexus.

— Tâchez de vous en souvenir, dorénavant, gronda-t-il.

Malcolm Stone s'était abattu sur les genoux, l'air sonné. Sous les regards médusés de l'assistance, Georges récupéra sa veste et poussa Alexia sans ménagement vers la sortie, bientôt suivi par Edwina.

27

Le retour à San Francisco fut pénible pour tout le monde et plus particulièrement pour Alexia. Durant le trajet, la jeune fille pleura à chaudes larmes, sans répit. Plus que la punition dont Georges l'avait menacée, l'attitude de Malcolm l'avait mortifiée. Au début de son escapade, l'idée que le comédien avait l'intention de passer la nuit avec elle ne l'avait pas effleurée. Mais elle l'avait su instinctivement, quand Georges avait surgi au milieu de la salle enfumée, tel un vaillant chevalier en armure étincelante. La vérité lui était alors apparue et elle s'était sentie humiliée. Malcolm avait pourtant tout mis en œuvre pour gagner sa confiance. Il la traitait comme une petite fille, l'appelant « son bébé » d'une voix enjôleuse qui l'emplissait d'un bien-être singulier. Or, rien ne pouvait remplacer le sentiment de sécurité qu'elle éprouvait auprès d'Edwina... Alexia avait pris place dans la Lincoln avec un immense soulagement.

Georges l'accabla d'amers reproches tout le long du chemin entre la frontière mexicaine et l'hôtel.

— Tu ne remettras plus les pieds ici, tonna-t-il, en guise de conclusion, quand, enfin, ils furent arrivés. On ne peut pas se fier à ta parole et à la place d'Edwina, je t'aurais enfermée dans un couvent. Tu as de la chance de vivre avec elle et pas avec moi.

Alexia partit se coucher, ulcérée, et Georges prit un dernier verre en compagnie de sa sœur aînée. Il n'avait pas décoléré.

— Bon sang, cette imbécile ne se rend même pas compte dans quel pétrin elle allait se fourrer ! explosa-t-il en prenant une gorgée de whisky et en se laissant tomber sur la méridienne avec un soupir exaspéré. Nous aurions pu nous retrouver avec un petit bâtard sur les bras si nous n'étions pas intervenus à temps… Il ne manquait plus que ça.

— Georges !

— Parfaitement, ma chère. Mais elle est incapable de comprendre.

— Elle a compris maintenant.

Alexia le lui avait affirmé un peu plus tôt, alors qu'elle l'aidait à se déshabiller. Des larmes de honte avaient voilé ses yeux. Edwina l'avait mise au lit et l'avait bordée tendrement, comme elle l'aurait fait pour un tout petit enfant égaré. Alexia était une femme maintenant, malgré certains aspects puérils de son caractère. Les chocs psychologiques qu'elle avait subis dans le passé l'avaient rendue trop fragile, trop démunie face aux dures réalités de l'existence. Personne au monde ne pourrait jamais lui donner ce dont elle avait besoin et qui lui manquait cruellement… Alexia serait toujours à la recherche du père et de la mère qu'elle avait perdus à l'âge de six ans, lors de cette affreuse nuit où des mains inconnues l'avaient propulsée par-dessus bord, avec sa poupée, dans un canot de sauvetage.

— Il lui avait promis de la ramener, expliqua-t-elle à Georges. Elle ignorait tout de son plan, bien sûr, mais elle y a vu clair quand nous sommes arrivés à la rescousse, comme des héros dans un film d'aventures.

— Elle a une sacrée veine, fit-il en remuant ses doigts encore douloureux par les coups qu'il avait assenés à Malcolm. Les héros se font rares dans la vie, surtout lorsqu'on a à faire à des malpropres de l'espèce de Stone… J'ai des envies de meurtres rien que d'y penser. Ah, si jamais il osait repointer son nez…

— Il ne le fera pas. Demain, nous rentrons à San Francisco et jusqu'à ce que nous revenions, il aura certainement trouvé une autre victime… Dans quel monde tu vis, mon pauvre chéri !

Sa taquinerie le fit rire. Finalement, il y avait eu plus de peur que de mal.

— Note, reprit-elle d'une voix malicieuse, je commence à prendre goût à cette ville pleine d'imprévus, malgré mon grand âge.

Il se tourna vers elle, avec un nouveau rire. Et comme chaque fois qu'il la regardait, il fut frappé par l'éclat de ses yeux. Edwina était plus jolie que jamais, avec sa coiffure à la Jeanne d'Arc qui encadrait son fin visage… « Et dire qu'elle ne s'est pas mariée »… cette pensée s'insinua une fois de plus dans son esprit, comme un remords.

— Tu es vraiment belle, Weenie ! Attends un peu et je te trouverai bien un mari.

Elle s'esclaffa, l'air de dire que le mariage ne figurait pas en tête de liste de ses préoccupations. Des maris, il fallait en trouver pour Alexia et Fannie… Sans oublier Helen.

— Tu veux dire quelqu'un comme Malcolm Stone ? C'est terriblement excitant.

— Il doit y avoir mieux dans les parages.

— Formidable ! Fais-moi signe dès que tu auras déniché cet oiseau rare. En attendant, cher petit frère… – elle s'était redressée en s'étirant gracieusement – je vais retourner à notre bon vieux San Francisco où les mondanités consistent à une vague réception chez les Crocker et où les potins les plus furieux se résument à peu de choses… « Avez-vous vu la nouvelle voiture d'un tel ? Remarqué les regards échangés entre un tel et une telle pendant la soirée d'ouverture de l'opéra ? »

— Doux Jésus, gémit-il. Pas étonnant que je sois parti de ce bled.

— Sauf que là-bas, personne n'a encore séduit ta petite sœur, lui fit-elle remarquer dans un bâillement vite réprimé, tandis qu'elle le raccompagnait à la porte.

— Voilà un bon point. Bonne nuit, Weenie.

— Bonne nuit, mon chéri. Merci pour tout, Georges.

Il l'embrassa gentiment sur la joue avant de sortir. Sa chère Lincoln, couverte de la poussière de leur folle équipée, l'attendait devant l'hôtel. Il démarra doucement, en pensant à Helen, qui lui manquait, puis ses pensées dérivèrent vers Edwina dont il était si fier…

28

Georges débarqua deux mois plus tard à San Francisco sans prévenir. Il n'avait pas donné signe de vie depuis quelque temps mais, le sachant accaparé par son travail, Edwina ne s'en était pas inquiétée. Il remonta l'allée en courant, le visage illuminé d'un large sourire. Il avait demandé la main de Helen et la jeune fille la lui avait accordée, annonça-t-il triomphalement… Le monde lui appartenait. Des larmes de joie inondèrent les yeux d'Edwina.

— Et ton association avec Sam ? questionna-t-elle l'instant suivant, soudain alarmée.

Il eut un sourire de petit garçon à qui l'on vient d'offrir un merveilleux présent.

— Tu avais raison. Helen a réagi exactement comme toi, et Sam aussi. Quand je lui ai narré mes réticences, il m'a tout simplement rétorqué que j'étais stupide. Il connaît mes sentiments vis-à-vis de sa fille, se fiche éperdument des ragots, et tient absolument à ce que je l'épouse.

— Félicitations ! s'écria-t-elle, rayonnante. C'est quand, ce beau mariage ?

Ils étaient en juin. S'il ne tenait qu'à lui, il l'aurait épousée tout de suite.

— Pas avant septembre. Helen veut prendre son temps… Elle se démène pour organiser une réception digne des plus grandes mises en scène de Cecil B. De Mille, pouffa-t-il. Nous allons embaucher un millier d'extra.

Edwina sourit. Cela promettait, en effet, d'être un mariage splendide, dans la plus pure tradition hollywoodienne. Elle n'avait jamais vu Georges aussi heureux.

— Je voudrais te parler également d'une autre affaire, enchaîna-t-il. Tu sais combien tes conseils me sont précieux.

Elle le fixa, flattée de cette délicate attention.

— De quoi est-il question ?

— D'un scénario auquel nous pensons depuis deux ans, avec Sam, et que nous avons gardé dans nos tiroirs dans l'espoir de découvrir la personne idéale pour interpréter le rôle d'une jeune orpheline… L'autre jour, il a eu une idée insensée… Mais je ne sais pas, Edwina, j'hésite…

Son sourire s'était effacé et il fronça les sourcils. Puis, comme elle continuait de le fixer sans comprendre :

— Tu l'as sans doute deviné, il s'agit d'Alexia. Qu'en dis-tu ?

Elle le regarda, sidérée, se remémorant le chasseur de talents de la Fox. Évidemment si Alexia tournait sous les ordres de son frère, il n'y aurait aucun souci à se faire. Georges dut penser à la même chose, car ils eurent un éclat de rire amusé. Il fut le premier à redevenir sérieux.

— Je n'arrive pas à prendre une décision, Weenie. D'après Sam, Alexia est notre personnage et je suis d'accord avec lui. Je sais qu'elle incarnera l'héroïne à la perfection et, du reste, elle n'a pas cessé de me bombarder de lettres me suppliant de la prendre à l'essai… D'un côté je m'y refuse, de l'autre, je me demande si elle n'a pas vraiment du talent… Bref, je ne sais plus où j'en suis.

Il paraissait sincèrement déchiré. Edwina haussa les épaules.

— Je me suis longuement posé la même question. Elle a l'air si passionnée et en même temps si vulnérable… Mais il y a encore deux mois, tu semblais fermement contre l'idée même qu'elle puisse jouer le moindre petit rôle. Qu'est-ce qui t'a poussé à changer d'avis ?

— Le temps, répondit-il pensivement. Au début, la seule pensée qu'un quelconque réalisateur allait lui mettre le grappin dessus me révulsait. Maintenant, c'est différent… je pourrais lui faire signer un contrat d'exclusivité la mettant à l'abri de ce genre de péril… À condition, naturellement, qu'elle ne recommence pas à perdre la tête pour le premier bellâtre venu.

Il n'était pas prêt à oublier la mésaventure d'Alexia avec Malcolm Stone, ni la façon dont il l'avait tirée de ses griffes.

— Il faudra garder constamment un œil sur elle. Alexia est une enfant, au fond. Quand on ne s'occupe pas assez de ses états d'âme, elle fait des bêtises pour attirer l'attention.

— Alors, elle sera une star ! sourit-il. Elles sont toutes comme ça.

— Quand voudrais-tu qu'elle commence ?

— Dans une semaine ou deux. Elle sera libre à la fin de l'été.

Rien ne s'y opposait. Alexia venait de terminer le lycée, les deux autres entamaient leurs vacances d'été. Comme la plupart des jeunes filles, les sœurs d'Edwina ne souhaitaient pas entamer d'études supérieures. Or le film finissant en août laissait à Edwina le temps de regagner San Francisco pour la rentrée scolaire des plus jeunes. Teddy entrait en huitième et Fannie n'en avait plus que pour deux ans à la High School de Miss Sarah Dix Hamlin.

— Naturellement, vous n'irez pas à Tahoe cette année, poursuivit Georges, mais je vous enverrai éventuellement à Del Coronado ou à Catalina. Par ailleurs…

Il s'interrompit et une ombre songeuse flotta un instant sur ses traits.

— Bah, fit-il, peu importe. Le problème consiste à savoir si on peut prendre le risque de soumettre Alexia aux exigences et au stress d'un tournage.

Debout devant la fenêtre, la jeune femme promena son regard dans le jardin. Les rosiers plantés par sa mère tant d'années auparavant s'épanouissaient dans la lumière éclatante, parmi les azalées qu'Edwina avait repiquées un an plus tôt.

— Je crois qu'il faut l'aider à réaliser ses rêves, dit-elle au bout d'un moment.

— Pourquoi ? interrogea-t-il, de nouveau hésitant.

— Parce qu'elle ne nous pardonnera jamais de n'avoir pas levé le petit doigt pour elle alors que l'occasion s'est présentée.

— Nous ne sommes pas obligés de le lui dire. Elle n'a pas besoin de le savoir.

— Non, bien sûr... dit-elle en se dirigeant vers le canapé et en s'y installant. Mais nous, nous le saurons. Alexia mérite plus que San Francisco peut lui donner. Grâce à sa beauté, elle sort de l'ordinaire. – Elle eut le sourire d'une mère fière de sa fille. – Tu es venu me demander mon avis, Georges, le voilà : donne-lui sa chance. Et si par malheur elle se tient mal, nous l'enfermerons dans sa chambre et nous jeterons la clé à l'égout !

Elle attendit qu'il s'arrête de rire avant de reprendre :

— Chacun a le droit de tenter sa chance une fois dans la vie. Tu as bien eu la tienne.

— Et toi ? murmura-t-il, presque malgré lui, et elle eut un sourire.

— Je suis parfaitement heureuse. Mais revenons à nos moutons, Georges Winfield. Puis-je appeler Alexia ?

Il acquiesça lentement.

Alexia pénétra dans le salon, un peu avant le dîner. La jeune fille avait passé l'après-midi avec une amie dans les boutiques les plus élégantes de la ville. C'était une élève assez médiocre, tout comme Fannie d'ailleurs, ce qui rappelait à Edwina une phrase prononcée des années auparavant par Bert : « Edwina, Philip et Teddy sont les cerveaux de cette famille ». Il aurait été enchanté de constater les progrès de Georges.

Alexia entra dans la pièce, d'un air anxieux.

— Il paraît que vous voulez me parler. Que se passe-t-il ?

La lumière tardive nimbait sa superbe chevelure blond maïs et Georges pensa spontanément qu'elle était vraiment faite pour le rôle.

— Rien de grave, sourit Edwina. Georges a quelque chose à t'annoncer qui, je crois, te fera plaisir.

Le regard limpide d'Alexia se reporta de l'un à l'autre.

— Tu te maries ? demanda-t-elle enfin.

Il hocha la tête en souriant.

— Bien deviné, Lexia. Helen et moi unirons nos destinées en septembre. En attendant, nous avons des projets pour toi, avec Edwina.

L'espace d'une seconde, le visage d'Alexia se ferma. De quels projets s'agissait-il ? Allaient-ils l'envoyer dans un de ces sinistres pensionnats où les jeunes filles de bonne famille étaient censées parfaire leur éducation ? Georges devança ses questions.

— Aimerais-tu venir à Los Angeles… – et à mesure qu'il formulait les mots, le petit visage en face de lui s'éclairait –… pour jouer dans un film ?

Elle le regarda pendant un long moment, puis s'élança vers lui, l'entourant de ses bras.

— C'est vrai ? Oh, mon Dieu, est-ce bien vrai ? Je pourrai y aller, Edwina ? Vraiment ? Tu me laisseras ?

Sa joie impétueuse fit rire les autres et Georges manqua étouffer sous une avalanche de baisers reconnaissants.

— Oui, oui, oui, fit-il en dénouant les bras qui l'étreignaient et en secouant sous le nez d'Alexia un index menaçant, mais je tiens à te prévenir : je ne veux pas d'histoires ! Ne t'avise pas à recommencer ton petit manège d'il y a deux mois, sinon tu peux d'ores et déjà oublier le cinéma.

Elle s'empressa d'acquiescer, se pendit à son cou en secouant farouchement la tête.

— Georges, tu peux compter sur moi. Je serai un modèle de bonne conduite. Je te le jure… Après le film, nous vivrons tous à Hollywood, n'est-ce pas ?

Georges échangea un regard avec Edwina. Ils n'y avaient même pas pensé.

— Non, Alexia. Vous retournerez à San Francisco afin que Teddy et Fannie puissent terminer leurs études.

— Il y a bien des lycées à Hollywood non ? s'exclama-t-elle, l'œil suppliant, après quoi elle eut une meilleure idée. Ou alors, je pourrais vivre avec Helen et toi.

— Non ! gémit-il, tandis qu'Edwina riait sous cape.

— Pourquoi pas ?

— Tout simplement parce que je n'ai pas envie de commettre un meurtre ou de divorcer avant la fin de l'année.

Elle parut décontenancée, mais l'instant suivant une autre idée fusa plus grandiose encore.

— Si je deviens une grande vedette, j'aurai ma propre maison à Sunset Boulevard. Comme Paula Negri. Une superbe villa avec des domestiques. Des femmes de chambre, un majordome… Et une voiture… Oh ! et deux lévriers d'Irlande !

Elle quitta la pièce en trombe à la poursuite de son rêve. Georges dédia à Edwina un sourire malicieux.

— Et voilà ! soupira-t-il. Nous allons au-devant de graves ennuis, j'en ai peur. J'ai dit à Sam que je voulais bien autoriser ma sœur à tourner, à condition qu'elle ne se laisse pas griser par le succès.

— Qu'a-t-il répondu ?

— Qu'il avait déjà payé son tribut à la société et que *sa* fille et *ma* sœur n'étaient plus son problème mais le mien.

— Voilà un homme de bon sens.

— Je le sais... À propos, il a l'intention de nous inviter dans un excellent restaurant pour célébrer mes fiançailles avec Helen.

— Très bonne idée, sourit-elle en se levant. Allons dîner maintenant.

À table, Edwina annonça aux enfants les nouvelles. Teddy et Fannie, qui appréciaient la ravissante Helen, félicitèrent chaleureusement Georges, enchantés par la perspective d'un nouveau voyage à Los Angeles. Ils eurent l'air ravi d'apprendre que la famille comptait une future star de cinéma. Pendant un bref instant, Edwina avait redouté la réaction de Fannie. Celle-ci ne montra, pourtant, aucune jalousie à l'égard d'Alexia. Sa frimousse s'illumina d'un large sourire et elle voulut savoir aussitôt si elle pourrait assister au tournage.

— Nous reviendrons ici, n'est-ce pas Weenie ? s'enquit-elle, peu après, anxieusement.

Pour rien au monde Fannie n'aurait quitté la maison et la ville qui l'avaient vu naître. C'était ici qu'elle désirait vivre. Pas à Hollywood, fût-ce dans une superbe villa avec des lévriers d'Irlande...

— Absolument, la rassura Edwina.

— Ah, bien.

Fannie s'attaqua à son plat en soupirant d'aise. Et Edwina se demanda comment des enfants élevés ensemble pouvaient développer, en grandissant, des personnalités aussi différentes.

29

Ils se rendirent à Los Angeles quinze jours plus tard et cette fois-ci, ils logèrent chez Georges qui tenait à garder un œil vigilant sur Alexia. Dès le premier jour, Teddy fut fasciné par l'écurie de son grand frère. Le lendemain, installée à l'ombre fraîche de la véranda, Edwina regardait le petit garçon se pavaner à cheval, quand une limousine se glissa dans le parc et s'immobilisa devant le perron. Une Rolls-Royce noire au chrome étincelant. Un ami de Georges sans doute, supposa-t-elle. Le chauffeur en uniforme ouvrit la portière, et un homme émergea dans le contre-jour, éblouissant. Grand, athlétique, avec de larges épaules et un halo de cheveux argentés, il se figea un instant, comme pour mieux étudier la jeune femme dont il apprécia la fine silhouette élancée élégamment drapée dans une robe de soie bleu marine. Elle avait des cheveux courts d'un noir lustré, tenait délicatement une cigarette entre ses doigts minces. Ils s'observèrent un court moment, puis elle jeta sa cigarette, le visage éclairé d'un charmant sourire.

— Pardonnez-moi, je ne vous avais pas reconnu, murmura-t-elle. Vous êtes monsieur Horowitz, n'est-ce pas ?

Il saisit la main menue qu'elle lui tendait, souriant à son tour. Georges la lui avait présentée quelques années plus tôt, lors d'une soirée. Il avait été séduit par son intelligence, sa classe, sa grâce. Et maintenant, comme s'il venait seulement de la découvrir, il était frappé par sa beauté…

— Je vous prie de m'excuser également, répondit-il d'une voix posée, presque nonchalante, je ne vous avais pas reconnue non plus. Pendant un moment, je me suis surpris à me demander ce qu'une jeune et jolie personne venait faire chez mon futur gendre.

… Une beauté épanouie, songea-t-il, reprenant malgré lui le cours de ses pensées, rayonnante, malgré la sobriété de sa mise et l'absence de bijoux tapageurs.

— Je suis ravi que vous soyez venue, ajouta-t-il, et Helen aussi. Et je vous remercie d'avoir accepté d'assister au tournage du film. Georges en est très heureux.

Tout en lui dénotait l'homme de pouvoir. Pourtant, Sam Horowitz n'avait rien à voir avec la faune prétentieuse du cinéma. Il avait su conserver le naturel et la simplicité qu'Edwina avait déjà observés chez Helen. En dépit de sa position sociale élevée, il s'exprimait avec une sorte de gentillesse amicale qui mettait à l'aise ses interlocuteurs. Un silence suivit. Côte à côte, ils contemplèrent le spectacle de Teddy sur sa monture. Au passage, le petit cavalier leur adressa un signe de la main, auquel Sam répondit aussitôt. Il n'avait pas encore fait la connaissance des plus jeunes Winfield. Par Georges, il savait l'histoire douloureuse de leur famille. Un soir, son jeune associé lui avait conté par le menu comment leurs parents avaient péri tragiquement et comment Edwina avait élevé ses frères et sœurs. Il lui jeta un coup d'œil oblique sans dissimuler son admiration. « Belle et courageuse », se dit-il.

Sa voix le ramena sur terre.

— Aimeriez-vous une tasse de thé ?

« Enfin, quelqu'un qui ne vous force pas à ingurgiter du champagne à onze heures du matin ! » Il accepta, soulagé, la suivit à l'intérieur en se démenant pour ne pas regarder ses jambes fuselées ni le léger balancement de ses hanches sous l'étoffe soyeuse.

La jeune femme pria le majordome de servir le thé avant de conduire son invité, à travers la vaste bibliothèque aux volets clos, dans un patio ombragé, meublé de tables de jardin et de fauteuils en rotin anglais.

— Est-ce que vous vous plaisez à Los Angeles ? interrogea-t-il après que le majordome eut apporté le thé.

— Énormément. Je garde un merveilleux souvenir de nos précédents séjours dans votre ville. Les enfants y reviennent avec joie. – Elle sourit. – Ce film est un grand événement pour eux, vous savez, et quant à Alexia, elle est au comble du bonheur. Elle a de la chance, cette petite.

— Elle a surtout la chance de vous avoir auprès d'elle. Helen aurait payé cher pour avoir une famille comme la vôtre… La pauvre enfant a passé des années bien solitaires en compagnie de son vieux père.

Une lueur de compassion tremblota au fond des prunelles bleu intense, puis la jeune femme détourna le regard.

— Chaque famille a ses absents et ses blessures, fit-elle à mi-voix… Finalement nous avons fait face à l'adversité, ajouta-t-elle et un sourire victorieux étincela sur ses lèvres pleines.

Il inclina la tête, impressionné. C'était un être exceptionnel, une femme hors du commun et pas seulement à cause de sa beauté ou de son élégance. Une force sereine émanait d'elle, il l'avait déjà remarqué lors de leur première rencontre. Et une rare fierté qui ne la rendait que plus attachante.

— Quels sont vos projets pour les prochains jours ? demanda-t-il, avec une curiosité ingénue qui la fit de nouveau sourire. Allez-vous profiter de nos fabuleux sites touristiques ? Rendrez-vous visite à des amis ?

Elle laissa échapper un rire aérien et, de nouveau, Sam se sentit sous le charme. Elle lui rappelait sa fille par moments, bien que la personnalité d'Edwina fût plus forte, plus indépendante.

— Je me chargerai du rôle ingrat de chaperon auprès de votre future star, monsieur Horowitz.

Visiblement, Georges ne l'avait pas mis au courant de la mésaventure d'Alexia. Néanmoins, il acquiesça d'un air sérieux. Il comprenait parfaitement. Il n'aurait pas fait moins pour Helen.

— Aujourd'hui, elle est en ville en compagnie de Georges, poursuivit-elle, c'est pourquoi je suis ici, avec les deux plus jeunes. Mais à partir de demain, je cumulerai les fonctions de garde du corps, d'habilleuse et de mentor.

— Un travail de Romain, renchérit-il, en déposant tasse et soucoupe sur le plateau et en allongeant ses longues jambes.

Il devait avoir une cinquantaine d'années… C'était indéniablement un homme séduisant sans même s'en rendre compte. Soudain, Edwina eut conscience d'un fait nouveau. Ils étaient seuls et ils bavardaient depuis plus d'une demi-heure avec la familiarité de deux vieux amis. L'arrivée de Teddy mit fin à sa rêverie. Edwina fit les présentations. Le petit garçon serra la main de Sam. Après un bref échange de formules de politesse, Teddy, les yeux brillants d'excitation, se tourna vers sa sœur.

— Ces chevaux sont fabuleux, Weenie ! J'en ai essayé deux.

Il avait voulu commencer par l'étalon arabe mais le garçon d'écurie lui avait suggéré un cheval moins fougeux.

— J'aimerais bien savoir où Georges les a achetés, continua-t-il à brûle-pourpoint.

— Je ne sais pas, mon chéri. Il faudra le lui demander.

— Je lui en ai cédé un, celui que tu montais tout à l'heure, dit Sam. Une bête superbe. Parfois, je la regrette.

Il s'était adressé à Teddy de ce ton amical et détendu qui plaisait tant à Edwina. Le petit garçon le regarda, incrédule.

— Alors pourquoi l'avez-vous vendu ?

— Georges et Helen adorent l'équitation. Et quant à moi, j'ai passé l'âge de ce genre d'exercice.

Il avait parlé sur le ton de la plaisanterie. Edwina ébaucha un geste d'indignation.

— Ne vous mésestimez pas, monsieur Horowitz.

— Appelez-moi Sam, sinon je me sentirai encore plus vieux ! N'oubliez pas que je serai bientôt grand-père.

Teddy se mit à rire, Sam l'imita, Edwina s'y mit à son tour. L'instant suivant, elle haussa un sourcil.

— Y a-t-il quelque chose que je devrais savoir sur ce mariage ?

Il s'empressa de la rassurer. Il avait simplement exprimé un espoir. En fait, son souhait le plus cher. Une ribambelle de petits-enfants gambadant partout. Il aurait lui-même eu une famille nombreuse si la mère d'Helen n'avait pas disparu si prématurément… Edwina remplit une nouvelle fois de thé leurs tasses en porcelaine.

— Cela doit faire un drôle d'effet d'être la tante d'une petite fille ou d'un petit garçon, marmonna-t-elle.

Jusqu'alors, elle n'y avait pas songé. Elle avait élevé cinq enfants comme s'ils avaient été les siens mais ne s'était jamais occupée des enfants des autres… Elle se promit de se pencher plus tard sur la question.

Avant de prendre congé, Sam l'invita à la maison le soir-même.

— Les enfants aussi, bien entendu.

— À votre place, j'y réfléchirais à deux fois avant de me lancer dans une telle entreprise, monsieur Horo… oh, pardon !… Sam.

Une délicate rougeur colora ses pommettes. Il sourit.

— Ce sera un plaisir, au contraire. Je tiens à avoir Teddy à ma table. Fannie également. Et Alexia. Et Georges, naturellement… Je n'oublie personne, n'est-ce pas ?

Il se redressa, la dominant de toute sa stature. Elle leva sur lui un regard étonné. Une fois de plus, la séduction qui se dégageait de cet homme l'enveloppa comme une aura. Il était très grand, en effet, très attirant… En voilà une idée absurde ! C'était le père de sa future belle-sœur. Rien de plus.

— J'enverrai mon chauffeur vous chercher à dix-neuf heures.

— Merci…

Elle le raccompagna avec Teddy jusqu'à la sortie.

— Alors, à ce soir, dit-il.

Il parut hésiter longuement avant de lui serrer la main, puis se glissa sur la banquette arrière de la Rolls et, une minute après, la somptueuse voiture s'éloigna.

— Qui était-ce ? demanda Fannie en sortant sur le perron.

— Le père de Helen. Il nous a invités ce soir, répondit Edwina sur un ton uni, les yeux vagues.

Teddy se remit à chanter les louanges des chevaux.

— Je m'en vais essayer l'étalon arabe, conclut-il.

— Tu ne devrais pas, trésor.

Teddy prit un air offensé, mais Fannie ne lui laissa pas le temps de protester.

— Dis, Weenie, faut-il vraiment aller à ce dîner ?

— Oui, ma chérie. Il le faut.

Alexia rentra peu après et, contrairement à Fannie, montra un vif enthousiasme pour l'invitation des Horowitz. Un instant plus tard, s'inquiétant de sa tenue, elle demanda à Edwina de lui prêter une de ses robes. Elle venait de signer le contrat mis au point par Georges et se sentait pousser des ailes.

— J'ai tellement envie de m'amuser ce soir, soupira-t-elle plus tard, alors qu'elle s'habillait.

La Rolls, qui vint les chercher à dix-neuf heures tapantes, comme convenu, arracha un cri d'admiration à Alexia. Elle s'empressa d'y prendre place, suivie par les deux jeunes et Edwina. Georges avait préféré prendre sa propre voiture au cas où Helen désirerait sortir après dîner.

La résidence des Horowitz faisait l'effet d'un palais, écrasant par sa splendeur les imposantes demeures du voisinage. L'intérieur alliait le bon goût à l'opulence

– succession de salles hautes de plafond, boiseries et stucs précieux, mobilier d'époque, tableaux de maîtres, dallage de marbre blanc qui mettait en relief de magnifiques tapis d'Aubusson aux nuances subtiles.

Sam accueillit ses invités avec son habituelle simplicité, embrassa Edwina sur la joue comme s'il la connaissait depuis toujours, pria les plus jeunes de se mettre à l'aise. Helen, resplendissante, fit visiter sa chambre à Fannie et Alexia. La première tomba en arrêt devant sa collection de vieilles poupées de porcelaine, la seconde fut éblouie par la salle de bains avec l'immense baignoire encastrée en marbre rose.

Au même moment, Sam montrait ses écuries à Teddy et Edwina. Des pur-sang arabes, champions de courses du Kentucky, trottaient et s'ébrouaient au milieu d'un enclos verdoyant, dans la lumière bleutée du soir. Ici, tout respirait le luxe et, soudain, Edwina comprit pourquoi Georges avait tant hésité avant de demander la main de Helen.

Pendant le dîner, la conversation roula sur des sujets anodins. Helen exposa avec animation ses projets d'avenir. En dépit de son allure folle et de ses tenues sophistiquées, elle n'aspirait qu'à devenir une bonne maîtresse de maison et à élever ses enfants. Fannie s'empressa de se ranger à l'opinion de Helen.

— Oh, non, jeta Alexia dont les lèvres se tordirent en une moue moqueuse. Moi, je ne suis pas casanière.

— Vraiment ? dit Sam, l'air amusé. Quelle est donc votre conception de la vie, jeune demoiselle ?

Elle n'hésita pas une seconde.

— Sortir, s'amuser, danser toute la nuit, tourner des films… échapper au joug conjugal.

— Vaste programme ! sourit le maître de maison. J'espère que vos vœux se réaliseront, mon petit, mais pas tous. Ce serait vraiment dommage que vous restiez vieille fille.

À peine le dernier mot prononcé, son sourire s'effaça et son regard chercha celui d'Edwina d'un air désolé. Elle émit un rire frais.

— Ne vous en faites pas, Sam. Je suis *vieille fille* et fière de l'être.

Il continua de la fixer sans sourire.

— Ne soyez pas ridicule, grommela-t-il. Si vos parents étaient encore de ce monde, il y a longtemps que vous auriez fondé une famille.

Elle se contenta de secouer la tête. Pas forcément. Le destin vous joue parfois de drôles de tours. Évidemment, si Charles avait vécu… bien que, maintenant, il lui fût impossible d'imaginer une vie différente.

— On ne peut pas changer l'ordre des choses, dit-elle paisiblement.

Helen changea subtilement de sujet de conversation. Plus tard, en dégustant un digestif au salon, elle taquina gentiment son père en aparté. Sam s'assombrit.

— Je suis un incorrigible gaffeur.

Il ne put s'empêcher de s'interroger sur le mystérieux fiancé qui avait péri des années auparavant à bord du *Titanic*. Ce Charles dont Edwina vénérait la mémoire.

— Il se fait tard, déclara celle-ci. Il est temps de ramener les enfants à la maison.

Elle les appelait toujours ainsi, au grand désespoir d'Alexia.

— Je vous invite pour un dernier verre au *Cocoanut Grove*, avec Georges et Helen, proposa Sam.

— Pourquoi pas ?

Dans la limousine qui les reconduisait à la maison, Alexia se mit à bouder. Pourquoi n'était-elle pas invitée, elle aussi ? Pourquoi la traitait-on comme une gamine ? Edwina resta de marbre.

— Tu es encore trop jeune, chérie. Tu as toute la vie devant toi pour t'amuser.

Le reste du trajet se déroula dans un silence pesant. Edwina confia « les enfants » au majordome de Georges, puis ressortit et s'avança vers la Rolls. Sam l'accueillit sur la banquette arrière, lui tendit une coupe de champagne frappé qu'il avait mis au frais dans le bar de la voiture.

— Mmm, cette habitude de trinquer à tout bout de champ pourrait s'avérer néfaste, remarqua-t-elle, amusée par les extravagances hollywoodiennes.

Il fit signe au chauffeur de démarrer.

— Je ne crois pas que vous soyez prête à vous plier aux habitudes, ma chère. Vous êtes beaucoup plus forte que cela.

Leurs regards se rencontrèrent. Il avait des iris bleu clair qui scintillaient dans la semi-obscurité.

— C'est peut-être vrai, admit-elle.

— Pas peut-être. Sûrement. Sinon vous n'auriez pas sacrifié votre vie pour élever cinq marmots.

Il leva sa coupe en un toast silencieux. Edwina l'imita.

— À nos deux fiancés, dit-elle.

Sam sourit. Georges et Helen les suivaient dans la voiture du jeune homme, mais pour la première fois sa fille chérie n'était pas l'unique objet de ses pensées.

Ils dansèrent pendant des heures au *Cocoanut Grove*, comme quatre vieux copains. Sam raconta des histoires drôles et Georges renchérit. Ensuite, Helen dansa le tango avec son père et Georges avec Edwina. Enfin, Sam et Edwina se rejoignirent. Lorsqu'il l'enlaça, elle fut envahie d'un étrange bien-être. Leurs pas s'accordèrent aussitôt, comme s'ils avaient dansé ensemble depuis toujours. Dans les bras de Sam, elle se sentit aussi légère qu'une plume.

Ils retournèrent à leur table, alors que les fiancés restaient sur la piste, seuls au monde. Sam se mit à parler du passé. Lui aussi avait traversé de pénibles épreuves.

— Ce n'était pas facile, murmura-t-il en guise de conclusion. Helen m'a souvent reproché d'être trop sévère. On ne sait pas toujours comment se comporter vis-à-vis d'un enfant.

— Elle vous adore.

Helen et Georges dansaient toujours. Ils semblaient être faits l'un pour l'autre. Leur bonheur, trop visible, emplissait Edwina d'une vive joie à laquelle venait se mêler une singulière mélancolie. Pour la première fois depuis longtemps, le pâle fantôme de Charles jaillit dans un coin de sa mémoire. Elle avait retiré sa bague de fiançailles quelques années plus tôt. Souvent, en furetant dans son coffret à bijoux, son doigt frôlait pensivement le diamant magnifiquement serti et, alors, ses yeux s'embuaient.

Sam la pria de lui accorder un dernier tango. Elle se leva, ravie d'échapper à ses réminiscences. Tandis qu'elle se laissait griser par la musique, son regard se posa sur Georges et Helen. Ils formaient un beau couple. Georges était un merveilleux danseur, pensa-t-elle avec fierté… Puis elle se dit que Sam n'avait rien à lui envier.

Il était trois heures du matin, lorsqu'ils décidèrent de rentrer. Sur le perron de la villa, Georges embrassa sa fiancée. Avant de rejoindre sa fille dans la Rolls, Sam se pencha sur la main fine d'Edwina.

— Merci pour tout, dit-elle.

Il se redressa.

— Nous devrions aller danser plus souvent, répondit-il, et l'espace d'une seconde, Edwina éprouva une étrange sensation de regret.

Le tournage commença le lendemain matin. Alexia s'avança dans le champ des caméras, la gorge nouée par le trac. Contre toute attente, elle ne fit aucun caprice, se plia de bonne grâce aux exigences du réalisateur, recommença la prise de vue plusieurs fois, sans mot dire. Et les jours suivants, elle se montra d'une docilité exemplaire. Au bout d'un moment, Edwina se sentit inutile. Sa sœur s'acquittait admirablement de son rôle et toute la troupe, de la star au dernier figurant, l'adorait. On eût dit que, enfin, Alexia s'était adaptée au monde environnant. Un monde tronqué, bien sûr. Un monde plein d'artifices et d'illusions, le seul qui fût à sa mesure. On la cajôlait, on lui parlait gentiment, on la portait aux nues, comme une petite fille gâtée. Naturellement, elle ne demandait pas mieux.

— C'est un miracle, dit Edwina un soir. Elle est complètement transformée.

Ils étaient à leur table habituelle, au *Cocoanut Grove*. L'orchestre jouait des mélodies à la mode. Parmi les danseurs, Rudolph Valentino enlaçait Constance Talmadge. Edwina les avait suivis du regard pendant un petit moment. C'était une agréable soirée, bien que Sam ne fût pas là… Il lui manquait, constata-t-elle avec stupéfaction. Georges emplit de champagne les coupes de sa sœur et de sa future épouse.

— Oui, Alexia est douée, convint-il. On murmure dans les coulisses qu'elle va crever l'écran. En fait, elle a dépassé toutes mes espérances... et c'est précisément ce qui m'inquiète.

— Pour quelle raison ? demanda Edwina.

— Les producteurs à l'affût de nouveaux talents ne tarderont pas à lui proposer d'autres contrats, comprends-tu ?

Elle comprenait parfaitement. Elle avait déjà étudié la question sous toutes ses formes, mais aucune solution ne s'était présentée à son esprit. Georges avait sa propre vie à présent et malgré ce qu'Alexia pensait, elle était trop jeune pour s'établir seule à Los Angeles.

— Je ne peux pas rester à Hollywood, Georges. Fannie et Teddy ont besoin de moi. Je dois les raccompagner à San Francisco. Bah, ne t'en fais pas trop. Je finirai par résoudre ce problème.

Le tournage se termina fin août et Edwina en profita pour ramener tout son petit monde à San Francisco. Fannie et Teddy retournèrent à l'école. La grande maison des Winfield semblait bien terne en comparaison des fêtes étincelantes d'Hollywood. Parfois, alors qu'elle se prélassait dans le jardin, Edwina se prenait à regretter les soirées mondaines de la capitale du cinéma. Alors, elle se disait, « Georges et Helen doivent dîner à tel endroit » ou « ils sont peut-être en train de danser ».

De son côté, Alexia n'avait de cesse de retourner à Hollywood. Heureusement, ils devaient s'y rendre à la fin du mois, pour assister au fameux mariage. Edwina espérait et redoutait à la fois ce moment. Alexia voudrait rester et le problème se reposerait.

« Seigneur, quel casse-tête ! » Elle n'avait toujours pas trouvé de solution lorsqu'elle reprit le train pour Los Angeles.

Georges les attendait à la gare pour les conduire au *Beverly Hills Hotel*. Sitôt la porte du bungalow refermée, il se laissa tomber sur le canapé, avec un lourd soupir.

— Toutes ces sorties… gémit-il. Hier soir nous avons dîné au *Alexandria Hotel*, avant hier à *Pickfair*. Helen ne sait plus où donner de la tête avec les préparatifs de la réception. C'est épuisant de se marier.

— Pauvre chéri, railla-t-elle. Comment se porte ta future épouse ?

— Comme un charme. Cette fragile créature cache une force insoupçonnée. Et quelle mémoire ! Elle se souvient absolument de tout. Aucun détail ne lui échappe. Qui doit venir, où il doit être placé, elle a tout prévu. Je n'aurai qu'à m'habiller, à vérifier que je n'ai pas oublié la bague, et à régler les billets de notre voyage de noces. Sans elle, je ne m'en serais jamais sorti.

Edwina sourit. Un mois plus tôt, Helen lui avait demandé d'être sa première demoiselle d'honneur. Elle avait été touchée par cette délicate attention.

Le mariage aurait lieu dans la somptueuse résidence des Horowitz, sous le belvédère au dôme recouvert de roses et de gardénias. Les innombrables invités – parmi lesquels figuraient les noms les plus glorieux du cinéma – se presseraient ensuite autour d'un pantagruélique buffet. Deux dais gigantesques dressés dans le parc abriteraient les deux orchestres qui égaieraient la soirée.

Georges se redressa.

— Ce soir, j'enterre ma vie de garçon.

De nouveau seule, Edwina songea au cadeau de mariage qu'elle avait apporté à Helen. Fannie passa la tête par la porte entrebâillée de sa chambre.

— Weenie, on va faire un tour avec Teddy et Alexia.

— Soyez prudents, répondit-elle machinalement.

C'était ici-même qu'Alexia avait rencontré Malcolm Stone. Mais, d'après Georges, celui-ci s'était volatilisé, et Alexia avait changé.

30

Dès onze heures et demie du matin, tout était prêt pour célébrer le mariage. Les deux tentes avaient été érigées de part et d'autre du parc, les orchestres y avaient pris place. Bientôt, une foule distinguée commença à s'écouler de l'une à l'autre, attirée par les suaves mélodies de Paul Whiteman et sa formation auxquelles répondait le son cuivré du jazz-band de King Oliver.

À midi sonnant, un somptueux lunch fut servi par une armada de domestiques en livrée dans l'immense salle à manger. Fidèle aux traditions, la jeune mariée resta invisible. Sam Horowitz, en costume de ville, saluait les invités. Lorsqu'il aperçut Edwina, il l'accueillit d'un large sourire. Elle s'approcha, rayonnante dans sa robe fluide de soie blanche rehaussée d'un long collier de perles aux reflets irisés qui avait appartenu à sa mère.

— C'est un grand jour pour les Winfield, murmura-t-elle.

— Pour les Horowitz aussi, répondit-il.

Elle opina de la tête. Elle savait parfaitement ce qu'il devait ressentir à la veille de se séparer de sa fille unique. Un curieux mélange de joie et de déchirement. Edwina avait la même sensation, bien que Georges eût quitté la maison familiale quatre ans plus tôt. Elle sourit.

— À tout à l'heure, Sam. Je vais dire bonjour à votre fille.

Alexia et Fannie s'étaient retirées dans les appartements réservés aux demoiselles d'honneur. Teddy avait rejoint l'escorte du jeune marié… Edwina prit la direction de la chambre de Helen.

Celle-ci, assise à sa table de toilette, affichait un calme olympien. Elle était encore en jupon mais ses cheveux étaient coiffés, ses ongles faits. Elle n'aurait plus qu'à passer ses escarpins de satin et la somptueuse robe de mariée étalée en corolle sur le lit. Edwina l'embrassa sur la joue, laissa errer son regard sur les volants en dentelle de Chantilly, les minuscules boutons de nacre, le tulle brodé de la traîne… Le voile, fraîchement lavé et repassé, trônait dans le dressing-room adjacent dont il emplissait presque tout l'espace. À sa vue, des larmes perlèrent entre les cils d'Edwina. C'était là, tel un nuage, aussi magique qu'il l'avait été onze ans plus tôt quand, jeune fiancée, Edwina avait rêvé de le porter pour Charles. Elle l'avait offert à Helen… Un pas furtif la fit se retourner. La jeune mariée se tenait sur le seuil de la pièce, les yeux humides. Sa main s'avança pour toucher gentiment l'épaule d'Edwina. Les deux femmes échangèrent un long regard fraternel. Un sourire frôla les lèvres d'Edwina. Après toutes ces années, Charles était toujours présent dans son esprit. Elle ferma les paupières et, aussitôt, son cher visage lui apparut, aussi radieux qu'au premier jour. Elle rouvrit les yeux, surprise par la clarté du souvenir.

— Merci d'avoir accepté ce présent, Helen.

— Merci de me l'avoir donné… J'aurais tant voulu que tu le portes, toi aussi.

— Je l'ai porté dans mon cœur, dit Edwina en souriant à sa nouvelle sœur. Et je ne regrette pas d'avoir aimé cet homme merveilleux…

Sa voix se fêla légèrement. C'était la première fois qu'elle mentionnait Charles depuis longtemps.

— Et Georges est un être merveilleux également, réussit-elle à ajouter. Je vous souhaite tout le bonheur du monde, ma chérie.

Les deux femmes s'enlacèrent, puis Helen ramena sa première demoiselle d'honneur vers la chambre. La cérémonie avait été fixée à cinq heures de l'après-midi. Une heure avant, Edwina aida la jeune mariée à enfiler sa robe, puis fixa la couronne de fleurs d'oranger et le voile vaporeux sur ses boucles blondes savamment ordonnées. Ainsi parée, Helen ressemblait à une apparition.

Ce fut une princesse belle comme le jour qui descendit les marches de l'escalier monumental menant au rez-de-chaussée où son père l'attendait pour la conduire à son futur époux. Les demoiselles d'honneur suivirent en déployant l'interminable traîne arachnéenne.

Sam contempla sa fille chérie avec une expression empreinte de tendresse. Son regard glissa vers Edwina qui fermait le cortège. La jeune femme avait troqué sa robe de soie blanche pour une tenue plus officielle. Un précieux ensemble incrusté de dentelle bleu lavande dont la jupe, assez courte sur le devant, se rallongeait derrière avec une grâce infinie. Son chapeau-cloche

– un modèle de Poiret – enfoncé jusqu'aux yeux lui donnait un air à la fois timide et coquin. Ses mains gantées tenaient un bouquet d'orchidées blanches.

Sam tendit le bras à Helen. Elle s'y appuya ; après quoi père et fille se frayèrent un passage parmi les invités qui se fendirent en deux pour les laisser passer. Des murmures d'admiration s'élevaient dans la foule à la vue de Helen et, à la démarche un peu rigide de Sam, on pouvait deviner son émotion. Le cortège de la mariée entra dans la pièce que Sam avait fait aménager en salle de cérémonie. Georges attendait au bout de la travée centrale, entouré de ses garçons d'honneur. Aux premiers accents de *La Marche nuptiale*, il se retourna. Quand il aperçut sa jeune épouse, son visage s'illumina. Si Bert et Kate avaient été présents, ils auraient été tellement heureux et fiers… Edwina retint ses larmes.

La suite se déroula comme dans un rêve. Sam prit la main gantée de blanc de sa fille et, avec un sourire triste, la remit entre les mains de son futur mari. Ce geste solennel arracha des soupirs émus à toutes les femmes de l'assistance. Suivi de ses témoins, le couple alla ensuite se placer sous le dais selon la tradition imposée par la religion de Helen. Debout à côté de la mariée, Edwina sentit un flot de larmes lui piquer les yeux. Des larmes de joie qui, à mesure que son amour perdu lui revint en mémoire, se teintèrent d'amertume.

Georges fit glisser l'anneau en or le long du doigt fin de Helen, brisa sous son talon un verre de cristal, puis, sous l'avalanche des applaudissements, les jeunes mariés échangèrent un baiser ardent… Edwina essuya ses yeux. Et peu après, dans le jardin, Sam se mit à raconter des histoires drôles et le rire triompha des larmes. Les invités s'étaient éparpillés sur les pelouses vertes et à travers le parc. Les deux orchestres jouaient à tout rompre, le champagne coulait à flots. Edwina découvrit Sam sous un jour nouveau. Chaleureux, plein d'énergie, doté d'un humour irrésistible. Hôte parfait, il ne négligea aucun de ses invités mais chaque fois qu'il le put, il revint vers elle, lui faisant part d'une remarque amusante ou lui contant une anecdote désopilante. Elle le présenta à tous les invités de Georges, des amis de leurs parents pour la plupart, dont Ben Jones venu avec son épouse qui attendait visiblement un bébé.

Les heures filaient, les musiciens enchaînaient les succès de l'année, le soir enveloppa d'ombre le jardin où des guirlandes lumineuses s'allumèrent. Les jeunes mariés dansaient… Edwina dansa le tango avec Sam, le fox-trot avec Georges, le charleston avec une vedette de cinéma, la valse avec Teddy. Elle goûta aux mets exquis présentés par des serveurs sur des plateaux d'argent, but du champagne, bavarda avec un tas de gens follement drôles qu'elle ne connaissait pas et ne reverrait sans doute plus jamais.

Vers minuit, les jeunes mariés s'éclipsèrent dans leur rutilante Duesenberg – un cadeau de Sam. Ils comptaient prendre le train du lendemain matin pour New York et pousser jusqu'au Canada. Au début, il avait été question d'une lune de miel en Europe mais la seule idée de la traversée en bateau avait rebuté Georges. Helen ne vit aucun inconvénient à ce qu'ils restent sur le continent américain. Elle aurait été heureuse avec Georges n'importe où.

La limousine franchit le portail de la propriété sous le regard attendri d'Edwina. Un soupir enfla sa poitrine et elle se demanda où étaient passées Fannie et Alexia. Elle les avait perdues de vue depuis un bon moment… Ses sœurs devaient probablement s'amuser en compagnie de jeunes gens de leur âge, supposa-t-elle en se tournant vers Sam.

— C'était un beau mariage, murmura-t-elle.

— Oui. Votre frère est un garçon fort sympathique.

Souriante, elle lui rendit le compliment.

— Votre fille est un être délicieux.

Il l'invita à une dernière danse, l'entraînant sur la piste au milieu des couples enlacés. Un homme se détacha l'espace d'une seconde d'un groupe d'invités. Edwina fronça les sourcils. Malcolm Stone ! Quelqu'un l'avait sûrement emmené à la fête… La musique s'éteignit et Edwina en profita pour rassembler sa petite famille.

Bien plus tard, à l'hôtel, alors que les trois sœurs se déshabillaient, elle posa à Alexia la question qui lui brûlait les lèvres.

— Stone était à la réception. L'as-tu vu ?

La jeune fille ne répondit pas tout de suite. Après un silence, elle hocha simplement la tête. Oui, elle l'avait vu. Elle avait même dansé avec lui mais elle se garda bien de l'avouer à Edwina. L'acteur était arrivé à une heure tardive et, quand le majordome des Horowitz lui avait réclamé son carton d'invitation, il avait prétendu l'avoir égaré.

— Oui, je l'ai aperçu, finit-elle par répliquer d'une voix indifférente, tout en ôtant le rang de perles qu'elle avait emprunté à Edwina.

Celle-ci s'assit devant la coiffeuse, l'air inquiet.

— Il t'a parlé ?

— Pas vraiment. On s'est juste salués.

— Eh bien, il ne manque pas de toupet.

Alexia ne dit rien. Elle avait menti effrontément sans une ombre de remords. Elle avait longuement bavardé avec Malcolm.

— Nous allons certainement jouer ensemble dans son prochain film, avait-il affirmé. J'ai passé une audition pour le casting.

N'ayant signé aucun contrat, Alexia l'avait regardé, étonnée. Il semblait si sincère, si sûr de lui-même… La voix d'Edwina la ramena au présent.

— J'ai passé une excellente soirée, pas vous ?

Elle avait décidé d'oublier Malcolm Stone. Après tout, c'était de l'histoire ancienne.

— Ce qu'elle était belle, la jeune mariée… s'extasia Fannie, rêveuse.

Tous les avis concordèrent. Helen était positivement ravissante. Et Georges superbe… Une demi-heure plus tard, Edwina éteignit sa lampe de chevet. Épuisée par les émotions de la journée, elle se laissa glisser dans un sommeil réparateur. Sa dernière pensée fut pour les jeunes mariés et elle se réjouit d'avoir donné le voile à Helen.

Dans la chambre voisine, Alexia gardait les yeux grands ouverts dans l'obscurité. La jeune fille ne songeait guère au nouveau couple. Elle rêvait à Malcolm. Et à leur rendez-vous du lendemain.

31

Alexia et Malcolm se retrouvèrent à l'*Ambassador Hotel* comme convenu. Elle pénétra dans la luxueuse salle à manger où il l'attendait, prit place à table et commença à retirer ses gants avec des gestes saccadés qui trahissaient sa nervosité. Personne de sa famille ne savait où elle se trouvait en ce moment. Edwina avait dû faire une course pour Georges et son absence fut une aubaine pour Alexia. Teddy était à la piscine. C'était facile d'abuser Fannie, installée dans le salon de leur suite, le nez dans un roman. Alexia avait déclaré qu'elle allait voir « une amie ». Une fois dans le lobby, elle avait demandé au portier de lui appeler un taxi.

— Ma sœur sera furieuse si elle a vent de cette rencontre, soupira-t-elle.

Il embrassa du regard le tailleur clair qui mettait en valeur les formes sveltes de son corps, remonta lentement vers le visage. « Adorable », ne put-il s'empêcher de penser. Elle portait un coquet petit chapeau dont la voilette jetait une ombre veloutée sur ses yeux si clairs, presque transparents, fixés sur lui avec une confiance absolue.

— Il n'y a aucune raison qu'elle l'apprenne, sourit-il, en effleurant du bout des doigts le poignet d'Alexia.

La peau de la jeune fille se mit à picoter à l'endroit où il l'avait touchée. La raison de ce phénomène lui échappa. Malcolm était là, bien plus séduisant que dans son souvenir… un rien inquiétant quand il se penchait vers elle mais si gentil.

— Au moins, ton cher frère n'est pas en ville, poursuivit-il dans un rire. Il doit filer le parfait amour quelque part en… où sont-ils allés, au fait ?

— À New York et au Canada.

— Tiens, pas en Europe ? Ce garçon me surprendra toujours. (Et comme elle ne disait rien) : resteront-ils absents longtemps ?

— Six semaines.

Il lui prit la main, déposa un baiser brûlant au creux de sa paume.

— Pauvre chérie, que feras-tu sans lui ? Il ne songe qu'à sa jolie petite femme, le vilain ! Mon pauvre amour, te voilà seule au monde…

Il avait eu d'autres occasions de constater son pouvoir de suggestion sur elle. Il avait omis volontairement de mentionner ce cerbère d'Edwina et ça n'avait pas raté. Le regard translucide s'était embué sous la voilette.

— N'aie crainte, bébé. Oncle Malcolm prendra soin de toi.

Elle inclina la tête. Visiblement, elle avait oublié l'incident du *Rosarita Beach*.

— Où en est ton prochain film ? s'enquit-il, changeant brusquement de sujet de conversation.

— Georges ne veut pas que je signe quoi que ce soit avant son retour.

— Alors tu seras libre comme l'air pendant deux mois ! s'écria-t-il, la mine réjouie.

— C'est-à-dire, pas tout à fait. Je dois retourner à San Francisco parce que mon frère et ma sœur sont encore à l'école.

Malcolm Stone lui sourit. Il se sentait de taille à abattre ce nouvel obstacle qui surgissait sur son chemin. Rien ne pouvait plus le détourner de son but. Alexia le regardait avec adoration. Elle avait un côté femme-enfant qui le rendait fou de désir. Il allongea la main, ses doigts froissèrent une bouclette blonde mais, quand il se pencha davantage afin de cueillir un ardent baiser sur ses lèvres, elle détourna le visage et il eut droit à sa joue satinée.

— Je dois y aller maintenant, souffla-t-elle, soudain effrayée.

Il n'aurait pas dû la bousculer. Il s'empressa de commander un repas fin, abondamment arrosé. Le tout, c'était d'entraîner sa jeune proie à boire. Elle goûta le premier verre de vin du bout des lèvres. Le second, puis le troisième vainquirent ses réticences. Vers la fin de l'après-midi, elle se laissa embrasser en public en gloussant. Et peu après, affalée dans la voiture de Malcolm qui les menait chez lui, elle émit une cascade de rires insouciants. Un gendarme sur un trottoir, une dame promenant son chien, tout suscitait son hilarité. Elle s'amusait follement, pour une fois, et même l'idée qu'Edwina devait l'attendre – où déjà ? – provoqua de nouveaux éclats de rire.

Il la fit monter dans son appartement, déboucha une autre bouteille de vin qu'il avait mise au frais. Ils trinquèrent à leur amour et à leurs succès. La tête d'Alexia lui tournait. À travers les vapeurs de l'alcool, elle sentit la pluie brûlante de ses baisers. Toute sa peau en fut inondée… Elle aurait voulu que cette sensation s'arrête, or ses membres n'obéissaient plus à son esprit. Au bout d'un moment, la sensation la submergea et elle se dit que Malcolm était son mari.

Elle était inconsciente lorsque, une heure plus tard, il la remit dans la voiture avant de jeter une valise sur la banquette arrière. C'était la deuxième partie du plan. Un plan grandiose grâce auquel il allait résoudre tous ses problèmes. Il avait laissé l'argent du loyer dans une enveloppe sur la table de cuisine et avait l'intention d'abandonner la voiture près de la gare, avec un mot sur le pare-brise. De toute façon, il l'avait empruntée à un ami.

Le train attèndait le long du quai. Il poussa Alexia dans un compartiment vide. Soudain, elle ouvrit les yeux, jeta un regard brumeux alentour.

— Où allons-nous ? murmura-t-elle.

Il se glissa à son côté, l'entourant de ses bras.

— À New York, voir Georges.

— Oui ? Et pourquoi ?

— Détends-toi, ma petite chérie. Tout ira bien.

Il l'embrassa. Alexia était son ticket vers le succès. Oui, il tenait là le plan parfait : compromettre un maximum la jeune sœur de Georges Winfield. Bientôt, le jeune et ambitieux producteur n'aurait plus le contrôle de la situation. Après son mariage avec la fille de Sam Horowitz, il ne pourrait se permettre d'affronter le scandale.

Le train s'ébranla et se mit à rouler avec un halètement régulier. Malcolm regarda Alexia qui ronflait légèrement sur la banquette. Il n'aurait pas pu tomber mieux, se félicita-t-il. C'était une très jolie fille. Une vraie beauté.

32

— Comment ça, tu ne sais pas où elle est allée ?

Il y avait très exactement cinq minutes que le rapide de New York avait quitté la gare de Los Angeles.

Fannie fondit en larmes.

— Je ne sais pas, répéta-t-elle lamentablement. Elle a simplement dit « je vais voir une amie » sans préciser laquelle.

— Et bien sûr, tu n'as pas vu cette amie.

L'adolescente secoua la tête.

— Non… Alexia s'est pomponnée pendant des heures, puis elle est partie.

Un frisson parcourut Edwina. « Stone ! Cela ne peut être que lui ! » La pensée jaillit spontanément dans son esprit et elle eut tout à coup la certitude qu'Alexia lui avait menti la veille… Elle ne l'avait crue qu'à moitié mais n'avait pas voulu insister.

La jeune femme se précipita dans le vestibule de l'hôtel. Le portier lui apprit que sa sœur avait pris un taxi. Elle remonta dans la suite, désemparée. Lorsque, à vingt et une heures passées, Alexia ne se montra pas, elle décrocha le téléphone et pria l'opératrice de lui passer le numéro personnel de Sam Horowitz.

— Sam, excusez-moi de vous déranger à cette heure-ci.

En quelques phrases, elle lui exposa le problème. Il fallait coûte que coûte arracher Alexia aux filets de Malcolm Stone, si toutefois elle était partie le retrouver.

— Je m'en charge, répondit-il avant de raccrocher.

La jeune femme envoya Fannie et Teddy au lit, s'installa dans le salon. Sam la rappela deux heures plus tard.

— J'ai obtenu l'adresse de cet individu par un de ses amis comédiens. Il crèche dans un quartier minable… Edwina, je vous interdis de bouger. Je peux m'y rendre tout de suite, si vous voulez.

Elle refusa. C'était à elle de prendre les choses en main. Finalement, ils se mirent d'accord pour y aller ensemble. Il était minuit passé quand ils arrivèrent à destination. Leurs longs coups de sonnette demeurèrent sans réponse. De toute évidence, il n'y avait personne dans l'appartement obscur.

« La police ! » songea-t-elle, affolée. Et tant pis pour le scandale. Sam la raccompagna à l'hôtel.

— Edwina, désirez-vous que je reste avec vous ?

Non, elle préférait rester seule. Elle regrettait à présent d'avoir mêlé le beau-père de Georges dans cette affaire. Il repartit à contrecœur. La pendule indiquait une heure du matin au moment où elle regagna la suite silencieuse, le cœur gonflé d'un vague espoir… Hélas, Alexia n'était toujours pas rentrée. Elle passa une nuit blanche près du téléphone qui resta muet. Le lendemain, aux aurores, elle alla signaler la disparition de sa sœur à la police. Elle savait peu de choses en vérité et ne put que répéter les informations qu'elle tenait de Fannie. Alexia était partie « voir une amie » et n'était pas revenue. Au fil des heures, ses craintes se muèrent en panique. Elle retourna à l'hôtel, attendit encore. Un inspecteur finit par l'appeler. L'enquête n'avait encore rien donné. Le nommé Malcolm Stone demeurait introuvable. Aucune jeune fille correspondant à la description d'Alexia n'avait été aperçue avec lui. Et aucune Mlle Winfield n'avait été hospitalisée les dernières vingt-quatre heures… Edwina reposa le combiné avec une sensation de vide. Alexia n'avait pas pu s'évanouir dans les airs. Elle devait bien se trouver quelque part… Mais avec qui ? Elle eut beau chercher, seul le nom de Malcolm Stone lui venait à l'esprit. Peut-être se trompait-elle… Edwina avait du mal à croire qu'après les avertissements de Georges, ce vil séducteur ait renouvelé ses tentatives… La sonnerie du téléphone la fit bondir. Il était midi.

— Vous aviez raison, dit la voix de Sam.

Il avait mené de son côté une enquête minutieuse. Stone avait réglé son loyer avant de déguerpir. Par le plus pur des hasards, il avait croisé une vieille connaissance de l'acteur le matin-même, au studio. La voiture empruntée avait été retrouvée près de la gare avec un mot griffonné à la hâte.

— Il y a tout lieu de penser que notre ami a quitté la ville…

Les doigts fins d'Edwina se crispèrent sur le récepteur. Avait-il osé entraîner Alexia dans son sillage ?

— Vous pourriez porter plainte contre lui pour kidnapping, suggéra Sam.

Et si Alexia l'avait suivi de son propre gré ? La presse à sensation ne manquerait pas de s'emparer de l'affaire, ruinant à jamais la réputation de la jeune fille. Et Georges qui n'était pas là !

— Edwina, si je peux me rendre utile à quelque chose, dites-le moi, poursuivit-il, alarmé par son silence.

Non, non, elle trouverait bien une solution. Il s'agissait certainement d'un malentendu. Elle le tiendrait au courant dès qu'elle aurait eu des nouvelles d'Alexia. Un nouveau projet prenait forme dans sa tête. Surtout ne pas ébruiter cette fâcheuse aventure. Empêcher coûte que coûte le scandale d'éclabousser Georges, Helen et Sam.

Il devait bien exister un moyen de mettre la main sur Malcolm Stone. De récupérer Alexia... La jeune femme mit fin à la communication, l'esprit enfiévré. Soudain, une lueur d'espoir tremblota dans les ténèbres. Elle connaissait bien Alexia. Celle-ci ne tarderait pas à la contacter. La décision de retourner à San Francisco l'emporta sur son désarroi. Elle attendrait que sa sœur se manifeste là-bas, dans le décor familier de la maison.

Edwina rappela brièvement Sam pour lui dire au revoir, demanda aux deux petits de se préparer, boucla ses bagages. Le lendemain à la première heure, ils étaient dans le train.

Le long trajet se déroula dans un silence lourd. Les pensées d'Edwina voguaient inlassablement vers Alexia. Et plus elle s'efforçait d'imaginer ses faits et gestes, plus une mortelle angoisse l'étreignait. Teddy s'était assoupi. Fannie versait des larmes muettes dans son coin.

— J'aurais dû me douter de quelque chose, renifla-t-elle. J'aurais dû lui poser des questions... Tout est de ma faute.

Edwina la serra dans ses bras.

— Non, ma chérie, tu n'y es pour rien au contraire.

Fannie fixa sur son aînée ses grands yeux embués.

— Et si elle ne revient plus ? Plus jamais ?

Un pâle sourire frôla les lèvres d'Edwina. Pour revenir, elle reviendrait, il n'y avait pas de doute. Mais quand, comment, dans quel état, Dieu seul le savait. Curieusement, savoir Alexia en compagnie de Malcolm Stone, si infâme fût-il, la rassurait. La vérité est toujours plus supportable que l'incertitude. Lorsque la longue file des wagons pénétra dans la gare de San Francisco, un soupir de soulagement anticipé souleva la poitrine d'Edwina.

Trois jours passèrent dans l'attente. Trois jours interminables pendant lesquels Edwina crut devenir folle d'inquiétude. Enfin, le coup de fil tant attendu arriva un soir vers vingt-deux heures.

— Bon sang, Alexia ! Te rends-tu seulement compte de ce que tu nous as fait subir ? Où es-tu ?

— Écoute, Weenie…

La voix d'Alexia se brisa. Elle n'aurait pas eu le courage d'appeler si Malcolm n'avait pas tant insisté. La dernière semaine s'était écoulée tel un mauvais rêve dont on n'arrive pas à se réveiller. Dans le train, elle avait été malade comme un chien et au matin, Malcolm lui avait dit, en riant, qu'elle avait ronflé durant leur nuit de noces. À ses dires, ils s'étaient mariés à Los Angeles, alors qu'Alexia était dans un état d'ébriété avancé. Pour le lui prouver, il lui fit l'amour. Ce fut une expérience pénible qui ne procura aucun plaisir à la jeune fille. Maintenant, elle regrettait amèrement d'avoir épousé Malcolm… Elle avait été manipulée, elle en avait conscience mais elle aurait préféré mourir plutôt que d'avouer sa honte à Edwina.

— Je vais bien ! réussit-elle enfin à affirmer d'un ton qui sembla peu convaincant aux oreilles attentives de sa correspondante. Je suis avec Malcolm.

— Je m'en doutais… Pourquoi as-tu fait ça, Alexia ? Pourquoi m'as-tu menti ?

— Mais je ne t'ai pas menti. Il m'a à peine adressé la parole ce soir-là. J'ai juste dansé une fois avec lui et j'ai accepté de le revoir le lendemain pour déjeuner.

Ce fut certainement le plus long déjeuner de sa vie, songea Edwina, horrifiée. Elle ne se faisait aucune illusion sur ce qui avait dû se passer par la suite entre sa jeune sœur et cette crapule dénuée de scrupules.

— Alexia *où* es-tu ?

— À New York.

Elle décela une note de nervosité dans la voix de son interlocutrice, fut tentée un instant de contacter Georges, se ravisa l'instant suivant. Celui-ci était en pleine lune de miel quelque part au Canada. À quoi cela servirait-il de le déranger ? Brusquement, une autre idée survint. Georges n'avait guère besoin de savoir. Encore moins Sam. L'affaire devait être réglée dans la plus stricte intimité. C'était impératif, si elle tenait à préserver la réputation de sa sœur.

— À New York ? insista-t-elle. À quel endroit exactement ?

— À l'*Illinois* Hotel…

Alexia cita une rue dans le fin fond de West Side. Ce n'était pas le *Plaza*, ni le *Ritz-Carlton*, évidemment, et cela collait parfaitement au personnage de Malcolm Stone.

— Et, Weenie… – Alexia s'interrompit une seconde, hésitante, après quoi elle se lança : – on s'est mariés.

Le sol se déroba sous les pieds d'Edwina.

— Quoi ? Vous vous êtes…

— Mariés, oui. Avant de prendre le train.

Elle omit de signaler qu'elle ne gardait aucun souvenir de la cérémonie.

— Quand reviendrez-vous ?

« Elle est mineure ! pensa-t-elle en même temps. Il ne sera pas difficile à un bon avocat d'obtenir une annulation en bonne et due forme. » Il y eut un silence à l'autre bout de la ligne.

— Je n'en sais rien, répondit enfin Alexia dans un petit souffle bizarre, comme si elle déployait des efforts surhumains pour réprimer ses larmes. Malcolm voudrait tenter sa chance à Broadway.

Yeux fermés, Edwina se livra à un rapide calcul mental.

— Alexia, écoute-moi. Reste où tu es, d'accord ? Je viendrai te chercher.

Nouveau silence. Enfin, elle la sentit lâcher prise.

— Est-ce que… tu vas le dire à Georges ?

— Non ! répliqua-t-elle énergiquement. Je ne soufflerai mot à personne. Et toi non plus d'ailleurs… Moins il y aura de gens au courant, mieux ce sera. Alexia, écoute-moi. Ne bouge pas. Je viendrai te chercher. Je te ramènerai à la maison, nous ferons annuler ce mariage absurde. Cela restera entre nous. Est-ce clair ?

Les mots de Georges lui revinrent en mémoire. « Pourvu qu'on ne se retrouve pas avec un bébé sur les bras », pensa-t-elle.

À peine avait-elle raccroché que, déjà, Alexia regrettait son appel. Et une heure plus tard, elle changea complètement d'avis. Malcolm s'était montré gentil, ils avaient fait l'amour, et cette fois-ci elle en avait éprouvé du plaisir. Toute réflexion faite, elle ne voulait plus rentrer en Californie. Elle préférait rester à New York avec lui.

Ils étaient descendus dans un hôtel miteux qui, au début, avait rebuté Alexia. Les premiers jours, elle n'avait cessé de pleurer. Malcolm l'avait attirée dans un guet-apens et elle lui en voulait. À présent, allongée à son côté, elle se découvrit amoureuse. Après tout, c'était l'homme de sa vie. Parfois, quand il avait trop bu, il devenait brutal. Ses mains laissaient alors des empreintes rouges sur la peau délicate d'Alexia. Mais lorsque l'emprise de l'alcool se dissipait, il redevenait tendre. Il la traitait avec douceur, l'appelait « son bébé ». La première fois qu'il l'avait présentée à quelqu'un comme sa femme, une étrange fierté l'avait envahie. Elle s'était sentie adulte.

Le lendemain matin, l'appréhension d'Alexia se mua en conviction. Elle avait eu tort de donner son adresse à Edwina. Elle se précipita sur le téléphone pour lui signifier qu'il était inutile de se déplacer. Malheureusement, c'était trop tard. Fannie lui annonça que leur sœur aînée était déjà en route vers New York.

— Oh, Lexia, pourquoi as-tu fait une chose pareille ?

Les doigts de Malcolm sur sa cuisse firent frissonner Alexia.

— Nous allons jouer ensemble dans des films, rétorqua-t-elle étourdiment, comme si cela expliquait tout. Et puis, je voulais devenir sa femme.

— Comment ? s'étrangla Fannie à l'autre bout de la ligne. Tu es mariée ?

Edwina ne lui avait rien dit. Alexia se rappela soudain qu'elle était supposée garder le silence sur cette histoire.

— En quelque sorte, répondit-elle, confuse.

Plus tard, elle confia ses craintes à Malcolm. Edwina n'hésiterait pas à faire annuler leur mariage. Il la fit basculer sur le lit et se mit à déboutonner le corsage bon marché qu'il lui avait acheté lors de leur escale à Chicago.

— Ne t'en fais pas bébé, susurra-t-il. J'ai une surprise pour toi.

L'idée avait surgi tout naturellement, dès qu'il eut compris que Broadway ne lui ouvrirait pas ses portes... Une étreinte passionnée, plus ardente que les précédentes, les unit, puis Malcolm se rhabilla et quitta la petite pièce sombre. Il revint longtemps après en titubant et en brandissant deux billets de bateau.

— Tout va s'arranger, bébé. Demain, nous partons pour Londres.

Seuls les Britanniques, rompus à une longue tradition théâtrale, étaient en mesure d'apprécier son talent, décréta-t-il. Une fois célèbre en Angleterre, il retournerait, victorieux, en Californie... Et la grande sœur d'Alexia ferait chou blanc, ajouta-t-il mentalement avec un sourire sournois. Avec un peu de chance, Alexia serait enceinte très vite. À défaut, le scandale suffirait à rabattre le caquet aux Winfield qui l'exhorteraient à la réparation. Et alors, lui, Malcolm Stone, mènerait enfin grand train aux crochets de Georges Winfield.

33

Avant de quitter la Californie, Edwina avait tenu à rassurer Sam. Tout allait bien, affirma-t-elle au téléphone. Comme elle l'avait supposé, il s'agissait d'un malentendu. À la suite d'une petite dispute, Alexia, vexée, avait pris seule le train pour San Francisco. Ils l'avaient retrouvée à la maison.

— Et Malcolm Stone ? demanda-t-il, suspicieux.

Il ne l'avait crue qu'à moitié.

— Oh, elle ne l'a pas vu, répliqua-t-elle avec une conviction remarquablement simulée. Merci pour votre aide, Sam.

Il n'y avait pas une minute à perdre. Edwina confia les enfants à la nouvelle gouvernante, les fit jurer de garder le secret en leur promettant de revenir le plus vite possible.

— Quoi qu'il arrive, pas un mot à Georges s'il appelle.

Elle monta dans l'express de New York, le cœur empli d'appréhension. Les douloureuses réminiscences si soigneusement enfouies dans son subconscient ne tardèrent pas à faire surface. Et, tandis que le train fonçait dans la nuit, le souvenir d'un autre voyage jaillit dans sa mémoire. Des fragments d'images oubliées lui revinrent en mémoire et elle se revit onze ans plus tôt, dans un compartiment semblable à celui-ci, avec ses parents, Charles et ses jeunes frères et sœurs. Ils se rendaient alors à New York, afin d'embarquer sur le *Mauritania* pour aller en Angleterre, sans se douter de la tragédie qui les attendait.

Elle arriva à destination, épuisée, se rendit directement de la gare à l'*Illinois Hotel*. Elle pénétra dans l'établissement délabré, cherchant du regard une Alexia repentie, prête à brandir contre Malcolm le spectre de la loi… Un employé à moitié ivre lui apprit que M. et Mme Stone ne figuraient plus parmi les pensionnaires de l'hôtel. Ils avaient laissé une lettre.

Les doigts nerveux d'Edwina décachetèrent l'enveloppe, ses yeux incrédules déchiffrèrent rapidement l'écriture enfantine de sa sœur. « Nous partons pour Londres. Malcolm voudrait passer des auditions là-bas. » Toute épouse se devait de suivre son mari, terminait sa correspondante… Elle devait être éperdument éprise pour passer outre sa phobie des bateaux. Et quant à Stone, il ne savait certainement pas où il mettait les pieds, car Alexia ne mentionnait jamais le *Titanic*.

Dans le taxi qui la conduisait au *Ritz-Carlton*, Edwina fondit en larmes. Plus tard, dans la chambre spacieuse, hantée par le souvenir de son précédent séjour, elle s'efforça de mettre de l'ordre dans ses idées. Si seulement quelqu'un pouvait lui venir en aide. Mais qui ? Ses parents et Philip étaient morts… Georges venait de se marier… elle connaissait à peine Sam. Et Ben ? Sa main s'avança vers le téléphone pour retomber lourdement. Elle n'avait nulle envie d'avouer son échec... Non ! Une décision s'imposait et elle devait la prendre seule. Comme elle l'avait toujours fait.

La nuit s'écoula dans la réflexion. Allongée sur le grand lit, les yeux brûlants, Edwina passa et repassa dans son esprit le film des derniers événements. « C'est fini. Je ne pourrai jamais monter à bord d'un bateau. Après tout Alexia a peut-être fait son choix », songea-t-elle, au comble du désespoir. L'instant suivant, elle se ravisa. Allait-elle laisser sa sœur de dix-sept ans gâcher définitivement sa vie sans bouger le petit doigt ? C'était impensable. Inacceptable. Le coup de fil d'Alexia ne pouvait être qu'un appel au secours. Il était de son devoir d'y répondre.

Le matin la trouva exténuée. Elle avait pris connaissance, la veille, de la liste des paquebots en partance pour l'Europe. Pendant un moment, elle crut tenir la solution. Envoyer un câble au nom de Mme Stone sur chaque bateau, puis, de nouveau, elle changea d'avis. Un télégramme n'avait jamais ramené à la raison une femme amoureuse... Non. Il fallait agir. Agir vite...

Elle crut alors voir le visage de sa mère à travers le voile de ses larmes et sut ce qui lui restait à faire.

L'après-midi même, elle réserva une cabine sur le *Paris*. Alexia avait embarqué trois jours plus tôt sur le *Bremen*...

34

Alexia paraissait très pâle et étonnamment calme. Malcolm s'efforça vainement de lui remonter le moral. Bientôt, renonçant à lui décrire les fastes de la capitale britannique, il supposa qu'elle n'avait jamais pris le bateau. Il commanda du champagne, la couvrit de baisers.

— Un jour, nous voyagerons en classe de luxe, bébé, penses-y !

Elle n'eut pas un sourire. Et lorsque le *Bremen* leva l'ancre, elle se mit à trembler de tous ses membres.

— Tu n'as pas le mal de mer au moins…

Pas de réponse. Malcolm haussa les épaules. Il venait de dépenser ses derniers sous pour payer une cabine de seconde classe sur cet épouvantable rafiot. Bah, il avait connu pire. Ce n'était pas si mal que ça, après tout. Les passagers allemands n'hésitaient pas à forcer sur la bouteille, affectionnaient les plaisanteries grasses et, si sa chance tournait, il pourrait se refaire au poker tout en se pavanant au bras de sa jolie « petite femme chérie ». Or, tandis que le vieux paquebot se glissait hors du port, Alexia se laissa tomber sur la couchette, les yeux fixes. Et le soir, son état empira. Il se pencha sur elle mais elle n'eut pas l'air de s'en apercevoir. Elle haletait. Effrayé, Malcolm sonna le steward.

— *Mein herr ?* fit celui-ci en passant la tête par la porte entrebâillée.

Il avait déjà remarqué la ravissante épouse de l'Américain. Du reste, ils formaient un beau couple, à ceci près qu'il aurait pu être son père.

— Ma femme... Elle est malade. Appelez tout de suite le médecin du bord.

Le steward sourit.

— Certainement, Monsieur... Si vous permettez, à mon avis, Madame a le mal de mer. Une tasse de bouillon et quelques biscuits lui feraient le plus grand bien.

Un gémissement l'interrompit. Une sorte de grognement d'animal à l'agonie. Les deux hommes se retournèrent. Alexia était inerte sur le lit, plus pâle qu'une statue de cire.

— Elle s'est évanouie. Le médecin ! Vite !

Le steward disparut... Stone s'assit sur le rebord du lit, mort de peur. S'il arrivait quelque chose à Alexia, il pouvait dire adieu aux villas, aux rutilantes voitures et à tout ce dont il avait tant rêvé. Georges Winfield l'étranglerait de ses propres mains.

Le médecin qui arriva peu après voulut savoir si la patiente ne présentait pas des signes de fausse couche. Malcolm le regarda, déconcerté. Comment le saurait-il ? Il n'y avait même pas pensé... Non, cela ne se pouvait. Elle était encore vierge quand ils s'étaient enfuis. Il répondit qu'il n'en savait rien, après quoi il fut prié d'attendre dans le corridor.

Il lui sembla que des heures s'étaient écoulées avant que le praticien réapparaisse.

— Comment va-t-elle ?

— Elle dort. Je lui ai administré une piqûre calmante…

Il lui fit signe de le suivre dans une petite salle de repos où il s'assit lourdement, en le fixant d'un air mécontent, presque furieux.

— Étiez-vous obligés de vous rendre en Europe, monsieur Stone ?

Malcolm le regarda sans comprendre.

— Eh bien… oui… je suis comédien. Je dois jouer dans un théâtre londonien… un rôle important du répertoire classique.

C'était un mensonge, évidemment, mais sa vie entière était un tissu de mensonges. Sous le regard scrutateur de son interlocuteur, il s'empressa d'allumer une cigarette.

— Votre femme ne vous a rien dit, n'est-ce pas ? Est-ce que…

Le docteur allemand s'interrompit. « Sont-ils vraiment mariés ? » se demanda-t-il soudain. Elle était si jeune et portait des chaussures hors de prix.

— Pardon ? fit Malcolm, étonné. Qu'est-ce qu'elle aurait dû me dire ?

— Elle ne vous a pas parlé de son précédent séjour en Europe ?

Le visage pathétique de la jeune femme lui revint en mémoire. En sanglotant, elle s'était accrochée à lui.

— Je ne peux pas rester sur ce bateau, s'était-elle écriée, affolée. Il va couler.

Il l'avait rassurée de son mieux et avait pris la décision de la mettre sous sédatifs durant toute la traversée.

Et si l'Américain lui donnait son accord, il avait l'intention de la faire transférer à l'infirmerie.

— Je ne comprends pas, dit Malcolm, l'air agacé. De quoi s'agit-il ?

— Vous ne saviez pas qu'elle a voyagé sur le *Titanic* ?

Le comédien resta bouche bée. « Il n'a pas l'air de savoir grand-chose sur sa prétendue femme », pensa le praticien.

— Vraiment ? fit Malcolm d'une voix circonspecte. Elle devait être toute petite, alors…

— Elle avait six ans. Ses parents et le fiancé de sa sœur ont péri dans le naufrage.

Stone hocha la tête. Cela expliquait pourquoi seuls Georges et la vigilante Edwina veillaient sur Alexia. L'idée de lui demander ce qu'il était advenu de leurs parents ne l'avait jamais effleuré. Par ailleurs, Alexia ne semblait pas encline aux confidences et cela lui convenait parfaitement.

— Elle a été séparée de sa famille pendant les opérations de sauvetage, poursuivit le praticien. Elle a retrouvé ses frères et sœurs bien après…

Un silence suivit pendant lequel le visage du médecin se ferma. À l'époque, il était de service à bord du *Frankfurt* et avait parcouru les messages de détresse du navire en perdition.

— Voilà ce que je suggère, reprit-il. Nous allons garder votre épouse sous sédatifs à l'infirmerie jusqu'à la fin du voyage. Autrement, j'ai peur qu'elle ne soit pas capable de surmonter ses angoisses. Elle est très fragile psychiquement, vous savez.

Malcolm Stone se renversa sur sa chaise en exhalant un nuage de fumée. C'était donc aussi bête que cela. Une gamine hystérique qui avait perdu la moitié de sa famille dans le naufrage du *Titanic*. L'espace d'une seconde, il se demanda comment diable il allait pouvoir la ramener aux États-Unis quand tout serait terminé… Il verrait bien… Après tout, Georges et Edwina s'en chargeraient. D'ici là, Alexia serait totalement sous sa coupe. Ils seraient bien obligés de traiter avec lui. Et d'accepter ses conditions.

— Très bien, approuva-t-il.

Tant pis… Il jouerait au poker.

— Vous m'autorisez donc à la déplacer, monsieur Stone ?

— Oui, bien sûr, fît-il en dédiant au docteur son plus beau sourire de scène.

Peu après, Alexia fut transférée à l'infirmerie où elle fut placée sous bonne garde. Grâce aux tranquillisants savamment dosés, elle dormit tout le long de la traversée, n'émergeant de sa torpeur que pour y sombrer à nouveau. Elle se rappelait vaguement qu'elle se trouvait à bord d'un bateau… Lequel, elle l'ignorait. Plus d'une fois, elle appela sa mère dans l'obscurité. Mais sa mère ne vint pas. Il y avait bien une femme auprès d'elle, une figure blanche, qui de temps à autre lui murmurait des mots auxquels elle ne comprenait rien. Parfois, elle se demandait si le gigantesque paquebot avait coulé et si elle avait été recueillie par un autre navire… Peut-être retrouverait-elle enfin sa mère… Ou peut-être était-ce seulement Edwina…

35

Dès qu'elle eut pénétré dans sa cabine de première classe, Edwina tira les rideaux sur les hublots. Croyant que l'aventure s'achèverait à New York, elle avait emporté en tout et pour tout un sac de voyage, et pas de robe de soirée, bien sûr… « Aucune importance », se dit-elle en rangeant ses maigres possessions dans la penderie. Elle n'en aurait pas besoin. Elle avait franchi la passerelle d'embarquement le cœur noué d'angoisse, dans l'unique but de se rendre à Londres afin de récupérer sa sœur. Le reste lui était indifférent… Edwina avait parcouru plusieurs fois la lettre dans laquelle Alexia chantait sur tous les tons son bonheur auprès de Malcolm. En lisant entre les lignes, elle avait su qu'elle avait pris la bonne décision. De toute évidence, la naïve Alexia pourchassait un bonheur illusoire. Edwina n'avait pas l'intention d'abandonner la partie. Cette ordure de Stone avait profité de son jeune âge et de son inexpérience. Il n'aurait pas le dernier mot. Edwina se battrait jusqu'au bout pour la tirer de ce mauvais pas. Elle la ramènerait à San Francisco et, avec un peu de chance, personne n'aurait jamais vent de cette lamentable affaire. La jeune femme était prête à tout, même au mensonge, pour préserver l'honneur de sa sœur. Elle traversa l'embarcadère, les jambes flageolantes, suivit l'hôtesse jusqu'à sa cabine où elle se laissa tomber sur le canapé, yeux clos, s'efforçant de contrôler sa respiration désordonnée.

L'hôtesse jeta un regard plein de sollicitude à cette passagère dont la pâleur trahissait un secret malaise.

— Avez-vous besoin de quelque chose ? s'enquit-elle gentiment, en français. Préférez-vous monter sur le pont-promenade ? Un bol d'air frais vous fera du bien.

— Non merci. Plus tard, peut-être.

Elle n'avait pas l'intention de bouger. Plus tard, quand la sirène du paquebot annonça le départ, elle demeura assise, figée, les doigts crispés sur les bras du fauteuil… Penser à autre chose. À Georges et Helen qui devaient poursuivre paisiblement leur lune de miel… Aux enfants restés à la maison. Dûment chapitrés, ils avaient promis de ne rien laisser transpirer au cas où Georges appellerait. Avant de quitter New York, elle les avait mis au courant des événements mais ni l'un ni l'autre n'avaient eu l'air de deviner son appréhension. À la mort tragique de leurs parents, Fannie et Teddy étaient respectivement âgés de quatre et deux ans. Ils n'avaient conservé qu'un souvenir flou du *Titanic*… Alors que pour Edwina le nombre des années n'avaient pas effacé le cauchemar. Pour Alexia non plus, supposa-t-elle avec un douloureux pincement au cœur.

La première nuit, elle dîna dans sa chambre, toucha à peine au plateau somptueusement garni. Revenu débarrasser la table, le steward lança un coup d'œil désapprobateur aux plats restés intacts, puis aux rideaux qui masquaient toujours les hublots. Le lendemain, il la trouva plus pâle encore.

— Madame a le mal de mer ?

Elle leva les yeux du feuillet qu'elle était en train de noircir d'une fine écriture.

— Non, non, tout va bien.

Il haussa un sourcil, intrigué. Edwina se pencha de nouveau sur le petit secrétaire. Afin d'oublier ses craintes, elle avait commencé à écrire une longue lettre à Alexia qu'elle comptait lui remettre en main propre quand elle la reverrait. Le steward repartit en emportant le plateau du petit déjeuner. C'était une femme « sérieuse », décida-t-il. Plus tard, l'ayant retrouvée à la même place devant le secrétaire, il se demanda si elle était écrivain. Ou si elle n'adressait pas une correspondance à un amant qui l'aurait abandonnée. Mais quelle idée de vivre ainsi calfeutrée, rideaux fermés. En lui apportant le repas de midi, il osa lui suggérer d'aller s'aérer sur le pont. C'était une splendide journée d'octobre, affirma-t-il, Madame devrait en profiter. Elle se leva avec un rire, jeta un regard circulaire dans la cabine qu'elle n'avait pas quittée depuis deux jours, prit son manteau.

L'air frais du large l'assaillit sur le pont-promenade. Elle s'accrocha au bastingage, les jambes en coton. Il y avait des embarcations de sauvetage le long du pont… Elle dut se faire violence pour ne pas rebrousser chemin.

Une musique entraînante en provenance du salon de thé l'enveloppa. Une valse… La valse qu'elle avait dansée avec Charles le dernier soir, juste avant le drame. Des larmes brouillèrent son regard. Elle s'élança en avant, comme poursuivie, et entra en collision avec un homme qui sortait sur le pont.

— Oh, pardon, je suis désolée, marmonna-t-elle.

Elle avait trébuché et il l'avait soutenue d'une main gantée étonnamment ferme.

— C'est ma faute…

Il portait un pardessus impeccablement taillé avec un col en fourrure de castor. Un chapeau feutre coiffait ses cheveux blonds. Il était grand et devait avoir une quarantaine d'années.

— Excusez-moi, ajouta-t-il en ramassant un journal et deux livres tombés à terre.

Un geste anodin, quotidien, qui soulagea Edwina. Par moments, à la seule pensée qu'elle se trouvait à bord d'un navire en plein milieu de l'océan, elle avait envie de sauter sur son gilet de sauvetage. L'homme se redressa, souriant.

— Ça va ? s'enquit-il, et son sourire s'effaça.

Visiblement, ça n'allait pas. La jeune femme semblait sur le point de s'évanouir. Le halo de ses cheveux noirs accentuait la pâleur de son visage.

— Oui, très bien, répondit-elle d'une voix faible. Excusez-moi encore. Je pensais à autre chose.

« À un homme sûrement », présuma-t-il. Une femme comme elle ne devait pas rester longtemps seule.

— Ce n'est pas grave. Alliez-vous prendre le thé ?

Il n'avait pas l'air pressé de la quitter.

— Non… En fait, je m'apprêtais à retourner dans ma cabine.

Déçu, il la regarda s'éloigner.

En regagnant sa chambre, Edwina tomba sur le steward.

— Madame a eu raison de sortir, l'encouragea-t-il, avec une sollicitude toute paternelle qui la fit sourire.

— Oui, j'ai fait une belle promenade. Vous aviez raison.

— Prendriez-vous une tasse de thé ?

Elle accepta. Il revint peu après avec un plateau chargé d'un pot de thé fumant et de biscuits à la canelle.

— Vous ne devriez pas rester enfermée, vous savez. Je ne connais qu'un remède pour soigner le chagrin. Air frais, soleil, rencontres amusantes, musique.

— Oui ? Ai-je l'air si triste ?

Elle n'allait certainement pas s'étendre sur sa phobie des bateaux. Le steward hocha la tête.

— Moins maintenant. Vous avez déjà meilleure mine.

Il le pensait sincèrement. Une femme aussi attirante que celle-ci ferait mieux de s'amuser là-haut, plutôt que de se morfondre entre quatre murs. Et maintenant que le premier pas était accompli… Il l'entendit composer son menu du soir.

— Madame ne devrait pas dîner ici, observa-t-il, chagriné. Nous disposons d'une magnifique salle à manger en classe de luxe.

— Je n'ai rien à me mettre sur le dos, j'en ai peur.

— Une jolie femme n'a guère besoin de parures. Une simple robe noire suffit amplement.

Comme l'élégante robe de laine qu'elle portait l'après-midi même.

— Non, pas ce soir. Peut-être demain.

Il acquiesça dans un soupir avant de noter sa commande. Asperges sauce hollandaise, filet mignon garni de pommes soufflées, le tout arrosé d'une bouteille de sancerre… Edwina ne put rien avaler.

— Madame n'a pas d'appétit, marmonna le steward en remportant le plateau.

Mais lorsqu'il revint plus tard pour défaire le lit, il constata avec satisfaction que sa passagère préférée était sortie… Edwina émergea sur le pont-promenade, respira profondément l'air mouillé en se forçant au calme. Elle longea prudemment le garde-fou, le regard bas, de crainte d'apercevoir quelque chose d'effrayant sur la mer couleur d'encre… Un fantôme. Ou un iceberg… Son cœur cognait sourdement dans sa poitrine et elle éprouvait la sensation d'un danger imminent. Un pas après l'autre, s'efforça-t-elle de se répéter, un pied devant l'autre… Elle se concentra sur ses chaussures et soudain celles-ci butèrent contre une paire de mocassins. Surprise, elle releva la tête. Ses yeux accrochèrent des yeux couleur d'agate qui lui souriaient.

— Décidément, s'exclama-t-elle avec un petit rire nerveux, en reconnaissant le grand blond de l'après-midi, je suis incorrigible.

— Je crois que nous avons le même problème. Êtes-vous toujours aussi distraite ?

Elle sentit ses pommettes s'empourprer.

— Non… oui… j'étais un peu ailleurs.

— Moi aussi… Le spectacle de l'eau sous le clair de lune est fascinant, vous ne trouvez pas ?

Elle n'eut pas un regard vers la mer. Par son allure aristocratique l'inconnu lui rappelait Charles, bien qu'il fût blond et plus âgé que le fiancé d'Edwina.

— Puis-je vous inviter à boire un verre ? demanda-t-il poliment.

Elle regarda le bras qu'il lui offrait, cherchant fébrilement une bonne raison pour décliner sa proposition et n'en trouva aucune.

— Je me sens un peu fatiguée. J'étais sur le point de me retirer.

— Je songeais à la même chose, mais plus maintenant. Une bonne promenade éclaircit les idées…

Elle s'appuya à son bras sans réfléchir, le suivit le long du pont sans un mot. Elle n'avait pas l'habitude de parler aux étrangers. Il fut le premier à briser le silence.

— D'où êtes-vous ? De New York ?

— N… non. De San Francisco.

— Ah, je vois… Et vous allez à Londres visiter des amis. Ou à Paris, peut-être ?

— À Londres…

« Sauver ma sœur de dix-sept ans des griffes d'un Casanova quinquagénaire », pensa-t-elle tristement, mais elle ajouta :

— Pour quelques jours seulement.

— C'est une longue traversée pour un séjour aussi bref. Vous devez adorer les voyages… Aimeriez-vous vous asseoir un moment ?

Elle se posa sur un transat sans trop savoir pourquoi, probablement parce que c'était plus facile que de se déplacer. Il s'installa sur la chaise longue voisine, lui passa galamment un plaid dont elle recouvrit ses jambes.

— Seigneur, où avais-je la tête ? Je ne me suis même pas présenté. Je m'appelle Patrick Sparks-Kelly et j'habite à Londres.

— Je suis Edwina Winfield, dit-elle en serrant la main qu'il avançait.

— Madame ? Mademoiselle ?…

Elle fit oui de la tête et il haussa un sourcil, étonné.

— Aha ! Le mystère s'épaissit, observa-t-il plaisamment. On ne parle que de vous sur ce bateau.

— Vraiment ? rit-elle. Je ne vous crois pas.

— C'est pourtant la vérité. Pas plus tard que cet après-midi, deux vieilles dames m'ont affirmé qu'il y avait à bord une ravissante jeune femme qui se promène toute seule, n'adresse la parole à personne et prend tous ses repas dans sa cabine.

— Elles faisaient sûrement allusion à quelqu'un d'autre.

— Permettez-moi d'en douter… Vous étiez bien sur le pont-promenade cet après-midi, je ne vous ai jamais vue dans la salle à manger et vous êtes, en effet, ravissante.

— Eh bien, il est vrai que je préfère dîner seule, mais…

— J'avais donc raison ! triompha-t-il, tandis qu'un sourire éclairait ses traits ciselés. Belle et inaccessible… Vous avez sans le vouloir enflammé l'imagination de tous les passagers, ma chère ! Les uns vous tiennent pour une riche veuve inconsolable en route vers l'Europe, vous passez auprès des autres pour une divorcée au passé trouble et d'autres sont convaincus que vous êtes une star qui voyage incognito… Personne n'a encore percé votre véritable identité, je vous l'accorde, mais, d'après la rumeur, vous devez être aussi célèbre que… – il plissa les paupières, ménageant un suspense – Theda Bara.

Elle éclata franchement de rire.

— Vous semblez avoir une imagination débridée, monsieur Sparks-Kelly.

— Pitié ! Je suis affublé d'un nom assez compliqué pour paraître ridicule dans la bouche d'une jolie femme. Appelez-moi Patrick… Et quant à vous, vous serez bientôt obligée de nous dire qui vous êtes et dans quels films vous avez joué, mettant fin au furieux jeu de devinettes auquel se livrent nos compagnons de voyage.

— Au risque de décevoir tout le monde, je ne suis qu'une simple femme qui se rend en Angleterre, afin d'y rencontrer sa sœur.

Elle avait prononcé cette phrase d'un ton uni, presque indifférent. Pourtant, il parut intéressé.

— Et vous ne restez que quelques jours ? Quel dommage pour nous.

Il sourit de nouveau et pour la première fois elle le trouva séduisant. C'était une simple constatation dépourvue d'émotion.

— Comment vous y êtes-vous prise pour échapper au piège du mariage ? Les Américaines semblent décidément bien plus libérées que nos pauvres Anglaises qui font la chasse au mari dès l'âge de douze ans.

Il avait une forme d'humour irrésistible.

— Je ne crois pas que le célibat soit le propre de la femme américaine, rétorqua-t-elle en riant. En tout cas, les Anglaises sont mieux élevées. Elles ne se disputent jamais avec leur mari. – La figure prématurément vieillie de tante Liz lui revint en mémoire. – Ma tante a épousé un Britannique.

— Oui ? Qui ?

— Lord Hickham… Rupert Hickham. Il est mort il y a quelques années et elle l'a suivi dans la tombe peu après… Ils n'ont pas eu d'enfants.

Il s'accorda un temps de réflexion.

— Mon père comptait Lord Hickham parmi ses relations. Je comprends pourquoi votre infortunée tante n'a jamais haussé le ton devant son époux. Cela devait être dur pour elle.

Ainsi il connaissait Sir Rupert.

— Pas dur. Impossible. Il était si autoritaire… La malheureuse avait peur de son ombre. Nous leur avons rendu visite à Havermoor Manor il y a… – elle se mordit la lèvre pour ne pas mentionner la date – longtemps. Je ne suis pas retournée en Angleterre depuis…

Sur les derniers mots, une note bizarre vibra dans sa voix. Il la regarda.

— Depuis quand ?

— Onze ans.

— Il y a longtemps en effet, dit-il nonchalamment, feignant ne pas avoir remarqué l'ombre qui avait obscurci le visage de son interlocutrice.

Celle-ci se redressa d'un seul coup, comme si un besoin impérieux la poussait à prendre la fuite.

— Je dois y aller. J'ai beaucoup apprécié votre compagnie, monsieur Sparks-Kelly.

— Patrick, corrigea-t-il, se levant à son tour. Puis-je vous offrir une coupe de champagne ? La décoration du grand salon vaut le détour.

Elle secoua la tête. Non, elle n'avait nulle envie d'admirer le grand salon. Aucun grand salon dans aucun paquebot au monde ne pourrait effacer ses souvenirs.

— Non, merci.

— M'autorisez-vous en ce cas à vous raccompagner jusqu'à votre porte ?

Mais elle était déjà partie.

Edwina se rua vers sa cabine. Devant la porte fermée, elle s'immobilisa, hors d'haleine, la main sur la poignée. Elle avait cru y trouver un refuge. Elle s'était trompée. Oubliée un instant, la peur la prit de nouveau à la gorge. Non, elle ne pouvait pas rester seule là-dedans sans suffoquer. Le cauchemar était tapi derrière le battant clos. La jeune femme fit demi-tour, ressortit sur le pont, s'appuyant lourdement au bastingage, essoufflée comme un animal pris au piège.

Une voix familière dans l'obscurité la tira de sa torpeur.

— Quel que soit le problème, mademoiselle Winfield, dites-vous qu'il y a toujours une solution.

Elle ne bougea pas, sentit une main sur son épaule.

— Excusez-moi, murmura-t-il. Je n'ai pas l'habitude de me mêler de ce qui ne me regarde pas. Mais vous aviez l'air si bouleversée tout à l'heure que je me suis inquiété.

Edwina se retourna, enfin, et il put voir des larmes briller dans ses yeux.

— Je passe mon temps à rassurer les gens sur mon état, essaya-t-elle de plaisanter sans y parvenir.

Patrick lui sourit.

— Je suppose que vous n'avez convaincu personne, fit-il remarquer gentiment.

Il était amical, charmant même. Elle regretta presque de lui avoir parlé. Tout cela n'avait pas de sens. Elle avait pris ce maudit bateau à seule fin de retrouver Alexia, pas pour se lier d'amitié avec le premier venu.

— En effet, avoua-t-elle avec un demi-sourire. Je ne suis pas très convaincante.

— Vous devriez faire un effort.

Il se tut un instant avant de demander doucement :

— Qu'est-ce qui vous tourmente à ce point ? Que vous est-il arrivé ?

Une expression d'indicible souffrance, la même que celle qu'il avait déjà remarquée depuis leur départ de New York, décomposa les traits fins de la jeune femme.

— Rien, souffla-t-elle, essuyant ses larmes d'une main gracieuse. Enfin… pas récemment. Je n'aime pas les bateaux, voilà tout.

— Pour quelle raison ? Avez-vous le mal de mer ?

— Pas vraiment, répondit-elle d'un ton évasif. Je m'y sens mal à l'aise… Je ne connais rien de plus assommant que ces grands transatlantiques. Rien de plus…

Elle refoula le mot *mortel* trop équivoque à son goût. Il continua de la fixer avec sympathie, tel un vieil ami, et elle sentit, soudain, qu'elle pouvait lui faire confiance. Qu'elle pouvait tout lui dire.

— J'étais à bord du *Titanic*, dit-elle d'une voix étrangement plate. J'ai perdu dans le naufrage mes parents ainsi que l'homme que j'allais épouser.

Une lueur de stupeur traversa le regard de Patrick.

— Oh, mon Dieu ! Je suis désolé… murmura-t-il. Je ne sais quoi vous dire. Sinon que vous devez avoir bien du courage pour être ici. C'est votre première traversée depuis l'accident ?

— Oui. Ce n'est pas facile. Je m'étais jurée de ne plus jamais remettre les pieds sur un paquebot. Si ce n'était pour aller chercher ma sœur…

— Elle avait pris le *Titanic*, elle aussi ?

Il eut peur d'avoir commis une indiscrétion, mais elle semblait pressée de se raconter, à présent.

— Oui. Elle avait six ans, à l'époque. Le bateau a coulé le jour de son anniversaire. Nous l'avions perdue pendant l'opération de sauvetage… En fait, elle était retournée dans la cabine chercher sa poupée. Je l'ai retrouvée à bord du navire qui nous a recueillis. La pauvre petite était dans un tel état de choc… Et depuis… C'est une enfant difficile. Trop sensible…

Il observa un silence sans la quitter des yeux. Elle était exactement ce qu'il avait imaginé. Une femme belle et mystérieuse.

— Vous n'aviez pas d'autres parents à bord ?

— Trois frères et deux sœurs. Nous avons tous survécu. Seuls papa et maman sont morts. Et mon fiancé. – Un vague sourire tremblota sur ses lèvres pleines. – Il était anglais, comme vous. Il s'appelait Charles Fitzgerald.

Sa voix se fêla quand elle prononça son nom. L'espace d'une seconde, elle chercha fébrilement à son doigt la bague de fiançailles qu'elle ne portait plus depuis si longtemps. Le regard de Patrick Sparks-Kelly accrocha le sien. Il avait l'air d'avoir vu un fantôme.

— Comme c'est bizarre, souffla-t-il. J'ai entendu parler de vous, il y a onze ou douze ans… Une jeune fille de San Francisco… À l'époque je m'apprêtais à me marier, moi aussi.

Et comme elle le scrutait sans comprendre :

— Charles Fitzgerald était mon cousin par alliance. Dieu que le monde est petit !

Elle acquiesça en silence et il poursuivit.

— Sa mort a plongé dans la consternation toute la famille. Ses pauvres parents l'ont pleuré pendant des années.

— Moi aussi.

— Vous ne vous êtes jamais mariée… à cause de lui ?

— À cause de lui et à cause des enfants. J'avais cinq jeunes frères et sœurs à élever. Philip avait seize ans et Georges douze, mais les autres étaient encore tout petits. Alexia était âgée de six ans, comme je vous l'ai déjà dit. Fannie n'en avait que quatre et quant à Teddy, c'était un bébé.

Il la contempla avec une admiration non feinte.

— Vous les avez élevés toute seule ?

— J'ai fait de mon mieux... Avec des hauts et des bas. Enfin, grâce à Dieu, nous avons survécu. Excepté Philip qui est mort pendant la Grande Guerre, il y a six ans.

En évoquant ses frères et sœurs, elle s'était animée.

— Georges est le héros de la famille, continua-t-elle avec un sourire plein de tendresse. Il vient de se marier à une fille ravissante... Ce petit voyou a laissé tomber ses études à Harvard pour aller tenter sa chance à Hollywood et, ma foi, il a fort bien réussi.

— Il est comédien ?

— Non, producteur dans un grand studio...

Elle continua son récit. Fannie qui avait quinze ans maintenant était un véritable cordon-bleu. Et Teddy, à treize ans, promettait de devenir un redoutable homme d'affaires... Elle était fière d'eux et cela avait quelque chose de touchant.

— Eh bien, vous avez réussi un sacré tour de force. Vous êtes une personne hors du commun, Edwina.

— J'ai fait ce que j'ai pu, répondit-elle modestement. Jour après jour. Je n'avais pas d'autre choix. Je les aimais tellement... Et puis j'avais promis à ma mère de m'occuper d'eux... Maman a dû rester à bord pour chercher Alexia. Quand elle comprit qu'il n'y aurait pas de canots de sauvetage pour tout le monde, elle a choisi de mourir avec papa.

Elle marqua une pause, le visage tourné vers la mer sombre, se remémorant cette nuit terrible qui la hanterait jusqu'à la fin de ses jours. Il se tut également, respectant son silence.

— Au début, personne ne s'était vraiment rendu compte de la gravité de la situation, reprit-elle péniblement. On nous a réunis sur le pont des embarcations sans rien nous préciser. L'orchestre jouait du ragtime comme s'il se fut agi d'une fête… Maman a dû attendre dans l'espoir d'embarquer dans le même canot que mon père… Hélas, elle a attendu trop longtemps…

Elle regarda soudain cet étranger qui aurait pu être son cousin si le destin n'avait pas brisé sa vie. Les mots si longtemps enfouis au tréfonds de son âme franchirent enfin ses lèvres.

— Je l'ai détestée pour cela. Des années durant je lui en ai voulu. Oh, pas parce qu'elle m'a laissé les enfants, non. Parce qu'elle a préféré mourir avec lui au lieu de vivre avec nous… Peut-être l'aimait-elle plus que tout au monde… Je ne sais pas. Cette pensée m'a longtemps tourmentée. Je me suis sentie tellement coupable d'avoir survécu à mes parents et à Charles. Si je m'étais écoutée, mais je serais restée aussi. Exactement comme elle l'a fait. Mais elle m'en a empêchée. Sans doute n'ai-je pas eu assez de courage. J'ai pris le premier canot de sauvetage avec les petits et j'ai laissé maman, papa et Charles à leur sort.

Des larmes étincelèrent au bout de ses longs cils et brusquement, elle se sentit allégée d'un lourd fardeau.

— Je leur ai dit au revoir, murmura-t-elle en étouffant un sanglot, sans savoir que c'était un adieu. Je n'ai même pas eu le temps d'embrasser Charles… Je ne pouvais pas savoir que le bateau allait couler. Personne ne pouvait savoir.

Elle vacilla sur ses jambes et il l'entoura de ses bras.

— Vous avez agi pour le mieux, Edwina. Ce n'est pas votre faute si vous avez échappé au naufrage.

— Oh, Patrick, pourquoi est-elle restée avec papa ?

Il n'en savait rien. Il ne pouvait qu'essayer de deviner.

— Votre mère était certainement trop attachée à votre père pour envisager de vivre sans lui. Par ailleurs, elle savait bien que vous alliez la remplacer auprès des enfants.

— Mais ce n'est pas juste ! s'écria-t-elle, le visage enflammé de colère. Elle n'a pas pensé un seul instant à moi, à mes sentiments. Je l'ai haïe parce que j'ai survécu et pas elle. Pourquoi fallait-il que je continue à vivre dans le chagrin ? Moi aussi j'avais le droit de mourir auprès de l'homme que j'aimais. Moi aussi…

La phrase demeura inachevée. À quoi bon continuer de déverser son amertume ?

— La vie est souvent injuste, Edwina.

Il avait des larmes aux yeux, lui aussi.

— Je suis désolée. Je n'aurais pas dû ressasser toutes ces vieilles histoires.

Il lui tendit un mouchoir de fine batiste gravé de ses initiales qu'elle accepta avec gratitude.

— D'habitude je n'en parle pas, murmura-t-elle.

— Je m'en doute. – Il sourit. – Si je vous avais connue il y a onze ans, je vous aurais volée à Charles. Cela m'aurait évité de contracter une union désastreuse… J'ai épousé une cousine germaine de Charles du côté de sa mère. Oh, une jolie créature ! Il m'a fallu un certain temps pour réaliser qu'elle ne m'aimait pas. Qu'elle ne m'avait jamais aimé.

— Êtes-vous toujours marié avec elle ? demanda-t-elle et un pâle sourire éclaira ses traits à la pensée qu'elle aurait pu tomber amoureuse de Patrick à la place de Charles.

— Hélas ! soupira-t-il d'un air résigné. Nous avons trois fils et échangeons quelques propos une fois tous les quinze jours au petit déjeuner, entre deux voyages. Ma femme apprécie énormément mes absences. Elle me préfère de loin ses amies et ses chevaux.

Edwina lui jeta un regard interloqué. Elle ne parvenait pas à concevoir le mariage sans amour.

— Vous n'avez jamais songé à divorcer ?

— Non… pour plusieurs raisons. D'abord, les enfants. Mes parents, ensuite. Personne n'a encore divorcé dans notre famille, voyez-vous. Ils ne le supporteraient pas. Pour couronner le tout, grâce à une grand-mère française, je suis l'un de ces spécimens si rares en Grande-Bretagne… Anglais et catholique ! J'ai bien peur que Philippa et moi soyons unis pour le meilleur et pour le pire – le pire surtout ! – jusqu'à la fin des temps…

Sous le ton léger de sa voix, elle décela une profonde solitude.

— Alors quittez-la. C'est ridicule de continuer à vivre ainsi.

C'était incroyable ! Ils se connaissaient à peine et, pourtant, ils livraient l'un à l'autre leurs secrets les plus intimes. Sans doute se confiait-on plus volontiers à bord d'un bateau, au milieu de nulle part, à une personne qu'on n'était pas appelé à revoir.

— Je n'ai pas le choix, répondit-il avec nonchalance. Je suis comme vous, ma chère. Le devoir avant tout. *Noblesse oblige*[1] aurait dit ma grand-mère. Souvent, le devoir l'emporte sur les autres sentiments. C'est mon cas. Mes garçons ont grandi. Ils sont tous en pension. Le petit dernier, Richard, qui a eu sept ans cette année, a rejoint ses frères à l'internat… Ma présence n'est plus nécessaire à la maison. Eh bien, je ne m'en porte pas plus mal. Je suis avocat d'affaires, je représente mon père et je voyage énormément… Je suis plus souvent à New York ou à Paris qu'à Londres. J'ai de bons amis à Rome et à Berlin… Bah ! Ce n'est pas si mal que ça.

— Vous trouvez ? fit-elle avec sa franchise habituelle. Je pense au contraire que votre existence est complètement vide.

— Vous avez raison, Edwina. Ce n'est pas une vie, comme on dit, mais je n'en ai pas d'autre. Tout compte fait, nous sommes pareils, tous les deux. Vous avez passé vos plus belles années à porter le deuil d'un homme que vous avez aimé quand vous aviez vingt ans. Pensez-y ! Le connaissiez-vous suffisamment ? Comment pouvez-vous être certaine qu'il vous aurait rendue heureuse ? Vous n'en savez rien… Alors vous vous êtes drapée dans votre dignité et vous vous êtes consacrée à l'éducation de vos frères et sœurs. J'ai fait la même chose avec mes fils. Or, il y a une différence fondamentale entre nous, Edwina. Je suis marié, vous êtes libre ! Libre d'aimer à nouveau, de refaire votre vie, de fonder un foyer.

Elle laissa échapper un rire qui sonnait faux.

1. En français dans le texte.

— Ne soyez pas ridicule ! J'ai trente-deux ans. Ma vie est déjà fichue.

— La mienne aussi. J'ai trente-neuf ans. Pourtant, si une nouvelle occasion se présentait, je n'hésiterais pas une seconde. Je me remarierais, j'aurais d'autres enfants. Je…

Il s'interrompit et, tout à coup, il écrasa les lèvres d'Edwina sous les siennes. Il l'embrassa longuement, comme elle n'avait jamais été embrassée depuis la mort de Charles. L'esprit de la jeune femme vacilla, comme si ce baiser brûlant auquel elle répondit sans réfléchir avait balayé les ombres du passé. Ce n'était pas son amour pour Charles qui était en cause. Elle l'avait adoré, il n'y avait aucun doute. Mais la raison pour laquelle elle était tant attachée à sa mémoire lui échappait. Qu'était-ce ? Rêve ? Illusion ? Réminiscence lointaine ? Avait-elle donc changé, au fil des années ? Avait-elle porté le fardeau trop longtemps ? Elle n'aurait pas su le dire, pas maintenant. Et tandis que le baiser se prolongeait, elle perdit la notion du monde environnant.

Enfin, Patrick relâcha son étreinte, puis l'embrassant de nouveau, plus tendrement :

— Edwina, dit-il dans un souffle, quoi qu'il arrive entre nous, je ne pourrai pas vous épouser. Peu importe ma passion pour vous, je resterai enchaîné à une autre jusqu'au jugement dernier. Je ne voudrais pas vous détruire, c'est pourquoi je préfère être clair : Je ne m'accrocherai pas à vous et vous empêcherai de vous accrocher à moi, comprenez-vous ?

— Oui, répondit-elle d'une voix enrouée.

Si seulement elle ne lui avait pas adressé la parole… Si seulement elle ne le chérissait pas déjà… Oh, tout cela était absurde !

— Je vous interdirai de refaire ce que vous avez fait avec Charles. Vivre dans les souvenirs. J'ai envie de vous aimer très fort, ma chérie, de vous donner du bonheur et de vous rendre la liberté, afin que vous puissiez épouser quelqu'un d'autre.

— Cessez donc de vous morfondre, sourit-elle. On ne sait ce que l'avenir nous réserve. On ne devrait pas se sentir définitivement lié à une personne alors que la mort peut vous séparer à tout instant… Mais peut-être Philippa décidera-t-elle de vous quitter.

— Je refuse de bâtir l'avenir sur des « si » et des « peut-être ». Ce sont des pièges terribles, Edwina. Souvenez-vous en, mon amour. Je vous rendrai votre liberté un jour. J'ouvrirai la porte de la cage et vous vous envolerez, tel un petit oiseau enfin libre.

— Pas encore, implora-t-elle en lui passant les bras autour du cou.

— Oh, non, pas encore, chuchota-t-il tout contre ses cheveux. Je vous aime, ma chérie…

36

C'était le genre de situation qui n'arrive que dans les films. Ou dans les romans. « Un homme rencontre une femme à bord d'un paquebot. Ils s'éprennent follement l'un de l'autre. Elle porte le deuil de son fiancé. Il est marié. Leur idylle dure le temps de la traversée. Puis la vie reprend son cours… »

Oui, c'était un beau scénario. Mais Edwina ne s'en souciait pas. Elle qui avait tout sacrifié au passé redécouvrait l'instant présent. Ils firent de longues promenades sur le pont, main dans la main, bavardant, riant, se volant des baisers, sous les regards complices des autres passagers. Peu à peu, sa phobie des bateaux se dissipa. Patrick l'accompagna lors de l'exercice de sauvetage, et elle lui en fut reconnaissante.

Le temps était aboli. Chacun se délectait des moments passés auprès de l'autre. Patrick prétendait que, depuis son mariage, il n'avait jamais été amoureux et Edwina le crut, bien qu'elle le suspectât de quelques infidélités à l'égard de son épouse.

— Comment étiez-vous petite fille ? demanda-t-il un soir.

Il désirait tout connaître d'elle, jusqu'au moindre détail.

— Je n'en sais trop rien, répondit-elle avec un sourire lumineux. Une petite fille sage, je suppose. Jusqu'à la mort de mes parents, nous menions une vie de famille tout à fait normale. Nous étions heureux. Maman avait la main verte et j'adorais l'aider à jardiner... Après, ce fut différent. Je me rendais dans le jardin, me posais un millier de questions, toujours les mêmes. Pourquoi n'avait-elle pas embarqué dans le canot avec nous ? C'était sans fin...

— Si j'ai bien compris, vous n'avez jamais eu la réponse.

— Non, mais je me suis toujours sentie mieux après.

— J'aime bien le jardinage, répondit-il.

Ils bavardaient des heures durant, évoquant toutes sortes de sujets allant de leurs amis d'enfance à leurs sports favoris en passant par leurs livres préférés. Patrick était féru de littérature classique. Edwina penchait davantage pour des auteurs plus modernes, Scott Fitzgerald ou John Dos Passos. Tous deux appréciaient la poésie, les crépuscules, le clair de lune, la danse... Ils se découvrirent un tas de points communs, ne gardèrent aucun secret l'un pour l'autre. Edwina lui raconta qu'elle avait offert son voile de mariée à Helen. Il en eut les larmes aux yeux.

— J'aurais souhaité que vous l'ayez porté pour moi.

— Moi aussi, murmura-t-elle.

Ce soir-là, le surlendemain de leur rencontre, ils allèrent danser.

— Je n'ai rien à me mettre, avait déploré Edwina.

Une hôtesse lui prêta une toilette portant la griffe de Chanel. Un modèle qui seyait parfaitement à sa mince silhouette. Ils dansèrent toute la nuit, enlacés sur la piste du grand salon, seuls au monde, tandis que le *Paris* fendait les flots à toute vapeur.

Le bateau ne coula pas… Il arriva à bon port trop vite. Devant les bâtiments gris de Southampton, Edwina interrogea pour la millième fois son compagnon :

— Qu'allons nous faire maintenant ?

Ils s'étaient déjà longuement expliqués là-dessus.

— Exactement ce dont nous sommes convenus. Vous récupérez votre sœur, je vous invite à dîner, après quoi vous retournez à San Francisco et vous cherchez un mari digne de vous.

— Vraiment ? dit-elle en reniflant. Comment dois-je m'y prendre à votre avis ? Faire paraître une petite annonce dans un journal ?

— Cela ne sera pas nécessaire. Cessez de vous comporter comme une veuve éplorée et tous les fringants célibataires de la côte ouest se jetteront à vos pieds.

— Balivernes !

Elle ne voulait d'aucun célibataire de la côte ouest. Elle voulait Patrick.

Elle l'avait mis tout naturellement au courant de l'aventure d'Alexia et avait librement exprimé le dégoût que lui inspirait Malcolm Stone. Patrick l'avait écouté, furieux, avant de lui proposer son aide. Ensemble, ils pourraient plus facilement passer au peigne fin tous les petits hôtels borgnes de Londres où, sans doute, l'infâme séducteur avait entraîné sa victime.

— Je passerai d'abord à mon bureau et vous retrouverai le soir, expliqua-t-il. Nous commencerons alors notre petite enquête. Je pense que nous les débusquerons très vite.

Edwina acquiesça, songeuse. Ne plus voir Patrick pendant quelques heures après avoir passé trois jours merveilleux en sa compagnie lui sembla tout à coup de l'ordre de l'impossible… Ils ne s'étaient pas quittés un instant, jusqu'alors. Sauf la nuit… Il la raccompagnait jusqu'à sa cabine, l'embrassait une dernière fois en la serrant dans ses bras et, par un accord tacite, ils se séparaient là. Patrick n'avait pas voulu abuser de la situation. Il avait laissé à Edwina l'initiative de l'étape suivante mais cette étape n'avait jamais été franchie. Et maintenant, alors que, appuyée au bastingage à côté de lui, elle contemplait le port de Southampton, un rire amusé la secoua… L'incongruité de la situation fit redoubler son hilarité. Sa jeune sœur de dix-sept ans s'était jetée à corps perdu dans la passion et elle, à trente-deux ans, s'apprêtait à regagner San Francisco, toujours vierge et martyre !

— Qu'y a-t-il de si drôle ? s'enquit Patrick.

Edwina le lui dit et il éclata de rire avec elle. La jeune femme se tut la première. Elle aurait souhaité que les choses fussent différentes. Le temps avait manqué. Si elle avait connu Patrick plus longtemps, elle n'aurait pas hésité une seconde à se donner à lui. Elle continua de regarder le ciel nébuleux de Southampton sans un mot.

Ils prirent ensemble le train pour Londres. Philippa ne savait rien du retour de son mari et du reste elle s'en fichait éperdument. Au dire de Patrick, Mme Sparks-Kelly devait être en Écosse pour la vente annuelle de chevaux.

Il la laissa au *Claridge* en promettant de revenir à dix-sept heures. Il était à peine midi… Edwina envoya immédiatement un câble aux enfants leur demandant de l'appeler si jamais ils avaient eu des nouvelles d'Alexia. Elle prit un bain et sortit. Chez Harrod's, elle fit l'acquisition d'une garde-robe princière, puis elle se rendit chez le coiffeur, et revint à l'hôtel en taxi. Lorsque Patrick arriva, elle l'attendait au salon, très élégante dans sa nouvelle tenue.

— Seigneur ! sourit-il, vous avez dû dévaliser tous les grands magasins.

Lui aussi avait fait des emplettes. Il lui remit un exemplaire rare d'un livre de Elisabeth Barret Browning ainsi qu'un paquet joliment enrobé dans du papier glacé de chez Wartski's. Edwina défit lentement le ruban de taffetas, mettant à jour un écrin velouté qu'elle ouvrit. Bouche bée, elle admira un étroit bracelet en diamants brillant de mille feux sur un lit de satin blanc. D'après la légende inscrite sur un petit bristol, le bijou avait été offert jadis à la reine Victoria par le prince Albert… Elle ajusta le bracelet à son poignet, sachant qu'elle le porterait nuit et jour pendant longtemps.

Patrick avait apporté également une bouteille de champagne. Ils dégustèrent une coupe, après quoi il déclara :

— Il est grand temps de commencer nos investigations.

Il avait loué à cet effet une limousine avec chauffeur.

Ils firent le tour d'une pléiade d'établissements de second ordre au cœur de Soho sans résultat. Aux alentours de vingt heures, ils décidèrent de s'accorder une dernière chance avant de remettre au lendemain la suite de leur enquête. Edwina pénétra en premier dans un petit lobby minable, munie d'une photo d'Alexia, Patrick lui emboîtant le pas. Ils se dirigèrent en silence vers la réception. Edwina mit le cliché sous le nez de l'employé, tandis que Patrick lui glissait un billet de cinq livres dans la main.

— Avez-vous vu cette fille ? demanda-t-elle. Elle est avec un certain Malcolm Stone, un homme de grande taille, d'une cinquantaine d'années.

Le regard du réceptionniste se reporta d'Edwina à Patrick, puis du billet qu'il froissait entre ses doigts à la photo. Finalement, il hocha la tête.

— Oui, ils ont loué une chambre ici. Qu'est-ce qu'ils ont fait ? Ils sont américains, vous savez, ajouta-t-il l'air de dire qu'il s'en était méfié du premier coup d'œil.

Il n'avait pas remarqué l'accent d'Edwina et, de toute façon, c'était Patrick qui payait.

— Sont-ils encore ici ?

— Ils sont partis hier… Ils ne sont pas restés plus de deux ou trois jours, je pourrais retrouver dans le registre la date exacte de leur arrivée si vous voulez. C'est une jolie petite poule avec de superbes cheveux blonds. Une vraie beauté.

Edwina sentit son cœur cogner lourdement contre sa cage thoracique. Si près du but, une partie d'elle-même se prit à regretter d'avoir trouvé les traces d'Alexia aussi vite. Cela voudrait dire qu'il faudrait repartir. Quitter Patrick…

— Ils sont allés à Paris, poursuivit l'autre en empochant le billet de banque. Du moins, c'est ce qu'il a dit. Ils ont libéré la chambre pour deux semaines. Ils la reprendront à leur retour… Le type a laissé sa valise.

— Peut-on la voir ? interrogea Patrick.

Un deuxième billet d'une livre vint à bout des scrupules de son interlocuteur. Celui-ci disparut pour reparaître presque aussitôt, un bagage à bout de bras. Edwina souleva le couvercle en simili cuir. Il n'y avait que des vêtements d'homme. Sa main fine effleura un soyeux tissu crème posé sur le dessus.

— Ça y est ! s'écria-t-elle, les yeux brillant de larmes. Je le reconnais. C'est le tailleur qu'Alexia portait à Los Angeles le jour de sa disparition.

Un jour encore proche et si terriblement lointain. Voilà plus de quinze jours que sa sœur avait pris la fuite.

— Que comptez-vous faire à présent ? voulut savoir Patrick, alors que l'employé s'en retournait à son bureau pour répondre au téléphone.

— Je ne sais pas. Il a dit qu'ils s'absenteront pendant deux semaines.

— Venez, dit-il. Allons dîner avant de prendre une décision.

— Qu'est-ce que je leur dis quand ils vont se repointer ? cria l'employé.

— Rien du tout, dit Edwina.

Un supplément d'une livre les assura de son silence.

— Désirez-vous les suivre à Paris ? demanda Patrick plus tard, tandis qu'ils dînaient au *Claridge*.

Elle haussa les épaules. Une chasse à l'homme à travers l'Europe s'avérait à son avis impossible.

— Je crois qu'il vaut mieux les attendre ici, conclut-elle.

Ils disposaient de deux semaines.

— Si vous ne tenez pas à rester sur place, je vous emmène en Irlande, laissa-t-il tomber.

Il rêvait de ce voyage depuis des années et souhaitait revoir le décor romantique qu'il avait connu adolescent. La jeune femme baissa les yeux sur le bracelet qui étincelait à son poignet.

— Edwina, venez avec moi… Vous viendrez n'est-ce pas ?

Elle inclina simplement la tête et il eut un sourire de petit garçon ravi. Puis, en se penchant, il posa doucement ses lèvres sur la tempe de sa compagne.

— Edwina, dites-moi oui.

Le lendemain, elle téléphona aux enfants pour les rassurer. Patrick vint la chercher et ce fut de nouveau le train. Un ferry-boat les emmena ensuite sur les côtes verdoyantes d'Irlande. Ils louèrent une voiture, se rendirent à Cashel. Dans le soir qui tombait, ils contemplèrent longuement le fameux Rock of Cashel. Un silence imposant régnait sur le piton rocheux surplombant des champs d'ajoncs et de bruyères. Et là, dans les lueurs cuivrées du crépuscule, il l'enlaça et chercha ses lèvres.

— Vous avez fait un long chemin, Edwina, pour me rencontrer.

Un souffle de vent frais rida les eaux du lac. La jeune femme frissonna.

— Oui, murmura-t-elle. Nous étions destinés à nous connaître.

— Absolument ! répliqua-t-il en riant et en imitant le rude accent irlandais. – Puis, redevenant sérieux : je me souviendrai de ce moment jusqu'à la fin de mes jours, mon amour.

Ils retournèrent paisiblement à leur hôtel. Patrick y avait réservé une chambre double, tous deux savaient pourquoi. Ils avaient si peu de temps devant eux et tant de choses à partager.

Lorsque Patrick fit glisser la robe d'Edwina sur ses épaules, elle sut que le moment était arrivé. Et plus tard, alors qu'il l'étreignait avec passion et douceur, elle se dit : « La voilà ma nuit de noces. » Oh, pas celle qu'elle aurait dû avoir avec Charles… Cette nuit était destinée à Patrick et à lui seul.

37

Les jours filèrent rapidement en longues promenades à travers champs et aux abords du lac. Patrick et Edwina visitèrent les ruines médiévales de Cashel, photographièrent la charmante vieille abbaye et la cathédrale gothique... Chaque nuit, ils s'endormirent étroitement enlacés sur le grand lit. Hélas, leur séjour enchanté prit fin en un clin d'œil. Ils prirent le chemin du retour en silence, le cœur lourd. Ils avaient volé deux jours supplémentaires mais à présent c'était terminé. Edwina se devait de poursuivre le but qu'elle s'était fixé : retrouver Alexia.

Par moments, une sorte d'obscure envie venait entacher son affection à l'égard de sa jeune sœur. Au moins celle-ci avait épousé l'homme qu'elle aimait – si toutefois ils étaient vraiment mariés. Accepterait-elle de suivre Edwina ? Au terme d'un si long voyage, celle-ci en était venue à en douter. Elle avait du mal à imaginer que l'on puisse s'attacher à un Malcolm Stone mais savait-on jamais ? Et alors ? Que dirait-elle à Georges ? Comment lui avouerait-elle la vérité ?

Un soupir enfla sa poitrine. En fait, elle ne pensait pas à Alexia ni à Georges. Elle pensait à Patrick. Sa main se glissa dans celle de son compagnon. Pour la millième fois les regrets l'assaillirent. Souvent, au cœur de la nuit, elle s'était surprise à inventer ce qu'aurait été leur vie si Patrick avait été libre. Mais il était marié et le resterait. Il le lui avait dit dès le début... Il n'y avait rien à faire. Rien à espérer. Le rêve était devenu réalité l'espace d'un instant seulement. Et maintenant, la réalité reprenait le dessus, brisant net un bonheur fugitif d'à peine deux semaines.

Lorsque, en compagnie de Patrick, Edwina se retrouva devant l'hôtel sordide de Soho, son regard frôla le bracelet flamboyant à son poignet. Dans le lobby exigu, Patrick demanda M. Stone.

— Ils sont là, répondit le nouvel employé. Qui dois-je annoncer ?

— Personne. C'est une surprise. – Il se tourna vers Edwina. – Mieux vaut que je le voie seul.

— Non, cela risque de faire peur à Alexia. Je monte avec toi.

Elle le suivit dans les étages, la gorge serrée. Plus d'un mois s'était écoulé depuis que sa jeune sœur avait disparu. Georges reviendrait de son voyage de noces dans deux ou trois semaines. Il n'y avait pas une minute à perdre, or, maintenant que le dénouement était proche, une nouvelle appréhension l'accablait. Dans quel état retrouverait-elle Alexia ?

Patrick s'immobilisa devant le numéro que l'employé lui avait indiqué. Elle attendit sur le palier, les mains tremblantes, tandis qu'il tambourinait contre la porte. Le battant roula sur un grand homme encore séduisant malgré son visage marqué. Il était pieds nus, avec un cigare au coin des lèvres et une bouteille de whisky à bout de bras. Une jolie fille en combinaison se tenait derrière lui. Il fallut une minute à Edwina pour reconnaître sa sœur. La manne de cheveux blonds avait été sacrifiée à une coiffure courte et frisottée. Les traits fins d'Alexia étaient fardés – beaucoup de poudre, beaucoup de rouge, beaucoup de mascara. Dès qu'elle les vit, elle fondit en larmes.

Malcolm ébaucha une révérence moqueuse. « Allons bon, se dit-il, la virago a dégoté un chevalier servant. »

— Tiens, tiens, voilà de la famille ! s'exclama-t-il d'une voix suintant le sarcasme. Que me vaut l'honneur de votre visite, mademoiselle Winfield ?

Patrick refréna son envie d'écraser son poing sur la mâchoire du comédien. Son regard glissa vers Edwina. Celle-ci fixa sa sœur. Toute trace de douceur avait disparu de son visage.

— Alexia, sois gentille de boucler immédiatement tes bagages.

Elle jeta ensuite à Malcolm un coup d'œil méprisant.

— Avez-vous par hasard l'intention d'emmener ma femme quelque part ? s'enquit-il avec arrogance.

Il sentait le cigare bon marché et l'alcool. Edwina réprima un frisson de dégoût.

— Votre prétendue femme a dix-sept ans, monsieur Stone, rétorqua-t-elle froidement. Et, à moins que vous vouliez répondre de rapt et de viol devant les juges, je vous suggère de la laisser venir avec moi.

— Nous ne sommes pas en Californie, mademoiselle Winfield. Nous sommes en Grande-Bretagne. Je suis le mari d'Alexia. Vous n'avez plus aucun droit sur elle.

Edwina l'ignora.

— Eh bien, Alexia, je t'attends.

— Oh, Weenie… Je l'aime, tu sais.

Ces mots eurent sur Edwina l'effet d'un coup de poignard. Patrick la connaissait assez bien pour s'en rendre compte. Pour tout autre témoin de la scène, il eût été impossible de le deviner, car elle n'en laissa rien paraître. Le menton haut, les prunelles traversées d'un éclair belliqueux, elle lança un regard circulaire dans la pièce. Rien ne lui échappa. Ni les nombreuses bouteilles vides, ni les vêtements en tapon sur le lit, ni les cendriers débordant de mégots.

— C'est vraiment *ça* que tu désires, Alexia ? dit-elle lentement, d'un ton qui aurait fait honte à une reine. Où sont passés tes rêves ? Tes ambitions ? Où est la grande star d'Hollywood ? Les villas somptueuses ? Les voitures étincelantes ? On peut difficilement imaginer faillite plus complète.

Alexia, qui avait pâli, marmonna une phrase inintelligible. Au fond de son cœur, Edwina regretta le coup qu'elle venait de lui assener. Ce n'était guère par hasard que la jeune fille avait disparu au lendemain du mariage de Georges. Elle avait agi de même après le départ de Philip à Harvard… Alexia cherchait un père. Il lui en fallait un, n'importe lequel pourvu qu'il s'occupât d'elle.

— Mon Dieu, Edwina… Je ne sais plus où j'en suis…

Alexia se remit à pleurer à chaudes larmes. Ses espérances s'étaient effritées lamentablement. Elle avait cru trouver le grand amour mais voilà quelques semaines elle avait su la vérité. Malcolm l'avait purement et simplement utilisée de toutes les façons. La romance tournait à la farce. À Paris, ç'avait été affreux. Il n'avait pratiquement pas dessaoulé et n'avait cessé de tourner autour d'autres femmes. Il l'avait trompée à plusieurs reprises mais, bizarrement, elle s'était montrée arrangeante. Pendant ce temps, il lui fichait la paix. Les rapports physiques avec lui la laissaient indifférente. Elle ne voulait que son amour. Et ses mots tendres. Elle aurait fait n'importe quoi pour l'entendre l'appeler son bébé.

— Habille-toi, dit calmement Edwina, sous le regard admiratif de Patrick.

— Mademoiselle Winfield, vous avez tort de vous en prendre à ma femme.

Tout en parlant, Malcolm ébaucha un pas menaçant dans la direction d'Edwina. Celle-ci capta du coin de l'œil un mouvement de Patrick, mais elle l'arrêta net d'un geste de la main. Elle n'avait aucune intention de quitter cette pièce avant de connaître le fin mot de l'histoire. Cet individu qui s'efforçait de l'intimider n'était pas du genre à épouser qui que ce soit.

— Avez-vous une preuve de votre mariage avec ma sœur, monsieur Stone ? s'enquit-elle avec une politesse glacée. À propos, Alexia, comment as-tu réussi à te déplacer sans papiers ? As-tu obtenu un passeport à New York ?

La jeune fille avait revêtu une tenue de soie écarlate qui fit grincer des dents à Edwina.

— Malcolm a dit au commandant de bord que j'avais égaré mon passeport. J'ai été si malade pendant la traversée qu'on n'a pas voulu me déranger.

— Malade ?

Edwina se figurait parfaitement par quelles affres sa sœur avait dû passer.

— Le médecin m'a droguée et j'ai dû rester couchée tout le long du voyage, répondit naïvement cette dernière en enfilant ses escarpins.

Edwina haussa les sourcils et son regard se posa sur Malcolm.

— Droguée ? Les charges s'accumulent, monsieur Stones. Détournement de mineure, viol, usage de stupéfiants… N'importe quelle cour vous condamnerait sans appel si *jamais* la fantaisie vous prenait de retourner aux États-Unis.

L'acteur grimaça un sourire.

— Oui ? Allons mademoiselle Winfield, ne soyez pas stupide. Votre frère sera trop content d'étouffer l'affaire. Savez-vous comment il se conduira le grand homme, mademoiselle Winfield ? Il se taira. Tout comme vous, d'ailleurs. Vous êtes trop soucieux de l'honneur familial pour me traîner devant les tribunaux. Georges n'aura plus qu'à chercher des contrats mirobolants à son beau-frère. À défaut, je pourrais me contenter d'une petite rente.

Elle le regarda, horrifiée, tandis qu'il éclatait d'un rire narquois.

— Alexia, dit Edwina en fixant sa sœur dans les yeux, as-tu épousé cet homme ? Réponds-moi, il le faut. Auras-tu le courage de continuer à mentir après ce que tu as entendu ?

Un silence suivit, interminable. Les joues en feu, Alexia finit par secouer la tête et Malcolm lâcha un juron à mi-voix.

— Je l'ai cru au début. Il m'a fait croire que j'étais trop ivre pour me le rappeler. J'ai su après la vérité. Ce mariage n'a jamais eu lieu. Alors, il m'a promis de m'épouser à Paris. Mais il m'a bernée une fois de plus… Et je…

Les larmes étranglèrent sa voix. Edwina refoula un cri de triomphe.

— Patrick, emmenez-la.

— Je ne vous le permets pas ! grinça Stone, cherchant frénétiquement un nouveau stratagème. Vous seriez tous bien embêtés si elle était enceinte.

— Je ne le suis pas ! jeta aussitôt Alexia en allant se placer à côté de sa sœur aînée. Tu ne m'as jamais vraiment aimée, Malcolm.

— Mais si, je te le jure. Ne t'en va pas, bébé. Nous nous marierons dès demain si tu veux.

Edwina s'interposa.

— Assez, monsieur. Je ne partirai pas sans Alexia, dussé-je user de la force.

— Essayez donc !... – Il fit un pas en avant, puis avec un coup d'œil oblique en direction de Patrick : – et d'abord qui est-ce, celui-là ?

Edwina ouvrit la bouche pour répondre mais Patrick la devança.

— Je suis magistrat, déclara-t-il d'un ton sans réplique. Dites encore un mot, essayez encore une fois de retenir cette enfant et je vous flanque en prison avant de vous interdire de séjour dans ce pays.

Pour la première fois, Malcolm Stone parut désarçonné. Un magistrat... Il avait perdu la partie. Sa figure vira au gris cendre. Avec un geste d'impuissance, il les regarda sortir. Sur le seuil de la porte, Alexia tourna la tête. Leurs regards s'accrochèrent un instant seulement. L'instant suivant, elle n'était plus là.

Dans la voiture qui les conduisait au *Claridge*, Edwina remercia silencieusement le ciel. Il ne restait plus qu'à ramener Alexia à San Francisco. Et à la consoler.

À l'hôtel, Alexia éclata en sanglots hystériques implorant le pardon d'Edwina et celle-ci la tint enlacée comme une enfant, jusqu'à ce que ses pleurs se soient apaisés. Puis, la laissant dans la chambre où elle avait fini par s'endormir, Edwina descendit au salon. Patrick l'attendait.

— Comment va-t-elle ?

Il paraissait sincèrement inquiet. Il ne lui avait pas fallu plus de cinq minutes pour comprendre la situation. Une petite fille innocente et fragile, une crapule qui avait abusé de sa naïveté et de sa soif d'affection.

— Elle se repose, répondit Edwina en se laissant tomber dans un fauteuil et en acceptant la flûte de champagne qu'il lui tendait.

— Quel triste sire ! J'espère qu'il ne vous importunera plus.

— Je l'espère également. Dieu merci, il s'est montré trop paresseux pour l'épouser. J'aurais fait annuler le mariage, bien sûr. Je n'avais qu'une hantise : que les journaux s'emparent de cette lamentable histoire.

— Et maintenant, Edwina ?

— Nous rentrons chez nous… Avec un peu de chance, personne n'en saura rien. Mais il faut un passeport à Alexia.

Il hocha la tête.

— L'ambassadeur américain est un ami. Je peux lui demander ce service.

Il sourit, sachant qu'il utiliserait le subterfuge de ce fumier de Stone. Il raconterait au diplomate que la jeune fille avait perdu ses papiers en voyageant avec sa sœur.

— Peux-tu me rendre un autre service, Patrick ? Je voudrais que tu appelles Mme Fitzgerald de ma part. Elle ne doit plus être de la première jeunesse et je n'ose pas la déranger. Cependant, si elle le désire, j'aimerais lui rendre visite.

— Oui, fit-il après un silence.

— J'ai envie de lui faire mes adieux, poursuivit-elle doucement.

Elle n'en avait pas eu l'occasion par le passé. Mais c'était à Charles qu'elle adresserait ces adieux, elle le savait au fond de son cœur. Et, peut-être sans le savoir, Patrick l'avait aidée à prendre cette décision.

— Je lui téléphonerai dans la matinée, promit-il en se levant pour poser un tendre baiser sur sa joue. À demain.

— Je t'aime, murmura-t-elle.

Elle le vit sourire, sentit ses mains sur ses épaules.

— Moi aussi.

La fin de leur rencontre était proche, tous deux le savaient. Il se détacha d'elle et prit la direction de la sortie d'un pas lent, à contrecœur. Edwina le suivit d'un regard désolé. L'idée de leur séparation imminente lui était intolérable.

38

On frappa à la porte. Alexia alla ouvrir. L'espace d'une seconde elle regarda le visiteur, pétrifiée, avant de s'élancer à travers la suite vers la chambre d'Edwina.

— Le magistrat est revenu, chuchota-t-elle, affolée.

La jeune femme sortit dans le salon.

— Il n'est pas magistrat, fit-elle en riant. C'est Patrick Sparks-Kelly, un ami. – Comme sa sœur la scrutait, elle se crut obligée d'ajouter : il est le cousin de Charles.

— Pourtant, hier… il a dit…

Patrick lui sourit. Sans son lourd maquillage, Alexia avait retrouvé toute la fraîcheur de ses dix-sept ans.

— J'ai juste voulu faire peur à votre Roméo de pacotille. Et du reste cela a fort bien marché.

Il se tourna vers Edwina. Ils devaient passer au 4 Grovesnor Gardens chercher le passeport d'Alexia, dit-il. Par ailleurs, Lady Fitzgerald les attendait à onze heures.

— A-t-elle été surprise d'entendre de mes nouvelles ?

— Elle s'est simplement demandé comment nous nous sommes rencontrés.

Une ombre d'inquiétude passa dans le regard de la jeune femme.

— Et après ?

— Je lui ai expliqué que, par une heureuse coïncidence, nous avons fait connaissance sur le bateau.

— Je crains qu'elle ne soit bouleversée par ma visite.

La mère de Charles devait avoir soixante-dix ans maintenant et Edwina aurait voulu lui éviter toute émotion inutile.

— Au contraire, elle m'a eu l'air ravie. Elle a, je pense, depuis longtemps trouvé la paix de l'esprit.

Il avait dit vrai, Edwina put le constater une heure plus tard. Mme Fitzgerald l'accueillit avec chaleur. Discrètement, Patrick et Alexia se retirèrent sous prétexte d'admirer le parc à la française, laissant seules les deux femmes.

— J'ai toujours espéré que vous alliez refaire votre vie, Edwina, déclara doucement la vieille dame. Je présume que vos devoirs vis-à-vis de vos frères et sœurs vous ont entièrement accaparée… Quel dommage que votre maman soit morte dans l'accident avec votre père… Seigneur, quel gâchis ! Toutes ces vies perdues pour rien. Par la négligence de la compagnie qui n'a pas prévu un nombre suffisant de canots de sauvetage… Oh, si le commandant de bord n'avait pas été assez borné pour aller jeter son navire sur un iceberg… Si la radio du bateau le plus proche avait fonctionné… Si… – elle marqua une légère pause. – Je n'ai pas cessé d'y réfléchir des années durant. J'en ai conclu que mon Charles n'aurait pas pu survivre. Le destin l'a voulu ainsi… Vous devriez être reconnaissante d'avoir été épargnée, ma chère enfant, et profiter de chaque instant de la vie.

Edwina lui sourit en contenant ses larmes. En un éclair, elle revit sa première rencontre avec Charles, puis songea à son voile de mariée et remercia Mme Fitzgerald de le lui avoir envoyé.

— Il était à vous, Edwina. Je n'avais pas le droit de le conserver.

— Ma belle-sœur l'a porté il y a un mois…

Elle promit à son hôtesse de lui envoyer des photos du mariage. La vieille lady hocha la tête. Son mari s'était éteint un an plus tôt, sa propre santé s'était dégradée mais revoir la fiancée de son fils lui réchauffait le cœur.

— La petite Alexia est aussi ravissante que vous l'étiez à son âge, bien que ses cheveux soient plus clairs…

— J'espère que je n'étais pas aussi étourdie qu'elle, sourit Edwina, flattée d'être comparée à Alexia.

— Oh, vous étiez loin d'être étourdie. Et, par la suite, vous avez fait preuve d'un courage exceptionnel. Je vous souhaite de rencontrer un homme digne de vous… Durant toutes ces années vous vous êtes accrochée à la mémoire de Charles, n'est-ce pas ?

Des larmes festonnèrent les cils d'Edwina. Elle regarda Margaret Fitzgerald et, pendant un instant, le souvenir de Charles fut si fort qu'elle en fut suffoquée. En se penchant, la vieille dame lui effleura la joue d'un baiser.

— Il est heureux là où il est, tout comme vos parents, murmura-t-elle. Il faut laisser les morts en paix, ma chérie. Il est temps que vous songiez à votre bonheur… Charles l'aurait souhaité.

— J'ai été heureuse avec les enfants, protesta la jeune femme en se mouchant à l'aide du mouchoir que Patrick lui avait donné.

— Ce n'est pas ça le bonheur, Edwina, vous le savez… Reviendrez-vous de temps en temps en Angleterre ? fit-elle peu après, tandis qu'elles allaient rejoindre les autres dans le jardin.

La jeune femme répondit par un vague signe de la tête. Elle se sentait épuisée. Mme Fitzgerald avait raison… Le bonheur, c'était autre chose. Depuis qu'elle avait connu Patrick, elle ne pouvait plus se le cacher… Patrick qu'elle devrait bientôt quitter.

Elle fit ses adieux à la mère de Charles vers midi. Patrick invita les deux sœurs à déjeuner au *Ritz*… Dans l'après-midi, ils réservèrent deux cabines de première classe à bord de l'*Olympic* et allèrent ensuite chercher le passeport d'Alexia. Les deux jeunes dames avaient bien de la chance, fit remarquer l'employé de l'agence de voyages. Le grand paquebot appareillait le lendemain matin… Une onde de panique transperça Edwina. Son regard chercha fébrilement celui de Patrick. Elle vit la tristesse dans ses prunelles.

Dans la soirée, Alexia, qui semblait avoir acquis une certaine expérience de la vie, se retira tôt, sous prétexte qu'elle tombait de sommeil. Restés seuls, Patrick et Edwina dégustèrent une dernière coupe au bar du *Claridge*.

— Je ne sais comment je ferai pour te dire adieu demain, admit-elle à voix basse. Oh, Patrick, nous venons juste de nous trouver, pourquoi faut-il se séparer ?

Sa question se passait de réponse. Elle avait mis plus de onze ans pour dire adieu à Charles.

— Nous accompagneras-tu à Southampton ? questionna-t-elle peu après.

— Non, ma chérie. Ce serait trop dur… Nos larmes pourraient éveiller l'attention d'Alexia.

— Je crois qu'elle a tout compris.

— Alors vous aurez chacune votre secret.

Il s'inclina pour l'embrasser. Ils avaient partagé un moment unique. Obscurément, Edwina sentait que Patrick l'avait libérée des contraintes qu'elle s'était imposées. Il se levait pour prendre congé et elle demanda :

— Allons-nous nous revoir ?

— Sans doute… Si tu reviens ici. Ou si je vais là-bas. Je ne suis jamais allé en Californie.

Elle le regarda, sachant pertinemment qu'ils ne se reverraient plus. Ils en étaient convenus depuis le début. Par son amour, Patrick avait brisé les lourdes chaînes qui l'avaient entravée depuis si longtemps. Elle l'accompagna jusqu'à sa voiture.

— Je t'aime, chuchota-t-il. Je t'aime désespérément. Je t'aimerai toujours. Je n'oublierai jamais notre séjour en Irlande.

Leurs lèvres s'unirent une dernière fois… Puis il se glissa derrière le volant et démarra sans un regard en arrière. Edwina resta debout sur le trottoir un long moment, donnant libre cours à ses larmes.

39

Elles partirent le lendemain matin pour Southampton. Elles connaissaient le trajet pour l'avoir effectué des années auparavant. À ceci près que, cette fois-ci, elles étaient seules. Deux survivantes, deux sœurs et amies… La voiture filait sur la route, le regard d'Edwina demeurait rivé sur la vitre, Alexia se taisait, respectant son chagrin.

Une fois à bord de l'*Olympic*, elles se rendirent immédiatement dans leurs cabines. Peu après, à la grande surprise d'Alexia, Edwina voulut monter sur le pont supérieur afin d'assister au départ. Elle s'y rendit seule – Alexia avait préféré se reposer.

Le gigantesque transatlantique se mit à fendre lentement les eaux grisâtres du port au son rauque des sirènes. Appuyée au bastingage, Edwina contempla une ultime fois la côte britannique. Soudain, elle le vit. Il se tenait sur le quai, les yeux fixés sur elle, la main levée en un geste d'adieu suspendu. À travers ses larmes, elle lui souffla un baiser. Patrick resta là, immobile, jusqu'à ce que le navire ne fût plus qu'un point blanc à l'horizon.

Quand Edwina regagna sa cabine, Alexia s'était endormie. Plus tard, dans la même journée, il y eut un exercice de sauvetage. Mais curieusement, ce fut Patrick et non Charles qui s'imposa à son esprit. Un sourire empreint de nostalgie brilla sur ses lèvres et elle revit les scènes de leur brève rencontre avec une hallucinante précision. Une mouette survola le bateau à tire-d'aile lui rappelant les mots de Patrick. « J'ouvrirai la cage et vous serez libre de vous envoler. » Son sourire s'élargit… À trente-deux ans, elle avait été follement aimée par deux hommes, ce n'était pas si mal pour une « vieille fille ».

— Tu es tombée amoureuse de lui, n'est-ce pas ? demanda plus tard Alexia, et Edwina détourna le regard.

— C'était un cousin de Charles.

Ce n'était pas une réponse mais sa sœur n'insista pas.

— Tu crois que Georges apprendra ce qui s'est passé avec Malcolm ? fit Alexia après un silence, revenant à son principal sujet de préoccupation.

— Il n'en saura rien, à condition que tu restes discrète.

— Et si Fannie a parlé ? Ou quelqu'un d'autre…

— Alors tant pis ! dit Edwina lui parlant pour la première fois comme à une adulte. Tu prendras tes responsabilités et il finira par comprendre. C'est à cela que servent les épreuves de la vie. À se forger une personnalité. Quand tu parviendras à faire la paix avec toi-même, tu gagneras la partie.

Alexia l'embrassa gentiment sur la joue.

— Merci de m'avoir tirée de ce mauvais pas. Je crois que j'ai reçu une bonne leçon.

« Moi aussi », songea Edwina, mais elle répliqua :

— Je serai toujours là chaque fois que tu auras besoin de moi… Pas avant un bon bout de temps, espérons-le, ajouta-t-elle dans un rire clair.

— Oh, sûrement, rétorqua Alexia en riant elle aussi.

Durant la traversée, les deux femmes restèrent la plupart du temps dans leurs cabines. Elles lurent beaucoup, jouèrent aux cartes, parlèrent de mille choses. Au dire d'Alexia, le cinéma restait sa passion. Edwina lui suggéra d'attendre ses dix-huit ans avant de prendre une décision et elle accepta. Son aventure avec Malcolm Stone l'avait mûrie. À présent, elle se méfierait des hommes. Heureusement, Edwina saurait la protéger.

— La prochaine fois, tu seras capable de te protéger toute seule, Alexia.

Celle-ci en doutait. À ses yeux, Fannie avait une sacrée chance. Il lui fallait juste un mari et un foyer pour être heureuse. Rien ne la satisfaisait davantage que réussir un bon dîner.

— Tout le monde n'est pas fait pour relever des défis, répondit Edwina. C'est un domaine réservé à un petit nombre. Ceux qui se trouvent hors de ce cercle magique ne comprennent pas toujours.

Elles firent quelques connaissances parmi les passagers et toutes deux éprouvèrent un immense soulagement quand les gratte-ciel de New York se profilèrent à l'horizon. Edwina ne put s'empêcher de penser à Patrick qui devait avoir gagné sa demeure londonienne. Il lui avait envoyé une gerbe de roses sur le bateau le jour du départ, avec un mot. « Je t'aime, P. » Une nouvelle gerbe l'attendait dans sa suite du *Ritz-Carlton*.

« Je t'aime. *Adieu*...[1] » Elle contempla un instant les éclatantes corolles pourpres avant d'enfouir la carte de bristol dans sa mallette de voyage.

Le soir même, elles appelèrent les enfants de l'hôtel. Georges avait téléphoné deux fois, annonça Fannie.

— Je lui ai dit qu'Alexia était sortie et qu'Edwina ne pouvait pas lui parler car elle souffrait d'une laryngite, pouffa-t-elle, assez fière de sa prestation... M. Horowitz a téléphoné également et je lui ai raconté la même chose. Venez vite ! Vous me manquez et à Teddy aussi.

Le lendemain, Edwina et Alexia grimpèrent dans le rapide de Los Angeles et, quatre jours après, elles étaient enfin à la maison. Les retrouvailles furent émouvantes. Teddy et Fannie exultaient.

— Plus jamais je ne repartirai d'ici, affirma Alexia en les serrant dans ses bras.

— Pas même à Hollywood ? la taquina Edwina.

La sonnerie du téléphone interrompit leurs effusions. C'était Georges, fraîchement revenu de son voyage de noces. Helen prit à son tour l'appareil.

— Edwina ? Je n'en suis pas encore sûre mais je crois être enceinte, murmura-t-elle.

— Oh, mais c'est merveilleux !

Pourtant, une pointe d'envie lui piqua le cœur. Helen était de dix ans sa cadette et avait un mari qui l'adorait...

— Comment va ta gorge ?

C'était Georges, de nouveau.

1. En français dans le texte.

— Comment ? – Elle se souvint brusquement de l'histoire de Fannie. – Ah, oui, beaucoup mieux. J'ai dû attraper froid. Mais c'est fini maintenant.

— J'en suis ravi. J'ai rêvé de toi, tu sais. Un rêve bizarre…

Il l'avait imaginée sur un paquebot, s'était réveillé en sursaut, en proie à une vive angoisse. Helen l'avait consolé de son mieux et ce fut cette nuit-là que le bébé fut conçu.

— Quand viendrez-vous nous voir ? demanda-t-il.

Edwina se tut, hésitante. L'idée même du déplacement l'emplit tout à coup d'appréhension.

— Et vous ? Viendrez-vous pour Thanksgiving ? tergiversa-t-elle.

— Justement, Sam voudrait vous inviter chez lui cette année…

Il avait promis à Helen de mettre Edwina devant le fait accompli en précisant toutefois que si elle refusait ils iraient à San Francisco.

— Pourquoi pas… fit-elle après réflexion. Cela nous changera. Et Fannie qui voulait nous préparer une dinde rôtie… La pauvre petite sera déçue.

— Qu'à cela ne tienne, elle la fera rôtir chez Sam, gloussa Georges à l'autre bout du fil, en tapotant le ventre plat de Helen. Tu lui donneras un coup de main, n'est-ce pas ma chérie ?

Helen émit un gémissement désespéré. Elle était incapable de faire des œufs au plat.

— C'est peut-être pour ça que Sam a appelé, dit Edwina pensivement.

— Sans doute… Alors, à dans un mois, Weenie.

Elle raccrocha. À l'annonce de leur prochain voyage à Los Angeles, Teddy et Fannie poussèrent des cris de joie. Même Alexia parut enchantée.

— Je ne pensais pas sortir si vite de cette maison, fit-elle et Edwina eut un rire.

Leur grande aventure avait fait naître une nouvelle complicité entre elles. De leur côté, Fannie et Teddy semblaient s'entendre à merveille, ne pouvant se passer l'un de l'autre. Soudain, il n'y avait plus « d'enfants », se dit Edwina en se couchant ce soir-là. On eût dit de grandes personnes. Le sommeil alourdit ses paupières et, comme toutes les nuits depuis qu'elle avait quitté l'Angleterre, la jeune femme se prit à penser à Patrick. Et comme dans un rêve, elle revécut leur brève idylle. Le bateau, le train, le séjour en Irlande, leurs étreintes passionnées, la scène avec Malcolm Stone et Alexia, le bracelet en diamants, la visite à Mme Fitzgerald... Une succession d'images fulgurantes qui jamais ne pâliraient.

Les vacances de Thanksgiving arrivèrent sans qu'elle s'en aperçoive. Toute la famille se retrouva à Los Angeles. Helen et Georges les attendaient sur le quai de la gare. Ils étaient resplendissants. Helen avait eu confirmation de sa grossesse et Sam exultait. « Ce sera un garçon », avait-il décrété.

Le dîner fut parfait. Fannie prouva ses talents de cuisinière en préparant une dinde « spéciale » qui lui valut une foule de compliments. Peu après, se tournant vers Helen, l'adolescente demanda si elle pourrait venir s'occuper du bébé. La question prit la future maman de court. La naissance était attendue en juin, au début des vacances scolaires, et cela sembla combler d'aise Fannie.

— Et moi ? geignit Teddy. Qui va me tenir compagnie cet été ?

— Tu seras occupé au studio, fit Georges en souriant. On te trouvera bien un petit job.

Teddy avala en jubilant une bouchée de tarte au potiron – une autre des fameuses recettes de Fannie. Le repas s'acheva dans la bonne humeur générale. Le groupe s'éparpilla dans le salon. Helen proposa une partie de cartes aux deux jeunes Winfield, Georges se mit à discuter avec Alexia de son prochain contrat. Sam invita Edwina à faire un tour.

— Merci de votre hospitalité, dit-elle tandis qu'ils se promenaient dans le jardin. Les enfants en sont ravis.

— Vous pouvez être fière d'eux, Edwina. Vos sacrifices n'auront pas été vains... Mais qu'allez-vous faire quand ils seront grands ?

— La même chose que vous, Sam. Vous attendez des petits-enfants, j'attendrai des neveux et des nièces.

Dans son esprit, ils étaient de la même génération, ce qui était faux. Elle avait trente-deux ans et Sam en avait cinquante-cinq. Il secoua la tête tandis qu'ils continuaient leur promenade dans la fraîcheur du soir.

— Ce n'est pas la même chose, Edwina. J'ai tout un passé derrière moi, j'ai eu une femme que j'ai adorée... et qui m'a cruellement blessé. Mais au moins j'ai vécu ma vie. Pas vous. Vous vous êtes entièrement dévouée à ces gamins. Vous leur avez tout donné et c'est tout en votre honneur. Or, il est grand temps de penser à vous. Vous avez besoin d'autre chose que de neveux et de nièces. Il vous faut un mari, des enfants à vous...

Mais qu'est-ce qu'ils avaient tous ? Pourquoi la terre entière s'acharnait-elle à la marier ? Patrick, Lady Fitzgerald et maintenant Sam… Elle sourit.

— J'ai élevé cinq enfants, murmura-t-elle. Et je les ai aimés comme s'ils avaient été miens… Oui, je crois que je les ai aimés plus que leur propre mère, acheva-t-elle après une hésitation.

Kate leur avait préféré son mari, ajouta-t-elle mentalement et, pour la première fois, cette pensée ne suscita pas sa colère. Elle regarda Sam, surprise de se sentir aussi à l'aise en sa présence, puis osa formuler une question sans craindre de paraître indiscrète.

— Pourquoi avez-vous dit que votre femme vous a blessé ? Je croyais qu'elle était morte dans un accident de train.

Il lui rendit son regard avec un petit sourire amer.

— En effet. Elle m'avait quitté et avait pris ce train avec un autre homme. Helen n'avait que neuf mois à l'époque. Je ne lui ai jamais dévoilé la vérité.

Edwina le considéra, interloquée.

— Oh… cela a dû être affreux.

Il fit oui de la tête et une vague d'émotion mêlée d'admiration submergea Edwina.

— Je lui en ai voulu pendant très longtemps, dit-il enfin. Ma rancune m'a dévoré des années durant. À la longue, je lui ai pardonné… Après tout, elle m'a laissé Helen.

La jeune femme acquiesça en silence. Ces aveux jetaient une nouvelle lumière sur la personnalité de Sam Horowitz et sur la noblesse de ses sentiments. « Dommage qu'il ne se soit pas remarié, pensa-t-elle distraitement, vingt et un ans de solitude, c'est long pour un homme. » Bien sûr, il avait eu quelques flirts, quelques liaisons éphémères avec des actrices, elle le savait par Georges. Rien de sérieux. Sam s'était consacré à sa fille et à son métier… À son tour, il posa une question qui cloua Edwina sur place.

— Au fait, comment s'est passé votre voyage en Europe ?

— Euh… qu'est-ce qui vous fait penser que j'ai été en Europe ?

— Par déduction. J'ai téléphoné une ou deux fois chez vous et votre petite Fannie m'a raconté une histoire de laryngite à dormir debout. « Edwina ne peut pas parler, elle n'a plus du tout de voix », singea-t-il, tandis que la jeune femme éclatait de rire malgré elle.

Ils se dévisagèrent un instant. Le soir était tombé, le clair de lune ricochait sur les traits virils de Sam.

— J'ai mené ma petite enquête, poursuivit-il, et j'ai fini par découvrir le pot aux roses. M. Stone avait bel et bien disparu en compagnie d'Alexia. Par recoupement, j'ai conclu que votre fameuse laryngite était pure invention. Vous auriez pu me demander de l'aide, Edwina. J'ai été un peu déçu que vous ne l'ayez pas fait… Vous avez pris le bateau toute seule ?

Elle opina de la tête.

— Cela n'a pas dû être une partie de plaisir… Et vous l'avez retrouvée, n'est-ce pas ? Où était-elle ?

Elle sourit au souvenir de Patrick jouant son rôle de magistrat.

— À Londres.

— Avec Stone ?

— Oui, répondit-elle après un instant d'hésitation. Georges n'est pas au courant.

— Je suis une tombe, fit-il d'un air malicieux. N'ayez crainte.

Elle sut qu'elle pouvait lui faire totalement confiance. C'était un homme intelligent, discret, respectueux des autres.

— Et Stone ? demanda-t-il.

— Il est resté en Angleterre. Il a une peur bleue de Georges.

— Eh bien, il a du flair. Votre frère l'aurait tué s'il avait su et il n'aurait pas tort. Mon épouse infidèle m'a enseigné une méfiance dont je me serais bien passé, mais grâce à laquelle j'ai soupçonné la fugue d'Alexia. Grâce à Dieu, elle semble s'être assagie.

— Tout à fait. Elle ne songe plus qu'à sa carrière. Lorsqu'elle aura dix-huit ans, elle recommencera à tourner. Si Georges est d'accord. Mais il le sera.

— Et vous, Edwina ? Qu'allez-vous faire maintenant ?

Il plongea son regard dans celui d'Edwina. Il y avait une interrogation muette dans celui de Sam.

— Je n'en sais rien, soupira-t-elle, presque avec insouciance. Je continuerai à m'occuper d'eux tant qu'ils auront besoin de moi.

Il demeura silencieux un long moment, refoulant une phrase qui lui brûlait les lèvres et qu'il n'osait pas encore formuler. Ils s'étaient arrêtés de marcher et se faisaient face. Dans le clair de lune, le visage d'Edwina encadré de sa sombre chevelure semblait taillé dans l'albâtre. Ses yeux bleus brillaient d'un éclat diamanté.

— Prenez garde, murmura-t-il. Un jour vous vous retrouverez seule comme moi. Ils seront tous partis sans même que vous vous en rendiez compte. On n'est pas fait pour vivre seul, Edwina. Je l'ai compris le jour où Helen a épousé Georges. J'avais bâti un empire pour elle et soudain elle n'était plus là. Puis j'ai découvert aussi que cet empire, je l'avais bâti pour moi-même et que je n'avais personne pour le partager… Je me suis senti alors terriblement seul. Comme si tout cet amour que j'avais donné à ma fille et, avant elle, à ma femme, n'avait servi à rien. Bien sûr, j'aurai bientôt des petits-enfants… mais cela ne suffit pas. Je vous ai bien regardée ce jour-là, Edwina…

Il s'interrompit. Sa large main emprisonna celle de la jeune femme, son visage se rapprochant du sien. Elle le regarda, étonnée par son attirance pour lui. C'était le genre d'homme que l'on a envie de chérir, avec lequel on voudrait faire un bout de chemin… La sensation fut si forte que, soudain, elle pensa qu'elle l'aimait. Et tandis qu'elle s'efforçait d'analyser ce sentiment si inattendu, il eut un sourire.

— Je voudrais vous rendre heureuse, Edwina. C'est mon désir le plus cher. Vous tenir la main, vous consoler quand vous avez de la peine, rire avec vous quand vous vous amusez. Être à vos côtés chaque fois que vous en aurez besoin. Nous avons droit nous aussi à une part de bonheur.

Elle se tut un instant, ne sachant quoi répondre. Elle avait passionnément aimé Charles, avait été follement éprise de Patrick… Et, curieusement, Sam était peut-être l'homme qu'elle avait cherché depuis des années sans même le savoir. Elle le sut soudain comme on se rend compte d'une évidence. « Un si grand amour », disait Kate. Edwina comprit brusquement le sens de ces paroles. C'était bien cela, se dit-elle, ce grand amour pour lequel on se sent prêt à tout. Même à mourir… Près de Sam elle connaîtrait un bonheur aussi parfait que celui de ses parents, elle en eut brusquement la conviction absolue.